AtV

FREDERIK BERGER hat lange Jahre als Journalist und Literaturwissenschaftler gearbeitet, bevor er freier Autor wurde. Er lebte in England und Frankreich und schrieb Essays und Sachbücher, u. a. ein Lehrbuch über »creative writing«. »Die Provençalin« ist sein erster Roman.

Die Provence in der ersten Hälfte des 16. Jahrhunderts: Höhepunkt der Renaissance und Beginn der Reformation.

Jean Maynier, Baron d'Oppède, verliebt sich in die schöne Madeleine d'Agoult aus Lourmarin. Auch sie ist von ihm fasziniert, weist ihn schließlich aber zurück und heiratet, wie es ihre Familie bestimmt hat, ihren Cousin. Jean Maynier sucht sich eine andere Frau, doch sie stirbt bei der Geburt ihres ersten Kindes. Damit beginnt die Geschichte einer tragischen Verstrickung zweier Adelsfamilien aus dem Luberon: Freundschaft und Liebe verwandeln sich in Mißtrauen und Rachsucht. Der Kampf beider Familien spielt sich ab vor dem Hintergrund einer zunehmenden Unterdrückung angeblicher Ketzer und findet seinen Höhepunkt in der berüchtigten Strafexpedition gegen die Waldenser im Jahre 1545, die der Baron d'Oppède in grausamer Härte leitet.

Frederik Berger

# Die Provençalin

Roman

Aufbau Taschenbuch Verlag

ISBN 3-7466-1599-2

6. Auflage 2000
Aufbau Taschenbuch Verlag GmbH, Berlin

Umschlaggestaltung Torsten Lemme
unter Verwendung eines Gemäldes von
Leon Banouville, 1844, AKG Berlin
Druck GGP Media GmbH, Pößneck
Printed in Germany

www.aufbau-taschenbuch-verlag.de

# TEIL I

## 1515

Der erste Pfeil hatte den Keiler nur leicht verletzt. Mit dem zweiten Pfeil mußte Jean Maynier, Baron d'Oppède, einen seiner besten Jagdhunde töten, nachdem die Hauer ihm den Bauch aufgerissen hatten. Aber nun wurde der Keiler auf eine kleine Lichtung getrieben und eingekreist. Hechelnd verharrte das Tier, blutigen Schaum vor dem Maul. Jean Maynier spannte den Bogen, bis er zu brechen drohte. Seit Tagen schon jagte er den Keiler quer durch den Luberon, diesmal gab es für ihn kein Entrinnen mehr. Der Pfeil schwirrte von der Sehne, aber zu spät, einen Augenblick zu spät hatte er losgelassen. Der Keiler griff ihn an, der Pfeil steckte im Widerrist. Jean Maynier warf den Bogen zur Seite und riß den Sauspieß an sich, er wollte ihn gegen das heranrennende Tier richten, aber reagierte zu spät, er konnte sich nur noch zur Seite werfen, gerade noch rechtzeitig. Einen winzigen Augenblick verharrte er Auge in Auge mit diesem schwarzen, wutschnaubenden Abgesandten des Teufels, dann hetzte der Keiler an ihm vorbei und entkam ins Dickicht.

Keuchend richtete Jean Maynier sich auf, starrte auf die zerknickten Zweige und stieß einen wilden Fluch aus. Auf dem Boden die Blutspur. Schweiß rann ihm in die Augen. Benommen betrachtete er die blutenden Kratzer an Armen und Beinen, fühlte aber keinen Schmerz. Aufbrüllend griff er nach dem Spieß und rammte ihn in den nächsten Baumstamm. Aber es nützte nichts, er hatte den Keiler nicht töten können, obwohl er ihn in seiner Jagdgier bis zur Erschöpfung verfolgt hatte. Daß der Keiler jetzt langsam verenden würde, irgendwo in einem Dornengestrüpp versteckt, mit zwei Pfeilen im Rücken, bedeutete nichts als Schmach und Erniedrigung für ihn, den Jäger.

Jean Maynier hob den Bogen auf, zog den Spieß aus dem Baumstamm und stapfte, die Hunde im Schlepptau, zu seinem Rappen, der nicht weit entfernt ruhig graste. Noch immer rann ihm der Schweiß übers Gesicht, und Durst plagte ihn. Er schwang sich in den Sattel und gab dem Pferd die Sporen.

Nach einem kurzen Ritt durch das Vallon du Châtaignier näherte Jean Maynier sich zwei großen grauen Felsbrocken, zwischen denen ein schmaler Pfad zu einem im Wald versteckten Weiher hinabführte. Vor längerer Zeit schon hatte er ihn gemeinsam mit seinem Jagdgenossen, Kommilitonen und Freund Raymond d'Agoult entdeckt, und seitdem suchte er ihn immer wieder auf, wenn er nach der Jagd Erfrischung oder auch nur Ruhe zum Nachdenken brauchte. Obwohl er einen halben Tagesritt von seinem Heimatort Oppède entfernt auf dem Gebiet der Agoults lag, war er sein Lieblingsort im ganzen Gebirgszug des Luberon geworden. Doch hatte er hier seit der gemeinsamen Entdeckung nie mehr eine Person aus der Familie der Agoults getroffen, auch nicht seinen Freund.

Zur Zeit war dies ohnehin unmöglich, weil Raymond als schwerbewaffneter Ritter, in voller Rüstung und begleitet von einem guttrainierten Fußtrupp, mit dem König nach Italien zog, um Mailand zu erobern. Ja, im Gegensatz zu ihm war Raymond in der Lage, sich einen solchen Aufwand zu leisten. Als junger Herr von Lourmarin war er reich und konnte darauf hoffen, von François, dem jungen König, mit dem er eine Weile gemeinsam aufgezogen worden war, ein lukratives Amt zu erhalten und Ländereien, vielleicht sogar in dem kultivierten Italien, von dem alle schwärmten.

Jean Maynier band sein Pferd an einen Baum, riß sich seine Jagdkleidung vom Leib und stürzte sich ins Wasser. Ein paar Schwimmzüge lang tauchte er unter, schwamm dann prustend bis zum anderen Ufer und paddelte anschließend gemächlich zurück. Über ihm der Himmel in einem klaren Blau, die große Kastanie streckte ihre Äste weit ins flirrende Licht. Erfrischt von der Abkühlung, fühlte er seine Kräfte zurückkehren. Und auch die Wut verschwand. Niemand wußte von seiner Niederlage, zu beichten gab es nichts. Beim nächsten Keiler würde er nicht mehr zögern, er würde seinen Spieß ihm bis ins Herz rammen und ihn zur Hölle schicken, ohne Gnade.

Er ließ sich auf dem Wasser treiben und genoß die weiche Stimmung des späten Nachmittags. Er fühlte wieder die Stärke seiner zwanzig Jahre. Zwar konnte er sich nicht mit der Eleganz Raymonds messen, aber an Kraft übertraf er ihn bei weitem. Einmal hatte ihm Raymond seinen Harnisch leihen wollen. Es war ihm nicht gelungen, ihn anzulegen, weder Schultern noch Brust ließen sich hineinpressen.

»Du hast eine Brust wie ein Stier«, hatte Raymond bewundernd bemerkt, aber dann noch angefügt: »Bietest aber auch den Lanzen des Gegners ein größeres Ziel.« Und dann hatte er gelacht.

Plötzlich hörte Jean Maynier vom anderen Ufer her ein Knacken. Er wagte kaum zu atmen, ließ sich langsam unter einen überhängenden Zweig treiben. Vielleicht doch noch unvermutetes Jagdglück? Nein, Stimmen drangen herüber, von Beerensammlerinnen wahrscheinlich, Frauen und Mädchen aus den Dörfern der Agoults, die sich bis hierhin verirrt hatten. Auf den Wegen und an den Feldrändern begegnete er ihnen gelegentlich, aber selten blickte er in freundliche Gesichter. Schuldbewußt beugten sie ihr Haupt oder wandten sich ängstlich ab, – als hätte er den bösen Blick, als wollte er sie ins nächste Gebüsch zerren wie ein ausgehungerter Landsknecht, er, Jean Maynier, Baron d'Oppède, der Sohn des viel zu früh verstorbenen Accurse Maynier, des päpstlichen Gesandten in Venedig! Diese armseligen Waldenser, die auf verlauste Wanderprediger hörten, drehten ihm dem Rücken zu, bückten sich, als wollten sie etwas aufheben, er kannte sie, die *Vollkommenen*, die sich über andere Menschen erhaben fühlten …

Helles, fröhliches Lachen! Durch das Unterholz brach eine Gruppe junger Mädchen in langen luftigen Gewändern, sie umringten eine Frau von siebzehn oder achtzehn Jahren, die sich nun die Spangen aus ihrem braunen Haar nahm. Lockig fiel es ihr über die Schultern. Ein Mädchen griff nach einer Schlaufe, ein anderes öffnete den Gürtel, sie streiften ihr tatsächlich das Kleid ab, die Riemen an den Sandalen wurden gelöst. Nun stand sie nackt am Ufer. Alle kicherten sie und schauten sich vorsichtig um, streiften ebenfalls ihre Kleider ab. Die junge Frau fuhr mit ihren Händen in ihre Haare, schüttelte lustvoll den Kopf, und die Mähne legte sich über Rücken und Brust.

Jean Maynier hielt die Luft an und drückte sich noch tiefer unter die Zweige. Er schielte nach seinen Pferd, das zum Glück hinter einem Baum graste, und zischte den Hunden zu, auf ihrem Platz zu bleiben. Aufrecht saßen sie auf ihren Hinterpfoten und beobachteten genau, was sich am gegenüberliegenden Ufer abspielte.

Die Nacktheit blendete ihn. Ein Teil der Mädchen plantschte schon im Wasser, nur die Herrin stand noch, ein Bein leicht angewinkelt. Ihm war inzwischen klar, wer ihn so blendete: Madeleine d'Agoult, Raymonds Schwester, die *Großnichte des Marschalls von Trivulce* und künftige Erbin von Cental. Mit ihrem Bruder gehörte sie zu einer der reichen Adelsfamilien, die die Fremden aus dem Piemont hergerufen hatten, das Waldenserpack, diese häretische Pest.

Einmal, als er mit Raymond von der Jagd nach Lourmarin zurückgekehrt war, hatte er Madeleine über den Hof huschen sehen. Später stellte Raymond sie ihm vor, und er durfte mit ihr ein paar Worte wechseln. Damals war sie noch jünger, eine Rosenknospe, aber heute war sie voll erblüht, eine Frau, die auf ihre Bestimmung wartete.

Vorsichtig steckte sie ihren Zeh ins Wasser und sprang zurück, als ihre Dienerinnen sie naßspritzen wollten.

Jean Maynier, gefangen von dem Anblick, suchte nach Worten für ihre Schönheit: Wie die Morgenröte brachte sie Licht in das Dunkel des Waldes, ihr Leib wie Elfenbein, die Haut wie Pfirsich, und runde, weiche Hüften hatte sie, die festen Schenkel von Susanna, von Bathseba, Brüste wie die Zwillinge der Gazellen ... Er suchte nach weiteren Vergleichen. Eine Göttin war sie, Diana ...

Madeleine stürzte sich nun in den Weiher, juchzte auf, das Geplätscher und helle Lachen verstärkten sich.

Was sollte er tun, wenn die Hunde anschlugen? Sollte er aus dem Wasser steigen, nackt wie Adam, und die schöne Madeleine bis auf den Tod erschrecken? Würde sie aufschreien, fliehen, ihn verfluchen? Würde sie sich rächen wollen und ihm ihren Bruder auf den Hals hetzen? Nein, den Bruder sicher nicht, denn er marschierte zur Zeit auf Mailand zu. Vielleicht ihren Cousin Louis?

Jean Maynier mußte ein Auflachen unterdrücken. Louis de Bouliers, wie er selbst Studiosus in Aix, war zwar Herr über La Tour d'Aigues und reiche Ländereien im fruchtbaren Süden des Luberon, aber als Frauenrächer denkbar ungeeignet. Wenn er wollte, könnte er Louis mit einem Schlag zu Boden strecken. Woran er aber nicht dachte, denn als Waffenbrüder des Geistes hockten sie gemeinsam in den juristischen Vorlesungen, repetierten abends ihre Skripte und gingen anschließend noch einen Becher Wein trinken in der *Weißen Lilie*. Vergnügten sich sogar gemeinsam im Badehaus der Rue Saint Jacques. Louis war kein Kämpfer, aber ein netter Kumpan. Genauso wie der meist fröhliche Raymond ein netter Kumpan war und sich zum Beispiel nie damit brüstete, daß die Grafen d'Agoult seit Jahrhunderten in der Provence ansässig waren und geholfen hatten, sie von den Sarazenen zu befreien – uraltes Blut im Vergleich zum Blut seiner Familie, die die Baronie von Oppède erst von Papst Alexander VI. erhalten hatte.

Die Mädchen stiegen wieder aus dem Wasser. Die schöne Madeleine wurde sorgsam abgetrocknet. Sie setzte sich auf einen Baumstamm, und eine ihrer Gespielinnen reinigte ihre Füße, eine andere kämmte die nassen Locken. Die nackten Körper wurden nun wieder von den Gewändern bedeckt, die Haare hochgesteckt und Zöpfe geflochten. Das lustige Geschnatter und Gekicher hörte nicht auf. Jean Maynier merkte, wie ihm kalt wurde, aber er wagte sich nicht zu rühren. Niemand durfte ihn entdecken, das Geheimnis dieser süßen Augenweide mußte er für sich behalten. Die schöne Madeleine. Die reiche Madeleine. Madeleine und Jean Maynier. Madeleine Maynier, Baronesse d'Oppède. Die Mutter vieler Söhne. Die Gattin des Herrschers über den Luberon. Mochten seine Eltern auch nicht mehr leben, seine Studien beider Rechte machten Fortschritte, die Professoren betrachteten wohlwollend seine Leistungen, er war nicht nur stärker als der mickrig geratene Louis, sondern lernte auch schneller. Vielleicht würde er später einmal die lange Robe anziehen und Recht sprechen am Obersten Gerichtshof der Provence. Oder in der kurzen Robe einer der Heerführer des Königs werden.

Zwischen seinen Brauen bildete sich eine tiefe Falte. *Er*, dessen Schwerthieb einen Baumstamm durchtrennte, der sein Pferd beherrschte wie kein zweiter und mit der Lanze jeden Gegner aus dem Sattel gehoben hätte, *er* hatte als Ritter dem König nicht nach Italien folgen können, um sich dort zu bewähren und Ruhm zu ernten. Und trotzdem würde ihm die Zukunft offenstehen. Sie mußte ihm offenstehen! Warum sollte er also nicht die schöne Madeleine begehren?

Er konnte sich nicht sattsehen an den langen, weichen Haaren, an dem heiteren Gesicht, an der glatten Haut. Eine solche Frau mußte gesunde Söhne gebären. Und mußte, auch wenn dies vor Gott vielleicht nicht wohlgefällig war, im Bett Freude bereiten. Heiratete er sie, wäre er Raymonds Schwager und angeheirateter Cousin von Louis – sie wären die drei Brüder aus dem Luberon und stark in ihrer Gemeinsamkeit. Der eine würde Erster Präsident des Obersten Gerichtshofs von Paris, der andere Konnetabel, oberster Heerführer, und der dritte Kanzler von Frankreich. Die Triumvirn aus dem Luberon würde das Königreich beherrschen!

Sein Körper zitterte inzwischen vor Kälte, und die Hunde begannen, leise zu jaulen. Der Rappe rupfte ungerührt die Gräser am Rande des Wassers. Am gegenüberliegenden Ufer war es ruhiger geworden. Er sah die fröhlichen Mädchen nicht mehr, hörte sie aber noch im Walde tollen.

Endlich konnte er das Wasser verlassen.

Er schob seinen Körper zum Ufer und mußte sich der Hunde erwehren, die an ihm hochsprangen. Schnell schlüpfte er in seine Kleider. Er merkte erst jetzt, wie zerrissen und schmutzig sein Jagdkittel war. Als er sich aufs Pferd schwingen wollte, warf er noch einmal einen Blick zum anderen Ufer hinüber.

Da stand sie plötzlich, die schöne Madeleine, die Göttin, stand allein zwischen zwei mächtigen Baumstämmen, ihr bis zum Boden reichendes Gewand unter dem Busen zusammengebunden, die Haare hochgesteckt, die Arme frei – und schaute zu ihm herüber. Sein Atem stockte.

Kurz hob sie die Hand und verschwand im Dunkel des Waldes.

Sie hatte ihn gegrüßt! Daran gab es keinen Zweifel. Und hatte sie ihn erkannt? Sie mußte ihn erkannt haben, den Freund ihres Bruders. Aber sie mußte ihn auch ohne Kleidung gesehen haben. Triefend vor Nässe, mit haariger Brust und ohne Lendenschurz. Sie waren sich, wie das erste Menschenpaar, nackt begegnet, im paradiesischen Zustand, und hatten einander erkannt!

Jean Maynier stand neben seinem Pferd. Er starrte auf den dunklen Schatten des Waldes, in dem Madeleine verschwunden war, und wußte, er war seiner *Liebe*, seinem *Schicksal* begegnet.

## 1515

*Benedictus Dominus, Deus meus, qui docet manus meas ad proelium, et digitos meos ad bellum.* Gepriesen sei der Herr, mein Gott, der meine Hände übt zum Kampf und meine Faust zum Krieg …

Es war kalt in der Kapelle, in der sie für den Sieg des Königs in Italien beteten und für die gesunde Rückkehr von Raymond d'Agoult, der keine Kosten gescheut hatte, sich dem jungen Abenteurer François anzuschließen, der, kaum war der alte König gestorben, nicht umhin konnte, sein Glück im Kampf um Mailand und Italien zu suchen.

Madeleine saß zwischen ihrem Cousin Louis und Jean Maynier, der gebeten hatte, bei der Andacht dabeisein zu dürfen. Ihre Großmutter hatte sie neben Louis gesetzt, aber noch bevor ein anderer sich zu ihrer Linken niederlassen konnte, kniete dort schon Jean Maynier und vertiefte sich inbrünstig seufzend in sein Gebet. Kurz drehte Madeleine sich zu ihrer Großmutter um, zu ihren Eltern, die nun ebenfalls erschienen waren und die Stirn runzelten über den jungen Mann, der diesen Platz, der einem Gast nicht zustand, so ungeniert eingenommen hatte. Natürlich kannten sie ihn, den Baron d'Oppède, aber …

*Misericordia mea, et refugium meum: susceptor meus, et liberator meus.* Du mein Erbarmer, meine Zuflucht, mein Schirmer Du und mein Erretter …

Madeleine konnte sich schlecht auf Pater Julius' Worte konzentrieren. Er leierte sein Gebet herunter, schien sie aber gleichzeitig zu beobachten. Noch am Abend zuvor hatte sie bei ihm beichten müssen und Ablaß erreicht nur durch viele *Ave Marias* und das Versprechen, eine Gans zu liefern und einen Taler für die heilige Mutter Kirche und ihren Kampf um Gerechtigkeit und Gnade …

*Protector meus, et in ipso speravi.* Mein Hort, auf den ich baue …

Sie zog ihre altmodische Haube, die sie nur noch bei der Messe trug, tiefer ins Gesicht und schlug sich ihr seidenes Tuch um den Hals. Wie ein drohender Gott hing der Gekreuzigte über ihr. Er schaute grimmig, obwohl er doch die Welt erlösen sollte, und Pater

Julius, der so hieß wie der kürzlich verschiedene Heilige Vater, schaute nicht minder grimmig auf sie ...

*... qui subdit populum meum sub me.* ... der Völker mir zu Füßen legt.

Außerdem war die Kapelle der kälteste Ort im ganzen Schloß. Pater Julius liebte sie, er dehnte gewöhnlich die Beichte aus, bis sie ihm alles gestanden hatte, bis sie auch den letzten sündigen Gedanken aus den verschlossenen Kammern ihres Herzens hervorgeholt hatte. Er wollte jede Regung genau wissen, denn sonst, so drohte er, würde Gott der Herr seine Hand abziehen von seiner Magd, und die heilige Mutter Kirche ...

*Domine, quid est homo, quia innotuisti ei?* Was ist der Mensch, o Herr, daß Du Dich um ihn kümmerst?

Madeleine hatte ihm von der Begegnung am Weiher erzählen müssen. Sie fand nichts Sündiges dabei, an einem schönen Tag im Wald nach Beeren zu suchen und dann im Wasser den Körper zu erfrischen und zu reinigen. Aber Pater Julius sprach von unzüchtigen Gedanken, sprach von den Versuchungen der Nacktheit, von Jungfräulichkeit und Keuschheit.

»Aber wir haben doch nur im Wasser geplantscht«, entgegnete sie ihm.

»Domine, disperde suberbos«, flüsterte er, »zerstreu die Stolzgesinnten.«

Sie war nicht stolz, obwohl sie eine Agoult war und Bruder Julius aus einem verarmten Apter Geschlecht stammte, aber die Mönche hatten sich schon immer minderwertig gefühlt, weil ihre Brüder die Erben und Titelträger waren und sie ins Kloster abgeschoben wurden. Sie verdammten in ihren Predigten den Reichtum und häuften ihn in ihren Klöstern und Kirchen an, sie erhoben den Zehnten und Ablaßgelder und ließen sich alles bezahlen, sie predigten Keuschheit und ließen doch keine Gelegenheit aus ... Nein, Madeleine wollte es sich nicht vorstellen. Sogar in Rom, hatte Raymond ihr mit spöttischem Lachen erzählt, sollte es Huren geben, und nicht einmal die Kardinäle seien frei von Versuchungen ...

*Aut filius hominis, quia reputas eum?* Was ist ein Menschenkind, daß du es achtest?

Daß ein nackter Mann am anderen Ufer stand, hätte sie Pater

Julius beinahe verschwiegen. Aber dies wäre wieder eine Sünde gewesen, und Gott sah sowieso alles. Sie erwähnte, einen fremden Mann am Weiher gesehen zu haben und dann schnell weggerannt zu sein. Vor Gottes Augen waren alle Menschen nackt, die Jungfrau Maria würde es ihr verzeihen, daß sie … Sie erwähnte nicht, ihn erkannt zu haben, den Freund ihres Bruders. Sie sei sofort in den Wald zurück und nach Hause geeilt, erklärte sie in das begierige Schweigen hinein, und habe einen Rosenkranz gebetet.

*Homo vanitati similis factus est: dies eius sicut umbra praetereunt* … Ein flüchtiger Hauch nur ist der Mensch: hinschwinden seine Tage wie die Schatten …

Zum Glück hatten auch ihre Begleiterinnen nichts bemerkt. Nackt war er gewesen, breitschultrig, Arme wie Samson, – ob er sie ebenfalls unbekleidet gesehen hatte? Sie fröstelte. Jetzt saß Jean Maynier an ihrer Seite, in einem fleckigen Wams, das nicht mehr der Mode entsprach, mit wirren Haaren und Bartstoppeln, die der Pflege eines Barbiers bedurften. Trotzdem strömte er eine Wärme aus, gegen die sie sich am liebsten gelehnt hätte, während ihr Cousin Louis auf der anderen Seite zwar elegante breitmäulige Fußbekleidung aus feinstem Leder trug, seine Seidenstrümpfe aber die dünnen Beine kaum verbargen. Jean Mayniers Waden dagegen strotzten vor Kraft.

*Domine, inclina caelos tuos, et descende: tange montes, et fumigabunt.* Herr, neige deine Himmel, steig herab, berühr die Berge, daß sie rauchen.

Weil ihr ein Tropfen aus der Nase lief, holte sie ein Tüchlein und tupfte sie trocken. Aus Versehen ließ sie es fallen. Pater Julius hob die Stimme und donnerte auf sie herab: *Fulgura coruscationem, et dissipabis eos: emitte sagittas tuas, et conturbabis eos!* Laß zucken Deine Blitze und zerstreue sie, schieß Deine Pfeile, schrecke sie!

Blitzschnell hatte sich Jean Maynier gebückt und das Tüchlein mit sicherem Griff an sich gebracht, auch Cousin Louis bückte sich, doch zu spät. Louis war ein braver Bursche, ein wenig langsam, ein wenig schwerfällig, trotz seiner dünnen Waden, und noch nicht einmal ein guter Jäger, wie Raymond ihr erzählt hatte. Jean Maynier reichte ihr das Tüchlein, er lächelte und deutete eine galante Verbeugung an. Ein wenig steif zwar, aber saßen sie nicht in einer kalten Kapelle und mußten sich die Sprüche von Pater Julius anhören, der für den Sieg des Königs betete und für Raymonds Rückkehr? Es war ihr gleichgültig, ob der König Mailand eroberte oder nicht, aber Raymond durfte nichts geschehen.

Sie besaß nur einen Bruder und sie liebte ihn sehr. Raymond war nie schlecht gelaunt, sah gut aus und kleidete sich immer elegant. Außerdem konnte sie ihm alles erzählen, und er behandelte sie auch nicht wie einen zweitrangigen Menschen, nur weil sie eine Frau war, die zu dienen hatte. Raymond war am Hofe von Königmutter Louise erzogen worden, wie François, der König, wie Marguerite, die Schwester des Königs, und dort herrschte ein freier Geist, dort hatte man schon viel aus Italien gelernt. François, so erzählte Raymond, liebte und verehrte die Frauen, er war nicht nur ein guter Kämpfer, sondern auch ein Charmeur und ein Dichter. Ja, Raymond konnte schwärmen. Nein, Raymond durfte vor Mailand nicht fallen oder verwundet werden ...

*Emitte manum tuam de alto, eripe me, et libera me de aquis multis: de manu filienorum alienorum.* Streck von der Höhe aus die Hand, errette mich, und reiß mich aus den mächtigen Wassern; befrei mich aus der Hand der Fremden.

Noch immer starrte Pater Julius sie an. Sie hüstelte, und noch voller Angst wiederholte sie flüsternd seine Worte: »Eripe eum, libera eum, laß ihn wieder zurückkommen, ich werde auch jeden Abend einen Rosenkranz beten!«

Jean Maynier hielt ihr noch immer das Tüchlein hin und schaute sie fragend an. Sie nahm es und lächelte. Seine blauen Augen schienen sich in ihre Augen bohren zu wollen. O Gott, was sind seine Augen kalt, dachte sie, hätte Pater Julius solche Augen, nie könnte sie vor ihm etwas verheimlichen. Aber Jean Mayniers Lächeln war einnehmend. Er hielt ihr Tüchlein einen Augenblick länger, als es der Anstand verlangte, und berührte, wie aus Versehen, ihre Hand. De manu filienorum alienorum, wiederholte sie stumm. Jean Mayniers Gesicht hatte eine dunkle Röte überzogen, er wandte sich ab und bedeckte es mit seinen Händen wie zum schamvollen Gebet. Auch Louis hatte sich abgewandt, zog aber ein Gesicht wie nach einer verhagelten Ernte. Nach ihren Eltern und nach ihrer Großmutter wagte sie gar nicht zu schauen. Ihr Verhalten würde ohnehin wieder Vorwürfe nach sich ziehen. Jean Maynier galt in ihrer Familie als Hungerleider.

»Der Sohn eines Borgia-Günstlings«, hatte die Großmutter einmal gesagt, die selten ein Blatt vor den Mund nahm, »dieser Baron aus dem Rattennest von Oppède.«

Nur Raymond hatte ihn verteidigt: »Seine Familie vertrieb zwar nicht die Ungläubigen aus der Provence, aber er ist ein guter Christ, geradeheraus und rechtschaffen, ein hervorragender Jäger, ein Herkules, er rennt so schnell wie ein Pferd und ist ausdauernd wie kein anderer. Außerdem ist er im Kollegium der beste.«

»Wenn er so stark und schnell ist, warum begleitet er dann den König nicht nach Mailand, wie es sich für einen jungen Mann von Adel gehört.«

Raymond wurde unsicher: »Er hat sich bei der Jagd verletzt, sonst würde er ...«

Die Großmutter lachte ihn aus.

*Quorum os locutum est vanitatem: et dextera eorum, dextera iniquitatis.* Ihr Mund spricht Lug und Trug, gefüllt ist ihre Rechte mit Gewalttat.

Tatsächlich hatte Madeleine weder am Weiher noch jetzt in der Kapelle etwas von einer Verwundung bemerkt. Ein Feigling war Jean Maynier sicher nicht, dies würde er noch allen beweisen.

»Warum zieht Louis nicht mit?« fragte sie, um ihrem Bruder beizuspringen.

»Louis ist nicht für den Kriegsdienst geschaffen, basta.« *Basta* sagte die Großmutter immer, wenn sie eine Diskussion beenden wollte. »Es reicht schon, wenn einer unserer Familie in dieses Abenteuer zieht. Basta!«

*Gloria Patri*, rief Pater Julius, und alle stimmten sie ein.

Als sie schließlich zum Ahnensaal zogen, in dem man einen Schluck Wein trinken und eine kleine Stärkung zu sich nehmen wollte, nahm die Großmutter Louis demonstrativ am Arm und ließ sich von ihm führen. Die Eltern trotteten schweigend hinter ihr her.

Madeleine schaute sich kurz nach Jean Maynier um, der einen Schritt zurückgeblieben war und offensichtlich nicht wußte, ob er gleich sein Pferd besteigen oder die Familie in den Saal begleiten sollte. Sie fühlte seinen Blick in ihrem Nacken. Nackt hatte sie ihn gesehen, vielleicht auch er sie! Verband sie nun nicht ein geheimes Band, ein Band, das Gott eingefädelt hatte? Wie er ihr in der Kapelle das Taschentuch gereicht hatte! Und sein Blick!

Aber warum war er überhaupt erschienen? Noch nie hatte er in ihrer Familienkapelle an einer Andacht teilgenommen. Es war gut vorstellbar, daß er um ihre Hand anhielt. Nein, heute noch nicht, aber demnächst. Und sie? Wie sollte sie sich verhalten? Hitzewellen durchströmten sie und ließen sie erröten. Was würden ihre Eltern sagen? Und die Großmutter?

Im Ahnensaal wollte Madeleine Jean Maynier zuerst übersehen, aber als er in seiner männlichen Größe neben ihr stand, fühlte sie sich so angezogen, daß sie ihm, wie unter Zwang, ein Glas Wein reichte. Ein wenig steif, aber höflich verbeugte er sich, und wieder, wie in der Kapelle, stand sie im Banne seiner Nähe, seines Körpers, seines Geruchs. Feuchte Gemächer vermischten sich mit dem Schweiß von Pferden, und das Blut von Schwarzwild …

Louis, der nicht von ihrer Seite weichen wollte, hüstelte. »Er wird sicher wiederkommen, unser Raymond«, betonte er. »Im Glanz des Ruhms.«

»Der Ruhm steht dem König zu«, warf Jean Maynier ein.

»Aber unser verstorbener König hat bei Novara verloren, und er war ein guter Herrscher«, sagte Madeleine, »François ist noch jung, ein Heißsporn, wie es heißt.« Als niemand auf ihre Bemerkung einging, fügte sie noch an: »Müssen wir Mailand wirklich erobern?«

Die Großmutter drehte sich schwungvoll den jungen Leuten zu. »Was verstehst du schon von Krieg und Politik, du dumme Gans«, fuhr sie Madeleine an. »Weißt du eigentlich, wo Centallo liegt? Jenseits der Alpen, nicht weit vom Herzogtum Mailand entfernt, dem gierigen Zugriff der Feinde ausgesetzt. Die Schweizer haben sich jetzt schon im Piemont eingenistet, die Nachrichten aus unserer alten Heimat sind wenig beruhigend.«

»Aber der König ist noch unerfahren«, wagte Madeleine zu widersprechen, »und die Schweizer sind unbesiegbar. Denkt doch nur an den Herzog von Burgund. Vor Nancy mußte er sterben. Und er war ein tapfrer, ein unerschrockener Ritter.«

Ihre Eltern waren nun ebenfalls herangetreten, der Vater runzelte die Stirn.

»Was die Mädchen heutzutage alles lernen!« Die Großmutter schüttelte den Kopf. »Auf jeden Fall das Falsche.« Ihre ausladende Haube drohte herunterzurutschen, mit einer heftigen Bewegung schob sie sie zurecht. »Mein liebes Kind«, wandte sie sich erneut an Madeleine, »der König ist ja nicht allein, Bourbon ist bei ihm, Bayard, Montmorency und nicht zuletzt Marschall Trivulce, mein Bruder, Edelleute also, die schon so manchen Strauß ausgefochten haben und die wissen, wofür sie kämpfen. Ein Ritter, der für seine Ehre kämpft und für den Boden, auf dem er verwurzelt ist, wird es mit vielen Söldnern aufnehmen. Und was sind die Schweizer anders als geldgierige Bauernburschen, aufgeplusterte Gockel, die jedes Pferd von Charakter abwerfen würde, dressierte Feiglinge, die sich hinter ihren Piken und Hellebarden verstecken ...«

»Liebste Mutter ...,« unterbrach sie Madeleines Vater, aber mit einer barschen Handbewegung wurde er zum Schweigen gebracht.

Pater Julius hatte die Hände vor die Brust gelegt und warf einen seufzenden Fürbitteblick zur Decke des Saals. »Gott der Herr wird der gerechten Sache zum Sieg verhelfen, er ist gnädig und liebt die Jugend ...«

»Wäre ich doch bei Raymond und bei dem König!« rief Louis aus.

»Schluß jetzt. Basta!« Die Stimme der Großmutter wurde schrill. »Pater, sprecht ein Machtwort!«

»Wie frische Sprößlinge voll Kraft, so sind in ihrer Jugend unsere Söhne; und wohlgestaltet unsre Töchter, gar schmuck wie Tempelzier. Gefüllt sind unsre Speicher, überfließend von Früchten jeder Art. Fruchtbar sind unsre Schafe, ohne Zahl auf ihren Triften, und fett sind unsre Rinder ...«

Die Großmutter drehte sich um, rief »Amen« und »So soll es sein« und noch einmal »Basta!« und humpelte, auf ihren Stock gestützt und geführt von ihrer Kammerfrau, in Richtung Saaltür. Kurz bevor sie den Raum verließ, drehte sie sich noch einmal um und richtete ihren Stock auf Madeleine und Louis: »Ich will, daß ihr beide heiratet«, knurrte sie, »unser Land muß zusammenbleiben!«

Madeleine errötete, Louis nicht minder. Jean Maynier trat einen Schritt zurück und straffte seinen Körper.

»Kein Riß in unserer Mauer, keine Bresche, kein Klageruf ertönt auf unsern Plätzen. Glückselig jenes Volk, dem das beschieden Gott der Herr! Amen.«

Madeleine sah, wie Jean Mayniers Augen schmaler wurden. Sie preßte das Tüchlein in ihrer Hand.

»Amen«, echoten ihre Eltern.

»Amen«, sagte auch Louis.

## 1516

»Sie kommen, sie kommen«, hörte Madeleine die Mägde rufen und eilte zum Fenster. Die Schloßwachen rannten nervös durcheinander, die Schwerter schlenkerten um ihre Hüften. Befehle hallten über den Hof. Die Wachen sollten ein Spalier bilden, bis hinab zur Zypressenreihe, einer streng ausgerichteten Doppelallee, die man mit lilienbestickten Tüchern umwunden hatte. Die gründlich polierten Helme, Brustpanzer und Hellebarden glänzten in der milchigen Wintersonne, die das Schloß von Lourmarin, das Dorf und die dunklen Bergrücken des Luberons in ein warmes Licht tauchte.

Lilien hingen nicht nur um die Zypressen, Lilien hingen überall und zwischen ihnen der Salamander, der aus dem Feuer kam. Aufgeblühte Lilien in Weiß auf blauem Samt, sogar Goldfäden hatte man auftreiben können und mit ihnen die Konturen veredelt, das Feuer noch mehr leuchten lassen. Teppiche und Tücher, mit Lilien bestickt oder belegt, schmückten die Fenster und das Portal und lagen auf der Treppe. Neben dem Wappen der Agoults hatte man François' Wappen angebracht. Der Salamander spie Feuer, über seinem Kopf schwebte die Krone, unter seinen Drachentatzen stand stolz und selbstbewußt *nutrisco et extinguo* – ich ernähre und vernichte.

Aber weder die Großmutter noch Madeleines Eltern waren glücklich über den Empfang, den sie dem jungen König bereiten konnten. Man hatte keine Kosten gescheut, und doch fiel die Prachtentfaltung bescheiden aus. Das ganze Schloß war bescheiden, trotz der beiden Pfaue, die man stolz herzeigte, obwohl sie nur selten ihr Rad schlugen. Und natürlich war das Schloß viel zu klein für den Sieger von Marignano, der mit dem gesamten Hofstaat durch die Provence zog, den Bezwinger der Helvetier, den neuen Cäsar, der die Alpen so wagemutig überquert hatte wie einst Hannibal.

Zum Glück zog der Haupttroß über Arles nach Avignon. Diese Botschaft hatte Raymond ihnen zukommen lassen, der König werde ihn aber bis zu seinem Heim begleiten, mit Louise, seiner Mutter, und Marguerite, der entzückenden Schwester. Claude, des Königs Gattin, fühle sich für den Umweg zu schwach und wolle sich in Avignon ein wenig ausruhen, sie sei also nicht dabei, auch die

Garde erscheine nur mit hundert Mann, und die Marschälle und Heerführer hielten sich schon im *Comtat Venaissin* auf, in der Grafschaft des Papstes.

Madeleine hörte laute Hochrufe und sah eine Staubfahne hinter den Zypressen. Die Bevölkerung von Lourmarin und die Bauern der umliegenden Dörfer hatten sich versammelt und jubelten, angefeuert von einem Schloßbediensteten, dem König zu. Während der letzten Tage hatten sie Ochsen, Schweine und Ferkel, Hühner und Gänse abliefern müssen, waren dafür aber bezahlt worden. Raymond wünschte sich dies in seiner Botschaft, zum Mißfallen seines Vaters.

Aber die Großmutter erklärte: »Der Junge hat recht. Wenn ein Sieger nicht großzügig ist, wer dann? Basta!«

»Und trainiert schon einmal für das Turnier«, war Raymonds letzter Satz, »der König will zeigen, daß er der beste Ritter im ganzen Land ist.«

Louis, der dabeistand, als man die Botschaft verlas, wurde bleich. Die Großmutter kratzte sich am Hals und knackte dann einen Floh, der ihren Fingerspitzen nicht hatte entkommen können.

»Jean Maynier«, rief Madeleine begeistert, »wir müssen Jean Maynier einladen, er ist der einzige ...«

Die Großmutter schaute sie scharf an. »Sie hat recht! Der Baron von Borgias Gnaden muß her. Wir wollen dem König zeigen, daß der Luberon nicht nur unseren untadeligen Raymond hervorgebracht hat, sondern auch andere tapfere Ritter. Die bereit sind, sich von der allerhöchsten Lanze in den Sand setzen zu lassen. *Apropos Sand.* Habt ihr dafür gesorgt, daß ...«

Und die hektische Vorbereitung der Empfangs nahm ihren Fortgang.

Inzwischen hatte sich die Wache in Reih und Glied aufgestellt und Haltung angenommen. Madeleine trieb die Kammermädchen an, ihr Brokatgewand zu richten und das Seidenfutter durch all die Schlitze zu zupfen. Auch war die Frisur noch nicht endgültig gerichtet. Zweimal hatte man ihre Haare auskämmen müssen, die Locken neu geflochten, und sogar ihre Mutter war erschienen und hatte ihr die Stirn noch weiter ausrasiert. »Das ist in Italien Mode, und der König kommt aus Italien.« Die Haube war zwar mit Perlen bestickt, blieb aber fast unschicklich knapp und wollte so gar nicht zu der hohen Stirn und dem üppigen Haarkranz passen. Die Mutter runzelte die Stirn, ließ es aber dabei bewenden, konnte jedoch nicht umhin, den Ausschnitt zu beanstanden, der wegen des kalten Wintermistrals nicht frei lag, sondern den Busen unter halb durchsichtiger Seide nur erahnen ließ.

»Er sieht nicht üppig genug aus. Da muß noch etwas geschehen«, befahl sie.

Madeleine, die sich aus dem Fenster lehnte, winkelte erst ein, dann das andere Bein an, damit ihr die bestickten und mit Perlen verzierten Schuhe übergezogen werden konnten, und wartete auf das Erscheinen des hohen Besuchs. Und natürlich auf Raymond, der unverletzt geblieben sein sollte. In erster Linie aber auf den König! Den jungen strahlenden Herrscher, von dem nach seinem Sieg über die Schweizer und nach dem Treffen mit dem Heiligen Vater überall in höchsten Tönen die Rede war. Gab es einen König auf der Welt, der seine Herrschaft mit solch einem Triumph begonnen hatte? Noch dazu gerade mal einundzwanzig Jahre alt. Ein Heißsporn, den Fortuna liebte. Madeleine hatte viel von ihm gehört. Kaum war die Nachricht vom Sieg bei Marignano durchgedrungen, schien ein Damm gebrochen. Als hätten vorher alle den Atem angehalten, brach es jetzt aus allen Mündern heraus. Sogar die Dienstboten steuerten ihre Geschichten bei, sie wollten Zeichen am Himmel gesehen und geträumt haben von niederstoßenden Adlern und von Stürmen, die in die Reihen der Schweizer gefahren seien.

Insbesondere die Familien, deren Männer und Söhne Raymond begleiteten, führten sich regelrecht hysterisch auf. Noch wußte von ihnen niemand, ob nicht einer aus der graflichen Truppe verwundet oder gar getötet worden war. Die beiden Bogenschützen und die zwei jungen Diener kannte Madeleine persönlich. Von ihnen ließ sich Raymond häufig auf der Jagd begleiten. Falls er in voller Rüstung vom Pferd gestoßen wurde, hatten sie ihn wieder auf die Beine zu stellen. Von dem fünften hatte sie nur gehört. Er war Schlachter und stammte aus Bonnieux. Seine Aufgabe bestand darin, dem zu Boden gegangenen gegnerischen Ritter unter dem Harnisch die Kehle durchzuschneiden. Beziehungsweise zu verhindern, daß ein anderer Soldat das gleiche bei Raymond versuchte. In dem

Gewühl aus Pferdeleibern, Rüstungen, Schwertern und um sich stechenden und schlagenden Soldaten war das keine leichte Aufgabe.

Madeleine verstand sowieso nicht, warum man nicht den gegnerischen Ritter am Leben ließ. Schließlich war auch er ein Edelmann. Wer vom Pferd geworfen wurde, zog sich freiwillig zurück und schied wie bei einem Turnier als der Schwächere aus dem Kampf aus. So ein Sturz vom Pferd war schon schmerzhaft genug, und manch einer brach sich die Knochen. Dann mußte einem nicht auch noch die Kehle durchschnitten werden. Wenn es schon nötig war, daß sich Männer in einer Schlacht umbrachten, dann sollte dies auf die Söldner beschränkt bleiben; die wurden dafür bezahlt und konnten ihretwegen sterben. Aber die Ritter, die nur einen lächerlich geringen Sold erhielten, dafür aber die ganze teure Ausrüstung stellen mußten, hatten gefälligst zu überleben!

Raymond hatte sie ausgelacht, als sie ihm vor seinem Aufbruch ihre Meinung gesagt hatte. »Ein Ritter kämpft für seinen König und seine Ehre. Und für eine gerechte Sache. Und für Gott. Stirbt er, braucht er kein Fegefeuer zu befürchten.«

Aber dann sah sie seine Knie doch plötzlich zittern.

Die Großmutter und die Eltern standen im Turmportal, als ein nervöser Rappe durch das Hoftor tänzelte. Auf ihm saß ein Hüne von Mann in lilienübersätem Samt. Der König! François I. Er lächelte leicht spöttisch, aber freundlich, hielt kurz an, drehte sich um, und da war auch schon Raymond auf seiner Fuchsstute. Er rief »Madeleine, Madeleine!« Er hatte sie gesehen. Auch der König winkte, keine Spur von majestätischem Gehabe und steifer Etikette. Breitschultrig war er, gegen ihn sah Raymond wie ein schlanker Page aus. Aber die Nase! Von der Nase hatte sie schon gehört, und sie war tatsächlich riesig.

Und nun tänzelte eine junge Frau heran, die ihm wie ein Zwilling ähnelte. Sie mußte seine Schwester sein, die gebildete *entzückende* Marguerite. Eine Sänfte wurde herbeigetragen, Louise wohl, die Königmutter, und neben ihr ein unglaublich fetter Mann in golddurchwirktem Rot. Das konnte nur Duprat sein, der Kanzler, François' väterlicher Ratgeber und rechte Hand. Und um sie herum überall die Soldaten des Königs, der sich nun mit einem Handschuh den Staub von seiner Kleidung klopfte.

Madeleine sah ihre Eltern sich tief verbeugen. Raymond schwang sich vom Pferd. Nun hielt sie es nicht mehr am Fenster aus, sie flog die Treppe hinunter, um ihren geliebten Bruder in die Arme zu schließen. Tränen schossen aus ihren Augen, Tränen der Freude, und sie übersah sogar den König, als sie Raymond an den Hals flog. Sie küßte ihn, sie herzte ihn, bis eine warme, dunkle Stimme in ihr Ohr flüsterte: »Schönste Provençalin – und ich?«

Es war der König. Und sie sank auf die Knie.

Madeleine, inzwischen gesättigt, die glühenden Wangen vom Wein gerötet, konnte immer nur staunen, wie jungenhaft locker und unkompliziert der König sich verhielt, obwohl er durch seine Größe und seine kostbare Kleidung wie ein geborener Herrscher wirkte. Natürlich hatte er vor dem gemeinsamen Mahl die Kleidung gewechselt, trug nun ein hermelinbesetztes Barett und ein aufbauschendes, beigefarbenes Seidenwams, das von schwarzen Samtstreifen überzogen und reich bestickt war. Seine Brust schmückte ein Goldmedaillon, das an einer langen, mit Perlen durchsetzten Kette hing. Für einen so großen und starken Mann waren seine Finger erstaunlich schlank. Aber am meisten faszinierten sie sein spöttisches und doch wohlwollendes Lächeln, das immer wieder in ungehemmtes Gelächter ausbrach, der kluge, blitzende Blick, dem nichts entging, und die weiche, dunkle Stimme, mit denen er die Damen umschwärmte.

»Ein Hof ohne Frauen ist ein Jahr ohne Frühling, ist ein Frühling ohne Rosen«, hatte er sogleich der Großmutter zugerufen, die Louise, der Herzogin von Savoyen, ihren Kopf zuneigte.

Marguerite, seine Schwester, unterbrach ihn sofort: »Aber wir haben Winter, und in dieser Jahreszeit blühen die Rosen nicht, sondern stechen jeden, der sie brechen will.«

Der König lachte, er hob seinen Pokal und rief ironisch: »O wie geistreich dieser Reim!« Er prostete ihr zu, prostete allen zu, ließ sich den Pokal wieder füllen und wandte sich an Madeleine. »Diese Rose duftet besonders gut.«

Sie spürte, wie die Röte in ihrem Gesicht sich zu Purpur verdunkelte.

»François!« ermahnte ihn seine Schwester.

»François!« ermahnte ihn auch seine Mutter, aber er lachte nur und ließ die Gläser klingen.

Madeleine blickte verstohlen zur Großmutter, die auf das charmante Zuprosten ohne mißbilligende Stirnfalte reagierte. Auch die Mutter reagierte mit einem sehr feinen Lächeln, der Vater schaute weg, und Raymond unterhielt sich gerade mit dem Kanzler. Nur Jean Maynier, der am unteren Ende der Tafel saß, verzog keine Miene, starrte sie mit einem wilden Blick an und trank hastig. Er hatte sich bisher noch nicht von der fröhlichen Stimmung anstekken lassen, aber vielleicht fühlte er sich in seiner altmodisch straffen Kleidung unwohl, fühlte sich auch schuldig, daß er seinem König nicht den ritterlichen Ehrendienst geleistet hatte und nun wie ein Drückeberger vor ihm sitzen mußte.

Zum Glück hatten es allen geschmeckt, die Pistazientorte und die mit Zimt bestreuten Bratäpfel, die mit Artischockenherzen gezierten Pasteten, die Taubeneier in Safransauce, das mit Mandeln gewürzte Fischragout, das Forellenfilet und schließlich das kandierte Obst. Der Wein aus eigenem Anbau war besonders von Kanzler Duprat gelobt worden.

François' Charmieren hatte etwas nachgelassen, weil man ihn und Raymond bat, von seinem Siegeszug nach Italien zu erzählen. Der König legte in seiner jugendlichen Begeisterung los, und auch Raymond ließ sich anstecken. Die beiden sprangen schließlich auf und lieferten das Drama einer Schlacht, die das Schicksal Frankreichs, so glaubte sein König, entschieden hatte.

Madeleine hörte von der geschickten Sperrung des Alpenübergangs durch die Schweizer, die sich bei Susa festgesetzt hatten, hörte davon, wie sie hereingelegt wurden – durch Improvisation, Wagemut und Kühnheit. Marschall Trivulce, ihr Großonkel, hatte einen unbekannten Alpenübergang entdeckt, den Paß von Larche, und wie einst Hannibal hatte man das Unerhörte und scheinbar Unmögliche gewagt und einen neuen Weg gefunden: der Herzog von Bourbon an der Spitze der Vorhut, dann das Heer, die Ritter in ihrer schweren Rüstung, sogar die Kanonen, alle an Eis und Schnee vorbei, durch reißende Bergbäche, durch Schluchten und geduckt unter Felsen. Keiner nahm Rücksicht auf die Tücken der Natur, und manches Pferd stürzte in die Tiefe und mit ihm der Ritter. Mancher Fußsoldat wurde durch Steinschlag getötet. Kaum Schlaf, nur Verpflegung für drei Tage, weil der Troß nicht nachkam, zwei Tage nur Schnee, Felsen, Wind und Schweiß.

Hätten die Schweizer bemerkt, welchen Weg die französische Armee zu klettern wagte, so hätten sie die Falle zuschnappen lassen. Dann wären sie aufgerieben worden, mausetot wären sie, all die Edelleute, die mutigen Ritter mit ihren Mannen. Aber die Schweizer hatten nichts bemerkt. Sie warteten in Susa hinter ihren Schanzen vergeblich.

Doch noch war auch ohne die Schweizer das Wagnis nicht durchstanden. Der Abstieg! Die Pferde scheuten! Die Männer rutschten und verstauchten sich die Knöchel. Die Kanonen mußten von Fels zu Fels abgeseilt werden! Doch keiner murrte. Tollkühn war der Versuch, und nun hatten sie es fast geschafft. Nun würden sie auch den Rest noch schaffen. Eine kleine Schlacht gegen die stachligen Schweizer Haufen. Wer die Alpen bezwungen hatte, würde auch die Spieße und Hellebarden niederwalzen.

Der König stieß mit Raymond an, trank und drückte ihn anschließend an seine breite Brust.

»Und dann Colonna!«

Beide wollten sich ausschütten vor Lachen.

»Ich wußte von nichts«, rief der König, »aber Bayard und die junge Bande überraschten den päpstlichen Condottiere mitsamt seinen Offizieren beim Fressen und setzten sie im Handstreich matt, fingen sie wie Tauben im Käfig. Tausend Ritter, da glotzten sie, als käme der Heilige Geist über sie, ein Streich sondergleichen, genial, und Colonna fluchte wie ein Pferdeknecht.«

»François, achte auf deine Wortwahl«, ermahnte ihn seine Mutter, »du befindest dich im Kreise von Damen!«

»Entschuldigt, Madame, die Begeisterung reißt mich fort.«

»Weiter, weiter!« rief Madeleine und hielt sich dann, erschrocken über ihren Mut, die Hand vor den Mund.

Die Großmutter schaute nur milde.

Der König ließ sich nicht zweimal bitten. Die Schweizer, so berichtete er, gaben ihre Sperrstellung bei Susa auf, so daß nun weitere französische Truppen unbehelligt durchkamen, zogen sich aus

Piemont nach Mailand zurück, die französische Armee sammelte sich, ordnete sich, rückte langsam vor.

»Wir verhandelten sogar!«

Ja, der König war nicht nur ein wilder Draufgänger, er war im Grunde ein friedensliebender Mann. Er gab dem Gegner eine Chance, er wollte Mailand, aber er wollte auch Frieden. Eine Million Goldtaler war ihm der Frieden wert, eine Million für die Schweizer Bauernburschen. Mailand sollte ohne einen Blutstropfen französisch werden.

An seinem Geburtstag am zwölften September, dem Tag des Heiligen Apollonius, hatte der König noch an einen Sieg ohne Blutvergießen geglaubt, am dreizehnten jedoch gellten die Sturmglokken durch Mailand.

Der König hatte sich auf einen Schemel gestellt, riß sein Schwert in die Luft: »Sie wollten den Krieg! Ich gab mich in das Unabänderliche und bat Gott um einen gerechten Sieg. Mir blieb nicht viel Zeit fürs Gebet. Sie rückten an, sie richteten ihre Spieße gegen uns, sie bedrängten Bourbon und wollten die Kanonen erobern, um sie gegen uns zu wenden. Es wurde höchste Zeit, sich ins Kampfgetümmel zu stürzen!«

Madeleine hielt die Luft an. Raymond war zurückgetreten und ließ den König noch einmal seine Schlacht schlagen.

An der Spitze seiner Kavallerie donnerte er Bourbon zu Hilfe, aber schon hatten die Schweizer die ersten Kanonen erobert und sie gegen die Franzosen gerichtet. Der Kampf stand, kaum hatte er begonnen, auf Messers Schneide, nein, er war fast schon verloren. Besäßen die Schweizer erst alle Kanonen, wären die Würfel gefallen, und der Tod könnte reiche Ernte halten.

Aber in diesem Augenblick erreichte der König mit zweihundert seiner schweren Reiter die Artillerie.

»Wir warfen uns auf sie wie wütende Keiler, wir knickten ihre Piken wie Hölzchen, wir trampelten sie nieder und drängten sie zurück. Die Kanonen waren wieder unser. Und da rückte auch schon der schwarze Landsknechtshaufen nach, Bourbon griff erneut an, der Kampf tobte weiter, bis in die Nacht hinein, bis der Mond gespenstisch das Getümmel beleuchtete. Wir trugen das weiße Kreuz auf unserer Brust, die Schweizer ebenfalls, man konnte den Feind kaum mehr vom Freund unterscheiden. Dann schoben sich Wolken vor den Mond, und wir mußten einhalten. Noch hatte niemand gewonnen. Die Nacht war schwarz. Ich wollte aus einem vorbeifließenden Bach trinken: Doch das Wasser war so rot vor Blut wie der Wein eurer Heimat.«

Er ließ sich von Raymond seinen Pokal reichen, trank ihn leer und genoß die gebannten Blicke der Zuhörer.

»Ich traf alle Vorbereitungen für den Sieg, aber ich traf auch die Vorbereitungen für eine Niederlage, sprach mit den Rittern, mit den Bogen- und Armbrustschützen und den Landsknechten. Und ich betete. Bei Morgengrauen dann wälzte sich der Feind wieder heran. Wie eine Lawine voll spitzer, todbringender Eisen. Wie ein tobender Sturmwind. Ich hielt stand. Bourbon hielt stand. Unsere Kanonen lichteten die Reihen der Schweizer. Doch gaben sie nicht auf. Plötzlich hörte ich, daß Alençon auf dem linken Flügel überrannt worden war.«

Er warf einen Blick auf seine Schwester, die Gattin des Herzogs von Alençon.

»Unsere Flanke war offen und verwundbar, das Glück schien sich gegen uns zu wenden, denn noch immer hatten wir nicht gesiegt. Da ertönte plötzlich das Kampfgeschrei *San Marco! San Marco!* Die venezianische Kavallerie eilte uns zu Hilfe, fiel den Schweizern in den Rücken. Welch ein Glück, daß ich die Venezianer rechtzeitig benachrichtigt hatte!«

Er reckte das Schwert noch einmal siegreich in die Höhe.

»*San Marco! La France!* Da gaben die Schweizer auf. Geordnet zogen sie sich zurück. Sie nahmen sogar ihre Toten mit. Aber sie hatten die Schlacht verloren. Und ich hatte den Ruf ihrer Unbesiegbarkeit zerstört.«

François stieg vom Stuhl herab, steckte sein Schwert in die Scheide, setzte sich mit einer bescheidenen Geste an den Tisch und wies auf Raymond.

»Ohne meine Ritter und Freunde wäre ich jetzt tot, und Frankreichs Schmach wäre nie wieder auszulöschen.«

Plötzlich schluchzte er auf und warf sich Raymond an die Brust.

»Zehntausend Mann sind gefallen«, stieß er hervor. »François de Bourbon ist tot, der Bruder des Konnetabel, Talmont, Boisy, Imbercourt, alle sind sie tot, Guise hat zweiundzwanzig Lanzenstiche im Leib, und ohne meine Garde stünde auch ich längst vor dem Allmächtigen.«

»Sire!« Raymond richtete den König wieder auf und wischte ihm die Tränen aus dem Gesicht, »Sire, Marignano ist ein Meilenstein in der Geschichte, und Ihr seid der strahlende Sieger. Ihr habt die Schmach von Novara gerächt und Frankreichs Ruhm vermehrt. Ihr habt die Helvetier bezwungen, Mailand erobert, mit dem Papst ein Konkordat geschlossen. Ihr seid der größte Herrscher unter unseren Völkern. Seid Euch dessen bewußt. Ihr solltet Kaiser werden! König von Frankreich, Herzog von Burgund, König von Neapel und Kaiser des Heiligen Römischen Reichs.«

»Recht hat er«, rief Duprat und hielt seinen Pokal hoch. »Es lebe François, der neue Cäsar, der Kaiser der Zukunft!«

Der König lächelte nun wieder. Wie der römische Imperator streckte er seine rechte Hand in die Höhe. Seine Mutter strahlte. Marguerite, die Herzogin von Alençon, strahlte nun auch. Fort war der düstere Schatten, der über ihr Gesicht gezogen war, als ihr Bruder die Niederlage ihres Mannes erwähnt hatte. Madeleines Eltern applaudierten, die Großmutter hielt huldvoll ihre Hände in die Höhe und murmelte »Amen, amen!«

Madeleine war aufgesprungen, zu ihrem Bruder geeilt und hatte ihn geküßt. Ein fester Griff umfaßte ihre Taille, und nun hielt ihr der König seine Wange hin. Fast schwanden ihr die Sinne. Alles wirbelte in ihrem Kopf, sie sah die wilden Kämpfer und den König inmitten von Eisen und Blut, Lanzen und Spießen, Pferden und Schlamm. Der Held trug sie davon. Und alle applaudierten. Der Wein war ihr zu Kopf gestiegen, die Haare hatten sich zum Teil aufgelöst, und es war so warm geworden, daß sie ihren Ausschnitt befreit hatte. Sie wußte nicht mehr, was Wirklichkeit vom Traum trennte. Vor ihr der Tisch mit dem Wein, dem Obst, den Kerzen, und im Kamin loderte das Feuer. In allen Kaminen loderten Feuer, und die Flammen rissen sie mit. Die leuchtenden Augen der Anwesenden zogen vorbei. Ihr war schwindlig, und sie wußte nicht, was sie tun sollte, als der König sie wieder auf einen Stuhl setzte.

»Musik!« rief er.

Ein wenig kläglich stimmten eine Laute und eine Flöte eine Melodie an.

Madeleine war der Kopf auf die Arme gesunken. Sie hob ihn wieder und sah Jean Maynier ins Gesicht. Seine Augen blickten sie in kalter Wut an, aber sein Mund lächelte. Er reichte ihr ein Glas. Alle stießen sie an.

»Wir wollen tanzen!« rief der König.

»Ja, tanzen«, lallte Madeleine.

## 1516

Am nächsten Morgen erwachte Madeleine spät. Ihr Kopf schmerzte. Draußen schien die Sonne, es war kühl, aber klar, und sie ließ sich ankleiden. Der König sei schon auf der Jagd, hörte sie, mit dem jungen Herrn und Baron d'Oppede. Die Hundemeute sei in der Frühe ganz wild gewesen.

Als sie sich aus dem Fenster beugte, hörte sie Hörnerschall in der Ferne. Ihre Mutter erschien und ordnete an, sie solle ihr schönes Kleid anlegen, das goldbestickte Brokatkleid, aber die Ärmel müßten gründlich aufgebauscht werden, das sei Mode in Italien. Den Ausschnitt dürfe sie mit der dreifachen Perlenkette zieren, die der Marschall von Trivulce der Großmutter nach einem seiner ersten siegreichen Feldzüge aus Italien mitgebracht habe. Für solch einen Tag sei nichts gut genug, um ein schönes Mädchen noch schöner zu machen, und außerdem solle sie sich mit Rosenwasser benetzen. Madeleine errötete. Der Scheitel gehöre glatt und genau auf die Mitte des Kopfes, die Haare sollten zu Zöpfen gebunden und um den Hinterkopf gelegt werden. Die Kammermädchen wurden angewiesen, sorgfältig zu arbeiten.

»Und womit bedecke ich meine Haare, Mama?«

»Du darfst mein Diadem tragen.«

»Sonst nichts?«

»Laß den König deine vollen Haare bewundern.«

»O Mama!«

Noch bevor die Sonne den Zenit erreichte, erschien die Jagdgesellschaft fröhlich lärmend, und es gab einiges zu erzählen. Man hatte dem König sogar einen kapitalen Hirsch vor seine Armbrust treiben können. Mit einem sicheren Schuß hatte er getroffen, aber der Hirsch war noch nicht tot, und bevor die Hunde ihn zerrissen, gab ihm Jean Maynier mit seinem Bogen den Fangschuß.

Der König war von der sicheren Hand und der ruhigen Kraft seines Begleiters begeistert. Auf dem Rückweg ritt er neben dem Baron, verglich die beiden Rappen, fand seinen zwar gehorsamer und schneller, lobte aber den edlen Kopf des anderen.

»Für den hast du sicher einiges bezahlen müssen.«

»Sire, einer der ketzerischen Waldenser hat ihn mir mitsamt Haus und Land überlassen, als er sich Hals über Kopf dem Arm des Gesetzes entzog.«

Der König lachte und schaute Jean Maynier prüfend von der Seite an. »*Überlassen.* Ich verstehe. Du sorgst für Ordnung bei deinem Landvolk.«

»Der reine Glauben unserer Mutter Kirche ist mir ein Anliegen, Sire. Hier im Luberon gibt es zu viele Anhänger des Petrus Waldus aus Lyon. Sie stiften Unfrieden, sie glauben nicht an die Lehren der Heiligen Kirche, sie stellen sogar die Autorität des Heiligen Vaters in Frage.«

»Na, solange sie arbeiten, Steuern zahlen und nicht öffentlich zur Ketzerei aufrufen ... Und was den Heiligen Vater angeht ... Wie dem auch sei, mir haben sie zugejubelt.«

»Sie sind scheinheilig und verlogen. Sie treffen sich heimlich, und während ihrer Messen huldigen sie teuflischer Magie.«

Der König machte eine ungeduldige Geste. »Von den Waldensern hat mir der Seneschall der Provence schon erzählt. Nicht nur Schlechtes. Im übrigen: Warum bist du eigentlich nicht mit mir nach Italien gezogen? Statt dir so viele Gedanken um ketzerische Umtriebe zu machen, hättest du deine Kraft im Kampf um Mailand einsetzen können.«

»Eine Verletzung«, murmelte Jean Maynier mit gesenktem Kopf, »eine Jagdverletzung.«

»Hast du häretische Bauern gejagt?«

Jean Maynier warf ihm mit zusammengekniffenen Augen einen kurzen Blick zu, richtete sich wieder auf und schwieg.

»War nur ein Scherz. Wie vertreibst du dir sonst die Zeit?«

»Ich studiere in Aix die Rechte.«

»Wie Cousin Louis«, warf Raymond ein, der hinter den beiden ritt.

»Der König von Frankreich braucht auf allen Gebieten loyale Diener«, sagte François.

»Ich werde Euch stets zu Diensten sein, Sire!«

Raymond hatte Madeleine alle Einzelheiten berichten müssen, auch die Unterhaltung zwischen dem König und Jean Maynier. Kaum saßen sie im Rittersaal und nahmen einen Imbiß. Noch verschwitzt, Staub und Piniennadeln in Kleidung und Haar, wandte sich ihm der König erneut zu.

»Und deine Eltern haben sich zum Empfang des Königs nicht nach Lourmarin begeben?«

»Sie leben beide nicht mehr, Sire, die Pest hat sie hinweggerafft.«

»Ach, die Pest! Warum der Allmächtige uns nur mit all den Krankheiten geschlagen hat und uns immer wieder neue schickt, als hätten wir nicht schon an Gicht, Krätze und Schlagfluß genug.«

»Er will die Menschen prüfen.« Jean Mayniers Stimme hatte einen scharfen Unterton angenommen. »Man muß sich ihm fügen.« François kratzte sich nachdenklich, schien sich dann von einem unangenehmen Gedanken wegzureißen und gab Jean Maynier einen freundschaftlichen Klaps auf die Schulter: »Ja, Gottes unerforschlicher Ratschluß ...« Dann rief er nach einem Wein für die beiden treffsicheren Schützen.

Madeleine setzte sich an den Tisch. Dem König sah man nicht an, daß er nur eine kurze Nacht hinter sich hatte, daß auch er gestern abend nicht mehr ganz nüchtern gewesen war. Raymond hatte Ringe unter den Augen und war blaß, Louis wirkte trotz des überdimensionalen Federbuschs auf seinem Kopf noch schmaler, trank Wasser und schwieg. Der Vater hatte sich verzogen. Marguerite, die Herzogin, hatte gefragt, ob sie nicht ein wenig Schlagball spielen könnten, aber da Madeleine weder einen Schläger besaß noch in der Lage war, einen Ball zu treffen, hatte sie sich den älteren Damen angeschlossen, die zu einem Spaziergang durch die Olivenhaine aufgebrochen waren und schließlich den Taubenturm besichtigten. Duprat saß mit Pater Julius zusammen, langweilte sich aber offensichtlich, denn seine Augen wurden immer schwerer, und er nickte ein.

Auch die Garde des Königs hatte es sich bequem gemacht. Die Soldaten saßen vor den Kaminen, würfelten oder spielten Mühle oder Trictrac. Manche schnarchten, andere suchten nach Läusen oder knackten Flöhe. Aus der Küche hörte man Grölen und Gekicher, Gurren und Prahlen.Es wurde schon wieder kräftig getrunken, manchmal kreischte eins der Mädchen auf, krachendes Gelächter folgte.

Madeleine konnte noch immer nicht fassen, daß vor ihr der König von Frankreich saß, daß dieser junge Mann, der kaum älter war als sie und so unbekümmert wirkte, gerade eine blutige Schlacht geschlagen hatte und beinahe getötet worden wäre. Er hätte ein Bruder sein können, wie Raymond, er scherzte und witzelte und sprach dann wieder ganz ernst und neugierig mit Jean Maynier. Gestern hatte er Madeleine sogar um die Hüfte gefaßt und später mit ihr tanzen wollen, aber sie war nur gestolpert, hatte keine Figur mehr gewußt, die Herzogin hatte ihr vortanzen müssen, und der König hatte sie in die Seite gezwickt.

»Bis es dunkel wird, können wir noch kurz die Lanzen kreuzen«, rief er in die Runde. »Ich muß in Übung bleiben. Wer wagt es?«

Louis verkroch sich unter seinem verwegenen Federbusch.

»Wenn Ihr milde mit mir verfahrt, Sire«, sagte Raymond und wischte sich über die Stirn, »dann werde ich es wagen.«

Jean Maynier schwieg.

Der König sah ihn auffordernd an.

Jean Maynier schwieg noch immer.

Der König kniff seine Augen zusammen und zog die Mundwinkel erstaunt nach unten.

»Ich habe weder Harnisch noch Lanze mitgebracht. Und Oppède liegt einen halben Tagesritt von hier entfernt.«

»Raymond leiht dir seine Rüstung.«

»Er paßt nicht in sie hinein.«

Der König schien nun seine gute Laune verlieren zu wollen, aber dann fiel ihm plötzlich etwas ein. »Das Geschenk des Papstes! Der Heilige Vater hat mir in Bologna einen wunderschönen Harnisch geschenkt. Er stammt von einem breitbrüstigen Krieger und wird dir passen.«

Jean Maynier richtete sich auf.

»Es heißt, Cesare Borgia, des Sohn von Papst Alexander, habe ihn getragen.«

»Ich werde antreten, Sire.« Jean Maynier war aufgestanden, seine rechte Hand zur Faust geballt.

»Na also.«

»Aber es ist ein Prunkharnisch, Sire«, warf Raymond ein, »zu kostbar und außerdem gefährlich, die Lanze kann sich festhaken ...«

François winkte ab. »Es ist doch nur ein Turnier, ich werde ihn schon nicht töten.« Sein Blick glitt nun über Louis, ein spöttisches Lächeln auf den Lippen. »Stellt den Trennzaun auf und vergeßt nicht, genügend Sand hinzuschütten, so ein Sturz läßt ordentlich die Knochen krachen. Und beeilt euch, die Sonne geht bald unter.«

Es setzte hektische Betriebsamkeit ein. Das Turnierfeld mußte gerichtet, die Kämpfer umgekleidet und in ihre Rüstungen gesteckt werden. In der Tat paßte Jean Maynier in den Harnisch. Er sah darin majestätisch wie ein Bruder des Königs aus.

Die Damen waren inzwischen wieder von ihrem Spaziergang zurückgekehrt, und alle, auch die Soldaten, versammelten sich um den Turnierplatz. Es wurden schon Wetten abgeschlossen. Pater Julius betete, Duprat ließ sich einen Stuhl holen, auf den er mit seinem dicken Bauch keuchend niedersank. Bevor dem König der Brustpanzer angesetzt wurde, riß er sich das Medaillon vom Hals und warf es Madeleine zu. Er deutete eine Verbeugung an: »Darf ich für Euch den Strauß ausfechten, gnädiges Fräulein?«

Sie nickte aufgeregt und drückte das Medaillon an ihre Brust.

Jean Maynier wurde schon auf sein Pferd gehievt, nahm die Lanze und ritt ein paar Runden um den Turnierplatz. Der König folgte ihm. Dann stellten sich die beiden Ritter auf, Raymond gab das Startzeichen, und die Pferde galoppierten los. Jean Maynier hatte sich kurz zur Seite gedreht, so daß die Lanze des Königs ihn nicht traf, er selbst aber auch nicht mehr genau zielen konnte und den König nur am Oberschenkel berührte. Damit sie sich nicht verhakten oder zersplitterten, hatten sie die Lanzen fallengelassen und ließen sie sich jetzt erneut reichen. Die Gardesoldaten feuerten ihren König an. Sein Pferd wurde zunehmend nervöser: es drehte sich um die eigene Achse, und als der König am Zügel riß, stieg es hoch und hätte ihn beinahe abgeworfen. Auf der anderen Seite der Turnierbahn wartete Jean Maynier geduldig. Er hatte sein Visier aufgeklappt und hielt die Lanze nach oben. Die Zuschauer schauten sich fragend an.

»Oppède schlägt sich beachtlich«, sagte die Großmutter, »in Borgias Harnisch – wenn das kein Omen ist.«

»Unser Sohn wirkt nervös«, bemerkte die Königmutter. Ihre Tochter nickte.

Raymond wandte sich ihnen zu. »Im Prunkharnisch zu kämpfen ist sehr gefährlich. Das Eisen ist dünner, und die vielen Verzierungen lassen die Lanze nicht abgleiten. Wenn der König seinen Gegner ungünstig trifft, kann er ihn töten. Eigentlich ist ein solcher Kampf gegen die Regeln.«

François klappte nun ebenfalls sein Visier hoch. Er gab dem Pferd die Sporen und ließ es eine Runde um den Turnierplatz galoppieren. Nun zitterten zwar seine Flanken, aber es stand.

»Ich bin soweit,« rief er. Man hörte den Ärger in seiner Stimme. Er klappte das Visier herunter und ließ die Lanze nach unten sinken. Jean Maynier tat das gleiche, Raymond gab den Startbefehl, und wieder preschten die Ritter aufeinander los.

Diesmal krachten die Lanzen derart auf die Panzer, daß sie beide zersplitterten. Die Garde tobte und brüllte »Es lebe François der Erste!« und »Marignano, Marignano«. Schon stand der König bereit zu einer neuen Runde und wartete erst gar nicht Raymonds Startbefehl ab. Er traf Jean Maynier genau auf der Brust. Wieder splitterte die Lanze zum Glück, denn der getroffene Oberkörper bog sich zurück, und die Spitze hätte sich leicht in die Kehle bohren können. Jean Maynier wankte, preßte seine Beineisen in die Flanke des heftig aufwiehernden Pferdes, stürzte aber nicht. Während der Rappe in leichten Trab fiel, richtete er sich auf. Auch der König ließ seinen Rappen zurücktraben, öffnete sein Visier und kam neben ihm zu stehen.

»Bravo«, sagte er, »ich habe einen würdigen Gegner gefunden. Der Kampf ist unentschieden.«

»Sire, Eure Majestät haben gewonnen.«

François winkte ab. »Ich schenke dir den Harnisch – damit du mich auf meinem nächsten Kriegszug begleiten kannst. Ritter wie dich brauche ich.«

»Der König hat gewonnen, der König hat gewonnen«, brüllte die Garde, und die anwesenden Damen klatschten ihm zu. Raymond wischte sich den Schweiß von der Stirn.

Madeleine rührte sich nicht, als alle auf den König zustürmten und ihm gratulierten. Sie fühlte sich wie gelähmt. Ihre kleine Faust umklammerte das Medaillon, aber gleichzeitig konnte sie die Augen nicht von Jean Maynier lassen. Man hob ihn vom Pferd. Er beugte vor dem König sein Haupt, aber er beugte sich nicht wie ein Besiegter. Sie sah, wie er ihr einen Blick zuwarf.

Der König ließ scheppernd seine Arm auf Jean Mayniers Schulter fallen. »Ich habe einen Freund gewonnen.«

Jean Maynier, einen Kopf kleiner als der König, reckte sich. Ungeduldig ließ er sich den Harnisch abnehmen.

»Heute abend wird getanzt«, rief François in die Runde.

*Und abends wurde getanzt.* Diesmal stellte sich Madeleine nicht ganz so ungeschickt wie am Vortag an. Sie wurde von Raymond geführt und begegnete dem König. Neben ihr drehte sich Jean Maynier, und als sie sich aufeinander zu bewegten und sich dann um die eigene Achse drehten, spürte sie seinen heißen Atem. Aber schon stand sie wieder an der Seite des Königs, der sie umfaßte und mit ihr, regelwidrig, wie sie glaubte, mehrfach um die eigene Achse wirbelte, bis ihr ganz schwindlig wurde. Er lachte laut, ließ sich einen Pokal geben, trank ihr zu, hielt ihn an ihre Lippen. Auch sie mußte trinken. Roter Wein floß über die Perlen, floß in den Ausschnitt. Madeleine fühlte ihre Haut erglühen, und weiter ging der Tanz.

Es war spät, als Madeleine in ihr Bett sank. Eine Bettpfanne hatte es vorgewärmt, und sie kuschelte sich unter die Decken. Ungewohnt schnell hatten ihre Mädchen sie nach dem Auskleiden verlassen, ja, sie hatten sogar das Nachtgeschirr nicht ausgeleert. Im Schloß war inzwischen Ruhe eingekehrt. Die älteren Herrschaften hatten sich schon vor dem König zur Ruhe begeben. François war noch voller Energie gewesen. Er tanzte abwechselnd mit seiner Schwester und mit ihr, während Raymond, plötzlich regungslos und offensichtlich niedergeschlagen, vor sich hinstarrte und Jean Maynier steif am Kamin saß und trank. Zwischendurch tuschelte der König dem Großkämmerer etwas zu. Schließlich sang er sogar, ja, er schmachtete ein Liebeslied.

Marguerite, seine Schwester, begleitete ihn auf der Laute. Dann stellte sie das Instrument an die Seite und verabschiedete sich. Raymond, der sie während des Spielens nicht aus den Augen gelassen hatte, fiel plötzlich vor ihr auf die Knie, küßte ihre Hand und rief etwas von *ewiger Minne*. »Verfügen Sie über mich, Madame!«

Sie lachte hell auf, entzog ihm ihre Hand und verschwand mit ihrer Kammerfrau. Auch Jean Maynier verbeugte sich und folgte ihr nach. Der König klatschte in die Hände und wollte noch eine letzte Runde mit Madeleine tanzen, unterbrach den Tanz aber bald und gab den Musikern einen Wink. Im Nu war der Saal leer, der König verschwunden. Nur Raymond hockte noch am Tisch und stierte in sein Weinglas. Hatte er sich etwa in die Schwester des Königs verliebt? Aber Madeleine konnte sich ihm jetzt nicht widmen. Ihr Herz schlug heftig und schnell.

Es klopfte.

Madeleine hob ungläubig den Kopf. Es klopfte wieder.

War denn keines ihrer Mädchen da? Ihr Herz begann zu rasen. Leise knarrte die Tür. Der Lichtschimmer vom Fenster war so schwach, daß sie nur eine Bewegung erahnen konnte, aber plötzlich drang ihr ein bekannter Geruch in die Nase. Eine Gestalt setzte sich an den Bettrand und griff nach ihrer Hand. Madeleine erstarrte. Eine Hand fuhr zärtlich über ihr Gesicht, fuhr durch ihre Haare und hob vorsichtig ihren Kopf. Lippen berührten ihre Stirn. Sie wagte nicht zu atmen. Die Hand glitt über ihre Schultern und über ihre Brust. Die Decken wurden gehoben, ein schwerer Leib brachte das Bett zum Ächzen, und ihr entfuhr ein erschrockenes, hilfloses *Ach*.

## 1516

Während der letzten Monate waren Jean Maynier die Tage in Lourmarin nicht aus dem Kopf gegangen. Seine juristischen Repetitorien in Aix litten darunter, daß seine Gedanken immer wieder abschweiften zu Madeleine, – wie sie lachte, strahlte, tanzte, klatschte und flirtete. Mit welchem Augenaufschlag hatte sie den König angesehen! Aber auch ihn, als er nach seinem Turnierkampf unbesiegt vom Pferd gehoben wurde.

Der König hatte Madeleine schöne Augen gemacht, zweifellos, aber inzwischen war er wieder fort. Er reiste mit Hofstaat und Troß durch sein großes Reich, umschwärmt von anderen schönen Frauen, und hatte längst die kleine Adlige aus dem Luberon vergessen.

Ob er ihn, seinen Turniergegner, auch vergessen hatte?

»Wenn Ihr beim nächsten Mal meinem Ruf folgt, könnte ich Euch einen Posten unter meinen Schweren Reitern geben«, hatte er ihm beim Abschied gesagt, mehr befehlend als auffordernd. »Borgias Harnisch sollte Euch an Euren Vater erinnern und an die Ehre, die Ihr zu verteidigen habt.«

Jean Maynier schaute den König verwirrt an und beugte sein Haupt, aber François lachte nun vergnügt, schlug ihm auf die Schultern, als ahme er einen Ritterschlag nach, und umarmte ihn dann unerwartet. Erschrockene Gesichter rundum, der König hatte die Vorschriften der Etikette wieder sorglos umgangen, aber Jean Maynier fühlte sich zum ersten Mal in seinem Leben anerkannt für das, was er war – oder für das, was noch in ihm steckte. Ein Gefühl des Stolzes und des Triumphs durchströmte ihn, er reckte sich und wagte nun, den Agoults offen ins Gesicht zu schauen.

Ihre Blicke waren verschlossen.

Wobei er Raymond ausnehmen mußte: Sein Freund schien sich aufrichtig für ihn zu freuen. Und Madeleine strahlte. Es war, als wäre sie über Nacht wie eine Lilie erblüht. Ihre Schönheit übertraf an diesem milchigen Wintertag sogar die Schönheit der badenden Nymphe, ja der Göttin Diana. Purpurne Röte überzog ihr Gesicht, als der König sie zum Abschied umarmte und ihr etwas ins Ohr flüsterte.

Während der Trinkgelage nach den juristischen Disputationen sprachen Raymond und er noch häufig über den hohen Besuch, der in die Annalen der Familien Trivulce, Agoult und Cental eingehen werde. Und nachdem der König beim Abschied ein paar Sols und Deniers in die ihm zujubelnde Menge geworfen hatte, schien auch das einfache Volk ihn voller Hochachtung und Liebe im Gedächtnis behalten zu wollen.

Frankreich sehe einer großen Zeit entgegen, erklärte Raymond. Dem stimmte auch Louis zu, der sich ihnen nach einem Besuch der Messe angeschlossen hatte. Ein neuer Cäsar war aufgetreten, und diesmal würden nicht die Römer die gallischen Wälder und Felder erobern, sondern die Franzosen die italienischen Flure und ihre reichen Städte voller Luxus und Raffinement. Sie würden die italienische Kultur über den Erdball verbreiten, den Geist der Alten, Reden halten wie einst Cicero, die Liebeskunst besingen wie Ovid, schlemmen wie Lukull …

Je mehr Raymond trank, desto mehr kam er ins Schwärmen. Jean Maynier blieb nüchtern, obwohl auch er dem Wein kräftig zugesprochen hatte. Louis war inmitten der lärmenden Gaststube der *Weißen Lilie* eingeschlafen. Die beiden Freunde ließen ihn zurück und zogen zu dem angrenzenden Badehaus, das Raymond besonders liebte, weil er dort von ganz jungen Mädchen umsorgt wurde. Eine Marie aus Marseille hatte es ihm besonders angetan, und auch heute suchte sie seine Nähe.

Als die beiden Freunde schließlich entspannt neben einem warmen Ofen lagen, sprach Jean Maynier zum ersten Mal seinen Wunsch an, Madeleine … Er beendete den Satz nicht, weil Raymond ihn mit glasigen Augen angrinste. Er las in diesem Blick Zustimmung und in dem Lächeln freundschaftliche Unterstützung.

»Aber du hast in Louis einen ernstzunehmenden Gegner.«

Jean Maynier hatte Raymond beauftragt, dem Grafen d'Agoult einen Brief zu überbringen, in dem er ihn wegen einer wichtigen Angelegenheit um ein Gespräch bat. Nach einem Jagdwochenende in Oppède ritt er von dort nach Lourmarin. Als er die Felsenfestung von Ménerbes passierte, winkte ihm aus einem der Burgfenster die kleine Anne zu, die Tochter seines Nachbarn. Er nahm ihre freundliche Geste als ein gutes Vorzeichen und winkte zurück, spornte dann aber seinen Rappen zu einem schnelleren Trab an. Das Pferd war gründlich gestriegelt, das feinste Zaumzeug war angelegt worden. Er selbst hatte sich in den letzten Monaten ein geschlitztes Wams anfertigen lassen, rundmäulige Lederschuhe, elegante Beinkleider aus Seide und nicht zuletzt ein Barett mit teurem Hermelinbesatz. Seinen Umhang zierte ein Kragen aus Marderfell. Das ganze hatte er sich leisten können, nachdem er einen ketzerischen Bauern aus Maubec vor Gericht gezerrt und dessen Besitz konfisziert hatte. Die waldensische Brut durfte, wenigstens auf seinem Boden, keine Chance haben.

»Principiis obsta«, rief er laut, als er die Rüstung betrachtete, mit der er sich nun vor niemandem mehr zu verstecken brauchte. Der Harnisch des verwegenen Cesare! Wie geschaffen für ihn, den Sohn des päpstlichen Legaten, des Vertrauten des Heiligen Vaters aus dem Geschlecht der Borgia, geschaffen für einen Mann, der sich mit keinen Halbheiten zufrieden gab, dem eine große Zukunft beschieden war.

Nebel, ungewöhnlich für die Provence, hatte den Luberon eingehüllt, als er durch die Schlucht des Aiguebrun ritt. Das nervöse Schwatzen seines Dieners, der offenbar einen Überfall von Wegelagerern befürchtete, ging ihm auf die Nerven. Neben ihm lief Rex, sein treuer Jagdhund, das klügste und gehorsamste Tier, dem er je begegnet war – er würde ihn nicht für drei Diener hergeben –, und dazu noch, wenn nötig, bissig wie der Teufel.

Vor Wegelagerern hatte Jean Maynier schon deshalb keine Angst, weil er sich jetzt schon den Ruf eines unnachsichtigen Streiters für Recht und Ordnung erworben hatte. Griff man ihn an, kannte sein Schwert kein Pardon. Als Gerichtsherr auf seinen Ländereien sorgte er dafür, daß auch kleinere Vergehen verfolgt und geahndet wurden, gegebenenfalls durch die nächsthöheren Instanzen: Hände wurden abgehackt, Ohren und Nasen abgeschnitten, besonders gern ließ er Zungen herausreißen für ketzerische Äußerungen und Verleumdungen.

Die durch die Provence und das *Comtat Venaissin* vagabundierenden waldensischen Prediger, *Barbes*, Bärte, genannt, mieden seine Dörfer. Sie wußten, warum! Jean Maynier machte sich sogar die Mühe, umherziehende Mörder zu verfolgen und einzufangen.

Wer ihm ins Netz ging, wurde gnadenlos gerädert und gehängt. Die Galgen, die an den Grenzen zwischen seinem Land und dem der Agoults im Winde knarrten, sprachen eine deutliche Sprache. Leider baumelten die Hingerichteten nicht lange, weil sich sofort die Krähen auf sie stürzten und Wölfe sich über die heruntergefallenen Leichenteile hermachten. Er mochte noch arm sein, aber als Grundherr von Oppède bestand er auf Ordnung und Gehorsam, gerade in einer Zeit, in der es zu brodeln begann.

Aus dem Nebel tauchte der Schloßturm von Lourmarin auf. Dunkler Rauch stieg aus den Schornsteinen in den Himmel, kaum ein Mensch schien sich im Freien aufhalten zu wollen. Krähenschwärme zogen unsichtbar durch die graue Masse, die ihn umgab. Jean Maynier hörte sie hungrig krächzen. Aus der Dorfschmiede drangen helle Schläge herüber, und in der Ölmühle am Rande des Ortes knirschte und knarzte das Rad. Das Schloß, das nach Osten hin fast vollständig mit dunklem Efeu bewachsen war, wirkte von dieser Seite mächtiger als von der Seite des Eingangs. Keine Lilienbanner mehr, kein Königsschmuck, nur eine hochaufragende Wand mit wenigen, schwach beleuchteten Fenstern.

Jean Maynier wurde in den Ahnensaal geführt, der, obwohl von zwei lodernden Kaminen und einer Reihe von Öllampen beleuchtet, düster und drückend wirkte. Raymond kam ihm entgegen, begrüßte ihn und führte ihn zu Madame de Trivulce, Madeleines Großmutter und Herrin von Cental. Sie thronte neben den Eltern, dem Grafen d'Agoult und seiner Gemahlin, Herr über Lourmarin, Vaugines und weiteren Besitztümern. Die drei saßen regungslos vor einem der Kamine. Ihre Körper warfen riesige, grotesk sich verformende Schatten über die Ahnengesichter, die wie grausame Richter eines Unterwelttribunals herunterstarrten. Unwillkürlich bekreuzigte sich Jean Maynier, verbeugte sich dann tief. Erstaunt und verärgert erkannte er jetzt auch noch seinen Kommilitonen Louis de Bouliers, Madeleines Cousin, Herr über La Tour d'Aigues, blaß wie immer, aber gleichzeitig aufgeplustert mit einem seiner riesigen Kopfbedeckungen, die so gar nicht zu seiner grauen und schmächtigen Erscheinung passen wollten.

Madeleine war nirgendwo zu entdecken.

Jean Maynier richtete sich auf, faßte die Dreiergruppe fest ins

Auge und brachte sein Anliegen vor: Er, Jean Maynier, Baron d'Oppède, Sohn des päpstlichen Legaten Accurse Maynier, erbitte in aller Form die Hand der Tochter, der gnädigen Demoiselle Madeleine d'Agoult. Wie bekannt, sei er der Herr über weite Ländereien im Norden des Luberon, von Gott, dem Allmächtigen, von Jesus Christus, seinem eingeborenen Sohn, und der Jungfrau Maria, Mutter Gottes, mit Gesundheit, Kraft und Intelligenz begabt. Er studiere in Aix die Rechte und strebe ein Amt der kurzen und auch der langen Robe an. Er schätze sich glücklich …

»Basta!« unterbrach ihn die Großmutter. »Wir haben verstanden, junger Mann. Wir kennen Euren Werdegang. Wir kennen auch Eure Familie, der die Pest nur ein kurzes Leben gegönnt hat. Früher setzten sich die Väter zusammen, um nach Stand und Größe des Besitzes die Verbindung ihrer Kinder zu verabreden und einen Ehevertrag aufzusetzen, aber die Zeiten ändern sich, und da Euer Vater nicht mehr unter uns weilt, daher … kurz, war Euer Großvater auch schon ein Edelmann?«

Louis kicherte, Raymond machte eine Geste, als wolle er etwas einwerfen.

Jean Maynier schwieg.

»Ich verstehe. Parla italiano?«

Er ballte die Faust. »No, – linguam latinam«, brachte er heraus.

»Und Eure jährlichen Einkünfte … Reichen sie überhaupt, um unserer Madeleine ein standesgemäßes Leben zu ermöglichen? Schließlich ist sie verwöhnt, als Großnichte des Marschalls von Trivulzio Erbin von Centallo …«

»Ihr müßt verstehen, Baron«, mischte sich nun mit leiser Stimme Madeleines Vater ein, »daß in Hinsicht auf die Verehelichung unserer Tochter aus familiendynastischen Gründen gewisse Rücksichten zu nehmen sind. Dies ist nicht gegen Euch gerichtet.«

Auch Madeleines Mutter wollte nun etwas sagen, aber sie war sehr aufgeregt und brachte stotternd einen Satz heraus, von dem Jean Maynier nur »die Gunst unserer allerhöchsten Majestät« verstand.

»Basta!« rief die Großmutter. Ihre Tochter verstummte eingeschüchtert, und auch der Schwiegersohn zuckte zusammen.

Jean Maynier hatte längst verstanden. Man lehnte den Antrag ab, man lehnte auch ihn ab. Er war den Trivulzio-Centallo-Agoults nicht gut genug, kein alter Adel, keine italienischen Ländereien, kein Graf, zu arm. Man ließ ihn gegen den König antreten, weil die Männer der Familie zu feige und zu schwach waren, aber ihn in die Familie aufzunehmen weigerte man sich. Selbstverständlich wurde Madeleine nicht gefragt. Warum half ihm Raymond nicht? Warum legte er nicht ein Wort für seinen Freund ein? Er saß da neben Louis, der hochnäsig griente, saß da lässig in seinem blauen, modisch gesteppten Wams, schien die Ahnengalerie zu studieren und schwieg.

»Aber da die Zeiten sich geändert haben«, hob die Großmutter wieder an, »wollen wir nichts ohne die von Euch Erwählte entscheiden. Wir sind sogar bereit, Euch ein Gespräch unter vier Augen im Schloßgarten zu ermöglichen.«

Jean Maynier, willenlos und steif wie eine Marionette, wurde von einem Diener hinausgeführt und traf im Karree der schmalen Buchsbaumhecken auf Madeleine, die, eingehüllt in einen bodenlangen Mantel mit großer Kapuze, sich aus dem Nebel schälte wie eine Geistererscheinung. Sie drehte sich nicht um, sondern wartete, bis er vor ihr auf die Knie sank.

Madeleine stand vor ihm in dem kuttenartigen Mantel wie die Heilige Magdalena, die Schutzpatronin der Provence. Unter dem Saum ihres Mantels schauten ihre Füße in bestickten Samtpantöffelchen hervor. Er hätte sie in die Hand nehmen und küssen können! Bewegungslos die Füße, bewegungslos die ganze Person, keine Hand wurde ihm gereicht, keine Hand, die ihn aufrichtete.

Ein Abgrund tat sich auf.

Madeleine schwieg noch immer.

Vor ihm die Pantoffelchen, freches Rot und Gelb auf schwarzem Samt. Darüber ihr grauer Umhang in einem Meer aus grauem Nebel. Gedämpft alle Geräusche, nur die Stimmen, die gerade zu ihm gesprochen hatten, klangen in ihm nach, die abweisend-barsche Großmutter, die hochmütigen Eltern, sie hatten ihn wie einen mittellosen Raubritter behandelt, ihn, der als einziger dem König widerstanden hatte.

Jean Maynier richtete sich auf und schaute Madeleine ins Gesicht. Ihre Lippen zuckten, ihre Nasenflügel bebten. Ihre Blicke trafen sich. Keiner wich aus, ja, er trat noch einen Schritt auf sie zu, so daß er sie nun leicht in den Arm hätte nehmen können. Die Blicke hatten sich ineinander verhakt; was eine forschende Frage gewesen war, wurde zu einem Ringen um eine Antwort, wurde zu einer kaum mehr lösbaren Fessel.

»Ich kann nicht.«

Sein Blick wurde starr.

Aber nun warf sie sich, zu seiner Überraschung, aufschluchzend an seine Brust.

»Ich darf nicht.«

Er fühlte ihren zitternden Körper in seinen Armen, er zog sie noch näher an sich heran, das war es, was er wollte, sie gehörte ihm, sie liebte ihn – nur ihre Familie zwang sie ... aber gab es nicht Wege ...

»Ich will auch nicht!«

Mit einem Ruck hatte sie sich befreit, hatte ihm einen verzweifelten Blick zugeworfen und war im Nebel verschwunden.

Er hörte das schwere Eingangsportal ins Schloß fallen.

Wie betäubt tappte Jean Maynier zum Hof, wo Rex ihm schwanzwedelnd entgegenkam. Sein Diener führte die Pferde heran. Jean Maynier sprang mit einem Satz in den Sattel, riß die Zügel an sich, gab dem Rappen die Sporen und ritt in den sich verdichtenden Nebel.

Er galoppierte so hemmungslos, daß Hund und Diener ihm nicht mehr folgen konnten. Niemand hätte sich ihm jetzt in den Weg stellen dürfen, er hätte ihn umgeritten, ihn niedergewalzt und totgetrampelt. Erst hinter dem Galgenbaum, der den Beginn seiner Ländereien markierte, sprang er ab, ließ er sein schweißtriefendes Pferd ausruhen und strich Rex, der ihn bald erreicht hatte, sanft über den Kopf. Dann trabte er, ruhiger geworden, in Richtung La Coste und Ménerbes.

Noch immer schossen ihm wilde Gedanken durch den Kopf. Er hätte schreien mögen, schlagen, stechen, durchbohren, er hätte die Fackel werfen mögen, die Fackel in das Schloß von Lourmarin, hinein in die vornehme Samt-und-Seiden-Kleidung der Agoults. Er sah die Kleidung Feuer fangen, die alte Hexe schrie auf, er ließ sie schreien und um sich schlagen, bis auch noch die Haare aufloderten und sie ohnmächtig niedersank, widerlich stinkend verglomm und verkohlte. Nur Madeleine hätte er gerettet, hätte sie davongetragen, auf das Pferd gezerrt, an seine Brust gerissen, er wäre davongeritten, und sie wäre seine Frau geworden und die Mutter seiner Kinder. Er hätte sie geliebt bis ans Ende seiner Tage.

Ja, Madeleine hätte ihm Söhne geschenkt. Zusammen hätten sie dem Geschlecht der Oppède Ehre und Ruhm gebracht, Reichtum und großen Besitz. Vaugines mit seinen fruchtbaren Böden, Lourmarin, Cental nicht minder, ausgreifend nach Savoyen und Mailand. Der Vater Kanzler von Frankreich, vielleicht auch Marschall, die Söhne stolze Krieger, kluge Berater des Königs und Diener der Kirche. Er würde sie an den Hof des Königs schicken und nach Italien, nach Rom, wo sie den Großvater erwähnen mußten, den päpstlichen Legaten, und den Segen erbitten vom Heiligen Vater.

Jean Maynier bekreuzigte sich. Vielleicht sollte er eine Pilgerreise nach Rom antreten. Er schüttete immer neue Phantasien in sich hinein wie einen süßen, schweren Wein, und sie entfachten seine Liebe nur noch mehr. Eine Pilgerreise nach Rom. Konnte er dort Madeleine vergessen? Sie hatte ihn zurückgestoßen, sich ihm aber auch an die Brust geworfen. Was fühlte sie? Dachte sie an den König? Spukte ihr der junge Herrscher im Kopf herum, glaubte sie etwa noch immer, sie sei mehr gewesen als ein kleiner Flirt zu abendlich betrunkener Stunde? Oder sollte sich dieser Flirt bis in die Nacht hin ausgedehnt haben? Jean Maynier spürte, wie der Schleier der Vermutungen mit einem Schwerthieb durchtrennt wurde. Dies war die Lösung. Der König!

Jean Maynier hatte sein Pferd wieder angetrieben und galoppierte durch einen Hohlweg. Zweige schlugen ihm ins Gesicht, doch er spürte nichts. Er wollte nach Hause, in seine Felsenburg, um dort in Ruhe nachdenken zu können.

Je mehr er sich Oppède näherte, desto lichter wurde der Nebel, und über dem dunklen Rücken des Luberon schien die Sonne sich durchkämpfen zu wollen. Nun begegneten ihm auch Bauern, sie verbeugten sich, er winkte ihnen zu. Seine eigenen Leute, frommes Volk, eine Freude für die Heilige Mutter Kirche, kaum noch waldensische Heimlichtuer unter ihnen, die angeblich freiwillig Armut suchten. Heil wollten sie sich durch Armut erkaufen, dieses verlogene Pack, diese Ketzer, die alle verjagt werden mußten, verbrannt, ausgerottet. Man fand sie bei den Agoults und Centals und Bouliers, sie kamen aus Savoyen, und wahrscheinlich war die alte Trivulce selbst von diesem Geschwür befallen. Öffentlich besuchte sie die Messe, ließ ihren Pater Julius seine Sprüche herunterleiern, aber heimlich empfing sie die Wanderprediger.

»Gott möge sie strafen«, rief Jean Maynier laut, »Gott möge sie alle strafen, mit Feuer und Schwert!«

## 1516

»Ave, Maria, gratia plena, Dominus tecum ...«

Madeleine kniete an ihrem Gebetspult, die Hände aneinandergelegt, die Augen geschlossen ... »Du bist gebenedeit unter den Weibern, und gebenedeit ist die Frucht deines Leibes, Jesus ...«

Sein Schatten über ihr, sein schwerer Körper, der sich mit Macht und Zärtlichkeit in sie gedrängt hatte, tief in ihrem Innern. Der erste Mann in ihrem Leben, das behütet war, wenn auch viel freier als das ihrer Altersgenossinnen. Die Eltern sperrten sie nicht ins Schloß ein oder gar in ein Kloster, bis sie sie mit einem Mann vermählten. Madeleine durfte sich frei bewegen und das lernen, was auch ihr Bruder lernte, sie durfte mit ihm reiten und lesen, spielen und diskutieren. Bisher hatte sie noch nicht an einen Mann gedacht, zumindest nicht bis zur Begegnung mit Jean Maynier, geträumt wohl von ihm, von einem Helden wie Theseus oder Alexander. Sie sah sich auch als Diana und manchmal als Venus, sie ritt heimlich durch die dunklen Wälder des Luberon bis zu ihrem Lieblingsweiher, wo sie niemand entdecken würde, wo sie mit ihren Dienerinnen die Kleider abstreifen konnte, um hineinzutauchen in das wundervoll schmeichelnde Wasser, das um ihre Schenkel und Hüften, die Brüste und Schultern spielte, wie Amor ...

»Heilige Maria, Mutter Gottes, bitte für uns Sünder jetzt und in der Stundes unseres Todes, vergib mir meine Schuld, führe mich nicht in Versuchung ...«

Jean Maynier hatte sie gesehen und sie ihn, ein Mann wie ein Gott, wie Mars, der Kriegsgott, wie Herkules, der Starke, aber auch wie Aktäon, der seine Neugier mit dem Tode büßen mußte ...

»Erlöse mich von dem Übel, reinige auch mein Herz von allen eitlen, verkehrten und ungehörigen Gedanken ...«

Und dann der Schatten des Königs mitten in der Nacht, als sie müde war und der Kopf noch ganz benebelt vom Wein. Sie war allein in ihrem Zimmer, die Kammermädchen verschwunden, die Tür nicht verschlossen. Es war der König, sie wußte es, sie roch ihn. Gebieterisch drängte er sich zu ihr, seine Worte umschmeichelten ihr Ohr, seine Hände streichelten ihren Körper. Nur ein kurzes Aufbegehren erfaßte sie, aus Angst vielleicht, vor der Sünde, vor den strengen Blicken der Großmutter, aus Angst vor dem Schmerz und dem Verlust ihrer Reinheit und Jungfräulichkeit.

»Selig der Schoß der Jungfrau Maria, der getragen den Sohn des ewigen Vaters ...«

Es war François, der Herrscher, der strahlende Held, jung wie Theseus und Alexander ... War sie nicht ausgezeichnet unter allen Jungfrauen des Landes, daß der König gerade sie auserwählt hatte? Ein glühendes Eisen fuhr ihr zwischen die Schenkel, sie biß sich auf die Lippen. Der Mund der Königs verschloß jeden Schrei, nur seine Nase, die Nase war im Weg... Sie stellte sich dumm an, ein dummes Mädchen unter dem gewandten Leib des Königs. Das Eisen verlor seine brennende Schärfe, wurde warm und weich wie die Pfote ihres Lieblingshermelins ... Wem würde sie dies alles beichten können? Pater Julius nicht und auch nicht ihrer Mutter, nicht einmal Catherine, ihrer liebsten Kammerfrau, die fast ihre Freundin war, die schon lange vor ihr ... Es war die Bestimmung der Frau, dem mächtigen Begehren des Helden die Tore zu öffnen, ihm Unterschlupf zu gewähren und zu umfangen ... Ein heftiger Kampf und Krampf erfaßte nun beide. Der König stemmte sich hoch, und im schwachen Licht sah sie das Weiße seiner Augen schimmern. Ihre Haut war naß wie bei einem Fieberanfall. Langsam breitete sich die Wärme bis in die Glieder aus, die Körper wurden schlaff und weich, und irgendwann war der König sogar eingeschlafen.

»Selig die Brust, die Christus, den Herrn, genährt hat. Amen.«

Madeleine bekreuzigte sich und küßte den Rosenkranz. Sie ging zum Fenster, um sich an der kühlenden Frühlingsluft zu erfrischen. Nein, beichten konnte sie Pater Julius diese Nacht auf keinen Fall, sie hätte den König verraten, der vor dem ersten Hahnenschrei aufgestanden war, nicht ohne ihr über den Kopf zu streicheln. Trug sie nun sein Kind unter ihrem Herzen? Mußte sie der Schande entgegengehen? Sollte sie nicht sofort heiraten, um nicht in Unehre niederkommen zu müssen?

Jean Maynier warb um sie. Er liebte sie, er wußte nicht um die Nacht mit dem König, doch würde er nicht merken, daß er im Brautbett nicht der erste ...? Catherine hatte auch dafür eine

Lösung. Kichernd hatte sie ihr verraten, man müsse eine kleine Schweinsblase voll Blut verstecken und einmal kurz schreien …

Jean Maynier war der Freund ihres Bruders, er hatte dem König beim Turnier die Stirn geboten, hatte sich nicht besiegen lassen, und ein solcher Mann würde, auch wenn er aus keiner alten Familie stammte und noch nicht einmal reich war wie ein Bankier aus Lyon, seinen Weg in die Nähe des Königs finden. Jean Maynier war klug, klüger und stärker als Louis und Raymond.

Doch durfte sie ihn heiraten? Ihre Großmutter war dagegen, ihre Eltern waren dagegen, und Raymond? Durfte sie den König verraten? Vielleicht ließ er sie bald an seinen Hof holen, als Kammerfrau seiner Schwester etwa, als Erzieherin seiner Töchter. Vielleicht wollte er sie mit einem seiner Offiziere und Freunde verheiraten, ihr die beste Partie im Lande geben, damit sie in seiner Nähe leben konnte …

Madeleine schloß wieder das Fenster und kramte aus dem Geheimfach ihrer Truhe ein feines, in Schweinsleder gebundenes Büchlein, das noch viele leere Seiten enthielt. Ihr *Diarium*. Sie setzte sich an ein kleines Schreibpult und schlug es auf, nahm eine Feder und tunkte sie in das Tintenfaß. Wie die vornehmen und gebildeten Damen am Hof schrieb sie nieder, was sie erlebte und bewegte. Marguerite – sie durfte sie jetzt so nennen – hatte ihr von der modischen Schreiblust erzählt. Sie selbst greife auch täglich zur Feder – es gebe so viele witzige, seltsame oder auch ergreifende Geschichten, die sie erlebe oder höre.

»Kennst du Boccaccio?« hatte Marguerite gefragt.

Madeleine schüttelte den Kopf. Die Agoults schickten ihren Sohn zwar auf die Universität, aber die Liebe zum Buch, die viele Gebildete ihres Standes pflegten, war in ihrem Haus noch nicht sehr ausgeprägt. Ihr Vater sammelte lieber Jagdtrophäen, und die Großmutter nannte eine wertvolle Waffen- und Rüstungssammlung ihr eigen. Raymond, der gelegentlich das Buch eines alten Meisters kaufen wollte oder auch ein Gemälde aus der italienischen Schule, hatte Mühe, von seinem Vater ein paar Goldtaler loszueisen. Immerhin hatte man sie Latein lernen lassen, und natürlich wollte man nicht hinterwäldlerisch erscheinen, auch wenn man im Luberon wohnte und nicht an der Loire sein Stammschloß hatte und ein Stadthaus in Aix statt in Paris.

Madeleine ließ die Feder in sanften Bewegungen über das Papier gleiten. Schreiben war wundervoll. Nicht nur, weil die Gefühle wiederauferstanden, weil man wiedererlebte, was einem widerfahren war, sondern auch, weil die Bewegungen der Hand so beruhigend, ja lustvoll in die Seele glitten. Natürlich durfte sie die Nacht mit dem König nicht schildern – vielleicht fiel das *Diarium* ihrer Großmutter oder Pater Julius in die Hände. Schon der Gedanke daran machte sie zittern und ließ sie erschauern vor Scham.

Marguerite hatte ihr viel vom Leben am Hof erzählt, auch von ihrer gemeinsamen Kindheit, von Claude, François' Frau, die, sehr zu seiner Enttäuschung, bisher nur ein Mädchen auf die Welt gebracht hatte. Sie sei lieb und fromm, aber doch ein wenig schlicht. Ihr Bruder dagegen brauche eine kluge, eine starke Frau und außerdem eine schöne und kluge Mätresse – dabei warf Marguerite einen anspielungsreichen Blick auf sie. Wenigstens bildete sich Madeleine dies ein. Schlagball müsse sie unbedingt lernen. Jeder am Hof beherrsche dieses Spiel. Und Tanzen natürlich auch. François sei ein begeisterter Tänzer. Ob sie schon gedichtet habe? François liebe die Dichtkunst, er besinge die Damen, seine Stimme sei nicht über alle Kritik erhaben, aber die Verse seien sauber gesetzt.

Dann begann Marguerite von der Krönungsfeier zu schwärmen und dem Einzug in Paris, von den wunderbaren Kleidern, die getragen worden seien. In purpurroten Röcken die Juweliere, der Chevalier der Wache in samtenem Goldstoff, die Sergeanten in Mailänder Seide und auch in rotem Samt, die Strafjustiz in Scharlachrot.

»Ein Fest in Rot«, rief Marguerite. »Aber als dann erst François erschien, wurde alles weiß und blau. Dreizehn Pagen in weißem Samt und weißer Seide auf weißgeschirrten Pferden, die Musikanten in Weiß, die zweiundzwanzig Herolde des Königs in Weiß. Sein Hut und Überwurf ist aus blauem, mit goldenen Lilien besticktem Samt, sie werden ihm vorangetragen. Dann François selbst: in Weiß. Sein Rappe: weiß die Decke. Der Samthut schwer und funkelnd von Edelsteinen. Und er wirft mit Goldmünzen um sich. Ach, Madeleine, du hättest dabeisein müssen!«

»Und wie ging es weiter?«

»Im Justizpalast das große Festbankett, abends dann Tanz und Vorführungen, am nächsten Tag Lanzenstechen, Schwertspiele,

Kämpfe. Der Konnetabel wurde sogar an der Hand verletzt. Und immer wieder jubelten die Menschen *Vivat rex in aeternum* und natürlich *Es lebe der König!*«

Marguerites Antlitz glänzte vor Begeisterung, sie hatte Madeleine angesteckt, die noch jetzt, während ihre Hand die Feder über das Papier gleiten ließ, die prächtigen Kleider vor sich sah, die Rubine und Diamanten, die ritterlichen Kämpfe, die huldvollen Damen, die eleganten Tänze – eine Welt, die sich so von ihrem hinterwäldlerischen Lourmarin abhob. Vielleicht rümpfte der König im nachhinein seine große Nase, wenn er an das kleine Mädchen aus der Provence dachte?

»Nein! Nein!« schrieb sie. Hatte er sie nicht in glühender Leidenschaft zur Frau gemacht?

Es wurde ihr zu heiß. Madeleine erhob sich und öffnete das Fenster. Sie schaute hinaus in die sternenfunkelnde Nacht. Zur Linken lag der dunkle Bergrücken des Luberon wie ein schlafendes Tier, und vor ihr träumte Lourmarin. Dort lagen all die Frauen, Kinder und Männer, sie schliefen in Frieden und Sicherheit, Gott schirmte und beschützte sie und ließ die Sternen strahlen aus dem ewigen Firmament. Vielleicht sollte sie darüber ihr erstes Gedicht schreiben.

Madeleine seufzte tief und sog noch immer gierig die frische Luft ein. Nein, sie hatte nur leicht gesündigt. Wem der König beiwohnte, der erhielt seinen Ablaß gewiß. Aber nun hatte sie Jean Maynier zurückgewiesen, obwohl sie ihn doch … ja, liebte sie ihn? Oder bewunderte sie nur seinen Körper? Nein, sein feuriges Wesen hatte es ihr viel mehr angetan. Warum verheiratete der König sie nicht mit Jean Maynier und rief beide an den Hof? Dann gab es immer die Möglichkeit, daß auch er sie gelegentlich sah!

Die Großmutter hatte schon Louis ausgesucht, daran bestand kein Zweifel, ihren Cousin. Natürlich war Louis viel reicher als Jean Maynier, er kam aus einer älteren Familie und war auch ein netter Junge, trotz dieser ominösen Federhüte, aber er konnte sich im Zweikampf nicht mit Jean Maynier messen. Er sprach nur selten, sagte meist nur »Ja, Madame« zu der Großmutter, und mit Madeleine redete er so gut wie nie. Dafür errötete er leicht. Und wenn er nervös wurde, begann er zu stottern. Sein Pferd konnte er nicht gerade elegant halten. Aber auch er sollte Ländereien im Piemont erben, die Böden waren fruchtbar und warfen viel ab, besonders wenn man sie zusammenlegte und gemeinsam verwaltete. Mailand war in der Nähe, Italien mit all seiner *Grandezza* und *Bellezza*! Louis war sicher auch treu, nie würde er sie schlagen, während Jean Maynier jähzornig wirkte.

Aber waren alle ihre Überlegungen so wichtig, wenn die Großmutter und die Eltern eine Heirat wollten – und wahrscheinlich auch schon arrangiert hatten? Seit wann durften Mädchen entscheiden, wen sie heirateten? Wußten nicht die Eltern viel besser, was richtig war? Gefühle kamen und verschwanden, wie das Rot auf den Wangen, das Band des Bluts jedoch, die Ehre der Familie – all dies wog schwer und mußte erhalten, ja, vermehrt werden. Dachte nicht auch der König so? Er hatte selbst die Tochter eines Königs geheiratet, als beide noch Kinder waren. Doch nicht aus Liebe! Mußte nicht die Vernunft siegen?

Dennoch schien ihr Louis wenig präsentabel. Der König hatte nur ein spöttisches Lächeln für ihn übriggehabt, während Jean Maynier ihn beeindruckt hatte.

Madeleine atmete tief und schaute in den Himmel, über den das helle Band der Milchstraße zog, der *via lactea*. Nie konnte sie sich sattsehen an diesem geheimnisvollen Flimmern. Saßen dort die Seligen inmitten herrlicher Früchte, oder zogen die Toten seufzend ihren Weg? Wand sich gar eine Schlange über den Himmel, oder ließ Gott einen Blick zu in das Himmelsfeuer? Wie viele Menschen schauten mit ihr nach oben und verloren sich in der träumerischen Ferne?

Sie seufzte. Noch immer wußte sie nicht, ob sie den Einflüsterungen des Herzens oder der Sprache der Vernunft gehorchen sollte.

## 1517

Fünfzehn Monate nach dem Besuch des Königs in Lourmarin unterschrieb Jean Maynier, Baron d'Oppède, den Ehevertrag. Er heiratete Anne de Ménerbes, die junge Adlige aus dem Nachbarort. Sie brachte eine ordentliche Mitgift mit in die Ehe, neben zehntausend Livres auch einige Tagwerk fruchtbaren Bodens, Olivenbäume und einen günstig gelegenen Weinberg sowie ein Stück Wald. Ihr Vater hatte sie während des letzten Jahrs in einem strengen Kloster in Avignon erziehen lassen, was darauf hoffen ließ, daß sie, im Gegensatz zu Madeleine, keine Flausen im Kopf hatte. Immer hielt sie den Blick gesenkt. Ihre Haut war durchscheinend, ihre Haare blieben unter einer geschmackvollen, aber unauffälligen Haube verborgen, Brüste und Hüften waren unter aufbauschenden Seidengewändern kaum erkennbar. Aber sie hatte angenehme Gesichtszüge, ein weiches Kinn und geschwungene Lippen, die häufig den Rosenkranz beteten.

Übereingekommen war Jean Maynier mit ihrem Vater während einer Bärenjagd. Zuerst hatten sie die beiden Jungen getötet. Jean Mayniers Pfeil traf mit eindringlicher Sicherheit, den Rest erledigten die Hunde. Als dann die Bärenmutter sich mit großer Wut auf sie stürzte, einen Hund zerfetzte und den Seigneur de Ménerbes attackieren wollte, drang der Spieß Jean Mayniers tief in ihren Hals und brachte sie zum Stehen. Sie versuchte sich den Spieß abzustreifen und brach mit einem Prankenschlag einem weiteren Hund das Genick. Der Seigneur de Ménerbes hatte nun genügend Zeit, seinen eigenen Spieß gegen das Untier zu richten. Jean Maynier ließ ihm die Vollendung des Jagdtriumphs. Doch Ménerbes tötete das braune Ungetüm nicht mit dem ersten Stoß, so daß er in Bedrängnis geriet. Die Bärin, obwohl schwer verletzt, richtete sich noch einmal auf und drohte ihn zu zerfleischen. Er stolperte, die Bärin entblößte unter Brüllen ihre Reißzähne, statt sich auf den Jäger zu stürzen. Jean Maynier zögerte keine Sekunde, diesen Augenblick zu nützen: Er tötete das Tier mit einem sicheren Stich seines Jagdschwerts. Großzügig überließ er Ménerbes trotzdem die Trophäe.

Während langer Monate hatte Jean Maynier mit Gott gehadert. Statt auf den Inhalt der juristischen Vorlesungen zu hören, starrte er vor sich hin und dachte an sie, die andere. Abends verzog er sich in die billigen Wirtshäuser und Badestuben des Wollkämmerviertels, wo er auf keine Kommilitonen stieß, insbesondere nicht auf Louis. Der Wein schmeckte sauer, das Wasser in den Zubern stank, und die Mädchen waren schmuddelig. Tagelang verbrachte er auch in den Wäldern des Luberon oder übte sich zu Hause in Oppède im Schwertkampf und Lanzenstechen. Da sich in der Nähe keine adligen Kampfgenossen fanden, er auch Raymond nicht fragen wollte, mußten seine Wachsoldaten ihren Mann stehen und ihre Kraft und Geschicklichkeit einsetzen. Obwohl er häufig zwei Mann gegen sich antreten ließ, hatten sie keine Chancen. Eine tiefe Schnittwunde machte einen zum humpelnden Krüppel, ein anderer verlor seine Hand, ein dritter sogar ein Auge. Dreißig Livres mußten den Verlust ersetzen.

Natürlich besuchte Jean Maynier auch regelmäßig die Messe und beichtete, betete stundenlang in der Hauskapelle, trank bis zur Besinnungslosigkeit, kasteite sich dann wieder, geißelte sich einmal sogar, um ihr Bild, das sich so tief in ihn eingebrannt hatte, auszulöschen. Er schrie Gott um Hilfe an, aber der Allmächtige hatte sich von ihm abgewandt – bis ihn plötzlich, als er sein vergoldetes Kruzifix mit Küssen bedeckte und die Jungfrau Maria um Beistand anflehte, ein Gefühl lichtschimmernder Ruhe von aller Qual befreite.

Er sah *sie*, nicht mehr die schöne Madeleine, er fühlte *sich*, nicht mehr den Gedemütigten und Abgewiesenen. Er erhob sich, trat zum Fenster, schaute hinaus, er hielt sein Gesicht in den bissigkalten Mistral, der Ventoux leuchtete unter dem eisblauen Himmel, im klaren Licht dieses Sonnentages lagen die reichen Flure des Landes unter ihm. Er brauchte Madeleine nicht. Dies spürte er, wie ein auf den Tod darnieder Liegender spürte, daß er sich wieder aufrichten durfte und zurücktreten über die Schwelle zum Leben. Er hatte sich von Madeleine befreit. Ihre geistvolle Schönheit fesselte ihn nicht mehr.

Jean Maynier heiratete am fünften Sonntag nach Ostern im Jahre des Herrn 1517, am selben Tag wie Madeleine d'Agoult, die ihrem Cousin Louis de Bouliers, Baron de La Tour d'Aigues, zur Ehefrau gegeben wurde. Madeleines Trauung vollzog der Erzbischof von Aix persönlich. Ein glanzvolles Fest, an dem der Groß-Seneschall der Provence teilnahm und zu dem sogar der König einen Legaten geschickt hatte, schloß sich an. Aus dem Piemont war die Familie der Großmutter angereist, und sogar der alte Marschall Trivulzio wäre gekommen, wenn nicht ein schwerer Gichtanfall ihn ans Bett gefesselt hätte.

Natürlich hatte auch der Seigneur de Ménerbes einiges aufgeboten. Ochsen brieten am Spieß, der Wein floß, eine fünfköpfige Gruppe aus Geigen-, Flöten- und Lautenspielern wanderte von Tisch zu Tisch, Gaukler führten ihre Kunststücke vor, und in der Nacht wurde von den Dorfbewohnern um die großen Feuer getanzt, wobei es derb zuging und mancher Rock so hochflog, daß die Burschen ihre Freude daran hatten.

Jean Maynier zog sich früh mit seiner jungen Frau zurück. Er nahm sie auf sein Pferd und ritt mit dem zitternden Vögelchen in seinem Arm nach Oppède, wo das Hochzeitsgemach schon gerichtet war. Der strahlende Frühlingsduft durchdrang die helle Nacht, Nachtigallen flöteten und trillerten ihren Lobgesang, und die hochaufragende Burg von Oppède schimmerte verlockend im warmen Schein der Fackeln. Jean Maynier hatte für die Glückwünsche der Dienerschaft kein Ohr. Nur Rex streichelte er über den Kopf, dann zog er sich mit seiner Braut zurück.

Ihre Mutter hatte ihr Wein eingeflößt, aber sie hatte ihn nicht bei sich behalten können, und nun schien sie Jean Maynier völlig nüchtern und verängstigt. Sie tat ihm leid, und er überlegte, ob er während dieser ersten Nacht die Ehe überhaupt vollziehen sollte. Er nahm Anne erneut in den Arm und meinte, ein Schluchzen zu vernehmen, aber womöglich fröstelte sie nur – obwohl eine angenehme Temperatur im Raum herrschte und kein Mistral durch die Ritzen drang. Er hatte Wacholder, Rosmarin und Lavendel auslegen und Thymian verbrennen lassen, so daß ein heimatlicher Duft das Ehegemach durchzog.

Anne entzog sich ihm, kniete sich vor dem Betpult nieder und hauchte: »Ave Maria, gratia plena ...«

Jean Maynier band sein Schwert ab, nahm das Barett vom Kopf und überlegte, ob er seinen Kammerherrn rufen sollte, damit dieser ihn beim Ausziehen helfe. Aber er hatte schon Annes Dienerinnen fortgeschickt. Ihm war klar, daß Menschen in ihrer Umgebung den Vollzug der Ehe erschweren würden.

»Schön bist du, Maria, und kein Makel der Erbschuld ist an dir«, hörte er Anne flüstern, »dein Gewand ist weiß wie der Schnee und dein Antlitz wie die Sonne ...«

Sie zitterte, als er ihren Kopfschmuck löste. Achtlos legte er den einzigen Rubin, der ihr Haar geziert hatte, neben das Kruzifix, fuhr mit den Fingern in ihre blonden Haare, um sie zu lockern. Immer reicher fielen sie auf die Schultern. Er öffnete den Verschluß ihres Umhangs, der sie vor Verkühlung schützen sollte. Ihr Hochzeitskleid war neu, sorgfältig genäht, aber einfach, ohne Gold- oder Silberfäden. Der Seidenstoff allerdings von duftiger Klarheit, die hellgrünen Samtstreifen weich, der Pelzbesatz bester Zobel. Und ihre goldenen Ohrgehänge mußten von einem italienischen Goldschmied stammen, wie eine Schaukel spielten sie um den zarten Hals. Vorsichtig nahm Jean Maynier sie zwischen die Finger.

»Ziehe uns mit, unbefleckte Jungfrau, dir nach wollen wir eilen, folgend dem Dufte deiner Salben ...«

Anne roch frisch nach Nelken, und Jean Maynier beugte sich noch tiefer zu ihr, küßte ihr den Hals und ließ seine Hand über ihre Schultern gleiten. Ihre kleinen Brüste waren eingeklemmt und zusammengepreßt, und er suchte nach Knöpfen und Schleifen, um seine Braut aus ihrem Prokrusteskleid zu schälen.

»Der Herr besaß mich im Anfang seiner Wege von Anbeginn, noch bevor er etwas geschaffen hat. Noch waren nicht die Abgründe, und ich war schon empfangen ...« Sie stockte, beugte ihren Kopf noch tiefer, preßte ihre Hände zusammen.

»Willst du dich nicht endlich deinem Ehemann zuwenden?« fragte er.

Anne reagierte nicht. Wie ein Kind hob er sie hoch und setzte sie, während er sich auf dem Bett niederließ, auf seinen Schoß. Vor seinen Augen schwang eins der Goldgehänge unter dem zarten Ohr. Er fragte sich erneut, ob Anne nach ihrem Klosteraufenthalt nicht tatsächlich noch zu unvorbereitet sei für den Vollzug der Ehe. Aber gleichzeitig fühlte er sich gedrängt. In der Schamkapsel wurde es eng, und dieser nelkenduftende kleine Körper schien so flüchtig, daß er zugreifen mußte, bevor er sich auflöste.

»Mein Flehen steige auf, o Herr, zu Dir!«

Jean Maynier merkte, wie ein leichter Ärger ihn überfiel. Konnte dieses ängstliche Mädchen nicht einmal mit ihrer Litanei aufhören und sich auf ihre Pflicht besinnen? Sie war verheiratet worden und wußte, daß es nun mehr zu tun gab, als zwischen Klostermauern zu beten. Ihre Mutter mußte ihr mitgeteilt haben, was auf sie zukam. Madeleine hätte ihm diese Gebetszeremonie nicht zugemutet, dessen war er sich sicher. Madeleine liebte die Freuden des Körpers. Das hatte er am Weiher beobachten können. Ihr Körper drängte darauf, von einem Ehemann erlöst und seiner Bestimmung zugeführt zu werden.

»Zieh dich aus!« befahl er Anne.

Sie schaute ihn erstaunt an. »Ich kann mich nicht allein ausziehen. Du mußt meine Kammerfrau rufen.«

Dieser verschleierte Blick, hinter dem viele Schätze lagen, riß ihn fort. Schon faßte er ihren Kopf und schloß ihren Mund mit einem Kuß. Der Drang wurde übermächtig. Er drückte sie auf das Bett. Sie drehte ihren Kopf zur Seite. Erneut suchte er ihren Mund. Mit sicherem Griff fuhr seine Hand zwischen ihre Beine. Aufschreiend entwand sie sich ihm.

»Herr, rette mich, ich gehe zugrunde; gebiete, Gott, und schaffe Stille!«

Wütend wandte Jean Maynier sich ab. Auf was hatte er sich eingelassen! Warum hatte er dieses Kind heiraten wollen, das offensichtlich im Kloster nichts anderes als beten gelernt hatte! Nur wegen der anständigen, wenn auch nicht überragenden Mitgift? Als er sie wiedergesehen hatte, hatte sie ihn in ihrer kindlichen Unschuld gereizt, die makellose Haut versprach Gesundheit, und unter seiner führenden Hand würde sie sich zu einer guten Ehefrau und Mutter entwickeln, ohne die Flausen im Kopf, die Madeleine schon durch ihre Bildung zugeflogen waren. Was Anne zudem auszeichnete, war ihre unangefochtene katholische Frömmigkeit – im Gegensatz zu Madeleine, die wahrscheinlich von dem waldensischen Gedankengut ihrer Umgebung infiziert war.

Da kniete dieses zarte Geschöpf auf seinem Bett und betete, während sich Louis jetzt an Madeleine abmühte, der mickrige Louis, der sich im Bordell immer von fetten alten Ammen umsorgen ließ. Warum hatte er sich damals am Weiher nur so schüchtern versteckt? Warum hatte er die Mädchen nicht davongescheucht und war Madeleine wie einst Adam der Eva entgegengetreten oder hatte sie geraubt wie Jupiter die Europa, als Stier, nicht als Schwan oder als Wolke umgirrt und umhüllt, nein, als mächtiger Stier. Wer sich so nackt den Blicken eines Mannes aussetzte ... und waren einmal Tatsachen geschaffen ...

»Mein Flehen steige auf, o Herr zu Dir, wie Weihrauch vor Dein Angesicht ...«

Es überfiel Jean Maynier regelrecht. Er sah sich über Madeleine hereinbrechen, dort am Weiher, er nahm sie gewaltsam und hätte sie, wie der tapfre Römer die Sabinerin, davongeschleppt auf seine Burg ... Die Schamkapsel schmerzte höllisch ... Und seine Braut kniete zusammengekrümmt auf dem Bett, noch immer in ihrem Kleid, das niemand zu öffnen verstand, sie nicht, er nicht. Sie zuckte unter seiner Hand zusammen. Er riß es einfach auseinander und streifte es über Arme und Oberkörper ...

»Clamavi ad te, Domine ...«

Jean Maynier wurde vom Rausch überschwemmt wie ein siegreicher Ritter, der die Feinde niederwalzt, der in eine fliehende Menge hineinstürmt und, sein Schwert in der Hand, wild um sich schlägt. Einmal nur hatte er einen kurzen schrillen Schrei gehört, dann schloß er den aufgerissenen Mund mit seiner Hand. Er drückte die Kerze neben dem Bett aus. Immer wieder preßte er die Geliebte in die Kissen, die schöne Madeleine, die Unerreichbare, immer wieder riß er sie zu sich hoch, küßte sie, umarmte sie, gestand ihr seine Liebe, weinte an ihrer Brust, versprach ihr, alles zu geben, sogar sein Leben.

Als er wieder bei Sinnen war, lag Anne regungslos neben ihm. Er zog die Decke über sie und nahm sie in den Arm. Noch immer bewegte sie sich nicht. Er erschrak, zog sich zurück, betrachtete sie. In ihrem unbekleideten Zustand sah sie noch schmächtiger aus als in ihrem Hochzeitsstaat: ein kindlicher Körper, aber doch nicht ohne die Rundungen entfalteter Weiblichkeit, eine zarte, einladende Brust, ein geheimnisvoller Nabel und die dunkle Scham, aus der ein dünner Blutfaden auf das Laken floß. Jean Maynier strich mit den Fingern über den kühlen Leib und nahm schließlich den Kopf in seine Hände. Ihr Mund zeigte Spuren seiner Leidenschaft, die Lippen geschwollen, die Haut über dem Kinn und den Wangen gerötet. Die Augen noch immer geschlossen. Er küßte die Lider.

Aber Anne, seine ihm angetraute, ihm anvertraute Frau, reagierte nicht. Eine wilde Angst überfiel ihn: War sie zu schwach gewesen, den Sturm seiner Männlichkeit zu bestehen? War sie unfruchtbar wie Sara, Abrahams Frau? Er starrte auf den Körper, dem jeder Atem entwichen schien. Hatte er Anne, seine kleine, unschuldige Braut, im Furor der Hochzeitsnacht gar getötet?

## 1518

Anne lag mit blutig gebissenen Lippen vor ihm, bleich, das Gesicht verwüstet von den Qualen, die sie hatte durchleiden müssen. Die Augen tief in den Höhlen. Der Priester hetzte seine Gebete gen Himmel, die Weiber klagten, alle Bediensteten drängten hinzu, um noch einmal einen Blick auf ihre Herrin zu werfen.

»Komm näher nicht, o Tod! O Tod, entferne Dich«, murmelte Jean Maynier. »Erbarme Dich meiner, Herr, in Deiner großen Barmherzigkeit.« Immer näher, immer durchdringender hörte er eine neue Stimme, dann wurde sie überschwemmt von Wehklagen und hemmungslosen Litaneien. Er hörte nur noch das Geschrei, das aus dem Schlund des Fegefeuers quoll, er mußte fliehen, weg von hier, raus aus seiner Burg.

Er sprang auf seinen Rappen, galoppierte, gefolgt von Rex, an den herandrängenden Menschen vorbei und nahm den steilen Bergpfad, der ihn auf die Höhe des Luberon führte. Hier oben lagen einige Schneereste, und ein eisiger Wind riß die letzten Eichenblätter von den Bäumen, ließ die Äste düster wie Galgen knarren. Gen Süden lagen im Dunst zahlreicher Feuerstellen die Gehöfte der Agoults, Bouliers und Centals, der Gesunden und Glücklichen ... Er galoppierte weiter über den Höhenzug nach Osten bis hinab zur Schlucht des Aiguebrun, kämpfte sich dann durch den dichten Wald zum Vallon du Châtaignier, suchte wieder den Weiher, an dem er seinem Schicksal begegnet war. Er hatte jegliche Begegnung mit Madeleine vermieden, auch in Aix nur selten mit Raymond gesprochen, der wohl wußte, wie es um ihn stand, warum er sich so abweisend verhielt. Nie hatte er mehr als nur einen Satz mit Louis gewechselt, der zufrieden schien und eifriger denn je die Vorlesungen besuchte und in den Repetitorien unermüdlich paukte. Bald würden sie alle am Gerichtshof arbeiten, als junge Advokaten, die noch nicht plädieren durften – und sie würden sich, intensiver als bisher, darum bemühen, als Räte den Pelzhut tragen zu dürfen. Falls sie nicht, wenigstens für einige Zeit, die lange Robe mit der kurzen vertauschten und Kriegsdienst leisteten. Raymond zum Beispiel oder er selbst, Louis sicher nicht, Louis würde sie, während sie ihr Leben riskierten, überflügeln ... Aber was interessierte ihn dieser Louis, wenn zu Hause seine Frau auf dem Totenbett lag, wenn Madeleine, fern und unerreichbar, ebenfalls dieser Tage niederkommen mußte ...

Am Weiher angekommen, sprang Jean Maynier vom Pferd und hockte sich auf einen Baumstamm an das Ufer. Das Wasser war von einer hauchdünnen Eisschicht überzogen. Am Rande hatten sich einige Enten eine freie Fläche geschaffen und schnatterten leise. Sonst war es hier grabesstill, halbdunkel an diesem Februartag. Er stützte seinen Kopf auf seine Arme und versuchte, ihn zu leeren für ein Gebet. *Kyrie eleison!* Die Formeln der Glaubensgewißheit stellten sich ihm quer wie Gräten im Schlund. Warum hatten sich der Allmächtige und sein Sohn, der doch am Kreuz gestorben war, nicht seiner erbarmt? Und die Jungfrau Maria, die Muttergottes, in ihrer alliebenden Güte? Warum hatten sie ihm die Eltern genommen, den einzigen Bruder bald nach der Geburt und nun auch noch die Frau? Warum hatte er diese Opfer bringen müssen?

Er sah Anne am Fenster ihres Brautgemachs stehen, dorthin hatte sie sich häufig gestellt, nach draußen geschaut, oder sie lehnte sich an die Einfassung des Ostfensters, suchte mit den Augen Ménerbes, das Schloß ihrer Eltern. Klein und zart, wie sie war, trug sie einen stolzen Bauch vor sich her, und er legte die eine Hand auf ihre Schulter, die andere auf den Bauch. Dort wuchs ihre gemeinsame Zukunft, das Zeichen des göttlichen Segens. Ein Wunder war geschehen. Nicht daß sie schwanger geworden war – warum sollte sie nicht, trotz ihres schmächtigen Körpers, die Bestimmung des Weibes erfüllen? Fast jede Nacht, die er in Oppède weilte, wohnte er ihr bei ... seid fruchtbar und mehret euch ...

Madeleine hätte vielleicht Freude daran gehabt, Anne betete und empfing ihn mit der Hingabe einer Märtyrerin. Er kämpfte mit diesem duldsamen und leidenden Körper, um wenigstens einmal eine Regung der Freude aus ihr herauszupressen. Wer hatte ihm erzählt, daß Kinder, die in gemeinsamer Freude empfangen worden seien, sich zu fröhlichen, starken Menschen entwickelten? Lag nicht ein Fluch über diesem Bemühen, einen Nachfolger zu zeugen und Anne gleichzeitig von ihrer *melancholia* zu befreien? Ein Fluch, der einen Namen trug? Denn ohne daß er an sie, die andere, dachte, hätte er sich nach kurzer Zeit von seinem Weibe abgewandt. Nicht daß das, was sie taten, ihn nicht gereizt hätte. Er entdeckte den Teufel in sich. Klaglos ertrug Anne, daß er sie nächtlich ans Kreuz nagelte, daß er so lange in sie drang, bis ihr jegliches Beten verging. Und selbst als ihr Bauch wuchs, gab er nicht nach. Er wollte bis zum Ende des Furors vordringen, weil er glaubte, dort seinen Frieden zu finden und die andere zu vergessen.

Er hatte die Hand auf ihren Bauch gelegt, und plötzlich hatte sie sich an ihn gelehnt, wie ein Rehkitz sich an die Mutter drückt. Ihr Blick war in den Monaten der Ehe klar geworden, klar wie ein Mistraltag im März, und manchmal konnte sie sogar lächeln. Nun lächelte sie erneut, und er begriff, daß er sie liebte. Daß er sich längst von Madeleine befreit hatte, auch wenn er sie jede Nacht töten mußte. Daß er niemanden anders liebte als Anne, seine kindliche, duldsame Frau.

Das Eis auf dem Weiher schimmerte matt. Noch immer schwammen die Enten umher, tauchten ihren Kopf ins Wasser. Neben ihm hatte sich Rex niedergelassen und schaute wachsam in die Ferne. Der Rappe suchte nach ein paar Halmen. Jean Maynier spürte die Kälte nicht, die durch die Kleidung kroch, und achtete auch nicht auf den Adler, der hoch über ihm seine Kreise zog. Er reagierte noch nicht einmal, als eine Hirschkuh an das Wasser trat, Rex leise aufjaulte und ihn anblickte, weil er auf einen Befehl wartete. Das Tier stand gegen den Wind, so daß es sie nicht wittern konnte, hob aber trotzdem immer wieder den Kopf, drehte die Ohren. Hätte er jetzt seine Armbrust dabeigehabt, vielleicht hätte er sogar aus dieser Entfernung … Aber sollte sie leben! *Ein* Tod an diesem Tag war genug.

Was hatte Anne sich quälen müssen, während die Frauen aufgeregt hin und her liefen! Er hatte sogar einen Chirurgus aus Avignon kommen lassen, ihn aber sofort wieder davongejagt, als er im voraus bezahlt werden wollte. Dann hatte er nach einem Arzt aus Salon rufen lassen. Der Medicus schaute sich Anne genau an und forderte einen Geburtsstuhl. Im ganzen Schloß gab es keinen! Die Hebamme hatte auch keinen. Der Arzt legte irgendwelche Karten und zeichnete auf ein Blatt Papier seltsame Zeichen. Zuerst hielt Jean Maynier das Gekritzel für eine medizinische Skizze, aber dann erkannte er, daß er sich geirrt hatte.

»In meinem Haus gibt es keine Zauberei!« herrschte er den Arzt an. Der aber schaute nur mitleidig auf.

»Die Sterne stehen günstig, doch die Karten sagen etwas anderes.«

Jean Maynier wandte sich ab. Nach einer Weile hörte er, wie der Arzt seine Karten wieder einpackte.

»Ihr müßt Euch entscheiden, Herr, für den Fall, daß nur das Kind oder die Mutter ...«

Er drehte sich um und blickte dem Mann in seine kalten Augen. »Rettet auf jeden Fall das Kind!«

Nach einer Nacht und einem Tag war Anne noch immer nicht entbunden. Ihre Schreie waren in ein Stöhnen übergegangen, das direkt aus der Hölle zu kommen schien. Jean Maynier war an ihr Bett getreten. Die Hebamme bekreuzigte sich und fragte, ob sie den Priester holen solle. Er nickte und verließ den Raum. Und dann plötzlich hörte er einen unmenschlichen Schrei, der nun endgültig aus den Tiefen der Hölle zu ihm drang. Als hätte ihn eine Lanze durchbohrt, krümmte er sich zusammen. Die anschließende Stille ließ ihn auf die Knie sinken. Der Schrei hatte ihn aus der Welt geschleudert, er befand sich in einem Raum absoluter Stille. Er versprach Gott, ihm sein Leben zu opfern, wenn er ihn aus dieser Leere befreite. Und Gott erhörte ihn. Es geschah ein Wunder.

Ein kleines Stimmchen zuerst und dann ein vielstimmiger Schrei, ein Schrei der Begeisterung, ein Rufen nach ihm. Als Jean Maynier in den Raum trat, in dem Anne gelegen hatte, wurde ihm ein blutiges Bündel entgegengehalten. Der Priester betete. Der Arzt blickte zufrieden drein.

»Ein Sohn«, sagte er, »wir haben ihn retten können.«

Jean Maynier wagte nicht, nach Anne zu schauen. Als er schließlich doch ans Bett trat, sah er nur noch ihren Kopf auf einem verdreckten, blutverschmierten Kissen liegen. Alle Farbe war aus dem Gesicht gewichen. Die Augen eingefallen und starr gen Himmel gerichtet.

Sie hatten ihn retten können.

»Er hat sogar diese Geburt überstanden, er wird einmal stark werden.«

Als würde er zum ersten Mal unter seine Augen treten, betrachtete Jean Maynier den Medicus. Er trug einen Spitzbart und blitzte ihn aus kleinen Äuglein an. Er hatte das schwarze Barett abgenommen, seine Haare waren wirr. Seine Hände noch blutig.

»Ihr müßt schnell eine Amme finden, mein Herr, Euer Sohn wird bald trinken wollen.«

Jean Maynier reagierte nicht.

»Gott hat die Mutter zu sich genommen. Ihr Becken war zu klein, ich habe ...« Er unterbrach sich selbst und gab Jean Maynier die Hand. »Ich reite jetzt zu meinen Kranken, werde nach einer Amme fragen, wenn es dem Herrn Baron genehm ist.«

Jean Maynier erhob sich von seinem Baumstamm, ging langsam auf sein Pferd zu, nahm die Zügel und schwang sich auf den Sattel. Mit einem Satz war die Hirschkuh im Dickicht verschwunden, Rex bellte kurz, als wollte er sie verabschieden. Langsam ließ Jean Maynier sein Pferd den Weg durch das Waldtal gehen. Als er nach Cabrières d'Aigues kam, schauten ihm neugierige Blicke entgegen. Er ließ den Rappen nun traben, und nach einem halb bewußtlosen Ritt stand er vor der Schloßfassade von La Tour d'Aigues.

Die Wache fragte ihn, ob er Einlaß wünsche. Er winkte ab. Um ihn herum geschäftiges Markttreiben. Er sprach einen Mann in einem langen schwarzen Umhang an, vielleicht ein Schreiber oder Kanzleigehilfe.

»Weißt du, ob die Baronin ... ob das große Ereignis ... du weißt schon ...?«

»Noch nicht«, hieß es, »aber die Hebamme ist im Schloß.«

»Danke«, sagte Jean Maynier und warf ihm einen Sol zu.

Noch einmal lenkte er sein Pferd durch das Gewühl der durcheinanderschreienden Menschen und der klapprigen Marktstände, der gackernden Hühner und quiekenden Schweine, zum pompösen Schloßportal mit seinen Säulen, der Zinnenmauer und den mächtigen Ecktürmen. Die Häuser rund um das Schloß wirkten wie Ziegenställe. Hinter diesen Wänden wartete Madeleine ... Würde Gott barmherziger mit ihr sein, sie am Leben lassen, auch das Kind ... Hinter dem Fenster meinte Jean Maynier einen Schatten zu sehen, und er wandte sich ab.

Seinem Pferd stand ein Bettler im Weg.

»Kannst du nicht zur Seite treten?« schrie er ihn an.

»Eine milde Gabe, eine milde Gabe!« Der Bettler streckte ihm unsicher seine Hände entgegen, berührte dabei das Pferd, das aufwieherte.

Jetzt erst sah Jean Maynier, daß der Mann blind war, mit zwei tiefen, schlecht vernarbten Löchern im Gesicht, keine Geburtsfehler, sondern ein Geblendeter, ein ehemaliger Verbrecher. In einer ersten Aufwallung wollte er ihm die Peitsche über den verlausten Schädel ziehen, doch dann besann er sich und zog einen weiteren Sol aus der Tasche. Als er sich herunterbeugte, um ihm die Münze in die Hand zu drücken, erkannte er den Bettler. Er stammte aus Oppède und war dabei erwischt worden, wie er Teile eines kapitalen Hirschs nachts in seine Kate schleppen wollte. Jean Maynier kannte bei Wilderern keine Gnade, nur dauerte es eine Weile, bis er den Henker von Apt hatte kommen lassen, und der berechnete ihm auch noch einen ganzen Livre für den Vollzug der Strafe.

»Meine Kinder sind gestorben, meine Frau hat mich verlassen, mich hält Gott noch am Leben, um mich zu strafen. Ich danke dem Herrn für seine Güte, möge die Jungfrau Maria und ihr Sohn, der für unsere Sünden gestorben ist ...«

Jean Maynier drückte ihm einen weiteren Sol in die Hand. Der Mann fiel vor ihm auf die Knie, Jean Maynier wandte sich endgültig ab und gab seinem Pferd die Sporen.

Der Mond war aufgegangen. Ein leichter Wind hatte die Wolken vom Himmel vertrieben. Vor Jean Maynier lag noch ein langer Weg durch die Nacht. Aber er mußte nach Hause, Anne betrauern, seinem Sohn einen Namen geben, ihn taufen lassen, eine Amme suchen ... Sein Sohn mußte am Leben bleiben ... Gott hatte ihn prüfen wollen, aber wie Hiob durfte er in seinem Glauben nicht wanken. Er war der Stein, auf den ER bauen konnte ... Pierre würde er seinen Sohn nennen, Pierre Maynier d'Oppède, nach Petrus, dem unerschütterlichen Felsen, dem Urvater der Päpste. Ja, er würde nach Rom pilgern und den Heiligen Vater um den Segen für seinen Sohn bitten. Gott hatte ihn geprüft, und er hatte diese Prüfung bestanden. Ein Sohn war ihm geblieben, diesen Sohn galt es im Geist unbedingter Gottesfurcht aufzuziehen und ihm eine Zukunft zu ermöglichen, die er selbst vielleicht nie erreichte. Der Heilige

Petrus würde ihn beschützen. Noch nach Jahrhunderten würde man von Pierre Maynier, Baron d'Oppède, sprechen – dem Kardinal der Provence, dem Kanzler des Königs, dem Konnetabel von Frankreich. Hatte nicht auch der Medicus gesagt: Er wird einmal stark werden? Wem Gott die Mutter nahm, dem vergalt er in späteren Jahren doppelt und dreifach, was er früh an Entbehrungen ertragen mußte.

## 1521

Es war ein großer Tag für die *Triumvirn vom Luberon*, wie Louis de Bouliers, Raymond d'Agoult und Jean Maynier d'Oppède im Gerichtshof von Aix, nicht ganz ohne leichten Spott, genannt wurden, der Tag ihres ersten Plädoyers. Madeleine war stolz auf Louis, der wie Raymond eine ausgeklügelte Verteidigungsrede halten mußte, während Jean Maynier einem armen Sünder die flammende Philippika des Anklägers entgegenschleudern durfte. Es ging um die Frage einer waldensischen Ketzerei, und er forderte, schon um den Anfängen zu wehren und um ein Exempel zu statuieren, unnachgiebige Härte, es sei denn, der Ketzer widerrufe, zahle für den Ablaß der Sünden fünfzehn Livres an den Erzbischof von Aix und pilgere zur Sühne nach Rom. Noch bevor dem Angeklagten die Instrumente gezeigt wurden, gestand er alles, was man ihm vorwarf, widerrief alles, versprach alles, zahlte sofort, wurde freigelassen und verschwand durch die grölende Menge der Zuschauer.

Louis' Verteidigungsplädoyer, in dem es um die unrechtmäßige Aneignung von Kirchenbesitz ging – ein Problem, das nach dem Konkordat, das der König mit dem Papst abgeschlossen hatte, gelegentlich auftauchte – war ebenfalls erfolgreich, während Raymond in einer Erbschaftssache unterlag.

Insgesamt waren die ersten Plädoyers der drei jungen Juristen unter ihren älteren Kollegen mit Aufmerksamkeit und Wohlwollen aufgenommen worden, und allen dreien prophezeite man durchaus eine Zukunft. Auch der Erste Präsident des Obersten Gerichtshofs von Aix lobte in einer kurzen Feierstunde das Engagement, den messerscharfen Verstand und die feurige Rhetorik der vielversprechenden Jungjuristen und überreichte ihnen dann den Pelzhut, den sie selber hatten anfertigen lassen müssen.

Im Schloß von La Tour d'Aigues wurde die offizielle Aufnahme in den Juristenstand gebührend gefeiert. Vor dem Eingangsportal war ein Volksfest organisiert worden: Große Feuer loderten, Ochsen brieten am Spieß, fette Schweine traten den Weg in die Mägen an und wurden vom Wein hinuntergespült.

Als die drei jungen Männer durch die Volksmenge ritten, flogen Mützen in die Luft, den spendablen Louis ließ man hochleben, ganz besonders aber Raymond, der allgemein beliebt war, weil er noch mit dem letzten Schweinehirten und der häßlichsten Kuhmagd ein Scherzwort wechselte und sich ihre Nöte bereitwillig anhörte. Außerdem hatte er schon einmal einen allzu erbarmungslosen Steuereintreiber vor Gericht gebracht. Man wußte, daß er enge Beziehungen zu François pflegte, dem strahlenden jungen König, und jeder Kanzleischreiber betonte, er sei ein *toleranter Humanist*, wie es nur wenige unter der Sonne Frankreichs gebe.

Natürlich wußten die wenigsten mit dieser Bezeichnung etwas anzufangen, aber unter der Hand flüsterte man sich zu, er sehe die *Armen Christi* mit Wohlwollen, er lasse die Wanderprediger wirken, er verurteile Unzucht und Völlerei, wie sie auch dort zu finden seien, wo man sie am wenigsten vermuten sollte, und er sei sogar den Thesen eines gewissen Deutschen namens Lüttär gar nicht abgeneigt, obwohl die Sorbonne sie offiziell verdammt habe und jeder, der sie laut vertrete, in den Geruch der Ketzerei verfalle.

»Gott schütze Raymond den Gütigen!« rief ein kecker Junge.

»Vivat Ludovicus!« hörte man einen Lateinschüler schreien.

Nur vor Jean Maynier verbeugte man sich stumm. Ein paar vereinzelte Klatscher wurden schräg angeschaut, und kaum war er im Schloß verschwunden, steckte man die Köpfe zusammen.

Madeleine hatte den Einzug vom Fenster aus beobachtet. Zwar verstand sie nicht, was die Menschen sprachen, aber sie konnte es sich denken. Obwohl der Baron d'Oppède nicht der Grundherr der Dörfer war, die südlich des Luberon lagen, so begegnete man ihm immer wieder auf seinem Weg von und nach Aix, und man hörte viel über ihn von den Brüdern aus dem nördlichen Luberon. Manch einen fleißigen Bauern hatte er um seinen Besitz gebracht, und einen Wildfrevler hatte er sogar blenden lassen. Die nun schon längere Zeit nicht gebrauchten Galgen an der Grenze seines Landes ragten wie schaurige Mahnmale in den Himmel, unter ihnen bleichten noch ein paar Knochen, und überhaupt schien ein böser Zauber über dem Land an der Mistralecke des Luberon zu liegen. Die junge Anne de Ménerbes war bei der Geburt gestorben, und bald darauf verschieden auch ihre Eltern. Ihr jüngerer Bruder starb an einem

Trunk klaren, aber wahrscheinlich verhexten oder vergifteten Wassers, der ältere war in Italien von Wegelagerern ermordet worden.

Der junge Pierre Maynier hatte den gesamten Besitz geerbt, aber da er erst ein knapp dreijähriger Junge war, hatte sich der Vater alles »unter den Nagel gerissen« – so drückte sich das Volk aus. Madeleine hatte es mehrmals gehört, während sie mit ihrer kleinen Tochter Beatrice, der Amme und dem Kindermädchen durch La Tour d'Aigues spazierte.

Sie hatte es sich angewöhnt, an schönen Tagen, die einem kräftigen Regenguß folgten, einen Spaziergang durch ihren Ort zu unternehmen. Dann stank es nicht so zwischen den Häusern, der Kot war weggespült, alles wirkte frisch und freundlich. Sie kaufte gern den Bauern ein besonders appetitliches Ferkel ab, ließ sich von den Handwerkern ihre schönsten Stücke zeigen und von den Frauen Wollmützchen gegen den Mistral schenken, für die allseits geliebte Beatrice. Den Armen gab sie neben guten Worten auch ein paar Deniers, die Unglücklichen ermutigte sie, und die Zweifler ließ sie ihre Gedanken äußern.

Sie hörte viel von den Worten des Evangeliums, die in einem unübersehbaren Widerspruch zum Verhalten der Kirche und ihrer Würdenträger standen. Die einfachen Menschen wunderten sich über Ablaßhandel, Steuereintreiberei und Ämterkauf, und ohne Scheu erzählte man ihr auch, wieviel kleine Nönnlein und Mönchlein es trotz des Eheverbots in den Klöstern gebe, was man von dem Lebenswandel der Herrn Bischöfe höre; und was man von Rom berichte, könne man sowieso nicht glauben. »Da hat der Antichrist seine Hand im Spiel.«

Madeleine schwieg und schaute den Menschen auffordernd in die Augen.

»Petrus dagegen ...«, wagte manch Mutiger fortzufahren.

»Ja«, unterbrach sie seine Worte, »der Heilige Petrus, der den Märtyrertod erleiden mußte, war der gütigste, glaubensstärkste Mensch, nicht umsonst der Lieblingsjünger unseres Herrn Jesu Christ.« Und sie bekreuzigte sich.

»Amen«, murmelten die Umstehenden. Manche küßten Madeleine die Hand, andere versuchten, die kleine Beatrice zum Lachen zu bringen, was ihnen meist gelang, denn sie war ein fröhliches Kind.

Das Mädchen war ein paar Wochen nach dem kleinen Pierre, Jean Mayniers Jungen, geboren worden. Mit großer Trauer hatte Madeleine von dem Tod der Mutter gehört. Noch lange hatte sie nach dem Besuch des Königs geschwankt, ob sie wirklich Louis heiraten sollte, dann aber gab sie dem immer gebieterischer werdenden Drängen der Großmutter und der Eltern nach. Ob es ein Zufall war, daß Jean Maynier fast zur gleichen Zeit seine kleine Anne heiratete, wußte sie nicht. Sie wäre gern seine Freundin geblieben, aber dies schien nicht möglich zu sein. Weder ihr Gatte Louis noch Jean Maynier selbst wünschten es. Außerdem hörte sie von Raymond, daß Jean Maynier häufig trauriger, wenn nicht sogar düsterer Stimmung sei und viel trinke.

»Er hat den Tod seiner Frau nicht verwunden. Und dich noch nicht vergessen.«

Sie senkte den Kopf und tupfte mit ihrem Brusttüchlein ihre Augen.

Aber nun waren alle düsteren Wolken verflogen, die drei *Brüder* genossen ihren großen Tag. Jean Maynier hatte sich bereit erklärt, mit seinen zwei Freunden bei ihnen zu feiern. Sein kleiner Sohn war schon mit der Amme Catherine Saumuc und zwei Kindermädchen eingetroffen.

Als Madeleine Catherine wiedersah, gab es Tränen der Freude. Wußte Jean Maynier, daß sie ihre Kammerfrau gewesen war? Catherine zuckte mit den Schultern. Er hatte nie darüber gesprochen, und sie hatte es nie erwähnt. Der Medicus aus Salon hatte sie empfohlen, ihre Brüste waren gesegnet, nach der Geburt ihres zweiten Sohnes Bertrand hörte die Milch nicht auf, aus ihnen herauszuquellen. Außerdem war sie gesund, die Kinder waren gesund, sie besuchte regelmäßig die Messe. Ihr Mann zahlte pünktlich seine Steuern, als Küfner konnte der Baron ihn gebrauchen, und so zogen sie nach Oppède, in seine Burg, wo sie noch heute für das leibliche Wohlergehen des Kleinen zu sorgen hatte. Inzwischen sei Pierre ihr so ans Herz gewachsen, daß sie ihn ebenso liebe wie seinen Milchbruder, und auch Pierre hänge an ihr wie an einer Mutter.

Für den Nachmittag war eine Hetzjagd vorbereitet worden. Die Dörfer hatten eine große Anzahl Treiber stellen müssen. Schon am frühen Morgen waren sie ausgezogen, sogar mit Hakenbüchsen versorgt, damit sie das Wild besser aufscheuchen konnten. Auf dem Kamm des Luberon wurden Netze gespannt. Die Hunde waren nicht mehr zu halten und trieben das Wild die Täler hinunter bis auf die Felder von Cabrières, wo die adlige Jagdgesellschaft ungeduldig wartete. Die Armbrüste waren gespannt, die Spieße gerüstet, die Schwerter gegürtet. Die Pferde tänzelten unruhig hin und her. Auch Madeleine begleitete die Gesellschaft, allerdings nur als Zuschauerin. Sie saß wie ein Mann auf ihrem feingliedrigen Schimmel, was Jean Maynier zu einem skeptischen Blick veranlaßte.

Raymond lachte, als er das Stirnrunzeln sah. »Sie hatte den gleichen Reitlehrer wie ich und hat nie einen Damensitz satteln lassen. Sogar unsere Großmutter mußte sich damit abfinden.«

Als erster trat ein starker Hirsch aus dem Wald. Man hörte schon die Hunde, die ihm auf den Fersen waren. Kaum legte Jean Maynier seine Armbrust an, hetzte eine Bache mit Jungtieren an ihm vorbei. Die Bauern waren geschickt vorgegangen und hatten das Wild wie in einen Trichter getrieben. Aber diese Taktik hatte den Nachteil, daß viele Tiere gleichzeitig aus dem Wald brachen und, als sie die Jäger sahen, die ihnen entgegenstürmten, sich zu zerstreuen versuchten. Die Felder wurden zertrampelt, das Durcheinander war groß. Jean Maynier erlegte seinen Hirsch, auch Raymond gelang ein sicherer Schuß, nur Louis hetzte noch hinter einer Hirschkuh her, ohne sie zu erreichen.

Jean Maynier war allerdings weniger an dem üblichen Rotwild interessiert als an einem Bären, den er lange nicht erlegt habe. Wenigstens ein Keiler solle zu seiner Strecke gehören. Aber in dem allgemeinen Durcheinander hatte sich das Schwarzwild geschickt zu Haufen zusammengerottet und war sowohl den Jägern als auch den Hunden entkommen. Ein Bär war weit und breit nicht zu entdecken. Louis hatte nun wenigstens ein Reh erlegen können, während Raymond nach dem Abschuß eines stolzen Vierzehnenders nach Wölfen Ausschau hielt und Jean Maynier, der nicht mehr mit einem Bären rechnete, auf einen Luchs neugierig machte, den er vor Wochen gesehen haben wollte.

Inzwischen waren sie derartig von ermüdeten und um sich beißenden Hunden umringt, daß kein Wort mehr zu verstehen war. Das Wild hatte sich nach Süden zerstreut und suchte nun seinen

Weg zurück in die Wälder. Es wurde zum Halali geblasen, die Strekke aufgesammelt, die Hunde erhielten ihren Teil, die Treiber, die inzwischen ebenfalls zusammengekommen waren, ihren Lohn.

Jean Maynier war unzufrieden und ritt mißgelaunt neben Raymond zum Schloß zurück. Hinter ihnen Madeleine neben ihrem Gatten, der ganz stolz darauf war, daß einer seiner Pfeile tödlich getroffen hatte.

Madeleine fand, daß der Aufwand die Ausbeute nicht gelohnt habe. »Treibjagden sind ohnehin nicht nach meinem Geschmack. Den Jägern wird es zu leicht gemacht, und außerdem reißen die Hunde zu viele Jungtiere.«

»Und wie hättest du es gern?« fragte Louis gereizt.

»Der Jäger muß das Wild aufspüren, ihm nachjagen und es zur Strecke bringen. Oder findest du es etwa gerecht, wenn sich eine ganze Hundertschaft von Rittern auf einen einzigen stürzt?«

»Was verstehst du als Frau schon von der Jagd!« rief Louis in künstlicher Erregung.

Madeleine verzog mitleidig das Gesicht und brach die Unterhaltung ab. Statt dessen ließ sie ihren Blick auf Jean Mayniers breitem Rücken ruhen. Bei aller Kraft, die er ausströmte, wirkten seine Schultern doch verkrampft. Überhaupt hockte er lustlos auf seinem Rappen, der spürte, wie nachlässig sein Reiter ihn führte und immer wieder nervös wiehernd den Kopf hochwarf. Raymond, als einziger frohgelaunt, schwärmte von der Beizjagd, die er in Zukunft betreiben wolle.

»Für einen Edelmann die einzig angemessene Form des Jagens.«

Jean Maynier reagierte nicht.

Madeleine sehnte die Stunde herbei, in der getanzt wurde und der Wein die Laune der Männer lockerte. Sie fragte sich, ob auch Jean Maynier inzwischen die Pavane beherrschte, die Louis so liebte, weil er dabei gravitätisch schreiten konnte. Tatsächlich sah Louis, wenn er auch noch einen seiner üppigen Federhüte aufzog, dabei wie ein stelzender Pfau aus. Nur bei der anschließenden Gaillarde verhaspelte er sich immer und machte eine weniger glückliche Figur. Vielleicht hatte Jean Maynier heimlich das Tanzen gelernt und würde sie alle überraschen. Schade, daß sie nicht so wild miteinander hüpfen und sich schwenken durften wie die Bauern auf dem Dorfplatz. Madeleine schaute ihnen gerne zu, auch wenn die Großmutter dies mißbilligte, aber ihre wilde Fröhlichkeit wirkte ansteckend. Nur einmal, in einem unbeobachteten Augenblick, war sie mitgehüpft, und einer ihrer Jagdaufseher, ein kräftiger Bursche, hatte sie so ausgelassen umhergewirbelt, daß ihr ganz schwindlig geworden war. Natürlich schickte es sich nicht, daß eine Edelfrau wie sie sich unters Volk mischte und sich solch ungezügelten Vergnügungen hingab, aber konnte man nicht auch bei den einfachen Menschen etwas lernen?

## 1521

Das abendliche Festmahl lockerte die Stimmung. Ein Artischokkengang zu Beginn ließ den Appetit steigen, zum Wildbret wurden Steinpilze und sogar Trüffeln gereicht, es gab auch Wachteleier, und den Abschluß machten Orangen und Melonen. Dann gab es Mandelkuchen und Konfekt aus silbernen Schalen. Der Kellermeister hatte den besten Wein aus den Eichenfässern ausgesucht und zögerte nicht nachzuschenken. Außerdem hatte man Gabeln aufgelegt, und mit ihnen wußte nicht jeder gleich geschickt umzugehen, was häufigen Anlaß zu Gelächter gab.

Die ausgelassene Stimmung veranlaßte Raymond, sich über Louis' randloses, dafür aber hochaufragendes Barett lustig zu machen. Sein Schwager ließ die Spötteleien zuerst geduldig über sich ergehen, behauptete aber dann, seine Straußen- und Pfauenfedern seien der letzte Schrei und zeichneten ebenso wie die Randlosigkeit des Baretts den wirklich vornehmen Herrn aus.

Raymond lachte schrill. »Du siehst aufgeplustert aus wie ein deutscher Landsknecht, und gleichzeitig abgeschnitten wie ein Kapaun.«

Das Gelächter erstarb. Louis schwieg beleidigt. Madeleine, die belustigt zugehört hatte, tadelte ihren Bruder wegen seiner unpassenden Vergleiche und forderte ihn auf, sich zu entschuldigen.

»Jetzt aber keinen Streit über spitze oder breite Schuhe«, befahl die Großmutter, und Madeleine belehrte sie, daß dieser Streit längst entschieden sei. Dann kam das Gespräch auf die neuen Teller und Gefäße aus dem fernen Orient, die in Italien große Mode seien und die man sich natürlich sofort habe besorgen lassen müssen. Sie glänzten so wunderbar, daß es eine Freude sei, davon zu essen.

»*Porcellana* sagen die Italiener dazu«, erklärte Madeleine Jean Maynier, der, wie er betonte, zu Hause noch von Zinntellern esse oder Holzbrettchen auflegen lasse.

Raymond lachte. »Aber du hast schon davon gehört, daß die Erde eine Kugel ist und wir alle mit dem Kopf nach unten hängen?« fragte er mit einem ironischen Lächeln um den Mund.

Jean Maynier kniff seine Augen zusammen und ließ seinen Blick von einem zum anderen wandern.

»Pater, schreiten Sie ein, jetzt werden hier auch noch Häresien geäußert.« Die Großmutter schüttelte den Kopf und schob sich ein Wachtelei in den Mund. »Ich verstehe die Welt nicht mehr«, sagte sie mit vollem Mund. »Die göttlichen Sphären sind verschwunden, heißt es, und jetzt soll die Erde auch noch eine Kugel sein. Wo bleibt denn da der Himmel? Was machen diese Herren Doctores aus Gottes Schöpfung! Sie schaffen sie einfach ab. Es wird Zeit, daß der Heilige Vater ein Machtwort spricht, nicht wahr, mein Lieber?«

Madeleine hatte mit Amüsement den Ausführungen ihrer Großmutter gelauscht, sah aber gleichzeitig, daß Jean Mayniers Miene sich verdüstert hatte. Er warf nun einen unruhigen Blick in den Nachbarraum, in dem Catherine und die Kindermädchen sich um Beatrice und Pierre scharten, die inzwischen ihre Häppchen gegessen hatten und nun friedlich miteinander spielten. Es war ein Bild, das jeder Mutter das Herz aufgehen ließ, auch Jean Maynier mußte sich doch daran freuen. Warum konnte ihm eine dumme Bemerkung derart die Laune verderben?

»Jean«, fragte sie ihn, »wißt Ihr eigentlich, daß Henri, der zweite Sohn des Königs, im gleichen Jahr wie unsere Kinder geboren ist?«

Schon wieder schien sie etwas Falsches gesagt zu haben, denn Jean Mayniers Lippen wurden schmal.

»Schaut, wie süß unsere Kinder spielen!« rief sie, um die Situation zu retten, und winkte Catherine, sie herzubringen. Die beiden kamen angewackelt, mit einer Puppe und einem Pferd im Arm. Madeleines Mutter hielt ihnen ein Stück Mandelkuchen hin, und während sie ihn in den Mund stopften, nahm Madeleine Beatrice auf den Arm und küßte sie voller Begeisterung. Pierre stand etwas unglücklich vor all den Erwachsenen, die zu ihm hinuntersahen, bis ihn sein Vater ebenfalls auf den Arm nahm. Erschrocken sah der Junge ihm ins Gesicht, und dann verzog sich sein Mund, als wolle er jeden Augenblick zu weinen beginnen. Er suchte mit den Blicken Catherine, streckte sogar die Arme nach ihr aus und rief im weinerlichen Ton »Mama!«.

Sein Vater stellte ihn mit einer heftigen Bewegung auf den Boden und wandte sich ab. Pierre rannte Catherine in die Arme, die ihn hochnahm und an sich drückte. Madeleine, die nun nicht mehr wußte, wie sie die Situation retten konnte, reichte der Amme ebenfalls Beatrice und schoß sowohl Raymond als auch Louis einen Blick zu, der ihnen befahl, auf jeden Kommentar zu verzichten.

Jean Maynier hatte sein volles Glas in einem Zug geleert und ließ sich nachschenken. Raymond lobte laut und ausgiebig die Zubereitung des Essens, besonders die Wachteleier und die Trüffeln; die anderen schlossen sich ihm an. Die Kinderszene schien schon vergessen. Jean Maynier setzte sein Glas ab und schaute kurz auf Madeleine. Seine Lippen hatten sich entspannt, das Redegeplätscher schien ihn wie ein Schutzschild zu umgeben, und wie alle anderen tauchte er nun seine Finger in die Schalen mit dem parfümierten Wasser, das ihnen gereicht wurde. Wieder kehrte sein Blick zu Madeleine zurück. Er wandte seine Augen nicht ab, und auch ihr war es jetzt gleichgültig, ob Louis oder die Großmutter sie vielleicht beobachteten. Jean Mayniers Blick wirkte tief verwundet und gleichzeitig von einer tödlich kalten Wut beherrscht. Es war der Blick eines Keilers, der, in die Enge getrieben, zum Untier wird und sich auf den Jäger stürzt.

Er muß mich hassen, dachte Madeleine, abgrundtief, verachten und hassen, wie nur ein unglücklich Liebender hassen kann. Sie versuchte zu lächeln. Er tat ihr leid, aber sie mochte ihn auch. Er war nicht das verletzte Tier, sondern ein Ritter, der seine Rüstung nicht ablegen konnte, dessen Schicksal es war, immer weiter zu reiten, die Feinde zu suchen und zu durchbohren, bis er selbst vom Pferd gestoßen wurde und sterben mußte. Und sie war schuld daran. Sie hätte sich durchsetzen und ihn heiraten sollen, obwohl seine kantige und jähzornige Art sie abstieß. Aber vielleicht hätte sie ihn heilen und befreien können.

Nun senkte er den Blick, um ihn sofort wieder zu heben. Alle Kälte, alle Wut verschwanden. Madeleine wurde ein Tuch gereicht, zum Abtrocknen der Finger. Sie ließ es fallen, und Jean Maynier hob es auf. Sogar ein Lächeln huschte über sein Gesicht, und während er es ihr reichte, berührte er ihre Finger. Er drückte ihre Hand, sie spürte es genau. Louis war abgelenkt, Raymond tat abgelenkt, die Großmutter sah schlecht, und ihre Eltern wie Pater Julius saßen auf der anderen Seite des Tischs. Jean Maynier drückte sie noch einmal. Ganz eigenartig, sie wußte nicht, was er ihr damit sagen wollte. Vielleicht deutete sie in sein Verhalten zu viel hinein, vielleicht wollte er ihr nur dafür danken, daß sie die Situation gerettet und ihm eine weitere Demütigung erspart hatte.

Jean Maynier nahm wieder Platz. Zum Glück begann nun die Unterhaltung sich um Männerthemen zu drehen, um Politik und Krieg, und sein Interesse wurde sofort geweckt.

Der König hatte einen Krieg gegen seinen Altersgenossen und *Bruder* Karl von Habsburg, Kaiser Karl den Fünften, begonnen, den er, weil er kein Menschenkenner war und den verlogenen Engländern glaubte, auch noch zu verlieren drohte – nachdem er im Frühsommer praktisch schon gewonnen hatte.

Louis erregte sich vor allem über den Verlust von Mailand durch die dummen und brutalen »Brüder der königlichen Mätresse«, wie er sich ausdrückte.

»Gewalt ruft nur Gegengewalt hervor und schafft Feinde«, sagte Raymond nickend.

»Der König hat eine Mätresse?« fragte Madeleine erschrocken.

Raymond und die Großmutter tauschten einen kurzen Blick aus.

»Wer auf unfähige Günstlinge setzt und dafür Frankreichs großen Konnetabel, den Herzog von Bourbon, entläßt«, schnarrte die Großmutter, »der hat es nicht anders verdient, als daß er verliert, und im nachhinein kann ich nur sagen: Es geschah ihm recht, daß nicht er Kaiser wurde, sondern der Habsburger. Er wäre endgültig dem Größenwahn verfallen. Ein Marignano macht noch längst keinen Cäsar!«

Eine kurze Zeit herrschte Stille. Bisher hatte noch niemand gewagt, den König derartig zu kritisieren. Sein Besuch in Lourmarin war unvergessen, und jeder wußte, daß bei einer Fortdauer des Krieges, insbesondere in Italien, der Ruf des Königs an seine ihm ergebenen adligen Ritter kaum überhört werden durfte.

»Mit dem Geld der Fugger hat Habsburg die deutschen Kurfürsten bestochen«, erklärte Jean Maynier.

»Müssen das reiche Frankreich und sein König sich von einem Augsburger Geldwechsler ausstechen lassen?«

Die Großmutter erregte sich heftig, und Louis greinte: »Jetzt kreist der Habsburger uns ein und wird uns Burgund und Mailand nehmen.«

»Wir brauchen ein zweites Marignano«, bemerkte Jean Maynier kühl, »einen Sieg, der ein für allemal klarstellt, daß Mailand uns gehört. Zaudern und Zögern, Verhandeln und Hinhalten zeugen nur von Schwäche. Ein Geschwür heilt man auch nicht mit guten Worten, sondern brennt es aus.«

»Da spricht der Generaladvokat«, meinte Raymond, nicht ohne ein ironisches Lächeln.

»Können wir nicht alle zusammen in Frieden leben«, unterbrach ihn Madeleine, »wie die Familien im Luberon? Wir tragen auch keine Fehden mehr aus.«

Die drei *Brüder* waren sich diesmal im Widerspruch einig. Ein echter Mann brauche die Bewährung, den Kampf, den Krieg, er müsse Ruhm und Ehre gewinnen, Leben sei nicht das höchste Gut, und der Moment des siegreichen Triumphs sei wie der Eintritt in das Himmelreich. Diesen Vergleich hatte Louis geprägt.

Raymond schüttelte abwägend, dann eher skeptisch den Kopf.

Jean Maynier meinte, *ergo* sei der Moment der Niederlage der Eintritt in die Hölle.

»So kann man es sagen«, erklärte Louis stolz.

»Und wo bleibt das Fegefeuer?« fragte Jean Maynier scharf.

Auf Spitzfindigkeiten wollte Louis nicht eingehen.

»Das ist doch dummes Zeug!« rief Madeleine. »Man kommt nicht in den Himmel, weil man schneller zusticht.«

»Das könnt ihr Frauen nicht verstehen«, erwiderte Louis.

Madeleine wurde nun ärgerlich. »*Ergo* kann ich nicht verstehen, daß du dich demnächst dem König anschließt und mit Roß und Rüstung nach Italien ziehst, um dort Ruhm und Ehre zu erlangen, vielleicht aber auch, um in die Hölle zu fahren.«

Louis schwieg verunsichert.

»Sag es mir! Willst du dich freiwillig melden, du großer Kämpfer? Gerade jetzt, wo du dich am Gerichtshof als fähiger Jurist zeigen mußt? Wo deine kleine Tochter dich braucht? Und deine Frau?«

»Wenn der König mich riefe, würde ich keinen Moment zögern und ihm in den Krieg folgen«, antwortete statt seiner Jean Maynier.

»Ich glaube, er wird uns nicht brauchen«, versuchte Raymond abzuwiegeln.

»Und Centallo?« rief die Großmutter.

Vielleicht lag es am Wein, daß Madeleine plötzlich den Blinden vor sich sah, der bettelnd durch die Dörfer zog, weil man ihm die

Augen ausgestochen hatte. Der zitternd seine Hand ausstreckte, während die drei *Brüder* in voller Rüstung an ihm vorbei in den Krieg trabten, ohne ihn wahrzunehmen. Es war wie eine Folge von Traumbildern. Die drei Männer ritten nun gegen ein unabsehbares Heer glänzender Rüstungen, gegen das Pikenkarree der Schweizer, gegen eine Armee feuernder Arkebusen. Tränen schossen Madeleine in die Augen und ließen alles verschwommen erscheinen, und als sie sie wieder abgetrocknet hatte, wurde sie noch immer von diesen Bildern verfolgt, nur waren diesmal die drei Brüder verschwunden, ausgelöscht, in die Hölle gefahren, während aus tausend Mündern Hurra gebrüllt wurde und sich aus dem Pulverdampf von tausend Kanonen die Kugeln lösten.

Zum Glück sollten in diesem Augenblick die Kinder ins Bett gebracht werden, nachdem die Zeichen der Ermüdung unübersehbar waren. Madeleine lächelte unter Tränen und nahm Beatrice auf den Arm.

Auch der Vater erhielt ein Küßchen. Louis strich seinem Kind über den Kopf und schaute dann Madeleine schuldbewußt in die Augen.

»Ich werde euch nicht verlassen«, flüsterte er. »Mein Liebling, du weißt doch, daß ich zum Kämpfen nicht geschaffen bin.«

Beatrice wurde herumgereicht und erhielt viele Küsse. Pierre stand neben Catherine, beobachtete aufmerksam das Geherze und warf einen Blick auf seinen Vater, der keine Anstalten machte, ihn ebenfalls zu umarmen.

»Gute Nacht, mein Sohn«, sagte er nur, strich ihm dann aber doch über den Kopf.

»Gute Nacht, Vater«, sagte Pierre.

Es mußte doch am Wein liegen, denn schon wieder kamen Madeleine die Tränen. Sie konnte nicht ertragen, daß der kleine Pierre wie ein verlorener Prinz an der Hand seiner Amme dastand, und so nahm sie ihn hoch, drückte sein Gesicht an ihre Wangen.

»Warum weinst du, Tante?« fragte Pierre.

»Ich weine doch gar nicht«, schluchzte sie und drückte ihn noch einmal an sich.

Der Schock kam erst, als sie Jean Mayniers Augen sah. Sie wußte nicht mehr, ob sie diesen Mann geliebt hatte, ob er ihr leid tun, ob sie ihn fürchten sollte, aber sie hatte das Gefühl, sie müsse den kleinen Pierre vor seinem Vater schützen. Vielleicht hatte sie erwartet, Jean Maynier würde sie kalt und haßerfüllt anschauen – das Gegenteil war der Fall. Sie schaute in die Augen eines Mannes, der ahnte, daß er nie mehr lieben dürfe, für den es in seiner Einsamkeit keinen Trost mehr gebe, weder im Himmel noch auf Erden.

Langsam stellte sie Pierre auf den Boden. Er rannte zu Beatrice. Die beiden Kinder faßten sich an den Händen. Alle waren gerührt, sogar die Großmutter. Madeleine wagte Jean Maynier nicht mehr anzuschauen.

»Warum haben wir keinen Maler in unserer Mitte? Er müßte das Bild festhalten«, rief Raymond voller Begeisterung. »Es ist ja wie bei der Verlobung von zwei Königskindern.« In künstlicher Theatralik wandte er sich ab, warf seine Hände wie zu einem Stoßgebet gen Himmel: »Warum habe ich noch keine Frau gefunden? Warum ist mir dieses Glück nicht beschieden?«

»Das habe ich mich schon oft gefragt«, sagte die Großmutter trocken.

Raymond stockte kurz. »Weil ich die Frau meiner Träume nicht heiraten kann«, antwortete er, um einen ironischen Ton bemüht, machte dann aber eine Handbewegung, als wollte er das Thema wegscheuchen, kniete sich vor die Kinder und sagte: »Vergeßt nicht, daß ihr einen Onkel habt, der euch gerne adoptieren würde.«

Die Kinder schauten fragend Catherine an.

Raymond gab beiden einen Kuß und stand lachend auf, nahm sich ein Glas, prostete den Eltern zu und ließ sich auf einen Stuhl fallen.

»Musik!« rief er, noch einmal das Glas erhebend. »Macht endlich Musik, damit wir tanzen können.«

Die Musiker kauten an ihrem Essen und steckten die Köpfe zusammen. Catherine führte die beiden Kinder hinaus, die sich noch immer an der Hand hielten. Die Großmutter wollte ein wenig frische Luft schnappen und befahl einer Kammerfrau, sie auf die Terrasse zu führen, Madeleines Eltern folgten ihr, ebenso Pater Julius. Die Flötenspieler probten ein paar Läufe, auf der Laute wurde gezupft, die Gambe grunzte.

Raymond erhob sich. Er legte nun seine beiden Arme auf die Schultern seiner *Brüder*, baute sich mit ihnen vor Madeleine auf und rief mit weinschwerer Zunge: »Wir drei werden es der Welt noch zeigen! Einigkeit macht stark! Wer einen Freund am Busen hält ...«

Sie mußte über ihn lachen, und sogar Louis ließ sich anstecken und brüllte »Vivat!«

»Und du, mein Bruder Johannes?«

Jean Maynier lächelte dünn, aber nicht unfreundlich, und Madeleine warf sich allen dreien in die Arme.

## 1521

Der Abend wäre friedlich und harmonisch zu Ende gegangen, hätte man sich nach der weinseligen Verbrüderung ins Bett begeben. Aber die drei jungen Männer fühlten sich überhaupt nicht müde, und auch Madeleine war noch aufgekratzt und wollte tanzen. Die Musiker spielten allerdings so falsch, daß man sich fast die Ohren zuhalten mußte, außerdem konnte Madeleine nicht mit drei Männern gleichzeitig tanzen. Die Großmutter war zwar wieder von der Terrasse zurückgekehrt, hatte Raymond für drei Schritte die Hand gereicht, sich dann aber kurzatmig in einen Sessel fallen lassen, wo sie bald leise vor sich hin scharchte. Auch Pater Julius, ihr ständiger Begleiter, starrte nur noch glasigen Blicks in die Ferne. Madeleines Eltern waren erst gar nicht wieder erschienen.

Weil Raymond das Gedudel und Gekratze nicht mehr ertragen konnte, schickte er die Musikanten weg und setzte sich mit den anderen vor den Kamin. Er fragte Jean Maynier, ob er schon eine Hakenbüchse besitze.

Dieser schüttelte den Kopf. Die Arkebuse sei eine unritterliche Waffe. Die Fußsoldaten könnten sich ihrer bedienen, aber nicht ein Edelmann hoch zu Roß, außerdem sei sie zu unhandlich, und schon viele Soldaten hätten ihr Augenlicht verloren, weil die Feuerwaffe explodiert sei, statt den Feind zu töten.

»Noch ist es die geballte Stoßkraft eines Ritterheers, die eine Schlacht entscheidet, das hat man in Marignano gesehen.«

»Aber die Kanonen ...«, warf Louis ein.

Jean Maynier machte eine verächtliche Geste.

Raymond schüttelte abwägend den Kopf. »Ich habe mir mehrere Hakenbüchsen bestellt. Vielleicht wird man sie in Zukunft doch häufiger einsetzen.«

»Ich besitze schon welche«, erklärte Louis stolz.

»Unser reicher Bruder!« Raymond klopfte ihm auf die Schulter. »Kannst du auch damit umgehen?«

Louis schwieg.

Jean Maynier kratzte Kerzenreste vom Tischtuch und schaute finster drein.

»Glaubt ihr wirklich, daß der Krieg noch lange anhalten wird?« fragte Louis nach einer Weile.

»Ich richte mich darauf ein. Ich habe meine Bewaffnung und Rüstung überprüfen lassen und die Männer ausgesucht, die mit mir ziehen sollen. In Italien sieht es tatsächlich schlecht aus. Wenn François über die Alpen zieht, werde ich bei ihm sein.«

Alle schwiegen nachdenklich.

»Und du?«

Jean Maynier, der Angesprochene, richtete sich auf: »Ich ebenfalls. Ich fühle mich dem König verpflichtet. Du ja wohl auch.«

Seine Augen fixierten Louis, der die Schultern einzog und zu stottern begann. Entschlossen ergriff Madeleine das Wort: »Er wird hierbleiben und euch vor Gericht würdig vertreten.«

Louis lächelte schief. »Ich weiß nicht.«

»Vielleicht ist es besser so«, sagte Raymond, »Man muß das Schicksal nicht herausfordern.«

»Auch du solltest es nicht herausfordern.« Madeleine legte ihm die Hand auf den Arm, und als sie Jean Mayniers Blick sah, legte sie die andere auf dessen Arm. »Du nicht minder. Der König hat schon genügend Soldaten. Er braucht euch nicht.«

Jean Maynier zog seinen Arm zurück. »Lassen wir das Thema!«

Nach dieser barschen Bemerkung herrschte eine Zeitlang Schweigen. Das Schnarchen der Großmutter wurde inzwischen vom Schnarchen des Paters begleitet. Das Feuer war heruntergebrannt. Die restlichen Scheite glühten vor sich hin und ließen ab und zu eine Flamme hochflackern.

Madeleine wandte ihren Blick von der magischen Farbe des Feuers ab und ließ ihn über die drei jungen Männer gleiten, die in ihrem Leben eine solch bedeutende Rolle spielten: ihr Bruder, ihr Mann und ihr ... Sie stockte bei dem Wort, das sich ihr aufgedrängt hatte und das sie nicht zu denken wagte. Sie wußte nicht, was sie immer noch an Jean Maynier anzog; an die Sünde eines ehelichen Vergehens war nicht zu denken, zumal sie bisher noch nicht einmal die andere Sünde, die königliche, gebeichtet hatte. Es war ihr daher keine Absolution erteilt worden. Wie lange mußte sie dafür im Fegefeuer brennen?

Aber vielleicht gab es gar kein Fegefeuer, wie die Anhänger des Petrus Waldus glaubten. Kam sie dann unwiderruflich in die Hölle? Und wenn weder die Heiligen noch die Jungfrau Maria Fürbitte leisten konnten, weil nur der Allmächtige allein und sein am Kreuz gestorbener Sohn verzeihen und erlösen konnten? Aber hatte nicht Christus der Sünderin verziehen? Einfach so – weil sie ein schwaches Weib war.

Was sollte Madeleine nun für die Wahrheit halten? Das, was der Papst und die katholische Kirche verkündeten und durch ihre Bischöfe, Priester und Mönche verbreiten ließen? Natürlich würde Madeleine nie wagen, all den gebildeten Herren zu widersprechen oder die Autorität der einzigen, universalen Kirche in Frage zu stellen – doch war sie auch nicht dumm und sah den Widerspruch zwischen Worten und Taten der Priester. Sie beherrschte Latein und las die Bibel. Und niemand konnte ihr ausreden, daß dort vieles stand, was weder der Papst noch seine Bischöfe beherzigten; und anderes, was sie als Gottes Wort und Wille bezeichneten, fand sich nirgends in der Bibel – die doch Gottes Wort war, das einzige, wirkliche. Jesus Christus hatte gesagt: »Du sollst nicht töten!« und auch »Schwört überhaupt nicht!« – und doch wurde täglich getötet, sogar im Namen der Kirche, und täglich geschworen. Sie hatte auch lange in der Bibel nach einer Erwähnung des Fegefeuers gesucht, dann Pater Julius gefragt.

»Manchmal kann allzu große Neugier eine Sünde sein«, hatte er geantwortet, »glaubst du wirklich, daß der Heilige Vater und alle Kardinäle, daß die Heiligen und Märtyrer, daß die ganze Heilige Mutter Kirche sich irren, nur weil ein kleines Mädchen seine kleine Nase in ein großes Buch voller Geheimnisse steckt und dort nicht findet, was es sucht?«

»Vater, vergib mir meine Sünde«, antwortete sie, und er lächelte gütig.

»Bete einen Rosenkranz, mein Kind, und sei gläubig!«

Aber ihr zweiflerischer Geist quälte sie weiterhin. Sie war gläubig, sie liebte Jesus Christus, der sich für die Menschheit geopfert hatte, sie liebte die Jungfrau Maria und Muttergottes, weil sie selbst eine Mutter war, und sie mochte Pater Julius, weil er ein gütiger alter Mann war, gütiger als ihr Vater – aber was hörte sie nicht alles von

Papst Leo und seinen Vorgängern, von Papst Julius und Alexander, von der Hurerei in Rom, der Prunksucht, den Wortbrüchen und Kriegen. Jeden Menschen mußte der Zweifel quälen, wenn er sah, wie leicht sich ein Sünder von seinen Sünden freikaufen konnte.

»Wir sind allzumal Sünder«, pflegte Pater Julius zu sagen. Trotzdem gab es einen Unterschied zwischen einem Mord und einem sündigen Gedanken. Und wenn man sich überlegte, wofür die Ablaßtaler verwandt werden konnten – wieder für sündiges Verhalten. Daraus drehte sich ein ewiger Kreislauf von Sünde und Absolution, und drinnen klingelten die Münzen. Ob Gott das so gewollte hatte?

Vielleicht hatte der deutsche Mönch, von dem immer wieder die Rede war, doch nicht so unrecht; vielleicht lebten die *Armen Christi* in ihrer Umgebung ein frommeres Leben als viele Priester, Bischöfe und Kardinäle?

Die drei Männer am Tisch tranken und starrten noch immer vor sich hin. Es war ein trauriges Ende einer Feier, fand Madeleine. Wenn man schon nicht tanzte, sollte man sich doch wenigstens unterhalten – aber nicht nur über Politik, Kriege und Waffen. Waren nicht der Glauben und das Seelenheil für sie alle viel wichtiger als Arkebusen, Lanzen und Hellebarden?

»Habt ihr schon von dem deutschen Mönch und seinen fünfundneunzig Thesen gehört?« fragte Madeleine. Sie sah, wie zögerlich sich ihre drei Ritter auf dieses Thema einlassen wollten.

Louis räusperte sich. Er kannte ihre Gedanken, und in ihrem Schlafgemach verstand er sie auch, wußte aber nicht, ob er sie billigen solle. Er sei Jurist, erklärte er, es gebe das alte römische Recht, aber auch das kanonische Recht der Kirche, das für sie bindend sei. Er könne nicht alles anzweifeln, was seit den Kirchenvätern im Schoß der Kirche gewachsen sei.

»Dieser Deutsche soll vieles ablehnen, was der Kirche heilig ist«, sagte er, »die Sakramente zum Beispiel.«

»Und was ist mit dem Ablaßhandel und der Simonie? Steht davon etwas in der Bibel? Oder glaubst du, Petrus habe aus den Sünden seiner ihm Anvertrauten Geld geschlagen? Ämter verkauft?«

»Ich bewundere den Mut des Deutschen«, sagte Raymond und setzte sich, die Beine übereinanderschlagend, zurück. »Ein kleiner

Mönch wendet sich öffentlich gegen alles, was dem Papst und seinen Kardinälen heilig ist.«

Jean Maynier richtete sich auf. »Ich halte seinen *Mut* für eine unglaublich dreiste Häresie.«

»Aber streiten wollen wir uns jetzt nicht«, warf Madeleine eilig ein. »Ich wollte nur hören, was ihr davon denkt ...«

Raymond lachte. »Mein Schwesterchen! Immer um Ausgleich bemüht. Vor Gericht müssen wir uns auch streiten und können nachher einen Wein trinken. Nicht wahr, Jean?«

Der Angesproche reagierte frostig.

»Naja –« Raymond wandte sich wieder seiner Schwester zu. »Ich glaube, in Deutschland rumort es zur Zeit heftig. In solchen Zeiten treten immer wieder Schwärmer auf, die alles umstoßen wollen. Wir Franzosen sind für solche Gedanken nicht anfällig.«

»Und was ist mit den Waldensern, die hier seit Jahrhunderten ihr Unwesen treiben?« Jean Mayniers Augen starrten finster geradeaus.

»*Unwesen* ... Ich weiß nicht ... Man trifft sie doch kaum noch«, erwiderte Raymond. »Ich glaube, die Waldenser sind verstiegene Armuts- und Reinheitsapostel, im Grunde harmlos. Sie zahlen ihre Steuern ...«

»Nicht alle!«

»Aber die meisten. Sie gehen zur Messe ...«

»Aber sie lehnen die Heiligen ab. Für sie gibt es keine Muttergottes. Sie weigern sich, einen Eid zu schwören, und sie erkennen die Autorität der Priester nicht an, wenn sie sich in ihren Augen nicht würdig genug verhalten. Welche Anmaßung!«

Jean Mayniers Stimme war nun laut geworden. Pater Julius schreckte auf, beugte sich verschlafen nach vorne, legte seine Hände wie zum Gebet zusammen, stand dann mühsam auf und machte eine segnende Bewegung.

»Ich begebe mich zur Ruhe, meine Kinder, der Herr sei mit euch!«

Madeleine kniete sich vor ihn und küßte ihm den Ring. Er wiederholte seinen Segen und tappte langsam, dem Kerzenlicht eines Dieners folgend, nach draußen.

Auch die Großmutter war aufgewacht. Gestützt von zwei Kammerfrauen humpelte sie Pater Julius nach.

»Warum tanzt ihr nicht?« krächzte sie. »Jugend muß fröhlich sein, das Leben ist kurz.«

Louis war aufgesprungen, um ihr die Hand zu reichen. »Soll ich Euch zu Eurem Schlafgemach begleiten, verehrte Großmama?«

»Begleite lieber deine Frau in euer Schlafgemach.«

Madeleine gab der Großmutter einen Kuß und hängte sich dann bei Louis ein. Eng umschlungen setzten sich die beiden wieder zu Raymond und Jean Maynier.

Raymond hatte den beiden Alten lächelnd nachgeschaut. »Ich glaube, auch Pater Julius erfüllte nicht immer die strengen Maßstäbe der Waldenser. Er war kein großer Sünder, aber vielleicht ein kleiner, in seiner Jugend ... es würde mich nicht wundern, wenn er und Großmama ...«

»Was redest du!« rief Madeleine.

»Großmama muß eine schöne und starke Frau gewesen sein ...«

»Aber Pater Julius ...«

»Er soll sogar Kinder haben, in Cucuron.«

»Das sind doch nur Gerüchte.«

»Waldensische Gerüchte«, mischte sich Jean Maynier wieder ein. Seine Stimme klang gepreßt. »Waldensische Verleumdungen ... Verlogene Heuchler sind das, Werkzeuge des Antichrist ...«

»Warum erregst du dich denn so?« fragte Louis. »Die Leute sind fleißig und freundlich, sie tun niemandem etwas zuleide. Madeleine und ich sind einer Meinung: Die Lehren der Heiligen Mutter Kirche sind so groß und wahr, daß ihnen der einzelne in seinem Irrtum gar nichts anhaben kann, aber Jesus Christus ist für unsere Sünden am Kreuz gestorben, und Maria, die Muttergottes, ist voll von Gnade, wir sind keine Inquisitoren und wollen auch nicht richten wie die Eiferer ...«

Madeleine schaute Louis liebevoll an und drückte seine Hand. Erschrocken fuhr sie zusammen, als Jean Maynier aufsprang und schrie: »Wer den Anfängen nicht wehrt, der ist dazu verdammt, unterzugehen wie all die Laschen und Lauen, unser Gott ist ein eifernder Gott, steht in der Bibel, die Märtyrer sollen nicht umsonst gestorben sein ...«

»Nun beruhige dich doch, Jean!«

Alle Versuche, ihn zu beruhigen, fruchteten nichts. Jean Maynier zählte noch einmal die Sünden der Waldenser auf, ihre häretischen Verbrechen, und als stünde er vor dem Gerichtshof, rief er: »Die Ketzer müssen ausgerottet werden! Auf den Scheiterhaufen mit ihnen!«

Als er die entgeisterten Gesichter seiner Freunde sah, schloß er für eine Sekunde die Augen und bedeckte sein Gesicht mit den Händen. Dann verließ er fluchtartig den Raum.

## 1522 bis 1524

Wieder zu Hause, stand Jean Maynier lange vor dem Geschenk des Königs, seinem neuen Kampfharnisch, prüfte die Schärfe des Schwerts, die Spitze der Lanze und fragte sich, ob er nicht sofort dem König zu Hilfe eilen sollte. Aber brauchte der Herrscher zur Zeit seine Hilfe? Mailand war durch die Unfähigkeit seines Heerführers verloren, im Norden hatte der König zwar gesiegt, Kaiser Karl aber nicht entscheidend schlagen können. Der Sieg war teuer gewesen, die Steuern waren allenthalben erhöht worden. Nun nahte der Winter, die Söldner wurden entlassen. An eine Wiedereroberung Mailands war frühestens im Frühjahr zu denken. Also war es sinnlos, sich jetzt der Armee anschließen zu wollen.

Das Frühjahr kam. Der König zog nicht selbst nach Italien, sondern überließ den Kriegszug erneut dem unfähigen Bruder seiner Mätresse, und einem solchen Günstling wollte Jean Maynier unter keinen Umständen folgen. François selbst hielt sich im Norden auf und eignete sich zu Unrecht das Erbe an, das dem Herzog Charles de Bourbon nach dem Tod seiner Frau zustand. Der König beging – darüber war man sich unter allen Edelleuten in Aix einig – mehrere unverzeihliche Fehler: Er verstieß gröblich gegen Recht und Gesetz, indem er sich zum Büttel seiner machtbesessenen und habgierigen Mutter machte, indem er die höchsten Gerichte bedrohte und manipulierte, indem er sich etwas aneignete, was ihm noch nicht zugesprochen war und tiefes Mißtrauen unter allen Edelleuten seines Landes säte. Er zwang Bourbon, den fähigsten Feldherrn, den Frankreichs Erde seit langem hervorgebracht hatte, geradezu, seinen Lehnseid zu brechen und womöglich zum Feind überzulaufen.

Jean Maynier konnte sich immer wieder ereifern: Der König, der in Marignano so tapfer und vom Glück begünstigt gekämpft hatte, zeigte nun, wohin die Weiberherrschaft an seinen Hof ihn geführt hatte: Der unerschrockene Turnierkämpfer entpuppte sich als rückgratloses Muttersöhnchen und als Marionette einer Mätresse. Hinzu kam, daß er auch als Feldherr von seinem Verstand verlassen schien: Er siegte, wußte jedoch den Sieg nicht auszunutzen.

Jean Maynier trank mit Louis und Raymond in der *Weißen Lilie* bis tief in die Nacht hinein. Kein nackter Weiberschenkel konnte ihn von seiner Klage über den Zustand des Herrschers ablenken: Was war aus dem Bezwinger der Helvetier geworden? Ein König, der das Tafelsilber verkaufte, um die Landsknechte bezahlen zu können, der dem Volk immer höhere Steuern und Abgaben auferlegte, um schließlich alles zu verspielen, sogar seine eigenen Siege!

Diesmal war er sich mit Louis einig, dessen Urteil über den König noch schärfer ausfiel und der, wie er mit einer großen Geste erklärte, nie mehr die Rüstung anlegen werde.

»Ein solcher König hat die Treuepflicht verwirkt. Er hat den Ruf der Franzosen in Italien ruiniert. Das weiß ich aus Centallo.«

Raymond urteilte vorsichtiger, aber auch er sah die Lage als verworren an, und vorerst wolle er sich seinem beruflichen Vorankommen widmen und außerdem ... Er lächelte geheimnisvoll.

»Gratuliere«, sagte Louis und grinste, schmierig, wie Jean Maynier fand.

»Sie ist schön wie Helena, klug wie die Königsschwester Marguerite und vögelt wie die Göttin der Liebe.«

Jean Maynier schaute, angewidert durch die Wortwahl, zur Seite.

»Sie muß eine Gräfin sein«, sagte Louis.

»Eine Königin ...« – Raymond lachte – »der Nacht.«

Jean Maynier mußte an Madeleine denken, an ihr Lachen, an ihren hellen Blick. Seine Gedanken verloren sich im Dunkel, bis Anne auftauchte, Anne am Fenster, Anne auf dem Sterbebett. Mit Gewalt riß er sich wieder in die Gegenwart, in diesen Raum, der nach Wein, Nässe und geilem Schweiß stank, in dessen dunklen Ecken die Huren sich nicht scheuten, den Rock zu heben und sich mit schmutzigem Gelächter auf den Schoß der Männer zu setzen.

Vor ihm Louis mit seinen schmächtigen Schultern und der leichten Vorwölbung des Bauchs, vor ihm auch Raymond, schlank, aber nicht ohne Kraft, ein Kämpfer, der Geschicklichkeit mit Schnelligkeit verband.

Louis hatte sich im letzten Jahr als gewissenhafter Jurist herausgestellt, nicht genial, nicht immer überzeugend in seiner Beweisführung, aber fleißig. Außerdem baute er seine Beziehungen aus, insbesondere zum Zweiten Präsidenten des Gerichtshofs. Raymond dagegen plädierte brillant, brachte sich jedoch durch ungewöhnliche, ja abweichlerische Bemerkungen, durch ironische Spitzen und Seitenhiebe auf die Kirche um den Preis seiner unwiderlegbaren Beweisführung.

Jean Maynier selbst galt unter den Edelleuten der langen Robe als der arme Baron vom Luberon, obwohl er längst nicht mehr arm war, aber es hing ihm nach, daß erst sein Vater die Baronie erhalten hatte und daß sie anfangs wenig abwarf. Ja, man wärmte sogar die verlogenen und abergläubischen Gerüchte früherer Zeiten auf: Der alte Accurse, während seiner Zeit in Rom reich und mächtig, ein Liebhaber kostbarer Edelsteine und schöner Frauen, sei in einen Mordfall verstrickt gewesen und dann gestürzt worden. Auf Oppède laste ein Fluch, laste ein Pakt mit dem Teufel, der jedem, der in näheren Kontakt mit ihm trete, den sicheren Tod bringe.

Aber all dies waren nur Ausgeburten des Neids und der Mißgunst, denn man konnte nicht umhin, ihn als Gegner zu fürchten und seine juristischen Erfolge anzuerkennen, weil seine Beweisführung unangreifbar war und er nicht aufhörte zu kämpfen, bis er seinen Prozeß gewonnen hatte. Absprachen und Vergleichsvorschläge lehnte er prinzipiell ab. *Euer Ja sei ein Ja, euer Nein ein Nein; alles andere stammt vom Bösen,* – mit diesem Bibelzitat pflegte er seine kompromißlose Haltung zu begründen.

Im folgenden Jahr fühlte sich Jean Maynier noch immer nicht zu einer Entscheidung gezwungen. Selten sah man ihn in Oppède, wo Pierre zu einem gesunden, wenn auch verschlossenen Jungen heranwuchs. Gelegentlich verabredete er sich mit Raymond und Louis zu gemeinsamer Jagd. Er sah dann Madeleine wieder, begegnete ihrer bezaubernden kleinen Tochter und konnte den Schmerz nur durch den Genuß von besonders viel Wein betäuben.

Neugierig und abgestoßen zugleich las er die Berichte über den Kampf der Sorbonne gegen die Pest lutherischer Flugblätter und Schmähschriften, die das Land überschwemmten. Der widerliche Keim der Häresie ließ überall neue Unkräuter aus dem Boden des Glaubens schießen, und besonders die Waldenser im Luberon, zwischen Cabrières d'Avignon im Norden und Mérindol im Süden, schienen ihm empfänglich für die Botschaften aus der teutonischen Glaubensfinsternis. Er sah das Grinsen in den Gesichtern, wenn er durch Lourmarin ritt, das höhnische Grinsen, das sofort in winselnde Unterwürfigkeit überging, forderte er Gruß und Kniefall. Er sah die heimlichen Botschaften und die Blicke, die die schmutzigen Bauern austauschten, wenn sie seiner ansichtig wurden. Am liebsten hätte er dann seine Hunde auf sie gehetzt oder sie eigenhändig ausgepeitscht. Aber beweisen konnte man ihnen meist nichts.

Er triumphierte, als er hörte, daß ein Ketzer auf dem Scheiterhaufen seinen Tod gefunden hatte. Damit er seine Häresien nicht auch noch in der Stunde seines Untergangs verkünden konnte, hatte man ihm die Zunge herausgeschnitten und ihn dann ins läuternde Feuer geschickt. Dies war der Weg, den die Ungläubigen, die vom Teufel Besessenen gehen mußten, damit sie die Einflüsterungen des Antichrist nicht länger verbreiten konnten.

Nach einer Weile sah Jean Maynier sich aber doch vor eine Entscheidung gestellt. Mailand wurde erneut erobert und ging verloren, der Herzog von Bourbon war zum Feind übergelaufen, ein Verrat am König, der zwangsläufig dem Verrat des Königs hatte folgen müssen. Im Frühsommer des Jahres 1524 sah sich Frankreich von drei Seiten bedroht. Bourbon drohte von Italien aus in die Provence einzufallen. Nein, er drohte nicht, er fiel ein. Die Grimaldis öffneten ihm ihr Schloß. Auch die französische Flotte konnte den Nachschub an Waffen, Munition und Lebensmitteln nicht aufhalten. Bourbon marschierte auf Aix zu. Kein Widerstand. Die schwachen französischen Truppen zogen sich aus der Stadt zurück, die Konsuln übergaben ihm die Schlüssel, und Charles, der Herzog von Bourbon, der frühere Konnetabel der französischen Krone, betrat als Anführer einer kaiserlichen Armee die Stadt und erklärte sich zum Grafen der Provence.

Jean Maynier hatte sich wie seine beiden *Brüder* auch aus Aix abgesetzt und in den Luberon, auf sein Schloß, zurückgezogen. Was war zu tun? Sollte er in die Dienste des neuen Grafen der Provence treten und damit den König verraten? Meineidig werden? Dem Feind Frankreichs dienen? Aber hatte nicht der König selbst durch seine unfähige Politik Frankreich an den Rand des Abgrunds getrieben? Hatte er nicht selbst seinen treuesten Vasallen in die Arme des Feindes gedrängt? War nicht der Herzog von Bourbon der bessere König von Frankreich? Würde er wirklich den Norden und Westen des Landes Henry, dem englischen Herrscher, überlassen, Burgund dem Habsburger geben und sich selbst nur mit Okzitanien begnügen? Wäre damit nicht das mächtige Frankreich, das Reichs Chlodwigs, das Reich Karls des Großen, das Gallien, das Cäsar einst den Barbaren entriß, zerrissen und zerstört, ein Spielball in der Hand von Männern, die englisch, spanisch, italienisch oder deutsch sprachen? Natürlich war Bourbon ein Franzose, er stammte aus dem Zentrum des Reichs, und sein Adel brauchte sich hinter dem Adel der Valois nicht zu verstecken, aber jetzt war er ein Lehnsmann des Kaisers, zudem noch abhängig von englischem Geld.

Und Charles de Bourbon belagerte Marseille. Er erwartete die Armee des Kaisers, der versprochen hatte, aus Spanien heranzuziehen. Beide zusammen wollten sie Lyon erobern und ganz Frankreich unterwerfen. Dies hatte sich herumgesprochen. Er schickte Boten zu den Edelleuten der Provence, damit sie ihm den Lehnseid leisteten.

Was sollte Jean Maynier tun?

Er traf sich mit Louis und Raymond in La Tour d'Aigues. Mißtrauen und mißgünstige Gedanken schienen vergessen. Die *Brüder* umarmten sich, auch Madeleine ließ sich von Jean Maynier drücken. Sogar die kleine Beatrice begrüßte ihn mit einem Lächeln, das ihn für kurze Zeit seine Gewissensnot und sogar seine Angst um Pierre vergessen ließ. Das Mädchen schien nach der Mutter zu schlagen. Es gab ihm sogar einen Kuß, als er es in die Arme nahm. Sechs Jahre war es nun alt, wie Pierre, den er nicht hatte mitbringen können, weil er mit hohem Fieber das Bett hüten mußte.

Noch nie war Pierre derart krank gewesen. Die Kräuter, die ihm Catherine Saumuc gab, hatten nichts bewirkt, und der Aderlaß des Baders hatte das Kind nur noch kränker gemacht. Der Doktor aus Salon schüttelte unzufrieden den Kopf, und Jean Maynier fragte, ob er womöglich den Priester kommen lassen sollte. Der Medicus tastete das Kind noch einmal gründlich ab und versprach, seine Spezialmedizin anfertigen zu lassen. Einen Priester? Nein, das hieße ja den Tod regelrecht herbeizurufen. Er hätte schon vorsorglich ein

Horoskop legen lassen, und Gottes Gnade würde einem Vater, der schon den Verlust seiner Frau hätte erdulden müssen, nicht noch einmal auf die Probe stellen.

Das letzte Argument überzeugte Jean Maynier. Maria, die Muttergottes, würde es nicht zulassen, daß ihm sein erster und einziger Nachkomme genommen würde. Halbwegs beruhigt reiste er ab.

In La Tour d'Aiges wurde er nach Pierre gefragt, und er berichtete von der Krankheit. Madeleine schaute ihn betroffen an und drückte ihm noch einmal voller Mitgefühl die Hand. Raymond schlug ihm aufmunternd auf die Schultern.

»Der Junge kommt durch, er ist zäh wie sein Vater, er wird uns allen noch zeigen, was in ihm steckt.«

Jean Maynier lächelte schwach.

»Kopf hoch!« sagte Louis.

Zur Stärkung ließ man sich gebratene Hühnerschenkel reichen, trank einen jungen Wein und begann, die politische Situation zu diskutieren.

»Hat nicht der König die Lage selbst verschuldet? Warum mußte er Italien verspielen?« Jean Maynier schaute seinen beiden *Brüdern* ins Gesicht und suchte nach einer Antwort. »Hätte er Bourbon seine Kriege führen lassen, brauchte Frankreich heute keine Macht der Erde zu fürchten.«

Louis nickte. »Noch keine zehn Jahre König, Prunksucht, falsche Freunde, teure Kriege, Weiberwirtschaft – die Steuern so hoch wie nie, überall fremde Soldaten im Land ... Mailand verloren, auch unser Centallo ist verloren, wenn wir ...«

»Trotzdem«, warf Raymond ein.

»Was heißt hier *trotzdem*? Warum zieht er sich nicht mit Mutter und Mätresse nach Blois zurück und dankt ab?« Louis schien unversöhnlich.

»Zu allem Unglück ist ihm jetzt auch noch seine Frau gestorben«, sagte Madeleine mitfühlend. »Die arme Claude, keine fünfundzwanzig Jahre und schon sieben Kinder!«

»Er könnte auch nach Savoyen gehen, ins Stammland seiner Mutter.«

»Das bleibt ihm nicht«, sagte Raymond. »Savoyen werden sich der Kaiser und Bourbon teilen.«

»Geschieht ihr recht, der alten Hexe!«

»Aber Louis«, rief Madeleine, »so kenne ich dich gar nicht.« Sie wandte sich an Jean Maynier. »Seitdem unsere Großmutter und auch die Eltern gestorben sind, läßt er es manchmal an Respekt den Menschen gegenüber fehlen.«

»Wenn du wie ich täglich mit Betrügern und Verbrechern umgehen würdest, bliebe auch dir …«

Raymond machte eine ungeduldige Geste. »Wir können Bourbon nicht lange hinhalten.«

Beatrice kam in den Raum gelaufen, einen Stieglitz in der Hand, und wollte ihren Besitz unbedingt ihrem geliebten Onkel zeigen.

»Er ist ganz zutraulich und pickt mir aus der Hand!«

»Du störst uns, Beatrice!« sagte ihr Vater streng. »Verlasse bitte den Raum!«

Raymond streichelte den Stieglitz, dann Beatrice, und auch Jean Maynier lächelte. »Willst du ihn mir auch zeigen?« fragte er.

Der Vogel zitterte vor Angst, als er sich über ihn beugte. »Er gehört mir, mir ganz allein«, sagte Beatrice.

»Aber natürlich, mein Kind, niemand will ihn dir nehmen.« Liebevoll strich er ihr über die Haare und drückte sie an sich.

Als er sie wieder losließ, hüpfte sie laut singend aus dem Raum. Er schaute ihr nach und merkte, wie ihm Tränen in die Augen traten. Um sie zu verbergen, strich er sorgenvoll mit der Hand über die Stirn. Die kleine Beatrice hätte auch seine Tochter sein können, eine Schwester von Pierre, und Madeleine seine Frau …

Hatte er damals etwas falsch gemacht? Oder lag es allein am Dünkel der Familie d'Agoult und an der herrischen Trivulce, die um jeden Preis die Besitztümer ihrer Familie zusammenhalten wollte? Aber Madeleine hätte sich wehren können. Er begriff, daß er sie noch immer liebte. Sie war schön, schöner als vor Jahren, voll erblüht, selbstsicher, klug.

Als er seine Hand wieder von der Stirn nahm, sah er, daß Madeleine ihn beobachtet hatte. Er erwiderte ihren Blick, sie lächelten sich an. Ja, auch sie lächelte ihn an. Lag nicht ein Bedauern in ihrem Blick? Vielleicht dachte sie an Pierre, vielleicht dachte sie daran, daß er doch der Richtige gewesen wäre. Womöglich zeigte Louis auch im Bett, daß ihm die Manneskraft eines Ritters fehlte. Dies lag durchaus im Bereich des Möglichen, denn in den Badehäusern von Aix galt Louis nicht gerade als Stier. Und warum hatte Madeleine keine weiteren Kinder? Warum hatte eine gesunde, kräftige Frau wie sie, die auf dem Pferd saß wie eine Amazone, ihrem Mann keinen Jungen geboren? Eine Familie ohne männlichen Nachfolger war wie ein Baum, der früher oder später verdorren mußte.

»Trotzdem!« wiederholte Raymond. »Ich war ein Jugendgefährte des Königs. Er mag Fehler haben, aber ich kann ihn nicht verraten. Noch vor neun Jahren hat ihn ganz Frankreich gepriesen, wir alle bewirteten ihn, Jean Maynier hat sich mit ihm im Turnier gemessen, und nun soll ich zu dem Vasallen des Kaisers überlaufen? Ich könnte mir selbst nicht mehr ins Gesicht sehen.«

Jean Maynier riß sich aus der Flucht seiner Gedanken und versuchte, Raymond und Louis zuzuhören.

»Was geschieht, wenn François auf den Thron verzichten muß? Oder wenn die Provence Bourbon zugeschlagen wird?« Louis schaute Raymond mit zusammengekniffenen Augen an. »Dann wird man dir deinen gesamten Besitz nehmen, mir ebenfalls – und wir können wie die Zigeuner über die Lande ziehen!«

»Das ist kleingeistig und krämerisch gedacht. Es geht um die Ehre eines Edelmannes. Ich bin ein Ritter des Königs und ihm zu Treue verpflichtet. Und ich werde meiner Verpflichtung nachkommen!«

»Raymond hat recht«, hörte sich Jean Maynier nun sagen. »Die Ehre gebietet es. Auch ich will meinen König nicht verraten.«

Die Entscheidung schien gefallen. Es war ein Gefühl, als würde man in eine Schlacht ziehen, in der es nur Sieg oder Tod gab.

»Was bleibt mir anderes übrig, als euch zu folgen.« Louis stützte seinen Kinn auf seine Hände und starrte vor sich hin. »Hoffentlich geschieht ein Wunder … Bourbon wird uns alle vertreiben … Ich komme mit euch nach Lyon.«

»Du bleibst hier!« Madeleine wirkte gefaßt, aber bestimmt. »Du ziehst keine Rüstung an. Ich brauche dich. Lieber verlasse ich mit Beatrice und dir das Land unserer Väter, als daß ich zur Witwe werde. Du kannst nicht kämpfen …«

Louis wollte protestieren. »Ich … ich … kann sehr wohl …«

Sie duldete keinen Widerspruch.

»Madeleine hat recht«, sagte Raymond. »Bleibe du hier, halte die Stellung, halte Bourbon hin, rede dich heraus, erkläre uns für krank oder was immer – du bist mit der Zunge geschickter als mit dem Schwert. Ein toter Edelmann ist nichts mehr wert.«

»Hast du nicht an unsere Ehre appelliert?«

»Beweise, daß du Verstand hast; die Ehre verteidigen Jean und ich!«

Jean Maynier sah, wie Louis schwankte. Raymond hatte natürlich recht, der schmächtige Bouliers konnte kaum einen Harnisch tragen, geschweige denn mit der Lanze den Feind durchbohren. Aber worum ging es nun? Um Leben, um geschicktes Taktieren – oder um die Ehre? Ein böser Gedanke schoß ihm durch den Kopf. Er fand ihn seiner nicht würdig, und doch setzte er sich wie mit einem Widerhaken fest. Die Karten konnten noch einmal neu gemischt werden. Es gab keine Großmutter mehr, keine Eltern, nur einen Ehemann. Manche Frau wurde erst als Witwe zu einer wirklich begehrenswerten Partie ...

Louis verstand und beugte sich der Vernunft. »Ihr habt recht. Ich bleibe.«

Jean Maynier atmete tief durch. Zu spät. Er hätte sofort Raymond widersprechen müssen. Es ging doch um die Ehre ... Louis war ein Feigling, natürlich griff er jedes Argument, das ihn von einem Einsatz befreite, begierig auf.

Raymond hatte sich erhoben.

Madeleine fiel Louis um den Hals.

Raymond reichte Jean Maynier wortlos die Hand. »Wir werden kämpfen! Wir werden siegen!«

Es war ein erhebender Augenblick.

Jean Maynier versuchte, die bösen Gedanken zu verscheuchen. Vielleicht hatte er jetzt seinen alten Freund zurückgewonnen. Madeleine fiel nun Raymond um den Hals. Louis legte ihm den Arm auf die Schulter. Madeleine schluchzte laut auf.

Dann umarmte sie auch Jean Maynier.

Ja, er würde für die Ehre kämpfen, für den König, für Pierres Zukunft und auch für Madeleine. Dies war lange Zeit die große Bestimmung der Ritter gewesen: für eine Frau in den Kampf zu ziehen. Um ihr auf diese Weise seine Liebe zu beweisen. Es galt, alles zu vergessen, alle bösen Gedanken, alle vergifteten Pfeile zu entfernen, dem Allmächtigen zu vertrauen und standhaft wie Hiob zu sein. Sie würden ihm den Weg weisen. Er mußte ihnen nur vertrauen. Bisher hatte er gehadert. Aber nur wer sich hingab, wer wirklich alles gab, wer sich selbst zu opfern bereit war, der konnte das Himmelreich gewinnen.

Zum ersten Mal in seinem Leben fühlte Jean Maynier sich seinen beiden *Brüdern* tief verbunden. Vor ihm lag vielleicht der Tod, vielleicht aber auch der Ruhm – und die Ehre blieb gewahrt, die Treue seinem Herrn gegenüber und Gott.

## 1525

Wieder hatte sich das Waffenglück gewendet. Der Herzog von Bourbon hatte Marseille nicht erobern können, und der Kaiser kam nicht mit seinem Heer aus Spanien. Vielleicht wollte er François gar nicht vernichten. Auch aus England setzte keine Armee über, und Hilfsgelder trafen ebenfalls nicht ein. Dafür hatte der französische König in Ruhe seine Ritter und Söldner sammeln können und zog nun nach Süden, seinem ehemaligen Konnetabel entgegen, dessen Männer immer mehr den Mut verloren. Zudem näherte sich der Winter, und im Winter ließ man für gewöhnlich den Krieg ruhen. Im Winter litten die Soldaten unter Regen und Kälte, Krankheiten breiteten sich aus, es gab weniger zu essen. Viele Wege waren aufgeweicht, die Wagen kamen kaum voran, auch nicht die Kanonen, das Pulver wurde naß, und die Pferde blieben im Morast stecken. Im Winter schlug man besser keine Schlachten.

François rückte heran, und Charles de Bourbon mußte mit seinem Heer wieder nach Italien zurückweichen. Der König erschien in Aix und forderte auch die Ritter der Provence auf, ihm Waffendienst zu leisten. Jean Maynier und Raymond, froh über die Entwicklung der Dinge, schlossen sich ihm an, und noch im Herbst wälzte sich das französische Heer über den Montgenèvre nach Italien.

Die kaiserliche Armee war geschwächt. Ein Drittel ihrer Soldaten hatte sich davongemacht. Bourbon gab das schlecht befestigte Mailand kampflos auf. Der König triumphierte. Jean Maynier und Raymond lachten, wenn sie sich begegneten: Ihre Entscheidung war richtig gewesen. Ein zweites Marignano winkte, und diesmal waren beide dabei. Der Feind hatte sich nach Pavia und Lodi zurückgezogen und dort verschanzt. Bourbon eilte nach Deutschland, um Söldner anzuwerben, jetzt blieben nur noch die spanischen Befehlshaber mit den Resten entmutigter Söldnerhaufen.

François hatte die Frauen in Frankreich zurückgelassen, und sofort, das sah man, gewann er die Siegesgewißheit eines Cäsars zurück. Der Bezwinger der Helvetier befehligte diesmal seine einstigen Gegner, und hinter ihm standen zudem Tausende von schwer gerüsteten Rittern, die Spitze des französischen Adels. Sie kämpften nicht um Golddukaten und Beute, sondern um Ehre, um die Krönung eines edlen Lebens, um den Ruhm ihres Herrsches und die Größe Frankreichs. Ihre geballte Streitmacht würde die kaiserliche Armee erneut schlagen, nein, nicht nur schlagen, sondern zermalmen, und Mailand würde für immer französisch sein.

Die Franzosen kümmerten sich nicht um Lodi, wohin sich die Hauptmacht der Gegner zurückgezogen hatte, sondern begannen, Pavia zu belagern und zu beschießen. Nach drei Tagen war die Bresche so groß, daß man einen Angriff wagte. Doch die Verteidiger der Stadt hatten ein zweites Bollwerk gezogen und schlugen die Franzosen zurück.

»Gut«, sagte der König, »dann hungern wir sie eben aus.«

Er war sich seiner Sache sicher, und Jean Maynier wie Raymond, die immer in seiner Nähe waren, vertrauten ihm. Der König wagte sogar, einen Teil seiner Armee nach Neapel zu schicken, um so den Feind abzulenken und schließlich ganz Italien zu erobern. Noch blieben genug Soldaten, um Pavia zu erobern, sich danach Lodi vorzunehmen und den Kaiserlichen mitsamt ihren Verbündeten eine Lehre zu erteilen, die sie nie vergessen würden. Was machte es schon, daß Bourbon, schneller als erwartet, aus Deutschland zurückkehrte und mit fünfzehntausend mit Fuggergeld bezahlten Landsknechten in Lodi einrückte? Stand nicht François noch immer an der Spitze einer Armee, in der sich die besten Soldaten versammelt hatten? Brannten nicht die edelsten Ritter Frankreichs darauf, endlich ihre in vielen Turnieren und Kampfspielen erprobte Stärke anwenden zu können? Die heftigen Regenfälle des Winters setzten ein. Der Ticino schwoll an und wurde unpassierbar, Pavia konnte zu dieser Jahreszeit nicht mehr erobert werden.

Gut, dann überließ man die Verteidiger der Kälte, dem Hunger und den Seuchen. Der König war wohlversorgt und konnte warten. Er hatte sich mit seinem Heer im Park Mirabello eingerichtet, der Pavia nordöstlich begrenzte, umgeben und geschützt von einer hohen Mauer, dreißigtausend Mann mit einem Troß aus vierzigtausend Menschen, eine Zeltstadt gegenüber der Steinstadt, in der man schon Hunde aß und Dachstühle als Brennmaterial benützte. Der Belagerungsring war weitgehend dicht, die Kaiserlichen aus Lodi wagten keinen Angriff, sondern scharmützelten nur. Es konnte nur eine Frage von Tagen sein, daß sich jetzt, Ende Februar, die Garnison von Pavia ergab und anschließend der Sieg in einer Entscheidungsschlacht erzwungen wurde.

Raymond hatte sich in dem feucht-nebligen Wetter einen hartnäckigen Husten mit einem leichten Fieber geholt. Er fühlte sich geschwächt und begann, erste Zweifel an der Taktik des Königs zu äußern. Jean Maynier, der trotz des elenden Wetters gesund geblieben war und täglich Lanzenstechen, Schwertkampf und Bogenschießen trainierte, widersprach ihm. Sollte man unnötig Blut vergießen?

»Denk an Marignano! Alle haben sie François den Untergang vorausgesagt, und was geschah? Ein Sieg wie bei Issos. Und jetzt folgt Gaugamela!«

»Aber selbst Alexander unterlag dem Fieber, und wenn der Frühling nicht bald kommt, werden mir die Kräfte schwinden.« Wie zur Bestätigung seiner Worte nahm ihm ein Hustenanfall die Luft. »Täglich sterben mehr Soldaten an Krankheiten, und die Stimmung ist schlecht.«

»Die Stimmung ist gut. Wir Ritter fiebern dem Kampf entgegen. Den Kaiserlichen dagegen laufen die Söldner weg, und wenn die Garnison in Pavia erst alle Hunde und Katzen aufgefressen hat, wird sie sich ergeben.«

Als Raymond erneut von Husten und Atemnot geschüttelt wurde, zog sich Jean Maynier in sein Zelt zurück, inspizierte noch einmal seine Waffen, betrachtete mit Stolz nicht nur seinen Kampfharnisch, sondern auch noch den Prunkharnisch des Cesare Borgia, den er nicht gescheut hatte mitzunehmen. Er gab schließlich seinen Kampfrössern eigenhändig Hafer und ermahnte seine Begleiter, sich allzeit bereit zu halten.

Unwirsches Grunzen war die Antwort.

Die Nacht war schwarz, kein Stern zu sehen, kein Mond, der das Lager hätte beleuchten können. Nur zunehmender Nebel, kriechende Feuchtigkeit über dem schlammigen Boden, ermüdende Kälte. Jean Maynier hatte sich schlafen gelegt, wachte aber plötzlich auf, ohne zu wissen, wovon. Draußen hörte er einen seltsamen Lärm, dumpfe Schläge, halb vom Nebel verschluckt. Er trat vor sein Zelt und weckte seine Soldaten. Er begegnete anderen Rittern, die mit ihren Fackeln ganz plötzlich aus der schwarzgrauen Suppe auftauchten und ebenso schnell wieder verschwanden. Auch der König sei aufgewacht, hörte er, aber niemand wisse, was eigentlich geschehe. Vielleicht hätten die Kaiserlichen irgendwo einen Spähtrupp vorgeschickt oder mit den Schweizern, die außerhalb des Parks lagerten, ein Scharmützel begonnen. Das Übliche wahrscheinlich. Ablenkungsmanöver.

Trotzdem wurde ein Aufklärungstrupp losgeschickt. Aber die Nacht blieb undurchdringlich. Nur der Lärm außerhalb der Mauern nahm zu, er kam jetzt von allen Seiten. Unmöglich, daß die Kaiserlichen unter diesen Bedingungen angriffen, zudem noch in der Nacht. Trotzdem wurden die Männer nervöser, an Schlaf war nicht mehr zu denken, und wer noch bei einer Hure lag, mußte fluchend abbrechen und seine Kleider und Waffen suchen.

»Der König legt die Rüstung an, der König läßt satteln«, hörte Jean Maynier rufen. Er rannte in Raymonds Zelt. Auch Raymond war aufgewacht und saß auf seiner Pritsche, von fiebrigem Frost geschüttelt.

»Laß dir die Rüstung anlegen, draußen tut sich etwas.«

Raymond starrte mißmutig auf den Boden. »Was tut sich?«

»Hörst du denn nichts?«

»Natürlich höre ich den Lärm. Aber sind wir nicht umgeben von einer starken Mauer? Und wollen die Kaiserlichen in der Nacht kämpfen? Wenn der Tag anbricht, werden wir sehen, was sie vorhaben!«

Jean Maynier stürzte wütend aus dem Zelt. Nun waren überall Fackeln, herumirrende Soldaten, Pferde. Dazwischen Helfer, Knappen, halbnackte Frauen und allerlei zwielichtiges Gesindel. Geschrei der Troßleute. Befehle. Nervöses Wiehern. Rüstungen wurden angelegt. Jean Maynier fand seine Soldaten. Die Bogenschützen hatten den Brustpanzer schon umgeschnallt, die Schwerter und Messer waren gegürtet. Auch war eins seiner beiden Kampfpferde gesattelt und trug seinen Schutzpanzer. Jean Maynier war zufrieden und redete dem Pferd beruhigend zu. Er konnte kaum die Gesichter seiner Männer erkennen, aber sie schienen voller Tatendurst zu sein. Auch ihm wurde nun sein neuer Kampfharnisch angelegt, und schließlich hob man ihn auf sein Pferd.

Noch immer war die Nacht nicht zu Ende. Der Lärm, der über die Mauer schallte, hatte sogar zugenommen, aber niemand wußte, was eigentlich geschah, geschehen sollte. Befehle wurden gebrüllt, Fluchen, aufgeregtes Geschrei. Manche stopften sich ein Stück Brot in den Mund, schütteten Wasser oder Wein hinterher. Viele hockten sich um die Lagerfeuer, um ihre Knochen noch ein wenig zu wärmen.

Und was tat der König?

Jean Maynier wartete. Er fühlte die Kälte und die Feuchtigkeit nicht, er fühlte die Kraft seiner Arme, die Klarheit seines Kopfes. Er wußte, er würde kämpfen, kämpfen und siegen. Einer seiner Leute, der junge Holzfäller, der dem gegnerischen Ritter den Hals durchschneiden sollte, prüfte die Schärfe seiner Klinge. Außerdem trug er als Waffe ein Beil.

»Am besten unter dem Kehlstück durch, und kein Erbarmen«, rief Jean Maynier. »Die Burschen sollen dich decken, wenn du den Panzer knackst.«

Die beiden Burschen zitterten vor Angst.

»Haltet mir auf jeden Fall den Rücken frei und warnt mich, falls mich im Getümmel einer von hinten vom Pferd stoßen will. Achtet darauf, daß die Hellebardiere nicht dem Pferd die Sehnen durchschneiden und mich dann vom Sattel reißen. Und falls ich wirklich fallen sollte, sofort aufrichten! Auf die Messer achten! Der Gegner will mir ebenfalls an den Hals. Schnell sein! Nie zögern, immer zuerst stechen. Oben bleiben! Wer niedergetrampelt wird, hat keine Chance mehr. Und haltet Kontakt miteinander! Wir werden siegen, wir werden siegen.« Seine Stimme wurde heiser.

»Wir können noch eine Runde würfeln, bevor es losgeht«, sagte einer der Bogenschützen. »Halte mal die Fackel, damit wir etwas sehen.«

»Ich glaube, es wird hell«, rief der ältere Bursche, der noch einmal den Harnisch des Pferdes prüfte, mit klappernden Zähnen.

»Dieser verdammte Nebel. Man wird nichts sehen.«

Plötzlich zwei Kanonenschüsse.

»Jetzt wird es ernst!«

»O Herr, Maria, steht mir bei.«

»Wo ist denn diese gottverfluchte Bande!«

»Wenn man wenigstens etwas erkennen würde!«

»Ich seh was!«

»Wahrscheinlich deine Mutter beim Scheißen!«

»Da bewegt sich jemand!«

»Ruhe, Ruhe, vielleicht kann man was hören!«

Inzwischen hatte sich das Durcheinander etwas gelegt. Die französischen Kräfte sammelten sich. Der König stand mit der schweren Kavallerie bereit. Der Aufklärungstrupp aus leichter Kavallerie und Schweizern marschierte voran, noch immer, um zu erkunden, ob der Feind eine Bresche in die Mauer geschlagen habe und nun einzudringen versuche. Die Pikenkarrees der Landsknechte nahmen Formation an. Auch die leichte Reiterei, die Bogenschützen und die Arkebusenschützen formierten sich.

Unglücklicherweise campierte die Hauptmacht der Schweizer außerhalb der Mauern, aber sie waren schon benachrichtigt: Sie sollten verhindern, daß sich die Soldaten der Stadtgarnison mit denen des kaiserlichen Heeres vereinigten.

Langsam lichtete sich der Nebel, und plötzlich hörte man einen Schrei, der sich vertausendfachte.

Dort vorne, am Rand eines Wäldchens, schlich der Feind entlang. Er hatte tatsächlich eine Bresche in die Mauer geschlagen und versuchte nun, durch den Park hindurch zur Garnison zu gelangen. Der Feind versuchte, den Kampf mitten in das französische Lager zu tragen.

Der Aufklärungstrupp attackierte die in einer langen Kette hinschleichenden Kaiserlichen. Es waren spanische Arkebusenschützen und deutsche Landsknechte, vielleicht dreitausend Mann. Die leichte Kavallerie stürmte vor, die Schweizer mit gesenkten Spießen hinterher. Die ersten Schüsse fielen. Die Landsknechte suchten sich zu formieren, aber die französische Attacke war wirksam. Die Eindringlinge flohen nach Westen, dorthin, wo zwanzig französische Belagerungskanonen im Schlamm steckengeblieben waren.

»Ha! Jetzt rennen sie in ihr Verderben!«

Und tatsächlich begann die Artillerie zu schießen. Ja, die Kanoniere hatten die Lage schnell begriffen, die Eindringlinge wurden in die Zange genommen. Da mochten die spanischen Hakenbüchsen so knallen, wie sie wollten, da mochten noch weitere Einheiten durch die Bresche eindringen, die Igelrücken der gegnerischen Schweizer sich senken, es half nichts, die Verwirrung bei den Kaiserlichen wurde immer stärker, man sah sie durcheinander laufen, kopflos fliehen.

Jean Maynier saß mit aufgeklapptem Visier auf seinem Pferd, neben sich seine Männer, ganz in der Nähe der König, der ebenfalls voller Begeisterung beobachtete, wie die Kanonen ihr Werk taten und das Chaos unter den Feinden zunahm. Arme und Köpfe flogen durch die Luft, die Splitter rissen ganze Gruppen zu Boden. Aber die spanischen Arkebusen trafen auch französische Pferde. Spieße sanken zu Boden, ohne daß sie den Feind erreichen konnten, Spieße des Königs, nicht des Kaisers. Schweizer kämpften gegen Schweizer, Landsknechte gegen Landsknechte. Man konnte nur an kleinen Aufnähern über dem Herzen erkennen, wer Feind war und wer zur eigenen Truppe gehörte, man mußte sich durch Rufen zu erkennen geben.

»Soll das eine richtige Schlacht sein?« rief der König in die Runde. »Das ist doch keine Schlacht, das ist ein Kampfgeplänkel! Die kaiserlichen Pißpötte wollten nur unseren Nachtschlaf stören.«

Lautes Gelächter folgte.

»Bourbon wollte besonders raffiniert sein und uns überraschen, aber die Mauer hat ihn zu lange aufgehalten, und jetzt rennen seine Männer in ihr Verderben.«

»Es lebe König François!« rief Jean Maynier, »Pavia wird fallen, Lodi wird fallen. Ganz Italien wird Frankreich gehören.«

François hob lässig seinen linken Arm.

»Wir brauchen nur zuzusehen, wie die Kanonen sie in Stücke reißen«, sagte einer der Ritter an der Seite des Königs. »Wozu stehen wir hier eigentlich?«

Der König unter seinem riesigen Federbusch drehte sich mit knirschendem Eisen um, starrte den Ritter an, seine Augen funkelten. »Du hast recht. Sollen wir nur wie die Gaffer glotzen?« rief er seinen Rittern zu.

»Nein!« schallte es ihm entgegen.

»Wir greifen an«, rief er. »Die Kavallerie mit voller Macht voran, die Infanterie folgt im Schritt.«

»Nur im Schritt?«

»Sie wird nichts mehr zu tun haben … Meine Ritter …« Er hob den Arm mit seiner Lanze. »… jetzt wird die Welt erleben, daß den französischen Ritter nichts aufhalten kann. Blast zum Angriff!«

Die Visiere wurden heruntergeklappt, Lanzen fest gepackt, die Zügel gelockert, die Sporen gegeben. Ein tausendfacher Schrei übertönte das dumpfe Donnern der Kanonen. Zuerst langsam, dann immer schneller setzten sich die stählernen Kampfrösser in Bewegung. Jean Maynier hörte noch einmal »Maria, steh uns bei!«, dann fielen seine fünf Helfer zurück.

Vor ihm nur noch die stampfenden Pferde, die blitzende Eisenfront, gespickt mit Lanzen, der König voran, aber dicht neben und hinter ihm seine engsten Freunde, die Herzöge Frankreichs. Immer schneller bewegte sich die waffenstarrende Masse auf den Feind zu, der sich vor den Kanonenkugeln zu retten versuchte und sich nun der Eisenwalze der Kavallerie gegenüber sah.

Der König hatte in den Kampf eingegriffen. Der König war dem Feind entgegengeritten, dorthin, wo die Artillerie schwere Verwüstungen angerichtet hatte. Nun mußten die französischen Kanonen schweigen, sonst hätten sie den König getroffen. Der König wollte keinen Sieg ohne eigenen Anteil, ohne daß er selbst den Ruhm ernten konnte, der ihm gebührte. Der König wollte kämpfen. Er wollte aber nicht nur siegen, er wollte den Feind vernichten. Als die Kaiserlichen begriffen, daß es nicht nur um Sieg oder Niederlage ging, sondern um Sieg oder Vernichtung, standen sie wieder, versuchten sich zu sammeln und Widerstand zu leisten.

Jean Maynier sieht durch die Schlitze seines Visiers das bewehrte Halsstück seines Pferdes. Kaum ragen die eisernen Ohren heraus. Die Lanze ist starr nach vorne gerichtet, er hält sie ruhig und kann sie gegen jeden Gegner richten. Neben ihm der stählerne Glanz einer anderen Rüstung. Er versucht, nach rechts zu blicken. Dort reitet der König, ein Hüne auf seinem Pferd, jeder muß ihn an seiner Größe erkennen und an seinem herrschaftlichen Federbusch. Vor ihnen nun die ersten Gegner, da zielt einer mit seiner Arkebuse auf sie, Spieße werden gegen die Pferde gerichtet, aber schon sind sie heran, schon wälzt die stählerne Front alles nieder. Der König fegt einen gegnerischen Hauptmann vom Pferd, und Jean Mayniers

Lanze rammt sich in die Brust eines Armbrustschützen, durchstößt sie wie ein dünnes Brett, und der zu Boden stürzende Körper reißt ihm die Lanze aus der Hand. Er zieht das Schwert aus der Scheide, die Pferde zerstampfen alles, was unten liegt, Todesschreie, wildes Wiehern, klirrende Eisen und spritzendes Blut.

Aber nun verlangsamt sich die Todeswalze. Kaum noch kämpfende Gegner zu sehen. Jean Maynier merkt, daß sein Pferd zu stolpern beginnt. Er reißt das Visier hoch, um die Lage zu erkunden.

Sie haben den Feind zerschmettert, der Sieg ist total. Es war noch nicht einmal ein richtiger Kampf. Aber die Pferde waten im Morast. Vor ihnen das Ufer eines Flüßchens, kein Weiterkommen. Mühsam wenden die Ritter ihre Rösser, versuchen, ein Wort des Königs zu vernehmen. Die Infanterie ist weit zurückgefallen.

»Jetzt bin ich wirklich der Herzog von Mailand!« ruft François, der König von Frankreich. Auch er hat sein Visier hochgeklappt. Der Marschall von Foix neben ihm ruft: »Nein, Sire, Ihr seid der Herrscher von ganz Italien. Der Kaiser ist geschlagen!«

Jean Maynier reckt seinen Arm in die Luft, reckt das Schwert in den noch immer grauen, nebelverhangenen Himmel. »Der Kaiser ist geschlagen«, wiederholt er, und der König schaut herüber zu ihm, er muß ihn erkennen, er muß sich an das Turnier von Lourmarin erinnern, jetzt stehen sie Seite an Seite. Jean Maynier weiß, daß diese Schlacht von Pavia in die Geschichte eingehen wird. Alles Zögern hat ein Ende, alle Fehlentscheidungen sind vergessen. François hat sein Gaugamela geschlagen und ein Weltreich erobert.

Die Pferde sinken immer tiefer in den Morast und können sich kaum noch bewegen. Jean Maynier sucht unter den fernen Infanteristen seine fünf Soldaten auszumachen, aber keiner hat Schritt halten können, noch nicht einmal die jungen Burschen und der Holzfäller. Langsam versuchen sich die Pferde aus dem Morast zu befreien und zurückzustapfen.

Jean Maynier schaut sich um, ob er Raymond finden kann. Hat er ihn nicht in den hinteren Reihen gesehen? Oder hat er die Wappen verwechselt? Raymond ist nirgendwo zu sehen. Sollte er vom Pferd gerissen sein, sollte er in seiner fiebrigen Schwäche gar getötet worden sein?

»Raymond!« brüllt Jean Maynier, aber kein Raymond antwortet ihm.

»Wir reiten zurück, der Infanterie entgegen«, ruft der König, »der Kampf ist vorbei.«

In diesem Augenblick strömt den Rittern eine unübersehbare Soldatenschar entgegen.

»Was ist denn das?« Der König starrt verwundert nach vorne. Auch Jean Maynier will es nicht glauben. Ist es die eigene Infanterie? Nein, die stolpert über den von Pferdehufen zerwühlten Boden und wird von deutschen Landsknechten in die Zange genommen. Der berühmte Schwarze Haufen, der früher gegen Frankreich kämpfte, sich jetzt aber für Frankreich schlägt, wird von zwei Seiten bedrängt. Und da stürzt schon die leichte Kavallerie der Kaiserlichen auf die Schweizer unter Fleuranges zu, die nun nicht mehr dem Schwarzen Haufen helfen können und auch ihnen, den Rittern, nicht mehr. Wo ist die eigene leichte Reiterei geblieben?

Jean Maynier erstarrt. Er kann nicht glauben, was er sieht. Vor lauter Entsetzen läßt er sein Visier oben. Er hat keine Lanze mehr, und vor ihnen richten tausend Arkebusen ihre Rohre auf sie. Der König schreit, und schon übertönt das scharfe Knallen der Büchsen die Rufe und Befehle. Pulverdampf, ein Aufschrei unter den Rittern, wildes Wiehern und Aufbäumen der Pferde. Es stürzen die schweren Rüstungen klirrend zu Boden, heftig schlagen die Hufe um sich. Wer unter sein Pferd gerät, ist schon verloren: er wird zerquetscht.

Jean Maynier sitzt noch im Sattel. Er wurde nicht getroffen, er gibt seinem Pferd die Sporen. Nur raus hier, nur weg! Auch der König sitzt noch, der König ist das beste Angriffsziel, sein Helm ragt über die anderen Helme. Jetzt stürzen sich die Spanier auf sie, und wieder schlägt eine Salve ein, ohne daß sie sich wehren können. Die Kugeln durchschlagen die Panzer. Wieder stürzen Pferde und Reiter. Der Rest kommt nicht vom Fleck. Es nützt nichts. Nur ein paar Schritte voran, und schon sinkt man noch tiefer ein. Hilflos um sich schlagend steht die eisenglänzende Wehr der tapfersten Ritter Frankreichs, in ihrer Mitte der König, die Lanzen gerichtet, die Schwerter in der Hand.

Eine dritte Salve, und nun sind die Spanier heran. Wer vom Pferd stürzt, hat schon das Messer in der Kehle, oder die Arkebuse wird direkt an die Eisenschiene über der Hüfte angesetzt, der Schuß zerreißt den ganzen Unterleib. Wild treten die Pferde um sich, doch auch sie erledigt ein Schuß. Kein Panzer hilft, kein Kettenhemd und keine Tapferkeit.

Jean Maynier schlägt mit dem Schwert einem Spanier die Hand ab und spaltet ihm dann den Schädel. Die Pferde waten im Blut, sie treten auf die Rüstungen der Toten. Tausend Spanier gegen fünfzig Ritter, die noch kämpfen können. Das Gedränge und Getümmel ist jetzt so dicht, daß die spanischen Arkebusen vor allem die eigenen Leute treffen. Jeder will die gefallenen Ritter ausrauben, die Rüstungen mitschleppen. Jeder will natürlich auch den König töten oder zumindest ein Stück seiner Rüstung als Trophäe an sich reißen.

Besinnungslos schlägt Jean Maynier um sich. Sein Pferd ist verwundet, aber es kann sich noch bewegen und gehorcht ihm. Er kämpft sich an den König heran, der sein Schwert, trotz der schweren Rüstung, unglaublich schnell bewegt und die Spanier, die ihn vom Pferd reißen wollen, auf Abstand hält. Jetzt zielen sie auf den Kopf seines Pferdes, es bricht zusammen. Lanzen stechen auf den König ein, gleiten aber an der Rüstung ab, Messer blitzen. Das Gewühle wird immer wilder. In seinem Todeskampf schlägt das Pferd des Königs mit allen vieren um sich und zerschmettert zwei Angreifern die Knochen.

Wie ein Schwarm Aasgeier stürzen sich die Spanier auf den König. Jean Maynier reitet hinein, und es gelingt ihm, einen Rükken zu durchbohren, einen Kopf mit einem einzigen Schlag vom Rumpf zu trennen. Er hört den König rufen, um Hilfe schreien. Er sieht noch einen der spanischen Hauptleute heranreiten, Lannoy muß es sein, und nun zerdehnt sich die Zeit. Das Geschehen zerfällt. Der Spanier brüllt seine Leute zurück, erfolglos, er läßt auf seine eigenen Leute schießen, er will den König lebend haben, er will ihn befreien. Jean Maynier wird plötzlich nach hinten gezogen. Sein Pferd versucht sich aufzubäumen und sackt zusammen. Er sieht das schwarze Loch einer Arkebuse auf sich gerichtet. Wo ist sein Schwert? Sein Blick reißt ins Graue des Himmels. Fünf schreiende Gesichter, fünf aufgerissene Augenpaare, blutige Lippen über ihm. Ein Messer gleitet neben dem Auge am Helm ab, noch immer knattern Schüsse, und ein blitzender Schmerz setzt seinem Bewußtsein ein Ende.

Der Himmel in einem milchigen Sonnenlicht.

Dann wieder undurchsichtig, schwarz, nichts mehr, ein Gleiten, ein Hinübergleiten und Bilder aus dem Luberon, sein Vater, von der Pest entstellt, die Mutter schon tot. Geräusche dringen an sein Ohr, spanische Laute, gurgelndes Röcheln. Wieder die milchige Scheibe der Sonne.

»O Gott, wo bin ich«, versucht er zu formulieren. Die Lippen bewegen sich, aber kein Laut läßt sich vernehmen. Süßlicher Geschmack im Mund. Warm noch neben ihm das Pferd, aus dem ein Blutstrahl sich über ihn ergießt. Ja, er kann sich bewegen, er lebt. »O Gott, verlaß mich nicht!«

Jean Maynier kann flüstern. Dann wieder Schwärze. Und wieder die Sonne. Der Schmerz erst, als ein Plünderer auf ihn trampelt und ihm den Beinschutz ausziehen will. Er rührt sich nicht. Dann wieder ein Gleiten, ein Abgleiten, ein schmerzloses Hochschwingen, als würde die Seele den Körper verlassen und hinabschauen auf das Gemetzel, auf die abgeschlagenen Glieder, auf die Gedärme, die den Pferden aus dem Leib gequollen sind.

War das ein Sieg? War das ein Hinterhalt? Wo kamen sie alle her? Hakenbüchsen gegen gepanzerte Ritter! Wie feige, wie unendlich feige! Ein elendes Sterben, unehrenhaft, ruhmlos, aus der Ferne vom Pferd geschossen.

Noch immer die milchige Sonne. Ein helles Leinentuch über dem Himmel, ein Leichentuch, durchstoßen von Schreien, von dem tierischen Gebrüll der tödlich Verletzten. Jean Maynier weiß nicht mehr, wo er ist, ob er noch lebt, ob er Schmerzen verspürt oder nicht. Ihn überschwemmen Bilder: Er sieht Anne am Fenster stehen, sehnsüchtig hinausschauen, ihren weichen, runden Bauch. Er sieht Madeleine am Weiher, den weißen Diana-Körper, die Kinder, Hand in Hand, Beatrice und Pierre, seinen Sohn, seinen einzigen Sohn, der nun ein Waise wird, ein verlorenes Kind, der Vater in der

Schlacht gefallen, der König gefallen. Gott hat sie in die Irre geführt und verlassen – und wieder nur milchiges Weiß, keine Sonne mehr, ein Schleier.

»Herr, laß mich am Leben«, haucht Jean Maynier stimmlos. »Laß mich für meinen Sohn am Leben, ich will dir alles opfern, ich will ein Krüppel sein, aber laß mich am Leben. Ich bete für meinen Sohn, er ist das einzige, was du mir gelassen hast.«

Der Schleier löst sich auf in eine schwebende Helligkeit, und wieder fühlt Jean Maynier sich davonschweben, hinein in einen tausendfachen Schrei, der langsam verhallt.

# TEIL II

## 1525

Graf Raymond d'Agoult genoß den kühlenden Wind, der auf dem Kamm des westlichen Luberon wehte. Er war mit seiner kleinen Nichte Beatrice nach Oppède geritten, um nach Pierre, dem Sohn seines verschollenen Freundes, zu sehen. Der Junge, der einen traurigen Zug um seine Augen nicht verbergen konnte, freute sich immer, wenn sein *Onkel* ihn besuchte, und diesmal freute er sich besonders, als er sah, daß Beatrice mitgekommen war.

Kaum hatte Pierre die beiden im Burghof begrüßt, rannte er zum Pferdestall und kam kurz darauf auf seinem Pony herangaloppiert. Er machte mehrere blitzschnelle Kehrtwendungen und ritt dann, mit einer Holzstange bewaffnet, einen Angriff gegen einen Feind, den nur er selber sah.

»Stirb, Spanier!« rief er, warf die Stange weg und zückte ein Holzschwert, das er um seinen Kopf wirbeln ließ, um mit mehreren Streichen die Reihen der Feinde zu lichten. Nach einem überwältigenden Sieg kehrte er verschwitzt zu Raymond zurück: »Melde gehorsamst, mein Onkel, daß ich den König befreit habe. Unverletzt kehrt er nach Frankreich zurück, um mit seinen Rittern alle Feinde zu vernichten.«

Raymond lachte und hob theatralisch den Arm: »Tapfrer Ritter, der Dank des Königs sei Euch gewiß. Ihr habt auch die Gunst der jungen Prinzessin gewonnen. Sie möge Euch als Zeichen Eures Siegs den Lorbeerkranz auf das Haupt setzen. Kniet nieder.«

Pierre sank auf die Knie.

Beatrice schaute Raymond fragend an, nahm den Zweig, den ihr Onkel ihr reichte, und legte ihn auf Pierres Kopf.

»Erhebt Euch, mein tapfrer Ritter!«

Raymond zwinkerte dem Hofmeister zu, auch Catherine Saumuc und ihrem Mann, die mit ihren Kindern hinzugetreten waren.

»Hiermit ernenne ich Euch, Petrus vom Luberonwalde, zum Ritter der Tafelrunde und Gralshüter, der einst höchste Ehren und Reichtümer erringen wird. Zum Dank für Eure Dienste gebe ich Euch meine Tochter zum Weibe. Beatrice, Edle vom Land der Wasser, Gebieterin über weite transalpine Flure, nehmt diesen Ritter ohne Furcht und Tadel zum Gemahl, dient ihm und gebärt ihm viele Kinder, bis daß der Tod Euch scheide. Dienstvolk, kniet nieder.«

Catherine und ihr Mann sanken lächelnd auf die Knie, ihre Kinder feixten, der Hofmeister wandte sich ab und verzog sich brummig ins Schloß.

»Prinzessin, Ihr dürft Euren Gemahl küssen!«

Die Zuschauer kicherten, und Beatrice versteckte sich schüchtern hinter ihrem Pony. Catherine nahm Pierre in den Arm.

»Habt Ihr Nachricht von unserem Herrn?« fragte der Küfner.

Raymond schüttelte den Kopf.

Die Besucher wurden bewirtet und ruhten sich ein wenig aus.

»Ich mache mit den beiden Kindern einen Ausflug in den Luberon«, sagte Raymond anschließend zu Catherine. »Vor Dunkelheit sind wir zurück.«

Pierre hopste vor Begeisterung durch den Raum.

»Herr«, brachte Catherine mühsam heraus, »der Junge soll immer unter meiner Obhut bleiben, das hat der Herr Baron mir eingeschärft.«

»Ich werde doch wohl ...«

Als Raymond sah, wie verunsichert die Amme ihn anblickte, legte er ihr beruhigend die Hand auf den Arm: »Ich übernehme die Verantwortung.«

»Ja, Herr, aber ...«

Raymond Stimme wurde ungeduldig. »Ich sagte, ich übernehme die Verantwortung!«

»Ja, Herr!« Sie verbeugte sich. »Selbstverständlich.«

Die drei brachen auf. Die Kinder, die sich von gelegentlichen Besuchen flüchtig kannten, brauchten eine Weile, bis sie ihre Scheu überwanden, aber nachdem das Eis gebrochen war, galoppierten sie gemeinsam auf ihren Ponys Raymond voran. Auf dem Kamm des Bergzugs angekommen, wollte Pierre unbedingt seinem Onkel zeigen, wie geschickt er mit dem Bogen umgehen könne. Er wählte einen Baumstamm, den er dann sicher traf. Anschließend bestand er darauf, mit seinem Onkel einen Fechtkampf mit seinem Holzschwert auszutragen. Raymond staunte, wie schnell der Junge reagierte und wie kräftig er war, trotz seiner schlanken Statur. Bei dem abschließenden Wettrennen auf den Ponys gelang es ihm aber nicht, Beatrice entscheidend abzuhängen. Kopf an Kopf rannten die beiden Pferdchen ins Ziel. Die zwei Jagdhunde, die sie begleiteten, tobten vor Freude, und Raymond erklärte sowohl Pierre als auch Beatrice zum Sieger. Pierre maulte, weil er sich für den Schnelleren hielt, Beatrice schmollte, weil sie nicht gewonnen hatte.

Dann setzten sie sich zu einem Picknick nieder. Pierres Mund stand nicht still. Er erzählte von Alexander dem Großen, der mit seinem kleinen tapfren Heer den Kaiser der Perser besiegt habe, und von den Rittern der Tafelrunde um den armen König Artus, der nicht gesund werde und, wie der König François im fernen Spanien, ganz schrecklich leiden müsse.

»Aber jetzt gehörst du ja selbst zu den Gralsrittern, und wenn du einmal erwachsen bist, wirst du in die Welt hinausziehen, Abenteuer bestehen und großen Ruhm erringen«, sagte Raymond.

»Was ist ein Gral?« fragte Beatrice.

»Die einen sagen, der Gral sei ein Kelch, in dem das Blut unseres Herrn Jesus Christus aufgefangen wurde, andere behaupten, er sei ein kostbarer Edelstein, der geheimnisvolle Kräfte verleihe.« Pierre blickte Beatrice und seinen *Onkel* stolz an.

»Woher weißt du das alles?« fragte Raymond.

»Von meinem Lehrer Hugues Berthon.«

»Ah ja! Er ist ein weiser Mann, von dem man viel lernen kann. Magst du ihn?«

Pierre nickte heftig.

Raymond freute sich, daß Pierre so gut mit dem Alten zurechtkam. Er selbst schickte Berthon dreimal die Woche von Lourmarin nach Oppède, damit der Junge, solange sein Vater abwesend war, etwas lerne. Der Doktor der Philosophie Hugues Berthon, ein ehemaliger Sekretär des römischen Kardinals Farnese, war ein hochgebildeter und vielgereister Kenner der freien Künste, ein Humanist, der neben Latein auch Italienisch und Griechisch beherrschte, sogar etwas Deutsch, und der sich nicht zu schade war, Kindern die Tore zur Welt des Wissens zu öffnen. Was ihn mit Raymond verband, war seine Leidenschaft für Brettspiele aller Art, insbesondere für Trictrac und Schach. Wobei Raymond derjenige war, der meist verlor.

»Und lernst du auch Lesen und Schreiben?« fragte Raymond.

Pierre nickte.

»Ich auch«, rief Beatrice.

»Dein Vater wird dich loben, wenn er aus Italien zurückkehrt.«

Pierre senkte den Kopf und schwieg. Nach einer Weile fragte er leise: »Ist er in Gefangenschaft, wie der König?«

Raymond seufzte: »Ich weiß es nicht, Pierre.«

»Warum kommt er dann nicht zu mir zurück?« Er fragte nicht weinerlich, nur verlassen und traurig.

»Er wird zurückkommen.« Raymond merkte, daß seine Worte wenig überzeugend klangen.

Pierre hielt seinen Blick gesenkt.

Beatrice schaute mit unschuldiger Miene von einem zum anderen und erklärte dann: »Mama sagt, daß er sich für den König geopfert hat.«

Raymond fuhr auf und wollte ihr ins Wort fallen. Zu spät! Die Worte waren nicht mehr rückgängig zu machen. Beatrice blickte ihn mit ihren glasklaren blauen Augen an, die sie von ihrer Mutter geerbt hatte. Unmöglich, daß sie sich bewußt war, wie sehr sie Pierre weh tat. Tatsächlich war er zusammengezuckt und schaute wie ein verwundetes Tier sie und dann ihn an.

»Mein Vater lebt noch«, rief er trotzig. »Mama Catherine hat gesagt, er wird zurückkommen …«

Raymond strich ihm über den Kopf. »Dein Vater ist ein furchtloser Ritter, voll Ehre und Opfermut. Er hat dem König das Leben gerettet, erzählen alle, die dabei waren, er hat wie ein Herkules gekämpft, aber gegen die Feuerwaffen der Spanier halfen weder Schwert noch Rüstung.«

»Und du? Warum hast du ihn nicht verteidigt?«

»Ich hatte Fieber an diesem Tag und war so schwach, daß ich nicht kämpfen konnte. Und als ich hörte, daß unsere Ritter den Kampf verloren, herrschte ein Durcheinander, daß ich nicht mehr bis zu deinem Vater gelangte. Verstehst du? Überall Flüchtende und Feinde, Verletzte …«

Pierre weinte nun, und sowohl Raymond als auch Beatrice versuchten ihn zu trösten. Der Junge verbarg seinen Kopf zwischen den Knien, den ganzen Körper schüttelte es.

Raymond drückte ihn an sich, Beatrice legte ihren Arm auf seine Schulter. »Ich werde für dich sorgen«, sagte er, »wenn dein Vater wirklich nicht mehr zurückkehrt, werde ich dich wie einen Sohn aufnehmen.«

»Ich will aber bei Mama Catherine bleiben!«

Auch Beatrice strich ihm nun mit ihrer kleinen Hand über den Kopf, und Raymond drückte beide Kinder noch einmal an sich.

Die Wahrscheinlichkeit, daß Jean Maynier noch lebte, war tatsächlich gering. Die spanischen Arkebusenschützen hatten die schwere Kavallerie des Königs zusammengeschossen und dann alles, was sich noch rührte, niedergemacht. Wie sollte Jean Maynier diesem Gemetzel entkommen sein? Er war kein Herrscher, für den man viel Lösegeld erhalten konnte.

Raymond selbst hatte die Walstatt der französischen Ritterschaft nur unter einer fernen Wolke aus Raben und Krähen erahnen können. Er war fiebernd in das Chaos der kämpfenden und fliehenden Truppen hineingerissen worden und hatte seine ganze Ausrüstung zurücklassen müssen. Zum Glück konnte er sich davonmachen, ohne einem der marodierenden Siegerhaufen in die Hände zu fallen. Von anderen Flüchtigen hörte er noch, daß Tausende von Schweizern elend ertrunken seien, daß der Herzog von Alençon sich feige abgesetzt habe, daß Bonnivet, der Jugendfreund des Königs, sich ohne Rüstung in die Schlacht gestürzt, den Tod gesucht habe. Fünftausend, achttausend, ja, manche behaupteten, zehntausend Tote hätte es auf der Seite der Franzosen gegeben. Dabei hatten sie doch schon gesiegt!

Das Gottvertrauen war hin, das Vertrauen in den Sieger von Marignano ebenfalls, am schlimmsten war aber die Schande! Die stolzen Ritter vom Fußvolk, von diesen neumodischen Pulverwaffen zusammengeschossen. Immer wieder kam man darauf zurück. Es war schrecklich.

Nach ein paar Tagen, als er schon in der Nähe des Montgenèvre war, hatte Raymond sein Fieber überwunden. Keiner der Ritter, denen mit ihm die Flucht gelungen war, konnte ihn über Jean Mayniers Schicksal aufklären. Ja, man habe von seinen Heldentaten gehört … Einer wußte sogar zu erzählen, er habe beobachtet, wie die Spanier, den Schmeißfliegen gleich, über die am Boden liegenden Ritter hergefallen seien, um die Rüstungen zu erbeuten … auch den Baron d'Oppède habe er gesehen, blutüberströmt, bewegungslos, wahrscheinlich tot, aber wer könne schon mit Sicherheit sagen … Gottes Wege seien unerforschlich, die Wunder, die der Heiland vollbracht habe, unglaublich, und die Jungfrau Maria …

Raymond dankte und ritt weiter.

Inzwischen waren Monate vergangen, noch war kein Jean Maynier aufgetaucht, und von seinen fünf Begleitern hatte auch niemand etwas gehört oder gesehen.

Manchmal träumte Raymond von ihm, sah ihn vor sich im Zelt stehen, sah ihn winken, sah ihn drohen, hörte ihn *Feigling*, *Verräter* rufen; er versuchte ihm zu folgen, aber seine Beine versagten, sie bewegten sich einfach nicht, eine gespenstische Stille, in die hinein sein eigenes Lachen hallte.

Die Pferde grasten friedlich am Waldrand, die Hunde lagen träge im Schatten und schnappten gelegentlich nach Fliegen oder nach Schmetterlingen. Eine brütende Hitze lag über dem Luberon. Pierre hatte sich inzwischen beruhigt und starrte vor sich hin, Beatrice pflückte Blumen.

Raymond versuchte, sich auf andere Gedanken zu bringen. Er beobachtete die anmutigen Bewegungen seiner Nichte und seufzte. Obwohl Madeleine sie wie einen Jungen aufziehen ließ, sah sie aus wie ein blonder Engel. Ein Engel, der allein durch die Welt schweben mußte, denn zu ihm gesellte sich kein Brüderchen. Madeleine wurde nicht wieder schwanger, obwohl alle Horoskope, die sie sich legen ließen, auf eine männliche Leibesfrucht hinwiesen, obwohl sie sich frühmorgens bei Sonnenaufgang an den Stamm eines mächtigen Kastanienbaums lehnte, obwohl sie natürlich die Jungfrau Maria und eine große Zahl von Heiligen anrief und schließlich einen Eremiten aufsuchte, der ihr einen Sud braute, an dem sie sich drei Tage übergab – alles ohne Erfolg.

Raymond fragte sie, ob denn auch Louis seine Pflichten gründlich genug erfülle. Madeleine errötete und schwieg. Auf eindringliches Nachfragen erklärte sie, er halte sich meist in Aix auf; sei er in La Tour d'Aigues, lege er sich abends neben sie und gebe das, was zu geben er imstande sei.

»Ich verstehe«, sagte Raymond. Und nach einer Weile: »Aber ist es auch genug?«

Madeleine senkte den Blick, hob ihn aber nach einer Weile wieder: »Und was ist mir dir? Warum heiratest *du* nicht? Du hast nicht das Recht, dich über Louis zu erheben. Wo bleiben *deine* Kinder?«

Er schaute in die Ferne. »Du hast recht«, antwortete er nach einer Weile, mit traurig belegter Stimme.

»Raymond, du solltest wirklich heiraten. So machst du dich nur unglücklich.«

»Bin ich es nicht längst?«

Madeleine hob erstaunt den Kopf: »Wieso bist du unglücklich?«

»Ach, ihr Frauen könnt uns Männer nicht verstehen!«

»Ich verstehe dich sehr gut. Du liebst die falsche Frau und kannst dich von ihr nicht trennen. Aber einmal muß man sich entscheiden, die zweitbeste Lösung ergreifen und dann dazu stehen. Deine Kinder werden es dir danken.«

Ja, das waren ihre Worte gewesen. Sie mochte recht haben – aber dennoch schien ihm alles nicht so einfach zu sein, wie sie es darstellte: Liebe und Kinder, quälende Sehnsucht und die Freiheit eines Mannes …

Über ihnen hatten sich Gewitterwolken gebildet, die sich immer schneller zu einer schwefligen Spirale zusammenzogen und grummelnde Vorboten über den Luberon schickten. Raymond warf einen skeptischen Blick nach oben und brach mit den Kindern auf, um rechtzeitig ins Trockene zu gelangen. Aber nach kurzer Zeit wurde aus dem Grummeln eine herannahende Artilleriefront. Es wurde dunkel, ja fast nachtschwarz. Sturmböen peitschten über die Baumwipfel, und schwere Regengüsse stürzten nieder. Die Pferde scheuten und waren nur schwer zu halten.

Als der erste Blitz in ihrer Nähe einschlug, flüchtete Raymond sich unter einen Baum, bedeckte die Kinder mit seinem Umhang und drückte die zitternden Leiber an sich. Das Gewitter tobte über ihnen, als suche ein wildgewordener Riese den Luberon heim. Es schickte Blitze wie Arkebusenfeuer, im hellen Krachen der Einschläge stießen geharnischte Ritterheere aufeinander, im dunklen Nachdonnern brüllten die schweren Feldgeschütze. Die Kinder beteten das *Pater noster*, Raymond murmelte es ihnen nach. Durchnäßt waren sie inzwischen alle. Die Hunde jaulten, die Pferde tänzelten ängstlich und wollten immer wieder davonlaufen.

Als ganz in der Nähe ein Blitz eine Eiche spaltete, so daß sie krachend niederstürzte und einen zweiten Baum mit sich riß, hielt er es nicht länger aus, setzte die Kinder trotz des Unwetters auf ihre Ponys und marschierte, sein Pferd am Halfter haltend, los.

Es schien, als wolle Neptun einen heimkehrenden Odysseus sogar auf Land verfolgen. Er schleuderte Blitze und versuchte den Weg durch herabstürzende Sintfluten unpassierbar zu machen. Beatrice jammerte, Pierre biß die Lippen zusammen, wischte sich nur von Zeit zu Zeit den Regen aus den Augen. Es wurde immer dunkler. Raymond führte die beiden Ponys, stolperte über Baumwurzeln, versank knöcheltief im Wasser und glitschte über Gestein.

Schließlich erreichte er die aufragenden Felsen von Oppède, zog die Pferde durch die von Blitzen gespenstisch beleuchtete Gasse des Dorfes und klopfte schließlich heftig ans Burgtor.

Nach einer Weile hörte er Männerstimmen, dann eine Frau.

»Mama, Mama!« rief Pierre, sprang von seinem Pony und rannte zum Tor. »Mama, ich bins, mach auf!«

Das Getöse des Sturms übertönte alles.

Pierre und Beatrice zitterten im Regen.

»Laßt uns endlich rein!« brüllte Raymond.

## 1525

Es dauerte eine Weile, bis sich das Tor knarrend öffnete. Im grellen Licht der Blitze trat ihnen ein Mann entgegen. Raymond zuckte wie vor einem Gespenst zurück. Er wollte nicht glauben, was er sah. Vor ihm stand Jean Maynier. Der Burgherr, sein alter Freund und Kampfgefährte, eine Fackel in der Hand, mit drohendem Blick.

Raymond wischte sich den Regen aus den Augen: »Bist du es wirklich, Jean?«

Eine Sekunde erschien ihm alles möglich, wovon die Bauern immer sprachen, Wiedergänger, Geister, Teufel, aber vor ihm stand kein Teufel, sondern Jean Maynier leibhaftig und lebendig. Er stand im herabstürzenden Regen, immer wieder kalkig überstrahlt vom Schein der Blitze.

»Jean, du lebst!« rief Raymond freudig und wollte ihn umarmen, doch Jean Maynier hielt ihm die Fackel entgegen, zerrte dann die Kinder mit den Tieren in den Hof und ließ das Tor wieder zufallen.

Catherine eilte herbei und zog Pierre unter die Arkaden ins Trokkene.

»Laß ihn!« herrschte Jean Maynier sie an.

Pierre begann zu weinen. Raymond wollte zu ihm eilen, doch ein Peitschenknall hielt ihn zurück. Jean Maynier, der in der Hand jetzt keine Fackel mehr hielt, sondern einen schweren Ochsenziemer, humpelte vor, stieß Pierre zurück, ohne Raymond, der Beatrice nun auf den Arm nahm, zu beachten, er packte Catherine, stieß sie gegen einen Pfosten und fauchte sie an: »Hatte ich dir nicht befohlen, ihn nie allein zu lassen?«

»Ja, ja«, schrie sie.

»Und?« Jean Maynier stand mit drohend erhobenem Arm vor ihr.

Catherines Mann, der Küfner, tauchte aus dem Dunkel auf und wollte sich schützend vor sie stellen, wurde aber durch einen Faustschlag niedergestreckt.

»Laßt ihn, laßt ihn …« Catherine wollte Jean Maynier in den Arm fallen, aber er stieß sie zurück.

»Warum hast du es nicht getan?«

»Es war das erste Mal, daß Pierre mit dem Herrn Grafen ausritt, ich ließ ihn sonst nie allein …«

»Bist du sicher, daß es das erste Mal war?«

»Aber ja! Nie ließ ich ihn aus den Augen, ich liebe ihn mehr als meine eigenen Kinder, mehr als Bertrand…«

»Schwöre!«

Catherine fiel auf die Knie. Wieder wollte sich der Küfner einmischen, ein Fußtritt ließ ihn in den Regen stürzen. Auch Raymond wollte die Amme verteidigen, aber Jean Maynier trat ihm so drohend entgegen, daß er unwillkürlich einen Schritt zurückwich.

»Schwöre es!«

»Ich kann nicht!« Catherine schrie in höchster Verzweiflung. »Ich kann nicht schwören, Gott hat es verboten.«

Ein Ruck ging durch Jean Maynier. Er riß Catherine an den Haaren hoch. »Wiederhole das!«

»Ich darf nicht schwören, Jesus hat gesagt …«

»Du – bist – eine – Waldenserin!« Bei jedem Wort wurde seine Stimme schärfer. »Eine Ketzerin! Es ist unglaublich, ich habe in meinem Haus jahrelang eine Ketzerin geduldet. Ich kämpfe für den König und lasse fast mein Leben, und zu Hause machen sich die Ketzer breit. Du hast meinen Sohn verhext!«

»Nein, nein!« In Catherines Augen stand Todesangst.

Jean Maynier riß die Peitsche hoch und ließ sie auf sie niederfahren. Der nächste Schlag galt ihrem Mann, der sie ihm entreißen wollte. Ein Faustschlag ließ ihn erneut zu Boden stürzen.

»Ich habe Pierre genährt, er ist wie ein Kind …«

»Um so schlimmer!«

Ein weiterer Peitschenhieb traf Catherine so hart im Gesicht, daß ihre Haut blutig aufsprang. Jean Maynier schien nun völlig außer sich zu geraten. Raymond rief ihn mehrfach an, aber als er nicht reagierte, sondern nur noch heftiger auf Catherine einschlug, fiel er ihm von hinten in den Arm. Er entriß ihm die Peitsche und stieß ihm in die Kniekehlen. Unter Schmerzensgebrüll ging Jean Maynier zu Boden.

Einen Moment lang war er verdutzt und schien sich besinnen zu wollen. Aber im nächsten Moment hatte er schon sein Schwert gezogen und stand stöhnend auf.

»Du Verräter, du Feigling wagst es …«

»Jean, besinne dich, du hebst doch nicht das Schwert gegen deinen Bruder und Freund!«

»Bruder?« Jean Maynier schlug zu. »Freund?«

Raymond sprang zur Seite. Er zog ebenfalls sein Schwert, parierte den nächsten Schlag, und nach dem dritten ging er zum Angriff über. Es wurde ein wortloser, verbissener Kampf. Raymond merkte sehr schnell, daß Jean Maynier das linke Bein nur unter Schmerzen bewegen konnte und daß er längst nicht die Geschicklichkeit von früher besaß.

Nach ein paar Minuten lehnte Jean Maynier sich schwer atmend an einen Pfosten. Um sie herum hatten sich alle Bediensteten versammelt. Auch Catherines Kinder waren erschienen und preßten sich an ihre Mutter, der das Blut auf die Brust tropfte.

Beatrice und Pierre standen zitternd nebeneinander, Bertrand, sein Milchbruder, hatte sich an seine Seite gestellt.

»Gut, du bist zur Zeit der Stärkere, Raymond«, keuchte Jean Maynier, »aber es wird die Stunde kommen, da wird Gott dich strafen für deine Feigheit und deinen Verrat und dafür, daß ich nach Hause kommen mußte, ohne meinen einzigen Sohn anzutreffen. Todesängste habe ich in dem Gewitter um ihn ausgestanden.«

Er steckte langsam sein Schwert in die Scheide, humpelte zu Pierre, schob Bertrand zur Seite und zog seinen widerstrebenden Sohn zu sich. Dann wandte er sich an Catherine: »Dich und deine ganze Familie will ich nie wieder sehen! Wenn ihr noch einmal auf meinem Land auftaucht, schicke ich euch wegen Ketzerei auf den Scheiterhaufen. Holt eure Sachen und verschwindet. Und ihr anderen geht an eure Arbeit, bevor ich euch Beine mache!«

Raymond erwartete nun, wie zur Verstärkung der Worte, einen heftigen Donnerschlag – oder einen Blitzeinschlag, der Gottes Einspruch gezeigt hätte. Aber das Gewitter war in sich zusammengefallen. Es grummelte noch, wallte in der Ferne auf, hinterließ dann aber eine Stille, die gefüllt wurde durch das Wasser, das vom Dach herabtropfte, und durch Catherines leises Klagen.

Pierre schien nun aus seiner Erstarrung aufzuwachen. Er riß sich von seinem Vater los, schrie »Nein, nein, das darfst du nicht, ich will bei Mama Catherine bleiben!« und wollte ihr nachrennen. Sein Vater stieß einen Wutschrei aus und riß ihn wieder zu sich. Pierre strampelte und trat nach ihm. Selbst zwei heftige Schläge ins

Gesicht konnten ihn nicht abhalten, sich zu wehren und sich losreißen zu wollen. Erst als Jean Maynier seinem Sohn den Arm auf den Rücken drehte und ihn auf die Knie zwang, endete sein Widerstand. Er brach in Schluchzen aus.

»Hör auf zu flennen!« schrie ihn Jean Maynier an. »Du bist ein Mann, du bist ein Oppède!«

Er riß seinen Sohn wieder auf die Beine und zerrte ihn dann unter den Arkaden entlang zum Eingangsportal. Plötzlich begann er zu taumeln, versuchte sich noch an einen Pfosten zu lehnen, brach aber zusammen. Pierre trat einen Schritt zurück und starrte regungslos auf seinen Vater.

Raymond setzte Beatrice ab, rief den Hofmeister herbei und trug mit ihm den schweren Körper in die Halle. Sie betteten den Bewußtlosen vor den Kamin. Dann ließ Raymond sich für die Kinder und sich selbst trockene Kleidung bringen. Die Kinder, bleich und zitternd, kleidete er eigenhändig um.

»Ich will zu meiner Mama«, schluchzte Pierre wieder auf.

»Ich will nach Hause.« Beatrice begann nun ebenfalls zu weinen.

»Es ist zu spät, noch aufzubrechen. Die Wege sind aufgeweicht, die Nacht ist dunkel. Wir reiten bei Tagesanbruch. Das verspreche ich dir.«

Raymond hockte sich mit den beiden Kindern vor den Kamin und drückte sie an sich. Beatrice hatte aufgehört zu weinen, auch Pierre schien sich zu beruhigen.

»Ich will nicht hierbleiben«, sagte er mit Blick auf seinen reglos daliegenden Vater. »Nimm mich mit!«

Dann traten wieder Tränen in seine Augen, und er versuchte, sie niederzukämpfen. »Mama Catherine hat doch nichts getan«, sagte er mit brüchiger Stimme.

»Dein Vater war wütend. Nach einer Weile wird er sie schon zurückholen«, sagte Raymond.

»Und wenn er tot ist?«

»Er ist nicht tot.«

»Und wenn doch?«

»Wir lassen dich nicht allein, Pierre, das weißt du.« Und zur Verstärkung seiner Worte drückte er ihn noch einmal an sich.

Das lodernde Feuer im Kamin schuf eine angenehme Wärme und

ließ die Kinder nach einer Weile erschöpft einschlafen. Raymond deckte sie zu und schaute nach Jean Maynier, der im Begriff war, wieder zu sich zu kommen. Noch ganz benommen, richtete er sich auf, griff hektisch nach seinem Schwert, und als er merkte, daß man es ihm abgenommen hatte, sprang er auf. Aber es wurde ihm schwindlig, und er mußte sich setzen. Allmählich schien ihm klar zu werden, daß er nicht mehr auf dem Schlachtfeld oder in einem Verwundetenzelt lag, sondern zu Hause, im Rittersaal seiner hochaufragenden, windgepeitschten Burg.

»Ich lebe noch«, sagte er mit erstaunter, fast blöder Miene zu Raymond. »Ich bin zu Hause. Was geschah mit mir? War ich ohnmächtig?« Sein Blick fiel auf die schlafenden Kinder, und für eine Sekunde huschte ein Lächeln über sein Gesicht.

»Wie kommt der Engel hierher?«

Raymond räusperte sich. »Erinnerst du dich nicht mehr …?«

Jean Maynier nickte unsicher. »Doch, warte … jetzt kommt es mir wieder … entschuldige … entschuldige!« Langsam stellte er sich auf seine Beine, den Blick unverwandt auf die Kinder gerichtet. »Ich glaube, der Gedanke an meinen Sohn hat mich am Leben gehalten.« Er sprach sehr langsam und undeutlich. »Gott will uns alle auslöschen, aber ich lasse es nicht zu, ich werde kämpfen, für ihn, für ihn …« Er sackte auf einen Stuhl und schien jeden Augenblick wieder umzusinken, murmelte unverständliche Sätze vor sich hin.

Schließlich schien er aber wieder zu Bewußtsein und Kräften zu kommen. Er richtete sich auf, rief einen Diener herbei und befahl ihm, Wein zu holen, ließ dann sich und Raymond eingießen. Er winkte den Diener hinaus und hob das Glas.

Raymond zögerte.

Jean Maynier ließ sein Glas wieder sinken.

»Ich erinnere mich: Ich hätte dich beinahe umgebracht«, sagte er ganz sachlich. »Zum Glück warst du der Stärkere.« Ohne auf Raymond zu warten, schüttete er den Wein die Kehle hinunter und goß sich nach. »Als ich da auf dem Schlachtfeld lag, um mich herum die toten oder schwerverletzten Ritter, die mordgierigen Spanier, wie sie uns die Kehlen durchschnitten, auch den König wollten sie erledigen … Zum Glück kam Lannoy, ein wirklicher Edelmann … Ja, als ich da lag …«

Raymond schaute ihn an und schwieg. Er wußte nicht, wie er sich verhalten sollte, er wußte noch nicht einmal, was er fühlte. Sollte er Mitleid empfinden mit einem Mann, der beinahe die Amme seines Sohnes erschlagen hätte, der sie davongejagt hatte wie eine aussätzige Bettlerin? Sollte er ihn hassen, weil er mit dem Schwert auf ihn, seinen Freund, losgegangen war? Zu was war Jean Maynier noch fähig?

Das Feuer im Kamin loderte, die Kinder schliefen, Raymond selbst war hundemüde. Trotzdem fragte er sich, wo Catherine mit ihrem Mann und ihren Kindern jetzt herumirrte. Fanden sie in Poulivet oder Maubec eine Familie, die sie wenigstens für diese Nacht aufnahm? Das lähmende Gefühl der Hilflosigkeit ließ ihn nicht los. Er hätte ihr gern geholfen, aber nun war es zu spät. War Catherine klug, zog sie in die Dörfer des südlichen Luberon, nach La Tour d'Aigues, Mérindol oder nach Lourmarin. Dort gab es genügend ihrer Glaubensgenossen und auch nachsichtigere Herren. Und trotzdem hätte er eingreifen und sich schützend vor sie stellen müssen.

»Wie kam es nur dazu?« fragte Jean Maynier, eher ausrufend als fragend. »Eine Horde Arkebusenschützen entscheidet eine Schlacht, tötet die Edelsten der Ritter, die tapfersten Turnierkämpfer Frankreichs, vernichtet die schwere Kavallerie wie eine Herde kopfloser Hirsche.«

Raymond wußte nicht, was er antworten sollte. Obwohl die Schlacht nun Monate zurücklag, stand Jean Maynier noch ganz in ihrem Banne. Er konnte nicht begreifen, daß der König, wie inzwischen vielen Überlebenden klargeworden war, durch seinen Kavallerieangriff die Niederlage überhaupt erst eingeleitet hatte, daß die Sucht, Ruhm im persönlichen Einsatz zu ernten, eine folgenschwere Dummheit gewesen war. Der König hatte zudem die Entwicklung der Feuerwaffen gröblich unterschätzt. Gegen Arkebusenschützen gerieten die unbeweglichen Ritter in ihren schweren Rüstungen immer mehr ins Hintertreffen, und kam dann noch Morast hinzu ...

Jean Maynier, der ins Feuer gestarrt hatte, drehte sich wieder abrupt zu Raymond. Mit einer heftigen Bewegung riß er sich das Wams und sein Hemd auf und zeigte schlecht verheilte Narben.

»Vier Einstiche! Und mein Bein hat eine Kugel getroffen. Ich kann nur noch unter Schmerzen humpeln.« Wieder wandte er sich ab und starrte ins Feuer. »Als ich da lag und zu sterben glaubte, versprach ich Gott, ihm immer zu dienen, falls er mich am Leben läßt, für seinen Glauben zu kämpfen, bis zu meinem letzten Atemzug. Ich versprach, ein besserer Mensch zu werden – und jetzt falle ich über dich her und hätte dich beinahe erschlagen!«

Raymond blickte Jean Maynier prüfend an. »Die Schlacht war ein Unglück«, antwortete er, »für Frankreich, für den König, für uns alle. Wir müssen wieder von vorne anfangen, es werden bessere Zeiten kommen.«

»Bessere Zeiten?« rief Jean Maynier höhnisch. Als Raymond schwieg, fügte er verbittert an: »Warum läßt der Allmächtige dies zu?«

»Sind nicht auch der Kaiser und seine Offiziere gute Christen? Gott ist unparteiisch.«

»Bourbon ist ein Verräter!« Verächtlich spuckte Jean Maynier das Wort aus.

»Lannoy aber, ein Kaiserlicher, hat dem König das Leben gerettet. Außerdem: Mußte sich nicht Bourbon vom König verraten fühlen?«

Raymond bemerkte, wie bei dem Wort *verraten* Jean Mayniers Augen zu flackern, wie seine Hände zu zittern begannen und er, um dieses Zittern zu verbergen, ein volles Weinglas leerte.

»Louis berichtete mir im übrigen«, wechselte Raymond das Thema, »daß der Gerichtshof auf dich wartet. Überall wird erzählt, daß du dem König das Leben gerettet hast, und auch deine geschliffenen Pladoyers sind noch in guter Erinnerung.«

Jean Maynier starrte in das geleerte Weinglas.

»Als wir alle vor kurzem zusammen in der *Weißen Lilie* saßen«, fuhr Raymond fort, »drehte sich die Diskussion darum, welchem großen Römer du am meisten ähnelst: 'Cicero', sagte Louis. Da rief einer: 'Cato, ein Mann von altem Schrot und Korn, unbeugsam, unbestechlich und geradeheraus – *ceterum censeo* ... Wir alle mußten lachen, einigten uns aber auf den großen Cicero.«

Jean Maynier zog verächtlich die Mundwinkel herunter. »Cicero? Ich wußte gar nicht, daß er sich als Soldat ausgezeichnet hat.

Drückte er sich nicht sogar vor der Schlacht bei Pharsalos? Und wurde er nicht schließlich ermordet?«

»Aber er war ein begnadeter Redner, ein großer Staatsmann und Jurist.«

Jean Maynier winkte ab. »Man wird mich in Aix gar nicht mehr brauchen. Einen humpelnden, geschlagenen Mann!«

»Deine Zunge humpelt nicht.«

Jean Maynier verzog sein Gesicht zu einem geschmerzten Lächeln. »Nein, die Zunge noch nicht, zum Glück.«

»Denk an deinen Sohn.« Raymonds Stimme wurde eindringlich. »Er braucht einen Vater, der sich um ihn sorgt, der …« Er überlegte, ob er das Gespräch auf Catherine bringen sollte, aber Jean Mayniers nun wieder dumpf-brütendes Gesicht hielt ihn davon ab.

Eine Weile saßen sie beide vor dem Feuer, das Weinglas in der Hand.

»Du hast recht«, sagte Jean Maynier schließlich, humpelte zu dem schlafenden Pierre und rüttelte ihn wach. Verstört starrte der Junge ihn an, sprang dann auf. Beatrice drehte sich herum, schlief weiter. Raymond deckte sie wieder sorgfältig zu.

»Komm mit, dein Vater will dir etwas zeigen.«

Jean Maynier zerrte Pierre vor die Bilder, die die Längswand des Saals zierten.

»Da, schau sie dir an, dies sind deine Großeltern. Deine Großmutter, die vor ihrem Tod noch furchtbar leiden mußte, und dein Großvater, der in der Hauptstadt der Christenheit an der Seite des Heiligen Vaters stand.« Ohne auf Pierre zu achten, verlor er sich in den Anblick des Porträts. »Er war reich, er war mächtig …« Abrupt wandte er sich ab und zerrte Pierre vor das nächste Bildnis. »Dies ist der Heilige Vater, Papst Alexander der Sechste. Ohne ihn besäßen wir nicht die Baronie von Oppède.« Wieder unterbrach er sich, um dann mit fanatischer Stimme weiterzusprechen. »Ohne ihn wärst du heute ein Nichts. Weißt du das?«

Pierre nickte verängstigt und schaute sich nach Raymond um. Der lächelte ihm zu.

»Bist du mein Sohn?«

»Ja.«

»*Ja, Vater* will ich hören.«

»Ja, Vater.«

»Ich will, daß du dich vor ihm« – er zeigte auf das Bildnis des Großvaters – »nie zu schämen brauchst. Und auch vor ihm nicht!« Er deutete auf den Papst. »Ich will einen gottgefälligen Juristen aus dir machen. Du sollst in meine Fußstapfen treten. Und auch in die deines Großvaters. Verstehst du das?«

»Ja, Vater.«

»Der Lehrer aus Lourmarin hat dir schon etwas beigebracht, hörte ich. Demnächst wirst du auf die Klosterschule nach Apt gehen, damit du neben Latein auch noch Zucht und Ordnung lernst.«

»Ja, Vater.«

Jean Maynier stand vor Pierre, seine Hände lagen auf seinen Schultern. Die Augen des Kindes suchten verzweifelt Hilfe bei Raymond.

»Schau mich an!«

»Ja, Vater!«

»Woran denkst du?«

»An die Klosterschule von Apt.«

»Woran noch?«

»An nichts.«

»Du lügst!«

Wieder der hilfesuchende Blick zu Raymond.

»Du denkst an deine Amme, das sehe ich dir an.«

»Ja, Vater.«

»Jean, nun laß doch den Jungen, du quälst ihn.«

»Misch du dich nicht in meine Erziehung ein!« Jean Maynier Stimme war scharf und bestimmend. »Die Amme ist eine waldensische Ketzerin, deswegen wirst du sie nie wiedersehen. Auch wenn du das jetzt noch nicht verstehen kannst, glaube mir, es ist zu deinem Besten!«

Pierre schluckte und schwieg. Jean Maynier schaute ihn erwartungsvoll an, aber der Junge schwieg noch immer.

»Ich höre!« Seine Stimme war drohend.

»Ja, Vater«, sagte Pierre und brach in Schluchzen aus.

## 1525 bis 1529

Das Jahr der Schlacht von Pavia war noch nicht vergangen, als Pierre von seinem Vater in der Klosterschule abgeliefert wurde. Er senkte den Kopf und zog sich in sich zurück. Er hörte nicht mehr, was sein Vater zu ihm sagte, verstand nicht, was der Abt sprach. »Ja, Vater«, sagte er, »ja, Vater.«

Sein Kopf wurde an den Haaren hochgerissen, er hielt die Augen gesenkt.

»Ja, Vater«, sagte er noch, bevor das Tor dumpf hallend ins Schloß fiel.

Der dunkle Saum einer Mönchskutte, schmutzige Fußnägel in Sandalen, glatte Fliesen.

Doch, da war etwas, er hörte Gejohle.

Die anderen Schüler.

Und wieder Türen, lange Gänge, graue Steine, ein kaltes, abweisendes, dunkles Kirchenschiff, Kichern und Gebetsgemurmel.

Ja, Vater …

Wo war Mama Catherine geblieben? …

*Pater noster, qui es in caelis.*

Pierre fror. Er zitterte, hustete, fühlte eine kalte Hand auf dem Nacken, an der Stirn …

*Fiat voluntas tua …* Geschrei und Brüllen von Jungen, das Sausen der Ruten … *et demitte nobis debita nostra.*

Nachts, wenn er eingesperrt mit all den anderen Schülern im Dormitorium lag, krochen Armeen von Wanzen aus allen Ritzen und Winkeln hervor und fielen erbarmungslos über ihn her. Das Jucken der Haut und Kratzen bis zum Bluten, eingehämmerte Stammformen lateinischer Verben, *pati, patior, passus sum*, eingebleute Deklinationsformen, *vir, viri, viro, virum, viro*. Er weinte, doch es kamen keine Tränen. Im Darm rumorte die dünne Suppe, unter den schmutzigen Decken der Mitschüler bewegte sich etwas …

Wo war die Wärme von Mama Catherine?

Und die Spiele mit Bertrand?

Und Beatrice auf ihrem Pony?

*Ave Maria, gratia plena.*

Ja, Vater.

Amen, amen, amen.

Gebetsmühlen, Exerzitien, eisige Füße, laufende Nase und jukkende Krätze. Und der Gestank. Aus dem Abtritt, aus den Gedärmen, aus den Mündern quoll er hervor, zog durch die Gänge, vermischte sich mit den Ausdünstungen der Mönche.

Der Winter wollte nicht vergehen.

Warum nahm Mama Catherine ihn nicht in den Arm?

Warum rannte er nicht mit Bertrand um die Wette?

Der Küfner mit seinen schwieligen Händen konnte ein ganzes Faß hochstemmen.

Wo waren sie?

Und Beatrice? Mit ihren blauen Augen, ihren Grübchen, ihrem Schmollen?

Warum sangen überhaupt keine Vögel mehr? Und der Mistral? Und der Duft von Thymian und Lavendel?

Noch immer hob Pierre selten die Augen, starrte auf den Boden, auf die eingekerbten Holzbänke, auf die Bücher und Rücken der Mitschüler. Die Gesichter der Mönche, seiner Lehrer, blieben ausradiert. Dann sah er die Warze des Abtes vor sich und wieder die dreckigen Fußnägel des Lateinlehrers, oder er hörte das Gekicher der Mitschüler, wenn die Rute auf einen nackten Hintern pfiff, das Wehgeschrei in Jammern überging.

Er hörte, wie aus einem Traum heraus, das Lachen der Mägde und Wäscherinnen, die während nächtlicher Stunden über die Gänge rannten, keuchend wurden sie verfolgt, und hektisches Stöhnen zeigte, daß sie sich geißelten oder, zusammen mit Mönchen, Bußübungen veranstalteten.

Ältere Schüler sprachen von Hurerei.

Er schaute den Weibern, die morgens noch vereinzelt sich an den Wänden entlangdrückten, in ihre verschmierten Gesichter. Ein seltsames, gieriges Glänzen lächelte ihn an.

Eines Nachts stand er auf, wollte hinaus aus dem kalten, stinkenden Dormitorium aufs Dach des Klosters, davonschweben wie ein Engel, hinaus in die Nacht, aber die Fenster waren vergittert. Ein Hocker fiel um, der Mönch im Dormitorium wurde aufgescheucht, und Pierre erhielt eine Tracht Prügel, geifernd, johlend und tobend die anderen, bis die Rutenschläge die Haut aufplatzen ließen.

Die schwarzen, kalten Nächte danach, im Carcer, mit brennendem Hinterteil, *descendit ad inferos* … manchmal schrie er auf, nur damit der Schmerz für einige Sekunden nachließ. *De profundis clamavi ad te, Domine!*

Aber als Antwort erklang nur Schweigen. Kein Herrgottvater schickte den Sündenbock zu Abraham und erlöste Isaak, der Heiland hing selbst am Kreuz, *passus sub Pontio Pilato, crucifixus*, und Maria, die Jungfrau Maria, die traurige, leidende, liebende Muttergottes?

Warum erlöste ihn Mama Catherine nicht?

Und wenn sie schon nicht kam, weil sie vertrieben worden war, warum erschien nicht Onkel Raymond? Und wenn Onkel Raymond mit seinem Lehrer Berthon Trictrac spielen mußte und keine Zeit für einen kleinen Jungen fand, warum erschien nicht wenigstens sein Vater und holte ihn für einen Tag heraus, nur für einen einzigen Tag, heraus aus den Mauern, in die er und seine Mitschüler ihre Namen geritzt hatten, ihre Sprüche, ihre schmutzigen Gedanken und ihre Hilfeschreie.

Es war Mai inzwischen, und draußen, jenseits der Mauern, leuchteten die Farben des Frühlings.

Und wieder wollte Pierre hinwegfliegen. Da erschien der allmächtige Vater doch noch, der Richter über die Lebenden und Toten. Pierre weinte, als er ihn sah, schaute zum ersten Mal auf, schaute ihm in die Augen.

Sein Vater lachte und schlug ihm auf den Rücken.

»Du bist gewachsen!«

»Ja, Vater.«

»Und lernst du auch ordentlich?«

»Ja, Vater.«

»Der Abt sagt, du seist sehr ruhig und zurückgezogen.«

»Ja, Vater.«

»Mach weiter so!«

»Nehmt mich mit!«

»Ich muß wieder nach Italien, der Krieg hat noch immer kein Ende gefunden.«

Der Vater starrte ihn an, legte ihm die Hände auf die Schultern. *Domine, exaudi vocem meam.* Nimm mich mit, nimm mich nach Italien mit, in den Krieg, gegen den Kaiser, nach Rom, wohin auch immer, *fiant aures tuae intendentes*, o neig Dein Ohr in Gnaden!

Der Vater lachte ihn aus. »Du bist doch noch ein Kind und mußt etwas lernen!«

*Domine, exaudi vocem meam!*

»Wenn ich nicht zurückkehre, dann wirst du ein Priester. Ich habe mit dem Abt schon gesprochen, sie werden dich behalten. Und später gehst du nach Rom. Dort wirst du ein mächtiger Kardinal, die rechte Hand des Papstes, wie dein Großvater, und ich werde noch im Himmel stolz auf dich sein.«

Aber sein Vater wirkte nicht stolz, sondern, ganz plötzlich, niedergeschlagen, und seine Augen schauten traurig.

Ein weiteres Jahr verging.

Pierre betete jeden Abend für die Rückkehr seines Vaters.

Er lernte nun begierig und schwieg nicht mehr. Er fragte und disputierte. Er ertrug die Rutenschläge, die dreckigen Füße, die Warze und gab nicht auf. Mehr denn je beunruhigten ihn die Gesichter der Mägde, auch ihre aufblitzenden Schenkel. Auf den Mönch, der zwischen den Beinen einer Magd kniete und sich auf und ab bewegte, hätte er springen können. Er schrie auf. Nun nützte weglaufen nichts mehr. Der Mönch fand ihn in der Kirche, schlug ihn und prügelte ihn in den Carcer.

Schuldlos war er. Er rief nach dem Abt und wurde noch mehr geschlagen. Die Striemen brannten, die Haut riß auf, das Feuer fraß sich hinein.

Das Feuer entfachte Fieber in ihm. Er glühte und fror, er zitterte und wurde starr. Die kalten, von Schimmel überzogenen Wände wichen zurück. Aus ihren Flecken und Mustern wurden Gesichter, höhnische Fratzen, und dann drehte sich seine Pritsche. Alles Schreien nützte nichts, die Klappe wurde geöffnet und wieder geschlossen, im Gang hallten Stimmen und entfernten sich wieder

Pierre lag auf dem Opferblock. Über ihm schwang der Vater seine Peitsche. Da schickte Gott einen Blitz und ließ die Hand erstarren, er ließ den Donner hinwegrollen über den Luberon und über Apt, lauter als alle Trompeten von Jericho, über das Kloster, und die Mauern bröckelten und fielen zusammen. Der Carcer öffnete sich in ein strahlendes Licht hinein, das durch einen langen Tunnel ihm entgegenleuchtete, und er hörte eine Stimme. Keine Peitsche mehr, kein Schwert und keine Rute. Das Brennen ließ nach, und da rief der Engel des Herrn vom Himmel und sprach: Du hast deines einzigen Sohnes nicht verschont um meinetwillen, doch lege deine Hand nicht an den Knaben, denn ich will ihn herausheben aus all den anderen, ich will ihn führen und geleiten, ich will sein Geschlecht segnen, denn er ist auserwählt und hat meine Liebe.

*Fiant aures tuae intendentes*, flüsterte Pierre noch, dann schwanden ihm die Sinne.

Als er wieder erwachte, schmerzten die Wunden, aber die Teufel an den Wänden waren gewichen. Es bildeten sich Tropfen, und ferne Stimmen tauchten auf und dann sogar der Abt mit sorgenvoller Miene.

Dunkel erinnerte er sich an das, was ihm widerfahren war. Das Echo einer warmen Stimme, eines weichen Lichts, das die Nacht beendete?

Er versuchte sie festzuhalten, die Stimme, die Worte, die Erlösung.

»Mein Sohn«, sagte der Abt, »deine Sünden sind dir verziehen.«

Pierre wandte sich ab.

Seine Wunden wurden verbunden, und dann führte man ihn hinaus ins Licht.

Als hätte er seinen Ruf gehört, erschien der Vater.

*Exsultet!* Frohlocke! *Gloria patri, et Filio, et Spiritui Sancto. Amen.*

Sorgenvoll ließ der Vater seinen Blick über ihn gleiten, schien dann aber doch erleichtert.

»Nehmt Ihr mich jetzt mit?«

Er solle an die Söhne des Königs denken, die in spanischen Kerkern ein vaterloses und mutterloses Leben führen müßten. »Sie ertragen es klaglos.«

Nein, nein, die Hoffnung war umsonst.

»Woher wißt Ihr, daß sie nicht klagen?«

Sein Vater sah ihn erstaunt an. »Ich sehe, die Mönche haben dir den Widerspruchsgeist nicht ausgetrieben.«

»Meine Frage drückt keinen Widerspruchsgeist aus, sondern die Fähigkeit zu denken.«

Sein Vater lächelte mild spöttisch. »Du hast recht. Ich weiß nicht, ob sie klagen, aber willst du dein Schicksal mit ihrem Schicksal vergleichen? Eine heimatliche Klosterschule ist doch kein spanischer Kerker.«

Pierre sah seinem Vater in die Augen. Der klare, ja freundliche Blick verwirrte ihn. »Lieber Vater, Ihr wart es doch, der als erster mein Leben mit dem der Königssöhne verglich.«

Sein Vater lachte nun. »Du irrst, Pierre. Ich sagte nur, du solltest an sie denken.«

»Unser Dialektiklehrer nannte dies eine *implicatio*. Das An-sie-Denken impliziert einen Vergleich, setzt ihn voraus.«

Der Vater lachte noch lauter, und sein Lachen wirkte so anstekkend, daß auch Pierre mitlachen mußte. Er schlug ihm auf die Schulter und nahm ihn noch am selben Tag mit nach Oppède.

Es war, als würde sich die Welt in ein durchzittertes Blütenmeer verwandeln. Als zirpten die Grillen nur für ihn, und die Bienen suchten Nektar, um ihn mit Honig zu verwöhnen.

Die Burg wirkte verlassen und doch heimatlich warm. Der Goldregen am kleinen Friedhof blühte und winkte mit seinen strahlend gelben Farben. Der alte Reitknecht, der wie sein Vater humpelte, winkte ihm freundlich. Er winkte zurück. Im Ahnensaal schaute er nicht auf zu den Bildern. Überall stieß er auf unsichtbare Spuren von Mama Catherine, es roch nach ihr, es war, als schwebe sie wie ein verborgener Engel durch die Räume, und in der Küche fand er noch den Löffel, mit dem sie ihn und auch Bertrand gefüttert hatte. Und er sah sie vor sich, wie sie ihrem jüngsten Kind, einem kleinen Mädchen, die Brust gab.

Abends weinte er sich in den Schlaf.

Am nächsten Morgen weckte sein Vater ihn noch vor Sonnenaufgang.

Kein Dormitorium, keine Gebete, kein Gemurmel, Schmatzen und Husten.

»Laß uns zusammen auf die Jagd gehen. Wir beide ganz allein, ohne Treiber, Hundeführer oder sonstige Gehilfen.« Er ließ die Pferde satteln und die Waffen überprüfen.

»Bei der Jagd vergißt ein Mann die Sorgen, die ihn quälen«, erklärte er.

Dann ritten sie mit Rex, dem altgewordenen Lieblingshund des Vaters, in den frühen Morgen hinaus.

Sein Vater schien im Wald kaum an der Jagd interessiert zu sein. Er hetzte noch nicht einmal das Reh, das ihren Weg kreuzte. Aber es wäre ihnen sowieso im Dickicht entwischt. Pierre war noch müde und träumte dahin. Gleichzeitig merkte er, daß sein Vater ihm etwas erläutern wollte. Doch fand er keinen rechten Beginn.

Als sie nach einem längeren Ritt zu einem kleinen Weiher gelangten, knurrte beiden schon der Magen. Sie hockten sich auf einen Baumstamm an das Wasser, aßen ein Stück Brot und geräucherten Schinken, und sein Vater fragte ihn über die Göttern und Helden der Griechen und Römer aus. Er schien zufrieden damit, was sein Sohn alles wußte, und erzählte ihm dann von einem Mann, der von Diana, der griechischen Göttin der Jagd, in diesen Weiher verbannt worden sei und hier wie einst Tantalus leiden müsse.

Pierre kannte zwar die Sage von Aktäon und der Göttin der Jagd, kannte auch die Sage von Tantalus, aber von wem sein Vater sprach, verstand er nicht. Die Sage war vielleicht eine örtliche Legende, vielleicht auch nur als ein Beispiel *uneigentlicher Rede* gedacht. So würde sie sein Rhetoriklehrer nennen. Aber irgendwie wollte sein Vater ihm etwas damit sagen. Er wagte nicht nachzufragen, weil sein Vater unerwartet in eine düstere Stimmung verfiel.

Plötzlich drückte er ihn an sich. Noch nie hatte sein Vater dies getan, und Pierre wußte nicht, ob er sich darüber freuen sollte oder ihm die Umarmung unangenehm war.

Sein Vater ließ ihn auch sofort wieder los und seufzte. Aber er stand nicht auf und schien sich wieder in Gedanken zu verlieren.

»Kriege, nichts als Kriege«, flüsterte er nach einer Weile, »und die Ketzer erheben ihr freches Haupt. Aber das verstehst du alles noch nicht.« Nach einer langen Schweigepause fuhr er fort: »Wenn das so weitergeht, wird das verlotterte Ketzerheer des Kaisers nach Rom ziehen. An seiner Spitze ein französischer Verräter!« Erneut unterbrach er sich für eine Weile. »Weißt du, dein Großvater, er hätte in Rom alles, fast alles erreichen können, aber er war zu ehrlich, zu weich, zu anständig, gegen Ränkeschmiede war er machtlos. Rom, Venedig, Avignon und schließlich die Burg von Oppède – ist das ein Lebensweg? Eines Tages wird einer von uns nach Rom gehen und die Lügen aus der Welt räumen.«

Er seufzte noch einmal und besann sich dann auf sein Vorhaben.

Sie ritten das Tal hinunter. Rex suchte nach einer Hirschfährte. Tatsächlich gelang es dem Hund, einen zwar noch jungen, aber doch schon beeindruckend geweihstarken Hirsch aufzuspüren und ihn bis über den Waldrand hinaus aufs freie Feld zu treiben. Da sie richtig im Wind standen, trabte der Hirsch auf sie zu. Als er sie schließlich entdeckte, sprang er mit einem Satz herum und versuchte, wieder in den Wald zu entkommen. Aber Rex ließ dies nicht zu, und die beiden Reiter konnten ihn nun hetzen und, zusammen mit dem Hund, in die Zange nehmen.

Nach einer längeren Verfolgungsjagd über die Felder begann der Hirsch zu ermüden, der Hund schnappte nach seinen Läufen, und der Vater rief Pierre zu, ihn mit der Armbrust zu erledigen. Aber wie sollte er im Kloster Armbrustschießen vom galoppierenden Pferd aus gelernt haben!

Als sein Vater dies begriff, ließ er sich die Armbrust zuwerfen, ritt mit dem nun immer schwächer werdenden Hirsch gleichauf und schoß ihn so in die Brust, daß er niederstürzte. Sofort verbiß sich der Hund in ihn, der Vater sprang vom Pferd, Pierre ebenfalls. Der Vater rief, er solle ihn mit dem Hirschfänger erledigen. Pierre wollte seinen Vater nicht enttäuschen, wollte zustoßen, aber es gelang ihm nicht.

Inzwischen ging der Hund dem Hirsch an die Kehle. Das Tier versuchte ihn loszuwerden, bäumte sich noch einmal auf, warf sein Geweih herum und schleuderte den Hund zur Seite. Gleichzeitig traf das Geweih Pierre. Er stürzte ebenfalls zu Boden, sein Jagdkittel riß auf; zum Glück ritzte die Krone ihm nur die Haut, ohne ihn ernsthaft zu verletzen. Brüllend stieß sein Vater dem Tier sein Schwert in den Hals. Der Hirsch verendete. Schweratmend und mit angstvollen Augen wandte er sich nun Pierre zu und untersuchte die Kratzer.

»Nichts von Bedeutung«, rief er erleichtert, »zum Glück, mein Junge. Wenn es darum geht, das Wild abzustechen, darfst du nie zögern. Begreift es, daß es nicht mehr entkommen kann, daß es nichts mehr zu verlieren hat, dann ist es am gefährlichsten.« Plötzlich unterbrach er sich selbst. »Was hast du denn da?« Er hatte die Narben und Striemen auf dem Rücken entdeckt. »Wer hat das getan?« fragte er mit nur mühsam beherrschter Stimme.

»Dies gehört zur Erziehung in der Klosterschule«, sagte Pierre.

»Gibt es noch andere Stellen?«

»Ja, Vater.«

»Warst du faul?«

»Nein, Vater.«

»Aber du mußt doch faul gewesen sein, sonst hätten deine Lehrer dich nicht geschlagen.«

»Schon aus Angst vor Schlägen war ich nicht faul.«

Dies schien dem Vater einzuleuchten.

»Und was hast du angestellt?« Er zog ihm, so gut es ging, den eingerissenen Kittel über die Schultern und ließ ihn aufsitzen.

»Ich konnte nicht schlafen und wollte raus. Aufs Dach.«

Der Vater warf einen prüfenden Blick auf ihn.

»Du wolltest aus dem Kloster fliehen, verstehe ich dich recht?«

Pierre schwieg.

»Ich höre!«

»Ja, Vater.«

»Und?«

»Ich beobachtete einen Mönch mit einer Magd.«

»Mit einer Magd? Was machte denn die Magd im Kloster?«

»Er kniete zwischen ihren Beinen.«

»Du lügst.«

»Nein, Vater.«

»Und dann bekamst du die Rute?«

»Ja, Vater.«

Eine Weile versank der Vater in sich selbst, dann griff er entschlossen nach dem Messer, nahm dem Hirsch die Innereien heraus und warf sie Rex zum Fressen vor. Als der Hund gesättigt war, brachen sie auf. Den ersten Bauern, dem sie begegneten, schickte der Vater zum erlegten Hirsch und erlaubte ihm, sich und seine

Familie davon zu ernähren, befahl ihm aber gleichzeitig, die besten Stücke zu seinem Herrn nach La Tour d'Aigues zu bringen. »Mit Grüßen vom Baron d'Oppède.«

Der Bauer verneigte sich tief.

Sie ritten weiter.

»Schmerzen die Narben noch?« fragte der Vater.

Pierre schüttelte den Kopf.

»Ein Mann, der nicht geschlagen wurde, wurde nicht erzogen«, erklärte der Vater. »Das sagten schon die Alten, so ist die Welt, und ihr entkommt niemand, noch nicht einmal der Frömmste. Und auch nicht der Mächtigste. Denk an den König und seine Söhne!«

Am Abend kam sein Vater an sein Bett und setzte sich zu ihm. Lange schaute er ihn stumm an. Dann räusperte er sich und sagte mit belegter Stimme: »Es war ein schöner Tag.«

»Ja, Vater.«

Mit einer ungeduldigen Geste schien sein Vater einen Gedanken wegscheuchen zu wollen, dann nestelte er aus einer kleinen Tasche seines Wamses eine Kette mit einem Medaillon.

»Ich möchte dir etwas schenken«, begann er zögernd, »das Bildnis deiner Mutter.« Er unterbrach sich wieder, drückte es ihm dann mit einer heftigen Bewegung in die Hand. »Du hast deine Mutter nie kennengelernt, du weißt, daß sie bei deiner Geburt starb, wir mußten sie ... also, sie war noch sehr jung, eine schwere Geburt ... Du sollst sie nie vergessen, deswegen gebe ich dir das Medaillon.«

Pierre drückte es an seine Brust und wagte nicht, es zu betrachten.

»Schau sie dir an, sie war eine schöne Frau, eine fromme Frau. Vielleicht wird dich ihr Bildnis beschützen ... vor Unglück und Sünden ... ich trug es in der Schlacht von Pavia ...«

Pierre schaute auf das kleine ovale Bildnis, konnte aber wegen des schwachen Kerzenlichts im Zimmer nicht viel erkennen.

Sein Vater stand abrupt auf.

»Es war ein Unglück, daß sie starb.« Seine Stimme war nun noch belegter geworden, und er wischte fahrig mit seinem Handrücken über sein Gesicht.

»Du bist mein einziger Sohn und meine einzige Hoffnung. Du hast keine Mutter und ich keine Frau. Der Allmächtige hat sie uns genommen. Er hat mich auch in der Schlacht von Pavia schwer geprüft. Jetzt muß ich humpeln. Aber ich gebe nicht auf. Verstehst du mich?

»Ja, Vater.«

»Enttäusche mich nicht.«

Pierre schüttelte den Kopf.

Am Tag nach dem Jagdausflug brachte ihn der Vater wieder nach Apt, schickte ihn aber bald zu den Dominikanern nach Cavaillon. Doch auch dort ließ er ihn nicht lange, sondern gab ihn seinem alten Lehrer Hugues Berthon in Pension. Dies geschah auf Empfehlung von Graf d'Agoult.

Doktor Berthon, der ihm ja schon vor Jahren das Lesen und Schreiben beigebracht habe, sei ein glaubensstarker Humanist, erklärte Raymond dem Vater, er sei ein hochgebildeter, aber überaus bescheidener Mann mit den allerbesten Beziehungen nach Rom, zu den höchsten Stellen, sogar zu Kardinal Alessandro Farnese, ja selbst der Heilige Vater habe ihn schon einmal empfangen und sich mit ihm unterhalten.

Der Vater schien beeindruckt. »Hast du gehört, mein Junge, der Heilige Vater!«

»Ja, Vater.«

»Und wer weiß, vielleicht kannte er sogar den Großvater des Jungen hier, den Vize-Legaten der Kurie«, fügte Raymond noch an.

Der Vater kratzte sich nun nachdenklich im Nacken und runzelte skeptisch die Stirn. »Und warum hockt dein Doktor Berthon in diesem gottverlassenen Ketzerkaff Lourmarin, allein mit einer kleinen Tochter, ohne Frau?«

Raymond nahm den Vater zur Seite und flüsterte: »Endete nicht auch dein Vater in Oppède und nicht, wie er es verdient hätte, in einem römischen oder venezianischen Palast?«

Der Vater warf einen Seitenblick auf Pierre und nickte. Seine Lippen wurden schmal, und seine Augen flackerten. »Gut«, sagte er schließlich, »ich vertraue euch. Der Alte soll seine Sache gut machen.«

Dann mußte der Vater erneut in den Krieg nach Italien ziehen. Die apokalyptische Plünderung Roms im Jahre 1527, die Schändung der christlichen Heiligtümer, die Ermordung der Priester, die Erpressung der Kardinäle und des Papstes, nicht zuletzt die Gewalttaten gegenüber den Nonnen ließen keinen anderen Weg zu.

»Die entmenschten Landsknechte aus Deutschland und Spanien haben aus San Pietro und der Kapelle des Papstes einen Stall gemacht! Gott hat sie dafür gestraft, er schickte ihnen die Pest, er löschte die Hälfte von ihnen aus, und auch die andere Hälfte wird ewig in der Hölle schmoren.«

Bis der Vater nach Italien zog, war ein Winter vergangen. Und ein Jahr später war der Vater wieder zu Hause.

Auch in der französischen Armee wüte die Pest, überall herrsche Verrat, die Unfähigkeit der Offiziere übertreffe alles Vorstellbare. Überhaupt seien die Völker kriegsmüde, die Länder ausgeblutet, die Steuern zu hoch, und der König, statt sein Heer zu führen ... Der Vater winkte ab.

»Dann fordert er den Kaiser zum Duell, und als der Kaiser annimmt, drückt er sich! Dabei hätte er den schwächlichen Habsburger in den Boden gestampft.«

Seine Miene drückte tiefe Verachtung aus.

»Die Söhne noch als Geiseln in Spanien, die Armee in Italien geschlagen, und was tut der König? Er läßt die Weiber den Frieden aushandeln.«

Der Vater schüttelte erregt den Kopf.

»Und die Folge? Italien ist verloren.«

Er ballte die Faust, schlug auf einen unsichtbaren Tisch, lockerte die Faust wieder.

»Zumindest kommen jetzt die Kinder frei. Und der große König der Franzosen wird die Habsburgerin Eleonore heiraten, die Schwester seines Feindes. Eine kurzbeinige, häßliche Frau!«

Der Vater schüttelte erneut den Kopf. »Aber manchmal muß man, um höherer Ziele willen, sich zu etwas entschließen, was man in der Tiefe seines Herzens nicht anstrebt«, schloß er seine Ausführungen.

Er schaute Pierre abwartend an.

»Ja, Vater!«

## 1531

Pierre konnte keinen Schlaf finden und wälzte sich unruhig im Bett hin und her. Noch immer schwirrten die Stimmen durch seinen Kopf, die Furcht der Menschen vor der Himmelserscheinung, die sie nun seit mehreren Nächten verfolgte, vor dem Kometen, dem hellen Stern mit dem langen Schweif, der am Rande der Milchstraße stand, wie damals, als der Heiland geboren wurde. Jede Nacht standen die Bewohner von Lourmarin an ihrem Teich und starrten in den Himmel, als erwarteten sie einen Blitz aus dem Schweif des Kometen, Feuerregen, das Niederstürzen der Sterne, das Ende der Welt.

Hugues Berthon war mit Pierre und seiner Tochter, der kleinen Laura, in die Nacht hinausgetreten. Er hatte seine Haustüre mehrfach verschlossen – was er sonst nie tat –, und sie begaben sich im Schein ihrer eigenen schwachen Laterne zum Teich. Überall huschten, Schatten gleich, die Dorfbewohner an ihnen vorbei, die meisten grüßten den Lehrer, andere bekreuzigten sich still, viele murmelten das *Credo*. Pierre schaute in den Himmel. Der Schweif stand dort wie mit einem Pinsel gemalt. Aber sonst wirkte alles ruhig und wunderbar wie immer, nur die Menschen liefen aufgeregt hin und her, als würden sie auf die Schlachtbank geführt, oder waren wie Salzsäulen erstarrt.

»Das Ende ist nah«, hörte Pierre eine Frau flüstern. Eine andere betete das *Ave Maria*.

»Habt ihr den Priester gesehen?« flüsterte ein Mann.

»Nein, er traut sich nicht aus dem Haus, aber ich soll euch sagen, daß der *Onkel* bald anklopfen wird«, flüsterte ein anderer.

»Er ist schon eingetroffen.«

»Herr, erbarme dich unser, meine Kinder sind krank, wir werden verhungern«, schrie eine Frau auf.

Laura hatte ängstlich nach der Hand ihres Vaters gegriffen und suchte auch Pierres Hand.

Die kleine vorlaute Laura, triumphierte er insgeheim. Sonst versuchte sie ihn immer zu ärgern, und nun klammerte sie sich an ihn. Aber so waren die Mädchen!

»Ich glaube an Gott, den allmächtigen Vater, Schöpfer Himmels und der Erden …«

Stimmen schwirrten durcheinander, manche der Versammelten flüsterten, andere schrien auf und fielen auf die Knie.

Ganz in der Nähe entdeckte Pierre einen hochgewachsenen, barhäuptigen Mann, den er noch nie im Dorf, auch nicht in Oppède oder Apt gesehen hatte. Sein grauer wallender Bart fiel ihm bis auf die Brust. Er hielt die Hände gefaltet. Seine Stimme, obwohl nicht übermäßig laut, drang immer deutlicher durch das Stimmengewirr der anderen, die sich wie ängstliche Schafe um ihn scharten: »Und es schien ein großes Zeichen am Himmel: ein Weib, mit der Sonne bekleidet, der Mond unter ihren Füßen und auf ihrem Haupt eine Krone von zwölf Sternen. Sie war schwanger und schrie in Kindesnöten und hatte große Qual bei der Geburt. Und es erschien ein anderes Zeichen am Himmel, und siehe, ein großer, roter Drache …«

In diesem Augenblick ging seine Stimme unter in einem Aufschreien und Aufheulen der Frauen, manche warfen sich zu Boden, andere küßten den Saum des Mannes.

»Die Pest wird über uns kommen …«

»… schütze uns vor dem Inquisitor …«

»… wir haben auch nichts mehr zu essen … »

Immer heftiger klammerte sich Laura an ihn und an ihren Vater, der auf den Mann mit dem Bart starrte. Dieser sprach unbeirrbar weiter, obwohl inzwischen die klagenden, rufenden, betenden Stimmen ihn übertönten.

»In Lyon herrscht schon die Pest …«

»In Cavaillon kam ein Kalb mit zwei Köpfen auf die Welt …«

»Ave Maria gratia plena …«

Eine junge Frau fiel mit einem Aufschrei zusammen, hielt sich ihren Bauch, ihren sehr dicken Bauch, wie Pierre bemerkte. Sie war hochschwanger und kam jetzt vielleicht in die Wehen. Mehrere andere Frauen umringten sie, hielten sie, wollten sie wegzerren, aber die Schwangere streckte die Arme nach dem Bärtigen aus und schrie um Hilfe.

Dann plötzlich Stille. Alle drängten sich zu ihr und dem Bärtigen, der, die Hände gefaltet, erneut zu sprechen begann: »Nun ist das Heil und die Kraft und das Reich unseres Gottes geworden und die

Macht seines Christus, weil der Verkläger unsrer Brüder verworfen ist. Sie haben ihn überwunden durch des Lammes Blut und durch das Wort ihres Zeugnisses und haben ihr Leben nicht geliebt bis an den Tod.«

Wieder schrie die Frau, daß Pierre zusammenzuckte und Laura, wie auch andere Kinder, zu weinen begann.

»Siehe, ich komme bald und mein Lohn mit mir …«

Die Schwangere fiel noch einmal in einen tierischen Schrei, die Augen traten aus den Höhlen. Die Worte des Alten gingen unter im Gebrüll, und die Frau wurde weggezerrt.

»Die Gnade des Herrn Jesus sei mit allen.«

Der Bärtige sank auf die Knie und begann stumm zu beten. Die Menschen um ihn herum knieten sich ebenfalls oder folgten der Schwangeren, die hinter dem ersten Stall verschwunden war. Ihre Schreie, jetzt dumpf, fast erstickt, folgten in immer kürzeren Abständen.

»Dieser Komet ist etwas ganz Natürliches«, bemerkte der Notar, der neben Berthon aufgetaucht war, »nicht wahr, Herr Lehrer, aber das Volk ist grausam abergläubisch … Ah, geruhen Herr Graf ebenfalls, sich unter uns zu mischen?«

Er verbeugte sich tief vor einem Mann in einem langen, pelzbesetzten Umhang, in dem Pierre sofort Raymond erkannte. Dieser nickte dem Notar kurz zu, schlug Berthon freundschaftlich auf die Schulter, puffte Pierre mit der Bemerkung »Na, willst du das Gruseln lernen?«, nahm dann Laura auf den Arm und drückte ihr einen schmatzenden Kuß auf die Wange.

»Oho!« rief der Notar, nicht ohne Ironie in der Stimme. »Der Herr Graf geruhen die Tochter des Volks mit seiner Gunst auszuzeichnen.«

»Maître Teissier« – Raymond d'Agoult zog die Augenbrauen hoch und antwortete ebenfalls mit Ironie – »geruht, nach Hause zu gehen, damit Ihr morgen ausgeschlafen seid, wenn all die armen Menschen Euch aufsuchen, um Euch ihren letzten Willen zur Niederschrift anzuvertrauen.«

Der Notar verstand, verbeugte sich und verschwand. Berthon lachte kopfschüttelnd. Raymond küßte Laura noch einmal und sagte: »Aus dir ist ja ein prachtvolles Mädchen geworden.« Er setzte sie ab, wandte sich dann wieder mit gedämpfter Stimme Berthon zu. »Redet mit den Leuten, sie sollen ihre bärtigen *Onkel* nicht so öffentlich auftreten lassen.«

»Sie hören nicht auf mich«, sagte Berthon, fast unverständlich leise.

»Auf wen sollen sie sonst hören?«

Berthon zuckte mit den Schultern. »Es tut sich etwas zur Zeit ...«

»Es tut sich allerdings etwas«, unterbrach ihn Raymond, »die *domini canes*, die Eiferer aus Rom, sind unterwegs, und der König reagiert zunehmend ungehalten auf die Äußerungen und Aktionen der Lutheraner.«

Pierre schaute sich um. Sie standen nun plötzlich allein unter den Pappeln am Teich. In der Ferne hörte er die Frau in ihren Geburtswehen schreien. Über ihnen stand noch immer der Komet am Himmel. Weil Laura zitterte, zog er seinen Kittel aus und legte ihn auf ihre Schultern.

»Ein wahrer *uomo gentile*«, bemerkte Raymond, der ihn beobachtet hatte. »Was, Berthon, Pierre wird einmal ein zünftiger *cortegiano*? Ich werde es seinem Vater erzählen. Bravo, mein Junge! Nur weiter so! Du wirst noch einmal in Italien Karriere machen, vielleicht sogar in Rom, wie dein Großvater. Rom ist ein ganz besonderer Ort, eine großartige Stadt, laß dir von deinem Lehrer ein wenig über sie erzählen!«

Lachend tätschelte er Pierre und Laura die Wangen und verschwand in der Nacht.

Berthon schaute ihm skeptisch, ja stirnrunzelnd nach, wandte sich dann entschlossen den Kindern zu.

»Laßt uns nach Hause gehen!«

Stumm stapften sie hinter der Laterne durch die Dunkelheit. Als Berthon bemerkte, daß Laura noch immer zitterte, sprach er ihr gut zu: »Mein Herzchen, es besteht kein Grund, sich zu fürchten, wenigstens nicht vor einem Kometen. Die Menschen sind abergläubisch und unwissend, das Ende der Welt ist noch längst nicht zu erwarten.«

Vor seinem Haus angekommen, vergewisserte Berthon sich, daß niemand mehr auf der Straße zu sehen war. Dann drehte er knarrend den großen Schlüssel im Schloß, schob Laura und Pierre in die Stube und verschloß die Türe wieder sorgsam. Laura fielen nun die

Augen zu, und er trug sie die Treppe hoch in das Schlafgemach der Kinder. Im Bett rührte sie sich nicht mehr.

»Gute Nacht, mein Junge, schlaf auch du schnell.«

»Vater Berthon?«

»Was gibt es, Pierre?«

»Wer war der bärtige Mann?«

Berthon zögerte mit einer Antwort. »Ein Fremder ... er zieht durch die Dörfer ... ich glaube, er kommt aus dem Piemont ... ein frommer Mann.« Er machte eine ungeduldige Geste. »Am besten vergißt du ihn.«

»Warum?«

Pierre sah, wie Berthon ein Lächeln unterdrückte. »*Warum* zu fragen ist wichtig. Aber es gibt Momente, in denen man besser nicht zuviel fragt. Verstehst du?«

Pierre nickte.

»Ich weiß, du bist ein kluger Junge. Und jetzt schlafe!«

»Vater Berthon?«

Er stand schon in der Tür und drehte sich noch einmal um.

»Wird die Frau, die das Kind kriegt, sterben?«

»Das liegt in Gottes Hand.«

»Aber warum muß sie so leiden?«

»Der Schöpfer hat es so eingerichtet.«

»Aber warum?«

»Du weißt doch, was in der Bibel steht.«

»Eva wurde bestraft, weil sie vom Baum der Erkenntnis aß – müssen dann nicht alle Neugierigen und Wissensdurstigen bestraft werden? Du zum Beispiel, ich auch – und sogar Laura?«

»Du mußt jetzt wirklich schlafen, Pierre!« Berthons Stimme sollte streng klingen.

»Vater Berthon?«

»Zum letzten Mal, Pierre ...«

»Warum hat Laura keine Mutter?«

Berthon stöhnte leise auf. »Ich segne dich, mein Junge, aber jetzt wirst du schlafen.«

Leise schloß er die Tür. Pierre hörte ihn die Treppe hinuntersteigen und noch in der Stube rumoren.

An Schlaf war nicht zu denken, so sehr Pierre auch die Decke über den Kopf zog und stumm lateinische Stammformen herunterleierte. Sie konnten die Worte des Bärtigen nicht ins Vergessen drängen, und die Schreie der Gebärenden hallten noch in seinem Kopf nach, ja, er meinte sie auch in seinem Zimmer zu hören. Er drückte das Medaillon seiner Mutter an seine Brust, schlug dann die Decke zurück und tappte zum Fenster.

Als er sah, daß Laura bloß lag, deckte er sie vorsichtig zu. Einen Augenblick blieb er vor ihr stehen. Ihre schlafenden Gesichtszüge konnte er nur schemenhaft erahnen.

Jetzt lag sie friedlich in ihrem Schlummer, doch tagsüber ärgerte sie ihn häufig wie eine jüngere Schwester, die nicht anerkennen will, daß ihr Bruder viel älter und klüger ist. Noch nie hatte Vater Berthon von ihrer Mutter gesprochen, und gerade daß er dieses Thema grundsätzlich mied, wo er doch über vieles andere sprach, wirkte so, als verberge er ein Geheimnis. Vielleicht war sie wie seine eigene Mutter bei der Geburt gestorben; dies geschah häufig, dies verschwieg niemand. Kein Grund also für ein Geheimnis. Vielleicht war sie gar nicht seine Tochter, sondern seine Enkelin, schließlich war Vater Berthon schon reichlich alt für so ein kleines Mädchen. Aber dann mußte es auch noch einen Vater geben – ein Geheimnis mehr. Warum sprach er nicht darüber? Und warum verwöhnte er sie so? Er ließ ihr alle frechen Eigenheiten durchgehen und behandelte sie wie eine junge Dame, die Petrarca las und Dante verstand – dabei war Laura doch erst acht Jahre alt.

Pierre wandte sich zum Fenster und streckte seinen Kopf hinaus. Dort, über dem Kamm des Luberon, stand noch immer der Komet. Je länger er in den nächtlichen Himmel schaute, desto mehr schien sich die dunkle Kuppel hinabzusenken auf ihn, ihn verschlingen zu wollen. Er schloß die Augen, wartete eine Weile, öffnete sie dann wieder vorsichtig. Nun schien sich die dunkle Kuppel zurückziehen zu wollen, nach oben zu verschwinden, regelrecht abzuheben, ihn aber gleichzeitig anzusaugen …

In solchen Momenten hätte er aus dem Fenster klettern können, hinauf aufs Dach, um wegzufliegen, weit weg.

Pierre merkte, wie er noch immer auf den Kometen starrte, ohne ihn wirklich wahrzunehmen. Er sah den untergehenden Mond, die Rötung des Himmels, den Feuerball der aufgehenden Sonne, das strahlende Blau über dem Luberon, das Grau der Kalkfelsen und die bunten Tupfer der Lilien. Er roch den Duft von Thymian und Pinienharz, von Rosmarin und Lavendel. Er hörte das Vögelzwitschern in den Bäumen, das Flöten der Nachtigall und das leise Schnauben der Pferde.

Laura drehte sich in ihrem Bett herum, seufzte kurz auf und schlief dann lautlos weiter.

Noch einmal drang der Schrei der Schwangeren aus weiter Ferne zu ihm. Vielleicht war es auch nicht mehr die Schwangere, sondern eine andere Frau. Vielleicht träumte sie vom Weltuntergang, vom Feuer, das vom Himmel fiel. Davon hatte der Fremde, der Bärtige, gesprochen. Er hatte aus der *Apocalypse Johannis'* zitiert, die Pierre im Kloster schon gelesen hatte, mehrfach sogar, natürlich in Latein, während der Fremde sie in die Volkssprache übersetzt hatte. *Et signum magnum apparuit in caelo …*

Die Treppe im Haus knarrte. Vater Berthon ging ins Bett. Eine kurze Stille zeigte Pierre, daß er an der Tür lauschte. Hoffentlich schaute er nicht ins Zimmer, dann würde er ihn am Fenster entdecken, und er müßte ihm erklären …

Jetzt stieg Berthon sogar die Stiege zum Dachboden hoch. Was suchte er dort oben zu dieser Zeit? Etwas knarrte. Das mußte die Schlafzimmertür sein. Wahrscheinlich hatte er sich geirrt, Vater Berthon war nicht den Dachboden hochgestiegen, sondern hatte sich in sein Schlafgemach begeben.

Pierre schaute wieder aus dem Fenster, schaute hinüber zum sich schwach abzeichnenden Kamm des Luberon und zu dem Einschnitt der Schlucht, zu dem Krähenfelsen, der wie ein grauer Totenschädel ihren Eingang bewachte.

Der Komet war nun vom Himmel verschwunden. Die Milchstraße mit ihrem immerwährenden Band flimmerte schwach. Pierre atmete tief die kühle Luft ein und lauschte in die Stille. Das Schreien der Frau hatte endgültig aufgehört, einmal muhte eine Kuh, ein Pferd trat gegen die Stallwand.

Die Beklemmung, die ihn unter all den verängstigten Menschen befallen hatte, war gewichen. Noch drohte nicht das Ende der Welt. War der Komet tatsächlich ein Zeichen Gottes, warum dann für das Ende der Welt? Warum wies er nicht auf die Schändung Roms hin oder überhaupt auf das Elend der Kriege. Auf das Böse, das die Welt durchzog, wie der Faden, der alles verband. Man mußte aber auch bedenken, daß das Böse manchmal Gutes nach sich zog. So hatten zum Beispiel die Schläge der Lehrer bewirkt, daß er die Klosterschule verlassen durfte, nun bei Berthon lebte und häufig Raymond d'Agoult sah, seinen von ihm so geliebten *Onkel*.

Pierre versuchte, die Konturen des Schlosses von Lourmarin zu erspähen, aber das Licht der Sterne reichte nicht aus, die Schwärze der Nacht zu durchdringen. Wenn er an einem Tag nicht dort gewesen war, blickte er abends sehnsüchtig zum Schloßturm hinüber. Berthon wußte genau, daß Rhetorik und Dialektik, Grammatik und Arithmetik, Latein und Italienisch nicht ausreichten, seinen Lerneifer zu befriedigen. Pierre wollte auch all das beherrschen, was ein Edelmann können mußte: reiten und fechten, Bogen schießen und ringen, sich elegant kleiden und gewandt ausdrücken.

Sein Vater hatte ihm zum zwölften Geburtstag einen Hengst geschenkt und erklärt: »Wenn du dieses Pferd beherrscht, dann kannst du wirklich reiten.«

Onkel Raymond stand dabei, sagte: »Das ist eine Herausforderung!« und lachte laut.

Pierre gab dem Pferd den Namen *Bukephalus* und verbrachte Tage und Wochen damit, mit ihm Freundschaft zu schließen. Lange Zeit war nicht klar, ob ihn der Hengst wirklich als Herrn akzeptierte, aber inzwischen gelang es ihm, auch ohne Sattel zu reiten, über Zäune zu springen, blitzschnelle Wendungen zu vollführen und alle anderen Reiter im Galopp abzuhängen. Doch Bukephalus war launisch. Manchmal bockte er, stieg unvermutet hoch oder schlug aus. Ging es um das Lanzenstechen und Bogenschießen, schien er allerdings zu begreifen, daß der Reiter ein fügsames Pferd brauchte. Und im Bogenschießen war Pierre sehr gut. Er war auf seinem Bukephalus der schnellste und mit dem Bogen der treffsicherste. Inzwischen auch mit der Armbrust. Er traf sogar aus vollem Galopp. Im Fechten besiegte ihn Raymond zwar noch, aber es würde nicht mehr lange dauern, bis er gleichzog. Beim Lanzenstechen gegen den Sarazenen schnitt er nicht so gut ab.

»Noch kannst du deinen Vater nicht aus dem Sattel heben«, rief Raymond lachend.

Im Laufen ließ er alle hinter sich, und er war so gelenkig, daß er, wie ein Akrobat, einen Salto rückwärts beherrschte, allerdings nicht ohne sich mit den Händen abzustützen. Der Salto vorwärts gelang ihm spielend. Beim Ringen fehlten ihm zwar die Masse und die Kraft der Erwachsenen, aber er war so schnell und trickreich, daß er einmal sogar seinen Onkel auf die Schultern geworfen hatte. Und alle Ballspiele liebte er.

Gelegentlich nahm er auch die kleine Laura mit aufs Schloß und zeigte ihr Schlagball. Einmal hatte er sie auf seinen Hengst gesetzt, und sie hatte die Zähne zusammengebissen und alle Angst geleugnet. Das hatte ihm imponiert, obwohl er sich immer wieder über sie ärgern mußte, weil sie verwöhnt war und außerdem behauptete, sie werde bald so gut Latein sprechen wie er, und Italienisch könne sie sowieso besser. Selbst in römischer Geschichte meinte sie mitreden zu wollen und ratterte alle Kaiser herunter. Natürlich wußte sie, wann Alexander an welchem Ort gesiegt hatte und wann er gestorben war. Und daß er vorher noch geheiratet hatte. Sie wußte auch, woher der Name *Bukephalus* kam. Und fast jedes Kräutlein im Garten und im Feld konnte sie benennen. Immer wenn sie gemeinsam Unkraut jäteten, prüfte sie ihn und belehrte ihn mit hochmütiger Miene, wenn er nach einem Namen suchte. Nur beim Halmaspiel verlor sie meist noch gegen ihn.

Ein ungewohntes Knarren ließ Pierre aufhorchen. War Laura aufgewacht und schlich sich nun von hinten an, um ihn zu erschrekken? Er fuhr blitzschnell herum, aber konnte im nachtschwarzen Dunkel des Zimmers nichts erkennen. Er hielt die Luft an und lauschte. Lauras gleichmäßige Atemzüge waren deutlich zu hören. Sie schlief also. Konnte vielleicht auch Vater Berthon nicht schlafen und wanderte durch das Haus? Nein, Pierre wußte, wie die Treppenstufen unter Berthons Tritten klangen.

Jetzt war das Geräusch wieder da, genau über ihm! Die Bohlen knarrten und knarzten, das konnte weder eine Maus noch eine Katze noch sonst ein Tier sein. Über ihm war doch nur der Dachboden. Pierre glaubte nicht an Gespenster, auch nicht an den Drachen, von dem der bärtige Mann gesprochen hatte, den roten Drachen, damit meinte er wahrscheinlich Feuer. *Et ecce draco magnus rufus habens capita septem, et cornua decem* … Er wollte morgen mit

Berthon diskutieren. Der rote Drachen stand für Feuer. Eine Metapher? Eine Allegorie? Leise schloß er das Fenster. Vielleicht war ein Einbrecher über das Dach des Nachbarhauses geklettert und wollte einsteigen. Natürlich gab es keine Geister. Geister schwebten, Gespenster brachten nicht die Holzbohlen zum Knarren. Die nicht erlösten Seelen der Toten …

Pierre begann zu zittern. Langsam tastete er sich durch die Dunkelheit zu seinem Bett. Laura atmete noch immer gleichmäßig. Warum hatte er nicht ihren Schlaf? Ihre Mutter, Berthons Frau, sie war freiwillig aus dem Leben geschieden, hatte kein christliches Begräbnis gefunden und kehrte nun in mondlosen Nächten heim, sie suchte Berthon auf, trieb auf dem Dachboden ihr Unwesen.

Nein, Pierre glaubte nicht an die Geister von Toten … Oder es war seine eigene Mutter, die ihn besuchen wollte … Würde er sie erkennen?

Natürlich würde er sie erkennen, wenn sie dem Bildnis auf seinem Medaillon ähnelte. Oft genug hatte er es sich angeschaut, das Antlitz eines jungen Mädchens, das nicht viel älter war als er jetzt …

Zitternd schlüpfte er in sein Bett, zog die Decke über den Kopf und umfaßte das Medaillon. Aber trotz der Decke waren nun ganz deutlich Schritte zu hören. Vielleicht war der Komet doch ein Zeichen Gottes: Die toten Mütter machten sich auf den Weg, ihre Kinder zu suchen, und sie verfluchten alle Schwangeren, brachten einen Zauber mit, der keine Gebärende am Leben ließ, nicht in der Nacht, während sie auftauchten, seine Mutter und Lauras Mutter. Die Zähne klapperten. Er biß sie zusammen, bis sie knirschten. Nun hörte er nichts mehr. Nein, die Schritte waren verschwunden. *Custodit Dominus omnes diligentes se.* Gott würde ihn schützen. Weil er ihn liebte. Ja, nun war es ganz still. Nur Lauras Atem, gleichmäßig und beruhigend.

Hatte er sich die Schritte nur eingebildet?

Als die Hähne zum ersten Mal krähten, schlief Pierre noch immer nicht. Aber ihr drittes Krähen hörte er nicht mehr.

## 1531

Als Pierre nach schweren Träumen voll unklarer Geräusche, Stimmen und Schreie aufwachte, fühlte er sich gerädert. Er kam nur mühsam aus dem Bett und ärgerte sich über Laura, die schon ein Liedchen trällerte. Auch die warme Stimme Berthons konnte sein Befinden nicht aufhellen, er grummelte nur eine Antwort. Hunger rumorte in seinen Gedärmen, aber die Morgensuppe gab es erst, wenn die Sonne schon Stunden am Himmel stand. Mißmutig schlich er durch das Haus und stieg in einem unbeobachteten Moment die Stiege zum Dachboden hoch. Er fand die Tür verschlossen. Stirnrunzelnd schlich er wieder nach unten.

Es war eigenartig, daß Berthon, seitdem der Komet über den Himmel zog, die Türen abschloß. Pierre hatte ihn schon einmal nach den Gründen gefragt, aber nur eine abweisende Antwort erhalten. Die seltsamen Geräusche in der Nacht zerfielen in seiner Erinnerung wie Fetzen eines Angsttraums, sie wirkten eher wie gesehen als gehört, wie Füße, die über den Boden schlurften, wie sich bewegende Lippen und aufgerissene Münder.

Wahrscheinlich hatte er alles nur geträumt. Und seine Ängste? Ängste wovor? Vor Träumen? Vor Kometen? Vor nächtlichen Besuchen? Nein, Pierre fürchtete sich nicht, ein Mann unterdrückte seine Angst, und er wollte bald ein Mann sein.

Berthon bat ihn, Holz zu hacken, worüber Pierre sich ärgerte, weil Laura nur die Stube fegen mußte und dies nur wenig sorgfältig erledigte. Er ärgerte sich noch immer, als er die Axt schwang, obwohl er Holzhacken gewöhnlich mochte. Beim Holzhacken konnte man sich vorstellen, wie man bösen Feinden den Kopf spaltete oder Arme abhackte, den ungläubigen Türken zum Beispiel, den kaiserlichen Landsknechten oder den spanischen Söldnern, die die heilige Stadt geplündert, den Papst gefangengenommen und all die Nonnen geschändet hatten.

Er legte sich ein Scheit zurecht, hob die Axt und schlug mit aller Wucht zu. Mit einem Schlag hatte er es gespalten. Er konnte sich auch vorstellen, daß ein Kopf auf dem Holzbock lag, der Kopf eines besonders grausamen Spaniers, und ein einziger sicherer Streich ihn vom Körper trennte. Sein Vater hatte ihm von Pavia erzählt, von den spanischen Arkebusenschützen, die den König zu Fall gebracht und ihn ins Bein geschossen hatten. Solch ein Spanier fand nun die gerechte Strafe.

Aber besonders wütete seine Axt unter den Kaiserlichen, die Rom, das heilige Rom, *caput mundi*, entweiht hatten. Nicht nur sein Vater, sondern auch Berthon hatte ihm von dem *Sacco* erzählt. Berthon war damals in der Stadt gewesen. Seine Stimme zitterte, wenn er, auf diese Tage angesprochen, zögernd und eher unwillig einige allgemeine Aussagen machte über das Böse im Menschen und all das Schreckliche, das geschehen war. Aber Pierre wollte nicht nur von Alexanders glänzenden Siegen, von Hannibals genialischem Mut und von Cäsars kalt berechneten Eroberungen hören, sondern auch von der erst vier Jahre zurückliegenden Verwüstung der ewigen Stadt.

Und wieder fiel das Haupt eines Plünderers, gefolgt von einem Blutstrahl.

Schließlich hatte sich Berthon zu abendlicher Stunde, als Laura schon im Bett lag, bereit erklärt, von den Tagen des Schreckens zu berichten. Er schüttelte den Kopf, weil er glaubte, daß Rom gar nicht hätte erobert werden müssen, wenn es rechtzeitig vorgesorgt hätte. Ja, selbst als der Borgo Vaticano, der Stadtteil des Papstes, gestürmt worden war, hätte man nur die Brücken abbrechen müssen, und die verlumpten, hungrigen, müden Landsknechte hätten nicht einfach zum Campo de' Fiori und nach Trastevere marschieren können.

Berthon seufzte. »Gott hat es so gewollt.«

Die Axt krachte auf ein besonders hartnäckiges Scheit, das Widerstand leistete und erst beim zweiten Mal sich durchtrennen ließ.

»Die Soldaten fielen wie eine apokalyptische Heimsuchung über die Stadt her. Die Türen wurden eingetreten, die Paläste verwüstet, alles Wertvolle weggeschleppt. Der Rest in Brand gesteckt. Auch die Kirchen. Die Bilder zerfetzt, die Kruzifixe zerschmettert, ebenso die Reliquienkästen, die Sakralgefäße als Beutegut mitgenommen. Überall züngelnde Flammen, überall Rauch, die Schreie der Verwundeten, der Gemarterten, der Nonnen, die, gleichgültig, ob sie jung oder alt waren, tage- und nächtelang vergewaltigt wurden, bis viele von ihnen sich dem Herrgott empfahlen, der sie dieses Martyrium hatte erleiden lassen. Überall das Wutgeheul derjenigen, die glaubten, zu kurz gekommen zu sein, und die nun begannen, die Äbte, Bischöfe, Kardinäle und auch die« – Berthon stockte kurz – »die Kurtisanen zu foltern, um aus ihnen Geldverstecke herauszupressen. Nackte Kardinäle wurden auf Eseln durch die Straßen getrieben, mußten Landsknechte tragen, bis sie Lösegeld auftrieben, wurden an die Türen ihrer Paläste genagelt und mußten sich zotige Kreuzigungsmessen anhören. Und in der Maihitze verwesten überall auf den Straßen, in den Häusern, Kirchen und Klöstern die Leichen, von Hunden und Ratten angefressen, aus den Fenstern hingen sie, verkohlt manche, andere auf Spieße gesteckt. Und dann kam die Pest.«

Berthon konnte nicht mehr weitersprechen. Er bekreuzigt sich und verbarg sein Gesicht. Pierre hatte gegrinst, als er die Ungeheuerlichkeiten hörte, weil er sein Entsetzen nicht anders verbergen konnte. Jetzt starrte er auf die faltigen Hände seines Lehrers. Er wußte nicht, wie er dem Ansturm der Bilder standhalten sollte. Wie er mit ihnen leben sollte. Und gleichzeitig fragte er sich, wie Berthon diesem Horror hatte entkommen können, ja, warum er sich überhaupt während dieser Tage in Rom aufhielt.

»Hat man auch Euch überfallen?«

»Man hat mich ausgeraubt und geschlagen, Gott hat mich vor dem Tod bewahrt.«

»Aber wie?«

»Ach, Pierre, es ist so schwer, darüber zu reden.«

Berthon stand auf, ging ein paar Schritte in der Stube auf und ab und setzte sich wieder. »Ich will dir sagen, wie ich davongekommen bin. Ich kannte einen Deutschen aus dem Bankhaus der Fugger. Ich flüchtete mich schließlich in ihre Niederlassung im Rione di Ponte. Sie waren die einzigen, die nicht geplündert wurden, weil sie die Beute der Landsknechte verwahren und nach Deutschland schaffen konnten. Ich weiß, es war eine Sünde von mir, daß ich mich zu den Geldwechslern begab, die schon Jesus aus dem Tempel vertrieben hatte und die jetzt mit der raffenden Horde der Gewalttäter gemeinsame Sache machten. *Pecunia non olet*, heißt es, vielleicht stinkt Geld nicht, aber es klebt Blut an ihm. Für Geld macht der Mensch alles, er tötet sogar. Geld herrscht über die Welt mit einer kalten Gewalt. Und trotzdem rettete ich mich zu den Fuggern. Bei ihnen war ich so lange sicher, bis ich aus Rom fliehen konnte.«

Mit gebeugtem Haupt schwieg Berthon nun.

Pierre wußte zuerst nicht, was er sagen sollte. Aber dann drängte sich ihm ein Widerspruch auf.

»Aber ohne Geld muß der Mensch im Elend leben, alle können ihn herumkommandieren, er verliert seine Freiheit.«

»Ja, will er nicht im Elend seine Würde verlieren, kann er nur zurückgezogen im Verborgenen leben.«

Wieder zerbarst ein Scheit, ein weiteres und wieder eins. Atemlos schlug Pierre zu, immer schneller, wilder, hektischer, Schweiß lief ihm in Strömen den Nacken herunter, seine Arme schmerzten, seine Rücken schmerzte. Aber schließlich war die Arbeit getan. Er holte sich einen Eimer mit Wasser aus dem Brunnen im Hof und goß ihn über seinen Kopf.

Noch immer tobte vor seinen Augen das Schlachten, er sah die Männer, wie sie, ihr Schwert in der Hand und trunken vor Wein, in purpurnen Gewändern und Brokatkleidern über Leichenberge stolperten, wie sie sich kreischende Frauen griffen und über sie herfielen, sich zwischen ihre Beine knieten wie der Mönch im Kloster.

Als Pierre einen sich verstärkenden Druck zwischen seinen Schenkeln spürte, ließ er sich entsetzt auf den Boden fallen und kroch in die hinterste Ecke des Hofs. Was mit ihm geschah, wußte er von den Dorfjungen. Auch hatte er ihnen abgeschaut, wie man sich Erleichterung verschaffen konnte, aber daß jetzt, während er an die Schrecken von Mord und Schändung dachte, daß jetzt … Sollte vielleicht auch er zu den Untaten der Landsknechte fähig sein? Würde auch er sich an ihrer Stelle auf wehrlose Frauen stürzen? Wie konnte es sein, daß sein Geist sich entsetzte und der Körper so ganz anders reagierte?

Und alles geschah unter den Augen des Allmächtigen. Unwillkürlich hielt Pierre seine Hand über seine Scham. Aber natürlich konnte er nichts verbergen. Und trotzdem mußte er sich, mußte er IHN fragen, warum? Warum konnte dies alles geschehen? Warum war der Mensch dazu fähig, und warum ließ Gott dies alles zu?

Warum griff kein Jesus Christus, keine Jungfrau Maria und auch kein Heiliger ein? Gott schwieg, Gott sah zu. Oder strafte der Allmächtige nur die Stadt für all die Sünden, für all die Unzucht, die es dort gegeben, und den Reichtum, der sich angesammelt hatte, – wie er dann die Helfer des Strafgerichts durch die Pest strafte und sie in das ewige Höllenfeuer schickte?

Pierre versuchte, sein aufgewühltes Innere zu beruhigen und zu durchdenken, wie Berthon es ihn gelehrt hatte.

Warum gab es das Böse in der Welt?

Die Frage war so alt wie Kain und Abel, und auch er hatte sie schon in der Klosterschule gestellt. Einmal hatte er dafür sogar Rutenschläge eingestrichen, ein andermal wurde er belehrt: »Das Böse ist nur die Abwesenheit des Guten, so wie es kein Licht ohne Schatten gibt. In der Wirklichkeit Gottes gibt es nur Licht, alles andere ist der Irrtum des Menschen.« Dann wurde ihm befohlen, das *Credo* hundertmal zu beten. Aber während er das Gebet herunterleierte, schien ihm die Antwort jeglicher Logik zu entbehren.

Einmal hatte Pierre allerdings einen Dominikanermönch getroffen, der so hieß wie sein Vater und der auf seine Frage nicht sofort mit einem bösen Blick reagierte. Er nahm ihn sogar auf einen Spaziergang mit. Sie wanderten die Berghänge des Luberon hoch, dann schauten sie über das Tal des Cavalon bis hinüber zu den Erhebungen der Vaucluse, bis zum Mont Ventoux.

»Ohne das Böse wäre der Mensch nur ein Wurm«, erklärte ihm der Dominikaner, »ohne Unterscheidungsvermögen, ohne freien Willen und ohne die Stärke seines Glaubens. Gott schuf das Böse, um den Menschen zu prüfen, und durch seinen Sohn schuf er die Möglichkeit der Erlösung. Der Antichrist will den Menschen verführen, und jeder einzelne von uns muß die innere Stärke entwikkeln, gegen die Versuchungen anzukämpfen. Ohne das Böse also keine Erlösung, ohne Hölle keinen Himmel. Und du wirst doch sicher weder Himmel noch Hölle leugnen?«

Pierre wollte ihm widersprechen, weil er nichts geleugnet, nur eine Frage gestellt hatte, aber der Mönch winkte ab und befahl ihm mit einer Handbewegung zu schweigen.

»Selbst der sündige Mensch kann sich läutern«, fuhr er fort, »so wie er im Fegefeuer durch Qualen geläutert wird. Und wenn er im irdischen Leben fehlt, sogar dem falschen Glauben anhängt, zum Ketzer und Hexer wird, wie die vielen Waldenser, die dieses schöne Tal unter uns bewohnen, selbst dann hat unser allgütiger Herr noch einen Ausweg bereit: Umkehr, Beichte, Reue, Buße.«

Pierre schaute den Mönch unsicher an, denn ihm waren die Vorwürfe eingefallen, die sein Vater Mama Catherine entgegengeschleudert hatte.

Der Mönch legte ihm die Hand auf den Kopf und strich ihm über die Haare.

»Mein Sohn«, fuhr er fort, »du weißt, wovon ich spreche. Der Mörder kommt an den Galgen und muß dann den schweren Weg ins Fegefeuer antreten. Der Häretiker jedoch kommt auf den Scheiterhaufen und wird dort durch die läuternde Kraft der Flammen der Erlösung zugeführt. Wir müssen dafür sorgen, daß das Feuer des Glaubens nie ausgeht, mein Sohn. Jeder von uns muß gegen das Böse ankämpfen.«

Der Dominikaner schaute wieder gütig, dann wies er auf das milde Licht des Tals und das reine Strahlen des Berges. »All das hat Gott geschaffen, das Schöne in der Natur, das Gute im Menschen, aber auch das Böse, das sich dort unten versteckt, das sich heimlich trifft und den Antichrist beherbergt, das die Sakramente leugnet und den Stellvertreter Christi verleumdet, und manchmal muß die Mutter Kirche zum Schwert greifen lassen, um das Böse auszurotten, so wie der Chirurgus das brandige Glied abschneidet, damit es den Körper nicht vergiftet.«

Pierre kam sich ganz schlecht vor, als er den Blick auf sich ruhen sah und dennoch widersprach. »Aber steht nicht auch in der Bibel: *Wer zum Schwert greift, wird durch das Schwert umkommen?* Und: *Mein ist die Rache, spricht der Herr?* Und: *Du sollst nicht töten?*«

Pierre erinnerte sich noch genau an diesen Augenblick. Der Blick des Dominikaners verdunkelte sich. Er lächelte noch immer. Aber er flößte ihm Angst ein.

»Ich verstehe es nicht, ich bin noch so jung«, sagte er schnell, und der Mönch legte wieder seine Hand auf seine Schulter und faßte dann seinen Hals. Die Hand war eisig.

Sie standen auf und wanderten ins Tal zurück, ohne ein Wort zu sagen, und auf dem ganzen Weg ließ die Hand des Mönchs ihn nicht los. Im Kloster schickte er ihn in die Kirche.

»Bete, mein Sohn, bete! Bekämpfe deine Zweifel! Kämpfe erbarmungslos gegen das Böse! Du entscheidest, ob du vom rechten Weg abkommst, nur du allein. Gott will dich prüfen. Bete! Und geh dann zur Beichte!«

Pierre, der noch immer in der Hofecke hockte, hatte plötzlich das starke Gefühl, beobachtet zu werden. Er schaute sich um, ob vielleicht Laura sich angeschlichen hatte, um ihn zu erschrecken, aber er konnte sie nirgendwo entdecken, auch Berthon nicht. Er blickte nach oben, zu den Dächern, doch dort gurrten nur Tauben, schwirrten Mauersegler und Schwalben umher. Ein Mensch war nirgendwo zu entdecken. Und doch wurde Pierre sein Gefühl nicht los. Im Gegenteil, es verstärkte sich noch.

Ob er plötzlich unter Gottes prüfendem Blick stand? Würde vielleicht eine Stimme zu ihm sprechen, so wie sie zu den Propheten gesprochen hatte? Wollte Gott ihn verdammen, weil er beim Gedanken an die Nonnen einen *penem durum* bekam? Vielleicht war er verhext? Hörte Geräusche, wie in der Nacht zuvor, und bald Stimmen. Natürlich konnte auch der Satan ihn umschleichen. Vielleicht hatte er ihn durch seine Gedanken an das Böse gerufen?

Der Komet! Womöglich war der Komet die Antwort. Auf ihm ritt der Teufel. Auf diesen Schweif schwangen sich die Hexen, sie rutschten hin und her, wie auf einem Besenstiel, der Teufel umfaßte sie und nahm sein Horn ... Und wieder konnte Pierre vor dem Allmächtigen und Allwissenden nicht verbergen, daß sein eigenes Horn hart wurde, daß es ihn verlockte ... nicht die Nonnen von Rom, aber doch vielleicht die Magd aus dem Kloster oder eine Kuhmagd, wenn sie beim Melken an den Zitzen zog, mit entblößten Schenkeln ... ja, es gab in der Nachbarschaft eine Marie, von der der Angeber Michel schon Übles erzählt hatte, sie lasse jeden herüber, die Kuhmagd Marie, mit ihr vielleicht im Stroh ...

Es dauerte eine Weile, bis Pierre aufstehen konnte. Sorgfältig schichtete er dann die Holzscheite an der Hauswand auf. Im Haus begegnete er Berthon, der ihn wegen des Holzhackens lobte und der mit ihm nun ein wenig den alten Epikur lesen wollte. Aber Pierre konnte sich nicht auf Epikur konzentrieren, noch immer trieb ihn das Böse um, die Gedanken an das geplünderte, zerstörte und geschändete Rom, und er fragte seinen Lehrer, warum es das Böse in der Welt gebe.

Berthon schaute ihn forschend an. »Was haben die Mönche in der Schule dazu gesagt?«

»Ich verstand es nicht. Überhaupt gab es nur einen, der sich wirklich Mühe gab, mir eine Antwort zu geben. Und er war gar nicht mein Lehrer, sondern kam aus Rom und hielt sich nur einige Tage im Kloster auf. Aber auch das, was er sagte, befriedigte mich nicht.«

»Ich glaube, es hat noch niemand eine befriedigende Antwort gefunden, nicht einmal der große Augustinus.«

Berthon versuchte, Pierre zu erklären, was Augustinus gesagt habe, aber Pierres Gedanken schweiften immer schneller ab, ihn interessierten nicht die Gedanken der Kirchenväter, ihn interessierte, was Berthon meinte, sein leibhaftiger Lehrer, der dem Bösen in Rom so hautnah begegnet war.

»Du hörst mir ja nicht zu, Pierre!«

»Das Böse in Rom«, sagte Pierre, »du hast das Böse in all seinen Formen erleben müssen, – warum hat Gott dies zugelassen?«

Berthon kratzte sich am Kopf. »Gott hat schon viele Grausamkeiten zugelassen, er hat sogar zugelassen, daß sein eigener Sohn gekreuzigt wurde.«

»Das ist keine Antwort.«

»Du hast recht, aber sagt man nicht, daß Rom bestraft werden mußte für die Sünden, die dort begangen wurden, für die Hurerei und Völlerei, das Lügen und Betrügen, den Ämterkauf und den Ablaßhandel?«

»Wer sagt das? Wen meinst du mit *man*? Sind dies nicht ketzerische Gedanken?«

»Nicht so laut, Pierre!«

»Vater Berthon, Ihr wart in Rom, – gab es soviel Hurerei?«

»Nun ja ...«

»Also ja.«

»Überall auf der Welt gibt es Hurerei. Wir alle kennen die Fleischeslust, Pierre, und wenn ein Mann oder eine Frau nicht in den heiligen Stand der Ehe treten darf, dann geschieht es, daß gesündigt wird. Die Welt ist nicht vollkommen, Gott hat sie nicht so geschaffen ...«

Pierre überlegte, ob er Berthon beichten sollte, was ihn im Hof überfallen und bedrängt hatte. Aber Berthons Gesicht sah nun so alt aus, älter noch als gewöhnlich, eine schwere Last schien ihn niederzudrücken, und so unterließ er es. Statt dessen holte er ihm einen Becher Wasser.

»Du hast recht«, sagte Berthon, »laß uns etwas essen.«

Als sie an einem Stück trockenen Brotes und Käse kauten und Olivenfleisch vom Kern lutschten, überfiel Pierre eine andere Frage.

»Vater Berthon?«

»Ja, Pierre?«

»Ist Lauras Mutter wie meine eigene bei der Geburt gestorben?«

Berthon hörte auf zu kauen, warf ihm einen kurzen Blick zu, kaute dann weiter.

»Nein«, sagte er knapp. Nach einer Weile fügte er an: »Sie lebt noch.« Er schaute sich nach der Tür um. »Sie lebt in Rom, Pierre. Als Laura sie nicht mehr brauchte, verließ sie mich ...« Seine Stimme brach, und er schwieg lange.

Beklommen saß Pierre ihm gegenüber.

»Das Böse tritt in vielerlei Gestalt auf, Pierre, manchmal sieht man es ihm an, manchmal aber auch nicht. Es gibt arme Schlucker, die Heilige sind, Huren, die der Herr längst erlöst hat, und Priester, in denen der Teufel haust. Ja, so ist das.«

Er atmete tief durch.

»Aber ich wollte auch dich etwas fragen: Wie hieß der Dominikanermönch, von dem du mir erzähltest?«

»Er hieß Jean. Die anderen Mönche nannten ihn Jean de Roma.«

Berthon schwieg.

»Kennst du ihn?« fragte Pierre.

»Ich weiß, was er tut und wozu er fähig ist.«

## 1531

Pierre saß am Küchentisch und übersetzte eine Ode von Horaz. Es ging ihm leicht von der Hand, und als er fertig war, träumte er vor sich hin. *Nihil est ab omni parte beatum*, hatte der Dichter geschrieben, *es gibt kein vollkommenes Glück*. So seine Übersetzung. Er kratzte sich hinter dem Ohr. Wahrscheinlich hatte Horaz recht, und doch war es schwer, sich mit solch einem *dictum* zufriedenzugeben. Wer schon in jungen Jahren aufgab, sein Glück zu suchen, der konnte sich gleich begraben lassen oder erklären, wie Horaz mit seinen poetischen Worten: *pulvis et umbra sumus, Staub und Schatten sind wir*.

Gott sei Dank durfte Laura noch keine Horazoden lesen, sonst würde sie jetzt sicher behaupten, sie könne besser übersetzen als er, und würde womöglich auch noch einen Disput über Glück und Staub beginnen. Im Augenblick lief sie zum Glück draußen im Staub des Gartens umher und kümmerte sich um die Kräuter oder pflückte einen Blumenstrauß oder spielte mit anderen Mädchen. Sein Wortspiel gefiel ihm, und er lächelte stolz.

Horaz sprach nicht nur von Glück, sondern auch von Liebe und Wein, von Geld und Tugenden und hatte überhaupt viele weise Sprüche auf Lager. Pierre verstand nicht immer, was der römische Dichter meinte. Zum Beispiel, was er von der Liebe hielt, wie er Liebe überhaupt definierte. Auch in der Bibel gab es genügend Stellen, die von ihr handelten, manche sogar mit sehr poetischen Worten. Wenn Paulus zum Beispiel an die Korinther über die Liebe schrieb, dann wimmelte es nur so von Metaphern, als hätte der Apostel zu tief ins Weinglas geschaut. *Wenn ich mit Menschen- und mit Engelzungen redete und hätte der Liebe nicht, so wäre ich ein tönend Erz und eine klingende Schelle.* Das hätte auch Horaz nicht besser formulieren können. Aber dann behauptete er einfach, *Die Liebe höret nimmer auf.* Ob das wirklich stimmte? *Die Liebe treibt nicht Mutwillen*, schrieb er. Noch so ein zweifelhafter Satz.

Schön wäre es allerdings, Laura könne ihn sich einmal hinter die Ohren schreiben. Von Kindern wurde gefordert, die Eltern zu lieben, von Eltern, die Kinder zu lieben, aber auch zu züchtigen.

*Wer nicht geschlagen wurde, wurde nicht erzogen*, das hatte sein Vater ihm gesagt, er hätte es lieber Berthon sagen sollen, der seine Laura nicht züchtigte, ihr noch nicht einmal eine Ohrfeige gab oder eine Kopfnuß. Dabei verdiente sie es fast jeden Tag.

Berthon trat in die Stube, lächelte ihn an und erkundigte sich nach Laura. Dann schaute er sich seine Übersetzung an.

»Wann hast du Laura zum letzten Mal gesehen?«

Pierre zuckte mit den Achseln.

»Alles in Ordnung, mein Junge?«

Er nickte.

»Das hast du gut gemacht, die Übersetzung ist fehlerfrei, nur das Metrum stimmt noch nicht ganz.«

Berthon schaute ihn erwartungsvoll an.

»Das nächste Mal werde ich auch auf das Metrum achten.«

Berthon holte sich einen Krug Wein und goß sich einen Becher voll. »Und du weißt wirklich nicht, wo Laura ist.«

»Wahrscheinlich im Garten«, knurrte Pierre. »Oder sie spielt auf der Wiese.«

Berthon holte das Schachspiel aus dem Wandschrank.

»Na, Lust auf eine Partie? Ich bin dir noch eine Revanche schuldig.«

Berthon spielte so gern, daß Pierre nicht nein sagen konnte, selbst wenn er keine Lust hatte. Er selbst mochte das Schachspielen ebenfalls, allerdings verlor er fast immer, und dies minderte seine Begeisterung. Berthon spielte dagegen mit der Hingabe, ja Besessenheit eines Eiferers und konnte schlecht ertragen zu verlieren. Im Trictrac war er kaum schlagbar, daher mied Pierre dieses Spiel, im Schach erlag er gelegentlich einer verhängnisvollen Unaufmerksamkeit. Nie gab er allerdings auf, während Pierre selten ein aussichtsloses Spiel bis zum Ende durchhielt.

Berthon baute akkurat die Figuren auf, und Pierre beobachtete seine Hände. Immer schon war ihm aufgefallen, daß seine behaarte Hand mit den kräftigen Fingern nicht die Hand eines Lehrers oder Gelehrten war, sondern die eines Bauern oder Zimmermanns. Natürlich brauchte ihn das nicht zu wundern, denn Berthon mußte das Haus in Ordnung halten, beschädigte Stellen flicken, den Taubenturm erweitern und die Grundstücksmauer hochziehen. Auch arbeitete er häufig im Garten, wo er Gemüse und Obst zog, sein Kräuterbeet und seine Rosen pflegte und mit besonderer Hingabe seine Bienen züchtete. Manchmal ging er auch zu den Bauern der Nachbarschaft, wenn sie krank waren oder eine Kuh kalbte. Oder er beriet sich mit dem Bader, ob ein Aderlaß angebracht sei. Für viele war er wie ein Beichtvater. Täglich unternahm er einen Gang durch das Dorf, sprach mit allen, denen er begegnete, hörte sich ihre Sorgen an und gab ihnen Rat.

Die Figuren standen in Reih und Glied. Pierre durfte diesmal mit Weiß spielen. Berthon erwartete, angespannt auf seine Finger starrend, den ersten Zug. Pierre eröffnete nachlässig nach einer bekannten Vorlage, und Berthon verzog seine Miene, enttäuscht über den fehlenden Wagemut. Aber bevor sich Pierre versah, hatte er schon einen Springer verloren und drohte in eine gefährliche Lage zu geraten.

Ein ungewohntes Geräusch im Dachstuhl ließ Berthon aufschrekken, und er rief laut »Laura?« nach oben. Er stand sogar auf und ging zur Treppe. Pierre verschob seinen Turm, Berthon warf nur einen flüchtigen Blick auf das Brett und setzte seine Dame. Pierre bedrohte sie mit einem Läufer. Berthon schaute unruhig zur Haustüre hinaus und schien seine Aufmerksamkeit verloren zu haben, denn er rückte seine Dame zur Seite, allerdings so weit, daß Pierre ihm seinerseits einen Springer und dann auch noch einen Turm schlagen konnte. Als Berthon merkte, daß er nun zu verlieren drohte, setzte er sich wieder an den Tisch und brütete eine Lösung aus, die Pierre nach einem zähen Kampf in die Knie zwang.

Erleichtert seufzte Berthon auf, als er das *Matt* aussprechen konnte. Er lächelte, nicht ganz ohne Stolz, holte sich einen weiteren Krug Wein und brachte vom Regal Epikurs Brief an Menoikeus mit.

»Wiederholen wir, was wir während unserer letzten Lektüre herausgefunden hatten. Das alleinige Ziel des menschlichen Lebens ist das Glück, erklärt Epikur. Worin besteht nun das Glück, lieber Pierre?« Er wartete aber keine Antwort ab, sondern fügte sofort hinzu: »Durch die Gewinnung von Lust und die Vermeidung von Unlust. Aber wir wissen, daß Übertreibungen, Ausschweifungen, hemmungslose Sucht nach Lust ins Gegenteil umschlagen und

Unlust hervorrufen. Wir brauchen also die Hilfe der Vernunft, um den richtigen Weg zum Glück zu finden. Was lehrt uns aber die Vernunft? Nun, Pierre?«

Diesmal wartete er geduldig auf eine Antwort.

»Ich weiß nicht, ob Epikur recht hat«, sagte Pierre.

»Antworte erst auf meine Frage. Was lehrt uns die Vernunft, worin liegt das Glück?«

»Horaz sagt, daß es kein vollkommenes Glück gibt.«

»Durchaus, durchaus, vollkommen ist nur Gott, aber du hast noch immer keine Antwort gegeben.«

Pierre wußte, worauf sein Lehrer hinauswollte. »In heiterer Beschaulichkeit und ausgeglichener Seelenruhe besteht das Glück«, gab er stirnrunzelnd zur Antwort.

»Genau!« rief Berthon begeistert und streckte den Zeigefinger in die Höhe. »In der *ataraxia*, wie der Grieche sagt, im ruhigen Dahingleiten des Gemüts, in lächelnder Freude. Und durch welches Leben erreicht man den Zustand der *ataraxia*?«

In diesem Augenblick kam Laura ins Haus gestürmt. Berthon sprang auf und nahm sie in den Arm. »Woher kommst du so spät?«

»Hier!« rief Laura und hielt ihm ein kleines Büchlein entgegen. »Das hat mir Onkel Raymond geschenkt.«

»Du warst also wieder alleine im Schloß.«

In Pierre stieg eine Verärgerung auf. Jetzt ging dieses freche Gör schon allein zu *seinem* Onkel.

»Petrarcas *Canzoniere*. Ich habe gleich ein Sonett auswendiggelernt«, rief sie. »Wollt ihr es hören? Außerdem hat mir Onkel Raymond gezeigt, wie man multipliziert und dividiert.«

»Nein!« brüllte Pierre sie an.

»Du störst, mein Hühnchen«, sagte Berthon mit milder Stimme. Er gab ihr einen Kuß auf den Kopf und wandte sich dann wieder Pierre zu: »Durch welches Leben, mein Sohn?«

»*Lathe biosas!*« stieß Pierre zwischen den Zähnen hervor.

»Richtig, führe ein zurückgezogenes Leben, *lebe im Verborgenen*, kümmere dich nicht um die Händel der Großen. Dieses ist die Grundlage allen Glücks.«

Berthon strahlte ihn zufrieden an, als hielte er sich selbst für das beste Beispiel seiner Beweisführung.

Aber Pierre fühlte sich unbehaglich und abgelenkt, er wandte seinen Blick von seinem Lehrer ab, schaute der herumtollenden Laura nach, zwang sich dann aber wieder zur Konzentration, denn er wollte Berthon widersprechen. In Lourmarin zu leben und das armselige Leben eines Lehrers zu führen schien ihm kaum ein erstrebenswertes Ziel zu sein, und starb man dann auch noch früh, an der Pest zum Beispiel oder im Kindbett, dann hatte man eigentlich gar nicht gelebt.

Als er gerade dabei war, sich seine Antwort bereit zu legen, begann Laura, laut italienisch zu plappern und eine Tafel heranzuschleppen, auf die sie ein Gedicht abschreiben wollte. Sie ließ sie auf den Tisch fallen und kratzte dann mit einem Stift über die Oberfläche.

Wütend sah Pierre auf.

Sie streckte ihm die Zunge heraus. »Ätsch, ich kann viel besser Italienisch als du.«

»Du störst uns, dumme Gans!« rief er. Als sie ihm eine lange Nase machte, hatte er genug. Er sprang auf und versuchte, sie zu fangen.

»Krieg mich! Krieg mich!« rief sie laut auflachend, umrundete ihren Vater und warf Pierre einen Schemel vor die Füße. Er stolperte und wäre fast gefallen. Laura hatte den Raum schon verlassen und rannte die dunkle Treppe hoch. Seelische Ruhe hin, Glück, Liebe und Freude her, erst einmal mußte er dieses freche Mädchen bestrafen.

Er verfolgte Laura, auch Berthons Rufe konnten ihn nicht zurückhalten.

Oben auf dem ersten Treppenabsatz mußten sich die Augen an die Dunkelheit gewöhnen, er sah zuerst nur undeutliche Schemen. Als er nach etwas Hellem griff, hörte er Laura aufquietschen. Aber schon war sie ihm entwischt, eine Tür schlug zu, wieder rief sie nach ihm, tauchte plötzlich erneut vor ihm auf und war ebenso schnell in einer dunklen Ecke verschwunden. Er lehnte sich nun an eine Wand und wartete, bis seine Augen sich an das schwache Licht gewöhnt hatten.

»Laura, Pierre, kommt herunter!« hörte er seinen Lehrer mit ungewöhnlich scharfer Stimme rufen.

Wieder stürmte Laura an ihm vorbei, er griff nach ihr und bekam einen Zipfel ihrer Schürze zu fassen. Jetzt hatte er sie! Er wollte sie festhalten, aber sie schlug, kratzte und biß ihn. Dann riß sie sich wieder los und stürmte davon. Er konnte sich nun leichter orientieren und folgte ihr. Laura rannte die Stiegen zum Dachstuhl hinauf. Oben hörte er sie erschrocken aufschreien. Dann Stille, unterbrochen nur von Berthons verärgertem Rufen.

Pierre stieg nun ebenfalls die steile Holztreppe nach oben und schob die knarrende Tür auf, hinter der sie sich verstecken mußte und die vor zwei Tagen noch verschlossen war. Der Speicherraum war dunkel, es roch nach Staub, nach Vogelschiß und Mäusedreck, Schwalben hörte er draußen vorbeikreischen, aber es roch auch streng nach ungeleertem Nachtgeschirr. In einer dunklen Decke entdeckte er Lauras helles Kleid. Hinter ihr zeichnete sich vor den Dachritzen eine Gestalt ab. Pierre verschluckte einen Aufschrei, bewegte sich langsam auf die Umrisse zu.

Inzwischen war auch Berthon die Treppe heraufgerumpelt und trat in den Raum. Laura rannte mit einem Schrei an Pierre vorbei. Nun nahm er die Schattengestalt vor sich ganz deutlich wahr, eine Gestalt, kaum größer als er selbst.

Hinter ihm Berthon mit Laura. Sein Lehrer rief nicht mehr, war stehengeblieben.

Die dunkle Gestalt streckte ihm die Arme entgegegen, aber er konnte noch immer nichts erkennen, ihr Gesicht war hinter einem dunklen Tuch verborgen. Sie kam ihm einen Schritt entgegen.

## 1531

Das Wiederkennen traf ihn wie ein Schlag. Er schrie »Mama! Mama!« und fiel ihr in die Arme. Hemmungslos schluchzte er los, seinen Kopf in Catherines Kittel versteckt, und klammerte sich an sie. Sie drückte ihn an ihre Brust.

»Hatte ich dir nicht gesagt, du sollst nicht zum Dach hochsteigen?« hörte er Berthon zu Laura sagen.

»Ich wollte doch nur spielen«, jammerte sie und hängte sich an ihn.

»Kommt jetzt herunter!« Berthon zog Laura aus dem Speicherraum und schleppte sie keuchend die Stiege herab. Pierre versuchte, seine Tränen zu bekämpfen, aber es gelang ihm nicht. Auch Catherine schluchzte.

»Ich freue mich so, dich zu sehen, mein kleiner Junge! Gott, was bist du gewachsen! Du bist ja fast schon ein Mann!«

Pierre schneuzte sich. »Wie geht es Bertrand?« fragte er.

»Ach, Pierre, dein Milchbruder ...« Catherine wischte sich mit ihrem Ärmel über ihr vernarbtes Gesicht.

»Er ist doch nicht tot?«

»Nein, nein, er lebt jetzt in Rom. Als sein Vater starb, habe ich ihn einem Kaufmann in die Lehre gegeben. Der hat ihn mit nach Rom genommen. Dort ist er sicher.«

»Warum?«

»Es war nicht leicht für uns, nachdem der Baron uns aus Oppède vertrieben hatte. Auch zwei meiner Mädchen sind gestorben.« Sie versuchte, sich aus trüben Gedanken zu reißen, und faßte ihn an beiden Händen. »Und was hast du in der Zwischenzeit getan?«

Er erzählte ihr von den vergangenen Jahren, bis er plötzlich wieder überschwemmt wurde von Sehnsucht und Wiedersehensfreude. Er preßte seinen Kopf an ihre Brust und versuchte, mit der Wärme und Weichheit ihres Körpers zu verschmelzen. Aber nach einer Weile merkte er, daß es ihm nicht mehr gelingen wollte. Er löste sich von ihr und fragte: »Warum versteckst du dich?«

»Ach«, seufzte sie, »wir sind einfache, friedliche Menschen, die das Evangelium ernst nehmen ...« Sie stockte, gab sich dann aber einen Ruck und sprach mit fester Stimme: »Wir halten nichts von Priestern, die in gottloser Unzucht leben, die das Geld der armen Leute verprassen. Wir haben unsere eigenen Prediger und sind fromme Leute, die niemandem etwas zuleide tun. Nicht einmal den Papst und die Kirche greifen wir an, wie der deutsche Mönch es tut, und trotzdem können wir nicht mehr in Ruhe leben.«

»Kommt herunter!« hörte Pierre Berthon rufen. »Laßt uns zusammen essen.«

Catherine seufzte und wischte sich dann mit der Schürze übers Gesicht. »Hier in Lourmarin sind wir sicherer als in Mérindol oder Cabrières und viel sicherer als in Oppède ... Laß uns hinuntergehen. Der Inquisitor wird nicht gerade jetzt anklopfen.«

»Welcher Inquisitor?« fragte Pierre, als sie hinabstiegen.

»Jean de Roma, ein Dominikanermönch. Er verfolgt uns schon seit geraumer Zeit.«

Pierre rannte die Treppe hinunter. Berthon wärmte gerade eine Gemüsesuppe, Laura deckte den Tisch.

»Du kennst diesen Jean de Roma!«

Berthon ließ sich nicht ablenken. Er würzte die Suppe, schmeckte sie ab und stellte dann den Topf auf den Eichentisch, auf dem Laura für jeden einen Napf mit einem Holzlöffel und einen Becher gedeckt hatte.

»Ich kenne ihn.«

Catherine war inzwischen ebenfalls bei ihnen und füllte den Krug mit Wasser.

»Hugues, sprechen wir nicht darüber!«

»Ich will es aber wissen!« schrie Pierre, der sich schon gesetzt hatte. Er sprang auf, griff nach einem Löffel und schlug ihn mit aller Wucht auf die Tischplatte. »Ich will es jetzt wissen! Ich ertrage diese Geheimnisse nicht mehr!«

Mit ruhigem Griff nahm Berthon ihm den Löffel aus der Hand. »Beherrsche dich, Pierre!« Er wartete, bis Pierre sich wieder gesetzt hatte.

Laura mußte das Tischgebet sprechen. »Amen«, sagten alle und faßten sich an den Händen. Berthon brach das Brot und reichte jedem ein Stück. Dann holte er noch einen Krug Wein und ein Schüsselchen Oliven.

»Welche Geheimnisse?« fragte Laura.

»Es gibt keine Geheimnisse«, sagte Berthon. Seine Stimme zitterte, und Pierre sah, wie er seinen verzweifelten Ärger zu bekämpfen versuchte, und kam sich mit seiner Neugier schlecht und schuldig vor.

Das Essen verlief schweigsam. Nur Laura plapperte Italienisch vor sich hin, ratterte dann lateinische Stammformen herunter und sprang schließlich auf, um im Verschlag am Ende des Hofs ihre Notdurft zu verrichten.

»Und woran starb der Küfner?« Pierre konnte seine Frage nicht länger zurückhalten.

»Pierre, spürst du nicht, daß du Catherine quälst?« flüsterte Berthon. »Kein Wort vor Laura!«

»Er ist für seinen Glauben gestorben, mein Junge.« Catherines Stimme war leise, aber klar und fest. »Jean de Roma hat ihn einer *peinlichen Befragung* unterzogen. Wer kann diese *Befragung* schon überleben!«

Pierre ließ seinen Blick von ihr zu seinem Lehrer wandern, der seine Augen auf einen fernen Punkt zu richten schien und völlig geistesabwesend wirkte.

»Und mein Vater ...?«

»Dein Vater hat dem Inquisitor unsere Namen genannt.«

Pierre schoß das Blut in den Kopf, als hätte *er* den Küfner verraten.

»Und bist du auch ...?«

»Nein, ich wurde nur verhört. Ich log nicht, wurde aber bald schon freigelassen. 'Eine hochstehende Person hat sich für dich eingesetzt', sagte der Inquisitor mit einem Lächeln, das ausdrückte: Auch du wirst noch auf dem Scheiterhaufen landen.«

Berthon machte eine abwehrende Bewegung: »Catherine, sag so etwas nicht! Du beschwörst es!«

»Bist du, der aufgeklärte Humanist, etwa abergläubisch? Gott hat den Zeitpunkt und die Art meines Todes schon festgelegt. Und wenn er will, daß ich auf dem Scheiterhaufen sterbe, dann muß es so sein. Ich werde vor der Inquisition weder meinen Glauben leugnen noch widerrufen!«

Pierre schaute von einem zum anderen. Catherine wirkte jetzt ruhig und gefaßt, während Berthon schwitzte.

»Und wer hat sich für dich eingesetzt?«

»Ich weiß es nicht«, antwortete Catherine.

In diesem Moment kam Laura trällernd zurück und setzte sich an den Tisch. Als sie niemand beachtete, löffelte sie ihre Suppe zu Ende und begann dann, Petrarcas Sonette aufzusagen, soweit sie sie auswendig konnte.

»Sie ist doch erst acht«, sagte Catherine mit kaum hörbarer Stimme zu Berthon.

»Sie ist unglaublich sprachbegabt und erschreckend frühreif.«

»Bin ich nicht!« widersprach Laura mit trotziger Stimme. »Ich habe noch Hunger«, maulte sie, als Catherine die Schüssel wegtrug.

»Iß etwas Brot«, sagte ihr Vater.

»Ich will aber nicht immer nur Brot und Gemüsesuppe!«

»Da sind noch Oliven.«

Sie verzog ihr Gesicht zu einem Ausdruck des Ekels.

»Du darfst noch einen Apfel essen.«

»Ich habe keine Lust auf einen Apfel.«

»Dann trink einen Schluck Wein.«

»Ich mag keinen Wein!«

Berthon schaute gepeinigt auf sein Kind, drehte sich dann hilfesuchend nach Catherine um, die aber nur mit den Achseln zuckte. »Wir können uns kein Fleisch leisten, Laura. Es ist alles teurer geworden, der Weizen ist kaum noch zu bezahlen. In Lyon verhungern sogar schon Arbeiter, und es gibt Aufstände. Würde ich Pierre nicht unterrichten ...«

»Soll ich Onkel Raymond um ein paar Livres bitten?«

Berthon schaute noch immer gepeinigt. »Nein. Er gibt mir schon etwas. Ich will nicht ... und erzähle nichts von Catherine, verstehst du, niemandem!«

Pierre nickte, unzufrieden trommelte er mit seinen Fingern auf die Tischkante. Auch er war noch hungrig.

»Pierre, bitte, hör auf,« rief Berthon, »du machst mich nervös.«

Er ließ das Trommeln, schob dafür die Brotkrümel auf der Tischplatte hin und her, häufelte sie, beobachtete die Fliegen, die heranbrabbelten und ihren Rüssel ansetzten. Er scheuchte sie weg, pickte noch ein paar Krümel auf und steckte sie in den Mund. Laura hatte recht, die Suppe machte nicht satt. Seit Tagen vermißte er ein

Stück Fleisch. Immer nur Gemüsesuppen, Hirsebrei, Brot und bittere Oliven! Bei Onkel Raymond gab es regelmäßig Fleisch, meist Wild oder zumindest Geflügel. Aber hier? Bohnensuppen mit Lauch, Zwiebeln und Knoblauch, dazu geschmackloses Brot. In den Gedärmen tobten die Winde, aber sie vertrieben den Hunger nicht.

Pierre merkte, wie ihn die Erwachsenen anschauten, und blickte schuldbewußt auf die Tischplatte. Nein, er war undankbar und selbstsüchtig. Er mäkelte an dem fleischlosen Essen herum, während gleichzeitig Mama Catherine wie eine Verbrecherin gesucht wurde und sich unter dem Dach verstecken mußte! Obwohl sie doch schon verhört und freigelassen worden war. Irgend etwas stimmte nicht. Vielleicht hatte sie vor dem Inquisitor gelogen, und nun befürchtete sie die Wiederholung der Befragung, diesmal mit schärferen Mitteln. Der hohe Herr konnte sie kein zweites Mal schützen. Sicher hatte sich Onkel Raymond für sie eingesetzt, vielleicht auch noch Madame de Cental, der sie früher gedient hatte. Vor ein paar Monaten hatte er bei Onkel Raymond Beatrice und ihre Mutter nach langer Zeit wiedergesehen. Alle Erwachsenen schauten ihn immer so mitleidig an. Das konnte er gar nicht leiden. Und Beatrice? Sie war ganz nett, netter auf jeden Fall als Laura, der man täglich eine Abreibung verpassen müßte, um ihr die freche und vorlaute Art auszutreiben.

»Du bleibst eine Weile hier«, sagte Berthon zu Catherine, die begonnen hatte, stumm vor sich hinzuweinen. »Unterm Dach sieht dich niemand, und in mein Haus kommt keiner der *Barbes*. Der Inquisitor wird uns in Ruhe lassen.«

Er nahm ihre Hand, Tränen rannen ihr die Wangen hinunter.

Pierre schaute weg und schielte dann doch wieder zu ihr hinüber. Laura schnitt Fratzen und wurde ins Bett geschickt. Die Stimmung blieb gedrückt.

Pierre verzog sich in den Hof, hockte sich vor den Holzstapel und starrte vor sich hin. Mama Catherine war bei ihnen, aber er konnte sich nicht mehr über sie freuen, weil er dauernd an den Inquisitor und an den geschundenen Küfner denken mußte. Was hatten sie wohl mit dem Küfner gemacht? Ihm die Daumen zerbrochen? Ihn so lange auf das Streckbrett gezogen, bis ihm ein Arm ausgerissen wurde?

Über die Folterkeller sprachen die Erwachsenen immer nur hinter vorgehaltener Hand. Bei den Dorfjungen hörte man mehr. Quetschen sei auch beliebt, erklärten sie fachmännisch, die Knie zum Beispiel, und um ihm zu zeigen, welche Wirkungen es erzeuge, zerquetschten sie zuerst einen Wurm, ganz langsam, bis das bräunliche Innere herausplatzte, und anschließend den Hinterlauf einer Katze. Als das Tier erbärmlich aufschrie, lachten sie laut und ließen es weghumpeln.

In Paris, so hatten die Jungen noch erzählt, würde man die Angeklagten beinahe ertränken. Das hinterlasse keine dauernden Spuren, und nach der Verurteilung könne man sie noch auf die Galeeren schicken. Das sei aber nichts anderes als ein Todesurteil.

Der Inquisitor, der zur Zeit durch die Provence zöge, liebe es, den Verdächtigten die Füße in Öl zu sieden.

»Auch nicht schlecht!« rief Michel, einer der Dorfjungen.

Dann diskutierten sie darüber, welche Strafe die schlimmste sei. Michel riß wieder das Wort an sich. Er habe schon einmal gesehen, wie jemand verbrannt worden sei. Allerdings sei er vorher gehängt worden. »Das war nur der halbe Spaß. Aber gestunken hat es! Zum Kotzen.«

Ein anderer Junge wollte ihn übertrumpfen und erzählte, sein Vater habe schon einmal gesehen, wie jemand gerädert worden sei. »Und zwar richtig. Knüppel auf Arme und Beine und so, bis sie brachen. Der Mann hat gebrüllt wie ein Stier. Und dann richtig durch die Speichen flechten. Da wurde er ohnmächtig, und man schüttete ihm Wasser ins Gesicht. Und dann hoch in die Sonne. Die Krähen warteten schon. Der schrie noch, als sie nach seinen Augen pickten.«

Alle fanden Rädern ganz schön gruselig.

Aber Zunge herausreißen sei auch nicht schlecht, erklärte ein anderer.

Und blenden, meinte ein dritter.

»Hier läuft doch immer ein Bettler rum, dem hat der Oppède die Augen ausstechen lassen«, rief der erste Junge.

Dann wurde es still, und alle starrten Pierre an.

»Wegen einem Hasen oder so.«

»Den habe ich auch schon gesehen. Dem krabbelten Maden in den Augenhöhlen herum, das war vielleicht eklig.«

»Wir hungern, und die Herren wollen das Wild für sich alleine haben.«

Die Jungen bauten sich vor Pierre auf und schienen jeden Augenblick über ihn herfallen zu wollen.

»Das ist vielleicht eine arme Sau, der Blinde.«

»Habt ihr den Galgen in den Bergen gesehen, den hat auch der Oppède aufstellen lassen.«

»Und mein Vater hat erzählt, er hätte einen jagenden Bauern den Krähenfelsen hinuntergestoßen.«

Sie rückten immer näher.

»He, wir reden von deinem Vater, du feiner Pinkel!«

»Willst du ihn nicht verteidigen?«

Pierre trat mehrere Schritte zurück, bis er an eine Scheunenwand stieß. Nun konnte er nicht mehr weglaufen, aber es konnte ihn auch niemand von hinten anfallen. Er schaute sich nach Hilfe um. Ein Bauer rumpelte auf seinem Karren vorbei und kümmerte sich nicht um sie, und ein kleines Mädchen trieb Gänse zum Teich. Aus einem Haus wurde ein Eimer Wasser geleert. Die Magd schaute kurz heraus, aber es interessierte sie nicht, daß fünf auf einen einzigen losgingen. Fünf gegen einen, das tat kein Mann von Ehre, und auch kein Junge von Ehre.

Zum ersten Mal spürte Pierre, daß er nicht zu den Dorfjungen gehörte, auch wenn er sich nur gelegentlich bei seinem *Onkel* aufhielt und schon gar nicht in Aix lebte oder in Oppède auf der Burg wohnte. Aber natürlich, er war trotzdem der Sohn des Barons von Oppède. Sein Großvater hatte lange in Rom gelebt und täglich den Papst gesehen, während die Väter der Jungen Bauern, Schmiede, Schreiner oder Tagelöhner waren. Oder Notar wie der Vater von Michel. Pierre lief zwar auch nur in einem Barchentkittel herum, aber in seiner Truhe lagerte ein Wams aus Seide und ein Überkleid mit Pelzbesatz. Außerdem konnte er lesen und schreiben. Hier im Dorf konnte außer dem Grafen, dem Lehrer, dem Priester und dem Notar so gut wie niemand lesen und schreiben. Michel tat zwar so, als könnte er es, stotterte aber, sobald er etwas lesen sollte. Pierre beherrschte Latein, er sprach Französisch und nicht nur Provençalisch, er verstand auch Italienisch. Er stank nicht nach Schweinestall, seine Haare waren nicht verfilzt und verlaust, und er spuckte nicht dauernd auf den Boden.

Der Ring wurde immer enger.

»Dein Vater ist ein übler Menschenschinder!«

»Der Feigling verteidigt seinen Vater nicht.«

Einer der Jungen warf einen Pferdeapfel nach ihm.

»Du Sohn einer Hure«, rief Michel, der Angeber, und alle lachten laut. »Deine Mutter hat der Teufel gefickt!«

Pierre starrte ihn an, und die galoppierenden Gedanken in seinem Kopf setzten aus. Dem Jungen, der die Pferdeäpfel geworfen hatte, versetzte er einen Faustschlag auf die Nase, und gleichzeitig trat er Michel in den Bauch. Jetzt wollten sich die drei anderen auf ihn stürzen. Pierre sah ein Messer blitzen, und einer der Jungen schwang plötzlich einen Knüppel. Er schlug auf das Handgelenk, so daß das Messer dem Jungen aus der Hand fiel, gleichzeitig traf ihn der Knüppel auf die Schulter. Er riß sein Knie hoch und versetzte damit einem der feigen Dorfratten einen Kinnhaken, aber schon zerrte ein dritter an seinen Haaren, und Michel hob das Messer auf. Ein Büschel Haare mußte Pierre lassen, aber gleichzeitig tauchte er weg. Ein Schlag in den Unterleib schuf ihm einen Fluchtweg, und er rannte, was die Beine hielten. Nach einem Spurt auf das Schloß zu fühlte er sich in Sicherheit.

Ein paar Steine kamen noch geflogen, Hunde bellten, und derbe Flüche wurden ihm hinterher gerufen.

»Ich lasse euch auspeitschen«, brüllte Pierre, »ich werde die Hunde des Grafen d'Agoult auf euch hetzen, ihr dreckiges Pack.«

Höhnisches Gelächter war die Antwort.

## 1533

Der aufgehende Mond warf in der klaren Nacht ein so helles Licht, daß Madeleine sich ohne Laterne auf dem Turm von La Tour d'Aigues bewegen konnte. Unter ihr lag das schlafende Schloß, das ihr zur zweiten Heimat geworden war, wenn sie sich hier auch ein wenig einsam fühlte. Louis hielt sich meist in Aix auf und wünschte nicht, daß sie mit ihm im Stadthaus wohne. Es sollte sich, betonte er, eine zuverlässige Person um die Abgaben der Pächter und die Bewirtschaftung der Ländereien kümmern, und was Beatrice anging, so hielt der Vater die Ablenkungen einer Stadt mit Studenten und jungen, draufgängerischen Edelleuten für ungut. Ein junges Mädchen wachse am besten im Haus auf, unter der wachsamen Obhut ihrer Mutter, wenn auch durchaus von Privatlehrern ausgebildet im Geist der neuen Zeit.

Ja, Louis war kein Verfechter der engherzig-strengen Klostererziehung, er gestand seiner einzigen Tochter Beatrice eine umfassende geistige und körperliche Bildung zu, wie sie auch ihre Mutter genossen hatte. Frömmelnde Betschwestern gab es genug auf der Welt. Da ihm noch kein männlicher Nachfolger beschieden war, sollte wenigstens seine kluge und reizende Tochter singen und dichten können, Italienisch und Latein beherrschen und auch das Schlagballspiel, das am Hof – wie man gehört hatte – mit nicht enden wollender Begeisterung betrieben wurde.

Madeleine lächelte wehmütig. Sie hatte in ihrem *Diarium*, das sie seit den Tagen des königlichen Besuchs ohne Unterbrechung führte, erneut festgehalten, daß sie häufig die Welt mit den Augen ihres Mannes sah – obwohl sie doch eigene besaß. Und diese eigenen Augen waren sicher ebenso scharf, wenn auch nicht so juristisch ausgerichtet wie die ihres lieben Louis. Ihres seit fünfzehn Jahren angetrauten Louis.

Ach, das Gleichmaß der Tage, das Gleichmaß der Nächte ... Louis war kein schlechter Ehemann, er war diskret, zeigte sich in Öffentlichkeit nicht mit Frauen zweifelhaften Rufs, setzte sich keinen unnötigen gesundheitlichen Gefahren aus. Als damals – nicht lange nach Beatrice' Geburt – die Lustseuche auch ihn befallen hatte, zog er sich für Wochen, ja Monate in das Stadthaus zurück und vermied jeglichen Kontakt mit ihr. In seinen Briefen klagte er über die juckenden Hautausschläge, über Schwellungen und Knochenschmerzen. Aber er werde auch diese von Gott gesandte Krankheit überwinden, ein hervorragender Medicus habe ihm Guajakholz besorgt. Dessen Sud bringe Linderung und Heilung.

Tatsächlich sah man ihm nichts mehr an, als er wieder in La Tour d'Aigues erschien. Madeleine stillte damals ihre Tochter, und daher besuchte er sie nachts nicht. Er warf einen langen Blick auf das Kind an ihrer Brust und wandte sich dann ab. Als sie ihn wieder empfangen konnte, verhielt er sich immer zurückhaltender, und wenn er seine Zurückhaltung überwand, dann quälte er sich des öfteren vergebens. Sicher, für einen Draufgänger hatte sie ihn nie gehalten, aber es galt doch, den gemeinsamen Familienbesitz an einen männlichen Erben weiterzugeben. Sie war jung, sie war gesund, die erste Geburt war wider Erwarten schnell und ohne unerträgliche Schmerzen verlaufen, zu ihrem Leidwesen jedoch folgten keine weiteren Kinder.

Louis ging auch der Charme ihres Bruders ab, und der männliche Ehrgeiz von Jean Maynier fehlte ihm ebenfalls, ebenso dessen herrische Unbedingtheit ... Ach, Jean Maynier, ihre alte Jugendliebe aus der Zeit, als die andere, die nächtliche Liebe sich ihr genähert hatte. Achtzehn Jahre waren vergangen, achtzehn Jahre ...

Madeleine klammerte sich an die kalten Zinnen des Turms. Die ersten Regentage waren schon über die Provence gezogen, die Sommerhitze war endgültig vorbei. Es schien dieses Jahr eine erfreuliche Ernte zu geben, wenigstens auf ihren Ländereien. Die Klagen der Bauern hielten sich in Grenzen, und die Zahl der Bettler nahm ab. Vielleicht lag es auch nur daran, daß die Pest während der letzten Jahre verheerend gewütet und Gott viele hungrige Mäuler zu sich gerufen hatte. Dennoch waren die Preise hoch geblieben, und immer wieder versteckten sich Banden von Wegelagerern in den Wäldern und Felsverstecken des Luberon, überfielen Händler, steckten einsam gelegene Gehöfte an, wilderten und raubten Mädchen.

Louis zuckte nur mit den Schultern, wenn er davon hörte, verstärkte aber seinen Begleittrupp und begab sich auf den Weg von seinem Schloß nach Aix. Jean Maynier allerdings hatte beim Groß-Seneschall der Provence um Verstärkung gebeten, weil er mit einer schlagkräftigen Hundertschaft den menschlichen Unrat ausmisten wolle, wie er sich auszudrücken pflegte. Geschehen war nicht viel, und so hatte er sich mit einigen arbeitslosen Söldnern aus Avignon, die er aus seiner Privatschatulle bezahlte, aufgemacht, wenigstens den westlichen Luberon zu säubern. Die Banden hatten sich nach Osten abgesetzt und machten nun dort die Wege unsicher.

Nach meist vergeblichen Vorstößen campierte Jean Maynier mit seinem Häuflein in Apt und traf sich dort mit dem Bischof. Anwesend war, wie Madeleine aus mehreren Mündern gehört hatte, auch der Inquisitor, der seit geraumer Zeit die Provence unsicher machte – unsicher wenigstens für die *Armen Christi* oder, wie er sie nannte, für die *ketzerischen Waldenser und Lutheraner*. Die Unruhe unter den *Armen* nahm zu, der Mann ihrer ehemaligen Kammerfrau Catherine war verhört worden – mit schrecklichem Ausgang. Zumindest hatte sie über Raymond und Louis erreicht, daß Catherine wieder freigelassen worden war.

Eine schmale, langgezogene Wolke schob sich über den Mond und verdunkelte für kurze Zeit die Nacht. Dafür traten nun die Geräusche stärker hervor, die letzten Grillen zirpten, Käuzchen riefen, die Klagen der Sterbenden …

Das nächtliche Himmelsschauspiel liebte Madeleine auch deswegen, weil es sie mit dem Ewigen, mit dem Allmächtigen verband. Gott war in den funkelnden Sternen, aber auch in dem Leuchten des Mondes immer fühlbar. Als der Komet vor zwei Jahren über den Himmel zog, hatte sie keine Nacht ausgelassen, wenigstens einen Blick auf ihn zu werfen. Vielleicht wies der Herr durch ihn auf die Sünden der Welt hin, kündigte Pest, Hunger und Elend an. Während dieser Stunden glaubte sie sich einig mit seinem Walten, und sie fühlte sich wie eine Nonne, die längst der irdischen Freuden entsagt hatte. Aber am nächsten Morgen, wenn der Himmel vom Mistral saubergewaschen war und die Sonne ihr weiches Licht über die Flure schickte, fühlte Madeleine sich voller Kraft und Lebenslust.

Jean Maynier hatte seine Söldner nach Hause geschickt und machte, als er wieder nach Aix ritt, Station in La Tour d'Aigues. Madeleine hatte ihn schon auf dem Schloßplatz entdeckt und ihm freudig zugewinkt, und er hatte sie aufgeräumt, ja gutgelaunt und locker begrüßt. Sein Humpeln fiel kaum noch auf. Unter seinen Barthaaren gab es erste graue Strähnen, aber im Gegensatz zu Louis hatte er keinen Bauch angesetzt und wirkte mit seinen breiten Schultern kaum wie ein Mann der langen Robe, sondern wie einer der königlichen Hauptleute. Seinem langen Begrüßungsblick konnte Madeleine entnehmen, daß auch sie in seinen Augen noch keine alte Frau war. Sie bauschte ihre Ärmel auf, nestelte an ihrem Kragen herum und schob ihre Haube ein wenig zurück, während er seine Artigkeiten von sich gab.

»Aber Jean, du redest ja wie ein Höfling!«

Er lachte, nahm noch einmal ihre Hand und beugte sich über sie.

»Schade, daß die alten Zeiten der Minne vorüber sind. Früher hätte ich für dich Jerusalem von den Heiden befreit, heute kann ich nur ein paar Räuber hängen und ein paar Ketzer aufs Streckbrett bringen.«

Noch einmal verbeugte er sich, ließ aber ihre Hand nicht los.

»Laß es gut sein, Jean!« flüsterte sie und entzog sie ihm.

Er lächelte souverän, ohne den Ausdruck gekränkter Eitelkeit, ohne ihr das Gefühl zu geben, sie habe ihn zurückgestoßen. Im Gegenteil, er lächelte, als sei er sicher, dem Ziel seiner Wünsche ein Stück nähergekommen zu sein.

»Meine Verehrung«, sagte er. Aber seine Augen blieben kalt.

Dann berichtete er von Lourmarin, wo er ihren Bruder zu seinem Bedauern nicht angetroffen habe. Lange seien sie nicht gemeinsam jagen gewesen. In erster Linie habe er allerdings die Behausung des Lehrers Hugues Berthon aufgesucht, bei dem sein Sohn lebe.

Jean Maynier zeigte sich zufrieden mit seinen Fortschritten. Sogar Italienisch spreche Pierre jetzt passabel, sein Geist sei wach, demnächst werde er ihn nach Aix holen, neu einkleiden und dann mit ihm nach Marseille reisen, zur Hochzeit des Königssohns Henri mit der Italienerin aus dem Hause der Medici, sogar der Heilige Vater sei anwesend. Er gehöre zur Gesandtschaft des Obersten Gerichtshofs, außerdem sei er als Kampfgefährte des Königs in der blutigen Schlacht von Pavia ein Ehrengast …

»Wie schön«, unterbrach ihn Madeleine, »dann treffen wir uns dort wieder.«

»Das hatte ich gehofft.«

»Ja, lieber Jean ...«

»Und wie geht es deiner Tochter?«

Madeleine ließ Beatrice holen, und Jean Maynier spielte den charmanten Onkel. Madeleine entging nicht das reservierte Verhalten ihrer Tochter. Vielleicht wirkte noch die Nacht in Oppède nach, die Nacht nach dem Ausflug mit Raymond und Pierre: Lange hatte Beatrice sich unansprechbar und verstört gezeigt, und vielleicht verband sie Jean Maynier auch jetzt noch mit wütenden Peitschenhieben und brutalen Attacken.

»Wann hast du Pierre zum letzten Mal gesehen?« fragte er ihre Tochter.

Sie zuckte mit den Schultern.

»Ihr solltet euch gelegentlich treffen. Wenn du ihn aufs Schloß einlädst, würde er sich sicher freuen.«

Beatrice nickte, beugte knapp ihr Knie und zog sich zurück.

»Ein hübsches Mädchen, ganz die Mutter«, sagte er, ihr nachblikkend. »Schade, daß wir beide, du und ich, nicht mehr so jung sind. Heute wären wir klüger.« Er lächelte.

»Meinst du?«

Madeleine war nicht klar, was Jean Maynier im Schilde führte, zu welchem Zweck er bei ihr vorbeigekommen war. Er gab sich nun betont sachlich, ja regelrecht geschäftsmäßig, entwickelte die Zukunftspläne für seinen Sohn, die Stufen der juristischen Laufbahn. Für die militärische Karriere sei Pierre nicht geeignet, er sei zu weich, zu nachdenklich. Doktor Berthon, sein Lehrer, sehe in ihm womöglich einen Gelehrten, aber wenn Pierre sich schon in diese Richtung entwickeln wolle, dann müsse er ins Kloster zurück oder am besten gleich nach Rom, sein Großvater sei schließlich Gesandter des Papstes gewesen.

Madeleine fühlte sich abgestoßen von der Art, wie Jean Maynier von dem zukünftigen Lebensweg seines Sohnes sprach. Sie wußte nicht, wie sie reagieren sollte, betonte, man müsse den Kindern auch ihre Freiheiten lassen, und als er sie mit leicht spöttischer Erwartung anschaute, erklärte sie, auch Beatrice mache ihr Freude, und weil sie nicht recht wußte, wie sie das Gespräch fortsetzen sollte, sagte sie: »Vielleicht wird Beatrice einmal an den Hof des Königs gehen.«

Sehr schnell begriff sie, daß diese Bemerkung falsch gewesen war. Jean Mayniers Miene vereiste, seine Augen füllten sich mit kalter Wut, seine Finger umklammerten den Holzgriff der Seitenlehne seines Stuhls. Er beugte seinen Oberkörper vor, als wolle er jeden Moment aufspringen. Um allen Mißverständnissen vorzubeugen, fügte sie noch leichthin die Bemerkung an: »Du weißt ja, Mutterträume.«

»Mutterträume!« wiederholte er mit schneidender Stimme, und sie kam sich plötzlich wie auf der Anklagebank vor.

»Aber Jean, lieber Freund, ich glaube, du mißverstehst mich …«

Sie wollte ihre Hand auf seine legen, er zog sie jedoch zurück und stand abrupt auf. Sie begriff, daß er noch immer der alte war, erhob sich ebenfalls und erklärte mit hochmütiger Miene: »Für mich ist das Glück meiner Tochter entscheidend.«

»Willst du damit sagen, daß für mich Pierres Glück nicht im Vordergrund steht?«

Er fuhr sie an, als stünden sie sich im Gerichtssaal gegenüber. Auf diesen Ton konnte sie nur mit Schweigen reagieren und mit einem Gesichtsausdruck, der ihm zeigen sollte, daß er sich danebenbenahm.

Jean Maynier straffte seinen Körper, verbeugte sich kurz und humpelte aus dem Saal. Sie rannte zum Fenster und wollte ihm noch etwas nachrufen, wandte sich dann aber ab. Sie hörte, wie die Hufe seines Pferdes über die Steine des Hofs trappelten, dann verschluckte sie der Toreingang. Auf dem Vorplatz des Schlosses feuerte er sein Pferd an, und als sie sich doch noch umdrehte, sah sie den fliegenden Schweif des Rappen in einer Fahne aus Staub, den wehenden Umhang des Reiters, der, weit über die Mähne gebeugt, in wilder Flucht davonzujagen schien.

Fröstelnd zog Madeleine die Hermelinstola enger um ihren Hals. Sie ließ ihre Augen noch einmal über den mondbeleuchteten Platz und die engen Gassen schweifen und stieg dann wieder die Treppe hinab, um nach Beatrice zu schauen. Ihre Tochter spielte mit ihrem weiß-braunen Zwergspaniel und kam, kaum sah sie ihre Mutter, freudig herangesprungen. Wortlos umarmte Madeleine sie, und obwohl sie noch in Gedanken bei Jean Maynier war, wollte sie mit Beatrice nicht über ihn sprechen. Er hatte sie in Unruhe versetzt, diese Unruhe irritierte sie, und sie hoffte, ihn möglichst schnell wieder zu vergessen.

Obwohl es schon spät war, begann sie, laut über die beste Garderobe für die Hochzeit am Königshof nachzudenken. Dann rief sie eine Kammerfrau. Man öffnete die Truhen, und gemeinsam wurden die schweren Brokatroben gesichtet, die Schleppenkleider von Großmutter Trivulce, die perlenbestickten Mieder und Leibchen und die geschlitzten und gepufften Ärmel. Madeleine diskutierte mit ihrer Tochter, wie tief der Ausschnitt reichen dürfe, ob man nicht überhaupt bedeckt gehen müsse und welche Kragengröße jetzt bei Hofe in Mode sei. Madeleine wollte einen vorne dreieckig geöffneten Reifrock tragen, den Überrock aus schwarzem Samt, mit Goldfäden rautenförmig durchwebt, den Unterrock aus orangefarbiger Seide. Das Rautenmuster sollte aufgegriffen werden, vielleicht aufgesteppt. Beatrice müsse einen leichteren Stoff nehmen, vorne gerafft und leicht gefaltet, dazu einen mit Perlen bestickten Brustlatz, der genügend Haut durchscheinen lasse, aber den Ausschnitt bedecke. Die Haare sollten an der Stirn frei bleiben und hinten zusammengebunden werden durch ein juwelengeschmücktes Haarnetz aus Goldfäden. Die Ärmelaufschläge auf jeden Fall aus bester Spitze und die Schultern reich wattiert.

»Du wirst schöner aussehen als die Italienerin«, schwärmte Madeleine. »Prinz Henri wird sich sofort in dich verlieben.«

»Und der König in dich«, lachte Beatrice.

Madeleine wurde ernst.

»Was hast du, Mama?«

»Der König …« Sie unterbrach sich und winkte ab.

Dann begutachtete man die Fußbekleidung und die Unterwäsche, die Seidenschnüre und Spangen und durchwühlte schließlich die Schmuckkästchen, die mehrere Generationen Trivulce, Agoult, Bouliers und Cental hinterlassen hatten.

»Die neue Mätresse des Königs, Anne de Pisseleu, soll sehr schön sein«, sagte Madeleine, als sie eine Gemme betrachtete.

»Wie meinst du das, Mama?«

»Der König hat einen guten Geschmack.«

»Wie war er denn damals in Lourmarin, als er sich bei Onkel Raymond aufhielt?«

Madeleine warf einen prüfenden Blick auf ihre Tochter, ob in ihrem Satz irgendeine Anspielung versteckt sei. Aber Beatrice ließ einen Ohrring durch ihre Hand gleiten und bemerkte ihren Blick gar nicht.

»Er war ein großer, stattlicher Mann mit überwältigendem Charme.«

»Und mit einer großen Nase.«

Madeleine kicherte. »Auch seine Waden waren nicht über alle Kritik erhaben. Der englische König soll sich über sie lustig gemacht haben.«

Madeleines Kichern steckte ihre Tochter an. »Und der Kaiser hat eine überstehende Unterlippe«, rief Beatrice, ahmte ein starkes Untergebiß nach und blubberte einige unartikulierte Laute.

Madeleine mußte laut lachen.

»Königin Eleonore nicht minder.« Beatrice nahm die Unterlippe ein wenig zurück und imitierte ein geziertes Sprechen mit Akzent und Sprachfehler. Dann wurde sie wieder ernst. »Und wie sieht der Dauphin aus?«

»Ich habe ihn noch nicht gesehen« antwortete Madeleine, »ich glaube, er ist kränklich.«

»Und Henri, der Bräutigam?«

»Der ist doch vergeben!«

Wieder brachen Mutter und Tochter in Kichern und Prusten aus.

## 1533

Am zweiundzwanzigsten Oktober des Jahres 1533 war alles soweit. Die vornehmen Familien Frankreichs hatten sich in Marseille versammelt, um dem Papst Clemens VII. aus dem Hause Medici einen würdigen und gleichzeitig begeisterten Empfang zu bereiten. Er war es gewesen, der die Hochzeit der beiden jungen Menschen in die Wege geleitet hatte, die Vermählung von Henri, dem Herzog von Orléans, dem zweiten Sohn des Königs, mit seiner Großnichte, der schon seit früher Kindheit verwaisten Katharina von Medici.

Achtzehn stolze Galeeren segelten in den Hafen von Marseille ein, Galeeren, die mit rotem, violettem und gelbem Damast, mit Satin und mit purpurner Seide ausgeschlagen waren. Auf den Schiffsbrücken sah man die päpstliche Garde in ihren bunten Uniformen, mit glänzenden Helmen und blitzenden Hellebarden. Ein Schauspiel von beeindruckender Pracht. Daß der Papst noch sechs Jahre zuvor in der Engelsburg eingesperrt gewesen und dann nach Orvieto geflohen war, um den geldgierigen Soldaten des Kaisers zu entgehen, daß Rom seiner beweglichen Reichtümer beraubt worden war – all dies konnte man nicht glauben, wenn man den Prunk und Reichtum des Stellvertreters Christi sah.

Madeleine, mit Beatrice, einem Diener und einer Kammerfrau eingeklemmt in der Menge, schaute umher, ob sie ein bekanntes Gesicht entdecken könne. Aber sie fand niemanden. Louis und Raymond hatten mit den Vertretern des Obersten Gerichtshofs der Provence dem König schon ihre Aufwartung gemacht und sollten nun in die Abfolge des Hochzeitszuges eingewiesen werden.

Am nächsten Tag zog der Papst in Marseille ein. Eine unübersehbare Schar von Edelleuten und kirchlichen Würdenträgern, vom mageren Mönch bis hin zum pompösen Prälaten, marschierte voran. All die Menschen, die den Papst sehen und seinen Segen empfangen wollten, drängten sich, so daß der Zug immer wieder stockte. Frauen wurden ohnmächtig, Taschendiebe hatten einen großen Tag, Zigeunerkinder schlängelten sich geschickt durch die Menge.

Da sah man schon die purpurrote Sänfte des Papstes heranschwanken. Über ihm ein Baldachin und vor ihm, ja, das waren die jüngsten Königssöhne, da marschierte auch der Bräutigam selbst. Madeleine stieg auf die Zehenspitzen und schob Beatrice, die noch immer kleiner war als sie selbst, nach vorne. Der Papst segnete sie. Man streckte die Hände aus, kniete nieder, rief *Vivat! Vivat!*, ja, manche klatschten sogar.

Madeleine wurde mit Beatrice hin und her geschoben. Plötzlich hörte sie Beatrice freudig aufschreien. Madeleine drehte sich um. Vor ihnen stand ein junger Mann, in dem sie unschwer Jean Mayniers Sohn erkannte, und neben ihm ein Alter in einem unansehnlichen Kittel und einer erstaunlich häßlichen Filzkappe. An seiner Hand hatte der Alte ein einfach gekleidetes, aber hübsches Mädchen von vielleicht zehn oder elf Jahren. Es war ihr klar, daß dies nur Hugues Berthon sein konnte. Von Raymond hatte Madeleine schon viel über ihn gehört, aber getroffen hatte sie ihn bisher nie. Trotz der ärmlichen Kleidung wirkte der Mann liebenswert, und sein Blick war trotz des Alters wach.

Pierre war zu einem hübschen Jungen herangewachsen. Er ähnelte seinem Vater zwar im Gesicht, hatte aber eine viel schlankere Gestalt. Er lief nicht so ärmlich herum wie sein Lehrer, sondern wie ein junger Scholar mit viereckigem Barett, einem ärmellosem Wams über einem blauen Kleid. Es war schmucklos, aber von feiner Seide, und das Kragenbündchen seines weißen Hemdes bestickt. Madeleine betrachtete ihn genauer. Beim näheren Hinsehen verschwand die Ähnlichkeit mit dem Vater. Pierres Gesichtszüge waren fein geschnitten, markiert von einer kräftigen, aber schmalen Nase. Die Augen leicht verschattet, und die Lippen elegant, ja fast weiblich geschwungen und zusammengezogen zu einem feinen Lächeln.

Die Kinder blickten sich scheu an und begrüßten sich ungeschickt. Vielleicht lag es am Gedränge, daß sie sich nicht frei bewegen konnten. Gerade als der Papst an ihnen vorbeizog und seine Hand segnend über sie streckte, schwankten die Menschen ein Stück mit, dicht an dicht gedrängt, sie wurden aneinander gepreßt, Madeleine an den alten Berthon und Beatrice an Pierre. So purpurrot wie die Sänfte des Papstes verfärbte sich ihr Gesicht, während

Pierre erbleichte. Aber um das Gleichgewicht zu halten, griff jeder nach einem Halt, nach der Kleidung des Nachbarn, und nun lagen sich die jungen Menschen regelrecht im Arm.

Beatrice versuchte sich freizukämpfen, sie stieß Pierre zurück, er boxte seinen Hintermann in den Bauch, um ein wenig Luft zu bekommen, und dann war der Papst schon vorbei. Der Druck ließ nach, zwischen den Menschen entstand Bewegung. Alle lachten unsicher, und noch bevor sie etwas sagen konnten, riß es sie auseinander. Pierre und Berthon wurden weggetrieben, das kleine Mädchen klammerte sich an den alten Mann, und Madeleine mußte ihre Tochter heranzerren, damit sie nicht auch von der Menge fortgespült wurde.

Die Nacht war kurz, der Schlafplatz in dem Haus, das Raymond gemietet hatte, wenig bequem, die Aufregung groß. Am nächsten Tag sollte der König Einzug in Marseille halten. Wieder entstand Gedränge, Edelleute aus allen Teilen Frankreichs ritten voran, eine Schar schöner Männer in kostbarster Kleidung. Madeleine schwelgte. Sie schob Beatrice bis in die erste Reihe. Jeder schöne Mann gab ihr einen Stich ins Herz. Überall Glanz, Pracht und Reichtum, und sie selbst verkümmerte nun schon seit fünfzehn Jahren in ihrem Schloß mit einem Mann, der selten da war, noch seltener Feste feierte und sie schon seit Jahren nachts nicht mehr besuchte. Sie entstammten einer der ersten Familien der Provence, galten als reich. Dies alles sah Madeleine mit unverstelltem Blick, und sie gab auch zu, daß es klug gewesen war, den Cousin zu heiraten und die Ländereien in der Provence mit denen im Piemont in einer Familie zu vereinigen. Trotzdem konnte niemand behaupten, ihr Louis strahle Glanz aus. Er war ein Mann mit ausgewogenem Urteil. Inzwischen war er am Obersten Gerichtshof in Aix Rat geworden und träumte davon, einmal Präsident zu werden. Dennoch wurde er, bis auf sein Bäuchlein, immer magerer, die Haare fielen ihm aus, und seine Haut war grau.

Die Edelleute des Königsreichs, die vorbeiritten, strahlten vor Gesundheit, und innerlich brüteten sie Abenteuer aus, sie eroberten Länder und Frauen, sie genossen ihr Leben und nahmen nicht alles so genau. Bei ihr zu Hause mußte es jedoch ordentlich zugehen, jeden Monat hatte sie ihrem Louis Rechenschaft abzugeben über die Verwaltung von Haushalt und Ländereien, ja sogar über die Hauslehrer, die sie einstellte und entließ.

Zum Glück schrieb sie Tagebuch, dichtete auch gelegentlich und begleitete ihre singende Tochter auf der Laute – und dennoch fühlte sie sich unausgefüllt und einsam. Wenn schon kein glanzvolles Haus, dann wenigstens Kinder. Ein Mädchen war viel zu wenig. Ohne männliche Erben starb ein Geschlecht, das mußte auch Louis klar sein. Aber über dieses Thema sprach er nicht. Er wurde streng im Ton und erinnerte sie an ihre Pflichten. Dabei hätte sie ihn an *seine* Pflichten erinnern müssen.

Könnte sie wenigstens mit Beatrice in Aix leben! In der Stadt gab es Feste mit Tanz und Musik, Bankette, Spiele, geistvolle Menschen – in ihrer Gegend, im Schatten des Luberon, gab es hauptsächlich Bauern und an Adel nur die Sabrans von Ansouis und die Barras von Pertuis, Frömmler die einen, Langweiler die anderen. Und natürlich gab es Raymond in Lourmarin, aber ihr Bruder war nicht oft zu Hause. Er arbeitete in Aix, falls er arbeitete; er ging auf Jagd, kaufte Bilder und Bücher oder trieb sich irgendwo herum.

Nach Beatrice war er ihr der liebste Mensch, aber er führte ein viel zu unstetes Leben, er heiratete nicht, er verschenkte sich und reichen Familienschmuck an Frauen, die man nicht unbedingt als Damen bezeichnen konnte. Es war Madeleine sogar vergönnt gewesen, früher einmal eine seiner Mätressen kennenzulernen – eine aufreizend wirkende Frau, die nicht dumm und durchaus halbgebildet war und sehr geschickt in der Art, wie sie den Männern Geld, Kleidung und Schmuck abschwätzte, kurz, eine erfolgreiche Kurtisane. Ja, und dann hatte es noch die andere gegeben, seine *magische Liebe*, wie Raymond sie nannte, seine *Verrücktheit*, sein *Untergang*, eine Frau von angeblich unwiderstehlicher Schönheit, zudem wißbegierig und von einer prinzessinnenhaften Selbstsicherheit …

Beatrice schrie auf und winkte. Sie hatte ihren Vater entdeckt, dann auch ihren Onkel. Nicht weit entfernt ritt Jean Maynier. Louis' Pferd tänzelte unsicher hin und her und wäre am liebsten ausgebrochen. Raymond winkte ihnen. Jean Maynier tat so, als sehe er sie nicht. Wieder drängende Menschenleiber, der König ritt an ihnen vorbei, seine Söhne, Kardinäle. Sie wurden derart hin und her gestoßen, daß die Wache sie zurückdrängen mußte, aber der Druck der Menschenmenge war so groß, daß Madeleine fast vor das Pferd des Königs gefallen wäre.

Der König hielt inne und beugte sich zu ihr herunter. Er reichte ihr kurz seine Hand, lächelte, schaute aber durch sie hindurch, winkte und ritt weiter.

»Mama, Mama!« hörte sie Beatrice rufen.

Madeleine schaute dem König nach. Er drehte sich um, ja, er drehte sich tatsächlich nach ihr um, ein prüfender Blick, als sei ihm etwas eingefallen. Sein Blick traf sie, fixierte sie, aber schon warf sein Pferd den Kopf hoch, er mußte es zügeln, und Madeleine wurde gepackt und in die Menge gedrückt.

Als die Königin am nächsten Tag mit all den Ehrendamen durch die Straßen zog, blieb Madeleine zu Hause, um eine Unpäßlichkeit auszukurieren.

Doch dann folgten Fest auf Fest, ein Gewimmel von Menschen, Speisen bis zur Erschöpfung, Kapaune, Tauben und Rebhühner, gefüllte Pfauen, Wild natürlich, zart und zäh, und Wein aus allen Ländern, schwerer Griechenwein, Branntwein, destilliertes Zimtwasser, immer wieder Tänze und Spiele, Vorführungen und Maskeraden. Aber nur einmal näherte Madeleine sich dem Papst. Der König war überhaupt nicht zu sehen, der Bräutigam ebenfalls nicht, die Braut noch gar nicht in Marseille, und das Gedränge wurde manchmal so stark, die Luft im Schein der Fackeln und Kerzen so stickig, daß Madeleine der Ohnmacht nahe war.

Doch schließlich erschien Katharina, die jungfräuliche Braut, vierzehn Jahre alt, so alt wie ihr Bräutigam, zwölf adlige Fräulein in ihrem Gefolge, und diesmal stand Madeleine am richtigen Platz. Weiße, fast durchscheinende Haut und tiefschwarzes Haar. Ein volles Gesicht, eine große Nase und schwere Lippen. Gezupfte Brauen und runde Augen. Madeleine sah ihre Tochter an. Beatrice erwiderte den Blick, sie waren sich einig: Schön war sie nicht, die Italienerin. Hinter ihnen stand Louis und deutete eine Verbeugung an. Madeleine sah aber nicht, für wen sie gedacht war.

»Und?« fragte sie ihn.

»Was meinst du mit *und*?«

»Nun, die Braut, wie findest du sie?«

»Wie soll ich sie finden?«

Wieder verbeugte sich Louis und begab sich dann zu einem Herrn vom Gericht, der ihn, wie Madeleine gerade noch verstehen konnte, mit dem Dritten Präsidenten des Pariser Obersten Gerichtshofs bekanntmachte. Sie wandte sich ab und beobachtete wieder die Braut, die nun mit dem König plauderte – erstaunlich munter für ein vierzehnjähriges Mädchen, nicht ohne Anmut in ihren Bewegungen. Der König beugte sich zu ihr herunter, er lachte, ja, er hatte seinen Charme noch nicht verloren, obwohl auch er älter geworden war, und man sah, wie angetan er von seiner kleinen Schwiegertochter aus Florenz war.

»Beatrice, schau, wie sie mit dem König flirtet!«

»Mama, ich sehe es!«

»Du bist viel hübscher als sie!«

»Aber Mama!« Beatrice schaute sich unsicher um, ob nicht ein Umstehender die Unterhaltung verstanden haben könnte.

»Ist ja gut.« Sie umarmte ihre Tochter, und die beiden beobachteten weiter die Braut, bis Raymond und ein junger Florentiner sie auf die Tanzfläche entführten.

Am 28. Oktober, an einem Dienstag, wurde dann die Hochzeitszeremonie abgehalten. Zu Madeleines Bedauern in der engen Kapelle des Palasts, in dem der Papst während seines Aufenthalts in Marseille wohnte, so daß nur eine kleine Anzahl von höchsten Würdenträgern anwesend sein durfte. Wieder war das Gedränge so groß, daß Madeleine nur einen kurzen Blick auf den König werfen konnte. In weißem Satin führte er die Braut zum Altar. Katharina trug ein Brokatkleid mit einer violetten Samtkorsage, übersät mit aufgestickten Perlen und Gemmen, und auf dem Kopf eine Herzoginnenkrone, ein Geschenk des Königs, wie man sich zuflüsterte.

Der Heilige Vater und der König, so überhörte Madeleine das Gespräch der Nachbarn, hätten ebenfalls Geschenke ausgetauscht: einen Wandteppich aus Gold und Seide für den Heiligen Vater, und für den König ein zwei Ellen langes Horn eines Einhorns auf einem Sockel puren Golds. Sie horchte genauer hin.

»Jungfräuliche Reinheit und Stärke, wie sinnig«, hörte sie den einen Mann sagen.

»Zudem ein nützliches Geschenk«, den anderen.

»Wieso?«

»Es schwitzt in der Nähe vergifteter Speisen.«

»Ja, das ist wirklich nützlich. Der Papst kennt sich in übernatürlichen Dingen aus. Wen wundert's!«

Und beide Gesprächspartner lachten voll ironischen Einverständnisses.

Leider nahm das Gedränge dann so zu, daß Madeleine von der Zeremonie nichts sah und nichts hörte. Sie drohte auch wieder ohnmächtig zu werden. Um atmen zu können, schob sie sich ins Freie. Eine Weile kämpfte sie mit einer aufsteigenden Übelkeit, doch als sich Louis und Beatrice um sie kümmerten, kam sie wieder zu Kräften.

Heute abend, dachte sie, heute abend beim Bankett bietet sich die letzte Chance, mit deiner Tochter dem König unter die Augen zu treten.

## 1533

Beim großen Bankett saß Madeleine so weit vom König und vom Papst entfernt, daß sie die Hoffnung des Abends immer weiter schwinden sah. Louis hatte sich unbedingt zu seinen Kollegen vom Obersten Gerichtshof setzen wollen, und die Herren waren, während sie die Süßspeisen in sich hineinstopften, heftig dabei, die Frage zu diskutieren, ob Französisch das Lateinische als Amts- und Gerichtssprache ablösen solle, wie es einige Neuerer im Lande, unter ihnen leider auch der König, beabsichtigten. Madeleine beobachtete ihren Louis, der sich in seinem Urteil bedeckt hielt. Beatrice langweilte sich und schaute sich um. Am anderen Tisch entdeckte sie Pierre neben seinem Vater. Sie winkte den beiden. Pierre winkte lächelnd zurück, auch Jean Maynier lächelte und beugte sein Haupt wie ein gnädiger Fürst.

Langsam neigte sich das Bankett dem Ende zu. Man stand auf, und dann erschien Jean Maynier, um sich an der Diskussion seiner Kollegen zu beteiligen. Louis kümmerte sich viel zu wenig um seine Familie, fand Madeleine, bemühte sich auch gar nicht, in die Nähe des Königs zu gelangen, ihm dort seine Reverenz zu erweisen und sich in Erinnerung zu bringen. Also mußte sie selbst aktiv werden.

Jean Maynier begrüßte zuerst sie und dann mit ausgesuchter Höflichkeit Beatrice. Ihre Tochter lächelte, aber sie meinte wohl nicht Jean Maynier, sondern Pierre, der hinter seinem Vater stand und geduldig wartete, bis auch er Beatrice begrüßen durfte. Madeleine erhob sich und zog Jean Maynier ein Stück zur Seite. Die beiden Kinder hatten nun endlich die Möglichkeit, einige ungestörte Worte miteinander zu wechseln.

Madeleine wollte von Jean Maynier wissen, wie er die Braut finde, und er ereiferte sich sofort, weil er sie für weit unter dem Stand des französischen Herrscherhauses hielt, »die Tochter eines ehemaligen Krämers, eines Wucherers«. Was die Alliance nicht zur Mesalliance werden lasse, sei die Tatsache, daß der Heilige Vater Vormund, Vaterersatz und nicht zuletzt Mitgiftgeber des Waisenkindes sei. Der zwei Tage zuvor abgeschlossene Ehevertrag lasse für den König keine Wünsche offen, das habe er unter der Hand erfahren, und nicht zuletzt verspreche eine Verbindung zweier Erdenkinder, die vom Heiligen Vater persönlich vollzogen sei, Glück, Fruchtbarkeit und ein langes Leben.

»Ja, ja«, sagte Madeleine und betrachtete bewundernd den eleganten Faltenwurf und seidigen Glanz seiner Robe. Jean Maynier schien einen guten Schneider in Aix gefunden zu haben und trug nun Stoffe aus den besten Webereien von Lyon, wenn nicht gar Florenz.

»Entschuldige, mein Lieber«, sagte sie, als Raymond erschien und sie in den Ballsaal entführen wollte. »Warte auf mich, mein Herz«, rief sie ihrer Tochter zu, die so vertieft in das Gespräch mit Pierre war, daß sie nichts zu hören schien.

Kaum versuchten sie sich in die Reihe der Tanzenden einzufügen, erschien zu ihrem großen Erstaunen auch Jean Maynier. An seiner Seite – ihre Tochter! Beatrice' Haut war mit hektischen Flekken übersät. Raymond lachte, als er das ungleiche Paar sah, und als sie am Eingang zum Bankettsaal ihre Promenadeschritte voreinander setzten, winkte er Pierre verstohlen zu, herüberzukommen. Jean Maynier tanzte trotz seines Humpelns akzeptabel, aber lange konnte Madeleine ihn und ihre Tochter nicht beobachten, weil sie bei den Hüpf- und Sprungtänzen aufpassen mußte, im Takt zu bleiben. Nun wechselten auch noch die Partner, und nach kurzer Zeit drohte sie die Übersicht zu verlieren.

Als sie aussetzte, um sich ein Glas Zitronenwasser geben zu lassen, sah sie Beatrice mit Pierre auf der Tanzfläche, und Jean Maynier führte nun eine ausnehmend schöne Frau in edelstem Gewand, die, offensichtlich tanzerfahren, mit traumwandlerischer Sicherheit jede Schrittfolge beherrschte. Die Frau lachte laut, Jean Maynier lachte ebenfalls. Er sagte etwas, was Madeleine nicht verstehen konnte, was aber offensichtlich so charmant war, daß die schöne Tänzerin ihre Lippen neckisch schürzte und eine besonders geschmeidige Drehung ausführte.

»Anne de Pisseleu«, flüsterte ihr jemand ins Ohr, »die Favoritin des Königs.«

Madeleine drehte ihren Kopf. Raymond stand hinter ihr und umfaßte zutraulich ihre Hüften. »Man nennt sie die Gelehrteste der Schönen und die Schönste der Gelehrten.«

»Sie tanzt bravourös«, sagte Madeleine.

»Der König hat sie gegen die Chateaubriant eingetauscht. Zeugt dies nicht von einem exzellenten Geschmack?«

»Und wo ist die Königin?«

»Montmorency müht sich an ihr ab.«

»Wo? Ich sehe sie nicht.«

»Sie ist dort hinten.« Er wies mit dem Kopf über die Menschenmenge. »Dein Gatte wurde übrigens vorhin dem Kardinal Alessandro Farnese vorgestellt und durfte sich eine Weile in der Nähe des Papstes aufhalten.«

»O, davon wird er lange zehren.«

»Die beiden Kinder tanzen allerliebst.«

Madeleine freute sich ebenfalls schon eine ganze Weile an ihrem Anblick, und weil sie wieder die alte seelische Nähe zu ihrem Bruder fühlte, umarmte sie ihn und gab ihm einen Kuß auf die Wange.

»Und wo ist deine Favoritin?« flüsterte sie ihm ins Ohr.

Er lächelte.

»Na, sag schon. Fesselt dich wieder eine *magische Liebe*?«

Ein schmerzlicher Zug schlich sich in sein Lächeln. »Sie ist beschäftigt.«

»Tanzt sie?«

»Familiäre Verpflichtungen.«

»Willst du mir nicht endlich dein süßes Geheimnis anvertrauen?«

»Nicht jetzt.«

Raymonds Stimme klang entschieden. Gleichzeitig schaute er über die Menschenmenge, als suche er jemand. »Komm!« flüsterte er und führte sie in den Nachbarsaal. Madeleine wunderte sich, daß er gerade das dickste Getümmel zu suchen schien, begleitete ihn aber bereitwillig, und kurz darauf begriff sie, was er beabsichtigte. Das Gedränge öffnete sich, und der König näherte sich dem Tanzfeld. Alle hielten sie inne, die Damen beugten tief ihre Knie, die Herren verbeugten sich nicht minder ehrerbietig.

»Ah, Raymond«, rief der König und wandte sich ihm zu. »Ein schönes Fest, nicht wahr, dazu noch ein zufriedener *Papa* und glückliche Kinder!« Er zwinkerte ihm zu. »Meine liebe Gemahlin hat vorhin das Brautpaar in sein Zimmer geleitet und noch die letzten Ratschläge erteilt. Henri wird jetzt ein Mann, so Kathrinchen will.«

Gelächter reihum.

»Was hältst du von ihr, Raymond?« Der König wartete keine Antwort ab, sondern fuhr unvermittelt fort: »Ich mag sie. Sie ist zwar nur eine Krämerstochter, aber frisch und ohne Allüren. Sie versteht sogar etwas von der Jagd. Und reitet wie ein Mann. Ich sage dir, sie wird die Hosen anhaben!« Er lachte laut, und alle Männer stimmten ein.

Madeleine hatte den König angeschaut, und nun erwiderte er ihren Blick. Ein Wiedererkennen huschte über sein Gesicht.

»Madame«, sagte er und trat einen Schritt auf sie zu, »begegneten wir uns nicht schon?«

»Bei Eurem Einzug, Majestät ...« Sie merkte, wie ihre Stimme brechen wollte, schluckte, schaute nun dem König direkt in die Augen. Als sie seinen freundlichen und interessierten Blick sah, verlor sie alle Scheu. Sie atmete tief durch und straffte ihren Körper.

Raymond kam ihr zuvor: »Meine Schwester Madeleine, Sire ... erinnert Ihr Euch an Euren Besuch bei uns in Lourmarin nach Eurem großen Sieg von Marignano?«

Die Augen des Königs leuchteten auf. »Marignano! O Gott, die schöne Jugendzeit, wer bringt sie zurück! Jetzt endlich weiß ich, woher ich Madame kenne. Ja, die schöne Provençalin!«

Er reichte ihr die Hand und führte sie auf die Tanzfläche, wo sich sofort eine Lücke der Ehrfurcht bildete.

»Madeleine, wie meine kleine Tochter, ein schöner Name.«

Madeleine versuchte sich auf die Schritte zu konzentrieren. Der König, der mit lässiger Sicherheit tanzte, ließ seinen Blick auf ihr ruhen.

»Und Ihr seid verheiratet – Kinder?«

»Eine Tochter, leider nur eine Tochter, Majestät. So alt wie der Herzog von Orléans, Euer Sohn.«

»Bezaubernd! Und wo ist sie?«

»Ich glaube, dort hinten, sie tanzt mit dem Sohn des Barons von Oppède; gegen den Ihr damals im Turnier siegtet. Erinnert Ihr Euch?«

»Ja, ich erinnere mich. Es ist viel geschehen in der Zwischenzeit. Marignano, unsere Mutter lebte noch und liebte ihren Sohn ... Er hielt sich gut, der Baron Oppède. Ich will nachher ein paar Worte mit ihm wechseln. Wenn es etwas ruhiger wird, kommt doch alle zu mir. Ich werde Euch dem Heiligen Vater vorstellen, er soll sehen, was für prächtige Menschen unsere französische Muttererde hervorbringt.«

Gerade bevor die Gaillarde begann, stießen sie auf Jean Maynier und Anne de Pisseleu. Sie löste sich von ihm und steuerte auf den König zu. Er verbeugte sich galant vor Madeleine und reichte der jungen Frau den Arm, und schon waren beide in der Menge verschwunden. Madeleine trat mehrere Schritte zurück, nestelte ein Tuch aus dem Ärmel und tupfte sich das Gesicht ab. An der Seitenwand des Saals wurde ihr ein Stuhl geräumt, sie nahm Platz, ein zweiter wurde frei, und ohne zu zögern ließ sich Jean Maynier auf ihn fallen.

Er atmete heftig, seine Augen blickten für kurze Zeit abwesend, als müsse er noch ein unerwartetes Erlebnis nachklingen lassen und seine Bedeutung prüfen. Dann wandte er sich ihr lächelnd zu.

»Eine wunderbare Tänzerin. Sie ließ mich sogar meine Humpelei vergessen.« Er wirkte gelöst, und Madeleine sah, wie ein Schauer des Glücks ihn durchfuhr.

»Du hast mit der Favoritin des Königs getanzt«, sagte sie bewundernd.

Jean Maynier schaute sie ungläubig an. »Mademoiselle de Pisseleu ist – was?«

»Raymond erzählte es mir: die Favoritin des Königs.«

Für einen Augenblick schien Jean Maynier zusammenzusinken, doch dann richtete er sich wieder auf. Seine Augen flackerten, er ließ seinen Blick über die tanzende, wogende und sich drängende Menge gleiten.

»Bist du sicher?«

»Raymond muß es wissen.«

Er nickte. »Ja, natürlich … Wer so tanzt … Es war wirklich leicht mit ihr …«

Er verstummte, senkte seinen Blick und ließ ihn schließlich auf Madeleines Hand ruhen. Nach einer Weile ergriff er sie.

»Madeleine …?«

»Gratuliere, Jean!«

Einen Augenblick glaubte sie, der Wein sei ihm zu Kopf gestiegen. Er preßte ihre Hand und ließ sie nicht los, als sie sie zurückziehen wollte.

»Jean, bitte!«

Sein Griff lockerte sich und ließ sie frei. Beide mieden sie, sich in die Augen zu blicken, und schauten nun wieder über die Tanzenden.

»Hast du unsere Kinder gesehen?« fragte Madeleine nach einer Weile.

Er nickte.

Sie erwartete ein Wort oder zumindest eine Reaktion, aber er verbarg, was er fühlte. Er verbarg es hervorragend. Dafür stand er auf und bat sie um einen Tanz. Sie reagierte zuerst nicht, sondern schaute nur in das Gewoge der Tänzerinnen und Tänzer. Die geordneten Schreittänze hatten sich längst aufgelöst, schnellere Rhythmen wurden gespielt, insbesondere die Gaillarde. Man drehte sich, hüpfte, sprang, trennte sich und schwenkte sich. Auf gestickte Säume wurde getreten, da zerriß ein Ärmel, dort flogen Perlen zu Boden.

Madeleine zögerte. Aber als sie Jean Mayniers Gesicht sah, stand sie auf und ließ sich von ihm führen. Tatsächlich, beim Tanzen merkte man von seiner Beinverletzung so gut wie nichts mehr. Es wurde ihr wieder warm. Sie fühlte, wie sie weggetragen wurde, auch gegen ihren Widerstand.

Wo war ihre Tochter? Sie konnte das junge Paar nicht entdecken Und wo Raymond? Wo Louis? Der König zog an ihr vorbei, lächelte, winkte. Mademoiselle de Pisseleu warf ihr einen gnädigen Blick zu – oder meinte sie Jean Maynier?

Madeleine drehte sich und schritt vorwärts, glitt seitwärts und zurück. Es ging nun so leicht, fast, als schwebe sie. Um sie herum die rauschenden Kleider, die glänzenden Edelsteine und schwingenden Ketten. Die Fackeln flammten hoch, ein feiner Rußschleier zog an die Decke, hoch zu der mythologischen Szene, Diana und ihre Gespielinnen, ein Mann mit nackter Schulter, mit Bogen und Köcher. Madeleine wurde schwindlig, nein, sie schwebte, sie schwebte im Glück, im Glanz der Fackeln, und Jean Maynier hielt sie sicher.

Später am Abend, als sich die Menschenmenge etwas gelichtet hatte, rief Raymond Madeleine und Jean Maynier, aber auch Louis und die Kinder zusammen und geleitete sie zum König, der sich gerade mit dem Papst und einem kleinen Kreis von Auserwählten in einen Empfangssaal zurückgezogen hatte.

»Da ist ja mein alter Jugendfreund mit seiner Familie«, rief der König, als sie sich ihm näherten.

Alle Augen richteten sich auf sie. Madeleine glaubte einen Augenblick, vor Beklommenheit schwindlig zu werden, aber dann spürte sie doch, daß sie weder stolperte noch Gefahr lief, in den Boden zu sinken. Nur ihr Mund war trocken. Gleichzeitig betrachtete sie genau das königliche Paar, François und Eleonore, die Habsburgerin, und sie mußte ein Lächeln unterdrücken. Der König überragte alle, ein breitschultriger Hüne unter seiner hermelinbesetzten Kappe, die Königin dagegen fast eine Zwergin. Trotz ihres langen, weitausgreifenden Kleides aus dunkelrotem Samt sah man, daß ihre Beine verwachsen kurz sein mußten. Und natürlich fiel auch sofort die vorstehende Unterlippe auf, dieses Kennzeichen ihrer Familie, an den Seiten schmal, in der Mitte wulstig, so daß sie fast quadratisch wirkte und ihr einen schmollenden Ausdruck gab. Schwere Perlen- und Edelsteinketten hingen über ihrer Brust und über ihrem Ausschnitt, und aus den Schlitzen ihrer Ärmel bauschten die Seidengewebe wie Windbeutel heraus.

Madeleine konnte ihren Blick nicht von der herrschaftlichen Zwergin abwenden und verlor alle Scheu. Sie kniete sich tief nieder, wurde aber sofort vom König hochgezogen, und nun begann die Vorstellungszeremonie.

Vor dem Papst sank Jean Maynier als erster zu Boden. Er küßte den Saum seines Gewandes, und da er es getan hatte, mußte die anderen es ihm nachtun. Dann durften sie auch noch den Ring des Heiligen Vaters mit den Lippen berühren. Obwohl dessen Hände betäubend stark nach süßlichem Duftwasser rochen, mischte sich gleichzeitig ein unangenehmer Geruch hinein, etwas stechend Verwesendes, das Madeleine nicht zuordnen konnte. Als sie dem Papst ins Gesicht zu sehen wagte, entdeckte sie unter dem grauen Patriarchenbart einen verkniffenen Mund und unter der purpurnen Kopfbedeckung leicht tränende Augen, die ausdruckslos kalt auf sie herabstarrten. Aber noch bevor sie sich besinnen konnte, ging die Zeremonie weiter. Madeleine begrüßte die Schwester des Königs, inzwischen Königin von Navarra geworden, und Marguerite, die sie sofort wiedererkannt hatte, umarmte sie mit einer Herzlichkeit, die sie erstaunte.

»François hat dich schon mehrfach erwähnt«, flüsterte sie ihr ins Ohr. »Du hast ihn beeindruckt.«

Dann wurde Madeleine an die schöne Anne de Pisseleu weitergereicht, deren unverkrampft-bezauberndes Lächeln undurchsichtig blieb.

»Ihr seid ein Schwarm des Königs«, sagte die Schöne, mit einer goldenen Stimme, ohne jegliche Spitze.

Darauf folgte die Begrüßung des Königs von Navarra, des Kanzlers, des Oberhofmeisters, des Admirals, anderer Würdenträger und edel gekleideter Frauen. Ein Mann stellte sich als Dichter vor, der Hofzwerg machte eine Bemerkung und lachte über seinen eigenen Witz, und schließlich kam Madeleine neben dem Kardinal Farnese zu stehen, der sich ihr in großväterlicher Würde zuneigte.

»Mit solchen Kindern seid Ihr von Gott gesegnet«, bemerkte er und drehte seinen Kopf ein wenig nach hinten, zu einer Dame, die Madeleine entweder noch nicht begrüßt hatte oder die erst später hinzugetreten war, »nicht wahr, meine Liebe?«

Madeleine war augenblicklich fasziniert von dieser Frau. Sie war älter als die Geliebte des Königs, aber nicht minder schön, ihre Lippen sinnlich gerundet, die Augen tief dunkelbraun unter zarten Lidstrichen. Die Ohrgehänge wie Schmetterlinge aus filigranem Gold, geziert von drei Perlen. Am beeindruckendsten aber war der bis weit über die Schultern reichende Ausschnitt, der den Blick hinabzog in unaufdringliche, aber vielversprechende Rundungen. Die glatte Haut alterslos und von einem matten Glanz. An einer Perlenkette hing eine Muttergottes aus Elfenbein, und über den Körper bauschte sich ein dunkelgrünes, von gelben Streifen geziertes Atlaskleid.

Sie neigte sich zu dem Kardinal hinunter und flüsterte ihm ihre Antwort ins Ohr. Für einen Augenblick erschrak Madeleine, weil sie ihm unschicklich nahegekommen war. Aber der Kardinal hob seine Hand, als wolle er die Absicht andeuten, sie zu berühren, und bevor Madeleine all die Eindrücke ordnen konnte, stand schon Raymond neben ihr.

»Eminenz«, sagte er und verbeugte sich formvollendet vor dem

Kardinal, »Donna Margarita ...«, er lächelte die Dame undurchsichtig an, »es freut mich ganz besonders, Euch wiedersehen zu dürfen.«

Madeleine erschrak. Der Ton in seiner Stimme klang verkrampft, ja, tief verletzt.

»Nicht wahr, mein Lieber, es war nett, sie mitzubringen. Sie reist im Gefolge meiner Nichte Constanza, die sich leider schon zurückgezogen hat.«

Kardinal Farnese wirkte, trotz seines Alters und seiner purpurnen Tracht, wie ein schicksalsgeprüfter, weise gewordener Lebemann. Gleichzeitig legte er seine Hand auf Madeleines Arm und zog sie zu sich: »Ich wollte noch ein Wort mit Euren bezaubernden Kindern wechseln.«

Madeleine winkte sie herbei und wurde gleichzeitig vom König aufgefordert, sich doch zu ihm zu setzen.

»Geht nur, meine Tochter«, sagte der Kardinal, gütig lächelnd, »dort ist ein stärkerer Magnet!«

Während der nächsten Stunden gelang es dem König, aus einer anfänglich zeremoniell-steifen Gruppe eine fröhlich plaudernde Runde zu machen. Er selbst hatte sich mit Frauen umgeben, mit Eleonore, seiner Gattin, mit seiner Schwester Marguerite, mit Anne de Pisseleu und Madeleine. Natürlich durfte Beatrice nicht fehlen, und weil Pierre nicht von ihrer Seite wich, hockte auch er zwischen all den perlenbestickten, von Goldfäden durchzogenen Kleidern.

Es wurde gesungen und musiziert. Der König trug eines seiner eigenen Gedichte vor, alles verstummte und applaudierte. Seine Schwester erzählte eine reizvolle Anekdote, und alle lachten. Anne sang mit samtener Stimme ein Sonett von Petrarca, und die Komplimente wollten nicht aufhören.

»Was ist mit euch beiden?« fragte der König, wobei er Beatrice und Pierre anschaute. Beatrice sang, auf der Laute von ihrer Mutter begleitet, mit niedergeschlagenen Augen ein Volkslied aus dem Luberon, und alle waren gerührt.

»Wie er sie anhimmelt«, rief der König, auf Pierre weisend. »Ich sehe schon das nächste Brautpaar vor mir. Was meint Ihr, Heiliger Vater, haben sie Euren Segen?«

Der Papst nickte lächelnd, aber seine Augen blieben unbewegt und kalt, und Kardinal Farnese beugte sich zu Donna Margarita und flüsterte ihr etwas zu.

»Kinder«, fuhr der König fort, »bei eurem ersten Nachwuchs werde ich gerne Pate.«

Beatrice, wieder purpurrot, blickte zu Boden, Pierre aber lächelte. Er lächelte – Madeleine brauchte sich keinen Zweifeln hinzugeben – wie ein Verliebter. Jean Maynier war der einzige, der ernst blieb. Als Anne de Pisseleu ein Lied von Liebesleid und Sehnsucht sang und alle, schon leicht ermüdet, sinnierend lauschten, durchströmten Madeleine immer wieder intensive Glücksgefühle. Lange Jahre des Darbens in La Tour d'Aigues waren durch dieses königliche Hochzeitsfest aufgewogen, sie saß neben dem Herrscher von Frankreich, und wenige Schritte weiter thronte der Heilige Vater. Selbst auf ihren Louis fiel noch ein Schatten des Glanzes. Und natürlich auf Raymond, der sich als einziger von ihnen in diesem Kreis wirklich sicher und gewandt bewegte, obwohl er in eine melancholische Stimmung versunken schien. Jean Maynier dagegen, den sie als überraschend gewandten Tänzer erlebt hatte, hockte mit ernstem Gesicht in der Nähe des Papstes.

Als wieder allgemein geplaudert wurde, sah sie, wie er zum Papst und zu Kardinal Farnese sprach. Der Papst hörte ihm mit halb geschlossenen Augen zu. Madeleine wechselte mit Beatrice den Platz, um der Gruppe um den Heiligen Vater näher zu sein.

Jean Maynier sprach noch immer, und seine Stimme hatte an Lautstärke und Schärfe zugenommen. Madeleine verstand nicht alles, was er sagte.

»Fäulnis der Ketzerei«, hörte sie nun. Kardinal Farnese zog die Augenbraue hoch. »Energisch dagegen vorgehen«, verstand sie, »die Pest der Lutheraner und Reformierten.« Ja, sie glaubte sogar, Jean Maynier fordere den Scheiterhaufen. Plötzlich kniete er vor den Papst, küßte mehrfach den Saum seiner weißen Robe und stieß hervor: »Vergebt mir, Heiligster Vater, meine Sünden und gebt mir Kraft, gebt mir Kraft, die Ketzer zu bekämpfen, die Lutheraner, die Waldenser!«

Der Papst deutete eine segnende Handbewegung an und wandte sich mit indigniertem Heben der Augenbrauen Kardinal Farnese zu. Dann sagte er leise etwas zu Jean Maynier, der aufstand und verstört in die Runde schaute. Er trat einen Schritt zurück, wankend wie ein Betrunkener. Hatte er wirklich dem Wein über die Maßen zugesprochen? Madeleine wußte es nicht. Jean Maynier sprach den neben ihm stehenden Erzbischof von Aix an, der, den Blick fest auf den Papst geheftet, sein Gesicht ihm zuwandte, ein Nicken nur andeutete. Jean Maynier zog sich noch mehr zurück und flüchtete dann humpelnd aus dem Saal.

Der König hatte sich in seiner Plauderei nur kurz unterbrechen lassen. Er ließ sich vom Oberhofmeister informieren, was gerade vorgefallen war, und winkte ab.

»Der Mann hat an meiner Seite bei Pavia gefochten«, rief er dem Papst zu, »ein leidenschaftlicher Kämpfer, zu leidenschaftlich vielleicht.« Er lächelte wieder die Damen an. »Leidenschaft am rechten Ort, zur rechten Zeit, das ist das schwerste.« Über sein Gesicht huschte ironischer Spott, seine Augen wanderten von einer der Schönen zur anderen.

Anne de Pisseleu erwiderte sein ironisches Lächeln, und ein fast unmerklicher Schlag ihrer Wimpern bestätigten seine Worte.

Der Papst erhob sich nun und verabschiedete sich. Auch die Königin war müde. Der König stand ebenfalls auf und wünschte der Runde gute Nacht, blieb aber noch neben Marguerite, seiner Schwester, stehen und flüsterte ihr etwas zu. Madeleine sah Pierre aus dem Raum stürzen, Louis wartete schon mit schweren Augen auf sie und Beatrice. Raymond war verschwunden.

Madeleine schaute sich noch einmal unsicher um, als suche sie etwas. Der König winkte ihr freundlich gute Nacht, sie winkte zurück und erschrak gleichzeitig über ihre wenig respektvolle Reaktion.

Louis stand schon in der Tür.

»Ich komme«, rief sie ihm zu, als die Schwester des Königs ihr ein Zeichen gab, noch eine Sekunde zu bleiben.

»Mein Bruder würde während der nächsten Tage noch gerne mit dir plaudern, im kleinsten Kreise, du verstehst, über alte Zeiten, die Zeiten von Marignano.« Marguerite legte ihr zutraulich den Arm auf die Schulter. »Er erwartet dich in drei Tagen in seinem Palast, abends, zu später Stunde.« Madeleine schaute sie entgeistert an, und die Schwester des Königs lachte spöttisch. »Nur Mut!« rief sie ihr noch zu, bevor sie verschwand.

Madeleine hastete Louis und Beatrice nach. Wortlos fuhren sie zu ihrer Unterkunft, wo sie ebenso wortlos ins Bett sanken.

Madeleine versuchte, dem Sturm ihrer Gefühle und Gedanken auszuweichen, aber kaum hatte sie die Decke bis über die Ohren gezogen, merkte sie, daß sie in einen wilden Strudel gerissen wurde. Sie hörte, wie durch ein Echo, Marguerites Stimme, hörte das Lachen des Königs, sah Beatrice erröten und Jean Maynier vor dem Papst knien.

Noch einmal schlug sie die Augen auf. »Schläfst du schon, Louis?« flüsterte sie.

Keine Antwort, kein Schnarchen, noch nicht einmal ein ruhiges Atmen. Eine düstere Stille, die sich langsam mit den Klängen des großen Fests füllte. Eine Weile klopfte es schmerzhaft in ihren Schläfen, aber dann verschwand der Schmerz. Madeleine tauchte ein in das weiche Licht der Fackeln, um sie herum die Masken und strahlenden Gesichter, die schweren, kostbaren Kleider und berauschenden Gerüche. Der König schwebte lächelnd auf sie zu, er reichte ihr den Arm und schien sie davontragen zu wollen.

## 1533

Nach dem Fest ritt Pierre mit Berthon und Laura nach Lourmarin zurück. Einen Tag hatte sein Vater sie in Aix bewirtet, ihnen aber kaum Gesellschaft geleistet und sie dann nach Hause entlassen. Bei Pertuis setzten die drei über die Durance, und Pierre fragte, warum sie nicht in La Tour d'Aigues vorbeischauten, um Madame de Cental ihre Aufwartung zu machen, dies gebiete schon die Höflichkeit, auch sein Vater würde dies sicher gutheißen.

»Ich habe keine Lust«, mäkelte Laura und ritt weiter. »Ich will nach Hause.«

Berthon schaute Pierre mit einem bedauernden Lächeln an. »Sie sind wahrscheinlich noch gar nicht in ihrem Schloß«, erklärte er zögernd. »Jetzt warte, Laura!« rief er seiner Tochter nach, folgte ihr jedoch.

Pierre überlegte eine Weile, ob er allein zu den Bouliers-Centals reiten sollte, folgte dann aber den beiden mißmutig, ja, zunehmend miserabel gelaunt. Der kleine verwöhnte Fratz bestimmte mal wieder alles, und Berthon mit seiner schmutzigen Kappe und seinem ebenso schmutzigen Kittel ließ sich von ihr an der Nase herumführen wie ein Ochse. Warum hatte Pierre nicht in Aix bei seinem Vater bleiben dürfen? Warum ging er nicht an die Universität, nach Aix zum Beispiel oder nach Montpellier oder gar nach Paris? Wenn er nicht schon mit der Expedition des Jacques Cartier über die Meere segeln durfte, um dort ein Land unendlicher Weite und Möglichkeiten zu entdecken, könnte er sich auch einem Kaufmann anschließen und sich nach Rom begeben, wo sein Milchbruder Bertrand lebte, oder in ein Bankhaus eintreten, in Lyon, Augsburg oder Florenz. Dies galt zwar nicht als standesgemäße Tätigkeit für Edelleute, aber mußte er sich darum kümmern?

Gegen Lyon sprach allerdings, daß es nicht weit genug entfernt lag. In Augsburg gab es im Winter Schnee, aber dafür mußten die Fugger unglaublich reich und mächtig sein. Sie beherrschten sogar den Kaiser. Und Florenz? Florenz galt als eine der schönsten Städte überhaupt.

Laura hatte behauptet, sie hätte mit Katharina, der neuen Herzogin von Orléans, italienisch geplaudert, Katharina würde sie am liebsten als Kammermädchen an den Hof holen, und überhaupt sei die Herzogin sehr klug, ja, gerissen – »was man von deiner Beatrice nicht sagen kann«.

Pierre war über diese Bemerkung wütend. Erstens kannte Laura Beatrice überhaupt nicht, zweitens war sie viel zu jung, um ein Urteil abzugeben, und drittens war die Geschichte mit der Herzogin aller Wahrscheinlichkeit nach gelogen. Laura mußte sich immer in den Vordergrund spielen und ihn ärgern. Außerdem war es gemein von ihr, Beatrice als dumm darzustellen. Und Berthon erwies sich wieder als ein schlechter, zumindest als ein schwacher Vater.

Was suchte Pierre eigentlich noch in Lourmarin? Berthon konnte ihm, außer Griechisch, kaum Neues beibringen. Die Brettspiele beherrschte er inzwischen so, daß er ihn nicht allzu selten besiegte, und von den Lehren der griechischen Philosophen wurde man weder satt noch lernte man durch sie die Kunst, sich in der Welt durchzusetzen.

Auch Onkel Raymond war in der letzten Zeit so selten in seinem Schloß, daß es kaum Ablenkungen gab. Mit Michel, dem Angeber, hatte Pierre sich vor kurzem so lange geprügelt, bis Blut floß. Der Anlaß war Marie, die Kuhmagd. Der hinterhältige Sohn des Notars hatte plötzlich ein Messer gezogen und ihn verletzt, aber dies hatte ihn derartig in Wut versetzt, daß er Michel mit einem Knüppel halbtot schlug. Als der Notar bei Berthon aufkreuzte und sich sein grauer Lehrer auch noch entschuldigen wollte, brüllte er den Notar an, sein Vater, der Baron d'Oppède, wisse schon, wie mit waldensischen Häretikern zu verfahren sei.

Der Notar wurde bleich, wollte protestieren, verzog sich dann aber ohne ein weiteres Wort. Auch Berthon kommentierte Pierres ausfällige Bemerkung nicht, sprach an diesem Abend überhaupt nicht mehr mit ihm, sondern schaute ihn mit traurigen Augen an. Pierre mußte an Mama Catherine denken, die das Haus verlassen hatte, während sie sich in Marseille aufhielten. Im Bett weinte er dann, wenigstens so lange, bis Laura, zu ihm gekrochen kam, weil es ihr kalt war und sie sich im Dunklen fürchtete. Aber er warf sie aus dem Bett.

Pierre ließ seinen Bukephalus so lange galoppieren, bis er Berthon und seine verzogene Tochter überholt hatte und sie außer Sichtweite waren. Dann fiel das Pferd in seinen alten Trott, und er spürte überhaupt keine Wut mehr, sondern nur ein wühlendes Gefühl in seiner Magengegend, ein Ziehen und Drängen. Doch hatte er nichts Verdorbenes gegessen, spürte auch keinen Hunger, es war ein warmes Ziehen, auch ein trauriges, sehnsüchtiges Gefühl – woher es auch immer stammte, er mußte an Beatrice denken. Vielleicht war es gut so, daß sie nicht nach La Tour d'Aigues geritten waren. Trotzdem haßte er Laura dafür, daß sie einen Besuch verhindert hatte.

Es war schön, allein zu reiten, nur der untergehenden Sonne entgegen, in einem kühlen Wind. Es war inzwischen November. Die Blätter fielen von den Bäumen, Regenwolken hingen über dem Luberon. Beatrice! Sie hatten sogar miteinander getanzt, obwohl er gar nicht tanzen konnte. Dann saßen sie nebeneinander beim König, und er spürte ihre Wärme. Später verschwand sie, er mußte sie suchen. Eigentlich hatte Pierre auf dem Fest nur sie wahrgenommen. Sie hatte viele kleine Widerhaken nach ihm geworfen, es schmerzte, wenn er versuchte, sich von ihnen zu befreien, also schwamm er ihnen hinterher. Aber nun ritt er nach Lourmarin, und die Haken, die er alle verschluckt hatte, rissen sein Inneres auf und ließen dort das Blut ungestillt fließen.

Zu Hause angekommen, schürte er Feuer, starrte dann wortlos und ohne klare Gedanken in die Flammen. Laura strich um ihn herum, Berthon vertiefte sich in Mark Aurels *Selbstbetrachtungen* und nahm dann seine Tochter auf den Schoß. Sie legte ihren Kopf an seine Brust. Als Pierre das sah, ging er ins Bett.

Einschlafen konnte er allerdings nicht. Vor seinen Augen flackerte das Feuer im Kamin, es flackerten die Fackeln des großen Fests in Marseille. In Lourmarin war vor kurzem das Haus des Schmieds abgebrannt. Es loderte nachts wie ein riesiger Scheiterhaufen in den Himmel. Ein Kind war mitverbrannt, die anderen konnten sich retten. Der Schrei des Kindes, ein kurzer, aber ein grausamer, wilder Schrei war nicht aus seinem Kopf zu tilgen.

Und außerdem spürte er noch immer die Widerhaken in seinen Eingeweiden. Sie schmerzten nicht, es brannte auch nichts in ihm, aber dann sah er wieder Beatrice vor sich, Beatrice mit einem strengen Mittelscheitel, auf dem eine Perle vor einem goldeingefaßten Rubin lag. Beatrice mit ihren großen blauen Augen, die im schwachen Licht der Fackeln noch vergrößert wirkten. Beatrice mit aufplusternden Schultern und einem V-förmigen Ausschnitt, der tief hinabreichte, fast bis auf die Taille. Nein, mit diesem Ausschnitt war gar nicht Beatrice auf dem Fest erschienen, sondern die Geliebte des Königs. Ein zarter Schleier hatte die Rundungen kaum verhüllt. Sein Vater tanzte mit ihr. Tatsächlich, sein Vater zeigte sich plötzlich als Tänzer und Kavalier. Aber die Rundungen waren tief und wohlgeformt, weich und vielversprechend. Nein, an Schlaf war nicht zu denken. Seine Männlichkeit wuchs zwischen seinen Lenden, reckte sich mächtig, drängte, schlug nach oben aus und forderte ihr Recht.

Am nächsten Morgen fühlte Pierre sich unausgeschlafen und mißgelaunt, aber gleichzeitig mußte er an Beatrice denken. Berthon wollte mit ihm Mark Aurel studieren, Pierre hatte jedoch keine Lust, die Ergüsse eines alten Mannes zu lesen, und hackte lieber Holz. Als Laura sich zu ihm setzte und ihn lange wortlos beobachtete, schickte er sie hinein. Aber sie ließ sich nicht vertreiben. Dafür begann sie, zuerst leise, dann immer lauter, ein schmachtendes Gedicht von Petrarca aufzusagen:

»Oft steht es heiß mir auf der Stirn geschrieben,
was sommerlich die kranke Seele speist ...«

Auch als scheinbar zufällig ein Holzscheit an ihre Schulter flog, unterbrach sie sich nur kurz. Normalerweise hätte sie wie eine getretene Katze aufgeschrien, aber jetzt rückte sie nur ein Stück zur Seite und begann sogar zu singen.

»... daß ich dich lieben muß, dich lieben, lieben.«

»Hör auf!« schrie Pierre.

Sie schlug mit unschuldiger Miene die Augen nieder und fuhr fort:

»Was bleibt zu tun, als fliehen, sich verstecken
in tiefsten Herzens tiefverborgnem Schrein,
mit Tränenströmen Schuld und Anspruch decken?«

Pierre stellte sich, die Axt neben sich, breitbeinig vor sie hin und schrie noch einmal: »Hör jetzt auf! Ich kann das nicht ertragen.«

Laura schaute ihm ins Gesicht und sprach:

»Ich zittre. – Ach, ich bin ja so allein!

Was gilt's? Zur Liebe muß ich mich bekennen!«

Da gab er ihr eine Ohrfeige.

Sie sagte nur »Du tust mir weh« und fuhr fort:

»O schöner Tod, in Liebe zu verbrennen.«

Er schlug noch einmal zu, diesmal fester, und als sie, Luft holend, »Mich traf der Pfeil. Nun ist's um mich geschehen« mit erhöhter Stimme herauspreßte, ließ er die Axt fallen. Er stieß Laura um, kniete sich neben sie und wollte ihr den Mund zuhalten. Aber nun strampelte sie und wollte ihn treten.

»Gedanken, flieget, ihr ein Lied zu singen ...«

Pierre hockte sich auf ihre Beine, preßte die Arme nach hinten.

»... aus meines Busens tiefgeheimem Kreis!«

Sobald er eine Hand losließ, um ihre Stimme zu ersticken, kratzte sie ihn und riß an seinen Haaren, zog seinen Kopf herunter, bis sie sich anschielten. Aus ihren Augen traten Tränen, aber auch seine Augen ließ der Schmerz feucht werden. Als sie dabei war, ihm einen Haarbüschel auszureißen, ließ er sie los und richtete sich auf. Sie trommelte mit ihren Fäusten auf seine Brust. Noch immer kniete er auf ihr.

Plötzlich riß ihn eine kräftige Hand zur Seite, ein Schlag traf ihn aufs Ohr. Er taumelte und schaute erschrocken auf. Es war Berthon, der ihn wütend auf den Stapel Holz stieß.

»Tu das nie wieder!« fauchte er, zog Laura auf die Beine und verschwand mit ihr im Haus.

Pierre schaute beiden nach.

Dann nahm er die Axt und schlug ein Holzscheit kurz und klein, sattelte seinen Bukephalus und verließ wortlos den Hof seines Lehrers.

## 1533

Am späten Vormittag erreichte Pierre La Tour d'Aigues. Madame de Cental empfing ihn mit einem Aufruf des Erstaunens, der aber mehr, wie er erfuhr, seinem Aussehen galt als seinem Erscheinen. Als er glaubwürdig versicherte, nicht unter die Räuber gefallen zu sein, durfte er sich in einem Zuber baden und erhielt ein sauberes Hemd, einen kurzen Baumwollkittel und Beinkleider. Dann wurde Beatrice geholt, die ihm mit einem Freudenschrei entgegensprang, sich aber kurz vor ihm fing und ihn dann begrüßte, wie es sich für ein junges Edelfräulein ziemte. Artigkeiten wurden ausgetauscht. Pierre wurde zum Mittagessen eingeladen, durfte aber vorher noch mit Beatrice einen Spaziergang durch den Garten machen. Eine Kammerfrau wurde mitgeschickt, sie verlor sich jedoch hinter den hohen Hecken, und nun raschelten die beiden durch das Laub des unübersichtlichen Parks, der sich an die gepflegten Rabatten mit den letzten Rosen und an die ordentlich geschnittenen Heckenlabyrinthe anschloß.

»Komm, ich zeig dir unseren Schlagballplatz.«

Beatrice nahm ihn bei der Hand und rannte mit ihm zum Schloß zurück, wo sie stolz auf den ordentlich gerechten Sandplatz wies.

»Und dort spielen wir Hammerball.« Das angrenzende Rasenstück war kurz geschnitten und wurde gerade von einem Gärtnergehilfen von allen Blättern befreit.

»Spielst du nachher mit mir?« fragte sie.

Pierre nickte.

Sie schaute sich um, aber außer dem jungen Gärtner war niemand zu sehen.

»Hiermit schlägt man.« Sie hatte einen Schläger aus einem Schuppen geholt und machte mit ihm ein paar schwungvolle Bewegungen.

»Ich weiß«, sagte er, zog den Stengel eines hohen Grashalms durch die Lippen.

Die beiden hockten sich auf den Boden. Beatrice warf einen kurzen Blick auf ihn und lachte unsicher. Ihre dunkelbraunen Haare waren am Hinterkopf zusammengebunden und geflochten gewesen, aber nun hatten sie sich teilweise gelöst und fielen ihr auf die

Schultern. Sie trug ein langes, helles Kleid, das mit einem Gürtel um die Taille gebunden war, und einen weißen Kragen. Ihre schmalen Finger umklammerten noch immer den Schläger.

»Gib mir mal!« sagte er.

Sie hielt ihm den Schläger hin, er erreichte ihn jedoch noch nicht. Beide blickten sie sich in die Augen. Er schob seinen Oberkörper langsam zu ihr, um den Schläger greifen zu können, nahm ihn, legte ihn auf den Boden und kroch noch ein Stückchen näher an sie heran. Das Herz in seiner Brust schlug ihm bis zum Hals, Blut sammelte sich in seinem Unterleib. Ihre Hand lag abstützend auf dem Boden, er legte seine Finger auf sie. Sie zog sie weg, er folgte ihr.

»Beatrice ... » begann er mit fragender Stimme.

»Ja?« hauchte sie.

In diesem Moment wurden sie gerufen. Der Gärtner schaute sich nach ihnen um, sie sprangen auf und rannten ins Schloß.

Während der Mahlzeit war Pierre abgelenkt. Er wußte gar nicht, was er aß, vergaß immer wieder zu kauen. Dann trank er hastig, und seine Augen wanderten zu Beatrice. Ihre Mutter sprach vom Hochzeitsfest in Marseille und erkundigte sich nach seinem Lehrer Berthon und dem kleinen Mädchen, das wohl die Enkelin sei.

Pierre gab einsilbige Antworten.

Ob er bald zur Universität überwechseln wolle.

Er wußte es noch nicht. »Es hängt von meinem Vater ab.«

»Ja, dein Vater ...«

Pierre schaute Ihre Mutter an. Er fragte sich, was sie mit diesem gedehnten Satzbeginn sagen wollte.

»Er hat noch viel mit dir vor.«

Beatrice hielt die Augen niedergeschlagen und starrte abwesend auf ihren halbvollen Teller.

»Iß, mein Kind!«

Madame de Cental wandte sich wieder Pierre zu: »Wir denken daran, unsere Tochter zum Hof von Navarra zu geben, zur Schwester des Königs, dort spielen Dichter und Forscher eine große Rolle, und Bildung wird hoch geachtet – Herzensbildung. Man liest Boccaccio und Petrarca.«

Pierre lief rot an.

»Beatrice, du mußt unserem Gast nachher unbedingt unsere Bibliothek zeigen.«

»O ja, Mama!«

»Natürlich kann sie mit der Bibliothek meines Bruders in Lourmarin nicht konkurrieren, aber Raymond ist auch ein großer Liebhaber der Alten, während mein Louis als Jurist kaum weniger Zeit hat, die Freuden des Lesens zu genießen.«

»Ja, Madame!«

»Unsere Beatrice dagegen ist eine große Leserin. Das hat sie von mir. Und sie nimmt den Glauben sehr ernst. Wie alle junge Menschen. Gerade heute, wo so viel um den rechten Glauben gestritten wird. Darüber sprichst du doch sicher auch mit deinem Lehrer ...«

»Ja, Madame!«

»Nun, ich rede zuviel. Ihr wollt allein sein. Verstehe ich. Ich war auch mal jung.«

»Mama, du trinkst zuviel.«

»Ja, Pierre, siehst du, so ist das heute. Die Jungen wollen die Alten erziehen, die Töchter belehren ihre Mütter. Aber ich verstehe das alles, denn ich war, wie gesagt, auch mal jung. Damals lebten nicht nur meine Eltern noch, sondern auch die Großmutter Trivulce, die Schwester des großen Marschalls, der uns Italien öffnete. Sie war eine starke Frau, aber allem Neuen aufgeschlossen, das aus Italien kam. Sie steckte mich nicht ins Kloster, wie ja auch wir Beatrice in Freiheit aufwachsen ließen. Ich habe ihren Lehrer heute weggeschickt, sonst könnte er dir bestätigen, was ich sage. Es ist ein kluger Mann, noch jung, hat in Bologna und Paris studiert, zum Glück kennt er seine Grenzen.«

Pierre blickte auf.

»Mama!«

»Ich verstehe alles, mein Kind, in der Jugend schwärmt man. Weißt du eigentlich, Pierre, daß dein Vater mal in mich ...« – sie kicherte – »verliebt war?«

Sie trank einen großen Schluck Wein, Pierre und Beatrice schauten sich an, senkten dann wieder ihren Blick.

»Ach, waren das Zeiten! Dein Vater war ein stattlicher Mann, ist es noch heute ... Wie er die Favoritin des Königs über die Tanzfläche geführt hat!«

Sie seufzte, blickte tief ins Glas, streichelte dann abwesend den Windhund, der mit erwartungsvollen Augen neben ihr saß, stand schließlich auf. Sie fühle sich müde und müsse sich leider zurückziehen.

Kaum war sie verschwunden, prusteten Pierre und Beatrice los. Sie schob ihren Kompott zur Seite, sprang auf.

»Komm, ich zeige dir die Bibliothek!«

Hier waren sie endlich allein. Von dem Fenster fiel das graue Licht des Novembertags in den Raum, und man konnte nicht besonders gut die Titel der einzelnen Bände lesen. Die lateinischen Klassiker fielen Pierre sofort ins Auge, Seneca und Livius, aber auch Horaz und Ovid. Die *Ars amandi* wirkte sehr zerlesen. Beatrice zeigte auf einen Band mit Gedichten von Catull und Properz. Errötend fragte sie: »Hast du sie gelesen?« Pierre schüttelte den Kopf. Dann waren sie aber schon bei Dante und Boccaccio und natürlich bei dem Schwarm aller jungen Frauen, bei Petrarca. Beatrice schaute ihn fragend an.

»Kenne ich«, winkte er ab.

»Vor kurzem habe ich den *Novellino* von Masuccio gelesen. Auf Italienisch natürlich«, sagte sie gewichtig.

Aber Pierre stand zur Zeit wenig der Sinn nach Novellen oder Sonetten. Als Beatrice das Buch aus dem Regal zog und darin blätterte, um ihm eine besonders schöne, aber leider tragische Geschichte zu zeigen, half er ihr beim Halten des Buchs, beim Umblättern, und kam ihr dabei so nahe, daß ihr betäubender Duft auf ihn überströmte. Beatrice zitterte. Er näherte seinen Mund ihrem Hals, er berührte die Perle, die an ihrem Ohr hing. Sie beugte ihren Kopf leicht zur Seite.

»Gleich fällt mir das Buch aus der Hand«, flüsterte sie.

Er nahm es, schlug es vorsichtig zu und schlang dann seine Arme um ihren Leib. Ihr Widerstand hielt nicht lange vor. Vorsichtig nahm er ihren Kopf in seine Hände, näherte seinen Mund ihren Lippen. Vor seinen Augen verschwamm ihr Gesicht. Ihr heißer Atem erwärmte seine Haut, und er legte seine Lippen auf ihren Mund. Es war sein erster richtiger Kuß.

Beatrice löste sich von ihm und schob den *Novellino* ordentlich in das Regal zurück. Er wollte sie noch einmal küssen, aber sie entwand sich ihm, nahm ihn bei der Hand.

»Ich zeige dir unser Schloß.«

Willig ließ er sich durch Flure und dunkle Gänge führen, Treppen hinauf und hinab, an kalten Wänden entlang in Räume, deren Pracht ihn an Lourmarin erinnerte. Beatrice' Mutter begegneten sie nirgendwo, gelegentlich kreuzten Bedienstete ihren Weg. Beatrice ließ dann seine Hand los, aber kaum waren sie allein, griff sie wieder nach ihr. Schwere Tapisserien hingen an den Wänden, in einem Goldrahmen ein grauhaariger Mann in voller Rüstung. In einem sonst dunklen Saal brannte eine Feuer, und sie stellten sich in seinen Schein, um sich zu wärmen. Pierre wurde in der Hitze müde, er sah, daß es Beatrice ähnlich ging, und sie glitten auf den Boden. Wieder durfte er ihr einen Kuß geben. Aber als sie eine Türe knarren hörten, erhoben sie sich schnell und rannten lachend einen alten Wehrgang entlang. Durch Schießscharten und Luken konnte man auf den Schloßplatz sehen. Es herrschte Marktgewimmel, Hühner gackerten, Schweine quiekten, und Menschen schrien durcheinander. Pierres Blick fiel auf einen Bettler, der mit ausgestreckter Kappe sich durch die Menschen tastete.

»Komm weiter, hier ist es kalt«, rief Beatrice.

Ihm fielen wieder die Geschichten der Dorfjungen ein, außerdem glaubte er den Blinden schon einmal in Lourmarin gesehen zu haben. Eine Frau drückte ihm eine Münze in die Hand, eine Frau, die ihn an Mama Catherine erinnerte.

Beatrice zerrte ihn weiter.

Eine Weile sah er die Haube und das lange Kleid der Frau noch vor sich, dann zog ihn Beatrice eine nicht enden wollende Wendeltreppe hinunter. Sie hatte inzwischen eine Kerze angezündet, denn in die Treppe fiel kein Licht.

»Eine Fluchttreppe«, flüsterte Beatrice. »Irgendwo muß es eine Geheimtür geben. Sie ist so gut versteckt, daß ich sie immer wieder übersehe.«

Es stank nach Moder. Pierre hielt sich die Nase zu. Tatsächlich fand Beatrice einen versteckten Riegel, und mit vereinten Kräften konnten sie eine schwere Tür aufdrücken. Sie mußten inzwischen in den Kellerräumen sein, denn Tageslicht war noch immer nicht zu entdecken, Sie spürten auch keinen Luftzug. Überall waren Spinnenweben, über den Boden huschten Ratten, altes Gerümpel hing an den Wänden, verstaubte, rostige Waffen, Truhen, in denen Kratz- und Raschelgeräusche zu hören waren.

»Ich habe Angst«, flüsterte Beatrice.

Er nahm sie in den Arm, sie zitterte.

»Findest du wieder hinaus?« fragte er.

»Es muß noch eine zweite Treppe geben und einen Aufgang zu den Vorratsräumen und der Küche.«

»Laß die Kerze nicht ausgehen.«

Pierre markierte die Tür und kratzte ein Kreuz in den Staub des Bodens. Er schaute sich um: nur riesige, sich geisterhaft bewegende Schatten von ihnen und schwarze Löcher, dunkle Abgänge und unruhiges Huschen auf dem Boden. Er drückte Beatrice an sich und küßte sie, diesmal heftiger. Vorsichtig stieß er mit seiner Zungenspitze vor, tippte ihre Lippen an, drang in sie ein und traf ihre Zunge. Ein süßer, berauschender Geschmack. Unwillkürlich stöhnte er und preßte sie noch fester an sich. Bis ihnen die Luft ausging, küßten sie sich. Dann tappten sie in enger Umarmung den Gang entlang, bis sie auf eine Treppe stießen, die noch weiter in die Tiefe führte.

»Dies muß der alte Turm sein. Früher war hier das Verlies.«

Obwohl Beatrice zitterte, hatte Pierre nun alle Angst verloren. Er nahm die Kerze, ging voran und zog sie hinter sich her. Sie stiegen viele Stufen hinab, bis sie Wassertropfen in ein gefülltes Becken fallen hörten.

»Gibt es hier einen alten Brunnen?«

Sie zuckte mit den Schulter. »Ich habe Angst, Pierre, laß uns zurückgehen.«

Er zog sie in ein Gewölbe, aus dem es keinen weiteren Ausgang gab. An einer Wand waren tatsächlich verrostete Ringe angebracht, und vor einer zweiten standen drei Sarkophage.

»Ist das eine Gruft?« fragte er.

Beatrice klammerte sich zitternd an ihn. Er wollte sie wieder küssen, aber ihre Zähne schlugen derart aufeinander, daß es ihm nicht gelang. Dafür hatte ihn die Neugier gepackt. Was würde er hier unten entdecken? Vielleicht hatte man heimlich einen Toten verschwinden lassen. Er versuchte, einen schweren Sarkophagdeckel zur Seite zu schieben, aber es gelang ihm nicht. Auch der zweite ließ sich nicht bewegen. Er warf einen Blick auf Beatrice, die starr, bleich und stumm hinter ihm stand.

»Ist dir nicht gut?« fragte er. Sie schüttelte den Kopf.

Der dritte Deckel war in der Mitte zerbrochen, so daß Pierre den oberen Teil bewegen konnte. Vorsichtig erweiterte er den Spalt, bis er mit der Kerze das Innere des Sarkophags beleuchten konnte. Was er entdeckte, ließ ihn den Atem stocken. Ein Totenkopf grinste ihm entgegen.

»Laß mich auch schauen!«

»Darin liegen Knochen ... Was wir tun, ist Sünde!«

»Trotzdem, ich will sie sehen.«

Beatrice nahm die Kerze, hielt sie zwischen den Spalt, und als auch sie den Totenkopf sah, schrie sie auf und ließ vor Schreck die Kerze fallen. Sofort wurde es in dem Verlies dunkel, nur aus dem Spalt drang Licht.

Pierre handelte schnell. Er griff in den Sarkophag und tastete nach der Kerze, die zum Glück noch brannte. Dabei berührte er den Schädel, und beinahe hätte er die Kerze aus den Fingern gleiten lassen. Aber es gelang ihm, sie brennend herauszuholen und schweratmend die Deckelteile wieder aneinander zu schieben. Weil ihm schlecht war, stützte er sich auf den Sarkophag. Jeden Augenblick glaubte er, ohnmächtig zu Boden zu sinken.

»Ist dir nicht gut?«

Er schüttelte den Kopf und zog Beatrice eilig aus dem Gewölbe. Der Beginn der zweiten Wendeltreppe war leicht zu finden, und sie eilten atemlos nach oben. Die Luft wurde immer besser, ein Luftzug ließ den Schweiß auf seiner Haut eiskalt werden. Helligkeit drang aus halb zugenagelten Scharten und einem Luftschacht. Keuchend gelangten sie zu einer schweren Eichentür, die sich knarrend aufschließen ließ.

Sie standen auf dem alten Turm des Schlosses, hoch oben über dem Dach und den Häusern des Orts, atmeten tief ein. Beatrice jauchzte auf und warf sich ihm in die Arme. Er hielt sie fest, aber sie drängte sich an ihn, drängte ihre Lippen an seinen Mund.

»Was hast du?« fragte sie mit ängstlichem Blick.

»Nichts!« Er schüttelte den Kopf. »Wirklich nichts!«

Noch am Abend ritt Pierre wieder nach Lourmarin zurück.

Madame de Cental hatte ihn zwar eingeladen, die Nacht in La Tour d'Aigues zu bleiben, aber er wollte seinen Lehrer nicht in unnötige Angst versetzen, selbst nach den Vorfällen am heutigen Morgen nicht. Außerdem schaute ihn Beatrice mit Augen an, die ihn nicht losließen, die ihn bedrängten und die auch ihrer Mutter aufgefallen waren, ohne daß sie allerdings etwas dazu bemerkt hatte – wenigstens nicht in seiner Gegenwart.

Nachmittags hatten sie noch Schlagball gespielt, und er hatte Beatrice besiegt. Anschließend mit ihrer Mutter Hammerball, und diesmal siegte Beatrice. Stolz und voller Freude hüpfte sie über den Rasen, machte mehrere Rollen vorwärts, so daß ihre Mutter sie zur Ordnung rufen mußte, weil sie die Grenzen der Schicklichkeit weit übertreten hatte. Im Erkerraum saßen sie noch zusammen, bis die Sonne, die nachmittags nach einem kräftigen Regenschauer durchgebrochen war, sich dem Horizont näherte. Beatrice hatte ein Buch geholt und wollte Sonette vorsingen. Pierre kannte sie natürlich halb auswendig, ohne es allerdings zuzugeben.

Madame de Cental sollte ihre Tochter auf der Laute begleiten, fühlte sich dazu aber nicht aufgelegt, sondern versuchte herauszufinden, welchen Zukunftsweg Pierre nun einzuschlagen beabsichtige. Er hörte nur halb hin und blieb einsilbig, und weil ihm selbst sein unhöfliches Benehmen unangenehm wurde, verabschiedete er sich, nicht ohne zu versprechen, bald wiederzukommen.

Vielleicht sei dann Beatrice' Vater da, erklärte Madame de Cental, und vielleicht könne man auch Pierres Vater dazu bringen, der Einladung zu folgen, und wenn Graf d'Agoult in der Nähe sei, könne man ein richtiges Fest feiern. Der Herr Lehrer aus Lourmarin mit seiner kleinen Tochter brauche nicht abseits zu stehen. Gebildete Menschen seien an ihrer Tafel immer willkommen, auch Beatrice' Hauslehrer, den sie heute bekanntlich weggeschickt habe, werde zugegen sein.

Pierre verbeugte sich und ließ sein Pferd satteln.

Zum Abschied gab er Beatrice einen flüchtigen Kuß, den niemand beobachten sollte, schaute ihr noch einmal in die sich mit Tränen füllenden Augen und galoppierte der sich herabsenkenden Dämmerung entgegen. Wie ein Verfolgter hetzte er seinen Bukephalus und ließ ihn erst dann ruhiger traben, als die Kräfte des Pferdes endgültig zu erlahmen begannen.

Beatrice' tränengefüllte Augen verfolgten ihn und machten ihm eine unerklärliche Angst. Gleichzeitig rissen die Widerhaken in seinem Inneren ihm neue Wunden. Die Sehnsucht trieb ihn fort, und gleichzeitig strömte Freude in seine Glieder, ließ ihn Kraft und Stärke spüren. Er hätte jubeln, singen, schreien können. Doch dann sah er wieder Beatrice' ängstlichen Blick, er sah den Totenkopf, und seine Stimmung stürzte in Beklemmung und Schauder. Laut rufend feuerte er Bukephalus an. Er wollte den Wind spüren, die Schnelligkeit, er schrie wieder, sang sinnlose Worte, übertönte, was dumpf in ihm nachklang, und er hetzte das Pferd, bis er alles, was nach ihm griff, hinter sich gelassen hatte.

Als er beim letzten Licht Lourmarin erreichte, begrüßte er Berthon, als sei nichts geschehen und hatte sogar für Laura ein Lächeln übrig. Er ging früh ins Bett, konnte aber schlecht einschlafen, und als er endlich in unruhigen Dämmer versank, sah er wieder den Totenkopf, sah Beatrice' Augen, fühlte ihre Lippen.

Am frühen Morgen spürte er kalte Füße an seinen Beinen. Laura hatte sich in sein Bett geschlichen. Er drehte sich zu ihr um, und als er sich an die Lichtverhältnisse gewöhnt hatte, sah er sie schlafen. Vielleicht tat sie nur so. Er überlegte, ob er sie wieder aus dem Bett werfen sollte, unterließ es dann aber. Sorgfältig deckte er sie zu und schloß die Augen. Er merkte noch, wie sich Laura enger an ihn kuschelte, und versank in einen tiefen Schlaf, aus dem ihn erst die gleißenden Sonnenstrahlen weckten.

## 1533

Einen Tag nach Pierres Besuch schrieb Madeleine einen Brief an ihren Mann, in dem sie ihn bat, nach La Tour d'Aigues zu kommen, weil sie mit ihm wichtige familiäre Angelegenheiten zu besprechen habe. Sie versiegelte ihn sorgfältig und schickte ihn durch einen Boten nach Aix. Anschließend spazierte sie durch das Schloß, schaute, ob alles in Ordnung sei, ermahnte die Bediensteten, ihre Arbeit sorgfältig zu erledigen, prüfte das Haushaltsbuch und listete die Außenstände auf und die zu leistenden Zahlungen. Sie ließ die Möbel an die richtige Stelle rücken und den Boden schrubben. Als sie am Zimmer ihrer Tochter vorbeiging, hörte sie Beatrice die Laute zupfen und leise dazu singen. Madeleine lächelte wehmütig und begab sich schließlich in ihr Gemach und faltete vor einem kleinen Kruzifix die Hände.

Madeleine war lange nicht bei der Beichte gewesen. Seitdem Pater Julius das Zeitliche gesegnet hatte, hatte sie keinen Priester an das Haus gebunden. Louis lebte in Aix, ging nur zur Messe, wenn es unbedingt nötig war, und ihr war der arg beflissene Priester von La Tour d'Aigues, der nur zu gerne regelmäßig ins Schloß gekommen wäre, zuwider. Zum Glück wohnten in ihrer direkten Umgebung wenige der *Armen Christi.* Der reformatorische Geist hatte sich mehr in Mérindol und Cabrières d'Aigues, in Lourmarin und Villelaure festgesetzt, auch in einigen Gemeinden nördlich des Luberon. Seit kurzem traten sie offener, verwegener auf, obwohl der Inquisitor durchs Land zog. Manche ihrer *Barbes* beanspruchten sogar, wie Priester zu taufen, das Abendmahl zu spenden und die Beichte abzunehmen.

Aus Deutschland und der Schweiz wehte der aufrührerische Geist gegen den Papst und die katholische Kirche, und insgeheim mußte Madeleine dem deutschen Mönch in vielem recht geben, auch wenn sie der Meinung war, daß ein guter Papst die Kirche von den unchristlichen Auswüchsen befreien könnte. Der Medici-Papst Clemens VII., den sie in Marseille kennengelernt hatte, sicher nicht. Aber wenn sie an den Kardinal dachte, der ihn begleitet hatte, an Alessandro Farnese: An ihn würde sie glauben. Ihn würde sie gerne zum Beichtvater haben. Obwohl sie nicht übersehen hatte, daß eine Frau in seiner Begleitung aufgetaucht war – eine Frau, die angeblich die Nichte des Kardinals begleitete! Vielleicht stand sie nur zufällig in seiner Nähe … Eine schöne Frau, zweifelsohne, auch Raymond wirkte sehr beeindruckt von ihr, *magisch* angezogen. Ja, wer auf Magie wartete, vielleicht noch auf die richtige Konstellation der Sterne …

Warum heiratete er nicht endlich eine ordentliche Partie, eine Dame vom Hof zum Beispiel. Als Jugendfreund des Königs konnte er, der zudem noch aus ältestem provençalischen Adel stammte, gewiß eine schöne junge und reiche Frau finden. Sie hatte es ihm schon so oft gesagt, aber er wollte nicht auf sie hören. Und eigentlich enttäuschte sie sein halsstarriges Junggesellenverhalten. Er lachte immer nur und schaute dann mit einem melancholischem Blick in die Ferne.

Raymond hatte keinen männlichen Erben, das mußte ihm doch klar sein! Ihr gesamter Familienbesitz lastete letztendlich auf Beatrice' schwachen Schultern. Madeleine selbst hatte Großmama gehorcht und Louis geheiratet, aber auf der Fruchtbarkeit ihrer Familie schien ein Fluch zu liegen. Raymond hätte durch eine Heirat den Kontakt zum Hof vertiefen können, dies wäre auch Beatrice zugute gekommen … Ach, ihr Raymond war ein unzuverlässiger Bursche, er mit seinen *magischen* Liebschaften, die nichts einbrachten!

Madeleine strich sich die Haare aus der Stirn und holte ihr *Diarium* aus der Schublade. Sie blätterte in den letzten Eintragungen. Dort hatte sie die Tage in Marseille beschrieben, die Festzüge, die Bankette und Bälle, auch die Begegnung mit dem König im Kreis ihrer Familie.

Die Begegnung mit dem König *ohne* Familie und Anhang hatte sie diskret übergangen. Aber sie mußte häufig an diese Nacht denken … Er hatte alle Diener weggeschickt und plauderte über seinen Sohn Henri, der Probleme habe, die Ehe mit der kleinen Katharina zu vollziehen. Aber bevor es nicht geschehen sei, könnten weder er noch der Papst die Stadt verlassen.

»Eine nicht vollzogene Ehe kann sofort für ungültig erklärt werden, und das möchte niemand riskieren.«

Madeleine nickte demütig.

»Ein bezauberndes Mädchen habt Ihr, wie geschaffen für den Dauphin – oder seinen Vater. Und der Name! Beatrice.« Er sprach ihn nun italienisch aus: »Beatri-tsche. Ist sie noch Jungfrau?«

Sie schaute ihn erschrocken an, und er lachte. »Ihr versteht meine Scherze nicht. Nun, Beatrice' Mutter ist nicht minder bezaubernd. Sie hat ihren alten Liebreiz noch nicht verloren.«

Er nahm ihr die Haube ab und strich ihr nachlässig über das Haar.

»Was sagt Ihr im übrigen zu Anne, meiner kleinen Freundin aus dem Hause Pisseleu. Eine begnadete Tänzerin. Und klug. Ich muß sie mit einem Heerführer verheiraten, der selten zu Hause ist. Am besten alter Adel, aber dumm. Und nicht zu reich. Sie kennt zum Glück keine Eifersucht, die Chateaubriant hat mir Szenen gemacht wie eine alte Vettel. Nein, Anne weiß, was sie will, weiß, wie sie es bekommt, was sie zu tun und was sie zu lassen hat. Sie ist diskret und drängt sich nicht vor. Aber sie läßt sich auch nicht einschüchtern. Hast du ihre Haut gesehen? Rein wie eine Lilie. Du müßtest ihre Pfirsichrundungen sehen, die Apfelbäckchen, die kleine süße Aprikose ...«

Nachlässig nestelte er an ihrem Hemd und versenkte dann seine große Nase in ihren Ausschnitt. Madeleine stand noch immer mitten in Raum und wußte nicht, was sie tun sollte. Natürlich hatte sie sich denken können, was sie erwartete. Sie hatte lange in Rosenwasser gebadet, ihre Haut mit einer nach Ambra duftenden Salbe gepflegt und ein leichtes, einfach zu öffnendes Seidenkleid angezogen. Die Erwartung hatte sie geängstigt, nach so vielen Jahren eine Begegnung mit einem überaus erfahrenen Liebhaber, dem König selbst, und sie, eine Frau vom Land, vergraben in ihrem Schlößchen. Nein, sie war noch nicht bereit, und während der König über seine Favoritin sprach, konnte sie das Gefühl einer Enttäuschung nicht unterdrücken. Er war mit seinen Gedanken anderswo. Aber warum hatte er sie dann rufen lassen? Konnte er nicht jede Nacht die Aprikose, von der er schwärmte, verzehren?

Als hätte er Madeleines Gedanken erraten, wurde er plötzlich grob. Wortlos schob er sie zu einem Marmortisch, drückte sie über die Platte, hob ihren Rock, und während die Seide raschelte und zerdrückt wurde, während sein Atem an ihrem Ohr vorbeistrich, während sie auf die labyrinthischen Formen der Intarsien starrte, durchfuhr sie ein heftiger Schmerz. Der König zögerte nicht lange, wartete nicht, bis sie bereit war, wie ein Hund wollte er sich mit ihr paaren und hatte wohl Spaß an der Sünde. Die Kirche befahl den Liebenden, sich in die Augen zu sehen, damit man sich erkennen könne.

Aber auch sie beging eine Sünde, sie brach die Ehe. Vielleicht war es besser, nicht die Augen zu sehen, nicht die Lippen zu spüren. Vor ihr das kalte Schwarz des polierten Marmors und die ineinanderverschlungenen Wege ... Der König flüsterte etwas, was sie nicht verstand, dann wieder ein Schmerz, aber schon schwächer. Als sie sich an die Tage nach Marignano zu erinnern versuchte, nahm der Schmerz noch mehr ab. Der König keuchte und stöhnte, die Kante des Tischs schnitt in ihre Schenkel, er war noch immer ein Mann von unbändiger Kraft, von unersättlicher Lust – und so löste sich alles auf, auch der Schmerz ging unter, wurde überschwemmt von einer Woge heißen Verlangens.

Aber der König zog sich schon wieder zurück.

Madeleine seufzte tief. Sie tunkte die Gänsefeder in ihr Tintenfaß und schaute verloren auf das leere Papier. Nein, die Nacht mit dem König hatte sie natürlich nicht in ihrem *Diarium* beschrieben. Es war auch keine Nacht gewesen, sondern nur eine Begegnung auf einem tiefschwarzen Marmortisch mit gelben Ranken und verschlungenen Mustern. Der König gab ihr noch einen Klaps auf ihr Hinterteil und schickte sie dann wieder weg. Zwei bewaffnete Diener brachten sie in ihr Haus zurück.

Louis hatte sich nicht gerührt, als sie in das Zimmer schlich. Auch am nächsten Tag sprach er nicht über den nächtlichen Ausflug. Natürlich hatte sie ihn informieren müssen, daß sie – sie allein – zu einem Treffen bei Hof eingeladen sei.

»Bei Hof«, hatte sie gesagt, als wären neben dem König zumindest die Königin, die Schwester, die Favoritin, der Kanzler, der Oberhofmeister, ein Kardinal, die Hunde, der Zwerg und die Kinderschar anwesend.

»Nun, dann viel Erfolg«, hatte er geantwortet, »bei Hof.« Seine Stimme klang sarkastisch, vielleicht auch traurig. Madeleine hatte eine andere Reaktion erwartet. Sollte sie sich in ihrem Louis lange Jahre getäuscht haben?

Sie hatte nach ihrer Rückkehr nach La Tour d'Aigues nicht mehr darüber nachgedacht, nicht mehr nachdenken wollen, weil sie wartete, zuerst geduldig, jetzt aber immer ungeduldiger, unruhiger, knapp vier Wochen lag die Begegnung zurück, noch war nichts entschieden, noch konnte es sein …

Madeleine starrte vor sich hin, legte die eingetrocknete Feder zur Seite und faltete erneut die Hände zum Gebet. Würde sie nach langen Jahren der Unfruchtbarkeit wieder gesegnet sein? »Ave, Maria, gratia plena«, flüsterte sie, »benedicta tu in mulieribus, et benedicta fructus ventris tui.« Tränen rannen ihr aus den Augen und tropften auf das Papier, dunkle Schlieren zogen wie Geheimzeichen darüber hinweg. »Ora pro nobis peccatoribus!«

Madeleine schluchzte lange. Als sie sich wieder innerlich fassen konnte und die Tränen versiegt waren, ging sie zu Beatrice, die am Fenster der Bibliothek saß, Petrarcas *Canzoniere* in der Hand, aber nicht las, sondern in die Ferne schaute. Sie blickte kaum auf, als sie ihre Mutter hörte. Madeleine stellte sich neben sie, legte ihr die Hand auf die Schulter, und beide schauten in den späten Novembertag, der Kälte gebracht hatte, schwere Wolken über den Himmel schob, aber auch die Sonne mit einem überirdischen Strahlen durchbrechen ließ.

»Bist du verliebt?« fragte Madeleine.

Beatrice seufzte tief, antwortete aber nicht.

»Er ist ein netter Junge.«

Beatrice drehte ihr das Gesicht zu. Die Augen verschwammen im Glück, die Lippen zitterten, und dann preßte sie ihren Kopf an ihre Brust.

Madeleine wartete darauf, daß ihre Tochter sich aussprechen würde, aber Beatrice hob nach einer Weile nur wieder ihren Kopf und starrte nach draußen.

»Ihr seid noch jung«, sagte sie.

»Ich bin im heiratsfähigen Alter«, antwortete Beatrice nicht ohne einen Anflug von Trotz.

Madeleine überlegte, ob sie das Gespräch abbrechen sollte. Sie wußte, daß mit frisch Verliebten schwer zu argumentieren war, daß man als junger Mensch weggetragen wurde auf einer Woge aus Glück, aber dann wieder zurückschwimmen mußte, häufig sogar gegen die Strömung. Ja, war sie selbst nicht auch in Jean Maynier verliebt gewesen, hatte jedoch widerstehen müssen und ihren Cousin geheiratet? »Möchtest du nicht an den Hof von Nérac gehen, zur Königin von Navarra?«

Beatrice reagierte zuerst überhaupt nicht, rief dann aufheulend: »Ihr seid gemein« und rannte aus dem Raum.

Sie hatte sich in ihrem Zimmer eingeschlossen, und es gelang Madeleine nicht, eingelassen zu werden. Erst abends konnte sie Beatrice aus ihrem Zimmer locken und mit ihr gemeinsam auf den Turm steigen. Hier oben, in der frischen Herbstluft, wirkte Beatrice nicht so verstockt, so hoffnungslos verstrickt in ihre erste Liebe.

»Ich liebe ihn, und er liebt mich«, stieß sie hervor, nun trotzig und wild entschlossen, als wäre die ganze Welt voller Feinde.

»Ich freue mich für dich.«

»Du freust dich gar nicht. Du willst mich an den Hof schicken. Ich soll die Mätresse des Königs werden.«

»Aber, Kind, wie kommst du denn auf diesen Gedanken?« Madeleine war entsetzt darüber, daß ihre Tochter, obwohl sie noch keine sechzehn Jahre alt war, ausgesprochen hatte, was sie als Möglichkeit nicht von sich weisen wollte.

Eine Weile schwiegen beide. Madeleine nahm Beatrice in den Arm, drückte sie an sich, und was so trotzig gewesen war, schmolz nun dahin. Beatrice versteifte sich aber dann wieder, löste sich von ihr und stellte sich an die Zinnen. Sie hob einen Fuß, setzte ihn auf die Innenkante, als wolle sie sich hochschwingen, abspringen und wegfliegen.

»Laß das bitte, Beatrice«, sagte Madeleine streng.

Beatrice drehte sich zu ihr um und lachte ihr plötzlich ins Gesicht. »Und wenn er mich entführt und wir nach Italien fliehen?«

Madeleine wußte nicht, ob sie über diese Äußerung lachen oder ihrer Tochter in aller Strenge eine solche Idee verbitten sollte. Aber sie mußte daran denken, daß sie ja auch selbst vom Glück in heilloser Flucht, vom Glück in unbestimmter, seliger, verheißungsvoller Ferne geträumt hatte. Und doch hatte sie Jean Maynier einen Korb gegeben. Sie hatte sich den Argumenten der Vernunft gebeugt – aber bis heute stellte sich ihr immer wieder die Frage, ob sie damals richtig gehandelt hatte. Unbestritten war, daß sich Jean Maynier mit seiner zugigen und halbverfallenen Felsenburg und den verstreuten Ländereien nicht mit dem Besitz der Bouliers und Centals, der Agoults und Trivulces messen konnte, daß sein Adel jung war, sein Lehen von einem anrüchigen Papst stammte, dies alles war unbestritten, und doch …

»Mama, wo wart Ihr in der einen Nacht in Marseille?«

Der Blick ihrer Tochter war entwaffnend, die Frage überraschend, der Ton seltsam geziert. Beatrice war im Geist der neuen Zeit erzogen, sie durfte ihre Eltern mit *du* anreden, wenigstens wenn sie unter sich waren. Madeleine trat einen Schritt zurück und wandte sich ab. Nein, sie war ihrer Tochter keine Rechenschaft schuldig, überhaupt war Beatrice noch viel zu jung, um zu verstehen, was man tun durfte, obwohl es gewöhnlich verboten war, was einer Frau sogar Ruhm und Ehre einbringen konnte, wenn natürlich auch Eifersucht und Haß. Aber sogar der Papst hatte Konkubinen und Kurtisanen, und diese Frauen stammten häufig aus den ältesten und edelsten Familien oder begründeten eine Dynastie.

»Ich war, ich war …« stammelte sie.

»Ihr braucht es mir nicht zu sagen«, rief Beatrice, diesmal regelrecht frech, und verschwand, ohne eine Antwort abzuwarten, die Treppe hinunter.

Drei Tage später erschien Louis. Die Familie speiste abends zusammen. Madeleine gab ihrem Mann einen Bericht über die Ernte des Sommers und die Einnahmen. Die Pest sei überwunden, habe aber einen hohen Todeszoll gefordert. Die Stimmung unter den Bauern und Handwerkern sei trotz der ordentlichen Ernte gedrückt, die Preise stiegen weiter. Unvergessen sei der Komet, immer wieder würde der Weltuntergang beschworen, trotzdem seien viele Frauen schwanger. Außerdem wisse er ja, daß die waldensischen Priester nun offener aufträten, obwohl Jean de Roma …

»Wer ist das?« fragte Beatrice.

»Ein päpstlicher Inquisitor«, sagte Louis knapp. Er wandte sich wieder Madeleine zu: »Fahr fort!«

»Ich bin der Meinung, daß wir etwas gegen das Räuberunwesen unternehmen müssen. Vor kurzem wurde erst wieder ein kleine Ziegenhirtin aus Cucuron, ein blutjunges Mädchen, überfallen und geschändet, die Ziegen gestohlen, und als die Bauernburschen den Räubern nachzogen, wurde einer getötet. Jetzt befürchten die Eltern, daß das Mädchen in andere Umstände kommt. Einen Mann wird sie schwerlich finden.«

»Ich sprach schon mit Oppède darüber. Er will sich noch einmal an Grignan wenden. Aber der sagt, wir sollten die Sache selbst in die Hand nehmen. Es sei kein Geld in der Kasse, wie üblich.«

Madeleine beobachtete ihren Gatten, während er sprach. Es war eigenartig, aber er schien sich seit vier Wochen, seit den Tagen in Marseille, verändert zu haben. Seine Stimme klang fest, er sprach, ohne das vorsichtige Zögern, das ihn früher so auszeichnete, schon gar ohne Stottern, auch ohne den Ton des Eiferers, der sich seiner Sache nicht sicher ist.

»Der Erzbischof von Aix zumindest will Mittel bereitstellen. Die Zeiten der Laschheit und falschen Toleranz seien vorbei, sagt er, der Ton seiner Predigten wird schärfer. Ich begleitete Oppède in die Messe. Er ist dauernd in Saint-Sauveur anzutreffen – oder beim Erzbischof.«

Beatrice starrte zwar auf ihren Teller, schien aber zuzuhören, was ihr Vater berichtete, ja, schien auf etwas zu warten.

»Und was meint Raymond dazu?« fragte Madeleine. »Oder hält er sich gar nicht in Aix auf?«

»Er wirkt wieder sehr abgelenkt. Verschleppt seine Prozesse. Jammert, er sei ein vom Unglück verfolgter Mann. Ich kenne ihn gar nicht so unzuverlässig und wehleidig. Aber jeder Mann kommt mal in Zeiten, in denen Fortuna ihm gerade nicht zulächelt.«

Die Andeutung eines spöttischen Lächelns umspielte seinen Mund. »Beatrice, du darfst jetzt aufstehen«, sagte er. Als sie zögerte, fügte er noch an: »Ich komme nachher noch einmal zu dir.«

Unwillig erhob sie sich.

Madeleine bemerkte ihren neugierigen Gesichtsausdruck, spürte, daß auch ihr viele Fragen auf der Zunge lagen. Ungewöhnlich war, daß Louis seine Tochter hinausschickte, noch ungewöhnlicher, wie er sie anschaute. Seine Augen lagen auf ihr, als wollten sie sie festhalten, Augen voller Liebe und Trauer in einem grauen Gesicht, unter grauen Haaren. Auch Beatrice schien zu bemerken, wie verwandelt ihr Vater sich verhielt.

Als Beatrice den Raum verlassen hatte, erklärte Louis mit kalter Stimme: »Oppède scheint Fortuna allerdings zuzulächeln.«

»Was willst du damit sagen?«

»Es steht demnächst die Entscheidung an, wer von uns beiden Vierter Präsident des Obersten Gerichtshofs wird.«

»O Louis, das ist ja wunderbar für dich!«

»Oder für ihn.«

»Könnt ihr nicht beide ...?«

»Vielleicht. Später. Aber zur Zeit hat er hat Aufwind. Er genießt höchste Protektion. Der Papst gewährte ihm mehrmals eine Audienz. Und in ganz Aix nennt man ihn hinter vorgehaltener Hand nur noch den *Favoriten der Favoritin*!«

»Was!?« Madeleines entfuhr der Ausruf viel schriller und lauter, als sie beabsichtigt hatte. Erschrocken hielt sie sich die Hand vor den Mund. »Entschuldige, Louis.« Ihr Gesicht schien zu glühen, ihre Gedanken in wirre Fetzen zerrissen.

»Während du beim König warst, besuchte er Anne de Pisseleu.« Louis sprach beherrscht, nicht kalt, eher amüsiert. Aber er wandte seinen Blick keine Sekunde von ihr ab.

»Auch Raymond weiß es. Er lacht nur. Natürlich.«

»Natürlich«, flüsterte sie.

»Meine Liebe«, sagte er, »wir werden in Zukunft kämpfen müssen.«

Sie verstand nur halb, was er sagte, sprang auf, stieß »Entschuldige!« hervor und rannte in ihr Zimmer, in dem sie erst einmal Luft holen und sich beruhigen mußte.

In der Nacht kam Louis wider Erwarten zu ihr. Wortlos liebte er sie, und trotz seiner grauen Haare gelang es ihm, in ihr intensive Gefühle zu erwecken.

Am nächsten Tag fühlte sie sich elend.

Die Blutungen hatten eingesetzt. Sie brauchte nicht länger zu bangen oder zu hoffen.

Louis ging auf die Jagd.

Auch den nächsten Tag verbrachte er auf der Jagd, während Madeleine im Bett blieb. Beatrice erschien einmal, konnte aber nicht ausdrücken, was ihr am Herzen lag.

Abends berichtete Louis, er spüre die Unruhe unter den Bauern.

Vielleicht reite er am nächsten Tag nach Lourmarin, um sich mit dem alten Berthon zu beraten, das habe ihm auch Raymond geraten.

»Warum batest du mich eigentlich, nach La Tour d'Aigues zu kommen? Dein Brief klang dringend, aber bisher habe ich noch nicht herausgefunden, warum.«

»Es ist wegen Beatrice«, sagte Madeleine mit leiser Stimme. »Ich glaube, sie hat sich in den jungen Oppède verliebt. Er war vor kurzem hier, zweifellos ein netter junger Mann, gut erzogen, gebildet, nicht ganz der Haudegen wie sein Vater, aber ...«

»Aber was?«

»Ich weiß nicht.«

»Was weißt du nicht?«

»Ich habe kein gutes Gefühl. Beatrice wirkt verstockt und ... und ... was kann Pierre ihr schon bieten?«

Louis schaute sie wieder in dieser eigentümlichen Mischung aus Ernsthaftigkeit und Amüsement an, die sie schon seit seiner Rückkehr aus Aix an ihm beobachtet hatte.

»Ich meine Großmama Trivulce zu hören.«

Madeleine wollte ihn umarmen, aber er blieb am Bettrand sitzen und reichte ihr nur seine Hand.

»Ach Louis!«

Er schien sich nun erweichen zu lassen. Sie fuhr mit ihren Fingern durch seine grauen Haare. Die Falten in seinem Gesicht hatten sich noch vertieft, aber er hatte sein Bäuchlein fast völlig verloren. Er kleidete sich auch eleganter. Vielleicht fehlte seiner Kleidung der besondere Pfiff, aber die Stoffe waren vom feinsten, nur beste Seide aus Italien. Den Kragen trug er hochgeschlossen, sogar mit Krause. Wann hatte er zum letzten Mal einen dieser albernen Federhüte getragen, die er früher so liebte? Neben seinem Gerichtsbarett trug er eine flache Kappe mit Hermelinbesatz – wie der König!

»Leider bin ich heute indisponiert«, flüsterte sie, als er Anstalten machte, seine ehelichen Pflichten erfüllen zu wollen.

Er stand abrupt auf.

Am nächsten Tag ging er wieder auf die Jagd.

Dann ritt er nach Lourmarin, wo er mit Hugues Berthon eine längere Unterredung hatte. Pierre sei auch erschienen, habe mißtrauisch geschaut und sich dann zum Holzhacken verzogen. Allerliebst sei Berthons Tochter Laura.

»Weißt du etwas über ihre Mutter?«

»Nein.«

Madeleine war nicht klar, ob er die Wahrheit sagte.

»Und Berthon ist wirklich ihr Vater?«

»Warum soll er es nicht sein?« wurde sie barsch angefahren.

Sie schaute ihn erstaunt an. »Nun, er ist sehr alt für das Kind, von einer Mutter weiß man nichts ...«

»Das sind alles keine Gründe für Verdächtigungen«, unterbrach Louis sie.

»Ich will doch niemanden verdächtigen.«

Louis machte eine heftige Bewegung, als wolle er das Gesprächsthema ein für allemal beenden, stand auf und ging unruhig im Zimmer auf und ab. Als er an ihrem Schreibpult stehenblieb und gedankenverloren an den Schubladen zog, ohne sie öffnen zu können, wollte sie schon aus dem Bett springen. Aber er drehte sich wieder ihr zu, lehnte sich an das Pult.

»Es ist wegen der Waldenser. Sie sind ins Lager der Reformierten übergegangen, und ich befürchte, daß in Zukunft nicht nur ein einziger römischer Inquisitor durch die Lande ziehen wird, daß es Aufruhr gibt, öffentliche Ketzereien, daß auch der König ...«

»Aber ist nicht der König ein toleranter Mensch?«

Louis runzelte die Stirn.

»Außerdem gehören wir ja nicht zu den Waldensern. Es sind fleißige, fromme, ehrliche Menschen, ich kenne viele von ihnen. Sie mögen aus Gründen, die ich nicht recht verstehe, den Herren Prälaten ein Dorn im Auge sein, auch dem Herrn aus Rom, aber sie tun niemandem etwas zuleide. Sie gehen sogar zur Messe.«

»Immer weniger! Aber das ist nicht das Problem.«

»Was ist dann das Problem?«

»Du kennst zu viele von ihnen.«

»Was meinst du damit?«

»Es gibt zu viele von ihnen auf unseren Ländereien. Es sieht so aus, als würden wir ihnen Schutz gewähren, ja, sogar, als gehörten wir zu ihnen.«

»Wer kann denn so etwas sagen?«

»Unser alter Freund Jean Maynier zum Beispiel. Er baut sich zunehmend zum Kämpfer gegen alle Formen der Ketzerei auf. Und er weiß gleichzeitig, wie er sich den Besitz der Verfolgten aneignen kann – das wußte er schon immer.«

»Glaubst du, er kann uns wirklich gefährlich werden? Sind wir nicht Freunde?«

»Ich weiß es nicht«, sagte Louis nach einer Weile nachdenklich.

## 1534

Jean Maynier besuchte regelmäßig die *Weiße Lilie*, seine Stammschenke in der Nähe des Justizgebäudes und des erzbischöflichen Palais. In den letzten Jahren hatte der Wirt nicht nur das angrenzende Badehaus übernommen, grundlegend säubern, erweitern und erneuern lassen, sondern auch der Schenke noch ein Gästehaus angegliedert – und das schon lange bestehende Bordell ebenfalls erweitert. In der Nähe dieser zentral gelegenen Vergnügungsstätte lagen die Häuser zweier stadtbekannter, reicher und unter höchster Protektion stehender Kurtisanen.

Jean Maynier nannte die *Weiße Lilie* nur noch aus sentimentaler Erinnerung an die Studienzeit eine *Schenke*, das Etablissement war inzwischen das erste Haus am Platz und ungefährdet von den neuerlichen Bestrebungen, Badehäuser zu schließen. Auch wenn immer unabweisbarer wurde, daß in Badehäusern die Lustseuchen sich ausbreiteten und der Unzucht Vorschub geleistet wurde, so erfüllten sie doch gleichzeitig Bedürfnisse, deren Vorhandensein ebenso unabweisbar war. Die Stadt verdiente zudem an Badehaus und Bordell, der Erzbischof verdiente an ihm, und unter der Hand erzählte man sich, daß er sich sündige Frauen auslieh, nein, kommen ließ, um ihnen die Beichte abzunehmen und sie wieder auf den rechten Pfad der Tugend zurückzuführen.

Baron d'Oppède war in der *Weißen Lilie* ein gern gesehener Gast. Früher, so berichtete man sich, war er geizig gewesen, hatte die Mädchen nicht immer wie ein Edelmann behandelt, mit seinen Spielkumpanen manchen Strauß ausgefochten und einige Zechen offen gelassen. Aber dies lag lange zurück. Er galt inzwischen als ein erfolgreicher, durchsetzungsfähiger Jurist, und viele sahen in ihm schon den künftigen Präsidenten des Obersten Gerichtshofs. Sein Vermögen mußte seit den Tagen von Marignano um ein Vielfaches gewachsen sein, denn inzwischen bewohnte er ein stattliches Haus unweit des erzbischöflichen Palais.

Um seine Tapferkeit in der Schlacht bei Pavia rankten sich noch immer manche Anekdoten. Er hatte dem König das Leben gerettet, während sein Kollege, der gräfliche Leichtfuß Raymond d'Agoult, der Großneffe des unvergessenen Marschalls Trivulce, sich auf Grund eines leichten Fiebers ausgeruht hatte und auf diese Weise der Gefahr einer tödlichen Verletzung entgangen war. Dies galt unter den Bewohnern von Aix, insbesondere bei den Trägern der langen Robe, als unbestrittene Wahrheit.

Baron d'Oppède galt aber auch als ein Mann mit unglücklicher Vergangenheit. Die Eltern und später noch die Schwiegereltern an der Pest, die Frau im Kindbett gestorben. Seine Baronie, am Rande des *Comtat Venaissin* gelegen, seinem Vater von Papst Alexander VI. verliehen, brachte wenig ein, seine Burg war ein altes, halb verfallenes Gemäuer, um das der Aberglauben des Volkes seine Gespenstergeschichten wob. Das misstralgepeitschte Felsennest galt zwar als schwer einnehmbar, aber auch als fluchbeladen. Von diesem Fluch sprach man natürlich nur unter der Hand. Oppède war, bevor es Jean Mayniers Vater übernahm, durch viele Hände gegangen, und die Mönche von Montmajour, denen ein Papst es einmal als Lehen überlassen hatte, hatten ihn sogar gebeten, Oppède wieder zurückzunehmen: In diesem Ort könne man nicht Gott nahe sein und seinen Frieden finden.

Legenden natürlich nur, darüber waren sich die Zecher einig, die sich über Jean Maynier unterhielten, nachdem er von ihrem Tisch aufgebrochen war, um seinem Körper ein entspannendes Bad zu genehmigen und sich dann noch von den Damen verwöhnen zu lassen. Wer unter den Gebildeten der langen Robe glaubte heute noch an einen Fluch, der auf einem Ort laste, an Verhängnis und derart abergläubische Dinge. Selbst der Komet, der vor nicht langer Zeit allabendlich am Himmel stand, war schon von den Alten beobachtet worden, er umkreiste wie die Sonne die Erde, nur brauchte er längere Zeit oder tauchte zwischendurch im Planetenwald unter – so genau wußte man es auch nicht. Aber eins war sicher: Auf einen Weltuntergang wies er nicht hin. Auf Hungerzeiten, Pest und Kriege vielleicht. Gott mußte eben die sündige Menschheit immer wieder strafen, das sah man ein, und sie, die Vertreter der irdischen Gerechtigkeit, taten das ihre, den einzelnen sündigen Menschen seiner Strafe zuzuführen.

Jean Maynier glaubte ebenfalls nicht an Legenden oder Vorzeichen, er glaubte an die Heilige Mutter Kirche, an den dreieinigen

Gott, an die Muttergottes und alle Heiligen und natürlich an die Bedeutung des Obersten Gerichtshofs der Provence. Und an sich selbst. Würde es dem Seigneur Louis de Bouliers, dem reichen Baron von La Tour d'Aigues und anderen Orten des südlichen Luberon, gelingen, Jean Maynier auf seiner Laufbahn zum höchsten Präsidentenposten zu schlagen? Darüber gingen schon lange die Wetten. Der Bouliers galt als der konziliantere Jurist, als Mann des Ausgleichs, und häufig wurden Kandidaten nur gewählt, um andere daran zu hindern, allzu stark zu werden.

Man hatte eine weitere Karaffe Wein bestellt, stieß an und steckte die Köpfe noch enger zusammen. Das, was man aus Marseille berichtete, was nach der Hochzeit des zweiten Königssohns mit der italienischen Krämerstochter geschehen war, was so geheim war, daß es alle sofort weitererzählten – also, diese Geschehnisse konnten das Blatt wenden. Jean Maynier hatte sich dem Heiligen Vater aufgedrängt und die Verfolgung der Ketzer gefordert, und dies im Beisein des Königs! Bei einem weniger toleranten König hätte dies zumindest die Verbannung nach sich gezogen.

»Aber er hat sich dann doch entschuldigt. Auch bei der Habsburgerin.«

»Und dabei die große Liebe getroffen.«

»Des Königs neue Liebschaft.«

»Sie hat ihm gefallen.«

»Und er ihr auch!«

Krachendes Gelächter folgte. Die Herrschaften am Nebentisch, unter ihnen Baron de Chassanée, der Erste Präsident des Obersten Gerichtshofs, schauten erstaunt auf.

Währenddessen hatte sich Jean Maynier im warmen, angenehm duftenden Wasser eines Badezubers entspannt, sich anschließend, während Haupthaar und Bart gewaschen, von Läusen befreit und geschnitten wurden, von einer jungen Neuerwerbung aus Spanien verwöhnen lassen. Er schloß die Augen und begab sich in Gedanken wieder in die Gemächer der Frau, die ihm gezeigt hatte, daß er als Mann sogar in höchsten Kreisen Erfolg haben konnte.

Seit Wochen schon war er guter Stimmung gewesen, und auch an dem Festabend trug er seinen Kopf hoch. Von einem Tanzmeister hatte er sich in den wichtigsten Tänzen unterweisen lassen, so daß er nicht befürchten mußte, durch allzu hinterwäldlerische Stolperei aufzufallen. Wie Mademoiselle de Pisseleu dann im Tanzsaal an seine Seite geriet, wußte er gar nicht mehr genau. Während sie noch eine Maske vor ihre Augen hielt, bemühte er sich, sein Humpeln zu verbergen. Aber sie nahm die Maske bald ab, lächelte ihm zu, und die Harmonie ihrer Bewegungen zeigte ihm, daß der Tanzmeister ihn die richtigen Figuren gelehrt hatte. Während der Wechseltänze gelang es ihr, immer wieder zu ihm zurückzukehren, und spätestens zu diesem Zeitpunkt begriff er, daß sie ihn nicht nur aus Höflichkeit anlächelte. Zum Glück hatte er aus ein paar Sätzen, die ihr während des Tanzens zugerufen worden waren, ihren Namen verstanden, und während einer kurzen Tanzpause stellte er sich vor.

»Was verbindet Euch mit dem König?« fragte sie.

Er suchte in ihrer Frage einen verächtlichen Unterton, konnte aber keinen feststellen.

»Ich habe ihm während der Schlacht bei Pavia das Leben gerettet«, erklärte er ohne falsche Bescheidenheit, aber auch ohne den Angeberton, den so viele adlige Hauptleute an den Tag zu legen pflegten.

Sie schaute ihn kurze Zeit prüfend an, reichte ihm dann erneut den Arm zum Tanz. Während sie bei der Pavane neben ihm schritt, sagte sie wie nebenbei: »Dafür liebe ich Euch.« Sie verbarg ihre Augen wieder hinter der Maske, doch später vertiefte sich ihr Lächeln, immer näher streifte ihr Kleid vorbei, und bei der Gaillarde kam sie ihm so nahe, daß er wie betäubt nur noch der Musik und den Schwingungen ihres Körpers folgte.

Jean Maynier öffnete kurz die Augen und lächelte der Spanierin aufmunternd zu. Sie verstand, was er wünschte, und er konnte die Augen wieder schließen.

Am Tag nach dem großen Fest entschuldigte er sich beim König für sein lautes, unpassendes Auftreten. Er betonte noch einmal, daß er bis in den Tod hinein sein Diener sei und daß er als katholischer Christ, als Vasall des Papstes wie auch der französischen Krone sich berufen fühle, dem Unwesen der sich weiter ausbreitenden Häresie entgegenzutreten.

Der König wirkte gelangweilt, winkte gnädig ab.

»Der Heilige Vater hat ein gutes Wort für dich eingelegt, und Kardinal Farnese wußte zu berichten, dein Vater sei eine Weile päpstlicher Zeremonienmeister gewesen, bevor man ihn als Gesandten nach Venedig schickte.« Er lächelte mit höhnisch heruntergezogenen Mundwinkeln. »Der Vater verpflichtet! Wir verstehen also deinen Einsatz, zumal auch Wir der Ketzerei einen Riegel vorschieben wollen. Luther hat einfach einen schlechten Geschmack. Wie man ihn mir geschildert hat, muß er aus dem Mund stinken. Und deutsch ist er, humorlos, hat nichts übrig für die Heiligen, für Prozessionen und feine Gewänder. Auch seine Sprache soll säuisch sein. Und dieser Mann soll uns Franzosen lehren, was wir zu glauben haben?« Der König winkte mit verächtlicher Miene ab. »Im übrigen lobte Mademoiselle de Pisseleu deine Tanzkunst.« Er lächelte Jean Maynier undurchsichtig an. »Natürlich haben Wir, lieber Oppède, die Schlacht bei Pavia nicht vergessen, bei der du dich so tapfer geschlagen hast.«

Jean Maynier wurde in Gnaden entlassen, und als er durch das Tor des Stadtpalasts auf die Straße trat, wurde ihm ein Briefchen zugesteckt. Außer Sichtweite des Hauses öffnete er es. Die Schrift war ihm unbekannt, aber angenehm. Immer wieder rundete sie sich schwungvoll nach unten oder endete in eleganten Schlangenlinien. Noch bevor er den Inhalt überflogen hatte, entzifferte er die Unterschrift: »Anne«. Ihn durchfuhr es heiß. »Kommt morgen abend zu mir, Retter des Königs – Anne«, las er. Dann folgten noch Angaben zur genauen Zeit und dem Ort.

Er wollte es nicht glauben, aber mit *Anne* konnte nur die Mätresse des Königs gemeint sein. Mißtrauisch studierte er noch einmal die Schrift. Der König ließ ihn in eine Falle locken, um ihn, weil er gar zu vergnüglich mit seiner Geliebten getanzt hatte, zu vernichten. Nie durfte er der Aufforderung Folge leisten, war ihm sein Leben lieb.

Aber dann beschlichen ihn Zweifel. Nur wegen eines Tanzes würde doch der König seinen alten Kampfgefährten nicht dem Messer ausliefern. Und: War der Brief tatsächlich von Mademoiselle de Pisseleu, durfte er sie nicht vor den Kopf stoßen. Denn sonst wäre er ebenfalls gefährdet. Sie schickte ihm einen gedungenen Mörder auf den Hals oder erzählte dem König, er sei aufdringlich geworden. Konnte er sich unter Umständen nicht einfach herausreden, er habe gar nicht gewußt, daß *Anne* und der König … Die Verlockungen waren zu groß und auch das Gefühl, etwas wagen zu müssen.

Er begab sich zur angegebenen Stunde zu dem Hintereingang eines vornehmen Hauses, das an den Palast angrenzte, den der König bewohnte. Dort erwartete ihn ein Diener, reichte ihm eine Gesichtsmaske und einen Umhang und winkte, ihm zu folgen. Dunkle Gänge, Treppen, Vorhänge, Geheimtüren. Der Diener verlor sich, und Jean Maynier stand ihr gegenüber. Ihr, der Mätresse des Königs. Sie trug ein tiefausgeschnittenes, mit Goldschnüren zusammengehaltenes Kleid aus leichtester Seide. Er verbeugte sich tief.

»Ihr braucht nichts zu befürchten«, sagte sie leise mit ihrer goldenen Stimme und kam ihm einen Schritt entgegen. »Ich bin nicht der Besitz des Königs, und das weiß er. Er erhält nur, was er sich wünscht, wenn er mir meine Freiheit läßt.« Sie streckte ihre Hand aus. »Ihr braucht nichts zu sagen. Folgt mir und legt ab.«

Sie schritten durch eine Geheimtür in ein von Kerzen schwach beleuchtetes Kabinett. An den Wänden reich verzierte Spiegel auf Ledertapeten und ein großes Bett mit einem bestickten samtroten Baldachin. Sie ließ sich auf dem Bettrand nieder und betrachtete ihn: »Ich will die Narben sehen, die Zeichen Eurer Tapferkeit.«

Er knöpfte sein Wams auf und legte schließlich auch noch sein Hemd ab.

»Komm näher! Ich möchte sie fühlen.«

Vorsichtig fuhr sie mit ihren Fingerspitzen über die Verwachsungen, dann ließ sie ihre Finger durch die Haare seiner Brust gleiten. Er sah, wie sich ihre Augen weiteten. Mit einem geschickten Griff löste sie die obersten Schnüre ihres Kleides und klappte einen Teil nach vorne, so daß eine gänzlich entblößte, matt gepuderte Brust ihm entgegenleuchtete.

»Du kennst die Waffen einer Frau?«

Sie zog ihn zu sich, nahm seine Hand und ließ ihn die Schnüre ihres Kleides noch weiter lockern.

»Mach deine Sache gut, du tapfrer Ritter!«

Die spanische Neuerwerbung des Hauses verstand ihr Handwerk exzellent. Inzwischen hatte Jean Maynier alle anderen Personen aus dem Raum geschickt, mit dem schwarzen, langen, seidigen und nach Moschus duftenden Haar der Spanierin sein Gesicht bedeckt und sich den langsamen Bewegungen hingegeben, mit denen sie ihn im Zimmer, im Bett, im Körper der Mätresse hielt. Er durchtanzte noch einmal alle Momente, alle Seufzer und alle spitzen Schreie der Liebesnacht. Erst kurz vor Morgengrauen verließ er das Haus, nicht ohne die Maske vor sein Gesicht zu halten.

»Du wirst es nicht bereuen«, hatte sie zum Abschied geflüstert und noch einmal seine Narben abgetastet.

Jean Maynier war unter der Spanierin eingeschlafen, und als er unter warmen Decken aufwachte, fand er sie neben sich liegen. Ein paar dämmrige Minuten ließ er sich von Gefühlen ehelichen Glücks umhüllen, er mußte an Anne denken, die königliche Geliebte, und ihm fiel die andere Anne ein, seine schon fast vergessene Frau, die vor lauter Rosenkranzbeten vergessen hatte, ihm den Kranz der Liebesrosen zu streuen. Er hörte sie noch ihre *Ave Marias* flüstern und spürte seine liebestolle Wut. Dann stand sie am Fenster, ein halbes Kind, hochschwanger, mit verlorenem Blick. An ihrer Stelle hätte Madeleine stehen müssen, und alles wäre gut geworden. Heute wären sie glücklich, Beatrice und Pierre ihre Kinder und andere dazu, er müßte nicht in einem fremden Gemach liegen. Vielleicht sollte er die Spanierin zu sich ins Haus nehmen, bevor auch andere ihre Talente entdeckten und sie wesentlich teurer wurde.

Nein, nein, rief er sich innerlich zu, ins Haus gehört eine anständige Frau, eine Mutter, ins Haus gehören auch Kinder. Er mußte Madeleine vergessen – und auch seine kleine Anne. Präsident des Obersten Gerichtshofs zu werden war sein erstes Ziel, sein zweites mußte sein, ein starkes Geschlecht zu gründen.

## 1534

Am nächsten Morgen fühlte Jean Maynier sich gesund, gutgelaunt und stark. Gegen seine Gewohnheit frühstückte er ausgiebig, schickte der Spanierin ein kleines Geschenk und begab sich zum Gerichtshof, in dem ihn zwei Verhandlungen erwarteten. Beide gingen zu seiner Zufriedenheit aus, und als er Chassanée, dem Präsidenten, begegnete, schien dieser auf seinen Gruß besonders freundlich zu antworten. Bevor er sich mit Jean de Roma zusammensetzte, schickte er eine Nachricht an Berthon und Pierre, in der er seinen Sohn aufforderte, sich umgehend nach Aix zu begeben, weil er mit ihm wichtige Entscheidungen zu besprechen habe.

Abends lag er wieder bei der Spanierin.

Am nächsten Mittag erschien Pierre.

Jean Maynier betrachtete ihn genau. Sein Sohn wirkte niedergedrückt, gleichzeitig stand eine aufrührerische Stimmung in seinen Augen. Während sie zusammen sprachen, schien er immer wieder abgelenkt.

»Berthon spricht davon, daß du auf die Universität sollst. Er kann dir nicht mehr viel beibringen. Du bist jetzt fast sechzehn Jahre alt, und ich schlage vor, daß du dich der Rechtswissenschaft widmest. Ich hatte an ein Studium in Aix gedacht, aber ich nehme an, daß man als Sohn es vorzieht, die Nähe des Vaters zu meiden – wenigstens eine Zeitlang. Da du begabt bist, halte ich es für das beste, daß du in Paris studierst. Das wird für mich teurer werden, aber für einen Oppède ist das Beste gerade gut genug. Außerdem hoffe ich, bald in das Präsidium des Obersten Gerichtshofs aufgenommen zu werden, und es liegt mir daran, daß mein Sohn später einmal in die höchsten Spitzenämter des Königreichs aufsteigt.«

Pierre zupfte an seiner Kleidung, antwortete aber nicht.

»Nun, was ist?«

»Ja, ja«, sagte Pierre.

Jean Maynier scharrte nervös mit seinen Schuhen über den Boden und räusperte sich. Es gab etwas an Pierres Verhalten, das ihn ärgerte, aber noch gelang es ihm, jeden Ärger beiseite zu schieben. Seine gute Laune wollte er sich nicht verderben lassen. Außerdem war sein Sohn häufig störrisch wie ein Esel. Er benötigte eine verlockende Mohrrübe, um ins Laufen zu kommen.

»Also Paris. Und Jus. Das ist wirklich ein Angebot.«

»Ich will heiraten«, sagte Pierre leise.

»Was willst du?«

Jean Maynier traute seinen Ohren nicht.

»Heiraten.«

Jean Maynier hatte auf dem großen Fest in Marseille, trotz seines sonstigen Engagements, durchaus wahrgenommen, daß Pierre mit der kleinen Cental häufig zusammensteckte, nur noch Augen für sie hatte und das idiotische Grinsen des Verliebten nicht verbergen konnte. Berthon hatte ihm bestätigt, daß Pierre sich eigenartig verhalte, auch einen Tag in La Tour d'Aigues gewesen sei – aber von Heiraten war überhaupt keine Rede gewesen.

Eine Sekunde schoß es ihm durch den Kopf, Berthon könnte eine Verbindung seines Sohnes mit der waldensischen Bouliers-Cental-Sippe in die Wege leiten, um ihn von seinem Vater zu entfremden. Der intensive Kontakt zu Raymond d'Agoult schien nicht zu reichen, jetzt mußte es auch noch die kleine Beatrice de Cental sein, die Tochter seiner größten Enttäuschung. Ein reizendes Mädchen, ohne Zweifel, und eine gute Partie dazu: fruchtbare Ländereien im Luberon, von den Besitzungen im Piemont ganz zu schweigen. Und ihre Eroberung wäre ein Sieg über den Vater: Du hast die Festung, die um die Mutter gelegt war, nicht überwinden können, ich erstürme die Tochter beim ersten Angriff! Dann besaß der Herr Sohn nicht nur Ménerbes, sondern La Tour d'Aigues und italienische Güter und brauchte den unbequemen Vater überhaupt nicht mehr. Das war geschickt eingefädelt. Auch Jean de Roma, der Inquisitor, hatte davon gesprochen, daß er dem Lehrer Berthon aus Lourmarin nicht traue, obwohl ihm bisher nichts nachgewiesen werden könne. Doch gerade diese Tatsache mache ihn mißtrauisch.

Pierre schaute ihn wildentschlossen an, und Jean Maynier beschloß, vorerst taktisch vorzugehen und nichts übers Knie zu brechen.

»Nun, mein Junge«, sagte er lachend, »glaubst du nicht, noch ein wenig jung zu sein?« Als Pierre nicht antwortete, fuhr er fort: »Wie heißt denn die Auserwählte? Und wissen ihre Eltern von deinem

Vorhaben? An mich ist noch kein Vater herangetreten, um mit mir die Einzelheiten eines Ehevertrags auszuhandeln. Ein schönes Mitgiftsümmchen müßte es schon sein, denn Pierre Maynier, der Erbe von Oppède, der junge Seigneur de Ménerbes, braucht etwas, damit sein Feuer lodern kann.«

Pierre schaute ihn angewidert an, schlug dann die Augen nieder und schwieg. Jean Maynier stand auf, ging zum Fenster, warf einen Blick auf das Treiben der Straße, wandte sich wieder seinem Sohn zu und legte von hinten die Hände auf seine Schultern.

»Ich kann dich natürlich zu nichts zwingen. Wenn du zum Beispiel unbedingt Medizin in Montpellier studieren willst, um ein zweiter Hippokrates oder Galen zu werden, dann muß ich mich deinem Wunsch fügen. Aber ich bin für das Studium der Rechte.«

Pierre straffte seinen Körper. »Ich will nach Rom pilgern und mir auf der Rückreise die italienischen Universitäten ansehen. Vielleicht studiere ich Philosophie.«

Jean Maynier entfuhr ein ärgerliches »Unsinn!« Er ließ von Pierre ab, nahm wieder Platz. Nachdenklich strich er sich durch den Bart. »Über eine Pilgerreise nach Rom läßt sich reden. Aber die Kosten, die Kosten ... Dein Großvater, wie du weißt ... erst kürzlich betonte Kardinal Farnese in Marseille, er habe deinen Großvater gekannt und in guter Erinnerung.«

»Darf ich anschließend heiraten?«

Jean Maynier mußte lachen, aber er merkte selbst, daß sein Lachen verkrampft klang, daß seine Stimme vor zunehmendem Ärger immer schärfer wurde.

»Wen willst du überhaupt heiraten?«

»Beatrice de Cental.«

Obwohl Jean Maynier gewußt hatte, wer die Angebetete war, versetzte ihm die Nennung ihres Namens erneut einen Stich, und er brauchte eine Weile, bis er wieder ruhig und klar denken konnte. Es galt jetzt, keinen Fehler zu machen. Die vielen Scharten seines Lebens mußten ausgewetzt werden. Zur Zeit standen die Sterne gut, sogar die Spanierin hatte in seiner Hand gelesen und ihm eine Phase des Glücks und des Erfolgs prophezeit. Auf jeden Fall wollte er keinen offenen Streit mit seinem bisher einzigen Sohn, den er liebte und dem er eine große Zukunft zu verschaffen beabsichtigte.

»Gut, dann tritt erst einmal eine Pilgerreise nach Rom an, und wenn du zurückkommst, gehst du nach Paris.«

Jean Maynier war plötzlich klar geworden, daß es keine einfachere Möglichkeit gab, Pierre von seiner Verliebtheit abzubringen und wieder auf den richtigen Weg zu führen, als ihn möglichst weit aus Beatrice' verführerischer Nähe zu verabschieden. Und noch etwas anderes war ihm klar geworden, ja, es hatte ihn wie ein Blitz getroffen, eine Lösung für viele Probleme, alte und neue, für viele Wünsche und Hoffnungen. Seine Gedanken fegten wie der Frühlingsmistral durch seinen Kopf, sie schoben alle dunklen Regenwolken beiseite und hinterließen ein tiefblaues Strahlen.

Voll plötzlicher Begeisterung sprang er auf, durchquerte mehrmals den Raum und blieb schließlich erwartungsvoll vor seinem Sohn stehen.

Pierre hob seinen Kopf und blickte ihn gequält an. »Warum habt Ihr Mama Catherine bei dem Inquisitor angezeigt?« brachte er stockend heraus.

Jean Maynier vereiste, wandte sich ab und starrte die Wand an. Unglaublich, was alles in dem Kopf seines Sohnes vorging! Äußerungen ohne jeglichen Zusammenhang, wilde Anschuldigungen, bösartige Unterstellungen! Und besonders ärgerlich war, daß es Pierre langsam gelang, seine gute Laune doch noch zu ruinieren.

»Wie kommst du darauf?« fragte er scharf.

»Ich bin Jean de Roma auf der Straße begegnet. Er berichtete mir von einem Treffen mit Euch.«

»Das ist kein Beweis! Woher kennst du Jean de Roma?«

»Ich habe ihn kennengelernt, als ich noch im Kloster lebte. Er wollte mir erklären, woher das Böse in der Welt kommt. Damals habe ich über seine Worte nachgedacht. Aber als ich erfuhr, daß er den Küfner zu Tode foltern ließ, wußte ich, daß das Böse in Männern wie Jean de Roma steckt!«

»Hast du ihm das gesagt?«

Pierre senkte den Kopf. »Nein.«

»Sehr klug von dir. Berthon hat dir also doch etwas beigebracht.«

»Berthon hat mir viel beigebracht.«

»Ich hoffe, das Richtige. Es wird wirklich Zeit, daß ich dich aus dem häretischen Dunstkreis von Lourmarin entferne.«

Pierre schwieg. Das Gespräch war verfahren.

»Berthon ist kein Häretiker.«

»Woher willst du das wissen?«

»Ich weiß es. Ich kenne ihn.«

»Du bist viel zu jung, um das beurteilen zu können, und vielleicht steckt auch schon das ketzerische Gift in deinem Geist.«

Pierre hob langsam den Kopf und schaute seinem Vater in die Augen. Seine Lippen waren zusammengepreßt, er beugte sich vor, und es sah so aus, als wolle er gleich aufspringen. Aber dann lehnte er sich wieder zurück. Nur seine Augen blieben auf ihn gerichtet: kalt, wild entschlossen und unerbittlich. Noch nie hatte Jean Maynier einen solchen Blick an seinem Sohn wahrgenommen.

»Ich will nicht«, sagte er in versöhnlichem Ton, »daß du in die Fänge der Waldenser oder Lutheraner gerätst. In Deutschland hat es schon blutige Aufstände gegeben, und noch blutiger sind sie niedergeschlagen worden. Der König hat den Ketzern den Kampf angesagt. Es wird nicht lange dauern, und viele Scheiterhaufen lodern in den Himmel. Es gibt eine ewige Ordnung, und wer sich gegen sie versündigt, muß sterben.«

Er war laut geworden, seine Stimme drohend. Mühsam zügelte er sich.

»Ich glaube, du hast mich verstanden.« Er stand auf. Als Pierre nicht reagierte, fügte er in fast flehentlichem Ton an: »Als Vater geht es mir doch nur darum, daß du ein erfolgreicher und glücklicher Mensch wirst.«

Zwei Tage lang sprachen Jean Maynier und Pierre kaum miteinander. Jean Maynier leitete mehrere Sitzungen am Gerichtshof, hatte einen Erbschaftsstreit zu schlichten und ein Todesurteil zu überprüfen. Pierre, so hörte er nach Anbruch der Dunkelheit von ihm, wanderte tagsüber durch die Stadt und ritt auf die Hügel hinaus. Er schien ruhiger geworden zu sein, und auch Jean Maynier hatte den Ärger über ihr verunglücktes Gespräch überwunden. Der Gedanke, der ihm während ihrer Unterhaltung gekommen war, hatte sich in ihm festgesetzt, und er glaubte seinen Zielen wieder einen Schritt nähergerückt zu sein.

Abends führte er Pierre in die *Weiße Lilie*.

Es wurde Zeit, daß sein Sohn auf andere Gedanken kam, daß sein jugendliches Bedürfnis nach Fleischeslust ausgiebig befriedigt würde. Vielleicht lösten sich seine überspannte Verliebtheit und der Heiratswunsch dann von alleine auf.

Jean Maynier ließ ein kleines Fest mit Kollegen vorbereiten. Zuerst aßen und tranken sie unter musikalischer Begleitung, dann wechselten sie ins Badehaus. Für ihn stand schon die Spanierin bereit, und für Pierre hatte er die Tochter einer altgedienten und ihm seit Jahren bekannten Kurtisane ausgesucht, die Tochter von Marie *La Marseillaise*.

Sie sei noch Jungfrau, flüsterte Marie, wisse aber, wie sie den jungen Baron verführen und glücklich machen könne, gerade die Unschuld reize auch Unschuldige, und ihre Claude, nach der so früh verstorbenen Königin benannt, habe edles Blut in ihren Adern und sei daher besonders geeignet.

Jean Maynier drückte ihr einen Goldtaler in die Hand. »Ich will, daß alles klappt«, sagte er.

Pierre war fasziniert von den Mädchen, das sah Jean Maynier auf den ersten Blick. Er starrte sie an, als wäre sie nicht von dieser Welt. Als sie ihn in ihr Zimmer führen wollte, zögerte er, ließ sich dann aber überreden. Nach ein paar Minuten winkte die Mutter Jean Maynier zu und machte ein Zeichen, daß alles nach Plan laufe.

Bevor auch er sich mit Isabella, der Spanierin, zurückzog, tauchte plötzlich Raymond auf. Ihn hatte er lange nicht gesehen, und er lud ihn ein, wenigstens einen Becher mit ihm zu leeren. Die Spanierin hing sich derart an ihn, daß er sie zur Seite schieben mußte, und damit Raymond sich nicht gar zu allein vorkam, winkte er Claudes Mutter Marie heran, bei der sich Raymond schon oft vergnügt hatte.

Jean Maynier war bester Laune, und seine Freigebigkeit, sein Lachen, seine gute Stimmung steckten auch Raymond an. Sie ließen sich ein Kartenspiel geben, es wurde viel getrunken. Die Frauen immer dabei. Für jedes verlorene Spiel mußte eine ein Kleidungsstück ablegen. Erst als Raymond erfuhr, daß Pierre ebenfalls im Hause sei und heute der Tag seiner Initiation gefeiert würde, daß er bei der kleinen Claude liege, vergaß er unvermutet seine gute Laute, warf die Karten auf den Tisch und verließ wortlos den Raum.

»Was hat er denn?« fragte Jean Maynier.

Marie zuckte mit den Achseln. »Wahrscheinlich wollte er selbst der erste sein. Ältere Herren zahlen viel für unberührtes Blut.« Mit stolzem, anzüglichem Lächeln fügte sie noch an: »Der Herr Graf war immer schon wählerisch. Der Herr Baron natürlich nicht minder.«

Jean Maynier nickte. Dann zog er sich mit der halbnackten Spanierin zurück.

## 1534

Pierre blieb einige Wochen in Aix und ging jeden Abend zu Claude. Morgens schlief er lange, nachmittags ritt er aus oder besuchte die eine oder andere Vorlesung in der Universität. Sein Vater stellte ihn Baron Barthelémy de Chassanée, dem Präsidenten des Gerichtshofs, vor, einem Mann von beeindruckender Leibesfülle und stolzem Bart, der ihm wohlwollend auf die Schulter klopfte und von den nahrhaften Brüsten der *alma mater* sprach, an denen Pierre in Zukunft wohl saugen werde.

Der Präsident zupfte seinem Vater dann lachend am Ärmel und rief: »Vestigia non terrent, lieber Oppède, Eure Spuren schrecken ihn nicht, wie glücklich müßt Ihr sein!« An Pierre gewandt: »Carpe diem, junger Mann, genießt die Jugendzeit, bevor Ihr ins Geschirr müßt!«

Onkel Raymond begegnete Pierre ebenfalls. Er wollte sich mit ihm zu einem Ausritt verabreden und fragte ihn nach einem Fechtlehrer. Raymond hatte es aber sehr eilig, er rief ihm zu: »Wir müssen uns mal gründlich unterhalten!« und war verschwunden.

Sein Vater bezahlte alle anfallenden Kosten, ohne ein einziges Mal zu murren. Pierre sah gelegentlich, wie er mit Claudes Mutter in einer Ecke etwas besprach und ihr dann einige Silbermünzen und sogar den einen oder anderen Goldtaler zusteckte. Die Geschenke für Isabella, die Spanierin, wurden auch immer teurer.

Nur manchmal, wenn Pierre träumend durch die lichten Wälder um Aix ritt, wenn er sich unter einer Schirmpinie ausruhte, die erste Frühlingswärme genoß und die feinen Thymiannadeln zwischen den Fingern zerrieb, um ihren Geruch einzuatmen, dachte er an Beatrice, und dann beunruhigte es ihn, daß Claude ein käufliches Mädchen war, daß er es aber trotzdem gern hatte. Ja, er mochte Claude zur Zeit nicht missen.

Natürlich hatte er nicht vergessen, daß er Beatrice zu heiraten beabsichtigte, und er liebte sie auch, liebte sie sogar heftig, er würde sich mit seinem Heiratswunsch sogar gegen die Widerstände seines Vaters durchsetzen, aber was sie ihm zur Zeit nicht geben konnte, gab ihm Claude. Und Pierre mußte sich auch eingestehen, daß die

Widerhaken in seinem Innern, die er noch gefühlt hatte, als er nach Aix kam, nur noch eine Erinnerung waren. Beatrice schwebte als ferne Fee, als reiner Engel durch seine Träume, während er unter Pinien ruhte und die wärmenden Strahlen der Sonne auf seiner Haut genoß.

Abends lag er wieder bei Claude, und weil sie ihm inzwischen vertraut war, weil sie beide jung und neugierig waren und ihre Mutter sie offensichtlich gründlich in die geheimnisvolle Kunst ihres Gewerbes eingeweiht hatte, fanden sie dutzend und mehr Wege, sich und dem anderen Lust zu verschaffen: Sie *krochen mit der Schildkröte, musizierten mit den Füßen*, ließen den *Glockenturm bimmeln* und *flogen* schließlich *mit dem Kranich*, bis der Schlaf sie übermannte.

Eines Abends jedoch traf er Claude mit anderen Kunden des Hauses beim Kartenspiel. Alle hatten sie schon fleißig dem Wein zugesprochen, und Claude lachte und redete wie die billigste Hure im Wollkämmerviertel. Pierre spielte eine Weile schweigend mit, verlor meistens, hatte aber kein Geld dabei, und als die anderen Männer ihn ein *armes Vatersöhnchen* nannten, hätte er fast den Degen gezogen. Er verschwand dann mit Claude in ihrem Gemach, blieb jedoch ungewohnt lustlos, denn ihr Auflachen, als das Wort *Vatersöhnchen* fiel, klang noch in seinem Ohr nach.

Claude ließ sich auf dem Bett nieder, streichelte ihn und wollte sein Wams öffnen, aber noch immer lenkte ihn das innere Echo dieses Auflachens ab. Schließlich gelang es ihm, ihrem gurrenden Getue wieder mehr Aufmerksamkeit zu schenken, aber er merkte gleichzeitig, daß er keine Lust hatte, die halbe oder ganze Nacht mit ihr zu verbringen. Sie verstand sein abweisendes Verhalten nicht und wurde aufdringlicher. Sie fragte ihn, was los mit ihm sei. Ob er sie nicht mehr liebe. Ob eine andere ihm mehr geben könne. Ob sein Vater nicht mehr zahlen wolle.

Er wurde noch abweisender.

Als all ihre Kunstfertigkeiten nichts nützten, begann sie zu betteln, und er sah tatsächlich ein paar Tränen in ihren Augenwinkeln. Da tat sie ihm leid. Er wandte sich ihr zu, und sie sprang vor Freude regelrecht auf ihn. Mühsam gewann er Kraft und Bereitschaft, aber weil sie nicht abwarten wollte, tat sie ihm weh. Der Schmerz war nicht groß, verstärkte aber seine Lustlosigkeit. Wieder wurde sie so stürmisch, daß er sie abwehren mußte. Sie schrie vor Ungeduld auf, nur kurz und leise, aber plötzlich brach in ihm ein Damm aufgestauter Wut, und hemmungslos begann er auf sie einzuschlagen.

Sie versuchte, wegzukriechen, bedeckte ihren Kopf mit den Armen und krümmte sich wie ein hilflos jammerndes Kleinkind. Als er heftig atmend von ihr abließ, merkte er die wilde Erregung, die über ihn gekommen war. Er drückte ihre Beine auseinander und, wie ein lausiger Straßenköter, nahm er sie mit schnellen, heftigen Stößen von hinten. Schließlich lagen sie starr und wortlos nebeneinander. Claude weinte. Er drehte ihr den Rücken zu und starrte an die Wand. Die Last der vergangenen Stunde preßte ihn nieder, er hätte schreien mögen, konnte jedoch keinen Laut hervorbringen.

Als er seine Kleidung schließlich richtete, weil er sich davonmachen wollte, lag Claude noch immer auf dem Bett, zusammengekrümmt wieder, den Daumen im Mund.

»Geh nicht!« schluchzte sie.

»Du widerst mich an«, stieß er hervor. Er meinte nicht, was er sagte, sie tat ihm leid.

»Ich habe doch nur dich!« Sie streckte die Arme nach ihm aus.

»Draußen warten jede Menge Männer. Vielleicht kann deine Mutter wieder eine Jungfrau aus dir machen.«

Er hätte sich schlagen können.

»Ich will nicht«, schluchzte Claude wieder, »ich will nicht, ich liebe dich doch!«

Als Pierre sich noch einmal auf den Bettrand setzte, klammerte sie sich so fest an ihn, daß er sich mit Gewalt befreien mußte. Aber er blieb sitzen. Nun legte sie ihren Kopf in seinen Schoß und bedeckte ihr Gesicht mit den Händen. Die Haare waren durcheinander, naß vor Schweiß und Tränen. Am Halsansatz entdeckte er zum ersten Mal ein kleines Muttermal, und er sah, daß sie wunderbar gleichförmige, muschelartige und sehr kleine Ohren hatte. Er nahm ihre Hände und drehte ihren Kopf, so daß er ihr ins Gesicht sehen konnte. Ihre Augen waren noch immer von Tränen gefüllt. Er nahm ein Tüchlein und trocknete sie. Sie blickte ihn an, und er war erstaunt darüber, wie vertraut ihm dieser Blick erschien. Er hatte ihr nie lange in die Augen geschaut. Als er sich über das dunkle Oval beugte, entdeckte er in der braunen Iris seltsam gelbe Flecken und einen hellen Rand.

Sie wollte ihn küssen, aber er schüttelte den Kopf.

Er stand auf, band sich den Degen um, warf den Umhang über die Schultern und verließ den Raum, ohne Claude noch einmal angeschaut zu haben.

Während Pierre sich durch die dunklen Straßen der Stadt tastete, sehnte er regelrecht herbei, aus einem der schwarzen Eingangshöhlen angesprungen zu werden. Er hätte mit seinem Degen den ersten Räuber getötet, aber das restliche Gesindel hätte ihn vielfach durchbohrt und in den Straßenkot geworfen. Dies wäre ein gerechtes Ende gewesen für ihn.

Am nächsten Tag erklärte er seinem Vater, er habe genug von der Stadt, von der Faulenzerei, von der Hurerei. »Ich reite wieder nach Lourmarin zurück.«

Sein Vater schaute ihn unwillig an: »Niemand zwingt dich zum Faulenzen. Geh nach Paris, fang an zu studieren.«

»Ich will nach Rom pilgern. Allein.«

Seine Vater machte eine unwillige Bewegung.

»Junge, nun höre endlich auf die Vernunft. Ich lasse dich nach Rom gehen, aber du mußt dich einer Pilgergruppe anschließen oder einem Kaufmannstrupp. Vielleicht segelt auch ein Schiff von Marseille oder Toulon in die ewige Stadt. Du brauchst Empfehlungsschreiben, Grenzpapiere. Du brauchst neue Kleider, gutes Schuhwerk. Dein Pferd muß gesund sein. Du brauchst einen Diener, am besten einen Italiener, der sich auskennt. Vor allem brauchst du Geld – und zwar von mir.«

»Habe ich nicht Ménerbes geerbt, von meiner Mutter?«

»Ménerbes verursacht nur Kosten!«

»Heißt das, Ihr wollt mir kein Geld geben?«

»Das heißt es nicht!« Sein Vater wurde immer ärgerlicher. »Was ist nur mit dir los?«

Pierre ließ sein Pferd satteln und brach wortlos auf. Sein Vater schrie ihm noch etwas hinterher, aber er achtete nicht darauf. Obwohl es ein Umweg war, ritt er an Maries Hurenhaus vorbei. Er wußte auch nicht, warum. Er warf einen kurzen Blick zu dem Fenster hoch, hinter dem Claude stehen konnte, aber er sah nichts, noch nicht einmal einen Schatten. Er gab seinem Pferd die Sporen, jagte ein quiekendes Schwein zur Seite, und während ihm Flüche nachgeworfen wurden, galoppierte er den kurzen Weg zum Stadttor Nostre Dame.

Bei Einbruch der Dunkelheit erreichte er Lourmarin.

Als er eintrat, saß sein alter Lehrer am Tisch, zwei Öllämpchen vor sich, und las. Von Laura war nichts zu sehen. Berthon schaute kurz auf, vertiefte sich dann wieder in sein Büchlein.

Pierre setzte sich neben ihn: »Guten Tag, Vater Berthon.«

»Guten Tag, Pierre.«

Eine kurze Pause trat ein.

»Was liest du, Vater Berthon?«

»Epiktets *Handbüchlein der Lebenskunst*.«

Pierre rückte seinen Stuhl näher an ihn heran. »Und was sagt Epiktet über die Lebenskunst?«

»Sein letzter Satz lautet: *Meine Ankläger können mich zwar töten, aber schaden können sie mir nicht.*« Berthon schaute Pierre mit traurigen Augen an.

Pierre fühlte, wie sich seine Kehle zuschnürte. Er hatte nach den Wochen seiner Abwesenheit eine freundliche Begrüßung erwartet. Aber vielleicht war Berthon traurig darüber, daß er ihm nicht geschrieben hatte, und blieb deswegen so zurückhaltend. Doch daß er ihn mit Worten über das Sterben begrüßte, in einer schicksalergebenen Haltung zudem, machte ihn ärgerlich, ja wütend.

Er sprang auf und rief: »Der Mann hat nichts vom Leben begriffen.«

»Epiktet war alt und weise, als er dies lehrte.«

»Trotzdem hat er nichts begriffen. Oder will uns etwas weismachen.« Erregt fuhr sich Pierre durch die Haare, nahm sich einen Becher Wasser und schüttete ihn herunter.

»Wer mich tötet, schadet mir«, rief er, »denn der Mensch besteht nicht nur aus seiner unsterblichen Seele, sondern auch aus seinem sterblichen Leib. Diesem Leib kann durch ein Messer Schaden zugefügt werden, und dieser Schaden äußert sich nicht nur durch das Fließen von Blut, sondern auch durch einen heftigen Schmerz. Der Schmerz ist aber, wie die Begierden und die Ängste, Teil meiner Seele, denn er zwingt mich, zu schreien, zu weinen, die Zähne zusammenzubeißen und Gott um Hilfe anzurufen. Die Begierden treiben mich den Huren in die Arme, die Ängste treiben das Kind in die Arme der Mutter, die Mutter zum Priester in die Beichte, und den jungen Priester lassen sie nach Rom pilgern. *Ergo*, Leib und Seele gehören zusammen, denn in den Armen der Hure spüre ich Lust, eine gute Mutter spendet Trost, meine Seele wird ausgeglichen und kann den Stürmen des Lebens besser trotzen. Wenn ein Ankläger mich also tötet, dann schadet er mir sehr wohl. *Quod erat demonstrandum.* Außerdem sagt eine Stimme tief in meiner Seele: Töte den Ankläger, der dich zu Unrecht verdächtigt, zuerst! Auf diese Art wird er weder deinem Leib noch deiner Seele schaden können, und du brauchst dich nicht vor Gott zu verteidigen, denn du handeltest in Notwehr.«

Berthon hatte ihm zugehört, ohne ihn unterbrechen zu wollen. Als Pierre schließlich schwieg, fragte er nur: »Warum erregst du dich so?«

Pierre holte einen Krug vom Regal. Er füllte ihn im Keller mit Wein und goß Berthon, dann sich ein.

»Und warum sprichst du vom Tod?«

Beide tranken sie, ohne sich *prosit* zu wünschen.

»Du hast recht, Pierre, ich sollte von dem seltsamen Zustand deiner Seele und folglich auch deines Leibes sprechen. Von der Höflichkeit, der Kleidung der Seele. Und nicht zuletzt von der Liebe, die im Herzen sitzen kann, aber auch zwischen den Lenden.«

Pierre, der sich inzwischen wieder niedergelassen hatte, schenkte sich nach. »Wo ist Laura?« fragte er.

Berthon antwortete nicht, sondern schaute ihn nur erwartungsvoll an.

»Wahrscheinlich platzt sie gleich herein und singt wieder ein Sonett von Petrarca.« Pierre preßte ein Lachen heraus, und als Berthon ihn nur anschaute, ohne zu reagieren, rief er: »Laura, allerliebste Jungfrau du, was lauschst du an der Tür, was quälst dein Aug' du durch den Spalt?«

Er wartete, nichts geschah. Er sprang zur Tür, riß sie auf, konnte aber keine Laura entdecken. Seufzend setzte er sich wieder an den Tisch

»Pierre, was ist los mit dir?«

In Berthons Stimme fehlte jeder Vorwurf, sie klang so mild und verständnisvoll, daß Pierres Mund, plötzlich und gegen seinen Willen, zu zucken begann, und als er sich abwendete, verstärkte sich die fremde Macht in seinem Innern, und er brach hemmungslos in Schluchzen aus. Er bedeckte sein Gesicht, aber sein ganzer Körper zuckte und erstickte jegliche Worte.

»Du hast recht, mein Junge, der Körper beherrscht manchmal die Seele, er ergreift sie und tut ihr Gewalt an.«

Berthon legte ihm den Arm auf die Schulter, und Pierre versteckte sein Gesicht an seiner Brust.

»Vielleicht hat Epiktet tatsächlich unrecht. Wir können den Körper nicht einfach übergehen. Aber vielleicht meinte der Philosoph dies auch gar nicht. Auch ich fühle zuweilen Angst – nein, nicht nur manchmal, sondern häufig. Ich fürchte mich nicht vor dem Tod, denn sterben müssen wir alle, und ich bin ein alter Mann, aber ich fürchte mich vor einem langsamen, qualvollen Sterben, insbesondere vor der Folter, denn ich weiß, sie wird nicht nur meinen Körper zerbrechen, sondern vor ihm auch meine Seele.«

Nach einer Weile vermochte Pierre wieder zu sprechen. Er wischte sich alle Spuren seines Zusammenbruchs aus dem Gesicht und starrte ins Leere.

»Pater, peccavi!«

»Wenn du beichten möchtest, mein Junge, dann tue es, aber denke daran, ich bin dein Lehrer und kein Priester. Von den Sünden kann ich dich nicht freisprechen. Es kommt auf Gottes Gnade an, er ist es, der uns zu erlösen vermag. Und nur der Glaube kann dir letztlich die Kraft geben, deine Sünden zu bereuen und zu überwinden. Aber ich vertraue auch der Vernunft: Sie zeigt uns, wie und was wir aus unseren Sünden lernen können.«

Pierre nickte.

»Was quält dich, mein Junge?«

»Ich habe Beatrice im Stich gelassen, obwohl sie mich liebt. Obwohl auch ich sie liebte. Ich bin in Aix jeden Abend zu einer Hure gegangen und habe ihr zum Schluß noch weh getan. Ich habe mir alles von meinem Vater bezahlen lassen, obwohl ich ihn verachte und verabscheue. Ich habe dich behandelt wie einen Lakaien, nicht wie einen zweiten Vater. Ich weiß nicht mehr, was ich will, was ich soll, was ich fühle. Ich weiß noch nicht einmal, wer ich bin. Am liebsten möchte ich weit weg, nach Italien, nach Rom.«

»Was suchst du in Rom?«

»Ich weiß es nicht. Vergebung vielleicht. Oder meinen Glauben. Manchmal denke ich, ich glaube an gar nichts mehr, manchmal möchte ich zu den Kartäusern gehen, mich in einem Kloster vor der Welt verkriechen und büßen. Vielleicht entdecke ich dort, wer ich bin.« Er schaute unter sich und flüsterte: »Aber eigentlich wollte ich Beatrice heiraten.«

»Was ist mit dem Studium der Rechte, auf das dein Vater so großen Wert legt?«

Pierre schaute seinen Lehrer gequält an und zuckte mit den Achseln.

»Und wenn du nach Navarra gehst, nach Nérac, an den Hof von Marguerite, der Schwester des Königs? Du weißt, daß dort der Geist des Humanismus regiert, freies Denken hochgeschätzt wird. Auch im Glauben ist man tolerant.«

Pierre lief rot an. »Dies wird mein Vater nicht zulassen. Du weißt doch ... Und außerdem ...«

»Ja?«

»Außerdem soll auch Beatrice dorthin gehen. Aber nicht wegen der Humanisten, sondern weil ihre Mutter glaubt, sie ... und der König ...«

In diesem Augenblick näherte sich eine singende Mädchenstimme der Haustür.

»Das ist doch Laura«, rief Pierre aus, »wo kommt sie her, um diese Zeit?«

Berthon zog unwillig die Augenbrauen zusammen und winkte ab.

Pierre überfiel der Verdacht, Berthon verheimliche etwas vor ihm, sage nur die halbe Wahrheit. »Schickst du sie zu den Waldensern?« fragte er ärgerlich.

Berthon legte den Finger auf die Lippen. »Sprich nicht so laut! Außerdem weißt du, daß Laura sich nicht schicken läßt. Sie geht schon jetzt ihre eigenen Wege.«

Die Tür öffnete sich, und Laura stand im Raum. Weil sie Pierre im dämmrigen Licht der Stube nicht erkannte, prallte sie im ersten

Augenblick vor ihm zurück, dann sprang sie mit einem Freudenschrei auf ihn zu. Er öffnete die Arme und drückte sie an sich.

Sie sprang an ihm hoch, klammerte sich mit den Beinen fest, rief »O Wunder« – küßte ihn schmatzend auf die Wange – »Wunder« – schmatzender Kuß – »o wunderbar zu schauen« – schmatzender Kuß – »dein Lächeln, Petrus, deiner Stimme Klang« – sie ließ von ihm ab, sprang einen Schritt zurück und ahmte eine höfische Verbeugung nach – »ist Sonne mir, ist himmlischster Gesang, du unvergleichlich hehrster aller – na? na?«

Pierre wußte nicht, ob er lachen sollte.

»Nun fang nicht schon wieder mit Petrarca an. Du bist ja regelrecht besessen von dem Dichter.« Berthon versuchte, Laura den Mund zuzuhalten, aber sie befreite sich von ihm, versuchte sich erneut an einer besonders formvollend-höfischen Verbeugung und rief triumphierend: »Pfauen!!«

Sie lachte derartig ansteckend, daß auch Pierre in das Lachen einfiel und drohte, ihr den Hintern zu versohlen.

»Krieg mich doch, krieg mich«, rief sie und machte ihm eine lange Nase, wollte zur Treppe stürzen.

Diesmal hatte sie nicht mit Pierres Schnelligkeit gerechnet. Er sprang über den Tisch – Berthon konnte gerade noch den Weinkrug retten –, und bevor sie die ersten Stufen nahm, hatte er sie schon an ihrem Kleid gefaßt. Sie wollte sich ihm entwinden, und er hatte plötzlich ihre Schürze in der Hand, aber mit der anderen griff er nach ihrem Arm, diesmal so fest, daß sie vor Schmerz aufschreien wollte, sich dann aber lieber auf einen Kampf einließ.

»Ich werd' es dir geben«, rief Pierre lachend, während sie zusammen auf den Boden stürzten. Laura kreischte, er riß ihren Rock hoch, sie kreischte noch lauter, und es gelang ihm, ihrem nackten Po einen klatschenden Schlag zu versetzen, bevor er umfiel und sich den Kopf heftig am Tischbein stieß.

Laura sah ihre Chance, sie trat und boxte nach ihm. Er ließ sich auf den Rücken fallen und schrie »Gnade, Gnade, ich ergebe mich!«

»Jetzt reite in dein Verderben, Schurke!« Und wie ein Kind auf seinem Steckenpferd durch die Gegend hopst, sprang sie auf ihn, lachte, schlug nach ihm und gab ihm mit ihren Fersen die Sporen, bis er gekrümmt vor Lachen und Schmerzen ihre Arme zu fassen bekam und sie so eng an sich drückte, daß sie sich nicht mehr bewegen konnte. Als er merkte, daß die Anspannung in ihrem Körper nachließ, lockerte er den Griff, und sie blieb nun schwer atmend auf ihm liegen. Er stöhnte noch einmal lachend auf.

»Ich ergebe mich … mir tut alles weh!«

Dann standen beide auf und ließen sich, erhitzt und in verrutschter, dreckiger Kleidung, auf einen Stuhl fallen. Berthon war aufgestanden und musterte sie mit einem langen Blick.

»Bist du uns böse?« fragte Laura ihn mit Unschuldsmiene.

Er schüttelte den Kopf und wandte sich ab.

# TEIL III

## 1534

Die Nächte in Lourmarin quälten Pierre. Immer wieder blickten ihn im Traum gelbe, katzenartige Augen an, glühten in der Dunkelheit, er irrte durch Badehäuser und klopfte an Türen, und überall öffneten ihm Mädchen, die am Daumen lutschten, schluchzten oder höhnisch lachten.

In einer Nacht kam Laura zu ihm gekrochen und wollte ihre kalten Füße an ihm wärmen, aber er warf sie aus dem Bett.

»Du bist doch kein Kind mehr«, murmelte er verschlafen. Laura maunzte ärgerlich und verzog sich wieder.

Am nächsten Morgen widmete Pierre sich ausgiebig dem Holz, hackte, sortierte, stapelte, holte sich dann Papier, ritt in das Tal des Aiguebrun und schrieb an einem schattigen Plätzchen, unweit der Mühle, einen langen Liebesbrief an Beatrice. Er zitierte sogar Petrarca. Laura hatte so viele Sonette gesungen, und trotz seiner Abneigung gegen den schmachtenden Dichter hatten sich ihm viele Zeilen eingeprägt.

Während er schrieb, sah er Beatrice, den Kopf madonnenhaft geneigt, die Augen voll sanfter Trauer. Um ihr diese Trauer auszureden, wurden seine Sätze feuriger, seine Liebesschwüre heftiger. Der Brief mußte lange Wochen der Trennung überbrücken. Vielleicht saß Beatrice täglich auf dem Turm von La Tour d'Aigues und schaute sehnsüchtig in die Ferne, ob nicht ein junger Reiter über die Wege galoppiere. Pierre schrieb, bald werde er zum Schloß seiner Träume kommen, zur Frau seiner Träume, und ob sie überhaupt noch auf ihn warte. Daher schreibe er auch und kündige sein Kommen an. Wahrscheinlich habe sie ihn längst vergessen und sich mit einem anderen Mann getröstet.

Als ob er sie in der Ferne entdecken könnte, ließ er seine Augen schweifen, aber der mächtige Felsvorsprung am Eingang der Schlucht und, weiter nach Norden, die grünenden Wälder des Luberon ließen keinen Fernblick zu. Er hörte das Wasser des Aiguebrun über Steine plätschern, er hörte das gleichmäßige Knarren und Schlagen des Mühlrads und die Vögel singen. Aber gleichzeitig krächzten auch die Krähen, verfolgten sich im Sturzflug vor ihrem Felsen, schwangen sich hoch. Ein neuer Schwarm fiel ein und löste wilde Kämpfe aus, schwarzes Geflatter vor der grauen Wand mit dem Totengesicht. Plötzlich, wie auf einen Befehl, formierten sie sich neu und stürzten zum nächsten Aas.

Pierre wandte sich ab.

Er sah Beatrice' Augen, ihren verlorenen Blick, mit dem sie ihn verabschiedet hatte. Und wieder schrieb er hektisch neue Zeilen, von ihrer großen Liebe, von Italien, von Heirat und Flucht.

Irgendwann hatte er alles niedergeschrieben, manches mehrfach. Er faltete das Papier, ritt nach Hause und versiegelte es dort sorgfältig, ohne auf Lauras neugierige Blicke und Fragen zu antworten. Anschließend lief er ins Schloß, wo er Raymond fragte, ob nicht ein Diener seinen Brief nach La Tour d'Aigues bringen könne.

Raymond lachte verständnisvoll, schrieb ein paar Zeilen an seine Schwester und überredete Pierre dann, mit ihm auszureiten.

»Es soll ein Bär östlich des Aiguebrun gesichtet worden sein. Und bei Vaugines ist ein Wolfsrudel in einen Schafspferch eingedrungen und hat drei Tiere gerissen. Vielleicht finden wir Spuren. Wenn nicht, machen wir uns einen schönen Tag.« Er schaute Pierre forschend an. »Haben wir uns nicht viel zu erzählen?«

Sie ritten im gemütlichen Zockeltrab nach Vaugines, sprachen mit den aufgeregten Schafhirten, die sich schon vorgenommen hatten, den Wölfen in der nächsten Nacht aufzulauern.

»Die kommen sicher nicht wieder. Während dieser Jahreszeit finden sie doch genug Wild in den Wäldern«, meinte Raymond, aber die Hirten gestikulierten heftig. Die Zahl der Wölfe, die man gesehen haben wollte, wurde immer zahlreicher, der Leitwolf immer größer, blutgieriger. Schon sah man aus den Bergen, aus Savoyen und Piemont, ganze Wolfsheere einwandern und versprach Raymond, bei der nächsten großen Treibjagd bereitwillig dabeizusein.

Raymond verabschiedete sich von ihnen, und die beiden zogen durch das Vallon de Vaunière nach Norden. Der Morgen strahlte in Frieden und Ruhe, von Bärenlosung oder anderen Spuren war nichts zu sehen. Nur hin und wieder hatten Wildschweine den Boden aufgerissen, um nach Würmern und Maden zu suchen.

»Deinem Vater gelang es früher manchmal, einen Keiler ganz allein zur Strecke zu bringen. Er ließ nicht locker und konnte tagelang durch den Luberon ziehen, bis er das Tier endlich gestellt hatte. Aber so ist er: Er gibt nie auf.«

Die Erwähnung seines Vaters riß Pierre aus den Gedanken an Beatrice. Er schüttelte sich, als wolle er aufdringliche Fliegen loswerden.

»Er will«, sagte er mit tiefer Stirnfalte, »daß ich in Paris Rechtswissenschaft studiere. Er will mich loswerden.«

»Ich glaube eher, daß er Großes mit dir vorhat.«

»Er will mich trotzdem loswerden. Gibt es hier wirklich so viele Waldenser?«

Raymond schaute ihn, erstaunt über den Gedankensprung, fragend an.

»Er befürchtet, ich könnte anfällig sein für ihren Glauben. Er mißtraut auch Berthon, er mißtraut überhaupt allen. Und meine Amme Catherine hat er dem Inquisitor ausgeliefert. Catherines Mann ist zu Tode gequält worden. Mein Vater ist ein Mörder!«

Sie ritten langsam nebeneinander her, Raymonds Hund langweilte sich und suchte nach jagdbarem Kleingetier, hetzte weg und kam bellend wieder zurückgerannt.

»Dein Vater ist zunehmend von dem Gedanken besessen, das Land von angeblichen Ketzern befreien zu müssen«, antwortete ihm Raymond. »Ich verstehe ihn nicht, er hätte es doch gar nicht nötig. Er wird auch so seinen Weg bis an die Spitze des Obersten Gerichtshofs gehen. Und die Waldenser ...« Er hob die Schultern und ließ sie wieder fallen. »Damals, nach den Pestjahren, haben wir sie gebraucht und aus den Alpentälern des Piemont einwandern lassen. Es sind fromme, fleißige Menschen, die die Bibel wörtlich nehmen, zu wörtlich vielleicht, die zu viel Vollkommenheit von den Menschen erwarten. Jetzt haben sie sich den Schweizer Reformatoren angeschlossen, dabei waren sie eine katholische Sekte, und wenn man sie nicht verfolgt hätte und noch verfolgen würde, gäbe es sie längst nicht mehr. Am meisten hat ihnen ihre Geheimniskrämerei geschadet. Und daß sie nur untereinander heiraten. Das schafft Mißtrauen. Aber natürlich, nach Jahrhunderten der Verfolgung hat man gelernt zu schweigen und kapselt sich ab.«

Pierre hatte nur halb hingehört, was sein Onkel sagte. Er mußte an Catherine und den Küfner denken, an Berthon und die Bouliers-Centals. Waren sie alle Waldenser? Und Laura? Galt sie als

Waldenserin, wenn ihr Vater einer war? Aber Berthon hatte ihm noch nie Vorträge über die richtige Zahl der Sakramente, über Fegefeuer und die Heiligen, über die Bedeutung des Eids und das Verbot des Tötens gehalten, noch nicht einmal über den Wert der Armut, er sprach mit ihm über die Lehren Epikurs, die Weisheiten Epiktets und die Gedichte des Horaz. Ob Berthon den *Barbe* kannte, der damals in Lourmarin gepredigt hatte, wußte Pierre nicht. Auf jeden Fall ging Berthon sonntags in die Messe, an anderen Tagen allerdings selten. Und woran glaubte eigentlich Raymond?

»Bist du ein Waldenser?« fragte er ohne Umstände.

Raymond lachte nur: »Sehe ich so aus?«

»Wie sehen denn Waldenser aus? Arm wie Berthon?«

Raymond wurde ernst. Er ließ sein Pferde anhalten und setzte sich an den Wegrand, in den Schatten einer Platane. Pierre folgte ihm.

»Was ist mit Berthon, Onkel Raymond? Wieso haust er so ärmlich und zurückgezogen in Lourmarin? Jetzt lebe ich seit Jahren mit ihm, und doch weiß ich kaum etwas über ihn. Er ist meinen Fragen bisher immer ausgewichen.«

Raymond dachte eine Weile nach, bevor er antwortete. »Ja, eigentlich könnte Berthon ein großer Mann sein, er könnte in Bologna oder Lyon Vorlesungen halten, vielleicht sogar als Kardinal in Rom residieren.«

»Berthon ein Kardinal?«

Raymond legte sich auf den Rücken, einen Grashalm im Mund, und starrte in die Baumkrone. »Weißt du nicht, daß er in Rom lebte?«

»Während des *Sacco*, ja …«

»Viel früher schon. Als junger Mann arbeitete er als Scriptor und Sekretär bei Kardinal Farnese, er hatte ihn in Florenz, beim Studium, kennengelernt …«

»Den Kardinal, der Papst Clemens in Marseille begleitete?«

»Genau den. Berthon hatte damals sogar die niederen Weihen.«

»Berthon als Papist in Rom, das kann ich kaum glauben.«

»Papist?« Raymond schüttelte skeptisch den Kopf. »Von irgend etwas muß der Mensch leben, und Farnese bot ihm ein Auskommen. Berthon war sogar, noch während seines Studiums, in Farneses Schwester Giulia verliebt – sie heiratete dann aber einen Grafen Orsini und bekam von ihm eine Laura.«

Raymond lachte, in einem verbitterten Ton auf, den Pierre nicht verstand.

»Später wurde sie die Geliebte von Alexander dem Sechsten, dem Borgia-Papst, du weißt, der deinem Großvater die Baronie Oppède als Lehen gab.«

In Pierres Ohren hallte der Namen Laura nach, Laura, Laura ...

»Hörst du mir zu, Pierre?«

»Ja, ja.«

»Also, aus irgendwelchen Gründen wurde Berthon nach Avignon geschickt, verbannt, muß man es wohl nennen – eine Intrige, nehme ich an, die Einzelheiten weiß ich nicht. Er arbeitete dort als Scriptor des Erzbischofs, lebte bei einer Wäscherin oder Näherin, der Witwe eines Schmieds, die ihr kleines Mädchen aufzog. Das Mädchen stammte nicht vom Schmied, die Witwe hatte sich verführen lassen, beim Karneval vielleicht, das kam vor. Aber sie liebte ihr Mädchen sehr, ihre kleine Marguerite, und versorgte den guten Berthon. Irgendwann, es muß um die Zeit deiner Geburt gewesen sein, war die kleine Marguerite herangewachsen und heiratete. Du darfst raten, wen?«

»Berthon?«

»Den alten Berthon, der ihr Vater hätte sein können. Sie wurde bald schwanger ...«

»Das ist ja wie im Märchen.«

»Ich weiß nicht, Märchen gehen meist gut aus.«

»Und sie bekam ein Kind mit Namen Laura. Halt, das kann nicht sein, Laura ist erst 1523 geboren.«

»Richtig. Marguerite zog in ihrem Zustand mit Berthon nach Lourmarin, nachdem er seine Scriptorstelle aufgegeben hatte. Bald nach ihrer Ankunft kam sie nieder. Aber der Säugling, ein Junge, starb kurz nach der Geburt, die Mutter überlebte nur knapp. Damals lernte ich sie kennen, weil Berthon für mich arbeitete. Er kümmerte sich um das Schloß und die Verwaltung, während ich in Aix studierte. Aber natürlich war ich häufig in Lourmarin, um nach dem rechten zu sehen. Marguerite hatte sich durch den Tod des

Kindes sehr verändert, manchmal war sie unansprechbar, dann wieder alberte sie, tanzte und sang, wurde von Tag zu Tag lernbegieriger, hockte häufig in meiner Bibliothek. Ich erlaubte es ihr. Sie war ein bezauberndes Mädchen, schön wie eine griechische Nymphe … Na ja, den Rest kennst du.«

Raymonds Stimme war zum Schluß leiser geworden und traurig.

Pierre schüttelte den Kopf. »Ich weiß nur, daß Lauras Mutter in Rom lebt.«

Als Raymond nicht antwortete, fragte er nach: »Laura ist also das Kind von dieser Marguerite und Berthon?«

»Sie wurde dann ein zweites Mal schwanger und bekam ein Mädchen, die Laura, die du kennst. Diesmal kam das Kind ohne Probleme zur Welt und blieb auch am Leben. Aber Marguerite verließ ihren Mann und ging nach Rom. Das Kind blieb bei Berthon.«

»Ja, und warum? Warum verließ sie Berthon? Warum nahm sie das Kind nicht mit? Was machte sie in Rom?«

»Sie heiratete bald einen sehr reichen Römer, einen Adligen.«

»Aber sie war doch verheiratet!«

Raymond zuckte mit den Schultern. »In Rom wußte niemand von ihrer Ehe.«

»Und Berthon? Hat er sie nicht wiedergesehen während des *Sacco*?«

»Wahrscheinlich. Ich glaube, Marguerites neuer Mann kam während der Plünderei um.«

»Und sie blieb in Rom? Berthon konnte sie nicht mitnehmen?«

»Er war schon über fünfzig und sie erst Anfang Zwanzig. Die ganze Stadt lag ihr zu Füßen.«

»Die Stadt war damals ausgeraubt und zerstört.«

»Eine schöne Frau findet immer Männer, die sie verwöhnen.«

Wieder klang Raymond traurig und verbittert, aber Pierre achtete kaum auf den Ton seiner Worte. Seine Gedanken waren bei Berthon. Er glaubte jetzt zu verstehen, warum sein Lehrer so wenig über Lauras Mutter erzählt hatte, warum er überhaupt aus seiner Vergangenheit ein Geheimnis machte. Die Frau verließ ihn, zog in das sündige Rom, und er, ein armer alter Mann, hielt ein Kleinkind in den Armen. Er hatte sie ziehen lassen, er hatte nicht gekämpft, nicht gegen Ränke und Hinterlist bei den Papisten in Rom und

Avignon und nicht um die Liebe der Frau. Er hatte nur das Kind behalten. Und später, in Rom, hatte er ihren Betrug, ihre Bigamie nicht hinausgeschrien. So hätte er sich rächen können. Aber wollte er Rache? Nein, er gab sich in sein Schicksal, in das *blindwaltende Geschick*, wie Epiktet schrieb. Natürlich, die Sprüche des verbannten Stoikers waren ihm Trost und Anleitung: *Führ mich, Schicksal, wohin du es vorbestimmt. Ich folge dir gern. Was hülfe mir das Zaudern? Ich wäre ein Tor und müßte dir dennoch folgen.* Aber war es so? Mußte man dem Schicksal ohne Kampf, ohne Widerstand und Protest folgen?

Nein!

Pierre hätte schreien können. Er mußte es Berthon ins Gesicht schreien. Nichts war vorherbestimmt, weder vom Schicksal noch von Gott. Und wäre es so, so würde er sich nicht damit abfinden. Lieber würde er untergehen, als sich in der Welt herumschubsen zu lassen und schließlich in einem provençalischen Dorf zu enden, so wie Berthon.

Pierre hämmerte sich mit den Fäusten gegen die Stirn.

Raymonds besorgte Stimme. »Es ist alles in Ordnung«, rief er.

Aber nichts war in Ordnung. Eine gefährliche Macht hatte Pierre erfaßt, schleuderte ihn herum, er kämpfte gegen unsichtbare Gegner in einer Nacht voller Schatten. Er sprang auf. Seit Wochen geriet seine Welt aus den Fugen. Er taumelte hin und her. Als würde die Erde beben, schüttelte es ihn. Als würde sich die Sonne verfinstern und er keinen Weg mehr finden.

Mit einem Sprung saß er im Sattel und ließ sein Pferd davonfliegen.

Abends lag Pierre mit Raymond im warmen Wasser des Badezubers. Geschrubbt und umsorgt von Mägden, fühlte er alle Spannung von sich abfallen. Sein Onkel beobachtete ihn und schien zu begreifen, was in ihm vorging.

»Mein Junge, jetzt gefällst du mir schon viel besser. Manchmal muß man sich verwöhnen lassen.«

Pierre erzählte ihm von der *Weißen Lilie*, von dem Badehaus, von der Spanierin, die seinen Vater immer bediene, und auch von Marie La Marseillaise und ihrer Tochter Claude.

»Ich kenne das Etablissement«, sagte Raymond, »und auch die Damen.«

»Du kennst Claude?«

Raymond schwieg. Erst als Pierre ihn mit dem Fuß anstieß, antwortete er abwesend: »Ihre Mutter, ihre Mutter.«

Am späten Abend schrieb Pierre einen zweiten Liebesbrief an Beatrice. Er wurde wirr und voller philosophischer Nebengedanken, und so zerriß er ihn. In seinen nächtlichen Träumen tauchten Wölfe auf, ihre gelben Augen glühten aus dem dunklen Saum des Waldes, und als er mit gespanntem Bogen auf sie zuritt, verschwanden sie lautlos.

Am nächsten Morgen wachte Pierre mit einer unruhigen Sehnsucht auf. Er schaute über die Dächer von Lourmarin, hörte Kindergeschrei und Hühnergegacker, das ergebene Blöken der Schafe und das wackelige Mäh der Lämmer, aufgeregtes Spatzengeschrei und in der Ferne das süße Flöten einer Nachtigall. Rauch zog in leichten Schleiern aus den Schornsteinen.

Er wollte hinaus, hinaus aus den Steinen, den Mauern, er wollte über die Felder reiten, hinein in den Wald und hoch auf den Luberon, hinaus in die Natur, in die Freiheit.

Er wollte zu Berthon und Laura.

Ja, und wollte er nicht auch zu Beatrice?

Ihm fielen die Papierschnitzel seines zerrissenen Briefes in die Hände. Lange hielt er sie zwischen den Fingern, streute sie dann aus dem Fenster, wie Blüten in den Morgenwind.

## 1534

Pierre war den ganzen Tag allein unterwegs gewesen, im Wind, unter den blühenden Kerzen der Kastanien und im schattigen Dunkel des Luberon. Er hatte am plätschernden Wasser des Aiguebrun gesessen und die flüchtigen Schatten der Forellen beobachtet, war schließlich eingeschlafen und hatte von seiner Mutter geträumt.

Er träumte während der letzten Wochen häufiger als früher. Die Traumbilder beunruhigten ihn und verfolgten ihn. Seine Mutter war herabgeschwebt, aber nicht Mama Catherine, sondern seine richtige Mutter, die er nie kennengelernt hatte, von der er nur ein Medaillon besaß, und nun stand sie vor ihm und streckte ihm die Hände entgegen: durchbohrt mit blutigen Wundmalen, die Daumen zerquetscht.

Vor Schrecken wachte er auf.

Das Wasser plätscherte, die Vögel sangen. Der Tag strahlte mit einer reinen und frischen Luft, die Sonnenstrahlen tanzten zwischen den Blättern, und wäre nicht der Traum gewesen, hätte Pierre singen können vor Freude.

Er betrachtete seine Hände: Nein, da waren keine Wundmale zu sehen, windungsreich wölbten sich Adern auf dem Handrücken, und in den Handteller grub sich – wie ein vernarbtes Brandmal – ein deutliches M ein, M wie Maynier. Er hatte in Aix seine Hand einmal einer Zigeunerin gezeigt. Sie hob die tiefe und langgezogene Lebenslinie hervor und die ebenso tiefe Liebeslinie, und zwischen beiden das Kreuz, das eigentlich ein X war, X wie das griechische Chi, und Chi war der Anfangsbuchstabe von Christus, dem Gekreuzigten.

Pierre war beeindruckt und drückte der Zigeunerin einen Sol in die Hand. Aber damit war noch kein Ende. Sie zog ihn zur Seite, damit nicht die Büttel des Erzbischofs auf ihr Geheimwissen aufmerksam würden, und wies ihn auf die Verzweigungen zu Beginn der Liebeslinie hin und die Abwege der Lebenslinie.

»Großer Liebhaber«, rief sie voller Bewunderung.

Er lachte sie aus, aber weil sie nett war und ihm schmeichelte, drückte er ihr noch eine Münze in die Hand. Sie lachte ebenfalls und war dann plötzlich in der Menge verschwunden, so plötzlich, daß Pierre dastand, als hätte ihn der Lichtstrahl einer wundersamen Erkenntnis getroffen.

*Großer Liebhaber* hallte es in ihm nach.

Sollte er wirklich ein großer Liebhaber sein?

Aber warum zögerte er? Warum schrieb er Liebesbriefe? Warum –?

Er ritt nachdenklich zum Schloß zurück, während der Traum langsam ins Vergessen sank.

In der Abenddämmerung saß Pierre mit Raymond auf der Terrasse. Sein Onkel schwärmte von der Beizjagd und beklagte dann die Schulden, die er auf sein Haupt geladen habe, weil er sich zu wenig um seine Wirtschaft kümmere.

»Trotzdem werde ich mir bald einen Falken zulegen.«

Es wurde laut an das Tor gepocht, und zwei Reiter erschienen. Einer der Reiter war ein Diener, der andere, wie Pierre überrascht feststellte, eine Frau, eine junge Frau …

Es war Beatrice.

Raymond umarmte sie und gab ihr einen Kuß auf die Stirn. »Eine nette Überraschung, nicht wahr, mein lieber Pierre? Unsere kleine Nichte, deine geliebte *Schwester* …« Er grinste breit und zwinkerte mit dem Auge.

Pierre begrüßte sie verkrampft. Er verbeugte sich, aber weil ihm diese förmliche Geste albern erschien, nahm er ihre Hand und zog sie ein Stück zu sich heran. Ihre Augen schienen sich an ihm festsaugen zu wollen, fragende, fordernde Augen, ein verliebter Blick, und dazu die feingeschwungenen Lippen.

»Du warst in Aix, hörte ich.«

»Ja, ja«, stotterte er, »in Aix, bei meinem Vater, ich sollte, ich mußte …«

Raymond stellte sich zwischen sie und legte seine Arme auf ihre Schultern. Er führte sie in den Speisesaal, wo die Kerzen auf dem Tisch schon brannten und das Feuer im Kamin heftig prasselte.

Es wurde aufgetragen.

Pierre hatte keine Augen für das Essen und den schweren Wein. Er hörte kaum zu, was sein Onkel sprach, er sah nur die schlanken Finger, mit denen Beatrice aß, ihre Grübchen und die Augenbrauen, die zu den Schläfen hin schmaler wurden. Ihre Ohren, hinter denen ein Zopf wie eine Haube das enganliegende Haupthaar abschloß, waren nicht muschelförmig, sondern langgezogen. Am Ohrläppchen hing eine matt glänzende Perle. Beatrice' Haut war gerötet, vielleicht noch vom langen Ritt und dem am Abend auffrischenden Wind, vielleicht von der starken Wärme, die vom Kamin ausging.

Raymond sprach mit seinen Hunden und kraulte sie. Dann ließ er neuen Wein aus dem Keller holen und fragte Beatrice nach ihrer Mutter.

»Darfst du ein paar Tage bleiben?«

Pierre horchte auf.

Beatrice nickte, schlug die Augen nieder.

Er mußte lachen, und sie schaute ihn an.

Er wagte ihren Blick nur zu streifen, weil ihre Augen so voll überwältigender Liebe waren, daß er sich schuldig fühlte; weil sie ihm so hemmungslos viel versprachen, daß ihn eine eigentümliche Angst erfaßte.

»Was?« sagte er zu Raymond, der ihn etwas gefragt hatte. »Entschuldige, ich habe dich nicht verstanden.«

Raymond lächelte fein. »Ich glaube, Berthon erwartet dich heute abend nicht mehr.«

»Nein, gewiß nicht, ich bin doch kein Kind mehr, ich kann kommen und gehen, wann ich will.«

Beatrice wandte ihren Blick nicht von ihm ab.

Nach dem Essen gähnte Raymond laut und streckte die Glieder.

Sie plauderten noch ein wenig über Bären und Wölfe, von denen Raymond auch heute wieder gehört hatte. Dann erzählte er von den Gedichten des François Villon, die Clément Marot gerade herausgegeben habe.

»Das sind Weisen, die nicht für keusche Jungfrauenohren gedacht sind. Aber ich gebe die Lieder nicht für zehn Petrarca-Sonette her.«

Pierre schaute ihn neugierig an.

»Es schwamm der Mond in mein Gemach hinein«, sang Raymond, »weil er da draußen so allein bei den entlaubten Bäumen stand!«

»Aber es ist doch Frühling, lieber Onkel«, warf Beatrice ein, »du hast dich im Gedicht geirrt.«

Raymond lachte. »Na, dann ein anderer Vers: Der süße Wein, der Hetzhund, jagt mein Blut zum letzten Schwung. *Prosit!*«

Und alle drei leerten ihr Glas. Raymond ließ sofort nachschenken, trank hastig, stieß mit Pierre und Beatrice an und zitierte sämtliche Villonverse, die er auswendig wußte.

Beatrice stieg langsam der Wein zu Kopf. Sie errötete und wurde wieder blaß, sie kicherte und lachte und schaute Pierre so verliebt in die Augen, daß Raymond schließlich »hoho« rief und sie nekkisch fragte: »Und was ist mit mir?«

Sie gab ihm einen Kuß auf die Wange.

»Na dann«, sagte er, »laßt das grausame Spiel ein Ende haben. Kinder, ich schwimme jetzt in mein Gemach hinein.«

Laut lachend stand er auf und verschwand winkend aus dem Saal.

Beatrice hickste und hielt sich die Hand vor den Mund.

Draußen, in der weich atmenden Frühlingsnacht, sangen die Nachtigallen, zirpten die Grillen. In der Ferne klagte ein Käuzchen.

Sie starrten in die Flammen. Beatrice, nun wieder still, warf einen Blick auf Pierre. Er legte ein neues Scheit in das Feuer, so daß die Funken sprühten. Als er sich wieder zu ihr setzte, lief sie rot an und griff nach seiner Hand. Auch er nahm ihre Hand. Sie neigte ihr Gesicht ihm zu, und sie preßten ihre Lippen aneinander, aus Beatrice' Augen liefen Tränen die Wangen herunter, die Körper zitterten vor Verlangen.

Dann rissen sie sich auseinander, lachten unsicher, begannen gleichzeitig zu sprechen und verstummten wieder.

»Was unternehmen wir morgen?« fragte Beatrice.

»Laß uns ausreiten, hoch auf den Bergrücken des Luberon, und dann zeige ich dir Ménerbes, meine Seigneurie, und auch Oppède, das ich einmal erben werde.«

»O ja!« rief sie, aber dann kamen ihr doch Bedenken. »Ist das nicht gefährlich, nur wir beide im Wald?«

»Ich werde dich beschützen!«

Sie lachten, küßten sich und sahen sich verliebt in die Augen.

»Meine Mutter hat an die Königin von Navarra geschrieben«, sagte Beatrice nach einer Weile schweratmend. »Sie will nicht, daß ich in deiner Nähe bleibe. Das glaube ich wenigstens.«

»Berthon hat mir ebenfalls geraten, nach Navarra zu gehen.«

Beatrice senkte den Kopf. »Sie will mich mit einem reichen Greis verkuppeln oder zur Mätresse des Königs machen.«

Pierre zuckte zurück, aber sie umarmte ihn leidenschaftlich.

»Ich lasse dich nicht mehr los«, flüsterte sie.

»Und wenn ich nach Italien gehe?«

»Dann gehe ich mit dir!«

Wieder küßten sie sich und sanken auf den Boden, neben die schläfrigen Hunde. All die Knöpfe, Bänder, Schleifen waren im Weg. Pierre fühlte, daß es jetzt geschehen mußte. Daß er sich nicht mehr beherrschen konnte. Alle Jungfräulichkeit, alle Eheformalitäten und jeglicher Priestersegen, Anstand, Ehre, Zucht und Zurückhaltung – alles war ihm gleichgültig.

»Komm!«, flüsterte er und zog Beatrice auf die Beine.

Sie sah ihn fragend an, aber dann folgte sie ihm doch in seine Kammer.

»Was wird meine Mutter dazu sagen?« flüsterte sie schwach. »Ich habe Angst, ich weiß nicht ...«

Um nicht alles in einem gewaltsamen Rausch zu zerstören, drückte er sie an sich und entkleidete sie langsam unter Küssen. Nur ein Öllämpchen warf ein schwaches Licht auf ihren Körper. Pierre riß sich seine Kleidung vom Leib, und sie krochen unter die Bettdecke. Er preßte sie an sich. Es dauerte lange, bis ihr Zittern nachließ, doch schließlich gelang es ihm, sie so empfänglich zu machen, daß der Schmerz, der sie durchzuckte, sofort in ein tränenreiches Verlangen überging. Sie erlaubte ihm nicht, sich aus ihr zu entfernen, und während der Nacht wuchsen sie immer wieder zusammen.

Als es dämmerte, wollte Beatrice in ihr Zimmer wechseln, aber Pierre hielt sie bei sich.

»Ich höre die Lerche schon in den Himmel steigen«, sagte sie.

»Wen kümmerts«, flüsterte er, »die Diener nicht, Onkel Raymond nicht, und deine Mutter wird schon nicht vor der Tür stehen.«

Beatrice kicherte, kuschelte sich an ihn und schlief ein. Auch er versank in einen kurzen traumlosen Schlummer. Aber schon die ersten Sonnenstrahlen, die durch das Fenster fielen, weckten sie wieder.

Als Pierre aufstehen wollte, klammerte Beatrice sich an ihn.

»Können wir nicht einen Priester finden, der uns traut, damit wir nicht weiter sündigen müssen?« flüsterte sie.

Pierre sah plötzlich seinen Vater grimmig auf ihn herabschauen, er sah auch Berthons trauriges Gesicht vor sich und Lauras Augen, er schmeckte plötzlich sogar wieder Claude, Claudes Tränen. *Sündigen müssen* klang in ihm nach und *Priester*. Er dachte weniger an einen Priester als an die Ferne, die bunte, reiche, abenteuerliche Ferne.

»Sollen wir nach Italien fliehen?« flüsterte er.

»Ich bleibe bei dir.«

»Nach Florenz? Oder Venedig? Oder Rom?«

»Vor Gott sind wir jetzt Mann und Frau.«

»Vielleicht kann ich Ménerbes verkaufen. Dann haben wir Geld.«

»Und ich werde Kinder kriegen. Ganz viele.«

»Oder ich studiere in Bologna und werde ein berühmter Gelehrter.«

»Aber meine Mutter möchte ich wiedersehen. Sie wird mir verzeihen. Das weiß ich. Meine Mutter ist so allein.«

»Mein Vater wird mich hassen.«

»Wir haben ja uns beide und Onkel Raymond.«

»Ja, wir haben uns beide. Und Onkel Raymond …«

»Liebst du mich?«

Pierre gab ihr einen Kuß auf den Mund.

»Wirst du mich nie verlassen?«

»Wenn du mich nicht verläßt …«

## 1534

Pierre hielt es nun nicht länger im Bett. Er kleidete sich an und ließ die Pferde satteln, und noch bevor Raymond aufgestanden war, ritten er und Beatrice in den frischen Morgen hinein. Sie warf ihm immer wieder einen verliebten Blick zu, den er mit einem liebevollen Lächeln beantwortete.

Als die Sonne höherstieg, erreichten sie die abgeflachte Kuppe des Bergzuges, und in der klaren Höhenluft galoppierten beide aus purer Freude, bis die Pferde eine Ruhepause brauchten. Dann legten sie sich in den Schatten, verzehrten ein Stück Käse und lutschten Oliven.

»Erinnerst du dich noch an den Ausflug mit Onkel Raymond?« fragte er.

Beatrice nickte. »Vor allem an das Gewitter – und was danach geschah.«

Weil sie so ernst schaute, küßte er sie.

Sie lagen sich lange in den Armen.

Er hörte zwischen dem Gesang der Vögel und dem Grillengezirpe das gleichmäßige Rupfen der grasenden Pferde. Immer wieder wehte betäubend der Duft von Thymian und Rosmarin herüber, von Pinienharz und Minze.

Beatrice war eingeschlafen. Ameisen krabbelten über ihren Körper, und er nahm einen Grashalm, um sie zu verscheuchen. Sie verzog ihr Gesicht, wachte aber nicht auf. Er strich ihr die Haare aus der Stirn, schaute lange auf das halb abgewandte Antlitz und bewunderte die geschwungenen Wimpern. Claudes Augen hatten diesen hellen Ring und die gelben Pünktchen, Lauras Augen lachten frech. Und Beatrice' Augen? Sehnsüchtig schauten sie, verliebt, verloren, – aber jetzt waren sie geschlossen und verliehen dem Gesicht einen fremden, fast leblosen Ausdruck.

Pierre legte sich seufzend zurück.

Was geschehen war, sollte ihn glücklich machen. Nun gab es kein Zurück mehr. Beatrice' Eltern würden zustimmen, und sein Vater *mußte* zustimmen. Er würde Beatrice bald heiraten.

Eine seltsame Angst durchfuhr ihn, und er stützte sich noch einmal auf den Ellenbogen, um ihr ins schlafende Gesicht zu sehen.

Schön war sie, nicht nur wegen der geschwungenen Wimpern. Ihre ängstliche, zerbrechliche Schönheit schien wie in Marmor erstarrt ... Warum gab es im Luberon keinen Künstler, der sie so abbildete, wie sie jetzt dalag, eine stumme Fee ... O Gott, er liebte sie wirklich!

Pierre setzte sich auf und schaute über die Lichtung. Der Wind rauschte leise in den Eichen, Veilchen betupften den Boden, Vergißmeinnicht blühte am Waldrand, und der Ginster überstrahlte alles mit seinem intensiven Gelb. Sie waren die einzigen Menschen hier oben. Pilze und Beeren gab es keine zu sammeln. Wilderer oder Wegelagerer fürchteten die Strafen seines Vaters, der noch immer, auch von Aix aus, jede Unbotmäßigkeit und jeden Übergriff verfolgen ließ. Als sie an der Grenzmarke vorbeiritten, hatten sie die Spuren seines Wirkens entdeckt. Unter einem dicken Querast, der als Galgen gedient hatte, waren sie auf ausgebleichte Knochenreste gestoßen. Wer hier wohl sein Ende gefunden hatte?

Pierre wollte aber nicht an seinen Vater denken und schon gar nicht an den Tod. Er weckte Beatrice mit einem Kuß. Sie schlang ihre Arme um seinen Hals. Als er sie bedrängte, sträubte sie sich und hielt ihn gleichzeitig fest.

»Nicht hier oben«, flüsterte sie.

»Dann laß uns nach Ménerbes reiten«, sagte er aufseufzend und befreite sich aus ihrer Umarmung.

»Bist du böse?«

Pierre schüttelte den Kopf und holte die Pferde.

Sie ritten den Nordabhang hinunter, bis sie den Ort auf dem vorgelagerten Felsen erreichten. Die Menschen grüßten sie freundlich, aber wie Fremde.

»Kennt dich hier niemand?« fragte Beatrice erstaunt.

Pierre zuckte mit den Achseln.

Vor dem Burgportal angekommen, ließ er den Verwalter rufen.

»Wer seid Ihr? Was wollt Ihr?« wurde er unwirsch empfangen.

»Ich bin Pierre Maynier, der Sohn des Barons von Oppède und Euer Seigneur«, fuhr er ihn an.

Der Verwalter ließ einen prüfenden Blick über ihn gleiten. »O, natürlich«, rief er aus und verzog sein Gesicht zu einem unterwürfigen Lächeln. »Ich hätte es wissen müssen, gnädiger Herr, verzeiht

Eurem Diener, aber Ihr seid so gewachsen, so groß und stattlich geworden, und das gnädige Fräulein …«

Er half Beatrice vom Pferd und lief aufgeregt vor ihnen her, als hätte er etwas zu verbergen, sprach von dem gnädigen Herrn Vater, der immer alle Pachtzinsen und Entrichtungsgelder erhalten habe, von der schlechten Ernte des letzten Jahres, von den faulen Dienern und Mägden, den unzuverlässigen Bauern, den ketzerischen, aufrührerischen Waldensern.

»Und die Totenmessen! Viel zu überteuert! Der Priester leiert seine Gebete herunter und hält dann gierig die Hand auf. Aber für Eure Mutter, Gott sei ihrer so jungen Seele gnädig, keiner hat sie vergessen, wir verehren sie alle …«

Pierre tauschte mit Beatrice einen Blick aus.

»Ich will das Zimmer meiner Mutter sehen«, befahl er.

Der Verwalter winkte einer Frau, die aber, ohne zu reagieren, um die nächste Ecke verschwand. Leise fluchte er vor sich hin und ging voran. Die Fensterläden waren verschlossen, so daß sie sich durch staubiges Halbdunkel vorantasten mußten und immer wieder über Gerümpel stolperten.

Der Verwalter öffnete eine Tür.

Es stank. Spinnweben überall. Auf einem Bett lag eine dicke Staubschicht. In der Ecke stand eine geöffnete Truhe, über deren Rand ein graues eingerissenes Laken hing. Das Kruzifix war von der Wand gefallen und zerbrochen.

Pierre wagte Beatrice gar nicht mehr anzusehen.

»Hält man hier ihr Andenken so in Ehren?«

»Nun, Euer Herr Vater, der Baron … also, regelmäßig die Totenmessen …«

Mit einer abrupten Geste brachte Pierre ihn zum Schweigen.

»Das genügt! Ich werde meinem Vater von meinen Erkenntnissen berichten.«

»Wir tun, was wir können, schicken ihm auch Geld …«

Pierre schwang sich aufs Pferd. Liebedienerisch winselnd hielt der Verwalter Beatrice den Steigbügel.

»Wenn das gnädige Fräulein uns das nächste Mal wieder besuchen, werden wir alles hergerichtet haben für einen angemessenen Empfang …«

Während sie nach Oppède trabten, hing jeder seinen Gedanken nach. Beatrice wirkte müde, gelegentlich warf sie Pierre einen traurig-verliebten Blick zu.

Pierre bereute inzwischen, daß er ihr seine jetzigen und späteren Besitztümer hatte zeigen wollen. Beatrice, die in einem gepflegten luxuriösen Schloß aufgewachsen war, mußten die verdreckten Gemäuer abstoßen. Und wenn dann auch noch die Erinnerung an damals hinzukam, an den Empfang durch seinen Vater, an die Vertreibung von Mama Catherine …

Die Burg von Oppède ragte, wie die von Ménerbes, hoch über den Fels, Dohlen und Raben kreisten um den Turm. Pierre starrte auf die Mähne seines Pferdes und grüßte kaum die kleine Ziegenhirtin, die ihnen fröhlich zuwinkte.

An der Dorfmauer saß eine alte Frau und bettelte. Er gab ihr eine Silbermünze, und sie fiel vor ihm auf die Knie, küßte seine Schuhe.

»Gott wird Euch dafür belohnen, er wird Euch tausendfach zurückgeben, was Ihr mir geschenkt habt.«

Pierre lächelte die Frau an, hob Beatrice aus dem Sattel und band die Pferde an einen Haltering.

Beatrice reichte der Bettlerin Brot und Käse und setzte sich zu ihr. Auch er ließ sich neben ihr nieder. Die Frau stopfte das Brot in sich hinein, schmatzte, murmelte zwischendurch Segensworte und lachte laut.

»Warum sitzt du gerade hier?« fragte Pierre sie nach einer Weile.

»Die Menschen sind freundlich. Sie geben gern den Armen, obwohl sie selbst arm sind. Und fromm sind sie, auch wenn sie selten in die Kirche dort oben gehen. Sie halten ihre eigene Messe ab. Zwei Männer sind vor kurzem gekommen, haben gepredigt und die Kinder getauft. Sie haben ihre Bibel selbst mitgebracht und nur in der Sprache des Volkes gesprochen. Gehört Ihr auch zu ihnen, junger Herr?«

»Zu wem?«

»Nun, zu ihnen, die uns das Evangelium in der Sprache des Volkes predigen. Ihr seid gut, Ihr gehört zu ihnen.«

»Ich weiß es nicht.«

»Aber Ihr müßt es doch wissen. Hier gehören fast alle dazu, nur nicht der Herr auf der Burg, der Baron, aber der lebt in Aix und läßt sich nur selten blicken.«

»Was weißt du von ihm?«

Sie schaute ihn plötzlich mißtrauisch an. »Wieso fragt Ihr?«

»Warum sollte ich nicht fragen. Du sitzt hier und hörst, was die Leute erzählen.«

In ihren Augen stand plötzlich panische Angst. »Aber wenn Ihr mich nun plötzlich mitschleppt und meine Füße in siedendes Öl steckt …«

»Ich bin kein Inquisitor.«

Pierre reichte ihr ein Stück Fleisch. Sie stopfte es sich sofort in den Mund.

Als sie wieder verständlich sprechen konnte, schien sie alle Befürchtungen vergessen zu haben. Sie schluckte den letzten Bissen Fleisch herunter und legte los: »Es liegt ein Fluch auf der Burg. Und der Herr Baron ist vom Teufel besessen. Seit er im Krieg war, damals, als unser König gefangengenommen wurde. Er humpelt schon so wie der Bocksfüßige. Das sagen alle, die hier leben. Wenn sie von ihm sprechen, machen sie ein Zeichen.«

Sie bekreuzigte sich und verstummte plötzlich wieder.

»Kennt Ihr Catherine Saumuc?« fragte Pierre.

Sie bekreuzigte sich erneut, ihre Augen flackerten wieder. »N-nein«, brachte sie mühsam heraus.

Er nickte und stand auf.

»Ist gut«, sagte er und steckte ihr noch eine Silbermünze zu.

Pierre faßte Beatrice bei der Hand und stieg mit ihr den schmalen, nur mit groben Steinen belegten Weg zur Burg hoch. Aus den Eingängen der Häuser und Fenstern schauten ihnen neugierig die Bewohner nach. Pierre kamen einige Gesichter bekannt vor, aber ihn schien niemand wiederzuerkennen.

Am Burgportal zeigte er Beatrice das Wappen der Familie Oppède – zwei gebrochene Dachbalken auf blauem Grund – und führte sie dann wortlos zur Kirche, deren Dach ausgebessert werden mußte. Mehrere Fenster des Haupthauses waren zerschlagen und nur notdürftig gerichtet, manche einfach zugenagelt.

»Wann warst du zum letzten Mal hier?« fragte Beatrice.

Pierre zuckte mit den Achseln. »Schau den schönen Goldregen auf dem Friedhof. Hier liegt meine Mutter begraben. Aber es gibt noch nicht einmal einen Grabstein.«

Beatrice nickte, machte aber keine Anstalten, sich den Friedhof anzuschauen. »Weißt du noch?« frage sie nach einer Weile.

»Ich habe es nie vergessen können …«

Ein alter Mann humpelte über den Hof, sah sie, kümmerte sich aber nicht um sie und verschwand in einer der Stallungen.

»Das war unser ältester Reitknecht. Ich glaube, er kämpfte sogar in Pavia und kam noch später als Vater zurück. Auch er war verwundet worden. Er ist länger hier, als ich denken kann.«

»Warum hast du ihn nicht begrüßt?«

Pierre wandte sich ab.

Beatrice schaute ihn verwundert an. »Willst du nicht hineingehen?«

Er schüttelte den Kopf und mußte sich dann an die kalte Steinmauer des Portals lehnen. Ein Schwindelanfall ließ die Burg plötzlich in einer verschwommenen Ferne verschwinden, der Boden schwankte, und alle Mauern stürzten. Er schloß die Augen und befürchtete, jeden Augenblick umzufallen, erschlagen zu werden. Er riß die Augen wieder auf und hörte sich sagen: »Laß uns zurück nach Lourmarin reiten.«

»Ja, das ist das beste«, antwortete Beatrice. »Pierre, du bist ganz bleich.«

»Es geht schon …«

Noch immer kämpfte er gegen den Schwindel. Die Mauern standen wieder, aber aus ihrer dunklen Masse trat plötzlich sein Vater, die Peitsche in der Hand. Er sah die geschlagene Mama Catherine, den hilflos kämpfenden Raymond und fühlte, wie, stärker noch als in Ménerbes, eine grausame Hand nach ihm griff. Das Bild seines Vaters hing neben dem Bild des Großvaters, und er hörte sich selbst unterwürfig *ja, Vater* sagen. Die Stockhiebe des wütenden Mönchs sausten auf seine nackte Haut. In seinem Schmerz griff er nach seinem Degen und durchbohrte ihn. Aus blutig aufgerissenen Augen starrte ihn sein tödlich getroffener Vater an. *Du bist ein Oppède, du bist ein Oppède!* rief eine alte, zerbrochene Stimme.

## 1534

Jean Maynier verließ seine Spanierin noch in der Nacht.

In dem edel eingerichteten Haus ihrer Herrin, die eng mit dem Erzbischof befreundet war, wurde abends regelmäßig wohlmundend gespeist, mit scharfen Gewürzen und guten Weinen. Es wurde auch musiziert, Karten gespielt und geistreich geplaudert. Für seine Verhältnisse zu schamlos geklatscht, aber dies gehörte zu einem solchen Etablissement. Schließlich zog man sich, angeregt und in guter Stimmung, zurück und setzte in den Kammern, in denen Duftlämpchen die Anregung noch erhöhten, das Spiel, nun zu zweit und unbekleidet, bis zum erregenden Höhepunkt fort.

Dieser Lebensstil war allerdings nicht billig, aber inzwischen war Jean Maynier Dritter Präsident des Obersten Gerichtshofs der Provence geworden, Louis de Bouliers Vierter. Lieber wäre ihm gewesen, Louis hätte es überhaupt nicht geschafft, aber die reformistisch ausgerichteten Kräfte hatten ihn zu ihrer Galionsfigur deklariert, während hinter ihm, dem Baron d'Oppède, nicht nur der Erzbischof von Aix stand, sondern auch noch die römische Kurie selbst – dies hatte der glatzköpfige Jean de Roma ihm nach der Gratulation ganz deutlich zugeflüstert. Außerdem begünstigten ihn bestimmte Kräfte vom Hof, insbesondere, so kursierte das Gerücht, die vom König frisch verheiratete Herzogin von Étampes, die frühere Anne de Pisseleu, deren Einfluß ungebrochen war und die diesen Einfluß ohne Hemmungen einsetzte.

Sich eine Kurtisane zu leisten war nicht billig. Der Besitz von Oppède und Ménerbes, das zwar seinem Sohn gehörte, dessen Einkünfte er aber verwaltete, warf für einen solchen Luxus nicht genügend ab, das neue Amt des Dritten Präsidenten verschaffte ihm jedoch ordentliche Zusatzeinkünfte und außerdem Kredit. Beim Juden lieh er sich natürlich kein Geld. Juden nahmen Wucherzinsen, manche bis zu vierundzwanzig Prozent, und außerdem hatten sie den Heiland ans Kreuz genagelt. Er lieh sich lieber das Geld bei seiner Freundin Marie La Marseillaise, der Mutter von Claude, beim Wirt der *Weißen Lilie* und sogar bei Raymond. Dieser hatte ihm das letzte Mal allerdings nichts geben können, weil er, wie er behauptete, selbst verschuldet war.

Jean Maynier hatte sich inzwischen alles gut durch den Kopf gehen lassen. Seine Position war bestätigt und gefestigt. Warum sollte er in Zukunft nicht auch noch Zweiter Präsident werden und irgendwann einmal den überaus nachsichtigen und in seinen Augen vertrottelten Chassanée als Ersten Präsidenten ablösen? Aus gut unterrichteten Kreisen in Rom hatte er gehört – Jean de Roma zeigte sich erneut als williger Informant –, daß der Kampf gegen die Häretiker verstärkt werden sollte. Der König sei zwar mehr an Gedichteschmieden, Treibjagden und am schönen Geschlecht als an Politik interessiert, er sei auch mit der Armeereform beschäftigt und insgesamt leider ein viel zu toleranter Mann, aber im Prinzip sehr fromm, für Prozessionen, Heiligenfeste und Reliquienkulte immer zu haben und inzwischen auch viel dezidierter gegen die Lutheraner und Reformierten eingestellt. Clemens VII. lebe nicht mehr lange, der neue Papst würde sicher den Druck gegen die Häretiker verstärken, dies gelte auch für Frankreich, für die Provence, wo die Waldenser immer frecher ihr Haupt gegen die ewige Ordnung der Kirche erhöben.

Jean Maynier hatte die Entwicklungen im Königreich, die Nachrichten aus Rom, seine Karriere am Obersten Gerichtshof lange bedacht und außerdem eingehend die finanziellen Grundlagen berechnet. Dabei war ihm klar geworden, daß sie nicht ausreichten für die Aufgaben, die ihn noch erwarteten.

Die Finanzen waren das eine. Das andere war die Bedeutung seines Namens. Sein Vater hatte vom Papst Alexander VI. die Baronie Oppède erhalten, darauf war er stolz, aber er spürte bei den Agoults oder den Simianes, bei den Pontevès und Sabrans, natürlich auch bei Grignan, daß er kein Graf war, kein Marquis, kein Herzog, daß sein Adelstitel jung war und noch nicht einmal vom König verliehen. Irgend jemand mußte auch das Gerücht ausgestreut haben, vielleicht sogar Raymond, der Feigling von Pavia, daß er bei Marignano nicht dabei gewesen war, weil ihm das Geld für die Rüstung und Ausstattung der Begleitsoldaten gefehlt hatte.

Was man an weiteren, nicht minder ehrenrührigen Verleumdungen über ihn in die Welt setzte, wußte Jean Maynier nicht, aber er konnte sich das eine oder andere denken. Schließlich gab es genügend waldensische Ketzer, die von ihm behaupteten, er habe sich an ihrem Grund und Boden bereichert.

Natürlich würde niemand wagen, ihm dies ins Gesicht zu sagen, aber er war nicht dumm, er durchschaute die Menschen, und weil er sie durchschaute, gewann er die meisten Prozesse, mehr noch, es gelang ihm, seine Mitmenschen zu beherrschen.

Jean Maynier hatte sich alles genau überlegt.

Zwei Probleme gab es zur Zeit zu lösen. Das erste Problem hing mit Pierre zusammen. Sein bisher einziger Sohn liebte seinen Vater nicht. Darüber brauchte er sich keinen Illusionen hinzugeben. Er selbst liebte ihn, aber die Liebe eines Vaters erzeugte nicht zwangsläufig die Liebe des Sohnes. Er nahm auch an, daß die Jahre bei Berthon und in Raymonds Nähe den Jungen in einer unguten Weise beeinflußt hatten. Vielleicht hätte er sich mehr um ihn kümmern sollen, aber Gott hatte ihm seine geliebte Anne genommen und ihn die Prüfung einer schweren Verwundung durchstehen lassen.

Nun jedoch war ein Kreuzweg erreicht, eine neue Etappe in die Zukunft begann, und die Entscheidungen mußten eindeutig sein. Pierre sollte in Paris Rechtswissenschaft studieren. Die Provence sollte demnächst ihre Unabhängigkeit verlieren. Amtssprache würde Französisch, das war beschlossene Sache. Das Königreich zentrierte sich immer mehr um die Stadt an der Seine. In Paris stand der Louvre, der König baute das in der Nähe gelegene Fontainebleau zu seinem Lieblingsschloß aus, kurz: in Paris lag die Zukunft.

Pierre war jung und schwankte in seinen Vorlieben, Tätigkeiten und Entschlüssen, dies war typisch für sein Alter. Tagsüber plante er zu heiraten, abends, nach Rom zu pilgern, und nachts besuchte er seine kleine Hure. Heute entzifferte er mit seinem Humanistenlehrer Berthon alte Manuskripte, und morgen würde er sich vielleicht als Eremit aus der Welt zurückziehen oder als Forschungsreisender zu den neuen Kontinenten aufbrechen wollen. Pierre brauchte ein klares Ziel, und Jean Maynier selbst mußte ihm dieses Ziel vorgeben, sonst würde aus seinem Sohn nie ein großer Sohn Frankreichs werden.

Jean Maynier stand am Fenster seines Hauses und schaute in die nächtliche Gasse hinaus. Morgen würde er nach La Tour d'Aigues reiten. Er hatte sich bei Louis wegen einer wichtigen Angelegenheit angemeldet. Vielleicht konnten sich Madeleine und ihr Mann schon denken, was er mit seinem Besuch beabsichtigte: Er wollte um die Hand ihrer Tochter anhalten.

Ja, er hatte es sich genau überlegt.

Er erreichte bald das vierzigste Lebensjahr, und Beatrice wurde sechzehn, wuchs in die Blüte ihrer Schönheit und in die Reife ihrer Weiblichkeit, deren höchstes Ziel es sein mußte, Kinder zu gebären und einen Haushalt zu führen. Er selbst brachte neben Oppède seine berufliche Zukunft mit in die Ehe, Beatrice sollte als Mitgift einige Orte im Luberon erhalten, vielleicht noch einen Anteil von Centallo im Piemont.

Später würde sie einmal das gesamte Land ihrer Eltern erben, und das ließ sich wirklich sehen. Die gemeinsamen Kinder konnten sich glücklich schätzen, zumal alles, was Raymond hinterließ, ebenfalls Beatrice zufallen würde, falls er keine Kinder mehr in die Welt setzte. Allerdings wollte er mit diesem Erbe nicht rechnen, denn Raymond konnte jederzeit heiraten oder seine möglichen Bastardkinder legitimieren lassen. Man erzählte sich in Aix allerlei über ihn, Geschichten von Kurtisanen, denen er verfallen gewesen sei. Aber Jean Maynier gab wenig auf bloße Gerüchte. Wie er ihn einschätzte, hätte Raymond sicher das eine oder andere Kind, war es denn mit Sicherheit von ihm, legitimiert.

Beatrice brachte auf jeden Fall eine gute Mitgift in die Ehe, erbte sehr ordentlich, und Jean Mayniers Familienstamm würde nicht mehr nur auf einem einzigen männlichen Erben ruhen. Beatrice war, auch dies spielte eine Rolle, das Abbild ihrer Mutter, und mit der Zeit würden sie sich beide aneinander gewöhnen und womöglich sogar Zuneigung entwickeln. Sicher war Beatrice zu frei erzogen, und dies führte bei Mädchen immer zu unguten Eigenschaften, aber er würde sie schon zurechtbiegen. Und lieber eine gebildete Frau als eine tumbe Betschwester.

Einen weiteren Vorteil hätte die Heirat. Die ketzerischen Waldenser, die sich nicht nur heuchlerisch die *Armen Christi* nannten, sondern gelegentlich auch noch anmaßend die *Vollkommenen* und die sich auf dem Besitz von Louis, Madeleine und ihrem Bruder Raymond gehäuft herumtrieben, würden unter seiner Herrschaft endlich zum richtigen Glauben zurückgeführt – notfalls mit Hilfe von Streckbrett, Presse und Scheiterhaufen. Der französische König und der Papst würden es ihm danken, daß er als einer der wenigen konsequent den Lutheranern ein *principiis obsta* entgegenschleuderte. Gegen die Springflut der Ketzerei mußte ein Damm errichtet werden.

Viele Gründe sprachen also für eine Verbindung der Häuser Oppède und Bouliers-Cental.

Eine Tatsache allerdings war durchaus problematisch, die Tatsache nämlich, daß auch Pierre Beatrice heiraten wollte – angeblich aus Liebe. Für eine gute Ehe sprach aber nicht Liebe, sondern Ökonomie. Verliebten jedoch war dies schwer verständlich zu machen. Daher war es so wichtig, daß Pierre im fernen Paris studierte. Aus den Augen, aus dem Sinn. Es war auch anzunehmen, daß Louis, der Vater seiner zukünftigen Braut, erkannt hatte, daß sein alter Freund und Kollege sich auf dem Weg befand, zum wichtigsten Mann am Obersten Gerichtshof zu werden, und einen solchen Mann machte man sich nicht zum Feind.

Aber Madeleine? Als Frau gehorchte sie Gefühlen. Und doch hatte sie sich damals der Vernunft gebeugt und nicht ihn, sondern Louis geheiratet. Warum sollte sie nicht auch diesmal ihre Gefühle beherrschen und Vernunft beweisen?

Am nächsten Morgen ließ Jean Maynier frühzeitig sein Pferd satteln. Die Sonne ging nun schon später auf, und ein milchiger Schleier über den Feldern wies auf den nahenden Herbst hin. Nachdem die Fähre ihn über die Durance gesetzt hatte, hielt man ihn nur kurz an und erwies dann seiner Robe eine tiefe Reverenz. Zufrieden ließ er sich den Namen des verantwortlichen Offiziers geben und zog weiter.

Am Ortseingang von La Tour d'Aigues geschah jedoch ein unangenehmer Zwischenfall. Auf dem Weg torkelte ihm ein Mann mit ausgestrecktem Arm entgegen, ein Bettler, offensichtlich betrunken, und machte keine Anstalten auszuweichen. Aufdringliche Bettler gab es genug, aber sie wichen gewöhnlich zur Seite, weil sie genau wußten, daß sie sonst einen Fußtritt oder Peitschenhieb riskierten. Dieser Tölpel jedoch blieb kurz stehen, als müsse er sich orientieren, und wankte dann genau auf ihn zu – als wolle er sich seinen Weg erzwingen. Nun war Jean Maynier, der Dritte Präsident des Obersten Gerichtshofs der Provence, kein Mann, der einem Bettler auswich.

Sein Pferd wieherte nervös. Im letzten Augenblick erkannte er, daß der Bettler blind war, mit blutigen Löchern statt Augen, – aber selbst ein Blinder hatte auszuweichen. Jean Maynier gab seinem Pferd einen leichten Schlag, es rannte den Torkler um und trat ihn wohl auch noch mit einem seiner Hufe. Der Bettler schrie auf und wälzte sich im Staub.

Die Bauersfrauen, die mit ihren Feld- und Gartenfrüchten unterwegs waren, kümmerten sich laut kreischend um ihn, und als Jean Maynier ungerührt weiterritt, rief ein Mann: »Gott schütze uns vor diesen Landplagen!« Zuerst dachte er, der Bettler sei gemeint. Aber als er sich umdrehte, begriff er, daß der Mann ihm diesen Satz nachgerufen hatte. Voll plötzlicher Wut zog er seinen Degen und galoppierte auf das Knäuel von Menschen, Vieh, Körben und Karren zu. Der Unverschämte verdiente den sofortigen Tod. Ein Hagel von Eiern und Tomaten empfing ihn und drohte, seinen teuren Reisemantel zu beschmutzen, sein Pferd scheute, ein Bauer streckte ihm sogar eine Mistgabel entgegen.

»Verfluchte Bande!« brüllte Jean Maynier, wendete auf der Stelle und galoppierte in den Ort hinein und über den Marktplatz zum Schloßportal.

Louis und Madeleine empfingen ihn im Ahnensaal. Louis kam ihm entgegen und begrüßte ihn. Er hatte sich glatt rasiert. Zwei tiefe Furchen durchzogen die Wangen, seine Augen wirkten klein und zusammengekniffen, als hätte er eine kurze Nacht hinter sich, die Nase ragte spitz aus dem Gesicht. Die Haare noch grauer, als Jean Maynier sie in Erinnerung hatte. Er zog die Lippen breit, es war ein mühsames, ein zerquältes Lächeln.

Madeleine blieb auf ihrem thronartigen Sessel sitzen, während er sie begrüßte. Ungewöhnlich die vornehme Aufmachung, die die Unnahbarkeit ihres Verhaltens verstärkte. Sie war in hellem Rot gekleidet, mit weit gepufften Ärmeln und einem hochgeschlossenen Spitzenhemd. Auf ihrem Schoß ihr Hündchen, in ihrer Hand einen Rosenkranz. Die Haare streng nach hinten gekämmt und von einem Zopf umrundet. Eine Brosche schloß den Mittelscheitel ab. Auch die Augenbrauen waren sorgsam gezupft. Mit einem hoheitlichen Ausdruck neigte sie ihren Kopf.

Von Beatrice war nichts zu sehen.

»Mein lieber Jean, nimm Platz.«

Ihm wurde ein Glas Wein gereicht. Er erbat sich auch noch Wasser, weil er von dem langen Ritt durstig sei. Madeleine möge ihm seinen staubigen Aufzug nachsehen.

»Aber Jean, wir sind doch alte Freunde.«

Erwartungsvoll sah sie ihn an. Es war ein besonders kostbarer Rosenkranz, den sie durch ihre Finger gleiten ließ, mit einer von Goldfäden durchzogenen Quaste.

»Schön, dich mal wieder bewirten zu können«, sagte Louis. Er ließ sich nun ebenfalls nieder. Trotz seiner müden Augen und seiner grauen Haut wirkte sein Körper kräftiger und gleichzeitig beherrschter, als er ihn in Erinnerung hatte.

»Ich darf dich im übrigen noch zu deiner Ernennung beglückwünschen«, sagte Madeleine.

»Er ist der Erfolgreichste im alten Freundestrio«, seufzte Louis. »Könnten wir heute auch noch Raymond begrüßen, wären die alten Kumpanen wieder zusammen. Die Kinder wachsen heran, die Arbeit wächst uns über den Kopf, und die Haare werden grau.«

»Nun mach dich nicht älter, als du bist, Louis«, sagte Jean Maynier lachend. »Hast du die vierzig eigentlich schon überschritten?«

»Schau dir meine Haare an.«

»Graue Haare, weiser Geist.«

»Hauptsache, man bleibt gesund und verliert seine Kräfte nicht«, warf Madeleine ein.

»Na ja«, sagte Louis gedehnt.

»Er spielt gern den alten Mann, dabei stecken noch ungeahnte Kräfte in ihm. Aber das weißt du ja, Jean.«

Eine Weile plätscherte das Gespräch dahin. Man besprach die zu erwartende Weinernte, beklagte die anhaltende Teuerung. Beatrice tauchte noch immer nicht auf, und Jean Maynier wurde klar, daß sie bei diesem Gespräch nicht dabei sein sollte. Dies war gut so, denn auf diese Weise konnte er deutlicher über die Grundzüge des geplanten Ehevertrages reden.

Madeleine schwieg nun und schaute ihn erwartungsvoll an. Louis schwieg ebenfalls und lächelte schmallippig.

Jean Maynier räusperte sich.

»Weswegen ich gekommen bin ... Ihr könnt es euch sicherlich denken ... Ich möchte unsere Familien enger miteinander verbinden ...«

Weder Madeleine noch Louis zeigten eine Regung, ein Anzeichen der Zustimmung, der Freude gar ...

»Um es kurz zu machen: Ihr wißt, daß ich zum Dritten Präsidenten des Obersten Gerichtshofs ernannt wurde, Louis wurde ja erfreulicherweise ebenfalls in das Führungsgremium aufgenommen; ihr wißt, daß mein beruflicher Werdegang damit noch nicht sein Ende erreicht hat; ihr wißt auch, daß ich trotz meiner Verletzung in der Schlacht von Pavia gesund und stark bin; kurz: ich möchte, wie schon gesagt, unsere Familien enger miteinander verbinden, weil man gemeinsam stark ist, also, ohne Umschweife: Ich möchte eure Tochter Beatrice heiraten.«

Jean Maynier senkte seinen Kopf. Eine kurze Zeitspanne kam ihm sein Antrag gewagt und gleichzeitig lächerlich vor. Es kam ihm der Gedanke, er könnte vielleicht das Glück seines Sohnes zerstören. Wütend über diese Attacke der Schwäche, wütend über sich selbst, riß er den Kopf wieder hoch und schaute mit wilder Entschlossenheit Madeleine und Louis in die Augen.

Madeleines Augen zeigten blankes Entsetzen. Sie ließ ihren Schoßhund auf den Boden gleiten. Ihre Finger krampften sich um den Rosenkranz, fahrig fuhr sie sich mit einer Hand übers Gesicht.

Louis glotzte ihn regelrecht an. Seine müden Augen hatten sich ungläubig geweitet, auf seinen Lippen stand ein idiotisches Grinsen. Aber dann schien er sich schnell zu fassen.

»Du scherzt«, sagte er, »du willst für deinen Sohn Pierre um die Hand unserer Tochter bitten.«

»Nein«, sagte Jean Maynier scharf. »Ich scherze nicht. Pierre wird in Paris studieren. Er ist noch zu jung, um zu heiraten.«

Er war aufgestanden. Wie er insgeheim befürchtet hatte, stieß er, wenigstens als erste Reaktion, auf Widerstand – den er brechen mußte. In seinem Herzen tobte ein Kampf zwischen dem Wunsch, Madeleine und Louis sofort den Fehdehandschuh hinzuwerfen, ihnen mit Vernichtung zu drohen, und der Vernunft, die ihm sagte, daß diese Reaktion zu erwarten gewesen war, daß niemand seinen Schritt erwarten konnte, daß natürlich der Altersunterschied ...

»Lieber Jean« – Louis legte ihm nun seine Hand auf die Schulter – »...der Altersunterschied ...«

»Ich kenne den Altersunterschied. Ich habe mir den Antrag reiflich überlegt, das darfst du mir glauben.«

»Natürlich haben wir nichts gegen dich als ... Schwiegersohn. Im Gegenteil, wir fühlen uns geehrt, daß ein alter Freund wie du unsere kleine Beatrice erwählt hat.«

Louis' Ton war weich, er spielte nun den Diplomaten. Jean Maynier durchschaute seine Taktik.

»Natürlich«, fuhr er fort, »müssen wir auch unsere Tochter fragen. Schließlich ist sie es, die dich heiraten soll. Und ihr Glück liegt uns am Herzen. Madeleine, meine Liebe, was meinst du dazu?«

Sie nestelte nervös an ihrem Kragen, warf dann den Rosenkranz auf den Tisch und stand auf. »Selbstverständlich muß sie gefragt werden.«

»Warte!« Jean Mayniers Stimme klang bestimmt, fast wie ein Befehl. »Bitte, warte einen Augenblick!«

»Womit soll ich warten?« Madeleines Stimme klang gereizt. »Ich wollte Beatrice nicht holen!«

Jean Maynier merkte, wie angespannt er war. Er versuchte, gleichmäßig und tief durchzuatmen, er preßte seine Finger zu einer Faust, ließ sie wieder locker. Madeleine rauschte durch den Raum, setzte sich dann auf einen Stuhl und richtete ihr Kleid.

Jean Maynier begann zu sprechen. »Natürlich weiß ich, daß mein Antrag für alle überraschend kommt. Aber ich habe ihn mir reiflich überlegt. Ich bin mir auch bewußt, daß Beatrice nicht einfach ja sagen kann, sie wird Zeit brauchen, sich an den Gedanken zu gewöhnen, und noch mehr Zeit, sich an mich zu gewöhnen. Und dennoch glaube ich ... ja, denkt an euch selbst.« Er mußte schlukken. »Ja, das war doch auch eine Vernunftehe, ich meine, ihr hattet recht, euch für einander zu entscheiden, obwohl ich damals der Zurückgestoßene war. Man wird reifer und erkennt, daß die Liebe sich während der Ehe entwickelt. So war es auch zwischen mir und meiner kleinen, leider so früh gestorbenen Anne. Während das Kind unter ihrem Herzen wuchs, wuchs auch die Liebe. Versteht ihr, eure Tochter braucht keinen unfertigen Jüngling, sie braucht einen stabilen Mann, der ihr alles bieten kann, was sie verdient.«

Madeleine und Louis schauten sich an. Madeleine wollte etwas sagen, ließ es dann aber. Louis kraulte das Hündchen, das zu ihm gelaufen war, und nahm es auf den Schoß.

»Noch etwas«, fügte Jean Maynier an, »in Zeiten wie unseren, die schwieriger werden, in denen Ketzer ihr freches Haupt erheben, in denen Karl der Fünfte auf Frankreichs Untergang sinnt, ist es wichtig, daß sich unsere Familien zusammentun, daß Frieden herrscht zwischen den Provençalen und daß eure Tochter im Schutz eines starken Armes leben kann.«

Louis seufzte. »Du sprichst überzeugend, Jean, aber du weißt natürlich, daß wir Beatrice zu einem solch entscheidenden Schritt nicht zwingen können.« Er warf einen kurzen Blick auf Madeleine, die ihr Gesicht abgewandt hatte. »Und du sagst ja selbst, daß Liebe Zeit braucht. Ich schlage folgendes vor: Wir lassen uns deinen Antrag durch den Kopf gehen, und in einer ruhigen Minute sprechen wir mit unserer Tochter, so wie du sicher schon mit Pierre gesprochen hast.«

Jean Maynier machte eine ungeduldige Geste.

»Mein Herz, was denkst du?«

»Du hast recht, mein Lieber.«

»Gut«, sagte Jean Maynier, »aber laßt mich ein Wort mit Beatrice wechseln, jetzt, unter vier Augen. Ich möchte ihr darlegen, was ich für sie fühle, was sie erwartet, was sich entwickeln könnte. Ich weiß, sie ist ein vernünftiges Mädchen, die Tochter ihrer Mutter.« Ein leichtes Lächeln huschte über sein Gesicht.

Er war sich inzwischen im klaren darüber, daß bei Beatrice ein vorsichtig vorgetragener Antrag auf entsetzte Ablehnung stoßen konnte, aber ein kleiner Hinweis auf Pierres Lotterleben in Aix würde sie vielleicht auf den Boden der Realität zurückbringen und ihre Liebe zu ihm ein wenig erkalten lassen. Madeleine und Louis wollten offensichtlich auf Zeit spielen, und vielleicht würden sie Beatrice, ohne ihr von seinem Antrag zu erzählen, wegschaffen ...

»Nun ja«, sagte Louis zögernd.

»Ich bitte euch darum, und ich wüßte nicht, warum ihr mir diesen Wunsch abschlagen solltet.«

»Sie hält sich nicht im Schloß auf«, sagte Madeleine. Es sollte bestimmt, aber freundlich klingen, doch es klang nur kurz angebunden und kalt.

Jean Maynier fühlte, wie er allmählich seine Fassung verlor.

»Dann laßt sie holen.«

»Das geht nicht so schnell.«

»Warum?«

»Ich glaube nicht, daß wir dir Rechenschaft schuldig sind ...«

»Madeleine!« unterbrach sie Louis. Bedauernd lächelte er Jean Maynier an: »Sie ist bei Schwager Raymond, er ... er wollte ihr schon seit langem seine neuesten Bücher zeigen, ja, du weißt vielleicht nicht, daß sich unsere Tochter für Bücher, auch für Papier interessiert. Die beiden waren vor kurzem in L'Isle-sur-la-Sorgue, haben sich die Papiermühlen angeschaut, im *vallis clausa*, im berühmten... Du weißt ja, Petrarca, der Schwarm aller jungen Mädchen ...«

Jean Maynier stand auf. Ihm war alles klar. Wie Schuppen fiel es ihm von den Augen. Raymond! Man schmiedete ein Komplott gegen ihn. Madeleine und ihr sauberer Bruder, und wahrscheinlich war auch Berthon daran beteiligt. Vielleicht wollten sie sogar Pierre und Beatrice verkuppeln. Raymond an erster Stelle. Raymond spielte zwar immer den verständnisvollen Freund, aber er hatte ihm die schmachvolle Wahrheit von damals nicht vergessen, die Wahrheit über seine Feigheit in Pavia. Raymond hatte ihm Pierre entfremdet, bewußt entfremdet, den alten vergilbten Trottel Berthon auf ihn angesetzt, und jetzt sollte sich die Schlinge zuziehen. Pierre heiratete in die Sippe Agoult-Bouliers-Cental ein, er wurde aufgenommen von dem Herrn Grafen, hochgehoben, adoptiert, und den Vater, den kleinen Baron von Borgias Gnaden, den ließ man draußen ...

»Lieber Jean«, sagte Louis und wollte ihm den Arm auf die Schulter legen, »du bist unser Freund, wir achten und schätzen dich. Morgen ist Beatrice wieder zu Hause, und schon morgen abend kannst du mit ihr sprechen. Sei bis dahin bitte unser Gast.«

Louis hatte Madeleine nicht mehr angeschaut, aber ihr Gesicht zeigte zu deutlich, daß sie mit diesem Vorschlag nicht einverstanden war. Natürlich konnte sie ihrem Mann nicht widersprechen. Aber sie brauchte es auch nicht. Er, Jean Maynier, würde sich nie so erniedrigen lassen, hier in diesem Schloß hingehalten zu werden, zu warten, bis das gnädige Fräulein vielleicht geruhte, von ihren Ausflügen heimzukommen.

Jean Maynier hatte seine Schulter zurückgezogen, war aufgestanden und wandte sich mit einem »Verbindlichen Dank, nicht nötig, ich habe verstanden!« zum Gehen.

»Jean!« rief ihm Louis nach, aber Jean Maynier drehte sich nicht mehr um, er verließ den Ahnensaal und ritt in sich steigernder Wut davon.

Sein Ziel war Lourmarin.

## 1534

Wohlig müde streckte Pierre seine Glieder von sich. Er hatte sich zur Siesta in sein Zimmer zurückgezogen, während Raymond und Beatrice draußen Hammerball spielten. Die Nächte brachten ihnen wenig Schlaf, die Liebe hatte sie in einen Rausch versetzt. Tagsüber vergnügten sie sich mit Ballspielen, lasen zu dritt François Villons Gedichte und musizierten, aber abends hielten sie es nicht lange in Gesellschaft aus. Ihr Onkel ließ sie lachend ziehen.

Über den Besuch in Ménerbes und Oppède hatten sie nur kurz gesprochen.

»Ich glaube, dein Vater würde Ménerbes am liebsten verkaufen«, erklärte Raymond.

»Das soll er nur!« rief Pierre. »Und Oppède gleich mit!«

Raymond lachte. »Laß ihn nur hören, was die Bettlerin dir von dem Fluch erzählte. Er glaubt, sein Oppède von den Waldensern gesäubert zu haben. Aber während er in Aix an seinem Aufstieg arbeitet, wenden sich immer mehr Menschen vom katholischen Glauben ab, gerade auch in seiner Baronie.

»Und was ist das für ein *Fluch*?« fragte Beatrice.

»Aberglauben, nichts als Aberglauben.« Raymond winkte ab, mußte aber lachen, als er ihr ängstliches Gesicht sah. »Ich glaube kaum, daß sich Pierre jemals in Oppède niederlassen wird. Wenn es nach seinem Vater geht, wird er in Paris residieren oder den König nach Fontainebleau oder Chambord begleiten.« Er klopfte Pierre auf die Schulter. »Unser stolzer Gralsritter!«

Pierre hatte nicht mehr zugehört. Er wollte nicht mehr an seinen Vater denken, nicht an Ménerbes und Oppède, wie ein schlechter Traum sollte ihr Besuch dort möglichst schnell in Vergessenheit geraten. Aber er konnte ihn nur dann vergessen, wenn Beatrice in seinen Armen lag. Zog er sich, wie jetzt, zur Siesta zurück, überfielen ihn düstere Bilder, Rabengekrächze, ein Totentanz mit all seinen von der Pest entstellten Vorfahren. Und im Hintergrund stand immer sein Vater und drohte ihm.

Halb im Schlaf hörte Pierre Pferdegetrappel und einen lauten herrischen Ruf. Er öffnete die Augen und setzte sich auf. Die

Stimme kam ihm bekannt vor. Es wurde nach Graf Raymond d'Agoult gerufen. Und nun ein Hin und Her aufgeregter Stimmen. Pierre sprang aus dem Bett, zog sich seinen Degen um und band sich eiligst die Schuhe fest. Er war es tatsächlich. Sein Vater! Er stritt sich mit Raymond. Von seinem Fenster aus konnte Pierre die beiden nicht sehen, er verstand auch nicht, um was genau es ging, er hörte aber die Wut seines Vaters und Raymonds Beschwichtigungsversuche.

Ohne zu überlegen, schwang Pierre sich aus dem Fenster, ließ sich auf ein Schuppendach hinab und sprang auf einen Heuballen. An der Nordseite des Schlosses rannte er durch das dichte Gehölz hinab zu den Wiesen und von dort ins Dorf. Neugierig schauten die Frauen ihm nach, Kinder riefen ihm etwas zu. Er stürmte in Berthons Haus. Sein Lehrer war gerade dabei, mit Laura griechische Stammformen zu üben. Das Mädchen, das mit gelangweiltem Gesicht am Tisch gesessen hatte, sprang ihm freudig entgegen und küßte ihn ab.

»Mein Vater! Er ist hinter mir her, er …«

»Was heißt *hinter mir her*?« fragte Berthon. »Hast du etwas verbrochen?«

Pierre löste sich von Laura.

»Nein, es geht um Beatrice …«

»Nun beruhige dich erst einmal!« Berthon holte ein Glas Wein.

»Beruhigen? Ich kenne meinen Vater.«

»Willst du mir nicht erklären, worum es überhaupt geht?«

»Ich will Beatrice de Cental heiraten, ich habe sie getroffen, wir lieben uns, wir waren bei Raymond …«

»Ach, deswegen habe ich dich nicht mehr gesehen.«

»Ja, entschuldige, Vater Berthon, ich hätte zu dir kommen müssen, aber es ging alles so schnell, und jetzt auch noch mein Vater. Ich weiß, er will die Heirat mit Beatrice verhindern, er haßt die Centals.«

Berthon schüttelte den Kopf. »Aber nein, warum sollte er sie hassen? Er war ja selbst einmal in Madame de Cental verliebt. Er will nur nicht, daß du schon so früh heiratest.«

»Und warum kommt er auf das Schloß gestürmt, wütend wie ein angestochener Keiler?«

»Woher soll ich das wissen? Ich frage mich sowieso, warum du vor ihm wegrennst.«

Pierre stutzte.

Berthon hatte recht. Es war unglaublich. In Panik war er vor seinem Vater davongelaufen, und noch immer ... Aber bevor er sich besinnen konnte, kam im wilden Galopp ein Pferd die Gasse heruntergerannt, hielt direkt vor ihrem Haus, und ohne anzuklopfen stürmte Jean Maynier in die Stube.

»Da ist er ja!« rief er und wollte sich auf Pierre stürzen. Dann besann er sich jedoch und blieb drohend im Raum stehen.

Berthon war aufgestanden und verbeugte sich knapp: »Ich darf Euch begrüßen, Herr Baron, und wundere mich über Eure Eile.«

Jean Maynier stieß ihn zur Seite und fauchte ihn an: »Mit dir rechne ich noch ab!«. Einen Schritt trat er auf Pierre zu, der, kaum sah er seinen Vater, seine hektische Angst in einen kämpferischen Widerstand verwandelt fühlte. Aufrecht und entschlossen stellte er sich neben die Feuerstelle und sah seinem Vater trotzig ins Gesicht.

»Wo bist du die letzten Tage gewesen?«

»Hier bei Berthon und bei Onkel Raymond. Wir waren gemeinsam auf der Jagd.«

»Und was ist mit Beatrice? War sie vielleicht auch mit auf der Jagd?«

»Nein.« Pierre machte eine kurze Pause, um die Wut seines Vaters einzuschätzen. »Ich nehme an, du weißt, daß ich nicht Beatrice' Hüter bin und du nicht ihr Vormund.«

Jean Maynier zuckte, als wolle er zum Schlag ausholen, beherrschte sich dann aber. Sein Gesicht war bleich, in seinen Augen stand ungezügelter Haß.

»Du bist nicht der Hüter, sondern der Liebhaber dieser Hure.«

Pierre schwieg für kurze Zeit. Er atmete tief durch und versuchte, die auch in ihm aufsteigende Wut einzudämmen. Er wollte seinen Vater nicht reizen, aber er mußte ihn in die Schranken weisen. Er war kein Kind mehr, er wollte seinen Weg gehen, und sein Vater mußte sich damit abfinden, ob es ihm paßte oder nicht. Daß er vor ihm weggelaufen war, unüberlegt und feige, war schon beschämend genug und sollte sich nicht wiederholen.

»Ja, ich liebe Beatrice, und Beatrice liebt mich. Sie ist alles andere als eine Hure, und ich verstehe nicht, warum du so über sie redest. Ich verstehe auch nicht, warum du mir nachreitest.«

Jean Maynier griff nach dem Glas, das auf dem Tisch stand, und trank es in einem Zug leer. Dann schmetterte er es in den Kamin. Der Weinrest zischte auf, Splitter flogen durch die Stube.

»Gläser sind teuer, mein Herr«, sagte Berthon, ruhig, aber bestimmt. »Ich bin ein armer Lehrer und für meine Dienste nur unzureichend belohnt. Daher darf ich Euch bitten, mir das Glas zu ersetzen.«

»Halts Maul, du verlogener Ketzer! Du hast mir den Jungen versaut, das wird dich noch viel mehr kosten als nur ein Glas.«

»Herr«, Berthons Ton wurde nun schärfer, »solange Ihr Euch in meinem Haus aufhaltet, darf ich Euch bitten, mich nicht zu verleumden und Euer Vokabular angemessener zu wählen. Schon wegen des Kindes.«

Jean Maynier lachte höhnisch. »Das arme Kind, es könnte verdorben werden. Hast du ihr schon einen reichen Liebhaber ausgesucht? Es ist bald soweit. Je jünger die Dinger sind, desto schärfer sind die Männer auf sie. Da brauchst du nur meinen lieben Sohn zu fragen, der kennt sich aus!«

Pierre griff nach dem Schürhaken.

Als Jean Maynier das sah, brach er in Gelächter aus. Plötzlich wieder ernst, nahm er einen Hocker und hob ihn drohend: »Paß auf, daß ich dir nicht den Haken aus der Hand schlage und das Feuer im Haus ein wenig anfache.«

Er warf den Hocker in die Ecke und wandte sich zum Ausgang. Vor der Tür drehte er sich um: »Hör zu, mein Junge, du wirst die Provence verlassen, um in Paris zu studieren. Das ist meine Entscheidung. Außerdem verbiete ich dir, deine Beatrice weiterhin zu sehen.« Um seinen letzten Worten den richtigen Nachdruck zu verleihen, baute er sich in aller Breite auf und stemmte die Arme in die Seite: »Sie wird nämlich meine Frau!«

Pierre entfuhr ein Lachen, das höhnisch klingen sollte, aber eher unsicher wirkte. Berthon schüttelte den Kopf, zog Laura zu sich heran und hielt schützend die Hände vor ihren Körper.

»Wärst du nicht mein Vater«, sagte Pierre jetzt in erzwungener Ruhe, »würde ich dich sofort zum Duell fordern. Aber ich töte nicht meinen Vater. Ich töte niemanden – weil ich ein Christ bin. Und was Beatrice angeht: Wir sind vor Gott längst Mann und Frau. Niemand wird uns trennen können.«

Für einen Augenblick schien sein Vater verblüfft zu sein, dann lief er rot an. Er ballte seine Fäuste, und man sah, wie er mit sich kämpfte.

»D-d-daß du sie zur Hure gemacht hast, ist schlimm. Dafür gehörst du ausgepeitscht!«

»Wie Mama Catherine?« entfuhr es Pierre.

Er begann nun seine erzwungene Ruhe zu verlieren, während sein Vater seinen Mund zu einem höhnischen Grinsen breitzog und fortfuhr. »Ich werde sie trotzdem heiraten, und du wirst nichts dagegen tun können. Mit ihren Eltern ist schon alles abgesprochen.«

»Du lügst«, schrie Pierre.

Jean Maynier hielt den Türgriff in der Hand. »Heul dich lieber bei deiner kleinen Hure Claude in Aix aus, bevor du nach Paris gehst. Auf diese Weise wird dir der Trennungsschmerz leichter fallen.«

Pierre wußte nicht mehr, was er tat. Er rannte brüllend, den Schürhaken wie einen Degen ausstreckend, auf seinen Vater zu. Jean Maynier wich geschickt aus, schlug ihm den Haken aus der Hand, packte ihn und schleuderte ihn mit derartiger Kraft an die Wand, daß Pierre vor Schmerz aufheulte und zusammensackte. Laura hatte sich aus Berthons Armen befreit und eilte ihm zu Hilfe. Sie schlug mit ihren kleinen Fäusten nach Jean Maynier, der ihr lachend zwei Ohrfeigen gab und sie dann an den Haaren wieder in Berthons Arme zurückzerrte.

»Ich glaube, ihr habt verstanden, wie ernst es mir ist.«

Und schon war er draußen.

Eine kleine Ewigkeit hockten die drei versteinert am Tisch. Laura saß auf Berthons Schoß, wortlos, mit großen Augen. Pierre glaubte jeden Augenblick den Verstand zu verlieren. Sein Herz raste, stolperte und schien dann plötzlich stehenbleiben zu wollen. Er tastete nach seinen Dolch, zog ihn langsam aus dem Schaft und prüfte, ohne zu überlegen, was er tat, die Schärfe und Spitze der Klinge.

Er stieß ein Lachen hervor und steckte den Dolch wieder in den Schaft.

»Mein Vater ist verrückt geworden«, rief er, »verrückt!«

»Er weiß nicht mehr, wo seine Grenzen sind«, sagte Berthon wie zu sich selbst.

»Glaubst du wirklich, daß er mit Beatrice' Eltern schon einen Ehevertrag aufgesetzt hat?«

Berthon schüttelte den Kopf. »Nein, ich kann es mir nicht vorstellen.« Nachdenklich schaute er auf Laura, deren Gesicht leer war, und streichelte ihr über die Haare.

»Was willst du jetzt tun? Willst du mit Beatrice nach La Tour d'Aigues reiten und mit ihren Eltern sprechen?«

»Ja«, antwortete Pierre, »nein, ich weiß es nicht.«

Er verstummte und brütete, ins Feuer starrend, vor sich hin, bis ihm schließlich eine Idee kam: »Wie wäre es, wenn du einen Priester holtest, der uns möglichst bald traut. Aber keinen scheinheiligen Kriecher, der uns hinhalten und verraten würde, nein, einen Waldenserprediger, zum Beispiel den, der damals in der Kometennacht gepredigt hat.

»Georges Morel, meinst du?«

»Ich weiß nicht, wie er heißt. Er soll nur mit dem Segen der Kirche versehen, was Gott schon zusammengefügt hat.«

»Aber ein *Barbe* kann höchstens für die *Armen Christi*, für die Reformierten sprechen, nicht für die katholische Kirche. Und ihr braucht einen Ehevertrag, ihr müßt zum Notar, eure Eltern auch. Außerdem: Ist dir klar, wie gefährlich dies für alle Beteiligten ist? Insbesondere für Morel?« Berthon lehnte sich zurück, gab Laura einen Kuß auf die Stirn und drückte sie an sich.

Pierre sprang auf. »Ich suche deinen Morel und frage ihn selbst. Wenn er nein sagt, dann reite ich zu Beatrice' Eltern.«

»Willst du sie nicht zuerst fragen?«

»Sie liebt mich, sie will meine Frau werden.«

»Ich meine die Eltern. Unterschätze deinen Vater und seinen Einfluß nicht. Er kann niemanden zwingen, ihn zu lieben und zu heiraten, aber er kann uns alle vernichten.«

Pierre griff wieder nach dem Feuerhaken und warf ihn mit einer derartigen Wucht in den Kamin, daß die vor sich hinglühenden Scheite aufflammten. Er schlug brüllend mit der Faust auf die Holzplatte, bis er sich vor Schmerzen wand. »Ich werde ihn töten«, schrie er, »bevor er mich tötet.« Dann brach er schluchzend zusammen und klammerte sich an Berthon und Laura. »Helft mir, helft mir doch!«

Berthon befreite sich. »Ich verstehe nicht, warum alles so schnell gehen muß. Wenn ihr euch einig seid, dann sprecht mit Beatrice' Eltern. Sie werden das Mädchen sicher nicht gegen ihren Willen mit deinem Vater verheiraten. Und dein Vater wird sich auch beruhigen, wenn er begreift, daß ihm sein Toben nichts hilft, daß er sich nur lächerlich macht. Aber wenn wir jetzt etwas falsch machen, wenn wir gar einen *Barbe* hinzuziehen, dann werden wir bald Besuch vom Inquisitor erhalten. Willst du das wirklich? Denk an den Küfner!«

»Aber bist du denn ein Waldenser?« heulte Pierre.

Berthon schwieg. Nach einer Weile sagte er: »Ich bin ein getaufter Katholik und habe in meinem Haus nie einen Gottesdienst mit einem *Barbe* abhalten lassen.«

»Wenn du ein Katholik bist, kann dir niemand etwas antun. Der Küfner war ein Waldenser und wollte wahrscheinlich nicht abschwören. Und er konnte sich nicht herausreden. Aber du wirst dem Inquisitor die Worte im Munde herumdrehen und ihn ganz dumm dastehen lassen. Und außerdem wird uns Onkel Raymond schon helfen.«

Als Berthon noch immer nicht reagierte, fuhr er fort: »Dann sag mir wenigstens, wo ich den *Barbe* Morel finden kann.«

Berthon senkte den Kopf.

»Sag es mir!«

Berthon schaute ihn gequält an.

»Ich werde den Notar fragen, die Dorfbewohner, alle.« Pierre sprach immer hektischer.

Berthon seufzte. »Er lebt in Mérindol.«

»In Mérindol?« Er richtete sich auf. »Ich reite sofort zu ihm.«

»Pierre, sprich vorher noch mit Graf d'Agoult und Beatrice! Ich beschwöre dich. Wenn ihr euch wirklich liebt, hast du nichts zu befürchten! Ihr seid jung, euer Leben liegt noch vor euch! Du stürzt uns alle ins Unglück!«

## 1534

Es war Herbst geworden. Jean Maynier hatte die Sommermonate in Aix verbracht. Isabella, die Spanierin, hatte ihm die Nächte verkürzt. Wenn er frühmorgens noch in ihren Armen lag, schien ihm der Gedanke, die junge Beatrice de Bouliers et Cental heiraten zu wollen, wie eine ferne Wiederholung eines Jugendtraumes.

Aber dann glaubte er wieder an eine geheime Verschwörung gegen ihn, Raymond und Berthon hatten sich längst verbündet, wahrscheinlich auch Madeleine, Louis weniger, Louis war schwach – allesamt huldigten sie dem Gedankengut der Waldenser, standen ihm zumindest positiv gegenüber und duldeten es.

Das schlimme war, daß man diese Häretiker so schwer fassen konnte. Selbst Jean de Roma, der die Menschen aushorchte, der jede böswillige Unterstellung für die reine Wahrheit nahm, wenn sie sich nur gegen wirkliche oder vermutete Waldenser wendete, nannte zwar Namen und lieferte Zeugenaussagen, aber wollte man all den Genannten den Prozeß machen und sie auf den Scheiterhaufen bringen, müßte man eine ganze Armee an Juristen, Schreibern, Bütteln und Henkern aufstellen. Die Kosten waren vor dem königlichen Schatzmeister überhaupt nicht zu vertreten. Die Zeit war noch nicht reif für eine konsequente Politik gegen Lutheraner, Waldenser und sonstige Ketzer.

Beatrice in seinem Bett, an seiner Seite, wie jetzt die Spanierin – das wäre ein großer Sieg. Ein Sieg über Madeleine. Denn konnte er nicht die Mutter heiraten, so nahm er sich die Tochter. Die Tochter, die sein Sohn entjungfert hatte. Bei Marie La Marseillaise hatte er sich einmal Claude bestellt. Es reizte Jean Maynier, dieses junge Fleisch zu testen, das Mädchen, das Pierre in die Liebeskünste eingeweiht hatte, aber Marie hatte zuerst das Vorrecht anderer Kunden angeführt, dann Unreinheit und Krankheiten vorgetäuscht, ihm ihre Tochter auf jeden Fall bis heute vorenthalten. Wäre Jean Maynier nicht so ein langmütiger Mensch, wäre sie bald nicht mehr die reichste Kurtisane von Aix. Aber er dachte an alte Zeiten, als er, Louis und Raymond, vor allem aber Raymond, die *Marseillaise* regelmäßig besuchten und ihren Spaß mit ihr hatten.

Die Vorstellung reizte ihn, mit Beatrice Hochzeit zu feiern, während Madeleine dabeistand, in Gedanken nicht bei der Garderobe, nicht beim Maskenball und auch nicht beim Festmahl, sondern im Bett mit ihm.

Wirklich nur die Wiederholung eines Jugendtraums? Natürlich konnte niemand Beatrice zwingen. Ihre Eltern würden es zumindest niemals tun. Und wenn wirklich ein Priester die Kinder getraut haben sollte, müßte man die Trauung für nichtig erklären. Was wahrscheinlich ein leichtes war, denn es hatte sie sicher kein katholischer Priester getraut, sondern einer dieser hergelaufenen waldensischen Prediger, die immer frecher ihr verfilztes Haupt erhoben und die Autorität der allumfassenden römischen Kirche in Frage stellten.

In den Armen der Spanierin fühlte sich Jean Maynier wohlig gelähmt. Er hätte längst etwas unternehmen sollen; der Sommer war verstrichen, und alle mußten annehmen, er hätte seinen Plan aufgegeben. Aber er war nicht der Mann, der seine Pläne aufgab. Und er gab auch nicht klein bei.

Der Herbst brachte innerhalb weniger Wochen Ereignisse, die Jean Maynier aus seiner abwartenden Haltung auffahren ließen. Zuerst starb der alte Papst, Clemens VII., der Taktierer, der zum Schluß alles nur noch hatte schleifen lassen, und sein Nachfolger wurde, unter dem Namen Paul III., Kardinal Alessandro Farnese.

Jean Maynier erinnerte sich noch gut an ihn. Beim Hochzeitsfest in Marseille saß Farnese neben dem Heiligen Vater, nicht weit entfernt diese schöne Frau in Grün – ein alter Mann, der besitzergreifend seinen Arm auf die Armlehne des Pontifex Maximus stützte, dessen Augen alles durchschauten. Auf diesen Papst würde es in Zukunft ankommen, ob die Lutheraner nicht mehr aufzuhalten waren oder zurückgedrängt würden.

Und dann geschah etwas, was wie ein Lauffeuer das Königreich durcheilte. Überall im Land Plakatanschläge gegen den *ungeheuren Mißbrauch der päpstlichen Messe*, eine freche Schmähschrift, deren Überzeugungskraft sich allerdings in Maßen hielt. Aber dies war nicht das entscheidende. Entscheidend war, daß eins der Plakate sich bis nach Amboise verirrt hatte, hinein in das Königsschloß, bis an die Tür der allerehrwürdigsten, überaus toleranten, sogar die deutschen Lutheraner-Fürsten unterstützenden Majestät, des Königs von Frankreich, François I.

Insgeheim konnte man nur lachen. Das freidenkerische Muttersöhnchen mußte sich die ungeheure Majestätsbeleidigung gefallen lassen, daß die Ketzer sogar in seinem Palast saßen, in seiner engsten Umgebung, bis an seine Schlafzimmertür vordringen konnten und ihn zum Gespött der ganzen christlichen Welt machten. Das hatte man nun davon, wenn man an schönen Jagdschlössern interessiert war, an italienischen Künstlern und lyrischen Ergüssen, wenn man Ketzer schützte und nur hier und da ein reinigendes Feuerchen brennen ließ. Der Feind erhob sein freches Haupt und drang bis dorthin vor, wo der König vielleicht gerade der Herzogin von Étampes beiwohnte, wenn er nicht seine Ehepflichten bei der Kurzbeinigen erfüllte. Dies war ein unglaublicher Mißbrauch der königlichen Geduld, und eine Beleidigung, die nur mit Feuer und Schwert geahndet werden konnte.

Jean Maynier hatte mit Jean de Roma lange in der *Weißen Lilie* gesessen und getrunken, und beide waren sich einig, daß nun die Stunde der Rechtgläubigen geschlagen habe. Beide lachten über den doppeldeutigen Wortwitz, der dem Inquisitor eingefallen war. Sie verabredeten, ständig in Kontakt zu bleiben, die Entwicklung zu verfolgen und für die eigenen Zwecke zu nützen.

Als Jean Maynier diesen Abend bei Isabella, seiner Spanierin, abschließen wollte, hieß es, sie sei nicht mehr da. Ihm schoß das Blut in den Kopf. Sie sei abgereist, mit Sack und Pack, ganz plötzlich – wahrscheinlich nach Rom, dort seien die Kunden generöser. Marie La Marseillaise teilte es ihm persönlich mit und bot sich als Ersatz an. Jean Maynier zerschmetterte vor Wut eine italienische Vase und rannte nach Hause. Er schlief sehr schlecht, er vermißte seine Isabella. Für diesen Verrat gehörte ihr Gesicht zerschnitten und für immer entstellt. Trotzdem vermißte er sie. Vielleicht hatte er sie während der letzten Monate zu kurz gehalten. Ihre Ansprüche waren gewachsen, teure Kleider, Schmuck, zum Schluß sogar der Wunsch, wenn auch nur spaßeshalber, nach einer Kutsche. In Kutschen reisten Herzoginnen, keine Huren.

Vielleicht war es gut so, daß sie verschwand. Jean Maynier fühlte sich nun freier. Freier? Fühlte er sich denn an eine Hure gebunden? Nie und nimmer. Ausgepeitscht gehörte sie, an den Pranger gestellt, als Hexe verbrannt!

Und trotzdem vermißte er sie.

Während der nächsten Tage begannen seine Gedanken immer schneller um Beatrice zu kreisen. Ihm war klar geworden, daß er jetzt keine weitere Zeit verlieren durfte. Die Plakataffäre war das Thema im Königreich, der König schäumte vor Wut, Jean de Roma rieb sich die Hände.

Jean Maynier sprach wieder bei Louis vor. Seinem Kollegen im Präsidium des Gerichtshofs war die Angelegenheit peinlich. Er wollte mit ihm die politischen Folgerungen der *unglücklichen Affäre* diskutieren, aber Jean Maynier war nicht an Louis' scheinheiliger Empörung interessiert, sondern an der Hand seiner Tochter.

»Komm doch übermorgen zu uns nach La Tour d'Aigues!«

»Ich komme!«

Jean Maynier wurde erstaunlich freundlich empfangen. Doch Madeleine erklärte, Beatrice habe schon – ohne ihr Wissen, müsse sie leider gestehen – geheiratet, sie könne nicht umhin, ihm, ihrem alten Freund, mitzuteilen, was er sicher schon wisse, daß ihre Tochter Beatrice seinem Sohn Pierre zur Frau gegeben worden sei. Er, ihr alter Freund, sei sicher enttäuscht, dies könne sie verstehen, aber wohl auch zufrieden darüber, daß sein Sohn sein Glück gefunden habe, obwohl, auch dies müsse sie in aller Deutlichkeit sagen, obwohl die heimliche Art der Trauung aufs schärfste zu verurteilen sei.

»Dem brauche ich nichts mehr hinzuzufügen«, betonte Louis.

»Von wem wurden sie getraut?« Jean Mayniers Ton war scharf wie beim Verhör eines Mörders.

»Nun ...,« sagte Louis.

»Wir wissen es nicht«, sagte Madeleine.

»Ihr müßt doch wissen, welcher Diener der heiligen katholischen Kirche es gewagt hat ...?«

Madeleine und Louis versuchten, sich nicht anzuschauen, dies sah Jean Maynier sofort, sie wußten genau, daß einer dieser Waldenser-*Barbes* das Ungeheuerliche getan haben mußte.

»Lieber Jean, unsere Familien sind jetzt durch unsere Kinder noch enger miteinander verbunden. Auch wenn die Art und Weise des Vorgehens uns Eltern vor den Kopf stößt ...«

»... so sollten wir doch dem Glück unserer Kinder nicht im Weg stehen ...«

»... und vielleicht eine kleine Hochzeitsfeier ...

»... denk doch an deinen Pierre ...«

»... und wohl auch einen Vertrag ... schließlich erwartet Pierre eine angemessene Mitgift und Beatrice eine Witwenabsicherung, für alle Fälle, du als Jurist ...«

»... laß uns die ungewöhnlichen Umstände vergessen und eine Trauung, vielleicht sogar in Saint-Sauveur, durch den Erzbischof von Aix ...«

»... ich glaube, unsere Beatrice ist nicht die schlechteste Partie für deinen Pierre ...«

»... und wir mögen deinen Sohn sehr, er ist ein prachtvoller Mensch, bei dem Vater ...«

»Gemeinsam sind wir stark, lieber Jean, uns wird auch Chassanée nicht lange widerstehen.«

Jean Maynier fixierte sie wie einen Gegner, der jeden Augenblick angreifen konnte und dem man unbedingt zuvorkommen mußte. Ihre Süßholzraspelei war Täuschung und Tarnung, sie wollten darüber hinwegreden, daß sie ihn hereingelegt hatten, sie alle hatten sich gegen ihn verschworen, die ganze Sippe mitsamt Raymond und natürlich Berthon. Sie hatten einen Waldenser-Barbe engagiert, oder sie hatten die häretische Zeremonie stillschweigend geduldet.

Louis schaute ihn abwartend an. Vielleicht war er noch der ehrlichste von allen, vielleicht meinte er wirklich ernst, was er sagte. Einen Augenblick schwankte Jean Maynier. Gönnte er seinem Sohn die kleine Bouliers-Cental etwa nicht? Wollte er für seine Nachkommen nicht erreichen, was er immer schon angestrebt hatte? Die waldensische Infektion würde abklingen, spätestens wenn die nächsten Scheiterhaufen brannten. Pierre würde seine Überspanntheiten ablegen. Wenn er nicht in Paris studierte, könnte er sich auch in Aix ausbilden lassen. Und hatte Louis nicht recht? Gemeinsam? Gemeinsam waren sie stark. Im Triumvirat könnten sie die Provence beherrschen. Nicht das Königreich, aber zumindest die Provence!

Jean Maynier schwankte noch immer. Es gab etwas, was ihn weich werden ließ. Aber wollte er nicht selbst noch Kinder? Wo fand sich die junge Frau, die er heiraten konnte? Und stand er nicht da als der Baron, den sein eigener Sohn ausgestochen hatte? Würden nicht die Waldenser ihn heimlich verhöhnen? Der Sohn des besten Katholiken im ganzen Lande durch einen *Barbe* getraut?

Er schaute auf. Louis blickte ihn an. Er meinte es ernst. Auch Madeleine blickte ihn an. Ein leichtes Lächeln spielte um ihren Mund. Die Augenbrauen ein wenig hochgezogen. Wie ernst war es ihr? Schaute sie nicht mit Hohn und Hochmut, ja Verachtung auf ihn herab. Die Großnichte des Marschalls Trivulce, die Schwester des Grafen d'Agoult, die Frau des reichen Baron de La Tour d'Aigues und Marquis de Cental, auf ihn, den Sohn des päpstlichen Legaten aus dem zugigen Oppède, den humpelnden Baron, den Retter des Königs, dem die Rettung nie etwas eingebracht hatte? War es nicht so wie vor vielen, vielen Jahren, als er im Garten von Lourmarin um ihre Hand gebeten hatte. Er hatte geglaubt, sie liebe ihn, und sie liebte ihn wohl auch, aber trotzdem stieß sie ihn zurück. Und jetzt schaute sie mit verächtlichem Hochmut auf ihn herab!

Aber dieser Hochmut würde ihr noch vergehen!

Jean Maynier verabschiedete sich knapp und verließ das Schloß. Während er nach Aix ritt, schwebte ihm unablässig Madeleines Gesicht vor Augen, und sie schaute immer hochmütiger und höhnischer auf ihn herab. Die einstmals schöne Madeleine – eine Maske der Verachtung. Spät, aber um so deutlicher trat ihr wirkliches Wesen zutage: kaltherzig, berechnend und mitleidlos. Nein, in einem Punkt mußte er sich berichtigen: Sie war nicht einstmals schön, sie war noch immer schön. Die Jahre hatten ihr Gesicht nur ausgewogener, gleichmäßiger, ruhiger werden lassen; das Alter, das an jedem nagte, an manchen sogar fraß, hatte Madeleine bisher verschont. Insbesondere wenn sie neben Louis saß, neben diesem grauen, fast haarlosen Mann, wirkte sie, als wäre sie dem Jungbrunnen entstiegen.

Als Jean Maynier, wieder in seinem Stadthaus angekommen, durch die leblosen Räume schritt, vorbei an dem glänzend polierten Prunkharnisch des Cesare Borgia, spürte er erst richtig die Enttäuschung, die ihm dieser Tag beschert hatte. Ihm stand wieder der Streit mit Pierre in Berthons Haus vor Augen – er, der Dritte Präsident des Obersten Gerichtshofs der Provence, er, der durch seinen nie nachlassenden Einsatz, durch seine kompromißlos religiöse Einstellung, durch geschliffene Plädoyers und harte Urteile zu einem der wichtigsten Männer der Provence geworden war, er mußte wie ein geprügelter Hund aus dem pompösen Schloß von La Tour d'Aigues abziehen.

Dies war der Beginn eines Kriegs.

## 1534

Noch am selben Tag suchte Jean Maynier den Inquisitor Jean de Roma auf. Seine Stimmung hatte sich in kalte Wut verwandelt. An dem *Barbe*, der die ketzerische Frechheit begangen hatte, seinen Sohn gegen den Willen des Vaters zu trauen, mußte ein Exempel statuiert werden. Die Häretiker drangen nicht nur bis zum Schlafzimmer des Königs vor, sie drängten sich auch hier bis in die Intimbereiche der höchsten Familien. Und sie mußten ausgerottet werden, sie mußten brennen, bis von ihrem zerstörerischen Unglauben nur noch Asche übrigblieb, die der Mistral in alle Winde zerstreute.

Mit zwei Bewaffneten, die stolz ihre Eisenhelme trugen und die Hellebarden in der Sonne blitzen ließen, zog Jean Maynier, begleitet von Jean de Roma, nach Lourmarin. Vor dem Haus der Lehrers Hugues Berthon postierte er sie. Sofort hatte sich eine neugierige Menschenmenge gebildet, insbesondere Kinder tobten und schrien. Jean Maynier hatte Mühe, sie sich vom Leibe zu halten.

»Wir sind einem schlimmen ketzerischen Verbrechen auf der Spur, und jeder, der uns behindert, wird ebenfalls gnadenlos verfolgt. Der König selbst ...«

Seine Worte zeigten wenig Wirkung. Erst als er die Bewaffneten anwies, sich eins der Kinder zu greifen und ihm das Messer an die Kehle zu setzen, verschwanden die Dorfbewohner. Als nur noch Haarbüschel und halbe Köpfe an Fenstern, Hausecken und über Zäunen hervorlugten, ließ er das zappelnde Kind zu der schreienden und bettelnden Mutter rennen. Um mehr Eindruck zu machen, sollten die Wachen ihre Hellebarden gesenkt halten.

Dann trat Jean Maynier in Berthons Haus, gefolgt von dem Inquisitor.

Der Lehrer saß am Eichentisch, vor sich ein kleines Büchlein, und neben ihm, hoch aufgerichtet, saß seine Tochter. Es war sauber und ordentlich in der Stube, als hätte gerade eine Frau aufgeräumt, nicht als würde hier ein alter Mann mit seinem angeblichen Kind seine ärmlichen Tage fristen. Berthon stand nicht auf, begrüßte sie nicht, sondern schaute sie nur ernst und abwartend an.

»Ersparen wir uns alle Präliminarien. Ich will wissen, wer meinen

Sohn Pierre mit Beatrice de Bouliers et Cental getraut hat und wo ich den Missetäter finden kann.«

Jean Maynier hatte sich vor Berthon aufgebaut und versuchte, mit aller Bestimmtheit, die ihm zur Verfügung stand, zu sprechen.

»Euer Sohn, mein Herr, ist erwachsen und selbst für seine Taten verantwortlich. Ich war nur sein Lehrer. Ihr aber seid sein Vater, und als solcher müßt Ihr viel eher wissen, wann, wo und durch wen Euer Sohn getraut wurde.«

Jean Maynier schlug mit der Faust auf den Tisch. Laura zuckte zusammen, aber Berthon reagierte nicht.

»Ich werde dich selbst vor den Inquisitor und auf den Scheiterhaufen bringen, wenn du mir nicht sofort den Namen des waldensischen *Barbe* und seinen Aufenthaltsort nennst!«

Seine Stimme war lauter geworden, sie schien Berthon jedoch nicht zu beeindrucken. Jean Maynier merkte selbst, wie verspannt er war, und er kam sich auch lächerlich vor, daß er, der Dritte Präsident des Obersten Gerichtshof der Provence, nach Lourmarin geritten war und hier vor einem Dorflehrer stand, den er selbst vor noch nicht langer Zeit entlohnt hatte. Er spürte, wie die kalte Wut in seinem Innern zu glühen begann, wie aus der Glut ein Feuer wurde, das heftiger loderte als das Feuer im Kamin des Lehrers. Er umklammerte den Griff seines Degens. In seinem Kopf arbeitete es fieberhaft, aber ihm fiel nichts ein, was Berthon sofort und ohne Umschweife den Mund öffnete. Er fühlte die Vorboten einer tödlichen Raserei, wie er sie in Pavia zum ersten Mal erlebt hatte.

»Ich höre«, preßte er in letzter Beherrschung heraus.

Berthon schwieg.

Jean Maynier humpelte um den Tisch, griff den Alten an seinem Kittel, riß ihn hoch und schüttelte ihn.

»Ich habe nichts zu sagen, Herr.«

Jean Maynier ließ ihn los und schlug ihm mit der flachen Hand mehrfach ins Gesicht. Als das kleine Mädchen aufsprang und auf ihn einschlug, wich er einen Schritt zurück und mußte lachen. Aber dann ergriff er die Hände des Mädchens, und als sie nach ihm trat, schlug er sie so ins Gesicht, daß ihr Blut aus der Nase rann. Er riß mit einer Hand ihren Kopf an den Haaren hoch und ohrfeigte sie mit der anderen Hand, bis sie blutverschmiert war, und als das Kind sich immer noch schreiend wehrte, schleppte er es an den Kamin und drückte es in die Nähe der Flammen. Das Mädchen wurde stumm vor Angst, und Berthon schrie auf.

»Wenn du nicht redest, röste ich sie!«

Jean Maynier drückte ihren Kopf noch näher an die Flammen, so daß es bald nach verbranntem Haaren roch. Gleichzeitig griff er nach dem Schürhaken, der neben dem Kamin hing und den schon sein Sohn als Waffe eingesetzt hatte, und hielt ihn in die Glut.

»Ich werde diesem Biest ein Brandmal verpassen, daß es sein Leben lang an mich denken wird.«

»Wartet«, schrie Berthon.

»Ich warte nicht«, brüllte Jean Maynier.

Das Kind stöhnte und strampelte, die Spitzen seiner Haare ringelten sich, qualmten und stanken. Jean Maynier hatte mit der kleinen Kratzbürste zu kämpfen, aber er zwang sie immer näher an die Flammen heran.

»Ich will den Namen und den Aufenthaltsort, und zwar sofort!«

»Ich weiß nicht ...«

Jean Maynier riß den Haken aus der Glut und stieß seine Spitze mit leichtem Druck dem Mädchen mitten auf die Brust, zwischen die ersten Erhebungen ihres Busens. Der Stoff qualmte auf, ein gellender Schrei, ein kreisrundes angeschwärztes Loch. Jean Maynier ließ sie los. Sie fiel auf den Boden und starrte ihn mit aufgerissenen Augen, mit aufgerissenem Mund an. Auch Berthon starrte ihn nur an.

Jean Maynier griff sich das Büchlein, las *Epiktet*, dann lachte er höhnisch und warf es ins Feuer.

»Ich hoffe, der alte Grieche hat dich genügend Lebenskunst gelehrt, meine letzte Warnung zu verstehen.«

Berthon nahm das schluchzende Kind in seine Arme und versuchte es zu trösten. Jean Maynier warf einen Blick auf den Inquisitor, der sich mit einem höhnischen Grinsen vor das Fenster gestellt hatte und so den neugierigen Wachen den Blick versperrte. Er legte den Schürhaken sorgfältig in das Feuer, so daß er jederzeit wieder nach ihm greifen konnte, und setzte sich, Berthon gegenüber, an den Tisch.

»So, und jetzt will ich Namen und Aufenthaltsort hören.«

Jean Mayniers Stimme war leise, aber durchdringend. Er hatte seinen Worten Nachdruck verliehen, das wußte er. Manchmal half nur bloße Gewalt.

»Ich habe Eurem Sohn von allen unbedachten Schritten abgeraten. Inständig bat ich ihn , mit Euch und Beatrice' Eltern zu sprechen, aber er ließ nicht mit sich reden.«

Auch der Inquisitor hatte sich an den Tisch gesetzt, ein Stück Papier vor sich ausgebreitet und eine Gänsefeder, die er in ein Tintenfaß tauchte. »Ich, Hugues Berthon aus Lourmarin, Doctor Philosophiae, Lehrer, bestätige und beeide bei allen Evangelien Gottes folgende Aussage«, sagte er, während er schrieb.

»Welchen Namen hast du ihm genannt?«

Berthon zögerte kurz, drückte Laura fester an sich und flüsterte: »Georges Morel.«

Jean Maynier schaute den Inquisitor triumphierend an, der zufrieden lächelte. »Ein alter Bekannter«, rief er.

»Wo hält er sich jetzt auf?«

»Ich bin mir nicht sicher, aber ich glaube, in Mérindol.«

»Georges Morel, der bekannte *Barbe* aus Mérindol«, sagte der Inquisitor, laut nachsprechend, was er schrieb. »Wir werden die Pest ausräuchern«, kommentierte er.

»Welche Rolle spielte Graf d'Agoult?«

Berthon sah ihn erstaunt an. »Ist Graf d'Agoult nicht Euer Kollege und Freund?«

»Wer stellt hier Fragen?« fuhr Jean Maynier ihn an.

»Ich weiß es nicht. Er ist Beatrice' Onkel. Ich nehme an, die jungen Leute haben sich im Schloß getroffen. Aber wißt Ihr das nicht selbst?«

»Er hat sie verkuppelt und zu unsittlichen Taten angestiftet.«

Der Inquisitor hatte aufgehört zu schreiben. »Und nun gesteht, welche der waldensischen Prediger Ihr in Eurem Haus beherbergt habt? Wer bei Euch sein häretisches Geschäft durchführen durfte.«

Berthon schüttelte den Kopf.

»Ihr lügt.«

»Beweise!«

Jean Maynier und der Inquisitor blickten sich an. Der Lehrer begann erneut aufmüpfig zu werden.

»Soll ich deiner Wahrheitsliebe wieder nachhelfen?« zischte Jean Maynier ihm zu, mit einem Seitenblick auf Laura.

Berthon fiel noch mehr in sich zusammen. Sein Gesicht war grau, seine Falten tief. Schweiß stand ihm auf der Stirn. Um seine Augenwinkel zuckte es nervös.

»Und Catherine Saumuc?« fragte Jean Maynier. Er merkte, wie der Lehrer erschrocken aufblickte. Da war er auf die richtige Ader gestoßen.

»Ich habe sie einige Tage beherbergt«, sagte Berthon mit rauher Stimme, »nachdem sie von dem Herrn Inquisitor verhört worden ist.«

»Befragt, Herr Doktor, befragt!«

»Befragt.«

»Und wo ist sie jetzt?«

Berthon preßte wieder Laura an sich und schüttelte den Kopf.

»Ich nehme an, daß sie in das Komplott gegen mich ebenfalls verwickelt ist«, sagte Jean Maynier zu dem Inquisitor. Dann wieder scharf zu Berthon: »Sollen wir den Schürhaken qualmen lassen?«

»Ihr könnt uns beide zu Tode foltern, aber ich werde Euch trotzdem nichts sagen können.«

»Na gut!« Jean Maynier stand entschlossen auf und gab dem Inquisitor einen knappen Wink. »Für heute reicht es, Berthon. Aber wähne dich nicht in Sicherheit. Für Ketzer brechen schlechte Zeiten an!«

## 1535

Es lag noch Rauhreif auf den Piniennadeln, als Pierre, in einen Kapuzenumhang gehüllt, nach Lourmarin ritt. Er hatte sich, wie so häufig während des Winters, mit Beatrice in einer Jagdhütte von Raymond d'Agoult getroffen. Dort, in einem Lager aus dichtem Stroh und dicken Wolldecken, liebten sie sich, während sie auf den Frühling warteten. Der Frühling brachte die Wärme zurück, und sobald er sich durchgesetzt hatte, würden sie nach Italien gehen, fliehen sogar, falls jemand sie daran zu hindern versuchte.

Sie hatten sich ewige Liebe geschworen.

Morgens trieb sie irgendwann der Hunger aus ihrer Hütte. Pierre brachte Beatrice zurück nach La Tour d'Aigues, und sie schlich sich durch eine versteckte Gartentür ins Schloß. Wieweit ihre Mutter die nächtlichen Heimlichkeiten deckte, wußte er nicht. Von ihrer unüberlegten Trauung durch den *Barbe* Georges Morel wollten Beatrice' Eltern nichts wissen, sie hätten schon genügend Schwierigkeiten, den wütenden Jean Maynier hinzuhalten.

Ja, sein Vater! Beatrice' Mutter hatte Pierre in klaren Worten auseinandergelegt, daß sie ihn als Schwiegersohn akzeptierten, daß aber ihre voreilige Heirat, die niemand als solche offiziell anerkennen könne, Probleme geschaffen habe, die nun erst einmal auszuräumen seien. Es müsse ein ordentlicher Ehevertrag abgeschlossen werden, unterzeichnet auch von den Eltern. Eine katholische Zeremonie müsse stattfinden, am besten in Aix selbst durch den Erzbischof, damit der Geruch der waldensischen Häresie, der ihrer Ehe anhafte, nachhaltig vertrieben werde.

»Wir werden den *Barbe* nicht verraten«, rief er trotzig.

»Das brauchst du auch nicht, mein Junge. Berthon hat es längst getan.«

»Berthon? Niemals!«

Und dann erfuhr Pierre, was in Lourmarin geschehen war.

Beatrice begann zu weinen und blieb tagelang in ihrem Zimmer versteckt. Ihn trieb sein schlechtes Gewissen um. Sein Onkel hatte ihm erlaubt, im Schloß zu schlafen, sprach aber kaum mit ihm, und wenn, dann nur über die Beizjagd, über Pachtzinsen und über die gefährlichen Zeiten nach der Plakataffäre. Gelegentlich spielten sie eine Partie Schach, aber Pierre verlor meist, weil er sich nicht konzentrieren konnte.

»In Paris bereitet man eine große Bußprozession vor. Der König selbst ist dabei, und am Ende werden die Scheiterhaufen brennen.«

»Paris ist weit.«

»Es werden auch in Aix Opfer gebracht. Eine Welle der Denunziation hat eingesetzt, der Oberste Gerichtshof hat schon zugegriffen, demnächst werden Waldenser und Lutheraner in den Himmel lodern, mitten in unserer schönen Stadt.«

Pierre war eine Weile die Lust an der nächtlichen Liebe vergangen, aber als dann Beatrice ihn im Schloßpark sehnsüchtig mit Küssen überhäufte, schlichen sie wieder durch den winterlich erstarrten Wald in ihre Hütte. Manchmal hörten sie Wolfsrudel heulen, und Beatrice klammerte sich noch fester an ihn.

»Du darfst mich nie verlassen«, flüsterte sie.

»Nie«, antwortete er.

»Wann gehen wir nach Italien?«

»Wenn die Wege wieder frei sind.«

Und beide träumten sie von den stolzen Palästen in Florenz, dem bunten Treiben auf den Straßen, der Freiheit der Stadtbürger, von dem uneingeschränkten Geist an den Universitäten. Pierre ließ seine Gedanken auch durch Rom wandern, obwohl Rom doch der Sitz des Papstes war, der katholischen Kirche, in der so viel gesündigt wurde und die trotzdem oder gerade deswegen die frommen Waldenser verfolgte. Aber Rom … etwas zog ihn nach Rom … einmal mußte er nach Rom gern, er wollte die Heilige Stadt, die sündige Stadt, mit eigenen Augen sehen …

»Bist du wach?« fragte Beatrice.

»Ja«, flüsterte er.

»Woran denkst du?«

»An dich!«

Und sie kuschelte sich noch enger an ihn.

Pierre hatte sie zurück in das Schloß gebracht. Die ersten Mandelbäume im Park hatten schon zu blühen begonnen, aber nun war wieder eine Kältewelle über das Land gezogen, hatte die vorwitzigen zartrosa Blüten weiß überzogen. Sie mußten abfrieren und sterben.

Er ritt nachdenklich durch den frühen Morgen. Er hatte seinen alten Lehrer monatelang nicht gesehen, obwohl er sich meist im Schloß von Lourmarin aufhielt, das schlechte Gewissen hatte ihn ferngehalten, trieb ihn aber jetzt zu ihm. Sein Vater war bei Berthon aufgetaucht, in Begleitung des Inquisitors, dies hatte Beatrice' Mutter schon angedeutet. In einem brutalen Verhör mußte sein Vater, der noch kurz zuvor um die Hand seiner Geliebten und Frau angehalten hatte, den Namen des Georges Morel aus Berthon gequetscht haben.

Sein Vater war der Teufel. Der Teufel in der blutroten Robe des Richters. Ein Vater, der seinem Sohn die Geliebte wegnehmen wollte und der, dies hatte Pierre Raymond entlocken können, den Schürhaken sogar gegen Laura eingesetzt hatte. Was genau er getan hatte, überging Raymond. Pierre fragte auch nicht nach. Wahrscheinlich hatte er ihr die glühende Spitze vor die Nase gehalten, und schon war Berthon weich geworden und hatte Morels Namen genannt. Ob sich Morel inzwischen aus Mérindol hatte absetzen können, wußte er nicht. Dies war alles unglücklich gelaufen, und Pierre sah inzwischen ein, daß ihre heimliche Heirat voreilig gewesen war.

»Kinder, gehört ihr überhaupt zu unserer Gemeinde«, hatte der *Barbe* gefragt und sie zweifelnd angesehen. »Euch kenne ich doch. Habe ich Euch nicht mit Hugues Berthon in Lourmarin gesehen? Aber Ihr seid nicht sein Sohn.«

»Ich bin Pierre Maynier d'Oppède. Mein Vater ist gegen unsere Heirat ...«

»Der Sohn des berüchtigten Barons Jean Maynier d'Oppède?«

Pierre nickte unterwürfig, und Beatrice fiel nun vor dem *Barbe* auf die Knie. »Helft uns!« bat sie und küßte seine Hand.

»Ich kann Euch nicht trauen. Ihr seid keine *Armen Christi*. Und außerdem ist es sinnlos, niemand wird ...«

»Bitte!« Beatrice kroch noch näher auf ihn zu.

»Wenn wir nicht getraut sind, wird mein Vater mir Beatrice wegnehmen und die Ehe mit ihr erzwingen. Mit ihren Eltern hat er schon alles ausgehandelt ...«

»Ich bringe mich um!« Beatrice zitterte vor Verzweiflung und Hilflosigkeit.

Der *Barbe* trat stirnrunzelnd einen Schritt zurück. Dann führte er sie in einen kleinen Raum mit einem Pult, auf dem ein Kruzifix stand. Er hielt mit ihnen eine kurze Zeremonie ab, sprach seinen Segen und erklärte sie für Mann und Frau.

Als sie sich unter Tränen verabschiedeten, rief er ihnen noch nach: »Seid vernünftig, Kinder! Die Trauung ist vor Gott geschehen und nicht für die Menschen. Ihr solltet meinen Namen für euch behalten. Und bestellt mir Berthon einen schönen Gruß.«

Pierre zog die Kapuze tiefer in die Stirn. Sein Pferd wirkte ebenso müde wie er selbst. Sie zogen durch den frühen Morgen, einem unsicheren Schicksal entgegen. Wie würde er die Flucht nach Italien bewerkstelligen? Woher erhielt er das benötigte Geld? Konnte er überhaupt noch seinem Vater unter die Augen treten? Er kam sich wie ein ungezogenes Kind vor. Alle Erwachsenen waren, offen oder insgeheim, wütend auf sie. Aber nur weil er und Beatrice sich liebten! Die Erwachsenen hatten vergessen, was Liebe war, hatten sie vielleicht nie gefühlt, wenigstens nicht in der Leidenschaft, mit der Beatrice ihn an sich fesselte. Sie brauchte ihn, sie brauchte seine Liebe. Sonst würde sie verkümmern, vereinsamen, dahinsterben. Und Pierre brauchte sie ebenfalls. Sein Vater hatte sie ihm wegnehmen wollen. Wie er ihn dafür haßte! Beatrice als seine neue Mutter! Seine Geliebte als Mutter! Über soviel Irrsinn mußte er unwillkürlich lächeln.

»Mama! Mama!« rief er laut in den Morgen, rief er einem Schäfer zu, der wie ein Denkmal am Wegesrand stand, »Mama! Mama!« rief er den Schafen zu, die ihm entgegenglotzten, und er mußte lachen. Ein aufheulendes, befreiendes Lachen brach aus ihm heraus, Beatrice als seine Mutter. Er lachte, daß selbst Bukephalus ins Traben fiel. Alles war ein Spuk, nichts als ein kindischer Spuk. Die Verliebtheit hatte sie zu Verrücktheiten getrieben. Flucht nach Italien – aber womit denn? Konnten sie von ihrer Liebe leben? Natürlich, er würde den nachsichtigen *Barbe* vergessen, er würde seinen Vater selbst überreden, auf Beatrice zu verzichten, er würde in Aix die Rechte studieren, Beatrice in aller Form heiraten, Kinder in die Welt setzen, glücklich werden. Er mußte sich nur mit seinem Vater vertragen. Warum sollte dies nicht möglich sein? Ja, und jetzt ritt er zu Berthon, um ihn um Rat zu fragen. Berthon war sein weiser Lehrer, auf seinen Rat würde er hören, und alles würde gut!

Pierre gab seinem Pferd die Sporen, und es fiel in einen schnellen Galopp. Die Kapuze flog Pierre vom Kopf. Der kalte Wind tat ihm gut, die ersten Strahlen der Wintersonne fielen auf den Rauhreif. Alles war klar, er fühlte sich jung und stark und ritt der Zukunft mit hoffnungsvoller Freude entgegen.

Schon von ferne sah Pierre schwarzen Rauch in den Himmel steigen, und als er sich Lourmarin näherte, sah er auch die Flammen, die aus einem Dachstuhl schlugen. Aufgeregtes Geschrei drang ihm entgegen, herbeilaufende Menschen mit Wassereimern, schreiende Kinder. Er sprang vom Pferd und führte es durch das immer dichter werdende Menschengewimmel.

»Sie lassen uns nicht löschen«, rief ihm ein Mann zu. »Aber das ist doch Pierre!« Eine Frauenstimme. »Pierre, Pierre, du mußt ihm helfen.«

Ohne Blick für irgendeine Person stürmte er die Gasse hoch und stand vor einem Ring von Dorfbewohnern, die von Soldaten daran gehindert wurden, das Haus zu löschen. Unter Krachen, aufschießenden Flammen und einem Feuerwerk sprühender Funken stürzte das Dach ein. Aufschreiend wich die Menschenmenge zurück.

Unter Gebrüll und mit ihren Schwertern um sich schlagend bahnten sich nun die Soldaten den Weg durch den Ring von Menschen, die auf sie einschrien, wild gestikulierten und die Fäuste schüttelten. Der Anführer vorneweg, in der Hand sein Schwert, seine Augen blutgierig und gleichzeitig in Angst.

Pierre stellte sich ihm in den Weg: »Was habt Ihr mit dem Lehrer Hugues Berthon gemacht?«

»Aus dem Weg, du Lümmel!«

Pierre zog seinen Degen, und sie standen sich kampfbereit gegenüber. Die fünf Soldaten senkten ihre Hellebarden und bildeten einen Halbkreis um Pierre.

»Ich bin Pierre Maynier d'Oppède, der Sohn des Dritten Präsidenten des Obersten Gerichtshofs der Provence, Hugues Berthon ist mein Lehrer, von meinem Vater bezahlt, und ich verlange von Euch Auskunft darüber, was mit ihm und seiner Tochter Laura geschehen ist, wer sein Haus angezündet hat und warum Ihr die Menschen daran hindert, das Feuer zu löschen!«

»Noch so ein Ketzer! Nehmen wir ihn gleich mit, Antoine!« rief einer der Soldaten und näherte die Spitze seiner Hellebarde bedrohlich Pierres Brust.

Der Anführer machte eine nervöse Geste, er winkte dem Soldaten zu, er solle die Waffe wegnehmen.

»So, Euer Lehrer. Der Sohn des Präsidenten. Das trifft sich gut.« Er preßte ein höhnisches Lachen hervor. »Ihr könnt Eurem Vater bestellen, wir hätten seinen Befehl ordnungsgemäß ausgeführt: Die Gefangenen sind schon auf dem Weg in den Kerker, das Haus kann keine Ketzer mehr beherbergen, und wir würden uns freuen, den Scheiterhaufen ordentlich aufzuschichten. Habe die Ehre, mein Herr!«

So höhnisch, wie er nur konnte, hob der Anführer die Hand zum Gruß, sein Gesicht war zu einer grinsenden Fratze verzogen.

Pierre fühlte sich gelähmt. Dem Wunsch, diesem Mann den Degen ins Gesicht zu rammen, versagte sein Körper die Gefolgschaft. Die Soldaten zogen grinsend und feixend an ihm vorbei. Erst als vor ihm das ebenso grinsende Gesicht Michels auftauchte, kam er wieder zu Bewußtsein. Der Angeber marschierte hinter den Soldaten her.

»Wo ist Laura? Was habt ihr mit ihr gemacht?« brüllte Pierre ihnen nach.

Höhnisches Gelächter, keiner blieb stehen und gab ihm eine Antwort. Nur Michel hüpfte wie ein verrückter Faxenmacher hin und her, drehte sich um die eigene Achse. Wild grimassierend stieß er immer wieder mit dem Zeigefinger der einen Hand in ein Loch, das er mit dem Zeigefinger und dem Daumen der anderen Hand bildete.

Pierre starrte der Gruppe nach, bis sie verschwunden war. Er wurde inzwischen umringt von Dorfbewohnern, die alle auf ihn einsprachen und ihn auf das noch hochlodernde Haus zuschoben. Die Nachbarn waren nun verstärkt dabei, das Übergreifen der Flammen zu verhindern, und wie in Trance griff auch Pierre nach einem Eimer, den ihm eine Frau reichte, und schüttete ihn in das aufzischende Feuer.

Als ein brennender Balken direkt neben ihm aufschlug und seinen Umhang versengte, faßte er sich und wich zurück. Mit überscharfer Klarheit sah er die Menschen um sich, den Schmied und die Magd Marie, den Nachbarn und seine drei Söhne, den Notar Teissier sogar. Vom Schloß waren Bedienstete herbeigeeilt und sprachen ihn an, aber Pierre wußte nicht, was er sagen sollte, er stotterte, zog sich zurück, suchte nach seinem Pferd. Ein angrenzendes Haus hatte nun ebenfalls Feuer gefangen. Das Geschrei der Menschen übertönte das Prasseln der Flammen. Das Zusammenbrechen einer Wand, zuerst langsam, dann immer schneller, schien ihm den Untergang des ganzen Dorfes einzuleiten. Er fand Bukephalus und schwang sich in den Sattel.

Erst als Lourmarin hinter ihm lag, als nur noch eine Rauchwolke von dem Geschehen zeugte, hielt Pierre das Pferd an. Die Sonne stand niedrig am milchigen Winterhimmel. Ein Bauer zog mit einem Esel an ihm vorbei. Das Tier stakste unter einem schweren Sack.

## 1535

Stunden später erreichte er Aix. Auf dem Weg hatte Pierre weder die Soldaten noch die Gruppe mit Berthon und Laura eingeholt, sie mußten die Fähre von Cadenet genommen haben und nicht, wie er, von Pertuis. Vielleicht waren Berthon und Laura auch nach Avignon verschleppt worden, ins *Comtat*, oder nach Apt, dessen Erzbischof ein besonderer Freund des Inquisitors war. Sein Vater mußte auf jeden Fall bescheid wissen, er hatte ihm Rede und Antwort zu stehen und die beiden sofort freizulassen.

Baron d'Oppède war nicht zu Hause, und Pierre wartete. Während er wartete, sah er immer wieder Michels widerliche Geste, er hörte das höhnische Gelächter der Soldaten, und seine Hand klammerte sich an den Griff des Degens, um ein Zittern zu unterdrükken. Kurz zog die Erinnerung an die letzte Nacht vorbei, das Glück in der kalten Hütte, Beatrice' sehnsüchtige Augen – und plötzlich stand sein Vater vor ihm.

»Welche Überraschung!« bemerkte Jean Maynier sarkastisch.

Pierre sprang auf. »Was hast du mit Berthon und Laura getan?«

Sein Vater lachte. »Ich? Gar nichts. Was stellst du dir vor!« Er trat einen Schritt auf ihn zu. »Aber ich will dir etwas verraten: Sie sitzen im Gefängnis. Dein ehemaliger Lehrer hat sich als waldensischer Ketzer entlarvt, als Angehöriger einer aufrührerischen Gruppe, die im Land für Unruhe sorgt und die Heilige Mutter Kirche und unsere Majestät, den König, beleidigt. Wir haben sechs Männer in Ketten gelegt und werden sie aburteilen.« Er schaute ihn ruhig an.

Pierre überlegte, ob diese Ruhe erzwungen war, ob sein Vater wirklich so kalt und ohne ein Zeichen von Scham oder Erregung ihm diese lächerlichen Lügen ins Gesicht sagen konnte.

»Du kannst dich hier in Aix einige Tage ausruhen und dir mit vielen anderen das Spektakel eines irdischen Purgatoriums ansehen. Es wird auch dein Gemüt reinigen.« Genüßlich hatte er seine Worte gewählt. »Ich würde dir raten, deine Waffe nicht anzurühren, sonst stirbst du gleich mit.«

Sein Vater hatte genau erkannt, was in Pierre vorging. Er hätte am liebsten den Degen gezogen und ihn durchbohrt. Aber er tat es nicht, obwohl er keine Angst hatte und sein Vater unbewaffnet war. Die Drohung schreckte ihn nicht, zur Zeit schreckte ihn kein Tod, die Zukunft war schwarz, obwohl er noch immer nicht glauben wollte, was sein Vater sagte. »Sie haben Laura vergewaltigt«, brachte er mühsam hervor.

»So etwas soll vorkommen. Wer unter den Hobel kommt, muß Späne lassen. Soldaten sind manchmal wie Tiere, sie gehorchen ihren *instinctus naturae*. Aber das ist auch nötig, denn dadurch verlieren sie im entscheidenden Augenblick ihre ebenfalls naturgegebene Angst. Wer wie ich in Pavia gekämpft hat, weiß das.« Sein Vater hatte sich in einem Lehnstuhl niedergelassen und betrachtete ihn.

Pierre ließ sich ebenfalls auf einen Stuhl fallen, brachte aber kein Wort mehr heraus.

»Es ist schade, daß die Geschichte mit Berthon so enden mußte«, fuhr sein Vater fort. »Er war immerhin dein Lehrer, wenn auch sein Einfluß auf dich nicht so gut wie erhofft war. Aber du als mein Sohn bist zäh, das weiß ich spätestens seit deinen Jahren in der Klosterschule, du wirst deinen Weg gehen – und du wirst auch ein guter Katholik bleiben.«

»Aber es geht doch nicht um mich«, krächzte Pierre.

»Doch, es geht um dich«, sagte sein Vater. »Mir geht es um dich. Du befindest dich zur Zeit in einer schwierigen Phase ...«

Pierre fiel ihm ins Wort: »Du hast das Mädchen, das ich liebe, heiraten wollen, und jetzt willst du meinen Lehrer auf den Scheiterhaufen bringen. Deine Soldaten haben Laura, die wie eine kleine Schwester für mich war, vergewaltigt ...« Pierre verlor endgültig die Beherrschung und brach in Schluchzen aus. Er wandte sich ab, bedeckte sein Gesicht. »Du bist ein Ungeheuer«, stieß er noch hervor.

»Ich sorge nur dafür, daß die lutherische Fäulnis in unserem Land ausgemerzt wird. *Wenn ein Arm meines Leibes verseucht ist, werde ich ihn abschneiden; wenn meine Kinder sich anstecken, werde ich sie opfern.* Dies hat der König in Paris seinen Landsleuten zugerufen, ich werde seinem Ruf folgen. Und ich werde dafür sorgen, daß du dich auf deinem Weg nicht ansteckst, so daß ich dich auch noch opfern muß ...«

»Wolltest du deswegen Beatrice heiraten?«

»Sie wäre für mich die richtige Frau gewesen.«

»Aber sie liebt mich und verabscheut dich!« Pierre schrie seinen Vater an. Er war fassungslos über die gefühllose Kälte, mit der sein Vater Beatrice erwähnte.

»Inzwischen habe ich verstanden, daß man mir Beatrice nicht zur Frau geben will, und muß es akzeptieren. Daß sie mich verabscheut, glaube ich nicht, denn sie kennt mich nicht. Ich werde aber auf keinen Fall zulassen, daß du in diese Ketzerfamilie einheiratest. Du bist zu schwach. Du kannst ihren Verlockungen nicht widerstehen. Was Berthon nicht geschafft hat, werden Beatrice und ihre Mutter erreichen: dich zum Ketzer machen und mir entfremden.«

Pierre starrte seinen Vater an. Seine Tränen waren inzwischen versiegt, er fühlte sich verloren, abgeschnitten von den Quellen seiner Lebenskraft. Er war noch nicht einmal in der Lage, sich vorzustellen, was nun geschehen würde. Beatrice versank in einer nicht greifbaren Ferne, wie im blutroten Glorienschein eines winterlichen Sonnenuntergangs. Berthon im Kerker, in Ketten, vielleicht gefoltert und morgen auf dem Weg zum Scheiterhaufen. Und Laura, die kleine Laura, in einem Rattenloch, den schmierigen Händen ihrer Wärter ausgeliefert. Nein, dies war nicht vorstellbar. Sie war elf Jahre. Obwohl sie gewachsen war während der letzten Jahre, so war sie doch noch ein Kind – in der Hand von wilden, schmutzigen Tieren.

»Laß mich wenigstens noch einmal zu ihnen«, flüsterte Pierre. Er fiel auf die Knie, kroch auf seinen Vater zu und flehte: »Laß mich zu ihnen!«

»Steh auf!« herrschte ihn sein Vater an. »Ich kann nicht ertragen, wie du dich erniedrigst. Du bist ein Mann! Du bist ein Oppède!« Er riß ihn auf die Beine. »Sei nicht so schlapp. Du zerfließt vor Mitleid. Aber gut, wenn du es unbedingt willst, ich lasse dich zu ihnen.«

Pierre wurde durch endlose feuchte und stinkende Gänge geführt. Schließlich öffnete sich ein Eisengitter, und vor einer schwarzglänzenden Wand erkannte er Berthon und Laura. Laura lag an der Brust ihres Vaters und schlief, während Berthon an der Wand lehnte und Pierre mit unergründlichen Augen anblickte.

Er hat abgeschlossen mit seinem Leben, dieser Gedanke schoß

Pierre sofort durch den Kopf, er hat den Tod akzeptiert. Bei allem Dreck und allen verkrusteten Wunden strahlte er eine märtyrerhafte Gewißheit und Sicherheit aus, so daß Pierre ihn nur noch ungläubig anstarren konnte. Er fiel vor ihm auf den Boden, nahm seine Hand.

Als hätte Berthon seine Gedanken erraten, sagte er: »Man hat mich noch nicht gefoltert. Man konnte meiner Seele noch nicht schaden.«

»Aber Laura!« Pierres Stimme versagte. Er hätte Berthon am liebsten das Mädchen aus den Armen gerissen.

»Ja, sie ... ihr ...« Nun versagte auch Berthon die Stimme.

Eine Weile schwiegen sie, bis der Wärter wieder hereingeklappert kam.

»Nein«, schrie ihn Pierre an, stürmte auf das Eisengitter zu, rüttelte daran wie ein Verrückter.

»Du mußt raus hier, Bürschchen, auch wenn dein Vater ...«

»Hier, hier!« Pierre hielt ihm mehrere Goldmünzen hin, und weil ein zweiter Wärter mit gierigen Augen erschien, holte er noch weitere Goldmünzen aus seinem Beutel. »Hier, nehmt nur, ihr bekommt noch mehr, nur laßt mich!«

Mit einem Laut zufriedenen Grunzens verzogen sich die beiden.

Inzwischen war Laura aufgewacht. Sie schaute Pierre an, schien ihn aber nicht zu erkennen. Ihre Haare fielen ihr wirr ins Gesicht, das von mehreren tiefen Kratzspuren durchzogen und vor Ruß kaum wiederzuerkennen war.

»Laura?« flüsterte er, aber sie antwortete nicht, ja, sie schien ihn noch immer nicht zu erkennen. Er strich ihr vorsichtig über ihr Haar.

Sie heulte auf und barg ihren Kopf wieder an Berthons Brust.

Pierre wich zurück. »Ich bin schuld«, sagte er tonlos.

Berthon schaute durchdringend, aber ausdruckslos und winkte ihn mit dem Kopf heran. »Du mußt sofort einen zuverlässigen Boten finden und ihn nach Avignon schicken. Ich sage dir gleich die Adresse. Er muß auch Graf d'Agoult Bescheid geben. Du bleibst bei deinem Vater, er läßt dich wahrscheinlich beobachten. Außerdem hast du einen mäßigenden Einfluß auf ihn.«

»Ich? Im Gegenteil!«

»Hör zu! Tu, was ich dir sage. Nur so kannst du Laura retten. Aber es muß schnell geschehen.«

»Ich kenne hier niemanden.«

»Überhaupt niemanden?«

»Nur den Wirt der *Weißen Lilie* und ... und ... die Kurtisane Marie La Marseillaise.«

»Dann versuche dort jemanden zu finden. Gib ihm genug Geld und bestich auch die Wärter!«

Pierre hatte sich den Namen der Dame, die er benachrichtigen sollte, gut gemerkt, auch die Adresse des Palasts in Avignon. Er ging durch die Straßen von Aix wie durch ein Schattenreich. Vor der *Weißen Lilie* machte er kurz halt, dann ließ er sich, ein Haus weiter, bei Marie La Marseillaise melden. Zu spät fiel ihm ein, daß er seinen Vater hier treffen könnte – aber wäre es so, hätte er eine gute Ausrede. Claude!

Und Claude kam ihm entgegen – mit offenen Haaren und einem Liebreiz, der ihm neu war. Sie flog in seine Arme, daß er sich festhalten mußte, um nicht umzufallen, und bedeckte sein Gesicht mit Küssen. »Ich wußte es«, rief sie und küßte ihn weiter.

Aber dann erschien ihre Mutter, und Pierre fragte sie ohne Umschweife nach einem zuverlässigen Boten.

»Es geht um die Ketzer, die verbrannt werden sollen, nicht wahr?«

Pierre schaute Marie erstaunt an. »Ja, sind sie denn schon verurteilt?«

»Sie werden es. Jede Provinz muß ihre Bußfackeln brennen lassen, und dein Vater wird der erste sein, der sie ansteckt.«

Claude hing an ihm wie ein kleines Kind.

Marie ließ den beiden Wein servieren und verschwand für eine Weile. Als sie wiederkam, wirkte sie zufrieden und bestimmt. »Der Bote ist schon unterwegs, und Graf d'Agoult erfährt auch noch heute, was geschehen ist.«

Pierre betrank sich derart, daß er Claude bald nicht mehr abwehren konnte. Am nächsten Morgen wußte er nicht, was er während der letzten Nacht getan hatte. Übelkeit und Kopfschmerzen quälten ihn, und er schleppte sich am späten Vormittag ins Haus seines Vaters. Dort fiel er erneut in einen schweren, von blutigen Träumen durchzuckten Schlaf.

Tage vergingen, ohne daß etwas Entscheidendes geschah. Seinen Vater sah Pierre kaum. Marie La Marseillaise versuchte ihn zu beruhigen, der Bote sei zuverlässig und müsse seine Nachricht schon überbracht haben.

»Und was ist mit meinem Onkel?«

»Er war kurz hier und wollte den Wärtern Geld zustecken.«

»Meinst du, die Wärter lassen sie frei?«

»Auf keinen Fall. Die riskieren doch nicht ihren Kopf.«

»Warum läßt sich Onkel Raymond nicht bei uns blicken. Er könnte mit meinem Vater sprechen.«

»Das mußt du ihn fragen.«

»Was soll ich tun?«

»Warten und beten!«

Pierre ging in die Abendmesse. Er versteckte sich unter den Menschen, kniete, beugte sein Haupt und murmelte das *Pater noster*, das *Ave Maria* und das *Credo*. Alle Gebete waren ihm noch aus der Klosterschule geläufig, und während er in die lateinischen Formeln eintauchte, fühlte er sich unerwartet beruhigt und gleichzeitig abgelenkt. Während der eifernden Predigt versteckte er sein Gesicht hinter einer Hand und sog gierig den Geruch der Kathedrale ein, diesen Geruch aus Weihrauch, menschlichen Ausdünstungen und feuchten Steinen. Aber auch der Duft von Nelkenwasser mischte sich hinein, der Geruch halbranziger Rosenöle und muffiger Flohpelzchen.

Sollte er nicht fliehen, hier heraus aus diesem bedrückenden Kirchenschiff, aus den engen, stinkenden Gassen? Ihm stach wieder der unglaubliche Kot- und Aasgestank des Kerkers in die Nase. Nach Rom fliehen, möglichst weit weg von hier, in ein fremdes Land, in ein fremdes Kloster, wo ihn niemand finden konnte, wo ihn niemand fragen würde, Rom würde ihn aufnehmen und schützen.

Die Stimme des Predigers hallte über die Köpfe der Menschen hinweg, manche unterhielten sich laut und ungeniert, und besonders am Eingang herrschte reges Treiben.

Rom, warum immer wieder Rom? Warum zog es ihn gerade dorthin, wo der Papst saß, der letztlich die Ketzerverfolgungen zu verantworten hatte? Warum konnte der Heilige Vater sich nicht mit den Reformatoren an einen Tisch setzen und über Sünden, Sakramente, über Armut und Prasserei und die Botschaft der Bibel sprechen? Der Pontifex Maximus mit einem einfachen Mönch aus Deutschland? Mit jungen Gelehrten wie Calvin? Mit Erasmus und Farel? Und mit den Philosophen aus Florenz? Das war unvorstellbar. Aber warum eigentlich? Er hatte den Papst doch in Marseille gesehen, als er noch ein Kardinal gewesen war. Er wirkte klug und gütig. Und Pierre hatte ihm sofort vertraut. Ob er als Heiliger Vater in seinem Inneren ein anderer Mensch geworden war? Ob er ihn heute noch wiedererkannte? Sicher nicht, denn der Papst sah jeden Tag neue Gesichter, und wie sollte er sich an einen jungen schüchternen Mann aus dem fernen Frankreich erinnern? Und trotzdem war vielleicht der Papst der Grund, weswegen es ihn nach Rom zog.

Nach der Messe verzog Pierre sich in das Haus seines Vaters. Er war froh, daß er ihm nicht begegnete, und ging früh ins Bett. Quälend zogen sich die nächsten Tage hin. Auch ein Ausritt durch die Schirmpinien bis hin zum Berg der Sainte Victoire brachte kaum eine Erleichterung. Claude wagte er nicht zu aufzusuchen, und doch strich er an ihrem Haus vorbei, bis sie ihn gesehen hatte und hineinbat.

Er speiste mit fremden Herren, die sich alle auf das zu erwartende Spektakel auf der Place des Jacobins freuten. Einer wollte sich mit Claude in ihr Zimmer verziehen, aber sie beschied ihn, sie sei schon vergeben, und winkte Pierre. Er folgte ihr zögernd, lag jedoch nur neben ihr und starrte an den Baldachin, während ihre Hand zärtlich über seine Brust strich. Er schaute ihr schließlich in die Augen, wieder lockten ihn der helle Ring und die verlorenen Pünktchen. Es war wie das Abtasten einer geheimnisvollen Botschaft. Als sie die Augenbrauen hochzog, fragend, ein wenig spöttisch, aber liebevoll, da war ihm plötzlich klar, an wen ihn dieser Ausdruck erinnerte: an Onkel Raymond, und es fiel ihm wie Schuppen von den Augen. Raymond mußte Claudes natürlicher Vater sein. Lange genug war Marie Raymonds Kurtisane gewesen, die Kurtisane auch seines Vaters, aber dieser Blick war Raymonds Blick, es gab keinen Zweifel mehr. Einen Augenblick beruhigte ihn der Gedanke. Er lag bei der Tochter eines Grafen. Gleichzeitig hielt er Beatrice die Treue. Sie gehörten alle zusammen, es fügte sich eine Ordnung. Dann mußte Pierre wieder an Laura denken, an Berthon, an das Kerkerloch, an Michels obszöne Geste, und die Vorstellung einer Ordnung zerbrach.

Maries Bote ließ nichts von sich hören, Onkel Raymond tauchte nicht auf, dafür kündigte sein Vater für den nächsten Sonntag das große Fest der Reinigung und Buße an. Pierre werde an seiner Seite sitzen und zuschauen, wie aufrührerisches Ketzertum zuschanden werde und gleichzeitig die Seelen der Geläuterten gen Himmel führen.

Pierre spürte, wie alle Kraft ihn verließ.

»Und Berthon?« flüsterte er.

Sein Vater lachte.

»Und Laura? Sie ist doch ein Kind. Wie könnte ihr überhaupt ein Kind ins Gefängnis stecken?«

»Auch ein Kind kann vom Antichrist beherrscht sein. Hexen müssen nicht alt sein. Aber ich kann dich beruhigen. Sie wird nicht auf dem Scheiterhaufen enden, wenigstens jetzt noch nicht.«

»Und Berthon?« Jetzt schrie er seinem Vater den Namen ins Gesicht.

»Ihn wird sein gerechtes Schicksal ereilen.«

Pierre verließ sein Zimmer nicht mehr. Er versuchte zu beten, aber schon nach wenigen Worten stieß er nur noch Flüche aus. Er trank Wasser und aß kaum noch etwas.

Am zweiten Fastensonntag ließ er sich frühmorgens willenlos ankleiden. Ihm war schlecht und schwindlig. Fast bewußtlos begab er sich mit seinem Vater zur Place des Jacobins, wo die Scheiterhaufen schon geschichtet waren. In ihm fühlte sich alles nur noch stumpf und tot an. Die Menschenmenge bewegte sich wie ein vielgliedriges Untier, ein dumpfes Atmen, durchschnitten von spitzen Rufen. Pierre schaute auf den Boden, als die Todgeweihten in ihren Ketzergewändern herangeführt wurden. Das Atmen der Menge wurde zu einem tausendfachen Laut der Gier.

»Zwei werden vorher erwürgt. Die haben es gut!« hörte er einen Mann sagen.

Sein Vater begrüßte den Präsidenten des Obersten Gerichtshofs.

Pierre war nicht mehr bei sich.

Erst als die Flammen losprasselten, schaute er auf. Tausend sich reckende Köpfe, offene Münder, aufgerissene Augen. Dunkler hochwirbelnder Rauch. Zwei Köpfe hingen leblos an dem Pfahl. Die Gewänder fingen Feuer.

Und nun schrien die vier Gemarterten. Sie stießen einen unmenschlichen Schrei aus, sie schleuderten den Schmerz von sich weg, weit weg in den blassen, fernen, stummen Himmel. Der Schrei ging in einem gurgelnden, röchelnden Laut unter, wurde übertönt von dem Schrei der Menge. Schwarzer Qualm verhüllte die Plattformen, dann wirbelte ihn ein Windstoß zur Seite. Die Flammen leckten gierig hoch, loderten auf. Durch sie hindurch, im Totentanz der Hitze, schwärzten sich die Leiber ein, aufgerissene Münder, aus denen kein Laut mehr drang. Der Gestank wurde unerträglich. Ein letztes Zucken der Glieder, verkohlte Stümpfe. Viele Gesichter wendeten sich ab oder erstarrten. Die Menge stöhnte ein letztes Mal auf und atmete aus.

Pierre sah, wie die Pfähle mit den Resten der Verbrannten umfielen, die Funken stoben, und die Flammen schossen noch einmal in den Himmel. Die Frauen hielten sich feuchte Tücher vor den Mund.

Er stand auf, um sich zu übergeben, aber er konnte nur eine wäßrig beißende Flüssigkeit herausspucken.

Berthon war nicht dabei gewesen.

Sein Vater hatte Berthon verschont.

## 1535

Hohes Fieber hatte Pierre gepackt. Er lag in einem schmucklosen, dunklen Raum im Haus seines Vaters, nach einem Aderlaß noch schwächer als zuvor. Er wollte niemanden sehen, schon gar nicht seinen Vater, und versank, als das Fieber immer höher stieg, in einem Flammenmeer brennender Bilder.

Als er wieder zu sich kam, rief er nach Berthon und Laura, wähnte sich auf dem Scheiterhaufen, dann im Gefängnis, plötzlich in der Klosterschule. Schwankend ging er zum Fenster, wollte es öffnen, um herauszuspringen und davonzuschweben. In letzter Minute wurde er entdeckt und zurück ins Bett gebracht. Sein Vater erschien. Pierre sah ihn die Peitsche heben und Mama Catherine ins Gesicht schlagen. Er stöhnte, schrie, verlangte nach Wasser. Dann sah er plötzlich Beatrice winken.

»Ich komme, ich komme«, rief er und versank in einem Meer sich verdunkelnder Strömungen.

Jean Maynier hielt ihn für tot. Aber als er merkte, daß Pierre noch atmete, ließ er einen Priester holen und ihm die letzte Ölung geben. Während der Priester vor dem Bett stand, Gebete murmelnd, neben ihm Jean Maynier, schlug Pierre plötzlich die Augen auf.

Sein Vater bekreuzigte sich.

»Muß ich jetzt auf den Scheiterhaufen?« fragte Pierre.

Der Priester schaute ihn entsetzt an.

Jean Maynier, bleich, übernächtigt, mit struppigen Haaren, kniete am Bett und starrte auf seinen Sohn. Zitternd griff er nach seiner Hand, drückte sie an die Stirn und flüsterte flehend: »Du bleibst am Leben, du mußt am Leben bleiben.«

»Aber ich gehe nicht allein«, sagte Pierre mit klarer Stimme.

»Keiner geht, es ist vorbei, längst vorbei«, antwortete Jean Maynier, noch immer stimmlos.

Pierre wollte Claude sehen, und als das Mädchen, von einem Diener geholt, an sein Bett trat, begrüßte er es mit den Worten: »Da bist du ja, Laura.«

In Tränen aufgelöst, setzte Claude sich zu ihm. Er lachte kurzatmig, brach in einen Husten aus und krachzte dann mit letzter

Stimme: »Sing ein Sonett von Petrarca. Ich höre so gern, wenn du singst.«

Claude sah Jean Maynier fragend an. Er nickte ihr auffordernd zu, aber sie kannte kein Gedicht des Italieners und sang, nachdem Jean Maynier die Dienerschaft hinausgeschickt hatte, ein provençalisches Volkslied.

»Im Namen des Vaters und des Sohnes und des Heiligen Geistes werde in dir ausgelöscht jede Gewalt des bösen Feindes ...«, betete der Priester.

»Ich komme mit euch«, rief Pierre, »wartet auf mich!«

Dann sank er erneut in Ohnmacht.

Jean Maynier, Claude und der Priester blieben die Nacht über an seinem Bett.

Am nächsten Morgen verlangte Pierre nach einem Glas Wasser. Der Medicus, der noch einmal geholt wurde, verzichtete diesmal auf einen Aderlaß, sondern ließ lediglich das Fenster öffnen und die Sonne hereinscheinen.

»Er wird hinausspringen«, flüsterte Jean Maynier ihm zu.

»Dazu ist er zu schwach«, antworte der Medicus, »aber nun wird sich zeigen, ob er seinen letzten Weg geht oder ob er den Kampf gewinnt.

»Die Sonne«, hauchte Pierre, dann fiel er in die Kissen und schloß die Augen.

»Nein!« brach es aus seinem Vater heraus. »Das darfst du nicht!« Er wandte sich ab und bedeckte sein Gesicht mit der Hand.

Claude und der Priester starrten auf Pierres Gesicht, das Frieden und Ruhe ausstrahlte.

»Allmächtiger Gott, stärke Deinen Diener mit Deiner Gnade, damit er in der Stunde seines Todes nicht dem Widersacher erliege ...«

Der Medicus ging zur anderen Seite des Bettes und hielt sein Ohr an Pierres Mund.

»Er schläft«, sagte er, froh aufseufzend, »er ist nicht tot, er hat den Kampf gewonnen.«

»Durch unseren Herrn«, rief der Priester, »durch unseren Herrn!«

Und tatsächlich sank das Fieber. Pierre kam langsam wieder zu Kräften.

Täglich schaute Jean Maynier nach seinem Sohn, den er nur noch

*Lazarus* nannte, und versuchte zu scherzen. Pierre wandte sich ab. Als er zum ersten Mal aufstand, fragte er seinen Vater nach Berthon und Laura.

»Sie sind nicht mehr in Aix. Wir haben sie dem kirchlichen Arm der Gerechtigkeit übergeben.« Seine Stimme sollte gütig und beruhigend klingen.

Pierre wurde es schwindlig, so daß er sich setzen mußte. »Und wo sind sie jetzt?«

»Vielleicht wurden sie in das Gefängnis von Avignon überführt, vielleicht aber auch freigelassen, ich weiß es nicht.« Als Pierre nicht reagierte, fügte er noch an: »Du siehst, ich habe etwas für dich und deine Freunde getan.«

Pierre stellte sich ans Fenster und betrachtete die große Platane auf dem Platz vor dem erzbischöflichen Palais. Man hatte sie mehrfach gestutzt, aber ihre Zweige waren inzwischen nachgewachsen, und die Blätter begannen auszutreiben. Auf der gescheckten Rinde tanzten Sonnenflecken.

»Ich bin nicht der, für den du mich hältst«, sagte sein Vater.

Pierre drehte sich um. Er wollte ihm ins Gesicht sehen, um zu prüfen, wie ernsthaft er zu ihm sprach. Wollte er sich verteidigen? Wollte er, unerwartet und gegen seine Gewohnheit, ein Bekenntnis, vielleicht sogar ein Geständnis ablegen?

»Ich weiß, manchmal muß ich harte Urteile fällen, aber dies gehört zu meinem Beruf. Wenn wir gegen Verbrecher, Ketzer und Aufrührer nicht ohne Nachsicht vorgehen, dann wird es nie Frieden und Gerechtigkeit geben. *Principiis obsta!* Das weißt du.«

Pierre schwieg. Sein Vater sprach ohne äußere Zeichen der Erregung.

»Natürlich, manchmal muß man auch Gnade vor Recht ergehen lassen.«

Pierre reagierte nicht.

»Ich sah schon zu viele sterben.« Die Stimme seines Vaters begann leicht zu zittern.

»Ja, zum Beispiel die sechs angeblichen Ketzer«, sagte Pierre verächtlich und wandte sich wieder ab.

Sein Vater schluckte. »Ich meine nicht die Ketzer, auch nicht die Mörder – ich meine die vielen Toten auf dem Schlachtfeld von

Pavia, die besten Männer Frankreichs, sie wurden zusammengeschossen, ohne daß sie sich wehren konnten. Wer dies einmal erlebt hat, wird hart. Der gibt sich keinen Täuschungen und trügerischen Hoffnungen mehr hin.« Die Stimme wurde lauter und gleichzeitig schärfer. Er stand nahe davor, seine Selbstbeherrschung zu verlieren. »Unser Gott ist ein eifernder Gott. Sein Sohn mag barmherzig sein, aber der Vater kennt keine Gnade, er will Opfer, Blutopfer. Man muß ihn mit den eigenen Waffen schlagen.«

»Und was ist mit Abraham und Isaak?«

»Gott forderte das Opfer, Abraham gehorchte und bestand die Prüfung.«

»Aber Isaak wurde gerettet.«

»Jesus von Nazareth, Gottes Sohn, mußte den Opfertod sterben. Für uns alle.«

»Und würdest auch *du* deinen Sohn opfern?«

»*Wenn meine Kinder sich anstecken, werde ich sie opfern*, hat der König erklärt.«

Pierre schwieg wieder.

Sein Vater trat hinter ihn, bedrängend nah.

»Verstehst du denn nicht, warum ich so für dich kämpfe? Mir ersparte Gott das erste Opfer nicht! Ich mußte deine Mutter hergeben – für dich!«

»Und deswegen wolltest du mir meine Frau wegnehmen – um sie zu meiner Mutter zu machen«, erwiderte Pierre.

Er mußte schlucken, weil ein unberechenbares Gefühl ihm seine Stimme nahm. Erneuter Schwindel erfaßte ihn, und er hielt sich an der Fensterbrüstung fest. Während seines Fiebers war ihm die Welt entglitten. Laura und Berthon waren nach Avignon abgeschoben, in ein unsicheres Schicksal entlassen – und Beatrice? Vor lauter Sorgen um Berthon und seine Tochter hatte er nur selten an seine Geliebte gedacht. Und sie? Wußte sie überhaupt von den Vorfällen in Aix? Von seiner Krankheit? Warum hatte sie ihn nicht besucht – oder ihm wenigstens geschrieben? Hatte sein Vater erneut versucht, sie in eine Ehe zu zwingen?

»Die kleine Cental ist nicht deine Frau, auch wenn du sie verführt hast. Ihr hattet nicht die Erlaubnis eurer Eltern, und die Worte eines waldensischen *Barbe* sind ohne Bedeutung.«

»Aber wir lieben uns, das ist von Bedeutung!«

»Schwärmerei, nichts als Schwärmerei! Du bist viel zu unreif für das Mädchen. Sie braucht einen Mann, der sie halten, der sie tragen kann.«

»Also dich, einen Mann, der humpelt.« Er wollte seinen Vater nicht verhöhnen, und doch gelang es ihm nicht, den Ton seiner Stimme zu mildern.

Sein Vater brauchte eine Weile, bis er antworten konnte.

»Ich habe auf sie verzichtet«, sagte er mit rauher Stimme. »Ich will sie nicht mehr. Du hast recht, ein humpelnder Krüppel sollte nicht mehr heiraten wollen. Er sollte der Mutter seines Sohnes die Treue halten, der Frau, die den Sohn unter Qualen auf die Welt brachte und dafür mit ihrem Leben bezahlen mußte.«

Pierre wandte sich seinem Vater zu.

Statt auf ihn zuzugehen, drehte ihm sein Vater nun den Rücken zu. Dumpf fügte er noch an: »Die für dich geopfert werden mußte.«

Während er sich der Tür näherte, versuchte er, sein Humpeln zu unterdrücken.

»Aber ich sehe, ihr Opfer war umsonst.«

Leise schloß er die Tür hinter sich.

Pierre schaute wieder aus dem Fenster. Sein Blick verlor sich im Geäst der Platane.

Ein Kammerdiener trat ein, zog sich aber schnell mit einer Verbeugung zurück.

Langsam stellten sich wieder die Worte seines Vaters ein.

*Die für dich geopfert werden mußte.*

Ja, dies hatte sein Vater gesagt.

*Aber ich sehe, ihr Opfer war umsonst.*

Worte wie Keulenschläge.

Und doch: Wie konnte er, der gnadenlose Baron d'Oppède, der schon manche Frau zur Witwe gemacht hatte, ihm vorwerfen, seinetwegen habe seine Mutter sterben müssen? Er, der Mama Catherine ausgepeitscht und verjagt hatte, obwohl sie es doch war, die dem Kind die verstorbene Mutter ersetzt hatte und es am Leben erhielt. Wie konnte er solche Vorwürfe aussprechen!

*Ihr Opfer war umsonst.*

Wollte sein Vater ihn damit aufgeben? Wollte er ihm mit diesen Worten zu verstehen geben, das Leben seines Sohnes sei ihm nichts mehr wert?

Pierre hielt es nicht aus, länger im Haus seines Vaters und in Aix zu bleiben. Die Vorwürfe standen unwidersprochen im Raum, und sie waren auch nicht zurückgenommen worden. Er fühlte sich körperlich wieder gesund, aber seelisch krank. Er sah die Scheiterhaufen noch immer lodern, und der Gestank der brennenden Leiber stach ihm in die Nase. In den Gassen der Stadt fühlte er sich wie in einem Gefängnis, und der Gedanke an Beatrice quälte ihn.

Bevor Pierre aufbrach, suchte er noch einmal seinen Vater auf. Jean Maynier empfing ihn abweisend und kalt.

Pierre hatte sich eine lange, versöhnliche Rede zurechtgelegt. Wenn sein Vater wirklich auf Beatrice verzichtet hatte, warum gab er ihm dann nicht seine Erlaubnis zu heiraten?

»Vater –«, sagte Pierre.

»Es hat keinen Zweck«, unterbrach er ihn und ließ ihn stehen.

Pierre ritt hinaus in die Wälder am Fuß der Sainte Victoire. Durch das Piniendunkel fielen immer wieder die Sonnenstrahlen, und manchmal blendeten sie ihn. Aber er genoß es, keinem Menschen zu begegnen und einfach nur stumm dahinzureiten. Als die Wege steiler und felsiger wurden, band er Bukephalus an einen Baum und stieg einen Pfad hoch bis zu einer kleinen Kapelle, die zu einer verlassenen Eremitage gehörte.

In dem halb verfallenen, staubigen Raum kniete er sich vor das Kruzifix und versuchte zu beten. Aber das *Pater noster* und das *Confiteor* zerfielen ihm zu Worthülsen, und schließlich gab er es auf und starrte nur noch den Gekreuzigten an. Er erwartete eine Antwort. Christus war in seinen Todesqualen der Kopf zur Seite gefallen, und seine Augen blieben geschlossen. Warum schenkte er Pierre nicht wenigstens einen Blick und vergab ihm seine Schuld?

Je länger Pierre wartete, desto verlorener fühlte er sich. Nichts mehr war so wie früher. Ganz plötzlich zerbrachen ihre bisherigen Leben, die Hoffnungen und Träume gingen in Flammen auf, so wie Berthons Haus und die Scheiterhaufen auf der Place des Jacobins. Sein Wunsch, der Liebe zwischen ihm und Beatrice den Segen geben zu lassen, war der Funke gewesen. Der Gekreuzigte schwieg, er konnte Pierre aus der Verdammnis nicht befreien.

Pierre preßte aus seiner Brust einen Schrei. Aber der Schrei verhallte, und nichts rührte sich. Noch einmal öffnete er seinen Mund und schrie, bis er atemlos in den Staub sank.

Der Gekreuzigte schwieg noch immer.

Pierre erhob sich und klopfte sich den Staub von seiner Kleidung. Gesenkten Hauptes verließ er die Kapelle. Durch Beten und Bitten erreichte er nichts, er mußte seinen Weg gehen, sein Leben finden, er mußte selbst den wahren Grund seiner sündigen Seele erkennen.

Langsam ritt er nach Aix zurück.

Pierre ließ sich bei Marie *La Marseillaise* melden, um Neuigkeiten über die Eingekerkerten zu erfahren. Aber Marie konnte ihm nur bestätigen, daß die beiden Aix verlassen hatten. Außerdem lasse ihm Graf d'Agoult bestellen, er möge, sobald er gesund sei, nach La Tour d'Aigues kommen.

Pierre nickte. »Ist Claude im Haus?« fragte er.

»Nun, sie …« Marie sprach den Satz nicht zu Ende.

»Ich verstehe.«

Pierre starrte auf den Boden, horchte in sich hinein. In ihm schienen alle Gefühle verdorrt. Plötzlich drängte sich ihm eine Frage auf: »Ist Claude eigentlich die natürliche Tochter des Grafen d'Agoult?«

Marie lachte. »Ihr habt ein gutes Auge, Pierre. Man könnte es glauben, wenn man die beiden betrachtet. Aber wißt Ihr, genausogut könnte sie die Tochter Eures Vaters sein oder die Tochter des Seigneur de Bouliers. Oder auch anderer Männer. Ich war damals sehr begehrt, und keiner bezahlte mich für sieben Tage die Woche.«

Pierre war enttäuscht.

»Hättet Ihr es gerne?«

Er hob die Schultern.

»Graf d'Agoult hat sie bisher nicht legitimiert. Er will keine Ähnlichkeit, er will Sicherheit. Und selbst dann …« Marie verzog zweifelnd das Gesicht. »Machs gut, mein Junge, du solltest jetzt gehen.«

Sie trat einen Schritt auf ihn zu, und bevor er noch reagieren konnte, nahm sie ihn in den Arm, drückte ihn an ihre weiche, üppige, nach schwerem Moschus duftende Brust.

»Wir mögen dich, Claude und ich, und werden dich vermissen.« Und noch einmal drückte sie ihn an sich.

»Vielleicht kannst du bei dem Grafen ein Wort für Claude einlegen. Wenn er schon keine Frau hat, sollte er wenigstens eine Tochter haben. Ohne Kinder wird das Leben einsam und bitter. Wie leicht wäre es für ihn, sich und seine Tochter glücklich zu machen. Aber wer versteht schon die Männer!«

## 1535

Als Pierre das Schloß von La Tour d'Aigues erreichte, sprang ihm Beatrice schon im Hof entgegen, und sie ertrank in Tränen der Freude. Im Ahnensaal wurde Pierre von ihren Eltern begrüßt; auch Raymond war anwesend, klopfte ihm auf die Schultern, drückte ihn an sich.

»*Vivi te salutant!*« rief er lachend. »Nach allem, was wir gehört haben, scheiterte dein Versuch, uns zu verlassen, haarscharf.«

»Raymond!« rief Madame de Cental mild rügend, und Beatrice vergoß noch einmal unter Lächeln viele Tränen.

»Es tut mir im übrigen leid, Pierre, daß ich dich nicht am Krankenbett besuchen konnte, aber ich war wütend auf deinen Vater. Außerdem mußte ich nach Avignon eilen, um die Herrschaften im *Comtat* davon zu überzeugen, daß Berthon kein Ketzer ist und seine kleine Tochter schon gar keine Hexe.«

Pierre entfuhr ein Seufzer der Erleichterung. »Sind sie also frei?«

»Ob sie frei sind, weiß ich nicht, aber sie leben, und es geht ihnen auch nicht mehr so schlecht wie im Kerker von Aix.«

»Jetzt laßt uns zu einem erfreulicheren Thema übergehen«, warf Madame de Cental ein, »der Tisch ist gedeckt.«

Es gab ein Diner mit vielen Gängen, und seit langem schmeckte es Pierre wieder gut. Beatrice konnte ihren Blick kaum von ihm wenden, so daß sie nur gelegentlich einen Happen in den Mund steckte, und blieb, mal errötend, mal bleich werdend, fast stumm. Ihre Mutter beobachtete sie, während ihr Vater mit Raymond darüber diskutierte, wann der König wieder einen politischen Schwenk vollziehe und die harte Linie durch die weiche ersetze.

»Seine Schwester Marguerite sollte ihm mal richtig den Kopf waschen, und die protestantischen Fürsten müssen ihm klarmachen, daß man durch Scheiterhaufen die gemeinsame Front gegen den Kaiser zum Scheitern bringt«, sagte Raymond, nicht ohne Stolz über sein Wortspiel.

Louis stimmte ihm zu. »Wir alle lieben den König, aber der Schöpfer hätte ihm mehr politischen Verstand verleihen sollen. Jetzt sinnt er schon wieder auf einen Krieg in Italien und beginnt auch noch, sich mit den ungläubigen Türken zu verbünden. Gleichzeitig ruft er zur Denunziation gegen Ketzer und Lutheraner auf. Wer ist da der größte Ketzer, fragt man sich. Und nur weil ein dummes Plakat an seiner Schlafzimmertür hing, muß man nicht die finsteren Zeiten der Verfolgung wiederbeleben.«

»Gerade er, ein Humanist, ein Dichter, ein Liebhaber alles Schönen.«

Pierre hatte zugehört und sie nicht unterbrochen, obwohl ihn viel mehr als die königliche Politik interessierte, welche Rolle Raymond bei der Überführung oder womöglichen Befreiung von Berthon und Laura gespielt hatte. Er fragte sich auch, wo die beiden unterkommen sollten, jetzt, da ihr Haus zerstört war.

Und Beatrice' Blick ließ ihn nicht frei. Nach der Angst um Berthon und Laura, nach den Wochen der schweren Krankheit und nach dem Streit mit seinem Vater schien ihm ihre Trauung durch den *Barbe* in ferne Vergangenheit gerückt, ja, beinahe wie ein unreifer Traum. Aber natürlich stand er zu der Trauung, sah sie allerdings wie ein Eheversprechen an, das noch offiziell besiegelt werden mußte. Beide hatten damals ihre Liebeswünsche um jeden Preis erfüllen wollen, die Folgen waren jedoch schrecklich gewesen. Dies ließ sich nicht leugnen. Auch Beatrice' Eltern und Raymond mußten sich dessen bewußt sein. Vielleicht mieden sie deswegen das Thema.

Aber sein Leben durfte so ziellos nicht weitergehen.

Wollte er noch immer mit Beatrice nach Italien fliehen?

Dieser Plan erschien ihm nun wirklichkeitsfern und unverantwortlich.

Warum begab er sich nicht tatsächlich an die Universität und studierte – aber was?

Und wenn er nun mit Beatrice tatsächlich nach Nérac ging – an den Hof der Königsschwester?

Wollte er ein Höfling werden, war dies sein Lebensziel?

Lebensziel – konnte nicht jederzeit etwas Unvorhergesehenes hereinbrechen und alles verändern, jegliches Ziel umstoßen, ihn aus der Bahn werfen? War dies nicht die Lehre der letzten Monate? Soldaten tauchten auf, zündeten seinem Lehrer das Haus an und warfen ihn und Laura ins Gefängnis. Pierre selbst mußte versuchen, sie vor dem Scheiterhaufen zu retten, und wurde selbst todkrank. Und während er mit dem Tod rang, war Beatrice aus seinem Leben verschwunden. Hatte ihre Liebe der Trennung überhaupt standgehalten? Warum war sie nicht an sein Krankenbett geeilt – oder hatte nicht wenigstens durch Briefe seine Nähe gesucht?

Jetzt saß sie neben ihm und schwieg.

»He, Pierre, wo bist du?«

Er erschrak und schaute hilflos in die Runde. Alle Augen waren auf ihn gerichtet, Raymond hatte ihn angesprochen, Beatrice griff nach seiner Hand, der Blick ihrer Eltern sorgenvoll.

»O, entschuldigt, ich – ich mußte gerade an Berthon und Laura denken.«

Beatrice' Blick verschleierte sich. Er drückte ihre Hand. Er lächelte sie an. Wieder traten stumme Tränen in ihre Augen. Kein Wort kam über ihre Lippen.

Warum sagte sie nichts? Warum saß sie den ganzen Abend stumm am Tisch, aß kaum, schaute ihn an und tat so, als hätte sie das Sprechen verlernt? Hatte er sie zu lange alleine gelassen, ohne Botschaft? Hatte sie um sein Leben gebangt oder geglaubt, er würde nie wieder zurückkehren? Aber warum hatte sie nicht wenigstens einen Boten geschickt?

»Morgen reiten wir nach Lourmarin«, sagte Raymond zu Pierre. »Ich will mich nach einer Unterkunft für Berthon und Laura umschauen, und das Haus muß auch wieder aufgebaut werden.«

Pierre nickte.

»Darf ich mitkommen?« fragte Beatrice.

Ihre Eltern schauten sich an, dann Beatrice, ihn und schließlich Raymond. Ihr Vater räusperte sich und nahm noch schnell einen Schluck Wein.

»Willst du es sagen?« fragte er seine Frau.

»Bitte, du bist der Vater.«

»Mach es doch nicht so förmlich, Louis!« rief Raymond lachend. »Kinder, es geht um eure Hochzeit.«

Beatrice errötete und drückte Pierre noch einmal die Hand.

»Ja«, fuhr Louis de Bouliers fort, »eure Hochzeit …«

Er nahm einen Schluck Wein.

»Du bist uns als Schwiegersohn willkommen, lieber Pierre, aber wir sollten nichts überstürzen. Ihr seid jung, und die Ereignisse des letzten Jahrs waren nicht angetan, Eure Verbindung ohne Schwierigkeiten abzuwickeln. Oder wie man es ausdrücken soll. Du weißt, dein Vater – dazu brauche ich nichts zu sagen. Beatrice hat sich für dich entschieden, und wenn dein Vater zustimmt, wenn wir uns einigen können und alles in einem ordentlichen Vertrag niederlegen, dann habt ihr unseren Segen.«

Beatrice sprang auf und umarmte ihren Vater, ihre Mutter, ihren Onkel und schließlich Pierre. Sie küßte ihn vor aller Augen auf den Mund. Ihm war es ein wenig peinlich, aber er lächelte und nickte seinem zukünftigen Schwiegervater zu. Gemeinsam stieß man an.

Raymond und Pierre ritten ohne Beatrice nach Lourmarin.

Ihre Mutter hatte ihr klargemacht, daß die Zeiten der verantwortungslosen Jugend vorbei seien, daß sich nun ihre Familien eine gemeinsame Zukunft aufbauen müßten.

Am frühen Morgen, vor der Abreise, hatte Pierre Beatrice auf dem Schloßturm getroffen. Endlich waren sie allein, und im Schatten der Zinnen versanken sie in einen Kuß, den Beatrice nicht beenden wollte. Sie berichtete ihm dann von den vernünftigen Worten ihrer Mutter, wollte aber eigentlich trotzdem immer in seiner Nähe sein und fragte, ob sie sich nicht vielleicht wieder in der Jagdhütte treffen könnten. »Und was ist mit unserer Flucht nach Italien?«

Schnell gab sie sich selbst die Antwort: »Wir müssen von nun an vernünftig sein.«

Plötzlich brach sie in Tränen aus. »Ich hatte solche Angst«, stammelte sie schluchzend, »um dich, um uns … Warum, warum hast du mir nicht auf meine Briefe geantwortet?«

Pierre schaute sie entgeistert an. »Ich habe keine Briefe erhalten«, rief er.

Sie schluchzte nur noch und preßte ihren Kopf an seine Brust.

»Mein Vater«, sagte er tonlos, »mein Vater hat sie abgefangen.«

»Ich hatte solche Angst«, flüsterte sie.

»Wir werden bald heiraten, und dann bleiben wir für immer zusammen.« Er strich ihr über den Kopf.

Sie wollte ihn nicht loslassen. Sie küßten sich immer wieder, bis er sich von ihr wegriß und die Wendeltreppe hinunterrannte. Als er mit Raymond über den Schloßplatz trabte, schaute er zu den Zinnen hoch. Dort oben wehte ihr Haar im Wind. Sie winkte ihm zu, er winkte zurück. Er winkte, bis sie endgültig in den Schatten der Häuser eintauchten und vom Schloß nichts mehr zu sehen war.

Kaum hatten sie La Tour d'Aigues hinter sich gelassen, brach es auch Pierre heraus: All die Fragen über Avignon und Berthons Verlegung oder Befreiung, ob Raymond Laura gesehen habe, was mit dem Boten sei …

Raymond blieb provozierend einsilbig. Es gebe nicht viel zu berichten. Marie La Marseillaise habe ihn benachrichtigt, der Brand sei ihm allerdings schon vorher zu Ohren gekommen. Man habe wichtige Männer in Avignon kontaktieren müssen, den päpstlichen Legaten und eine Gesandtschaft aus Rom. In Aix habe er Baron de Chassanée eingeschaltet. »Aber gegen die Scheiterhaufen war nichts mehr zu unternehmen. Zumindest Berthon konnten wir retten. Der *Barbe* aus Mérindol hatte sich im übrigens rechtzeitig abgesetzt, er wird in die Täler des Piemont oder nach Genf geflüchtet sein.«

»Und wie geht es Laura?«

Raymond antwortete erst nach einer Weile: »Diese Untat hat dein Vater zu verantworten.«

Der Wind war aufgefrischt und drohte sich zu einem Mistral auszuwachsen. Pierre schlug den Kragen hoch, aber gleichzeitig genoß er, wie der Wind durch seine Kleidung wehte. Er befreite ihn von allen bitteren Gedanken. Auch der Himmel war jetzt von einer so reingewaschenen Bläue, daß seine Erinnerungen an die dunklen Tage in Aix verblaßten. Er würde Berthon bald wiedersehen, Laura, die kleine Laura in die Arme nehmen und ihnen helfen, ihr Haus wieder aufzubauen. Dann würde er Beatrice heiraten, ganz ordentlich, wie ihre Eltern es wünschten, und studieren. In späten Jahren würde er vielleicht Präsident eines Gerichtshofs werden, Gouverneur der Provence oder gar Kanzler Frankreichs.

Dies war seine Lebenslinie.

Sie ritten an einer Reihe blühender Apfelbäume vorbei. Die zartrosa Blüte war schon fast zu Ende, und als der Wind mitten in die Bäume fuhr, nahm er eine Wolke kleiner Blütenblätter auf und schüttete sie über den Reitern aus, wirbelte sie wieder hoch und trug sie vondannen.

Zwischen den Stämmen bewegte sich etwas. Ein Bettler kroch auf allen vieren die Böschung hinauf und taumelte mit ausgestreckter Hand ihnen entgegen. Raymonds Pferd scheute. Mit herrischem Reißen an der Trense mußte er es halten und wieder auf einen gemäßigten Trab zurückbringen. Auch Pierres Bukephalus wieherte erschrocken und tänzelte nervös zur Seite. Der Bettler, abgemagert, die Kleidung nur noch Fetzen, war blind. Leere schwärzliche Augenhöhlen entstellten das Gesicht.

»Bleib stehen!« befahl Pierre. Er kramte in seinen Taschen, fand aber keine kleinen Münzen mehr. »Ich habe nichts für dich, der nächste wird dir sicher etwas geben!«

Er galoppierte hinter Raymond her, schaute sich noch einmal um: Der Bettler hatte sich ihm nachgedreht und hielt noch immer die Hand ausgestreckt.

## 1535

Nach einem weitgehend stummen Ritt erreichten Pierre und Raymond Lourmarin. Das Schloß wurde hergerichtet und gereinigt, und während die beiden trotz des zunehmenden Windes eine Runde Schlagball spielten, sollte Gemüse im Ort besorgt und ein Schwein geschlachtet werden.

Am späten Nachmittag machten sie einen Rundgang durch Garten und Schloß, sprachen schließlich, während sie sich vor dem Kamin niederließen, über die Beizjagd, die Raymond bald aufnehmen wolle. Man hörte Pferdegetrappel, auch die Stimmen der Diener und fremde Laute. Raymond sprang auf und schaute aus dem Fenster.

»Wir bekommen Besuch!« rief er strahlend.

Pierre schaute ihn fragend an.

»Komm mit!«

Raymond war schon verschwunden, Pierre folgte ihm nach draußen. Zwei Franziskanermönche kamen ihnen entgegen, die Kapuzen weit über den Kopf gezogen, so daß die Gesichter nicht zu erkennen waren. Der Mistral zerrte an ihren Kutten, und Pierre wunderte sich über die zarten Füßchen des kleineren Mönchs.

»Seid ihr allein?« fragte sie Raymond.

»Die anderen kommen heute noch nach«, sagte der größere Mönch.

Pierre schaute ihn mit freudigem Erschrecken an, die Stimme kam ihm bekannt vor. In diesem Moment schlug der Mann die Kapuze zurück.

Es war Berthon. Noch grauer als zuvor, abgemagert, aber allem Anschein nach gesund.

Und der Mönch mit den zarten Füßen konnte niemand anders als Laura sein. Vorsichtig näherte er sich ihr. Sie war es. Sie lächelte nicht, sie schlug auch ihre Kapuze nicht zurück, und als er sie in schmerzender Freude an sich drücken wollte, wich sie zurück. Doch dann hielt er sie in seinen Armen, sie zitterte und verbarg noch immer ihr Gesicht.

Erst nachdem sie gebadet und neu bekleidet waren, durfte Pierre ihr in die Augen schauen. Man hatte ihr die Haare abgeschnitten, und ihre Augen lagen tief in dunklen Höhlen. Sie schien um Jahre gealtert und sprach nicht.

»Sie braucht noch eine Weile, bis sie wieder in die Welt zurückkehrt«, erklärte Berthon.

Es gab ein einfaches, aber nahrhaftes Mahl. Berthon schien zu beten, als er das Brot brach. Am Fleisch kaute er lange. Den Wein genoß er mit jedem Schluck mehr. Laura aß mit zitternden Händen einen Brei und trank Wasser. Pierre war zum Heulen zumute.

Berthon verhielt sich, als wären sie von einer weiten, schweren Pilgerreise heimgekehrt. Mit keinem Wort erwähnte er den Kerker von Aix oder das Gefängnis von Avignon. Als Raymond sagte: »Wir werden dein Haus wieder aufbauen«, nickte er nur stumm.

Pierre versuchte, von Laura wenigstens einen Blick aufzufangen. Aber sie sah an ihm vorbei, die Augen starr und leer.

Als es dunkel war, hörte man erneut Pferdegetrappel und dann kräftiges Klopfen und Rufen. Laura reagierte nicht, aber Berthon ging zum Fenster, Pierre mit ihm. Reiter waren draußen, Diener, auch Soldaten mit Hellebarden. Eine Sekunde lang glaubte Pierre, es wären wieder die Schächer seines Vaters, und alles begänne von vorne. Aber nun sah er, wie eine Dame einer Sänfte entstieg.

Pierre rannte Raymond nach, der gerade, als er ihn erreichte, die Dame begrüßte. Ein junger Mann, noch nicht einmal sein Alter, stand neben ihr, und ihm küßte Raymond den Ring. Er trug einen weiten Reisemantel und ein einfaches Barett, aber aus edelstem Samt, und die Dame war eingehüllt in einen Seidenumhang mit Pelzbesatz. Sie lächelte Pierre an und reichte ihm die Hand. Er verbeugte sich und begrüßte dann auch den Jungen.

Raymond lachte. »Ich dachte, du hättest sie wiedererkannt«, sagte er zu ihm, und Pierre schaute der Dame unhöflich forschend ins Gesicht. Sie lächelte leicht spöttisch. *Die Dame in Grün* fuhr es Pierre durch den Kopf, die Frau neben dem Kardinal, auf dem Hochzeitsfest in Marseille.

»Pierre Maynier d'Oppède, Seigneur de Ménerbes, mein junger Freund und Ziehsohn«, sagte Raymond, ihn vorstellend. »Gräfin Orsini aus Rom und Kardinal Alessandro Farnese.«

Als der junge Mann sah, wie Pierre ihn verwirrt anstarrte,

ergänzte er: »Der Enkel, offiziell der Neffe des anderen Kardinals Alessandro Farnese, der jetzt der Heilige Vater ist, Papst Paul der Dritte.«

Er sagte es ganz locker hin, ohne Allüren, und auch die Gräfin verhielt sich unerwartet natürlich. Sie schickte ihre Diener in die Küche und bewegte sich, als sei sie im Schloß aufgewachsen.

Im Empfangssaal wurden Berthon und Laura begrüßt, aber nur freundlich-knapp wie nach einer kurzen Trennung. Dann erhielten die neuen Gäste einen kurzen Imbiß, und schließlich setzte man sich vor den Kamin.

Als Pierre später im Bett lag, war sein Kopf schwer vom Wein, an Schlaf war jedoch nicht zu denken. Im Keller hockte noch eine Gruppe von Männern und lärmte. Draußen fauchte der Mistral um die Ecken des Schlosses und schob immer wieder einen kalten Lufthauch durch das Zimmer. Aber all dies war es nicht, was ihn vom Schlafen abhielt.

Kaum hatte er Berthon und Laura wiedersehen dürfen, mußte er sich schon wieder von ihnen verabschieden, denn beide wollten am nächsten Morgen mit Gräfin Orsini und dem jungen Kardinal nach Marseille ziehen, um sich dort nach Rom einzuschiffen. Ein Aufenthalt in der Provence schien für die beiden zu unsicher. Man traute dem Frieden nicht, trotz aller günstigen Entwicklungen.

Der Gerichtshof von Aix hatte sie freigegeben, und in Avignon hatte die Fürsprache des jungen Kardinal Farnese bewirkt, daß sie aus dem Gefängnis entlassen worden waren. Die Anklage wegen Häresie und Hexerei stand offensichtlich nur auf tönernen Füßen, und nach den blutigen Folterspuren, die der Inquisitor Jean de Roma hinterlassen hatte, wollte man nun Milde walten lassen. Der König, so hörte man, verfolge wieder eine weichere Linie, und der Heilige Vater verabscheue in der Tiefe seines Herzens jegliche Gewalt.

Sein Großpapa, so erklärte der junge Kardinal, liebe alle Menschen wie seine eigene Familie, er liebe auch die Sünder, so sie bereit seien, Buße zu tun. Die römisch-katholische Kirche sei überhaupt wie eine große Familie, die alles verzeihe, nur nicht die Aufkündigung der Familienbande.

»Ja, ja, mein Junge«, sagte die Gräfin und streichelte ihn.

Alessandro versuchte, Kardinalswürde zu zeigen und Unabhängigkeit von der mütterlichen Fürsorge, aber gleichzeitig genoß er die zärtliche Art, mit der sie ihn berührte.

Überhaupt schien die Gräfin nicht nur eine Vertraute des Kardinals, sondern auch des Papstes zu sein, denn sie redete von ihm wie von einem alten Freund. Und wie sie von Avignon, seinen Palästen, Gassen und Menschen sprach, seinem Reichtum an Intrigen und Geschäftemachern, so schien sie auch mit der päpstlichen Enklave vertraut zu sein.

Sie war eine Frau von vollendeter Schönheit, fand Pierre, von einer Schönheit, die sprachlos machte, und gerade weil sie nicht mehr ganz jung war und eine Sicherheit in allen Gesten und Worten ausstrahlte, wirkte ihre Schönheit unzerstörbar wie die einer Göttin.

Ob sie die Mutter des jungen Kardinals war? Pierre glaubte es nicht. Der Junge würde sie dann anders anreden. Aber wissen konnte man es nicht. Daß der Papst einen Enkel hatte, den er schon in diesem jungen Alter zum Kardinal ernannt hatte, war ungewöhnlich und zeugte von den freien Sitten in Rom, zeugte aber auch von der Familienliebe, die Alessandro erwähnt hatte. Dem weiteren Gespräch entnahm Pierre, daß dem Heiligen Vater insgesamt vier Kinder geboren worden waren.

Während der Wein reichlich floß, begann sogar Berthon von dem Papst zu erzählen. Sein Lehrer kannte ihn aus alten Zeiten, und Berthon erzählte von seiner Flucht aus der Engelsburg, in die Alessandro von Papst Innozenz, einem seiner Vorgänger, eingekerkert worden war und der er unter abenteuerlichen Umständen entfliehen konnte. Jung, stolz und stark, hatte er sich an einem Tau herabgelassen. Während der anschließenden Studienjahre in Florenz hatte Berthon ihn kennengelernt.

»Ja, Großpapa war ein toller Hecht«, kommentierte der junge Kardinal, bevor er weinschwer vor dem Kamin einschlief und von zwei Kammerherrn ins Bett getragen werden mußte.

Auch Laura, die den ganzen Abend auf Berthons Schoß und später an seiner Seite gesessen hatte, konnte ihre Augen nicht mehr offenhalten und wurde in ihr Zimmer gebracht.

Raymond wollte die Kammerfrau begleiten und dafür sorgen, daß Laura gut versorgt würde, aber Berthon drängte ihn in den Saal zurück und wies ihn barsch an, er solle sich um die Gräfin kümmern und Laura in Ruhe lassen. Dann verschwand er mit seiner Tochter.

Pierre schaute erstaunt von Raymond zur Gräfin und zurück. Sie lächelte fein, Raymond runzelte die Stirn, zuckte mit den Schultern und warf ihr einen Blick zu, der besagte: Du weißt ja, wie er ist.

Eine Zeitlang schwiegen alle drei, dann sagte die Gräfin in die Stille hinein: »Er hat es noch nicht vergessen.«

»Nein«, sagte Raymond, in einer Mischung aus Ärger und Trauer. »Er wird es nie vergessen. Und das Schlimme ist: Hätte er sich anders verhalten, hätte Laura dieses Martyrium nicht erleiden müssen.«

Pierre starrte Raymond erstaunt an, der die Augenbrauen hob und fortfuhr: »Das gleiche gilt für dich, mein Junge. Ohne diese Trauung durch einen waldensischen *Barbe* hätte dein Vater keine Handhabe gehabt, gegen Berthon vorzugehen.«

Noch nie hatte Pierre Raymond derartig schneidend sprechen hören. Und er wußte nicht, was er darauf antworten sollte. Raymond hatte recht, es gab keine Entschuldigungen außer ihrer jugendlichen Leidenschaft und dem Wunsch, auch vor Gott als Mann und Frau zu gelten.

Die Gräfin schien gemerkt zu haben, daß Pierre keine Worte fand und daß er unter den Anschuldigungen litt. »Laura braucht eine andere Umgebung, und Hugues wird in Rom viele gebildete Männer treffen, vielleicht sogar Alessandro wiedersehen.«

Raymond wandte sich ihr zu, ja, er rückte sogar ein Stückchen an sie heran und legte ihr seinen Arm auf die Schulter. »Ich beneide Hugues. Er hat es noch immer geschafft, mich bei dir auszustechen.« Seine Stimme war nun weich und leise.

Die Gräfin schüttelte den Kopf und schaute nach Pierre. »Weiß der Junge eigentlich Bescheid?«

»Ich glaube nicht.« Raymond ließ einen traurig wehleidigen Blick auf ihm ruhen.

»Wovon soll ich Bescheid wissen?«

»Hat dir Berthon nie etwas erzählt?«

Pierre schüttelte den Kopf.

»Lauras wirklicher Vater bin ich, nicht der Graubart«, sagte Raymond. »Er war damals mit der Gräfin verheiratet, daher … du verstehst.«

»Du lügst!«

Berthons Stimme war laut, voller Zorn. Er stand in der Tür und starrte Raymond an. Alle Müdigkeit, alle Torturen des Kerkers schienen von ihm abgefallen zu sein. Er schritt auf Raymond zu, und einen Augenblick glaubte Pierre, er wolle ihn schlagen.

»Noch ist Marguerite meine Frau«, sagte er mit bebender Stimme, »auch wenn sie, in Bigamie, ein zweites Mal geheiratet hat und wieder verwitwet ist. Niemand hat unsere Ehe geschieden, und Laura ist schon gar mein Kind, mein einziges mir gebliebenes Kind. Du weißt, daß ich für sie sterben würde. Und ich lasse sie mir auch von dir nicht wegnehmen, selbst heute nicht, nach diesen schrecklichen Vorfällen.«

»Niemand will dir Laura wegnehmen. Aber als Gräfin hätte sie es leichter im Leben.«

»Sie ist mein Kind, das ist mehr wert als alle Adelstitel!«

»Du warst damals in Italien. Und außerdem – was ist mit dem Muttermal?«

»Ich weiß, daß du Marguerite damals verführt hast; das gibt dir jedoch noch lange nicht das Recht, mir mein Kind wegzunehmen.«

»Ich habe dir Laura ja auch gelassen – aber rechne einmal nach! Und frage die Mutter!«

Nun mischte sich die Gräfin ein. »Hört auf, ihr beiden, ich kann das Gezänk nicht ertragen. Dankt lieber Gott, daß noch einmal alles gutgegangen ist und daß wir Laura jetzt in Sicherheit bringen können. Je schneller sie außer Landes kommt und dem Zugriff dieses fanatischen Verfolgers entzogen ist, desto besser. Und das gleiche gilt auch für dich, Hugues. Und jetzt gehe ich ins Bett, wir müssen morgen sehr früh aufbrechen.« Sie winkte ihrer Kammerfrau und rauschte hinaus.

Raymond schaute ihr nach, Berthon setzte sich auf einen Stuhl, trank einen Schluck Wein, sackte dann zusammen

»Weiß eigentlich Laura davon?« wagte Pierre zu fragen.

»Nein!« riefen Berthon und Raymond gleichzeitig.

»Und sie soll es auch nicht erfahren«, ergänzte Berthon.

Raymond nickte.

Die beiden sprachen nicht mehr miteinander. Nach einer Weile stand Berthon auf und ging ins Bett.

Pierre war verwirrt. Ihn beschäftigten noch viele Fragen, aber die Spannung war zu groß, sie loszuwerden.

Schließlich stand auch Raymond seufzend auf, klopfte ihm freundschaftlich auf die Schulter. »Irgendwann erzähle ich dir die ganze Geschichte.«

Der Mistral pfiff und fauchte noch immer um das Schloß, als wolle er es erstürmen, aber der Lärm aus dem Keller oder der Küche hatte aufgehört.

Pierre starrte zu dem dunklen Baldachin seines Bettes hoch. Die Welt war erneut ins Wanken geraten. An wem konnte er sich jetzt noch festhalten? An Raymond? An Berthon? An Beatrice? Sollte er vielleicht doch nach Rom pilgern? Sich entscheiden, gleich am nächsten Morgen mit der Gräfin, dem Kardinal, Berthon und Laura nach Rom ziehen – und Beatrice zurücklassen?

Nein, dies war unmöglich. Pierre brauchte nur an ihre Augen, an ihren stummen Blick zu denken. Aber auch an die Nächte in der Jagdhütte. An die Worte Georges Morels. »Manchmal muß man das, was man am meisten liebt, vor der Welt verstecken«, hatte der Alte beim Abschied gesagt.

Nein, er hatte schon genug Schuld auf sich geladen, er durfte nicht auch noch an ihr schuldig werden. Für ihn gab es jetzt nur einen Weg: mit Beatrice ein neues Leben, das erwachsene Leben beginnen.

Pierre stand auf und schlich zum Fenster. Mondlos der Nachthimmel, ein heftiger Wind und vielfältiges Tiergeschrei aus den angrenzenden Wiesen, Feldern und dem aufragenden Wald. Ein Fiepen, Quaken und Bellen, ein verträumtes Gezirpe und klagendes Rufen, manchmal vereinzelt nur, manchmal wie im Chor.

Er lauschte lange.

Es war der alte Ruf, den er immer wieder hörte. Am liebsten würde er losziehen, wie einst die Ritter der Tafelrunde, hinein in den Wald und hinaus in die Welt, Abenteuer erleben und sich bewähren, die Schätze der Welt suchen und gleichzeitig die Erlösung von aller Schuld, den heiligen Gral suchen, den Kelch, aus dem ihm Erkenntnis zufloß. Aber sein Entschluß war gefallen: das erwachsene Leben.

Er brauchte auch seinen Vater nicht mehr, denn hinter dem dunklen Bergrücken des Luberon lag Ménerbes, seine Seigneurie, die Heimat seiner Mutter. Er würde den betrügerischen Verwalter zum Teufel jagen, den Staub und Dreck aus dem Schloß kehren, Licht hereinlassen in die verödeten Räume und ein kleines Nest für Beatrice bauen.

Aber sollte seine Lebenslinie schon in Ménerbes enden?

Pierre sah die windzerzauste Burg vor sich, dort oben auf dem hohen Felsensporn. Die Mauern ragten steil empor; wie der Bug eines Schiffes ragten sie in den Himmel. Es war, als winke ihm seine Mutter, die für ihn hatte sterben müssen, aus einem der Fenster oder vom alten Bergfried. Und aus der Ferne erinnerte ihn ihr Gesicht an Laura. Aber ihre Stimme konnte er nicht hören.

Er wandte sich ab und starrte in den dunklen Raum. Wollte er nicht an die Universität gehen und später an den Hof des Königs? Er sah sich in engen Bänken hocken und mit krummem Rücken Gesetzestexte auswendig lernen. Er sah sich aber auch neben dem König reiten, einen Falken auf der Hand, und abends schmausen und tanzen, Lieder singen und den Damen den Hof machen. Durch das Brausen der Menge hörte er eine leise hohe Stimme Petrarca-Verse singen. Und Tränen traten ihm in die Augen.

Leise schlich er aus seinem Zimmer und tastete sich zu der Tür, hinter der Laura schlief. Ob Berthon bei ihr war? Vorsichtig öffnete Pierre die Tür. Es war soviel Licht im Raum, daß er die Umrisse des Bettes erkennen konnte. Ein Mann schnarchte. Ja, dort unten auf einem Strohsack lag Berthon. Trotzdem schlich er zum Bett, setzte sich auf die Kante, suchte Lauras Kopf und strich ihr über die kurzen Haare. Als er sich hinunterbeugte, fühlte er ihre Arme um seinen Hals. Sie drückte ihn an sich, ließ ihn dann wieder los. Sie sagte nichts, bewegte auch nicht die Lippen, hielt ihre Augen geschlossen.

Leise verließ er das Zimmer.

## 1536

Es sah alles gut aus. Ohne Belästigungen hatte der junge Kardinal Alessandro Farnese mit Gräfin Orsini und ihren beiden Begleitern Marseille erreicht und war dort auf einem Kaufmannsschiff bequem und sicher nach Rom gelangt. Pierre hatten den in plötzlicher Schwermut versinkenden Raymond in Lourmarin zurückgelassen und war nach La Tour d'Aigues geritten, wo ihn Beatrice in strahlendem Glück begrüßte. Sie spielten eine Runde Schlagball, lasen zusammen italienische Novellen und lustwandelten am frühen Abend durch ihren die Wärme des Frühsommertages zurückstrahlenden Park. Als es dunkler wurde, versteckten sie sich in einer kleinen Rosenlaube und blieben dort, bis die Stimme der Mutter sie unmißverständlich zum Abendessen rief.

Pierre entwickelte der Familie Bouliers-Cental seinen Plan. Er zeigte Reife, Einsicht und Vernunft, und sein zukünftiger Schwiegervater war bereit, ihm mit Rat und Tat zur Seite stehen. Gemeinsam wollten sie in den nächsten Tagen nach Aix reiten, um dort mit Pierres Vater zu sprechen. Louis de Bouliers mußte ihn ohnehin treffen, die Herren des Obersten Gerichtshofs waren darüber informiert worden, daß die verschärfte Politik gegenüber den Ketzern und Lutheranern durch eine mildere Haltung abzulösen sei. Wer widerrufe und abschwöre, dem dürfe der Rückweg in den Schoß der Mutter Kirche nicht verwehrt werden. Dieser neuerliche Schwenk des Königs würde natürlich auch Auswirkungen auf den Umgang mit den Waldensern im Luberon haben. Diese Meinung vertrat der Erste Präsident des Obersten Gerichtshofs, Baron de Chassanée, in deutlichem Gegensatz zum Dritten Präsidenten, Baron d'Oppède, der sich weiterhin für eine Haltung unerbittlicher Konsequenz aussprach. Louis de Bouliers, der Vierte Präsident, stand auf Chassanées Seite. Der Zweite Präsident war zur Zeit bettlägerig und äußerte seine Meinung nicht.

In Aix wurde Pierre von seinem Vater kühl und förmlich begrüßt. Mit Louis de Bouliers an seiner Seite entwickelte er ihm seinen Plan, nach Ménerbes zu ziehen, die Seigneurie wieder einer ordentlichen Herrschaft zu unterwerfen und alsbald Beatrice de Cental zu heiraten.

Louis versprach als Mitgift fruchtbare Ländereien um Cucuron und zusätzlich hunderttausend Livres.

»Leider«, fügte er noch an, »hat meine Ehe mit Madeleine bisher nur ein Mädchen hervorgebracht, und es sieht so aus, als kämen keine männliche Erben mehr auf die Welt. *Rebus sic stantibus*, erben Beatrice und damit ihre Nachkommen sowie diejenigen von Pierre später einmal unsere gesamten Besitztümer und Titel, und dies, so möchte ich betonen, sind keine schlechten Aussichten.«

Jean Maynier hatte sich den Vortrag der beiden angehört, dann erklärte er knapp, gegen die eigenhändige Verwaltung von Ménerbes habe er prinzipiell nichts einzuwenden, schließlich gehöre der Ort samt Ländereien dem einzigen Sohn von Anne de Ménerbes, also Pierre.

»Du verstehst zwar nichts von Landwirtschaft und der Verwaltung einer Seigneurie«, erklärte er, »auch nichts von den rechtlichen Aufgaben, die eine Grundherrschaft mit sich bringen, aber es kann dir nicht schaden, nicht nur Gedichtbände und alte Philosophen zu lesen, sondern mit Pferden und Schafen, verbohrten Bauern, häretischen Handwerkern und ihren schmutzigen, abergläubischen Weibern umzugehen. Allerdings möchte ich betonen, daß ich für dich noch immer ein Studium der Rechte in Paris vorgesehen habe.«

Er stand auf und warf einen Blick auf die Liste der Mitgiftposten, die Louis ihm gereicht hatte.

»Und was die Heirat mit der Tochter meines Präsidiumskollegen anbetrifft, so brauche ich noch Bedenkzeit.«

Er reichte seinem Gegenüber die Liste wieder zurück.

Louis' Gesicht versteinerte.

»Warum?« fragte Pierre erregt. »Ich bin alt genug, und überhaupt ...«

»Ich brauche mich vor dir nicht zu rechtfertigen«, unterbrach ihn sein Vater mit schneidender Stimme und empfahl sich mit einer knappen Verbeugung.

Auch auf der Straße wich die Versteinerung nicht aus Louis' Gesicht. »Wenn ich an den Adel meiner Vorfahren denke und an die Herkunft des Barons von Oppède, dann kann ich das Verhalten deines Vaters nur als schwere Beleidigung bezeichnen. Er scheint Freude daran zu finden, sich Feinde zu machen. Es tut mir leid, sagen zu müssen, daß dein Vater ein armer Wicht ist, ein wichtigtuerischer Aufsteiger, der ohne die Protektion zweifelhafter Kreise an Hof und Kurie längst wieder in seinem Rattennest von Oppède versauern würde. Und sowas wollte zuerst Madeleine, dann Beatrice heiraten! Unglaublich!«

Pierre berührte der Ausbruch seines zukünftigen Schwiegervaters unangenehm. Wenn er auch womöglich recht hatte, so sprachen aus ihm doch ein unverhohlener Dünkel und eine tiefe Verachtung. Ob die Eltern Bouliers-Cental auch ihn als *armen Wicht* betrachteten? Wahrscheinlich, denn er war ein armer Wicht! Auf der anderen Seite zeugte das Verhalten seines Vaters auch von einem bodenlosen Haß auf seinen Kollegen und Jugendfreund, der ihm nicht nur jedes vernünftige Urteil verstellte, sondern auch noch das Glück seines einzigen Sohnes bedrohte. Aber war von jemandem, der Briefe abfing, etwas anderes zu erwarten?

Pierre nächtigte im Haus der Familie Bouliers-Cental und ritt am nächsten Morgen direkt nach Ménerbes, das er, wie erwartet, verdreckt und verkommen vorfand. Der Verwalter winselte wieder vor Liebedienerei und belog ihn ganz offensichtlich.

Pierre ließ ihn solange unter seiner Aufsicht arbeiten und zwang ihn immer wieder zur Rechenschaft, bis er sich einen Überblick über den Zustand der Burg, des Viehbestandes, der Felder, Obst- und Olivenhaine verschafft hatte. Er sprach mit allen Bediensteten und mit den Pächtern der Umgebung. Er ließ sich die Verträge und Abrechnungen der letzten Jahre zeigen und entdeckte die frechen Betrügereien des Verwalters. Einmal mußte er den Streit von zwei Handwerkern schlichten und ein andermal sogar eine Vergewaltigung ahnden. Besonders lange sprach er mit den Bauern der Umgebung und holte ihren Rat ein. Manche verloren ihr Mißtrauen ihm gegenüber, und die Alten begannen, von seinen Großeltern und seiner Mutter zu erzählen.

»Die kleine Anne! Sie war so fromm. Und viel zu jung für eine Ehe. Die ganze Familie mußte sterben. Auf Oppède liegt ein Fluch, das sagen hier alle.«

Eine blinde Frau, die in einer Hütte unterhalb der Mauer ihre letzten Tage fristete, berichtete ihm, sein Vater habe sie aus Oppède vertrieben und ihre Güter eingezogen. »Da gab es kein Erbarmen. Aber Gott ist gnädig und wird mich bald zu sich rufen.«

»Und meinen Großvater? Habt Ihr ihn auch gekannt?« fragte Pierre einen Bauern, der Weinberge auf dem Grund von Oppède besaß.

»Ja, sicher. Er war ein gebrochener Mann. Aber auch ein guter Mann. Von ihm ging etwas aus, ich weiß nicht, vielleicht weil er aus Rom kam.«

Pierre versuchte, noch mehr über seinen Großvater zu erfahren, aber der Bauer wußte entweder nicht mehr oder wollte es ihm nicht mitteilen. So führte er das Gespräch auf Ménerbes zurück, auf die Ernten der letzten Jahre und die Höhe der Abgaben.

Sobald sein Überblick ein klares Bild ergab, entließ er den Verwalter. Der Mann wurde plötzlich frech und drohte ihm. Da griff Pierre nach einem schweren Ochsenziemer, trat einen Schritt auf ihn zu und sagte: »Wenn ich dich noch einmal hier in der Nähe sehe, werde ich dich vor Gericht bringen. Und ich verspreche dir: Dir wird die Hand abgehackt oder gleich der Kopf. Es gibt genügend Zeugen für deine schamlosen Betrügereien, und mein Vater kennt keine Gnade mit Menschen, die ihn reingelegt haben.«

Der Mann verschwand ohne ein weiteres Wort.

Pierre arbeitete vom frühen Morgen bis in die Nacht. Er ließ die Burg ausbessern, und weil es ihm nicht schnell genug ging, faßte er selbst mit an und schichtete die Steine. Mit den Bauern schloß er neue Verträge, die für sie günstiger waren als die alten. Pierre setzte auf Vertrauen. Sie blieben mißtrauisch, aber zahlten ihren Pachtzins. Und die Ernte schien erfreulich zu werden. Beim Schnitt des Getreides, beim Keltern des Weins und auch beim Pflücken des Obsts achtete er nicht nur darauf, daß ordentlich gearbeitet wurde, sondern er reihte sich in die Arbeitenden ein, die sein Bemühen spöttisch, aber auch bewundernd betrachteten. Abends fiel er todmüde ins Bett. Trotzdem erlebte er Augenblicke tiefer Befriedigung, ja, sogar des Glücks. Er sah Berthon wieder vor sich, wie er beim Kalben half, wie er die Bienenstöcke aufstellte und die Weinstöcke schnitt. Und er genoß, daß er zu müde war, um an die schrecklichen Ereignisse des letzten Jahrs zu denken.

Als schließlich das Getreide unter Dach und Fach, der Wein in den Fässern und das Obst verarbeitet war, stellte er fest, daß er in den letzten Monaten mehr gelernt hatte als in den Jahren zuvor und daß er nun sogar Geld aus der Verwaltung seiner eigenen Seigneurie erwirtschaftet hatte. Er zählte die Goldtaler und Silbermünzen sorgfältig und schrieb sein Geldvermögen mit sauberer Schrift in sein Buch. Noch einmal ließ er die Münzen durch seine Finger gleiten, betrachtete den feuerspeienden Salamander und auch das Stachelschwein, das als Wappen des letzten Königs noch manche Münzen zierte, und schichtete sie dann sorgfältig zu kleinen Türmchen auf.

Schließlich genehmigte sich Pierre einen Besuch in La Tour d'Aigues. Er sah kräftig aus, braungebrannt, war männlich-hager geworden und verstand nun etwas von Landwirtschaft.

»Reich bin ich noch nicht«, sagte er zu Beatrice, »aber wir beide müßten in Ménerbes nicht verhungern.«

Diesmal hatten sie die lange Trennung durch Briefe überbrückt, aber trotzdem flossen Tränen der Wiedersehensfreude, und Beatrice zog Pierre in den herbstlichen Park, um mit ihm alleine zu sein.

Pierre blieb einige Wochen in La Tour d'Aigues. Dann zog es ihn wieder nach Ménerbes. Im Winter war der Luberon nur schwer passierbar, trotzdem durchquerte er ihn durch die Schlucht des Aiguebrun. Das Weihnachtsfest verbrachte er wieder im Schloß seiner Geliebten, ja, er blieb sogar bis nach dem Dreikönigstag. Es wurde viel gemeinsam gelesen, auch Schriften, die als häretisch galten, aber Madeleine zog nur ihre Augenbrauen hochmütig hoch, als Louis eine diesbezügliche Bemerkung machte. Beatrice sang viel. Ließ es das Wetter es zu, spielte man Schlagball und ritt aus. Es waren harmonische Tage, auch wenn Pierre und Beatrice, jeder für sich, in einem eigenen Zimmer schliefen und sie auf nächtliche Zusammenkünfte verzichten mußten.

Pierre wurde, je länger sich der Aufenthalt in La Tour d'Aigues hinzog, immer unruhiger. Er vermißte die Nächte in der Jagdhütte. Beatrice wirkte auf ihn zwar schöner denn je, aber ihr tiefgründiger Blick ängstigte ihn zuweilen, weil sie das Lachen verlernt zu haben schien. Einmal sprach er ihre Fluchtpläne nach Italien an, doch Beatrice ging nicht auf den Ton heimlicher Verschwörung ein, obwohl er von Pierre nur noch im Scherz gemeint war. Lange zog sie sich auch mit ihrer Mutter zurück und besprach die Einzelheiten der Mitgift. Es ging um Kleider, Tischdecken, Teppiche und Truhen, um Geschirr und Bestecke, um Keramik aus Siena und Glas aus Murano

Pierre ritt währenddessen aus oder hörte sich die Monologe seines Schwiegervaters an, der befürchtete, der König könne wieder ein Auge auf Mailand werfen und einen Krieg mit dem Habsburger anzetteln, und dies auch noch im Bündnis mit den Ungläubigen.

»Der allerchristlichste König als Freund des allerungläubigsten Sultans gegen einen Herrscher, der gerade zwanzigtausend christliche Sklaven aus der Hand eines ungläubigen Seeräubers befreit hat. Wer will das verstehen? Wer zahlt für diesen König noch gern Steuern?«

Bevor Pierre wieder nach Ménerbes ritt, begab er sich auf den Rat seines Schwiegervaters hin nach Aix, um noch einmal zu versuchen, seinen Vater umzustimmen. Dieser empfing ihn in einer düsteren Stimmung, und als es Pierre endlich gelang, das Gespräch auf die Hochzeit zu bringen, mußte er sich sagen lassen: »Ich will von dem Thema nichts mehr hören!«

Abends besuchte er Marie La Marseillaise, speiste im Kreis ihrer besten Kunden und verbrachte die Nacht mit Claude.

Am nächsten Tag ritt er nach Lourmarin und traf auf einen Raymond, der sich gerade seinen ersten Jagdfalken gekauft hatte und ein Buch über die Falkenjagd studierte.

»Ich habe mir in Italien eine Kopie anfertigen lassen: *De arte venandi cum avibus*. Es stammt von dem Stauferkaiser Friedrich dem Zweiten. Hier, schau, die Miniaturmalereien und die Bilder der Vögel! Ist das nicht wunderbar? Ein Vermögen hat mich das Buch gekostet. Sieh es dir an!«

Und Pierre vertiefte sich in die Kunst, mit Vögeln zu jagen.

»Hast du von Berthon und Laura etwas gehört?« fragte er später.

»Es muß ihnen gutgehen«, antwortete Raymond beiläufig.

Abends, nachdem sie sich bei einer Partie Schach vor dem Kamin die Knochen gewärmt hatten, brütete Raymond lange stumm vor sich hin. »Und du liebst Beatrice?« fragte er unerwartet.

»Ja«, sagte Pierre, aber er merkte selbst, wie wenig überzeugend er klang.

Raymond blickte ihn forschend an.

»Warum kann Beatrice nicht wieder hierher kommen?« brach es aus Pierre heraus. »Vor Gott sind wir längst Mann und Frau.«

»Aber es sollte alles seine Ordnung haben.« Raymond klang jetzt spöttisch, zumindest leicht ironisch. Dann seufzte er. »Ihr habt ja recht. Aber ohne Ordnung kein Glück, ohne väterlichen Segen keine Ordnung.«

»Du machst dich über mich lustig.«

»Nein, Pierre, eigentlich nicht. Schau mich an! Ich darf noch nicht einmal meine eigene Tochter legitimieren, weil sie angeblich die Tochter eines anderen ist, der ihr Großvater sein könnte ... Entschuldige, ich werde wehleidig. Mir geschieht es recht. Ich schickte damals Berthon nach Italien, um Marguerite in Ruhe verführen zu können.«

»Davon hat mir Berthon nie erzählt.«

»Nein, er wollte es nicht wahrhaben. Aber er wollte auch nicht wahrhaben, daß Marguerite durch den Tod ihres ersten Kindes so niedergedrückt und verzweifelt war, daß sie kaum mehr lebte. Ich holte sie ins Schloß und versuchte sie aufzuheitern. Sie hatte einen großen Hunger nach Bildung. Es war eine Freude, ihr etwas beizubringen. Und dann ist es passiert.«

Raymond legte Scheite auf das Feuer, goß sich Wein nach, hockte sich wieder auf seinen Stuhl und starrte in die züngelnden Flammen.

»Hast du eigentlich noch andere Kinder?«

Raymond schaute ihn erstaunt an. »Warum fragst du?«

Pierre wußte nicht recht, ob er ihn direkt auf Claude ansprechen sollte. Aber er hatte immer gedacht, mit Berthon und auch mit Raymond hätte man über alles reden können, und jetzt stellte sich heraus, daß sie kaum etwas von sich verraten hatten. Pierre fühlte sich gekränkt. Er war für sie nur ein kleiner Junge gewesen, dem man kein Vertrauen zu schenken brauchte.

»Nun«, antwortete Pierre zögernd. »Es gibt in Aix eine Kurtisane ...«

»Ah, du meinst Marie«, fiel ihm Raymond ins Wort, »und ihre Tochter Claude – ich habe schon von euch beiden gehört.« Er lachte. »Sie ist ein bezauberndes Mädchen, und obwohl sie diesen ... diesen Beruf ausübt, ist sie noch richtig unschuldig. Und klug ist sie auch. Mich faszinieren kluge Frauen, und nur wenige ...«

»Sie sieht dir irgendwie ähnlich, und ein Muttermal hat sie am Hals, wie du.«

»Ja«. Raymond mußte wieder lachen. »Sie ist die Tochter von vielen Männern. Du wirst doch nicht allen Ernstes glauben, ich würde die Tochter einer Dirne ... o Gott, nein!«

Als Pierre ernst blieb, erstarb sein Lachen, er trank wieder einen großen Schluck Wein, stocherte im Feuer.

»Ich war sogar eine Weile in Marie verliebt, sie sah besser aus als die adligen Mädchen der Umgebung, war offener und freier. All die Sabrans und Pontevès und wie sie alle hießen, sie hockten in ihren Schlössern oder in Klöstern, wie im Gefängnis. Sie besuchten die Messe und warteten auf einen Mann, um ihm Kinder zu gebären, und er wählte eine von ihnen aus, weil sie eine gute Mitgift in die Ehe brachte und eine reine Milchhaut hatte, ein kräftiges Becken und einen erträglichen Charakter. Ach Gott, eigentlich fing das ganze Elend damit an, daß ich die Schwester des Königs wiedersah, vor zwanzig Jahren, nach der Schlacht bei Marignano, Marguerite, meine ich, die jetzige Königin von Navarra. Ja, es ist merkwürdig, sie heißt ebenfalls Marguerite. Die Sterne scheinen mir Margeriten auf den Weg zu streuen. Sie war vielleicht nicht die Schönste aller Frauen, aber sie sprühte vor Witz, sie wirkte unabhängig, selbstsicher und hatte Charme. Ich kannte sie ja schon seit unserer Jugend am Hof, und als wir uns nach dem Sieg in Italien, hier in Lourmarin trafen, verliebte ich mich in sie.«

Raymond lachte wieder, ein wenig schmerzlich. »Jetzt kennst du mein großes Geheimnis.«

»Und?« fragte Pierre. »Wie ging es weiter?«

»Gar nicht.«

»Was heißt das?«

»Ich wagte es ihr noch nicht einmal zu sagen.«

»Warst du damals so schüchtern?«

»Nein, nicht schüchtern, aber ich sah keine Chancen. Ich war ein kleiner Graf aus der Provence und sie die Schwester des Königs. Außerdem spürte ich, daß sie mich nett fand, aber nicht mehr ... da war nichts, verstehst du ... es wäre sinnlos gewesen, und ich wollte mich nicht bloßstellen ... aber ich habe sie nie vergessen.«

Raymond stand auf und setzte sich wieder vor sein Buch über die Jagd. Er rückte sorgfältig die Öllämpchen heran und betrachtete die Bilder der Falken, der Reiher und Kraniche, sah die Raubvögel herabstürzen auf ihre Beute und die letzten Versuche der Opfer, zu entkommen.

## 1536

Im Februar wurden die Tage wärmer, die Mandelbäume begannen zu blühen, und es konnte an die Frühjahrsaussaat gedacht werden. Die ersten Lämmer kamen auf die Welt, und Pierre empfand eine nie vorher gespürte Freude an dem Aufbrechen der Natur. Er ritt noch vor Sonnenaufgang aus, genoß die ersten Strahlen, und wenn ein frischer Wind ihm durch die Kleidung wehte, wenn die Landschaft aus ihrem grauen Nebelschleier heraustrat, durchströmte ihn ein plötzliches Glücksgefühl, das er, gerade weil er allein auf der Welt zu sein schien, ungeteilt genießen konnte. Aber dann drängte es ihn wieder, sein Glück mit Beatrice zu teilen, und er freute sich auf den nächsten Besuch in La Tour d'Aigues.

Als er im März für einen kurzen Besuch dort eintraf, hörte er von dem Einfall der königlichen Armeen in Savoyen und Piemont. Unnötig war dies alles, denn die Herzogtümer gehörten ohnehin zum Lehen des Königs, erklärte sein Schwiegervater, der überlegte, ob er nach Centallo, zu seinen Ländereien im Piemont, reisen sollte. Aber die noch winterlichen Verhältnisse in den Alpen hielten ihn davon ab. Außerdem war zu befürchten, daß die französischen Armeen in Mailand einfielen und somit einen neuen Waffengang mit dem Kaiser begannen.

»Der König ist besessen von Mailand. Wahrscheinlich will er noch immer die Scharte von Pavia auswetzen.«

Vorerst fielen die französischen Armeen jedoch nicht in Mailand ein. Karl V., der Sieger von Tunis, der Befreier der christlichen Sklaven, forderte den französischen König zum sofortigen Rückzug auf. Ansonsten sei ein Krieg unvermeidlich. Der König dachte aber nicht daran, Piemont zu räumen. Also mußten wieder die Armeen eine Entscheidung herbeiführen.

Im Frühsommer des Jahres 1536 marschierte Karl im Piemont ein. Der König befahl den Rückzug aus den italienischen Ebenen. Der Kaiser hätte haltmachen können, sein Ziel war erreicht, aber diesmal wollte er seinem *Bruder* und Schwager eine Lektion erteilen. Die Flamen sollten im Norden Frankreichs angreifen, er vom Süden her, und bald werde er Paris erobern.

Während er Nizza erreichte, ohne auf Gegenwehr zu stoßen, empfingen ihn aus allen Dörfern und Weilern Rauchschwaden. Die Gehöfte waren leer, das Getreide auf den Feldern zertrampelt und Vorräte keine zu finden. Den Kaiser kümmerte nicht, daß der Franzose sein eigenes Land verwüsten ließ, er wurde von See her durch Genueser Schiffe versorgt. Seine fünfzigtausend Mann und der dazugehörige Troß wälzten sich weiter.

Aber dann folgte man nicht mehr direkt der Küste, sondern marschierte den Landweg nach Aix, um von dort über Arles und Avignon das Tal der Rhône flußaufwärts zu ziehen. Die französische Armee war nirgendwo zu sehen, sie hatte die Befestigungen der eigenen Städte geschleift, Lebensmittel beschlagnahmt und Vieh weggeführt, die Mühlsteine zerschlagen und die Kornspeicher angezündet. Kein Gemüsegarten war verschont geblieben, sogar das Wasser wurde verschmutzt. Und es brannten die Wälder. Nur das Obst hing noch an den Bäumen, und die Weinstöcke waren unversehrt.

Trotzdem wälzte sich das Heer des Kaisers weiter. Anfang August war Karl V. in Aix und erklärte sich zum König von Arles. François hatte sich mit seiner Armee bei Avignon verschanzt. Seine Soldaten waren ausgeruht und mit Wein, Weib, Schwein und Schnaps im Überfluß versorgt.

Pierre hatte von der Politik der verbrannten Erde gehört. Er wollte es zunächst nicht glauben, aber sein Schwiegervater bestätigte es ihm in höchster Aufregung. Der gesamte Gerichtshof habe Aix verlassen, auch sein Vater sei nach Oppède zurückgekehrt. Nördlich des Luberons war das Land noch unversehrt, und man betete dort, daß es auch so bleibe.

Einen Teil des Viehs und des Getreides schaffte man von La Tour d'Aigues und den angrenzenden Gemeinden in einem langen Treck durch die Schlucht des Aiguebrun nach Ménerbes. Alles Wertvolle wurde, in Truhen verpackt, auf Mauleselrücken über die schmalen Pfade geführt. In La Tour d'Aigues blieb nur eine kleine Mannschaft, die das Schloß gegen mögliche Plünderer und Brandstifter schützen sollte. In einem zweiten Zug sollte Raymond folgen, bevor die Marodeure des eigenen Königs alles konfiszierten, kurz und klein schlugen und verbrannten.

Karls zweite Armee, die aus Spanien heranziehen sollte, wurde bei Narbonne zurückgeschlagen. Der Kaiser wollte nun selbst nach Spanien ziehen, aber Arles und Tarascon waren zu Festungen ausgebaut, also änderte er sein Ziel: Marseille. Was Bourbon damals nicht geschafft hatte, wollte er selbst erreichen, und dann konnten auch die Genueser die Truppen wieder mit frischem Proviant versorgen. Marseille hielt jedoch stand, und auch die Galeeren vermochten nicht in den Hafen einzulaufen, weil die Fahrrinne durch versenkte Schiffe versperrt war.

Die Augusthitze brütete über der rauchgeschwängerten, grauen, zerstörten Provence. Die Menschen hungerten oder waren geflohen. Marodierende Soldaten des Kaisers waren überall. Sie ernährten sich von unreifen Trauben und saurem Obst, und der Durchfall wühlte in ihren Eingeweiden. Wer nicht mehr weiterkonnte, wurde von verzweifelten Bauern erschlagen.

Am 13. September brach der Kaiser die Belagerung Marseilles ab und ließ sein geschwächtes Heer zurückmarschieren. Er hatte sich noch nicht einmal über den Tod des französischen Dauphins freuen können. Aber es verschaffte ihm doch eine gewisse Genugtuung, daß Gott einen König strafte, der jede Schlacht vermied, dafür aber sein eigenes Land verwüsten, sein eigenes Volk verhungern ließ. Wer seine Landeskinder opferte, brauchte sich nicht zu wundern, wenn Gott auch das Opfer des eigenen Sohnes einforderte.

Die Soldaten und ihre dürren Pferde schleppten sich nach Osten, an Aix vorbei. Kleine Gruppen zogen auch nach Norden, zur Durance und darüber hinaus, weil sie hofften, hier mehr Nahrung zu finden. Bald konnten sie ihre Rüstungen, ihre Arkebusen und Spieße nicht mehr tragen. Die Pferde brachen zusammen. Die Menschen verendeten, an Hunger, an vergiftetem Wasser, an Fieber. An manchen Orten häuften sich die Leichen und verfaulten in der Hitze. Hunde und Aasvögel fraßen sich fett. Der Kaiser verlor mehr als zwei Drittel seines Heeres. Der Gestank, der über der Provence lag, war so unerträglich, daß der allerchristlichste König der Franzosen darauf verzichtete, siegreich nach Aix zu ziehen. Er blieb in Avignon.

Pierre war mit der Familie Bouliers-Cental im kleinen Schloß von Ménerbes angekommen und somit in Sicherheit. Ein Großteil des Viehs, ein Teil der Ernte war gerettet. Madame de Cental umarmte ihren zukünftigen Schwiegersohn und hielt ihn weinend an sich gedrückt. Louis de Bouliers, sein Gesicht noch verknitterter als gewöhnlich, strich sich durch die grauen Haare.

»Das werden wir dir nicht vergessen, Pierre«, sagte er. »Wie auch immer dein Vater sich verhalten wird, er soll eure Heirat nicht mehr verhindern können. Du bist auf die Erbschaft von Oppède nicht angewiesen.«

Beatrice, die, wie ihre Mutter in Tränen aufgelöst, dabeigestanden hatte, fiel zuerst ihrem Vater, dann Pierre um den Hals. Auch die Männer wischten sich verstohlen eine Träne aus den Augen.

Nachdem Pierre alle Vorkehrungen getroffen hatte, damit sich seine neue Familie wohl fühlen konnte, erklärte er, er wolle nach Oppède reiten. Vielleicht erreiche er dort seinen Vater. »Ich will noch einmal versuchen, mit ihm zu reden.«

Kurz darauf kam er unverrichteter Dinge zurück. Sein Vater sei nicht in Oppède, er sei mitsamt seiner Truppe nach Avignon gezogen und habe sich dort dem König zur Verfügung gestellt.

Gesicherte Nachrichten über die Lage der Dinge hatte man nicht. Von Flüchtlingen hörte man, Karl habe die Belagerung Marseilles abbrechen müssen, sein Heer ziehe nach Osten. Andere meldeten, große Truppenteile seien nach Norden unterwegs, über Aix hinaus, in Richtung Durance und Luberon. Der König habe ihnen mehrere Hundertschaften unter der Leitung ortskundiger Offiziere entgegengeschickt, zur Aufklärung der Lage, Requirierung der noch vorhandenen Vorräte und zur Sperrung der Schlucht des Aiguebrun.

Dann gab es aber auch abgerissene Gestalten, die von fürchterlichen Verwüstungen südlich des Luberon berichteten, von brennenden Schlössern, gemordeten Bauern, geschändeten Frauen, von Leichenbergen und Wolfsrudeln, die sogar tagsüber durch die Dörfer streiften. Der Habsburger habe gedroht, er wolle den Luberon abfackeln, er wolle die Politik der verbrannten Erde durch eine Politik der Vertreibung rächen, er wollte die Provençalen auf die Galeeren bringen, sie als Sklaven an den türkischen Piraten Barbarossa verkaufen.

Pierre war entschlossen, es noch ein einziges Mal bei seinem Vater zu versuchen. Ihm war wieder die Szene am Weiher eingefallen, die Erzählung von der Jagdgöttin und Tantalus und auch der

Zusammenbruch während seiner Krankheit. Sein Vater kämpfte gegen Dämonen und wurde blind dabei. Vielleicht würde er jetzt, in der Stunde der Not und der Bedrängnis, ein Einsehen haben. Daß Beatrice mehr zu seinem Sohn als zu ihm selbst paßte, mußte er doch verstehen. Er hatte ja auch längst auf sie verzichtet. Und durch die Invasion wurden Waldenser und Katholiken gleichermaßen bedroht. Alle waren sie eine große Familie.

Kurz vor seinem Abschied zog ihn sein Schwiegervater in einen Raum, in dem sie allein waren, setzte eine offizielle Miene auf und strich sich durch sein graues Haar.

»Als du unterwegs warst, haben Madeleine und ich uns noch einmal mit unserer Tochter zusammengesetzt. Du weißt, wie gefährlich es hier in der Provence zur Zeit ist, niemand weiß, ob unser Schloß überhaupt noch steht. Und ob nicht bald die Pest ausbricht. Für eine adlige Jungfrau könnte es gefährlich werden – also haben wir uns überlegt, daß Beatrice sich unter den Schutz der Königin von Navarra begeben soll. Natürlich kann sie nicht allein zu ihr reisen. Du sollst sie mit ein paar Bewaffneten begleiten und außerdem noch Schwager Raymond, den man bei Hof kennt. Er soll sich dafür einsetzen, daß ihr gut aufgenommen werdet und das lernt, was man bei Hof heutzutage braucht. Nach ein paar Monaten, wenn die Armeen abgezogen sind, kehrt ihr wieder zurück.«

Sein Schwiegervater legte Pierre die Hand auf die Schulter. »Wir wollen alles tun, damit ihr glücklich werdet.«

Pierre spürte, daß der Gedanke an den Hof ihn nicht beglückte. In den letzten Tagen war soviel geschehen, er bereitete sich innerlich auf ein Treffen mit seinem Vater vor, in Ménerbes wurde er gebraucht, und nun dieser neue Entschluß – er konnte nicht alles auf einmal bedenken.

»Und Raymond?« fragte er. »Weiß Raymond überhaupt davon?«

»Wir haben schon darüber gesprochen. Ich glaube, er wird euch gerne begleiten.«

»Und müssen wir dann nach Nérac reiten? Wer kümmert sich um Ménerbes? Gerade jetzt?« Pierre schossen Fragen und Bedenken wild durch den Kopf.

Sein Schwiegervater blieb gelassen, und seine sachlich-überzeugende Art zu sprechen beruhigte Pierre.

»Wir haben gerade gehört, daß die Königin von Navarra sich in Lyon aufhält. Und um Ménerbes werden wir uns selbstverständlich kümmern. Es wird dein Schaden nicht sein.«

Pierre nickte. Dann blickte er seinem Schwiegervater fest in die Augen. »Ihr habt recht. Es wird das beste sein. Ich reite jetzt zu meinem Vater und hole Raymond. Dann können wir uns auf den Weg machen.«

Sein Schwiegervater drückte ihn an seine Brust.

Pierre verabschiedete sich von seiner Schwiegermutter und umarmte Beatrice.

»Ich werde von Avignon gleich über Cavaillon nach Lourmarin reiten«, sagte er beim Aufsteigen. »Ich hoffe, es ist noch alles zu retten. Vielleicht hilft mir mein Vater sogar und stellt Begleitschutz.«

»Gott mit dir«, rief sein Schwiegervater.

## 1536

Im Feldlager bei Avignon herrschte reges, ganz unkriegerisches Treiben. Man sah mehr Kaufleute und Huren als Soldaten. Man würfelte und spielte Karten, trank leichten Wein aus dem Rhônetal, grölte Lieder und veranstaltete Kampfspiele und Turniere zwischen den einzelnen Völkergruppen. Pferde wurden gestriegelt, Arkebusen gepflegt und Schweine geschlachtet. Bei Hahnenkämpfen wurde gewettet, und immer wieder sah man geschürzte Röcke, und was aus manchen Zelten zu hören war, ließ keinen Zweifel an den Freuden eines wohlversorgten Soldatenlebens aufkommen.

Es dauerte eine Weile, bis sich Pierre zu der Gruppe der provençalischen Lanzenreiter durchgefragt hatte, und schließlich traf er auch auf das Zelt seines Vaters, vor dem ein blaugrundierter Wimpel mit seinem Wappen, den gebrochenen Dachbalken, flatterte. Von den fünf Begleitsoldaten kannte er keinen, und keiner von ihnen kannte ihn. Sie wirkten eher mürrisch, weil das süße Nichtstun bald ein Ende habe und sie aufbrechen sollten.

Sein Vater studierte eine Karte, als er in sein Zelt trat. Für einen kurzen Augenblick huschte ein Leuchten über sein Gesicht, dann rollte er die Karte sorgfältig zusammen und begrüßte ihn.

»Du hattest Glück, mich anzutreffen. Noch heute mittag breche ich auf. Ich werde mit einer Hundertschaft nach Süden ziehen und dem marodierenden Gesindel den Garaus machen.«

»Das trifft sich gut«, sagte Pierre. »Ich könnte mit dir reiten. Ich muß nach Lourmarin.«

Sein Vater sah ihn mißtrauisch an.

»Was suchst du denn dort? Weißt du nicht, wie unsicher die Gegend ist? Wie die Aasgeier stürzen sich die Kaiserlichen auf alles, was ihnen in die Finger fällt. Für jeden Kanten Brot würden sie dich erschlagen.«

»Genau deswegen möchte ich unter Eurem Schutz reiten.«

»Und was willst du in Lourmarin? Wirst du nicht in Ménerbes gebraucht?«

»In Ménerbes sind schon die Bouliers. Ich möchte Raymond helfen, sein Vieh und die Ernte zu retten, falls es noch möglich ist. Wir wollen es durch die Schlucht des Aiguebrun nach Ménerbes schaffen.«

Sein Vater lachte laut auf, schlug sich dann mit der Kartenrolle nervös auf die Finger der linken Hand. »Es ist zu spät. Was unsere Armee nicht requiriert hat, haben die Kaiserlichen geplündert. Man kann nur hoffen, daß sich Graf d'Agoult rechtzeitig in Sicherheit gebracht hat. Es wäre zu schade um den hervorragenden Juristen und den tapferen Kämpfer, der er ist.« Der Hohn in seiner Stimme war nicht zu überhören. »Was schaust du mich an? Ja, ich hätte ihn hier beim Heer des Königs erwartet. Um den Feind aus unserer Heimat zu vertreiben, brauchen wir jeden Mann.«

Jean Maynier setzte sich auf seine Pritsche und streckte sein linkes Bein von sich. Mit Blick auf das Bein sagte er: »Es wird immer steifer. Zum Glück nehmen die Schmerzen im Sommer ab. Aber es erinnert mich jeden Tag an die Schlacht von Pavia. An den Tag, als ich dem König das Leben rettete und der tapfere Graf d'Agoult aus altem provençalischen Kriegergeschlecht es vorzog, gegen das Fieber statt gegen den Feind zu kämpfen. Und auch heute ist er mehr an der Sicherheit seiner Reichtümer interessiert als an der Sicherheit der Heimat.«

Pierre überhörte den Ausfall gegen Raymond. »Es tut mir leid, daß du noch immer unter der Verletzung leiden mußt, aber ich möchte dich trotzdem bitten, mich mitreiten zu lassen. Wenn ich merke, daß die Lage ungefährlich ist, reite ich sowieso voraus.«

»Du bist kein Soldat und unbewaffnet. Ich kann dich nicht mitnehmen.«

»Ich trage ein verstärktes Lederwams und ein Schwert. Außerdem führe ich einen Bogen mit mir.«

»Oh, das wird die spanischen Arkebusenschützen aber sehr beeindrucken.«

»Wünschtest du dir nicht immer einen mutigen Sohn? Jetzt will er dir zeigen, wie mutig er ist, und du läßt es nicht zu.«

Jean Maynier lachte auf. »Du bist ein echter Rabulist. Du könntest wirklich ein hervorragender Jurist und ein würdiger Nachfolger deines Vaters werden. Aber damit du dies Ziel erreichst, darfst du dich nicht in Gefahr begeben. Also, die Entscheidung ist gefallen, du reitest zurück nach Ménerbes.« Er schaute Pierre nun forschend an. »Warum bist du überhaupt gekommen? Was wolltest du von mir?«

Pierre versuchte, seinen Ärger zu unterdrücken. Sein Vater war so stur wie immer, und es war schwer, jetzt noch den richtigen Ton zu treffen. Am liebsten hätte er ihm vor sein steifes Heldenbein gespuckt und wäre allein weitergeritten. Ja, warum war er nicht gleich auf dem direkten Weg nach Lourmarin geritten? Raymond wartete vielleicht schon sehnsüchtig auf ihn. Warum verlor er hier Zeit?

Sein Vater massierte sein Bein. Er sah müde aus, seine breiten Schultern wirkten eingefallen.

»Ich war schon in Oppède …«

Pierre sprach langsam, weil er nach einem günstigen Neuanfang ihres Gesprächs suchte, aber sein Vater ließ ihn nicht ausreden: »Du wolltest dir wohl dein zukünftiges Erbe genauer anschauen. Aber noch hast du es nicht! Ich bin einundvierzig Jahre alt und trotz meines Beines noch durchaus in der Lage, weitere Söhne zu zeugen.«

»Ich kann und will dich nicht daran hindern, und dein Erbe brauche ich nicht.«

Es entstand eine Pause, in der sie sich prüfend musterten, um dann mit angespannten Zügen vor sich hinzustarren. Pierre spürte, wie sich in ihm jeder Muskel verspannte. Er war hergekommen, weil er Frieden mit seinem Vater schließen wollte, aber nun lief wieder alles in die falsche Richtung.

»Na, machen wir es kurz«, begann sein Vater erneut das Gespräch, und diesmal war der Ton entschieden, aber kaum noch aggressiv. »Es geht dir sicher wieder um die Heirat mit dem Mädchen der Centals. Du möchtest meine Zustimmung, meine Unterschrift und meinen Segen …«

»Wir wollen katholisch heiraten!«

»Und was ist mit dem *Barbe*? Was ist mit der waldensischen Heimlichtuerei?«

Pierre antwortete nicht. Er stand da wie der arme Sünder vor dem Inquisitor. Draußen grölten die Soldaten, gackerten Hühner und kreischten Huren, draußen fraß sich eine Armee fett an dem Beutegut des eigenen Landes, und wenige Meilen von hier zitterten die Bauern vor Angst, starben die Menschen vor Hunger, Katholiken wie Waldenser, Lutheraner und Ungläubige, Arme wie Reiche, aber sein Vater wühlte in alten Geschichten und meinte, ihn verhören zu müssen.

»Gott hat dir also befohlen, Isaak zu opfern, und du zögerst nicht …«

»Bleiben wir bei der Sache! Du willst heiraten und bist hier, um mir meine Zustimmung abzuschwätzen.«

Pierre seufzte, richtete sich dann auf und blickte seinem Vater fest ins Gesicht. »Es hat keinen Zweck. Du begreifst nichts. Ich will dir nichts *abschwätzen*, ich bin dir nachgeritten, um deine väterliche Zustimmung zu meiner Heirat zu erhalten, und wenn du willst, dann nenne es auch *deinen Segen*. Obwohl du nicht gerade freundlich und liebenswert zu mir warst, habe ich dich bewundert. Aber du hast mich immer zurückgestoßen. Du hast Mama Catherine verjagt und an den Inquisitor verraten, du hast Berthon und Laura ins Gefängnis werfen lassen, du hast mir Beatrice wegnehmen wollen und sogar ihre Briefe abgefangen, als ich krank war. Es war dumm von mir, dich noch einmal aufgesucht zu haben. Ich verzichte auf deinen Segen. Ich werde Onkel Raymond alleine finden.«

Sein Vater kniff die Lippen zusammen. Er versuchte, sein halbsteifes Bein anzuziehen, aber es gelang ihm nicht, und er krallte sich an der Pritsche fest.

»Vielleicht habe ich deine Wünsche nicht verstanden, aber noch weniger hast du begriffen, was ich wollte: nämlich das Beste für dich. Manchmal braucht man dazu Härte. Ich bin dein Vater und nicht deine Mutter. Aber ich gebe zu: Ich bin nicht in der Lage, Vater und Mutter gleichzeitig zu spielen. Vielleicht hätte ich mich früher und stärker bemühen müssen, eine zweite Mutter für dich zu finden, keine ketzerische Dienstmagd. Ich habe es nicht getan, weil ich meine Zeit nicht so verschleudern wollte wie dein von dir so geliebter *Onkel* Raymond. Er ist Graf, ich bin nur Baron, der Sohn eines sittenstrengen und zu früh gestorbenen Kurialen, ich bin auch nicht reich, dafür bin ich alles durch mich selbst geworden. Und was du wirst, sollst du auch durch dich und nicht durch eine Mitgift werden. Und ich möchte, daß du den Glauben deines Vaters und deines Großvaters nicht verrätst, daß du stark bleibst in dieser Zeit der Versuchungen . Ach, was rede ich da! Du bist ja längst auf der Seite der Gegner, der Agoults, der Centals. Der verlogenen Frömmler, der Aufrührer und Ketzer. Auch wenn du jetzt so tust, als wolltest du deinen Frieden mit der alleinseligmachenden Mutter Kirche schließen. Du hast sie verraten. Ja, du hast deine Mutter verraten. Wenn du deine Beatrice heiraten willst, dann heirate sie, aber ohne meine Unterschrift. Und wenn dir dein Vater nicht paßt, dann suche dir einen neuen – deinen *Onkel* Raymond vielleicht.«

Jean Maynier war aufgestanden und humpelte an Pierre vorbei zum Ausgang des Zelts. »Antoine!« rief er nach draußen und holte einen vierschrötigen Mann herein, der Pierre bekannt vorkam.

»Antoine, dieser junge Mann ist mein Sohn. Er möchte allein nach Cavaillon und von dort nach Lourmarin reiten, direkt in die Hände der kaiserlichen Marodeure. Ich muß verhindern, daß er eine lebensgefährliche Dummheit begeht. Du begleitest ihn jetzt nach Oppède. Dort kannst du ihn seiner Wege ziehen lassen. Aber nicht vorher. Und laß dir Zeit. Du kannst in Oppède bleiben, ich brauche dich nicht mehr. Aber du haftest mir mit deinem Leben dafür, daß dieser junge Mann nach Oppède kommt. Lege ihn notfalls in Ketten. Und sage den anderen, daß wir die Zelte abbrechen und losreiten. Sofort.«

Mit einem kurzen traurigen Blick wandte er sich an Pierre: »Adieu, mein Sohn. Du sollst nicht wegen einer Dummheit sterben. Südlich des Luberon sitzt der Feind, und dort wartet auch der Tod.«

Pierre ließ sich willenlos zu seinem Pferd führen, festbinden und von dem Mann, der Antoine hieß, aus dem Lager führen. Sie ritten die staubigen Wege nach Osten, zuerst nach L'Isle-sur-la-Sorgue, von dort über Coustellet nach Oppède. Es war finstere Nacht, als sie ankamen. Pierre hatte kein einziges Wort mit dem Mann gewechselt. Er legte sich neben das Tor von Oppède, dorthin, wo sie damals mit der Bettlerin gesprochen hatten. Überwältigt von Müdigkeit, fiel er in einen traumschweren, düsteren Schlaf.

Am nächsten Morgen begab er sich nach Ménerbes. Als er vor dem Aufgang zur Burg stand, wußte er, daß er jetzt nicht mit Beatrice und ihren Eltern reden konnte. Er ließ sich von einem seiner Pächter eine Gemüsesuppe geben, dazu Brot, Oliven und einen Schluck Wein. Dann ritt er weiter nach Bonnieux.

Dort wurde er zum ersten Mal von Soldaten des Königs aufgehalten. Erst nach langen Verhandlungen und einigen Goldtalern durfte er weiterreiten, und oben auf dem Kamm geriet er in eine Hundertschaft, die den Kaiserlichen den Weg durch den Luberon versperren sollten. Hier wurde er eine ganze Nacht festgehalten und all seiner restlichen Münzen beraubt. Als er sich am nächsten Morgen auf den Weg machen wollte, erklärte man ihn für verrückt. Man warnte ihn. Ihn erwarte die Hölle. Es werde nicht mehr lange dauern, dann seien alle Kaiserlichen verhungert oder hätten sich totgeschissen, die Provence sei gesäubert von dem feindlichen Gesindel, und kein Kaiser werde jemals wieder wagen, seinen Fuß auf französisches Gebiet zu setzen. Aber bis dahin reite kein normaler Mensch nach Süden.

»Vielleicht ist er ein feindlicher Spion«, rief plötzlich ein Soldat.

Es packte ihn jemand. »Bist du ein Spion, Bürschchen?« Das Gesicht, das auf ihn einsprach, war fettgefressen und glänzte vor Schweiß. Ein widerlicher Weindunst umgab ihn.

Mit einer heftigen Bewegung befreite sich Pierre.

»Ich bin Pierre Maynier, Seigneur de Ménerbes, der Sohn des Präsidenten des Obersten Gerichtshofs der Provence, Jean Maynier d'Oppède, der zur Zeit Hauptmann ist in der Armee unserer königlichen Majestät in Avignon. Er erkundet mit einer Hundertschaft den südlichen Luberon. Ich werde dort zu ihm stoßen. Wenn ihr mich nicht sofort ziehen laßt, werde ich dafür sorgen, daß man euch einen Kopf kürzer macht.«

Er bekam einen Stoß. Verquollene Augen starrten ihn feindselig an. Auf einem Baumstamm hackte ein Soldat einem Huhn gerade den Kopf ab. Ein Blutstrahl schoß ihm über die Hand. Brüllendes Gelächter folgte.

## 1536

Graf Raymond d'Agoult hatte sich in seinem Schloß mit seinem Kammerherrn, mit dem Schmied aus Lourmarin und zwei Soldaten verbarrikadiert. Die meisten seiner Bediensteten waren mitsamt dem Vieh und einem Großteil der Lebensmittel in die dichten Bergwälder des Luberon gezogen und hatten schließlich in den Höhlen und Überhängen bei Buoux und in den Bories auf der Hochebene von Claparèdes Unterschlupf gefunden. Dabei hatten sie sich auf geheimen Pfaden durch die Wälder schlagen müssen, weil man gehört hatte, daß die Schlucht des Aiguebrun von französischen Soldaten gesperrt sei und diese Soldaten auf angeblichen Befehl des Königs alles requirieren würden, was ihnen in die Finger falle.

Raymond wartete auf Pierre, der ihn abholen wollte, um ihn nach Ménerbes zu begleiten. Aber Pierre ließ auf sich warten. Er hätte längst da sein müssen, und es stand zu befürchten, daß er in die Hände der Kaiserlichen gefallen war. War es daher nicht sinnvoller, auch ohne ihn aufzubrechen? Die letzten Vorräte, die noch im Schloß geblieben waren, reichten nicht mehr lange.

Ihm war nicht recht klar, was in den letzten Wochen geschehen war. Es wehte immer mal ein Leichengestank herauf, und täglich flogen krächzend ganze Schwärme von Krähen nach Süden.

Raymond schickte den Schmied zur Erkundung weg. In der späten Nacht kam er zurück und berichtete vom allgegenwärtigen Hunger, von den Verwüstungen der eigenen Soldaten und den herumziehenden Banden der Kaiserlichen, die, am Ende ihrer Kräfte, mit verzweifelter Mordgier nach etwas Eßbarem suchten. Diese Marodeure marterten die Bauern, um aus ihnen versteckte Lebensmittel herauszupressen, aber wehe, sie tauchten vereinzelt auf – auch die Bauern kannten keine Gnade. Halbrohes Fleisch von verendeten Pferden werde in sich hineingestopft, überall stoße man auf Leichen.

»Herr, wir sollten nicht länger in Lourmarin bleiben«, schloß der Schmied seinen Bericht.

Raymond nickte. Der Schmied hatte recht. Auf Pierre zu warten wurde zu gefährlich. Fünf Männer waren nicht in der Lage, eine

Bande von fünfzig verwilderten und dem Hungertod nahen Soldaten daran zu hindern, das Schloß zu stürmen.

Aber was konnte er mitnehmen? Sollte er etwa seine Bücher im Schloß lassen? Sein kostbares Jagdbuch, die Gedichte von Villon und die Olivétan-Bibel, die ihm heimlich gebracht worden war und die keinem Baron d'Oppède oder seinem Inquisitor in die Hände fallen durfte. Man würde ihn sofort für einen Waldenser halten, dabei ging es ihm rein um das Buch, um eine erste Bibel in der Volkssprache. Lateinische Ausgaben besaß er mehrere, sogar eine Griechische.

Warum das Volk nicht die Bibel studieren durfte, hatte Raymond nie verstanden. Die Grundlage aller christlichen Religion, die frohe Botschaft, blieb Geheimwissen einer Priesterkaste und der Gebildeten. Auf diese Weise wurde sie ein Instrument der Macht und nicht des Glaubens, mehr noch, sie wurde eine Quelle des Mißtrauens. Wenn der Papst diesen Widerspruch nicht bald auflöste, würden sich die Reformierten vermehren und ausbreiten und ihn womöglich aus Rom vertreiben.

Raymond schritt in der Bibliothek die Reihe seiner Bücher ab. Den Erasmus mußte er ebenfalls mitnehmen. Natürlich auch die wunderbaren Ausgaben des *Canzoniere*. Boccaccios Novellen. Dante. Aber wie sollte er all seine Schätze transportieren? Die Goldmünzen und den Schmuck, seine kostbaren Kleider, die Rüstungen und Waffen – und dazu die Bücher? Es waren ihm gerade fünf Pferde und ein paar Maulesel geblieben. Der Rest an Lebensmitteln war auch noch zu verstauen.

Außerdem: Würde er den Weg durch den Luberon finden? Er mußte am Tête de Maupas vorbei. Dort gab es einen begehbaren Pfad zur Höhe, aber bis dorthin zog er durch offenes Gelände, konnte jederzeit auf Kaiserliche stoßen und entdeckt werden. Wenn wenigstens der Mond schiene! Zur Zeit strahlten nur die Sterne durch die schwüle Nacht. Nein, noch nicht einmal sie strahlten. Es war zu dunstig, es roch nach Bränden, die Hitze dörrte alles aus. Nachts tappte man wie ein Blinder voran.

Raymond setzte sich mit seinen Männern zusammen, und man beschloß, auch die Pferde zu beladen und selbst zu Fuß zu gehen. In der folgenden Nacht sollte alles zusammengetragen werden, und im ersten Frühlicht wollte man aufbrechen.

Raymond wanderte, eine Fackel in der Hand, durch sein Schloß. Die langen Schatten huschten über die Wand und fielen ihn an. Vom Turm aus versuchte er das Dorf zu sehen. Nichts. Noch nicht einmal das kleinste Lichtchen. Und er konnte auch nichts hören. Nur das Gezirpe der Sommergrillen. Das Klagen der Käuzchen. Und in der Ferne das vereinzelte Heulen eines Wolfs.

Er wollte so viele Bücher wie möglich mitnehmen und verpackte sie in Truhen. Das Gewicht war enorm und würde die Maulesel sehr beanspruchen. Trotzdem mußte er es versuchen. Er brauchte auch ein Geschenk für Marguerite, wenn er wirklich mit Beatrice und Pierre zu ihr nach Navarra ziehen sollte. Ein Buch, ein wirklich kostbares Buch war für diese geistreiche Frau das richtige.

Aber sein Jagdbuch erhielt sie nicht. Was wollte eine Frau mit einem Buch über die Beizjagd! Dante? Besaß sie sicher schon. François Villon? Viel zu frivol. Boccaccios *Decamerone*? Kannte sie wahrscheinlich auswendig. Ob sie das *Buch vom liebentbrannten Herzen* von René, dem König von Anjou, schon besaß? Die Illustrationen waren kostbar, der Verfasser nicht irgendein Bürgerlicher, und das Thema ... Vielleicht verstand sie, was er ihr damit sagen wollte. Ja, dieses Werk würde er sich von der Seele reißen, würde er seiner nie vergessenen fernen Geliebten schenken, dem Traum seiner jungen Jahre.

Raymond verbrachte die halbe Nacht damit, das Wertvollste seines Besitzes zu verpacken. Eine Zeitlang half ihm sein Kammerherr, aber dann schickte er ihn hinaus, weil ihn eine düstere Stimmung überfiel. Er setzte sich an seinen Schreibpult, holte mehrere Seiten handgeschöpfter Blätter heraus, das Tintenfaß und die Gänsefeder. Er mußte sein Testament neu fassen. Bevor er mit dem König nach Italien zog, hatte er es geschrieben. Später dachte er immer wieder daran, es zu ergänzen, aber unterließ es dann doch. Und nun saß er hier, vor ihm das helle Papier, die Einladung, einen Schlußstrich zu ziehen – für alle Fälle.

Warum war Pierre nicht gekommen? War er wirklich einer Bande in die Hände gefallen? Dies bedeutete, daß er für ihn sein Leben riskiert und verloren hätte. Raymond wollte Beatrice und ihm Lourmarin vererben – und nun gab es Pierre vielleicht nicht mehr. Jean Maynier würde sich wieder Hoffnung auf die Hand der jungen Frau machen. War es möglich, daß Jean Maynier, falls wirklich Pierre nicht mehr lebte und Beatrice seinem Drängen nachgab, der Herr von Lourmarin werden konnte? Zumindest der Verwalter und Nutznießer? Nein, dies mußte er unbedingt verhindern. Er mußte Beatrice auferlegen, nie, nie und nimmer, Jean Maynier zu heiraten, falls Pierre ... Nein, er konnte es nicht denken und schon gar nicht schreiben. Es würde wie eine Beschwörung klingen! Auch wenn er ein aufgeklärter Freidenker war, gab es Dinge zwischen Himmel und Erden ...

Unten im Hof hörte Raymond die Pferde leise wiehern und die Maultiere mit den Hufen scharren. Es würde nicht mehr lange dauern, dann belud man sie, und er mußte sein Schloß verlassen. Aber konnte er wirklich losziehen und es schutzlos zurücklassen? Es schien ihm plötzlich nicht nur unwirklich, auch unmöglich. Warum wartete er nicht einfach? Die Mauern waren dick, das Portal aus uraltem Eichenholz, es würde heftigen Stößen standhalten. Das Tor zum Hof war die einzige Schwachstelle. Den Hof würden sie nicht verteidigen können.

Und wenn er den Marodeuren die Pferde und Maulesel überließ? Vielleicht wären sie dann zufriedengestellt und zogen weiter? Es gab ja noch Ansouis und La Tour d'Aigues. Aber was wäre, wenn der Kaiser doch siegte? Oder Verstärkung aus Spanien anrückte? Wenn der König einfach bis zum Winter wartete? Wenn die Marodeure den Luberon in Brand steckten. Das Unterholz war trocken wie Zunder, zudem kam der Wind auch noch von Süden, er brauchte nur aufzufrischen, und dann brannte der ganze Berg.

Raymond stützte sich auf seinen Pult und kaute an der Feder. Müdigkeit überfiel ihn, er legte seinen Kopf auf die harte Unterlage und schlief für ein paar Minuten ein. Erschrocken wachte er mit dem Gedanken auf, Pierre könnte doch noch kommen und niemanden vorfinden – und dann vielleicht erschlagen werden, während es ihm gelang, sich bis nach Ménerbes durchzuschlagen. Dies war ein unerträglicher Gedanke, und Raymond beschloß, einen weiteren Tag auszuharren.

Aber er wollte seinen Männern noch nichts sagen. Und an Schlaf, das merkte er genau, war nun auch nicht zu denken.

Sein Letzter Wille. Er seufzte, weil ihm Laura vor Augen stand. Sie war sein Mädchen, aber Berthon hatte sie eifersüchtig wie eine

Prinzessin gehütet. Die Sturheit des altes Mannes konnte er nicht überwinden, und nun saß Berthon mit seiner Laura in einem römischen Palast, im Palast einer Kurtisane, die einen halb schwachsinnigen, aber hochadligen Römer geheiratet hatte und ehrbar geworden war. Ja, seine Laura mußte nun nicht mehr in der stickigen Kate eines alten Lehrers hausen, sondern durfte Kutsche fahren und hochgestellten Persönlichkeiten begegnen, den besten Familien Roms, Bischöfen und Kardinälen. Was nützte es, wenn er sie mit einem Vermächtnis bedachte? Es würde ihr nicht helfen, würde sie vielleicht noch nicht einmal erreichen.

Die Tinte an der Gänsefeder war längst eingetrocknet. Raymond stand auf und wanderte im Raum umher. Er ließ seine Augen über die nur schwach beleuchteten Wandteppiche gleiten. Jagdszenen, Diana und Aktäon, Diana mit einem Bogen, sie schaute über die Schulter zurück, lächelnd, nackt, und dort eine Wildschweinjagd, der wilde Keiler rennt in den Sauspieß. An der gegenüberliegenden Wand hingen Porträts, vom alten Marschall Trivulzio, und daneben die Großmutter, ihr Blick war noch sanft, aber das Kinn verriet schon ihre Stärke. Porträts der Eltern. Beide aus seinem Gedächtnis fast verschwunden. Sie standen immer im Schatten der Großmutter, starben sogar in ihrem Schatten.

Ja, und das letzte Porträt, ein Frauenporträt, die Göttin der Liebe im italienischen Stil. La Marseillaise. Unter dem durchsichtigen Schleier war sie nackt, ihr Bauch leicht gerundet, sie war damals schwanger, wollte sich deswegen nicht malen lassen. Aber die Schwangerschaft machte sie noch schöner, verlieh ihr ein Leuchten, eine magische Ausstrahlung. Raymond bot ihr an, als Konkubine bei ihm zu wohnen, sieben Tage die Woche und alle Wochen des Jahres. Aber sie lehnte ab. Das Mädchen, das dann geboren wurde, trug trotzdem sein Muttermal am Hals. Pierre hatte recht. Claude mußte seine Tochter sein. Auch Marie zweifelte nicht daran, denn sie hatte nie zugelassen, daß Claude ihm zu Diensten war.

Raymond setzte sich wieder an seinen Pult. Wenigstens eine gute Tat. Er würde Claude ein Vermächtnis aussetzen, als Mitgift für eine Heirat, sie sollte einen ordentlichen Mann finden und ihren Beruf an den Nagel hängen. Reichte die Summe von dreißigtausend Livres? Was hinderte ihn eigentlich daran, sie zu legitimieren? Er würde sie einfach zu seinem Kind erklären, zu seinem Muttermal-Kind. Sie sollte seinen Namen tragen. Claude d'Agoult. Und was machte er mit Laura? Auch sie legitimierte er. Auch sie sollte seinen Namen tragen. Laura d'Agoult. Aber legitimierte er sie, hätten sie Anspruch auf sein Erbe, es sei denn, er bestimmte es anders. Claude sollte das Vermächtnis erhalten, Laura den Namen, den Grundbesitz und das Schloß. Und Beatrice? Seine wertvollen Bücher. Pierre würde sich freuen, und die Nachkommen würden sich seiner erinnern als des Mannes, der zwar nicht Präsident des Obersten Gerichtshofs geworden war, der aber das Leben leicht genommen und Bücher gesammelt hatte.

Als Raymond einen Großteil des Testaments geschrieben hatte, klopfte es an die Tür. Der Kammerherr wies auf das Fenster. Tatsächlich war es schon fast hell. Die Pferde und Maulesel seien gesattelt.

»Einen Augenblick noch. Ich komme gleich.«

Aber wollte er nicht noch einen Tag bleiben? Draußen warteten die Männer. Von Pierre war nichts zu sehen. Pierre war in Ménerbes aufgehalten worden und hoffte, er würde auch ohne ihn losziehen. Gab es einen gerechten Gott, würde er ihn jetzt sicher geleiten. Und Pierre nicht minder.

Als Raymond seinen Letzten Willen geschrieben, unterschrieben und mit Datum versehen, versiegelt und in einen silbernen Briefzylinder gesteckt hatte, machte er sich reisefertig. Er verschloß sorgfältig das Eingangsportal des Schlosses. Die Sonne ging auf.

Als der Schmied das erste Pferd durch das Hoftor führte, stieß der Kammerherr einen Schrei aus. Rauch über Puyvert! Raymond rannte auf die Dachterrasse, um einen besseren Überblick zu haben. Ja, mehrere Häuser des Weilers brannten lichterloh. Und nun hörte man auch entferntes Schreien, dumpfe Schläge, sogar das Klirren von Waffen.

Neben ihm starrten auch seine Männer in die Ferne.

»Das sind nicht nur ein paar Plünderer, das ist ein ganzer Haufen.«

»Kannst du Genaueres erkennen? Sind es Kaiserliche?«

»Weiß ich nicht. Dreißig, vierzig Mann zähle ich, nein, mehr!«

»Was machen wir nun? Fliehen wir in die Wälder?«

»Nein, wir verbarrikadieren uns.«

»Vielleicht sind es ja doch unsere Soldaten.«

Raymond wandte sich ab und ging die Treppe hinunter. Die Männer eilten ihm nach.

»Wir haben zu lange gewartet«, sagte er ruhig, »wir bleiben und kämpfen!«

## 1536

Die Soldaten des Königs hatten Pierre unter Beschimpfungen, Flüchen und zotigem Gelächter ziehen lassen. In der dunklen Schlucht des Aiguebrun stieß er bald auf vereinzelte Leichen, die von Wölfen und streunenden Hunden halb aufgefressen waren. Als er, in der Hitze des frühen Vormittags durstig geworden, sich über den nahezu versiegten Aiguebrun beugte, hinderte ihn ein unangenehmer Geruch daran, das Wasser zu trinken. Wenige Schritte bachaufwärts fand er eine dürre Frauenleiche, deren Kopf im Wasser lag. Um ihren Körper hingen nur noch ein paar zerrissene Fetzen, und man konnte an der Lage ihrer Glieder erahnen, daß sie mißbraucht worden war. Aber auch sie hatten die Tiere angefressen, und ihr Anblick ließ Pierre sich übergeben.

Die Mühle am Ausgang des Tals, kurz vor Lourmarin, war ausgebrannt und verlassen, das schwere Wasserrad zerschlagen. Pierre stöberte einen Schwarm Krähen auf, aber der Geruch, der ihm aus dem verkohlten Gebälk entgegenschlug, ließ ihn umdrehen und weiterreiten.

Lourmarin schien auf den ersten Blick unverändert. Die rostroten und ockerbraunen Schindeldächer, in der Mitte der Turm der alten Burg, die Pappelreihe vor dem Weiher und die hochragenden Gemäuer des Schlosses erfüllten ihn mit sehnsüchtiger Freude.

Bukephalus wieherte leise und spitzte unruhig seine Ohren. Pierre ritt durch einen Weinberg, an dem noch die Trauben hingen. Die Zikaden sägten durch die Hitze des Septembertags, hinter dem Vorhang ihres schrillen Konzerts jedoch senkte sich eine rauchgeschwängerte Stille herab, die alles zu verschlucken schien. Am flachen Rand des Weihers schwammen die Leichen von zwei Soldaten. Ihre bunte Kleidung war verhältnismäßig unversehrt, nur einem fehlte der halbe Kopf. Nun roch es deutlicher nach Rauch, und als ein Windhauch zu spüren war, drang der Geruch nach süßlicher Verwesung herüber.

Bevor Pierre zum Schloß abbog, wollte er im Dorf nachschauen, warum keine Menschen zu sehen waren. Kaum hatte er das erste Haus erreicht, wurde er von einer ganzen Meute streunender Hunde aufgehalten, die wild bellten und ihn bösartig anknurrten. Bukephalus stieg hoch und drohte zu scheuen. Aber Pierre hielt ihn, ließ ihn ein paar Schritte zurückgehen und schoß einem Hund einen Pfeil durch die Kehle. Sofort fielen die anderen über den Getroffenen her.

Pierre rief und brüllte. Kein Mensch war zu sehen, auch keine Pferde, Esel oder Ziegen. In Nischen und Winkeln duckten sich räudige Katzen. Tauben gurrten. Durch die Luft schwirrten Schwalben. Es war, als habe die Pest ein ganzes Dorf entvölkert. Man sah jedoch keine Leichen, die Häuser wirkten weitgehend unversehrt – bis auf die eingetretenen Türen.

Pierre zog sich zurück und trabte zum Schloß. Überall Spuren der Verwüstung. Die Gärten und Felder waren zertrampelt, die Olivenbäume abgehackt. Noch immer war kein Mensch zu sehen. Im Westen, jenseits des Schlosses, dort, wo Puyvert liegen mußte, stand dunkler Rauch am Himmel. Der Geruch von Brand und Rauch verstärkte sich, je mehr er sich dem Schloß näherte. Ja, auch im Schloß mußte es gebrannt haben. Das Tor zum Schloßhof war zerbrochen, vor dem Portal hatte man einen großen Holzstoß abbrennen lassen, das Portal selbst war ebenfalls angebrannt und dann mit einem Baumstamm eingerammt. Auch hier zeigte sich keine Menschenseele.

Pierre stieg ab und band Bukephalus fest. Er zog sein Schwert und tappte vorsichtig zum Portal. Er schaute noch einmal nach allen Seiten und entdeckte, nach Osten hin, dichte Rauchschwaden, die in den Himmel drängten. In Vaugines oder Cucuron mußte es zur Zeit brennen. Genaueres konnte er nicht sehen. Aber es schien sicher, daß Mordbrenner unterwegs waren.

Er rief laut nach seinem Onkel.

Keine Antwort.

»Ist da wer?« schrie er.

Nichts.

Als er das Gebäude betrat, das Schwert in der Hand, stolperte er fast über Raymonds Lieblingshund. Die Augen waren starr, die Zunge hing ihm aus dem Maul, und um den Kopf klebte eine Blutlache.

Er trat über ihn und schob sich vorsichtig die Wendeltreppe hoch.

Nichts.

Im großen Saal standen aufgebrochene und durchwühlte Kisten. Es war Feuer gelegt worden, aber die Flammen hatten die Teppiche nur angeschwärzt und sich nicht weiter ausgebreitet.

Als Pierre die Wendeltreppe ein Stockwerk höher stieg, fand er den ersten Toten, Raymonds Kammerdiener. Eine Hellebarde hatte ihm die Brust durchschnitten. In Strömen war das Blut die Treppe hinuntergeflossen, bis es auf den unteren Stufen nur noch ein versiegendes Rinnsal bildete. Jetzt alles angetrocknet. Die Leiche kalt und steif, doch ohne Spuren der Verwesung.

Oben auf der Dachterrasse mußte ein Kampf stattgefunden haben, denn man sah überall Blutspuren. An einer Stelle fand Pierre zwei abgetrennte Finger.

Die Sonne glühte vom Himmel herunter. Pierre merkte erst jetzt, wie ihm der Schweiß in die Augen und übers Gesicht lief. Die Zikaden kreischten wie höhnische Furien.

Langsam stieg er wieder ein Stockwerk hinab und folgte dem Geruch von kalten Rauch. Auch im Speisesaal war Feuer gelegt worden: es stank stechend. Drei halbverkohlte Leichen hingen über den Trümmern zerschlagener Stühle und Hocker. Die Teppiche waren von den Wänden gerissen und in das Feuer geworfen worden. Die Kleidungsstücke der Leichen waren zwar verbrannt, ihre Gesichter nicht mehr zu erkennen, rissige Hautfetzen hatten sich gelöst, aber das Eichenholz hatte kaum Feuer gefangen. Die Marmorsäulen mit ihren Bronzen, die Raymond sich aus Florenz hatte kommen lassen, waren umgestürzt und teilweise zerbrochen, die alte Kredenz aufgebrochen, das Glas zerschmettert. Das Silber fehlte.

Pierre hielt sich ein Stück Stoff vor Nase und Mund und versuchte, mit seinem Schwert die Toten umzudrehen. Er konnte jedoch nicht erkennen, ob Raymond sich unter ihnen befand.

Vorsichtig und immer kampfbereit durchsuchte er jeden Raum des Schlosses. Überall war geplündert worden. In der Bibliothek hatte man die Bücher aus den Regalen gerissen und auf den Boden zerstreut.

Pierre stockte der Atem.

Eine Hand.

Eine schmale, zartfingrige Hand.

Er räumte die Bücher zur Seite. Unter ihnen kam eine Leiche zum Vorschein. Pierre kannte die Hand. Die Ringe hatte man von den Fingern gezogen, weiße Stellen zeigten, wo sie gesessen hatten.

Pierre zog Raymond hoch, der Körper war noch nicht steif. Vorsichtig legte er ihn auf den Rücken. Durch sein Wams war Blut gesickert, schwärzlich geronnen jetzt, das Gesicht zeigte Kratzer und Schnitte, die Augen waren geschlossen.

Raymond lebt noch, schoß es Pierre durch den Kopf.

Pierre hielt das Ohr an seinen Mund und glaubte einen leichten Lufthauch zu spüren. In panischem Schrecken sprang er zum Fenster, um nach Hilfe zu rufen, aber bevor er es erreichte, hielt er inne. Vielleicht saß die Mörderbande noch ganz in der Nähe. Er schaute nach unten. Bukephalus wartete friedlich. Sonst war kein Lebewesen zu sehen.

Als er versuchte, Raymond hochzuheben, hörte er ein leises Röcheln. Er flößte Raymond ein wenig Wasser ein, und tatsächlich, nach ein paar Minuten geschah das Wunder, Raymond öffnete die Augen, seine Lippen bewegten sich. Pierre tröpfelte ihm wieder Wasser auf den Mund. Raymond versuchte etwas zu sagen, aber es gelang ihm nicht. Seine Augen hefteten sich auf ihn, zeigten, daß er ihn erkannt haben mußte. Und dann schloß er sie.

Pierre trug ihn vorsichtig die Treppe hinunter zu seinem Pferd. Mit Mühen gelang es ihm, Raymond auf den Sattel zu legen. Aber plötzlich floß Blut aus seinem Mund. Er rutschte vom Pferd. Pierre schrie.

Es war zu spät. Die Augen gebrochen. Raymond war tot.

Es dauerte lange, bis Pierre sich aus seiner Lähmung befreien konnte. Bukephalus hatte ihn mehrfach mit seinem Maul angestoßen, als wolle er ihn vorsichtig daran erinnern, daß er hier nicht bleiben könne. Pierre überlegte, ob er Raymond beerdigen sollte. Aber dann schreckte er doch davor zurück, weil er nicht glauben konnte, daß er wirklich tot war.

Inzwischen war der Körper kalt und steif, es bestand kein Zweifel. Und trotzdem wehrte er sich gegen die Tatsache, daß er seinen *Onkel*, seinen väterlichen Freund, verloren hatte.

Die Rauchschwaden und der Gestank verstärkten sich wieder, ein Hund tauchte am Torpfosten auf, verschwand aber sofort, als Pierre sein Schwert zog.

Die Hitze war so brütend, daß er Raymonds Leiche in den Schatten zog und Bukephalus zum Grasen freiließ. Er untersuchte Raymond, stieß auf einen Stich in die Brust, der wohl zum Tod geführt haben mußte, und fand einen silbernen Briefzylinder, der, halb versteckt, in einer Seitentasche des Wamses steckte. Ihn hatten die Mörder offensichtlich übersehen. Vorsichtig öffnete Pierre die Kappe und sah, daß er ein versiegeltes Testament enthielt.

Er überlegte, ob er es lesen solle. Falls man ihn überfiel und beraubte, war es vielleicht besser, er kannte seinen Inhalt. Aber er ließ es dann doch und steckte den Zylinder ein.

An die Mauer des Schlosses gelehnt, kniete er neben der Leiche und flüsterte: »Pater noster, qui es in caelis, sanctificetur nomen tuum.« Ohne Besinnung sprach er auch das *Ave Maria* und das *Credo*, und als er begann, »De profundis clamavi ad te, Domine« aufzusagen, wurde seine Stimme immer lauter, und schließlich brüllte er: »Domine, exaudi vocem meam. Fiant aures tuae intendentes, in vocem deprecationis meae.« Erschrocken hielt er inne und wiederholte, wieder leiser: »O neig Dein Ohr in Gnaden meinem lauten Flehen.«

Mit Tränen in den Augen, beugte er sich über Raymonds Körper. Nichts bewegte sich, nichts als Totenstarre. Pierre glaubte ein feines Lächeln erkennen zu können, ein verzeihendes Lächeln, ein Versprechen, alles werde gut. Schließlich, stand er auf und schleppte die Leiche zu Bukephalus. Er wollte sie mitnehmen. Aber wohin sollte er reiten? Sollte er wieder durch die Schlucht des Aiguebrun nach Norden ziehen? Sollte er versuchen, sich auf geheimen Pfaden durch den Luberon nach Ménerbes durchzuschlagen? Sollte er Raymond nicht lieber begraben, wenigstens vorläufig, und Hilfe suchen? Er konnte nach Westen reiten und mußte irgendwo seinem Vater begegnen. Wahrscheinlich war dieser mit seinen Soldaten auf Widerstand gestoßen, in Mérindol oder Puget oder Lauris, es war zu Kämpfen gekommen, zu Bränden, zur Verfolgung der letzten Überlebenden.

Plötzlich kam Pierre ein grausamer Verdacht. Nicht kaiserliche Marodeure hatten das Feuer gelegt und seinen *Onkel* umgebracht, nein, es waren die französischen Befreiungstruppen seines Vaters gewesen. Vielleicht hatte Raymond sich ihnen widersetzt, weil er ihnen nicht seine Pferde oder seine letzten Vorräte ausliefern wollte. Der Verdacht verstärkte sich. Das ganze Dorf und die meisten Schloßbediensteten waren in die Wälder geflohen, nur Raymond war mit dem Kammerdiener und einigen Männern zurükkgeblieben, um auf ihn zu warten.

Pierre schlug sich gegen die Stirn, er preßte seinen Kopf zwischen seine Hände und brüllte wie ein Tier, das zur Schlachtbank geführt wird.

Aber nichts geschah.

Als er Raymond in ein eilig ausgehobenes Grab senkte, es wieder zuschüttete und möglichst alle Spuren zu verwischen versuchte, schwächte sich der Verdacht wieder ab. Er konnte es seinem Vater nicht zutrauen. Er konnte es sich nicht vorstellen, daß sein Vater seinen alten Freund und Kampfgefährten vor den Augen so vieler Zeugen ermorden ließ oder gar selbst ermordete.

Nein, es war unvorstellbar.

## 1536

Die Nachrichten aus dem Lager des Königs waren erfreulich. Karl V., der Kaiser, habe die Belagerung von Marseille aufgegeben und sich nach Italien zurückgezogen. Die Taktik der verbrannten Erde habe sich bewährt. Ohne daß eigene Verluste zu beklagen seien, sei der Feind geschlagen worden und werde wohl nie wieder in Frankreich einfallen. Zigtausende von Verhungerten säumten den Weg nach Westen. Und die wenigen marodierenden Banden, die sich nach Norden aufgemacht hätten, seien von der Truppe des Barons d'Oppède gejagt, gestellt und vernichtet worden.

Die Familie Bouliers-Cental saß in Ménerbes und wartete auf Raymond und Pierre. Als nach ein paar Tagen keiner von beiden erschienen war, wurden sie unruhig. Insbesondere Beatrice saß am Fenster und schaute sehnsüchtig nach draußen; gelegentlich warf sie sich auch auf ihr Pferd und ritt ein Stück in Richtung La Coste und Bonnieux. Aber immer mußte sie umkehren, ohne Pierre in ihre Arme geschlossen zu haben.

Einmal begegnete sie einem Trupp französischer Soldaten, die den Übergang über den Luberon durch das Tal des Aiguebrun hatten sperren müssen. Nun war der Feind vernichtet, und sie kehrten wieder nach Avignon ins Heerlager zurück.

Die Soldaten neckten Beatrice, machten ihr eindeutige Angebote und nahmen sie, als sie auf ihre aufdringlichen Spiele nicht einging, spaßeshalber gefangen. Beatrice, die sich, um nicht als Dame aufzufallen, wie eine Pächterstochter gekleidet hatte, reagierte zuerst verunsichert. Dies stachelte die Soldaten an, und sie befingerten sie. Beatrice wurde wütend, schlug nach ihnen und beschimpfte sie. Die Soldaten wurden grob, und als sie sahen, wie hübsch und wohlgebaut Beatrice war, wurde aus dem groben Spiel plötzlich Ernst. Sie zerrten sie hinter einen Ginsterbusch.

Zum Glück kam gerade ein Fuhrwerk mit einigen Bauernburschen herangerumpelt. Beatrice schrie um Hilfe. Die Soldaten waren eine Sekunde nicht aufmerksam. Beatrice entriß dem nächsten seinen Dolch und stieß ihn ihm blitzschnell in den Bauch. Er brüllte auf, die anderen wandten sich ihm zu, und gleichzeitig begann eine Prügelei zwischen den Bauernburschen und den restlichen Soldaten. In diesem Durcheinander konnte Beatrice zu ihrem Pferd rennen und fliehen.

In Ménerbes erzählte sie von dem Vorfall nichts. Allerdings hatten die jungen Burschen von ihrer Prügelei mit den Soldaten berichtet, von dem Überfall auf eine junge Frau, und Louis de Bouliers beschloß, die Armeeführung in Avignon zu benachrichtigen.

In den nächsten Tagen blieb Beatrice im Schloß. Man hörte noch immer nichts von Raymond und Pierre. Ihr Vater wurde von Tag zu Tag unruhiger und wollte schließlich nicht länger in Ménerbes bleiben. Aber direkt nach Lourmarin und La Tour d'Aigues zu reiten schien ihm aus Sicherheitsgründen untunlich. Am besten sei, so erklärte er, sich zuerst in das königliche Heerlager zu begeben. Vielleicht erfahre er dort Neues oder erhalte eine kleine Schutztruppe. Auch wenn die Kaiserlichen besiegt seien, so könnten doch immer noch versprengte Banden eine Gefahr darstellen.

»Ich werde von Avignon nach Aix reiten, um nach dem rechten zu sehen, und wenn die Luft rein ist, von dort nach La Tour d'Aigues. Zeigt sich, daß die Kaiserlichen endgültig vertrieben oder getötet sind, werde ich in Lourmarin nach Raymond und Pierre schauen. Ich nehme an, sie liegen in der Sonne und warten darauf, daß die Flüchtlinge mit Sack und Pack wieder heimkehren und man ein großes Siegesfest feiern kann.«

»Ich begleite dich«, sagte Madeleine.

»Ich bin mir nicht sicher, ob du nicht ...«

»Wenn du reitest, reite ich mit.« Eine entschiedene und hochfahrende Geste begleitete ihre Worte. »Basta!«

»Das glaube ich nicht«, rief Beatrice, die bisher stumm zugehört hatte, aber von einer sich steigernden Erregung ergriffen wurde. »Ich glaube nicht, daß sie warten und nichts tun. Pierre wäre längst wieder hier, wenn er gefahrlos den Luberon durchqueren könnte. Es muß etwas passiert sein.«

Sie hielt inne, ihre Eltern reagierten jedoch nicht. »Vielleicht ist er verletzt«, rief sie.

Ihre Eltern sahen sie zweifelnd an.

»Hat er dich nicht auch früher schon warten lassen?« sagte ihr Vater, aber Beatrice ging auf seinen Einwand nicht ein, sondern rief:

»Warum reiten wir nicht direkt nach Lourmarin? Wenn der Weg frei ist, können wir in ein paar Stunden dort sein.«

Ihr Vater zögerte, schaute forschend ihre Mutter an, die ihre Bedenken zu teilen schien.

»Wir haben hier keine anständigen Soldaten«, erklärte er. »Auf eine Begegnung mit den verrohten Legionärshorden unseres Heeres kann ich verzichten. Vorausgesetzt, es stimmt, daß der Übergang gefahrlos möglich ist und im Tal der Durance keine Kaiserlichen mehr am Leben sind, so könnten doch hungernde Bauern, wenn ihnen eine gutversorgte Menschengruppe begegnet, auf falsche Gedanken kommen.«

Er fuhr sich mit der Hand über den Kopf und straffte seinen Körper. »Es geschieht so, wie ich gesagt habe. Wir reiten über Avignon, du, Beatrice, bleibst so lange hier, bis wir dich abholen. Oder bis Pierre auftaucht. Hier bist du sicher, und außerdem wirst du ja bald Herrin von Ménerbes sein und kannst schon einmal dafür sorgen, daß in Abwesenheit des Seigneurs kein Schlendrian einreißt. Denk daran, daß auch unser Hab und Gut hier lagert.«

Beatrice widersprach nicht mehr und wandte sich ohne aufzuschauen ab. Madeleine fühlte sich nicht wohl bei der Entscheidung, sie wollte aber ihren Mann nicht alleine lassen, und schon am nächsten Morgen brachen die beiden mit mehreren Bediensteten nach Avignon auf.

Beatrice winkte ihnen nach, vernünftig und gefaßt, wie es schien. Aber kaum waren die Eltern nicht mehr zu sehen, schluchzte sie los. Sie hatte ihnen etwas vorgespielt. Selbstverständlich war sie *nicht* einverstanden mit dem Entschluß ihres Vaters. Sie blieb unter keinen Umständen in Ménerbes hocken! Noch heute machte sie sich mit ihrem Kammermädchen und dem Stallmeister auf den Weg und ritt nach Lourmarin, suchte nach Pierre und ihrem Onkel. Pierre brauchte Hilfe, davon war sie mehr denn je überzeugt, und ihr Leben schien ihr ohne ihn ohnehin nichts mehr wert.

»Ich liebe ihn so«, schluchzte sie vor Angeline, und das Kammermädchen versuchte sie zu beruhigen.

»Alles wird gut«, sagte es, und der Stallmeister nickte stirnrunzelnd und ließ ausreichend Proviant zusammenpacken.

Ohne aufgehalten zu werden, gelangten sie bis Bonnieux und ritten von dort zur Paßhöhe. Die Soldaten waren tatsächlich vollständig abgezogen, und die Bauern, mit denen sie sprachen, berichteten, wie übel sie gehaust hätten. Lebensmittel gestohlen, Tiere geschlachtet, die Jungfrauen belästigt – ja, eine Schweinehirtin sei sogar vergewaltigt und verschleppt worden, niemand wisse, wo sie sich aufhalte.

Auf dem Paßhöhe begegneten sie einem Schäfer, dem nur noch wenige Schafe geblieben waren. Er berichtete von den Flüchtlingen aus Lourmarin, die die letzten Wochen auf der Plateau von Claparèdes und in den Wäldern zugebracht hätten und jetzt vorsichtig wieder ins Tal zögen.

»Dann sind die Feinde besiegt?« fragte Beatrice.

»Der Feind ist besiegt«, bestätigte der Schäfer, »aber überall liegen die Toten, und der Hunger wird die Menschen dort unten in der Ebene noch lange quälen. Die Ernte wäre dieses Jahr gut gewesen, der Krieg jedoch hat ihnen alles genommen.«

Beatrice ließ sich nicht aufhalten, noch nicht einmal erschrecken vor den skelettierten Leichen, an denen sie vorbeiritten. Noch am Nachmittag erreichten sie die Mühle des Aiguebrun, und schon sah sie das Schloß vor sich liegen. Auch das Dorf schien unversehrt. Atemlos und ohne Blick für die Zerstörungen auf den Feldern und in den Gärten, galoppierte sie auf das stumme Gemäuer des Schlosses zu. Sie ritt durch die Zypressenreihe zum Tor, allein, weil der Stallmeister und Angeline ihr nicht hatten folgen können, sie entdeckte die Verwüstungen, die Brandspuren, auf ihr lautes Rufen antwortete niemand. Sie sprang vom Pferd und brach ohnmächtig zusammen.

Als sie wieder zu sich kam, beugte sich Angeline über sie. Beatrice verlangte nach Wasser. Erst jetzt fühlte sie die stickige Hitze, den Rauchgeruch in der Luft und den alles durchdringenden Aasgestank.

Der Stallmeister hatte das Haus inzwischen durchsucht und berichtete von dem Brand und den Leichen. »Aber Euer Onkel ist nicht unter ihnen. Bei den Verbrannten kann man natürlich nicht mehr erkennen ...«

»Führ mich hin!«

Beatrice versuchte sich aufzurichten. Sie kam wieder auf die Beine, aber kaum trat sie in die Eingangshalle, wurde ihr schwindlig. Als sie die verkohlten Leichen sah, brach sie erneut zusammen. Diesmal dauerte es länger, bis sie wieder ihr Bewußtsein erlangte. Schließlich kroch sie zu ihnen und fahndete nach Hinweisen, wer sie seien.

»Nein, nein, das ist nicht Pierre«, schrie sie, »das ist auch nicht Onkel Raymond, nein, es sind Fremde!«

»Aber Mademoiselle, woran wollt Ihr es erkennen?«

»Hier, hier, an den Zähnen!«

Der Stallmeister schaute sie skeptisch an.

Beatrice wandte sich ab und mußte von ihm nach unten geführt werden. Sie hockte sich in den Schatten der Kastanie, starrte vor sich hin, sprach nicht mehr und rührte sich nicht. Stundenlang saß sie da, und auch als der Tag sich neigte und sie von dem ängstlichen Mädchen gedrängt wurde, doch etwas zu unternehmen, antwortete sie nicht.

»Ich habe dort hinten frische Erdaufwerfungen gefunden – Mademoiselle, hört Ihr mich?«

Der Stallmeister hatte sie angesprochen, aber sie hatte zuerst nicht reagiert und schien nun wie aus einem Traum aufzuwachen.

»Ja, wie, was meinst du …«

»Es sieht aus, als ob dort jemand begraben ist. Soll ich nachschauen?«

»Wie? Nachschauen? Aufgraben? Nein, doch – ist es nicht eine Todsünde?«

»Aber wir hätten Gewißheit, Mademoiselle.«

»Er lebt noch, er muß noch leben – ja, grab auf, aber beeile dich!«

Beatrice konnte nicht abwarten, bis der Stallmeister auf etwas stieß. Sie kniete sich neben ihn und riß mit bloßen Händen die Erdbrocken zur Seite. Es dauerte nicht lange, da fühlte sie Stoff zwischen den Fingern. Mit einem Aufschrei erstarrte sie, wandte sich ab und hockte sich wieder unter die Kastanie. Sie bedeckte ihr Gesicht mit den Händen und hörte nur noch das Keuchen des Stallmeisters und Angelines Beten. Dann plötzlich das Ende der scharrenden und kratzenden Geräusche, und auch das Keuchen wurde schwächer und hörte auf.

»Mademoiselle, es ist Euer Onkel.«

Als es Abend wurde, wußten sie nicht, wo sie unterkommen sollten. Das Schloß stank nach Leichen, und im Dorf herrschten die Hunde. So blieben sie im Freien, ohne Schlaf und voller Angst.

Beatrice hatte das Grab ihres Onkels eigenhändig wieder zugeschaufelt und sich auf die frische Erde gelegt. Die Grillen zirpten friedlich, es war warm. Aber es roch nach kaltem Brand, nach Verwesung, und gegen Morgen heulten Wölfe. Die Köter im Dorf antworteten ihnen, ein düsteres Konzert.

Nach Sonnenaufgang kaute Beatrice wortlos an ihren Brotkanten. Der Stallmeister drängte, wieder nach Ménerbes zurückzukehren. Es sei unheimlich hier, wie in einer Totenlandschaft, und vielleicht lauere die Pest schon. Von der Truppe des Barons d'Oppède sei nichts zu sehen, die Bewohner von Lourmarin müßten sich noch in den Wäldern aufhalten oder seien verschleppt …

»Ich will nach Hause, nach La Tour d'Aigues!« rief Beatrice aufschluchzend, »vielleicht ist Pierre dort.«

»Oder er ist aufs Plateau von Claparèdes geritten und holt die Flüchtlinge wieder zurück«, wandte der Stallmeister ein. »Oder er sucht Euch in Ménerbes.«

»Ja, das ist wahrscheinlich«, sagte Angeline.

»Am besten ist, wir reiten zurück. Vielleicht begegnen wir ihnen. Und Ihr solltet ja auch in Ménerbes bleiben, Euer Vater wird wütend sein, wenn er erfährt …«

Beatrice nickte, stumm und abwesend.

Sie brachen auf. Nach zwei Stunden begegneten ihnen die ersten Flüchtlinge, Kundschafter, die nach dem Dorf und dem Schloß schauen wollten.

»Kaiserliche haben wir keine gesehen«, erzählten sie, »nur die Schutztruppe des Königs hat von uns Verpflegung erpreßt.«

»Ist Baron d'Oppède bei euch?« fragte Beatrice in höchster Aufregung.

»Nein«, sagten die Männer gleichzeitig.

Einer der Kundschafter ergänzte: »Von dem Baron d'Oppède haben wir gehört. Er soll ein paar halbverhungerte Kaiserliche zu Tode geschleift haben. Aber viele hat er nicht aufstöbern können.«

»Doch«, unterbrach ihn ein anderer, »eine ganze Truppe muß über Lauris nach Puyvert gezogen sein und sogar weiter über Lourmarin nach Cucuron.«

Nun fiel ihm wieder der erste ins Wort: »Aber der Baron hat sie aufgerieben, niedergemacht bis auf den letzten Mann.«

»Und wie sieht es in Lourmarin aus?«

»Im Schloß hat es einen Kampf gegeben«, sagte der Stallmeister, »und das Dorf sieht geplündert aus. Aber nicht abgebrannt.«

»Der Baron muß auch einige Gehöfte von unseren Leuten angesteckt haben. Der verfolgt alles, was er für waldensisch hält, und schiebt es dann den Kaiserlichen in die Schuhe.«

Beatrice war den Reden der Kundschafter wie betäubt gefolgt. »Ich meine den jungen Baron d'Oppède«, flüsterte sie.

»Nein, der junge war nicht bei uns.«

Der Stallmeister drängte zum Aufbruch, aber Beatrice weigerte sich, weiter nach Ménerbes zu reiten. »Ich will nach La Tour d'Aigues, vielleicht ist er dort.«

Sie wendete ihr Pferd und trabte los.

Lourmarin war noch immer das von den Hunden beherrschte Geisterdorf.

Cucuron ließen sie links liegen, der Rauch, der über dem Dorf schwebte, verhieß nichts Gutes.

In Ansouis verweigerte man ihnen den Einlaß ins Schloß, obwohl Beatrice sich zu erkennen gab.

»Ihr wollt nur fressen und bringt uns die Pest«, rief ein Mann von der Mauer. »Die Herrschaften sind in Aix, und dem Baron d'Oppède mußten wir schon unsere letzten Vorräte abliefern.«

Als sie wieder die steilen Dorfgassen hinab ins Tal ritten, starrten ihnen ein paar Schattengespenster aus Fensterhöhlen nach, aber von keinem hörten sie ein freundliches Wort. Abends erreichten sie schließlich La Tour d'Aigues. Hier waren die Menschen schon dabei, die Gemüsegärten in Ordnung zu bringen und die letzten brauchbaren Halme von den zertrampelten Feldern zu holen. Die Olivenbäume waren umgehackt, nur der Wein schien noch eine gute Ernte zu versprechen.

Hungergestalten umringten Beatrice, den Stallmeister und das Mädchen, und sie verteilten unter Tränen ihre letzten Lebensmittel. Mehrfach seien kaiserliche Banden durchgezogen, hörten sie, zum Schluß auch noch der Baron d'Oppède mit seinen Soldaten.

»Und das Schloß?« fragte Beatrice.

»Der Baron hat sich dort einquartiert.«

»Er hat den Maynards und den Serres das Haus auf den Kopf

gestellt und ihnen gedroht, sie auf den Scheiterhaufen zu bringen. Kaum taucht der Inquisitor nicht mehr auf, vernichtet der Krieg unser Land. Die eigenen Soldaten sind nicht besser als die fremden, es hört nicht auf.«

»Und wo ist der Baron jetzt?« fragte Beatrice.

»Weitergezogen, nach Pertuis.«

»Es ist eine Heimsuchung.

»Wie sollen wir den Winter überstehen?«

»Mademoiselle, wo ist Euer Vater? Und Eure Mutter?«

»Sie sind beim König in Avignon und werden bald heimkehren.«

»Der König hat unsere Ernte vernichten lassen und uns das Vieh gestohlen.«

Beatrice umarmte weinend die Klagenden und zog dann zum Schloß. Neben dem Portal war ein Bettler verendet. Er kam ihr bekannt vor, aber sie wußte nicht warum. Sein Kopf war so abgemagert, daß er sie wie ein Totenkopf anstarrte. Es fehlten die Augen. Aus den Augenhöhlen krochen die Maden.

Beatrice wich zurück, die Hand vor den Mund gepreßt. Stumm wandte sie sich schließlich ab. Man ließ sie ins Schloß, froh darüber, daß das Schlimmste vorbei war. Und wieder die gleichen Klagen. Die Soldaten hätten wie Feinde gehaust und einen Großteil der Vorräte weggefressen. Aber die meisten Zerstörungen seien schon beseitigt.

Beatrice hörte zu und ließ sich eine Mahlzeit vorsetzen, ließ sich ein Bad bereiten, kämmen und mit Rosenwasser einreiben. Sie wollte schlafen, aber sie konnte nicht. Unruhig wälzte sie sich hin und her und versuchte nachzudenken. In ihrem Kopf herrschte jedoch, wie schon seit Tagen, eine schmerzhaft flackernde Leere. Onkel Raymond lag unter der Kastanie, ermordet.

Die Bauern kehrten heim.

Niemand hatte Pierre gesehen.

Wo war ihr Pierre?

Ein rasender Herzschlag trieb Beatrice aus dem Bett. Schweiß stand ihr auf der Stirn, und gleichzeitig schlotterte sie. Sie warf sich einen Umhang über die Schultern und wanderte durch das Schloß, die langen Gänge entlang. Nichts wirkte mehr vertraut. Wände, von denen die Teppiche gerissen waren, starrten sie kalt an. Zerbrochene

Möbelstücke lagerten in den Ecken der Räume. Die Bibliothek war durchwühlt. Im Keller fehlte der Wein. Als sie die Wendeltreppe zum Turm hochstieg, rief sie verzweifelt: »Pierre, wo bist du?«

Oben angekommen, schaute sie in die Ferne. Es war Wind aufgekommen und hatte die restlichen Rauchschwaden vertrieben. Beatrice klammerte sich an den Zinnen fest.

Sie war allein auf der Welt, ganz allein. Ihre Eltern hatten sie verlassen, ihr Onkel war tot, und Pierre?

Sie flüsterte, dann rief sie mit letzter Kraft: »Pierre, Pierre, warum bist du nicht bei mir?«

Der Turm schien zu schwanken, das Band der Milchstraße begann sich zu drehen.

Auch Pierre hatte sie verlassen.

Nein, nie, nie würde er sie verlassen, er mußte tot sein. Auch er war tot. Sonst hätte sie ihm begegnen müssen, sonst hätte ihn wenigstens jemand gesehen. Und wäre er nach Ménerbes zurückgeritten, hätte er längst erfahren, wo sie war, und wäre inzwischen hier. Stünde am Fuße des Turms und winkte ihr zu. Sie würde ihm in die Arme fliegen, und nie mehr ließe sie ihn los.

Unten, am Portal, schaffte man den toten Bettler weg.

Nein, nie mehr.

## 1536

Pierre irrte umher.

Er ritt nach Cucuron, wurde dort von einer Gruppe Bauern empfangen, die sich sofort mit Dreschflegeln, Mistgabeln und Knüppeln auf ihn stürzten, so daß er sich schleunigst zurückziehen mußte. In Vaugines, ganz in der Nähe, begegnete ihm niemand außer streunenden Hunden. Das Dorf war wie Lourmarin geplündert worden und zum großen Teil abgebrannt.

Er wußte nicht weiter und starrte blind in die Ferne. Aber nichts zeigte sich, kein Mensch, kein Fingerzeig Gottes. Ja, jetzt hätte er IHN gebraucht. Aber ER ließ ihn allein. ER half ihm nicht. ER strafte ihn durch Schweigen.

Nach einer Weile ritt Pierre weiter, näherte sich dem Waldrand. Er überlegte, ob er vielleicht mit seinem Bogen einen Fasan oder ein Kaninchen erlegen sollte, aber je mehr er sich dem dunklen Wall der Bäume näherte, desto mehr fühlte er sich beobachtet und bedroht. Er ließ Bukephalus anhalten und suchte mit seinen Augen die Schlehenhecken und das Steineichengebüsch ab, den Wacholder und die Pinien, und tatsächlich meinte er auch einen Kopf unter einer Kapuze zu sehen, ein halbes Bein, Augen, die ihm entgegenstarrten. Langsam ließ er Bukephalus zurückgehen, und sobald er außer Reichweite von Steinschleudern und Pfeilen war, galoppierte er davon. Aber er wußte nicht wohin.

Bis zum Abend ritt Pierre kreuz und quer durch die verwüstete Landschaft. Er spürte keinen Hunger mehr und trank nur, wenn der Durst gar zu peinigend wurde. Zum Glück war die brütende Hitze der letzten Tage durch einen kühlenden Wind vertrieben worden, der zwar immer wieder abflaute, der aber den rauchigen Aasgestank milderte oder sogar, als er auf Nord drehte, verschwinden ließ.

Pierre mied unübersichtliche Wegstellen und Gehöfte. Überall stieß er, zuweilen mitten auf dem Weg, zuweilen halb versteckt im Gebüsch, auf ausgeweidete, skelettierte Gerippe von Menschen, manchmal auch von Pferden, auf eine Gruppe von Männern in Brustharnisch, denen der Kopf abgetrennt war.

In der Ferne entdeckte er plötzlich drei Reiter, die offensichtlich auf dem Weg von Lourmarin nach Ansouis waren. Zuerst wollte er ihnen erfreut entgegenreiten, endlich Neuigkeiten! Aber dann besann er sich, bog seitwärts auf einen Feldweg ab und trabte im Schutz eines Wäldchens nach Norden.

Die Nacht verbrachte er wieder am Schloß von Lourmarin. Noch vor Sonnenuntergang war er angelangt und hatte als erstes nach dem Grab seines Onkels geschaut. Es war aufgegraben worden! Aber sonst schien alles noch so, wie Pierre es verlassen hatte – wenigstens auf den ersten Blick. Als er vorsichtig das Haus betrat, verstärkte sich das Gefühl, er sei nicht allein oder es sei jemand hier gewesen. Der Hund lag anders, als er ihn verlassen hatte, er war zur Seite geschoben worden. Daran gab es keinen Zweifel. Vielleicht wartete schon jemand hinter dem nächsten Mauervorsprung oder hinter der nächsten Tür mit gezücktem Dolch.

Vorsichtig zog sich Pierre wieder zurück. Bukephalus zupfte die letzten Grashalme, die er fand, und wirkte ruhig. Es mußte jemand hier gewesen, dann aber weitergezogen sein, denn lauerten irgendwelche Männer im Schloß, würde Bukephalus nicht so ungestört grasen.

Als sich bis Sonnenuntergang nichts rührte, hockte sich Pierre neben das Grab von Raymond, kaute sein letztes Stück Brot und überlegte, was zu tun sei. Er konnte zurückreiten nach Ménerbes, wo man ihn sicher schon sehnlichst erwartete; er konnte seinem Vater nachreiten, nach Pertuis, vielleicht weiter nach Aix, oder ihn abfangen, falls er wieder mit seiner Hundertschaft nach Avignon zurückkehrte; oder er konnte den Flüchtlingen entgegenreiten, sie zur Rückkehr überreden, falls sie sich nicht schon sowieso auf dem Weg befanden.

Eigentlich müßte eine Entscheidung zu fällen nicht schwer sein, dachte Pierre, aber er fühlte sich müde und verwirrt. Die Nacht drängte vor, drängte sich in ihn, das leise Rauschen in der Baumkrone der Kastanie, der dunkle Schatten des Schlosses hinter ihm, und überall schienen starre Mahnmale übergroßer Ritter zu stehen. Gleichzeitig zirpten leise die Grillen. Nun schimmerten auch wieder die Sterne. Ein klagender Ruf klang aus den Bergen.

Warum schlief er nicht ein, hier an Raymonds Grab, und wachte nicht wieder auf?

Natürlich hätte er schleunigst nach Ménerbes reiten müssen. Alle warteten auf ihn, Beatrice vor allem, aber auch ihre Eltern, sie erwarteten Raymond und ihn und fragten sich, warum sie nicht gekommen waren. Aber dann stand wieder der Ritt durch diese Totenlandschaft vor ihm. Es war Spätsommer mit den ersten Herbstfarben, der Wein reifte an den Stöcken, die Äpfel hingen an den Bäumen, aber nur Hunde streunten umher, und wenn man Menschen begegnete, mußte man sein Leben retten. Dieses Land war verheert. Vielleicht hatte der Komet doch auf einen Weltuntergang hingewiesen, und diese Frühherbsttage waren der Anfang. Es brauchte kein Feuer vom Himmel zu stürzen, keine Sintfluten brauchten das Land zu überschwemmen, keine Pest den schwarzen Tod zu bringen, – ein Krieg, der keiner war, verbrannte Erde, Hungersnöte, Verfolgung, Mord und Rache, das reichte schon.

Und doch wirkte die Welt nördlich des Luberon unberührt. Der Feind war besiegt, ausgehungert und vertrieben. Dafür mußten manche Menschen Opfer bringen. Der Erfolg heiligte die Mittel? Hatten nicht schon immer Opfer die Götter besänftigt? Und den allerchristlichsten Gott nicht minder? Dieser schweigende Opfergott hatte das Böse losgelassen, um das Böse zu vertreiben, und am Ende stand das Gute.

Ja, darin lag eine paradoxe Logik.

Nein, Pierre konnte es nicht glauben. Er saß hier in einer Falle, obwohl er einfach aufstehen und weiterreiten konnte. Noch lebte sein Pferd, war stark und gesund, noch war er selbst gesund und stark, noch brauchte er nur in die andere, nördliche Welt zurückzukehren. Aber Raymond war tot, und wahrscheinlich lag es an Pierre, daß er tot war. Wäre er rechtzeitig nach Lourmarin geritten, hätten die Marodeure Raymond nicht mehr angetroffen – oder die Truppen seines Vaters …

Pierre versteckte sein Gesicht zwischen seine Händen. Hatte Gott der Herr dies so vorherbestimmt? Ihm das Schicksal des Schuldigen zugewiesen? Konnte er überhaupt noch etwas dagegen tun? Wie sollte er weiterleben? Die Schuld weiterreichen, an seinen Vater, den König von Frankreich, den Habsburger, an den, in dessen Händen alles lag? Sollte er büßen? Aber wie? Nach Rom pilgern, nach Jerusalem, zum Grab Christi, und weiter in die Wüste?

Am einfachsten wäre es, ihm würde ein Schwert in den Rücken gerammt. Dann lag er neben Raymond. Oder er richtete den eigenen Dolch gegen sein Herz. Gott wollte, daß er gerichtet würde. Gott wollte ihn strafen, Gott wollte, daß er es selbst tat. Obwohl es eine Todsünde war.

Und was würde aus Beatrice? Vergrub sie sich in einem Kloster? Oder konnte sich sein Vater doch noch Hoffnung machen? Nein, sie verschwand für immer in einem Kloster. Und sein Vater würde seines Sieges nicht froh. Laura und Berthon so weit! Weit in Rom, zu weit für ihn, sie konnten ihm nicht helfen, hatten ihn vergessen.

Was lohnte sich das Leben noch!

Ja, Pierre wollte sterben. Ja, er würde sich selbst richten. Hier, neben Raymond. Hier, in Lourmarin. Er war jetzt achtzehn Jahre alt und würde Frieden finden. Er würde vor den Allmächtigen treten und sich verteidigen, obwohl er schon abgeurteilt war.

Schickte ER ihn ins Fegefeuer? Nein, ein Fegefeuer gab es nicht, dies war eine Erfindung Roms, das Fegefeuer war das Leben selbst. Wer starb, mußte Rechenschaft ablegen und kam anschließend nicht zu singenden Engeln oder wurde von Teufeln gezwickt, er wurde in die Helligkeit entlassen, auf eine Blumenwiese im Frühling, um dort alles zu vergessen, oder er wurde in die Dämmerung geschickt, in einen Teich, über dem die Trauben hingen, an den Fuß eines Berges, auf den er einen Stein zu wälzen hatte, aber der Stein blieb nicht oben, und die Erinnerungen blieben wach und quälend wie am ersten Tag.

Ja, er würde diese Nacht noch sterben.

Er war sich sicher, daß er sterben würde, und eine süße, traurige Ruhe überkam ihn. Er dachte an Beatrice. An Berthon. An Laura. An Mama Catherine. Und wieder an Laura. Sie würden weinen und ihn irgendwann vergessen. Es war das beste, zu sterben. Wegzutauchen, einzuschlafen, zu verschwinden.

Es war längst tiefste Nacht, Pierre fühlte sich glücklich – befreit und glücklich. Es gab keinen Morgen mehr, keinen Kampf, keine Schuld. Seine Hand umklammerte den Dolch, der Griff lag warm in seiner Hand. Es war ganz einfach. Ein kurzer Schmerz und ein langsames Gleiten in einen dunklen Gang, bis die helle Gnade des Erlösers ihn wieder erweckte.

Eine laute Spatzenschar weckte ihn, und die Sonne kitzelte in seiner Nase. Pierre schlug die Augen auf. Über ihm die Kastanie. War er tot und schon eingetreten in Gottes ewiges Reich?

Aber nein, er lebte!

Der Schlaf hatte ihn überwältigt.

Der Dolch war aus seiner Hand geglitten und auf den Boden gefallen.

Dort war Raymonds Grab. Das Schloß stand ungerührt. Und nirgendwo war ein Mensch.

Pierre erhob sich. Bukephalus kam herangetrabt und rieb den Kopf an seiner Schulter. Er tätschelte ihn am Hals und sprang dann in den Sattel. Die Nacht war vorbei und die Vorstellung, durch die eigene Hand zu sterben, nur noch ein fernes Echo. Er hatte in Gottes Plan eingreifen wollen. Er hatte sich davonstehlen wollen. Aber der Schlaf hatte ihn gerettet, hatte ihn still und unbemerkt davongetragen, ihn geheilt von rauchgeschwängerter Düsternis und gifttränkter Verzweiflung.

Es galt, nicht davonzulaufen, sondern standzuhalten und zu kämpfen.

Inzwischen brauchte Pierre auch nicht mehr zu überlegen, was zu tun sei. Er würde schleunigst die Schlucht des Aiguebrun hochreiten, versuchen, die Flüchtlinge zu informieren, und dann nach Ménerbes galoppieren, um Beatrice wieder in die Arme schließen zu können.

Der Krieg war gewonnen. Der Hunger würde überwunden werden. Und die Zukunft stand ihnen offen.

## 1536

Pierre begegnete schon in der Schlucht den ersten Heimkehrern. Vorneweg Männer zu Pferd, manche bewaffnet; dahinter folgten die Frauen mit den Kindern und dem Vieh, die Jungen führten die beladenen Maulesel. Die Angst stand den Menschen noch im Gesicht geschrieben.

»Der Feind ist besiegt, ihr könnt in eure Häuser zurück!« rief Pierre ihnen entgegen.

»Was ist mit unserem Herrn?« fragte der Hofmeister.

Pierre stieg ab. Sein Gesicht wurde ernst, er mußte mit den Tränen kämpfen.

»Er ist im Kampf gefallen. Oder wurde ermordet. Ich traf ihn noch, als er seine letzten Atemzüge tat, aber er konnte mir nicht mehr sagen, was geschehen war.«

Die Frauen waren herangekommen, und manche begannen zu beten, andere legten ihre Hand auf seinen Arm.

»Und unsere Häuser?«

»Sie stehen noch. Es müssen Kaiserliche durchgezogen sein, aber vielleicht auch eine Truppe des Königs, die das Land säubern sollte.«

Die Menschen wurden nun immer wütender, und alle sprachen und riefen durcheinander: »Auf diese Höllenhunde können wir verzichten.«

»Gott strafe den König!«

»Warum muß er nur dauernd Krieg führen! Was wollen wir in Mailand?«

»Ja, und er verbündet sich mit den Türken.«

»Lieber die Spanier als die Ungläubigen.«

»Warum läßt Gott dies alles nur zu?«

Pierre wies den Hofmeister an, mit den Bediensteten die Leichen im Schloß wegzuräumen und zu begraben. Sie sollten Ordnung schaffen, den Wein ernten und keltern, die Gärten und Felder umpflügen und auf den Seigneur de Bouliers warten.

Stumm zog der Zug an Pierre vorbei. Kurz vor seinem Ende stürzte eine Frau auf ihn zu. »Mein Mann, wo ist er?«

»Wer seid Ihr? Wer ist Euer Mann?« fragte Pierre.

»Der Schmied! Er ist bei dem Herrn Grafen geblieben!«

Die Frau sah in sein Gesicht und wandte sich aufschluchzend ab. Pierre wollte ihr noch nachrufen, daß die Toten nicht mehr zu erkennen gewesen seien, daß er vielleicht in die Berge entkommen konnte, aber die Frau war schon weiter gewankt.

Als er ihr noch nachschaute, hörte er eine schwache Stimme seinen Namen rufen. Er erstarrte. Jemand zupfte ihn am Ärmel. Ein junges Mädchen stützte eine alte Frau, die ihr Gesicht unter schwarzen Tüchern versteckt hielt.

»Ich bin's!«, flüsterte die Alte.

Pierre wußte, wer sie war. Mit einem Aufschrei nahm er sie in die Arme.

Langsam schob er die Tücher zurück. Ein ausgemergeltes Gesicht mit tiefen Narben lächelte ihn unter Tränen an; wäre da nicht die Stimme gewesen, hätte er Mama Catherine nicht wiedererkannt. Sie zeigte auf das junge Mädchen: »Dies ist meine jüngste Tochter.«

Pierre versuchte sich zu erinnern. Es gab damals noch ein Brustkind, ein lebhaftes Mädchen …

»Wie heißt du?«

»Catherine, wie die Mutter«, antwortete Mama Catherine. »Sie spricht nicht viel. Was sie während der letzte Jahre gesehen und erlebt hat, hat sie verstummen lassen. Aber sie ist nicht dumm.«

Pierre lächelte das Mädchen an, es blieb jedoch ernst, und als er es über den Kopf streichen wollte, wich es zurück.

»Neben Bertrand, deinem Milchbruder, ist sie das letzte Kind, das mir geblieben ist. Der Herrgott wird ihr einmal den Lohn dafür geben, was sie für mich getan hat.«

Pierre drückte Mama Catherine erneut an die Brust. »Wo bist du während der letzten Jahre gewesen?« fragte er.

»Mal hier, mal dort, auf Dachböden, in Kellern, in Scheunen und Ställen, bei meinen Glaubensbrüdern …«

»Aber der Inquisitor ist abberufen, im Augenblick …«

»Und was ist mit den Scheiterhaufen? Der eine Inquisitor geht, der andere kommt …«

»Der Heiland wird dem wahren Glauben zum Sieg verhelfen.«

»Dem Glauben vielleicht, aber nicht den Gläubigen.«

Pierre schaute sie erstaunt an. »Glaubst du nicht mehr an die göttliche Gnade?«

Sie sagte nichts, aber ihre Augen gaben ihm eine eindeutige Antwort.

»Sie war sehr krank«, sagte die kleine Catherine.

Pierre starrte sie an. Nun hatte sie doch gesprochen, leise, mit einer Engelsstimme.

»Niemand weiß, ob ich morgen noch am Leben bin«, flüsterte Catherine. »Es ist gut so, ich will meinem Mann und meinen Kindern endlich folgen.«

»Sprich nicht so«, sagte Pierre. »Lebt Bertrand noch in Rom?«

»Ich weiß es nicht. Wie sollte ich etwas von ihm hören? Aber ich bin sicher, daß er noch lebt, ich fühle es, eine Mutter weiß, wann ihre Kinder sterben.«

Catherine faßte ihre Tochter wieder bei der Hand und schlug das schwarze Tuch vor ihr Gesicht. »Ich muß den anderen folgen. Sie waren so gut zu uns. Selbst die Katholiken unter ihnen.«

Noch einmal schob sie das Tuch zur Seite, um Pierre in die Augen schauen zu können: »Es ist gleichgültig, was wir glauben, an wen wir glauben; entscheidend ist, was wir tun. Leb wohl, mein Sohn.«

Pierre hielt sie fest. »Nein, du folgst den anderen nicht. Du kommst mit mir nach Ménerbes. Dort ist mein Zuhause jetzt. Ich werde Beatrice de Bouliers-Cental heiraten. Auch ihre Eltern sind dort, Beatrice' Mutter, du kennst sie …«

»Madeleine? Ach, mein Mädchen! Es wäre zu schön … Nein, es geht nicht. An mir haftet der Ruch der Ketzerei, ihr würdet nur die Neugier des Inquisitors auf euch lenken, und wenn dein Vater mich sieht … Noch einmal möchte ich nicht … Laß mich in Ruhe sterben, Pierre!«

Catherine wollte wieder das Tuch vor ihr Gesicht schlagen, aber Pierre hielt ihre Hand fest. »Nein, ihr kommt mit nach Ménerbes. Dort seid ihr sicher.«

Die Kleine schaute ihm prüfend in die Augen. Pierre glaubte einen Funken Freude, einen Funken Dankbarkeit und Lebensmut aufglimmen zu sehen.

Als die drei abends in Ménerbes ankamen, wurde Pierre sofort von aufgeregten Kammerfrauen umringt.

»Sie sind weg«, verstand er, »nach Avignon.«

»Auch die Demoiselle, sie wollte Euch suchen.«

»Gegen den Willen der Eltern hat sie sich auf den Weg gemacht.«

»Aber nicht nach Avignon. Sie ist nach Bonnieux geritten.«

Pierre ließ sich berichten, was geschehen war. Er blieb äußerlich ruhig. Er sorgte dafür, daß Catherine Saumuc und ihre Tochter versorgt wurden, gab Anweisungen für die kommenden Wochen und fiel schließlich in einen erschöpften Schlaf.

Lange vor Sonnenaufgang brach er auf und durchquerte erneut den Luberon. In Lourmarin ritt er zuerst zum Schloß und fragte dort nach Beatrice. Niemand hatte sie gesehen. Im Dorf die gleiche Antwort. Er ritt weiter und schonte Bukephalus nicht, und das Pferd bewies, daß es schnell und ausdauernd war. Auf den Wegen zeigten sich nur selten Menschen, und kaum einer war bereit, Antwort zu geben. Nur eine alte Frau berichtete von einer Reitergruppe, die sie gesehen habe, ein Mann und zwei Frauen, und sie wies nach Osten.

Pierre fielen wieder die drei Reiter ein, denen er vor zwei Tagen ausgewichen war. Wie ein Blitz durchzuckte es ihn: Wenn es Beatrice gewesen war, dann mußte sie in La Tour d'Aigues sein, im Schloß ihrer Eltern, in Sicherheit. Sie wartete auf ihn. Die Zeit der Prüfung war vorbei. Pierre fühlte es. Es war gut, daß er sich den Dolch nicht ins Herz gestoßen hatte. Beatrice hatte ihn gesucht, sie hatte alles gewagt, sogar ihr Leben aufs Spiel gesetzt, um ihn zu finden. Der Allmächtige wollte sie beide prüfen. Er schickte ihn durch das Fegefeuer, aber am Ende stand die Läuterung. Und über Beatrice, seine Liebe, hielt er schützend die Hand.

Pierre ritt den kürzesten Weg von Lourmarin über Ansouis nach La Tour d'Aigues. In den Gärten arbeiteten die Frauen und sahen ihm nach. Im Ort wurde gehämmert und gezimmert. Männer standen gestikulierend beieinander, andere strebten zum Schloßplatz. Auch die Kinder rannten dorthin. Vielleicht hatte der König Getreide geschickt, Brot, Fleisch, Öl und Salz, Oliven und Wein. Oder Beatrice hatte die letzten Vorratsspeicher, die noch nicht geplündert waren, für die Hungernden geöffnet. Seine Beatrice! Sie konnte nur hier sein und würde ihm gleich in die Arme sinken.

Als Pierre den Schloßplatz erreichte, stieß er auf eine große Menschenmenge, die sich wie eine dichte Traube um etwas drängte, was er nicht erkennen konnte. Pierre hatte es gewußt. Beatrice verteilte Brot, sie gab den Menschen, was ihr geblieben war, sie speiste die fünftausend.

Er ritt zum Eingangsportal des Schlosses. Kein Diener begrüßte ihn, noch nicht einmal ein Stallknecht nahm ihm das Pferd ab. Er band Bukephalus an und wollte durchgelassen werden, um endlich zu sehen, was dort geschah. Als er die erste Frau antippte, wurde er unwirsch mit der Schulter weggestoßen. Eine andere Frau drehte sich um, sie schien ihn zu kennen, denn mit einem Ruf des Schrekkens wich sie zurück, stieß ihre Nachbarin an, und plötzlich bildete sich eine Gasse in der Menge. Die aufgeregten Rufe und Schreie verstummten, man bekreuzigte sich.

Mit den Menschen trat für Pierre die Welt zurück, verstummte und verlangsamte sich. Er sah in übergroßer Deutlichkeit Hauben, verhungerte Augen und zahnlose Münder, er sah schmutzige Hände und Rosenkränze zwischen den Fingern, Schürzen und dreckige Fußnägel in Sandalen. Immer weiter wichen die Augen zurück, starre Augen, die tief in den Höhlen lagen, rotgeweinte Augen.

Plötzlich lag vor ihm ein langgestrecktes Bündel Kleider, und zuerst erkannte er nur ihre Hand. Sie lag flach auf dem Boden, unversehrt.

Dann ihre Haare. Wie ein Strahlenkranz strebten sie nach allen Seiten.

Doch dann schon Blut. Blut unter den Haaren. Und das Kleiderbündel war ein Körper. Die Füße. Die andere Hand. Und noch mehr Blut, eine Lache, die sich auszubreiten schien.

Pierre kniete nieder, er nahm ihre Hand, die unversehrte, die weiße Hand, die Hand mit dem Ring, den er ihr geschenkt hatte. Pierre drückte sie an seine Wange und schaute hoch. Über ihm ein Kreis aus stummen Gesichtern. Der Schloßturm ragte wie ein dunkler Fingerzeig in den Himmel, und die Sonne stand genau hinter den Zinnen. Ihr greller Saum blendete ihn, und er schloß die Augen.

## 1536

Madeleine de Cental stand auf dem Turm ihres Schlosses und starrte in die Ferne. Der Herbstmistral riß an ihrer Kleidung, aber sie spürte nicht die Kälte, die sie zittern ließ, sie fühlte sich ihrer Tochter nah, so nah, daß sie sich an den Zinnen festhalten mußte, um ihr nicht zu folgen, hinabzuspringen, den Frieden zu suchen in einer Welt, die kein Glück bereithalten wollte für einen Menschen, dem nur eins am Herzen lag: unschuldige, bedingungslose Liebe.

Madeleine wanderte die kalte Treppe hinab zur Gruft, in der nun neben der Großmutter und den Eltern auch die Tochter ihre letzte Ruhe gefunden hatte. Sie kniete vor dem Sarkophag und versuchte zu beten, aber ihre Lippen bewegten sich nicht, ihre Stimme blieb stumm, ihr Herz leer. Warum lag nicht *sie* in dem Steinsarg? Könnte Beatrice dadurch wieder ins Leben zurückkehren, wäre sie sofort bereit zu sterben. Aber sie wußte natürlich, daß dies nicht möglich war. Sie wußte auch, daß das Leben weiterging, und sie fühlte in einer beunruhigenden Klarheit, daß sie noch lange nicht am Ende ihres Weges angekommen war.

»Ich verspreche dir, mein Kind, daß du nicht umsonst gestorben bist«, flüsterte sie. »Hilf mir, gib mir Kraft.«

Abends saß sie mit Louis und Pierre am Kamin. Pierre stand kurz davor, wieder nach Ménerbes abzureisen. Er hatte sie und Louis dorthin eingeladen: In seiner Seigneurie gebe es genügend Lebensmittel, und während die gröbsten Schäden beseitigt würden, könnten sie …

Aber sowohl Louis als auch sie hatten dankend abgelehnt. Louis wollte wieder nach Aix, und sie… sie mußte trauern. Sie wollte allein sein. Sie mußte den Schmerz durchleben, um aus seiner Überwindung Kraft zu schöpfen.

Pierre nickte. Er wollte ihnen alles Nötige für einen wirtschaftlichen Neuanfang schicken, Saatgut vor allem, aber auch Pferde und Maulesel, Schafe und Ziegen für die Bauern. Und damit sie gut über den Winter kämen, gepökeltes Fleisch, Getreide, eingemachtes Obst, Oliven, Wolle, alles, was man zum Überleben brauchte.

Louis dankte ihm noch einmal mit bewegenden Worten und

zitternder Stimme. Aber mitten in seiner kurzen Rede brach er ab, weil der Schmerz ihn übermannte.

Madeleine warf einen Blick auf ihren Gatten. Er hatte schon immer grau und faltig ausgesehen, aber während der letzten Jahre hatte er eine gewisse männliche Stärke zurückgewonnen. Nicht nur, daß er seine Ehepflichten erfüllte, leider erfolglos, er handelte auch entschiedener. Ganz entschieden und entschieden falsch war sein Entschluß gewesen, von Ménerbes zum König nach Avignon zu reiten. Seine ängstliche Vorsicht war ihm diesmal zum Verhängnis geworden. Der König war schon nach Lyon abgereist, das Heer begann sich auf den Winter einzurichten und aufzulösen. Noch nicht einmal einer der Marschälle fand Zeit für sie.

Sie sprachen mit einigen Hauptleuten aus der Provence. Dabei fanden sie bestätigt, was schon als Gerücht zu ihnen gedrungen war: daß der König einen Sohn verloren hatte, den Thronfolger François. Er war an einem Glas vergifteten Eiswassers gestorben! Der angeblich Verantwortliche, sein Stallmeister, war gefoltert, gevierteilt, zerrissen und zerhackt worden, die Leichenteile ausgestellt – aber dies machte den melancholischen Dauphin nicht wieder lebendig. Die Rachegefühle waren befriedigt, und allenthalben wurde gemunkelt, der Falsche sei geopfert worden. Dennoch verstand Madeleine den König: Er brauchte einen Schuldigen, er brauchte ein qualvolles Sterben, damit die Rachegelüste eine Abfuhr fanden. Aber konnte er nun wirklich wieder ruhiger schlafen?

Insgesamt, so fand Madeleine, brauchte er sich nicht zu beklagen. Noch waren ihm die jüngeren Kinder alle am Leben geblieben, und die fröhliche Madeleine, ihre Namensschwester, zwei Jahre nach Beatrice geboren, sollte noch diesen Herbst den König von Schottland heiraten. Eins war sicher: François, dem französischen Herrscher, dem Mann, der ihr die Unschuld geraubt hatte, war mehr Kindersegen und Glück beschieden als ihr.

In Avignon gab es nun nichts mehr zu tun, und Louis wollte mit ihr nach Aix reisen. Beide wähnten sie Beatrice sicher in Ménerbes, machten sich weder um Raymond noch um Pierre Sorgen. Als Männer konnten sie sich verteidigen, und Raymond hatte in seinem Leben immer schon gezeigt, daß er gefährlichen Situationen klug aus dem Weg zu gehen pflegte.

Louis heuerte einige Gascogner Söldner als Schutztruppe an. Man zog durch ein zerschlagenes, hungerndes und noch immer nach Verwesung stinkendes Land, das beherrscht wurde von streunenden Hunden, Krähenschwärmen und Ratten. Aix stand kurz vor einer Hungerrevolte, und man befürchtete jederzeit den Ausbruch der Pest. Ihr Haus sah verdreckt und verkommen aus, auch fehlten einige ihrer Kostbarkeiten, aber insgesamt hätte es ihnen schlimmer ergehen können.

Allerdings hörte Madeleine sofort Gerüchte von schlimmen Vorfällen in La Tour d'Aigues. Niemand wußte etwas Genaues, keiner wollte mit der Sprache heraus. Auch Louis, der bald nach seiner Ankunft in die *Weiße Lilie* gegangen war, waren Gerüchte zugetragen worden. Beunruhigt brachen sie am nächsten Tag wieder auf. Noch lange verfolgten sie aufdringliche Bettler und hungernde Kinder.

Bei der Fähre über die Durance begegneten sie einer Kompanie französischer Soldaten. Ihr Hauptmann war, wie Madeleine mit gemischten Gefühlen feststellt, Jean Maynier. Er begrüßte sie nur knapp und äußerst distanziert, beäugte ihre Schutztruppe mißtrauisch und fragte, ob Louis nicht zufällig ein paar kaiserliche Söldner aufgelesen habe. Die seien zur Zeit sicher besonders billig. Die Gascogner, die seine Reden hörten, murrten, aus den hinteren Reihen wurde er beschimpft.

Jean Maynier verabschiedete sich schnell, rief ihnen noch nach: »Sagt Raymond, falls ihr ihm begegnet, ich würde ihn gerne wieder in der *Weißen Lilie* oder, noch besser, im Gerichtshof sehen. Und grüßt mir eure Beatrice! Werde ich zur Hochzeit meines Sohnes eingeladen?«

Noch bevor sie antworten konnten, ritt er weiter, und das Pferdegetrappel war so laut, daß sie nicht erkennen konnte, ob seine Stimme freundlich oder höhnisch klang. Sie schaute Louis an, der verständnislos stirnrunzelnd den Kopf schüttelte.

Als sie in La Tour d'Aigues einritten, wichen die Menschen vor ihnen zurück und flohen in die Häuser. Madeleine war entsetzt, Louis nicht minder. Noch bevor sie das Schloß erreichten, entlohnte er die Gascogner, gab ihnen noch einige Dukaten zusätzlich, weil er sie nicht im Schloß nächtigen lassen wollte. Sie waren es zufrieden und zogen ab.

Als sie noch immer niemand begrüßte, verstärkte sich Madeleines ungute Vorahnung.

Im Tor stand Pierre.

Pierre allein.

Was machte Pierre hier? Warum war er nicht in Ménerbes, bei Beatrice? Oder hatte er sie schon in der Zwischenzeit geholt und wollte sie überraschen?

Pierre winkte nicht, zog kein freudiges Begrüßungsgesicht.

Es mußte etwas Schreckliches geschehen sein.

Die Beisetzung wurde zur Qual. Man hatte Beatrice aufgebahrt, mußte sie aber zugedeckt lassen, denn sie war auf ihr Gesicht gestürzt, und noch nicht einmal dem geschicktesten Bestatter war es gelungen, Beatrice ihr Antlitz zurückzugeben. Auch fanden sich kaum Blumen, die in der Lage waren, den Geruch des beginnenden Zerfalls im Hintergrund zu halten. Man hatte nicht nur die Gemüsegärten zertrampelt, sondern auch noch die Rosenstöcke ausgerissen.

Louis hatte darauf verzichtet, die Totenmesse vom Erzbischof von Aix persönlich lesen zu lassen. Er wollte unter keinen Umständen irgendwelche Konflikte heraufbeschwören, denn seine Tochter, dies wußte jeder, war freiwillig in den Tod gesprungen und hatte eine schwere, ungesühnte Sünde begangen. Sein Gesicht war so grau geworden, daß Madeleine befürchtete, sie müsse nicht nur die Tochter, sondern auch noch den Mann zu Grabe tragen.

Der Priester von La Tour d'Aigues, der so gerne ins Schloß gekommen war, stellte keine Fragen, und während der Zeremonie betonte er, Beatrice sei ein bedauernswertes Opfer der Kriegswirren. Ja, man müsse sie eine Märtyrerin nennen. Seine weiteren Worte gingen im Schluchzen und Wehklagen der Menge unter.

Selbstverständlich ließen Louis und Madeleine auch eine Messe für ihren Bruder lesen, den Pierre hatte verscharren müssen. All diese Zeremonien vertieften ihren Schmerz, statt ihn zu lindern. Pierre sprach kaum noch. Er aß kaum noch. Er saß dabei, starr, wie betäubt, wie in einer anderen Welt. Es war ihm nur mühsam gelungen, ihnen von den Vorfällen zu berichten, Angeline und der Stallmeister erzählten, was sie erlebt hatten, immer wieder beteuernd, daß sie dagegen gewesen waren, Ménerbes zu verlassen. Aber es machte ihnen keiner einen Vorwurf. Vorwürfe waren nur von Pierre zu hören, und er richtete sie gegen sich selbst. Wäre er nicht nach Avignon zu seinem Vater geritten, wäre alles anders gelaufen. Brachen diese Selbstvorwürfe aus ihm heraus, wagte Madeleine nicht, ihren Mann anzusehen. Louis schwieg versteinert, und sie allein versuchte, Pierre seine Anklagen und Schuldgefühle auszureden. Am schlimmsten war die erneute Begegnung mit Jean Maynier gewesen. Er tauchte plötzlich vor der Totenmesse auf. Woher er den Zeitpunkt wußte, war niemandem klar. Vielleicht saßen seine Spione sogar im eigenen Schloß. Man konnte ihm nicht ausweichen, aber zum Glück sprach er außer seinen Beileidsfloskeln nichts. Als er seinen Sohn begrüßte, befürchtete Madeleine, Pierre würde sich auf ihn stürzen. Pierre starrte ihn jedoch nur ungläubig an. Jean Maynier legte ihm die Hand auf die Schulter und wollte dann weitergehen. Aber irgend etwas ließ ihn innehalten. Vielleicht eine kurze ruckhafte Bewegung Pierres, vielleicht suchte er auch nur nach passenden Worten. Er zog sein humpelndes Bein nach und richtete sich in einer fast herrischen Haltung auf. Erneut schauten sich Vater und Sohn in die Augen. Madeleine hielt den Atem an.

Beide Männer bemühten sich in diesem Augenblick, nichts von sich preiszugeben. Dann füllten sich Pierres Augen mit Tränen. Madeleine wußte nicht, ob aus Trauer oder aus unterdrückter Wut. Sein Vater trat einen Schritt vor, umarmte ihn, kurz nur, doch unmißverständlich. Dann sagte er mit fester Stimme: »Ihr Tod ist ein Unglück für uns beide.« Unglaublich beherrscht erschien er Madeleine in diesem Augenblick, ja, eiskalt und berechnend. Er wandte sich kurz ihr und Louis zu und ergänzte mit Nachdruck: »Für uns alle.«

Dann humpelte er weiter und setzte sich hinter sie. Während der Messe hörte sie nichts von ihm, hörte ihn noch nicht einmal beten. Nur einmal räusperte er sich, als der Priester von den Kriegswirren sprach. Später war er verschwunden.

Sie sprachen tagelang nicht von ihm, bis plötzlich Louis bemerkte: »Jean Maynier ist ein kaltblütiger Mörder.« Sie saßen allein vor dem Kamin, Pierre hatte sich, wie so häufig, in die Gruft zurückgezogen, um bei Beatrice zu wachen.

»Glaubst du wirklich?«

»Er hat Raymond umgebracht. Es waren nicht die hungernden Marodeure des Kaisers. Er hat das Schloß mit Gewalt nehmen lassen und ihn dann getötet. Und um die Spuren zu verwischen, hat er Raymonds Männer verbrannt. Es gibt keine Überlebenden, die ihm gefährlich werden können.«

»Und seine Soldaten?«

»Die Söldner sind in alle Winde zerstreut. Kaum einer von ihnen spricht unsere Sprache. Und außerdem könnte er anführen, Raymond habe sich ihm widersetzt.«

»Was willst du unternehmen?«

»Nichts.«

»Warum nichts?«

Louis wandte sich ab.

»Warum nichts?« hörte Madeleine sich plötzlich schreien.

Er stand auf und verließ den Raum.

Erst in diesem Augenblick wurde Madeleine die Bedeutung des Geschehenen richtig klar. Während der letzten Wochen war sie von der Trauer derart gefangengenommen, daß sie nicht nachdenken konnte und zu keinem Entschluß fand. Auch beschäftigten sie die Folgen der Zerstörung und lenkten sie ab, so daß sie nur nachts, in den langen Stunden der Schlaflosigkeit, nachdenken konnte. Zwischendurch zuckten verrückte Bilder durch ihren Kopf, und sie wußte nicht mehr zwischen Traum und Wirklichkeit zu unterscheiden. Dann wieder flüchtete sie sich in Wunschbilder: Sie sah den Säugling an ihrer Brust, die kleine Hand von Beatrice auf ihrer Haut, ihr erstes Lächeln.

Draußen tobte ein Wintersturm und fegte die Wolken über den Mond. Im Schloß fauchten, stöhnten und heulten die Geister der Unbestatteten, der Verhungerten und noch nicht Gerächten.

Und nun wußte sie es. Obwohl sie keine Beweise hatte, wußte sie mit aller inneren Sicherheit, daß Jean Maynier der Mörder ihres Bruders war und daß er letztlich auch Beatrice' Tod zu verantworten hatte. Louis hatte recht.

Plötzlich herrschte eine schneidende Klarheit. Madeleine fühlte keine dumpfe Trauer mehr, vor ihr lag in blutigem Rot ihr Ziel. Louis hatte den Raum verlassen, müde und gebrochen. Alles, was er an Kraft während der letzten Zeit gewonnen hatte, war einer tödlichen, einer hilflosen, einer stillen Verzweiflung gewichen. Auf ihn konnte sie nicht mehr setzen. Louis würde nie Jean Mayniers breite Brust durchbohren können.

Madeleine setzte sich im Bett auf, ein kalter Luftzug ließ sie frösteln. Sie fuhr sich durch die Haare. Trotz der Kälte zog es sie ans Fenster. Die wandernden Schatten der kahlen Platanen im Park tanzten wie Gespenster. Nein, auf Louis konnte sie nicht setzen. Er hatte noch nicht einmal Raymonds Testament kommentiert. Ihr Bruder gab einer Hure ein beachtliches Vermächtnis, weil er sie offensichtlich für seine Tochter hielt, und er legitimierte ein anderes Mädchen, Berthons Tochter, inzwischen die Tochter einer verwitweten römischen Gräfin, – das waren bizarre Verhältnisse. Für sie, die Schwester, blieben nur die Familienstücke. Nein, sie brauchten Raymonds Erbe nicht, sie besaßen die besten Böden in der Umgebung, und Centallo warf reiche Zinsen ab. Und trotzdem fühlte Madeleine sich von ihm verraten. Als Kinder waren sie unzertrennlich gewesen, aber später ging jeder seinen eigenen Weg, und er weihte sie kaum mehr in seine Geheimnisse ein. Warum nur, warum?

Madeleine zog einen Wollumhang über. Zitternd steckte sie eine Öllampe an und wanderte durch die leeren Flure und Gänge des Schlosses. Niemand begegnete ihr, nicht einmal ein Diener oder eine Kammerfrau. Sie wollte sich ablenken. Es zog sie hoch auf den Turm, aber die Kälte kroch ihr so in die Knochen, daß sie zurückeilte zu ihrem Schlafzimmer und zitternd die restliche Wärme des Bettes suchte. Und hier hämmerte es ihr wieder ins Gehirn: Dein Bruder ist tot, deine Tochter hat sich vom Turm gestürzt, der Mörder kondoliert dir und gibt sich als Trauernder aus!

Jean Maynier war ein Monstrum. Er hatte auch Louis zerstört, seinen ehemaligen Rivalen. Der einzige, der Madeleine blieb, war Pierre, doch Pierre vergrub sich in seine Schuldgefühle, und sie wußte nicht, ob er seinem Vater wirklich zutraute, Raymond ermordet zu haben.

Und dennoch gab es wieder einen Sinn in ihrem Leben!

Madeleine mußte zerstören, was sie zerstört hatte. Pierre mußte ihr dabei helfen. Pierre mußte die vergiftete Spitze des Degens sein.

Durch Pierre und mit ihm traf sie Jean Maynier am ehesten. Sein Sohn war Jean Mayniers gefährlichster Gegner und gleichzeitig seine schwächste Stelle. Dies hatte sie bei der Totenmesse gesehen.

Beatrice durfte nicht umsonst gestorben sein!

# TEIL IV

## 1537

Ein Jahr lang schwieg Pierre. Er verkürzte die Stunden der Nacht durch stummes Beten und verließ seine Zellenhäuschen im Kartäuserkloster zu Rom nur, um im Kräutergarten oder in der Bibliothek zu arbeiten. Meist saß er am Fenster der Certosa und starrte auf die alte Zeder, die über den Garten des Kreuzgangs ihre Äste ausstreckte. Über sie spannte sich tagsüber die blaue Leinwand des Himmels, manchmal auch ein hellgraues Leichentuch. Oder Wolken zogen vorüber, wölbten sich auf, schossen in die Höhe, bildeten Wellen und schaumige Kämme oder wurden zu grauen Schlieren, die sich dann rauschend entluden. Abends färbte sich der Himmel in sinnliche Farben, rosa Schäfchen reihten sich aneinander, dann tiefrote Rippen, und schließlich hüllte er sich wie in den Widerschein einer nahen Feuersbrunst und ging unter in der dunklen Farbe des Opferbluts. Die Zeder setzte sich ein letztes Mal als Mahnmal ab, dann stürzte alles in eine schwarze Nacht.

Nach Stunden lag ein Sternentuch über der Zeder, ein leises Flimmern. Nur wenn der Mond seinen Bogen beschrieb, dann entstand eine Welt jenseits der Welt, jenseits des Vergessens, und Pierre fühlte sich aufgehoben. Er versank ins Gebet. Der Sturz von dem Schloßturm stand ihm wieder vor Augen. Obwohl er Beatrice nur als Zerschmetterte wiedergefunden hatte, brauchte er in Momenten, in denen ein Schrei die Nacht durchstieß, nur die Augen zu schließen, und schon sah er sie auf den Zinnenkranz steigen, die Arme öffnen, als wolle sie fliegen und davonschweben. Sie sprang, quälend langsam ihre Bewegungen, und erst als sie stürzte, entfuhr ihr ein Schrei, ein Schrei, mit dem sie die Pforten des Himmels durchstoßen wollte.

Pierre hatte auf Beatrice' Tod, der Raymonds Ermordung wie ein Schuldbekenntnis folgte, reagiert, als wäre ihm die menschliche Seele herausgenommen und ein Uhrwerk eingebaut worden. Mechanisch nickte er und drückte Hände, bekreuzigte sich. Vor ihrem Sarkophag versank er in eine Leere, aus der heraus ihm kein Gebet mehr über die Lippen kam. Er fluchte schließlich, er verfluchte Gott, den Vater, und spürte, wie die Trauer als schwarze Gewitterwand mit düsterer Rauchwolke sich ihm näherte.

Er fügte sich in alles. Nur als er während der Beisetzung seinem Vater begegnen mußte, glaubte er, das mechanische Uhrwerk seines Körpers müsse zerspringen. Noch immer spürte er die Hand des Vaters auf der Schulter, er zuckte, als wolle er nach dem Dolch greifen, aber es traten ihm nur Tränen in die Augen. Er hatte den Moment der Rache verpaßt. Es war zu spät.

Pierre blieb nicht lange im Schloß von La Tour d'Aigues, der Todesfalle seiner Geliebten. Er hatte ihren Eltern Raymonds Testament übergeben und einen Bericht darüber verfaßt, wie er Lourmarin vorgefunden und die Toten entdeckt hatte, wie Raymond schließlich in seinen Armen gestorben war.

Noch bevor die ersten Winterstürme einsetzten, ritt er durch die Schlucht des Aiguebrun nach Norden. Louis de Bouliers hatte ihm drei Männer zum Schutz mitgeben wollen, aber Pierre hatte abgelehnt. War es Gottes Wille, daß man ihn überfiel, würde er sich wehren, kämpfen und gegebenenfalls sterben.

Unbehelligt erreichte er Ménerbes, das sich schon auf den Winter eingerichtet hatte. Mama Catherine begrüßte ihn, umarmte ihn, und erneut spürte Pierre, daß nichts mehr so war, wie er es in Erinnerung hatte. Sie war hager geworden, sie roch fremd, und aus ihren tiefliegenden Augen schaute der Tod. Nur die kleine Catherine hatte sich in Ménerbes gut eingelebt, Freundschaft geschlossen mit der Tochter des Verwalters, sie lächelte und begann wieder zu sprechen.

Aber Pierre fühlte keine Freude an ihr. Noch nicht einmal Mama Catherine vermochte ihm Trost zu spenden. Er sank immer tiefer in eine düstere Stimmung, die jede Bewegung mit Bleigewichten behängte. Als dann auch noch die Winterstürme einsetzten, tagelang der Regen an die Scheiben prasselte, der Sturm um alle Ecken der Wehranlage heulte und die Feuchtigkeit in die Kleider kroch, wollte er kaum noch aufstehen. Schon gar nicht sein Zimmer und sein Schloß verlassen. Nachts schlief er kaum noch, tagsüber dämmerte er, immer wieder verfolgten ihn die Bilder der Zerstörung und der Mordbrennerei, und der Gestank von Verwesung ließ sich weder durch Lavendelsträuße noch durch hingestreuten Thymian vertreiben.

Mama Catherine besuchte ihn täglich und setzte sich wortlos zu ihm.

Draußen hörte Pierre die kleine Catherine lachen. Er trank ein Glas Wasser, nickte und schloß die Augen.

Am liebsten wäre er davongeschwebt, Beatrice nach. Aber er zwang sich, die Augen wieder zu öffnen, aus dem Bett und vor das Kruzifix, das in seinem Zimmer stand, zu kriechen, und er versuchte, mit IHM zu sprechen. Aber ER antwortete nicht, ER rechtfertigte sich nicht. ER selbst hatte seinen Sohn unter Qualen, Hohn und Spott zum Galgenberg getrieben, um seinem Opfer ungerührt, aus unendlicher Ferne zuzuschauen. Als das Messer auf Abrahams Sohn herabstoßen wollte, hatte ER die Hand noch aufgehalten, als sein eigener Sohn jedoch ans Kreuz genagelt wurde, ließ er keine Hand erstarren. Jesus von Nazareth hatte den schweren Weg vom Verrat bis zur Kreuzigung gehen müssen, und in seiner schwersten Stunde schrie er: *Vater, Vater, warum hast du mich verlassen?*

Er schrie die Wahrheit in eine höhnische Welt hinaus, und kein Vater antwortete. Wie konnte jemand behaupten, dies sei ein Akt der Liebe gewesen, hiermit werde eine Religion der Liebe begründet? Das Böse herrschte wie ehedem, die Liebe wurde täglich von Haß, Bosheit und Quälsucht gedemütigt. ER wurde von den Menschen gepriesen, gerufen und angefleht, aber ER schwieg und ließ nicht nach, seine Kinder zu prüfen und zu strafen. Wie viele der Frömmsten mußten auch nach dem gekreuzigten Sohn noch Märtyrerqualen erleiden?

Pierre wandte sich vom Kruzifix ab und nahm die kleine Catherine in den Arm. Sie drückte ihm ein Küßchen auf die Wange und kuschelte sich an ihn. Dies Kind in seinen Armen gab ihm die Kraft, wieder einen Gang durch seine Burg anzutreten und zu Bukephalus zu gehen. Das Pferd wieherte freudig. Er tätschelte seinen Hals und wollte es nicht enttäuschen. Zum ersten Mal seit Monaten ritt Pierre wieder aus. Der Spätwinter lastete noch schwer auf den Wäldern des Luberon, aber gleichzeitig spürte er am Geruch über den Äckern und an der Farbe des Lichts den nahenden Frühling.

Von nun an ritt Pierre häufig aus, und die kleine Catherine begleitete ihn gelegentlich. Mit dem strahlenden Licht des Frühlings änderte sich seine Stimmung von Grund auf. Er fühlte sich wieder stark und spürte gleichzeitig eine täglich sich steigernde Sehnsucht.

Auf einem seiner Ausflüge durchquerte er den Luberon, und als er sich dem Krähenfelsen näherte, hörte er schon von weitem das Gekrächze der schwarzen Vögel. Krähen und Raben stürzten durch die Luft, drehten um den Turm des Schlosses ihre Runden und segelten zum Dorf, um auf halber Strecke wieder umzukehren. Langsam ließ er Bukephalus zur Zypressenallee traben. Der Schloßgarten verkommen. Die Räume geplündert. Nässe überall. Und manche Mauern waren niedergerissen worden. Aber das schlimme war, daß Raymond ihn aus allen leeren Fensterlöchern, aus allen Brandstellen und geknickten Rosenstöcken anzuschauen schien. Nur nicht aus den sprießenden Lilienblättern seines Grabs.

Pierre ritt ins Dorf. Das Haus von Berthon und Laura war ein überwucherter Schutthaufen. Er stocherte in der Erde, als suche er etwas, und mußte sich die Tränen aus dem Gesicht wischen. Als mehrere Kinder ihn umringten und ihn fragten, wer er sei, zog er sich wortlos zurück. Aber dann begegnete er auf der Gasse einer verschmutzten, hochschwangeren Magd. Als sie ihn sah, brach sie in ein kreischendes Gelächter aus.

»Das ist ja Pierre«, rief sie, »der junge Herr Baron d'Oppède, wißt Ihr noch, im Stroh …«

Noch bevor sie ihren Satz beendete, hatte Pierre sich auf das Pferd geschwungen und fluchtartig Lourmarin verlassen.

Eine Weile galoppierte er nach Osten, aber noch bevor er La Tour d'Aigues erreichte, kehrte er um. Er konnte ihr jetzt nicht ins Gesicht sehen, nicht der Mutter, nicht dem Geist der Tochter, er konnte nicht in die Gruft steigen, um die verlorene Nähe zu suchen, und schon gar nicht auf den Turm, um bei ihr zu sein in ihrer schwersten Stunde.

Wieder in Lourmarin, band er Bukephalus am Dorfrand an einen Baum und schlich sich bei Dämmerung erneut zu Berthons Haus. Der Schutthaufen war ein verkommenes Hügelgrab für die freche, lachende Laura, für den spieleversessenen Epikuräer Berthon, und erneut konnte er seine Tränen nicht zurückhalten. Ihm war klar, daß er den Luberon verlassen mußte; daß er die Zeit der Starre überstanden hatte, daß aber noch nichts vergessen und noch nichts vergeben war.

Möglichst bald wollte er nach Marseille reisen, um mit dem nächsten Schiff nach Rom zu segeln.

Er küßte die kleine Catherine auf die Stirn. »Du wirst bei deiner Mutter bleiben und hier auf mich warten. Versprichst du mir das?«

Sie nickte und lächelte stumm.

»Wir werden uns nicht mehr wiedersehen«, sagte Mama Catherine, »aber es ist richtig, daß du dich auf den Weg machst, zur Hure Rom, in die Hauptstadt der Sünder. Zur rechten Zeit wirst du zurückkehren. Und vergiß nicht: Falls du deinen Milchbruder Bertrand triffst, dann grüße ihn von seiner Mutter. Es gab keinen Tag in meinem Leben, an dem ich nicht zu ihm sprach.«

»Glaubst du, ich werde ihn wiedererkennen?«

»Ich habe euch wie Zwillinge genährt.«

## 1538

Die Überfahrt nach Rom verlief auf heiterer See. Pierres Verwalter hatte die Ernte des Kriegsjahrs mit hohen Gewinnen verkaufen können, und so besaß er genügend Geld, standesgemäß als junger Adliger reisen zu können.

In Rom suchte er eine Herberge im Borgo Vaticano und tauchte in den Pilgerströmen unter. Er folgte ihnen zum Ponte Sant' Angelo. Hier stauten sich die Menschen, Fuhrwerke und Reiter, hochbeladene Esel wurden herübergetrieben, und am Rande boten Händler ihre Waren feil. Er ließ sich weitertreiben bis zu San Giovanni in Laterano. Die Pilger um ihn klapperten die Kirchen ab, um Jahre und Jahrzehnte Ablaß einzustreichen, schielten auf die feilgebotenen Waren vor den Portalen und grinsten, wenn Huren sie bedrängten. Aufgeblasene Kuriale strebten geschäftsmäßig durch die Menschenmengen und erwarteten ehrerbietigen Platz. Die Kirchen erinnerten eher an Jahrmärkte als an Orte der Stille, der Buße und der Zusammenkunft der Gläubigen. Prälaten schmetterten ihre Predigt von der Kanzel herab, Kollekteneintreiber wanderten umher, und schöne Frauen in kostbaren Gewändern, umgeben von Bediensteten, hielten offenherzig hof.

Eingezwängt in die Menschenmenge, wurde Pierre plötzlich bewußt, daß er jederzeit auf Laura und Berthon treffen konnte. Er war in Rom! Er war am Ziel seiner Flucht, seiner Suche, seiner Sehnsucht! In der Heiligen Stadt! Keine schwarzverrußten Gemäuer und Krähenfelsen starrten ihm entgegen, kein Vater konnte ihn erreichen. *Caput mundi! Roma aeterna!* Die Stadt, in der Gottes Stellvertreter herrschte. Hier hatte sein Großvater sein Glück versucht, ebenso wie Berthons Frau, und nun war sie zum Rettungsanker geworden für Berthon selbst und für seine kleine, freche, liebenswerte Tochter.

An Pierre trieben lachende, hochnäsige, aber auch müde Gesichter vorbei. Junge Frauen, geckenhafte Edelmänner und verschmutzte Pilger im Sprachengewirr.

Er konnte kaum glauben, daß dies kein Traum war.

Und doch konnte sie jeden Augenblick vor ihm stehen.

Laura, deren Lebenskraft, deren frohes Wesen er zerstört hatte.

Und ihr Vater. Mit müden, schweren Augen würde er ihn nach Beatrice fragen.

Und in den schönen Augen der Gräfin stand die Frage nach Raymond.

Was sollte er ihnen sagen?

Fluchtartig verließ Pierre den Platz vor der Lateranbasilika und hetzte durch die engen Gassen der Stadt zurück, vorbei an Baustellen, die die Schäden des *Sacco* zum Verschwinden bringen sollten, vorbei an Trümmern aus römischer Zeit. Als er auf das Bankhaus der Medici stieß, überlegte er kurz, ob er nach Bertrand Saumuc fragen sollte. Aber er ließ es dann doch und rettete sich in den Kuppelbau von Santa Maria ad Martyres, das römische Pantheon. Inzwischen hatte die Mittagsstunde die Straßen geleert, und auch im alten Tempel herrschte eine hallende Ruhe.

Er versuchte zu beten, aber alle Gebete, die er vor sich hin murmelte, waren sinnlose Worte, die sich im Nichts verloren. Gott hatte längst aufgehört zu antworten, er hatte sich abgewandt und war verschwunden. Vielleicht wollte er nicht, daß man hinter ihm her kroch, daß man ihn anbettelte. Vielleicht sprach ER erst wieder, wenn sein Sohn schwieg?

Die Mittagsstunde endete, der Nachmittag mit seinem unerbittlichen Lärm und der aufgeregten Hast trieb Pierre erneut durch die Straßen und Gassen. Im Sprachengemisch des Campo de' Fiori glaubte er schon Berthons graue Kappe zu entdecken. Lauras singende Stimme drang an sein Ohr. Und sein Kopf drohte zu zerplatzen.

Nachts träumte Pierre von maskierten Frauen, die im Pantheon beteten, während ein schwarzer Diener ihnen Luft zufächelte. Sein Milchbruder schwebte als blonder Engel herab. Im Colosseum brüllten schon die Löwen. Tatsächlich stürzten die Bestien auf die Betenden, und Nero, auf der Galerie, schaute amüsiert zu. Dann brannte die Stadt.

Am nächsten Morgen fühlte er sich gerädert, sein Kopf schmerzte noch immer. Aber die Bilder des Traums trieben ihn dazu, die Zeugnisse zu suchen, die die römischen Senatoren, Feldherrn und Kaiser hinterlassen hatten. Er erinnerte sich an Berthons Geschichtsstunden, und nun konnte er versuchen, sich vorzustellen, wie hier, auf dem Forum Romanum, Cicero seine weitschwingenden Reden gehalten hatte und Cato seine Beiträge nie enden ließ ohne das besessene *ceterum censeo*. Aber er sah nicht Cato vor sich, sondern seinen Vater: Sein Vater forderte mit schneidender Stimme, Karthago müsse vernichtet werden.

Als Pierre genauer hinschaute, sah er nur Ruinenreste, von Sträuchern überwuchert, umgestürzte Quader, vereinzelte Säulen, auf deren Kapitellen das Unkraut blühte. Kühe und Ziegen weideten zwischen altrömischen Inschriften, und Bettler brieten eine Ratte auf offenem Feuer.

Ein Mann umschmeichelte ihn und wollte ihn zu den anderen Bauwerken aus Roms großer Zeit führen, zu den Triumphbögen, den Mausoleen an der Via Appia, den Katakomben. Der Mann pries ihm auch eine der schönen Kurtisanen an, von denen hier alle, auch die Pilger, sprachen.

»Wo ist der Palast der Orsini?« fragte Pierre.

Der Mann führte ihn zu einem Palast, der auf den Ruinen des Marcellus-Theaters gebaut worden war, und wurde entlohnt. Pierre fand erst nach längerem Suchen in den dunklen, feuchten Bogengängen den Eingang. Ein Diener öffnete die schwere Pforte, und Pierre fragte nach der Contessa. Der Diener antwortete nicht und schaute ihn von oben herab an. Er komme aus Frankreich, ergänzte Pierre, und habe dort die Contessa kennengelernt. Er sei ein Verwandter von Dottore Berthone und seiner Tochter Laura, die hier wohnen müßten oder gewohnt hätten. Der Diener verstärkte die Verachtung in seinem Blick und wollte schon die Tür schließen, als Pierre ihn eine Münze in die Hand drückte.

»Hier wohnt kein Dottore Berthone, und die Contessa war noch nie in Frankreich. Schert Euch zum Teufel!«

Die Eichentür wurde zugeschlagen. Pierre wandte sich verwirrt und verärgert ab und wurde, als er wieder ins Licht des Platzes trat, von verdreckten Kindern angebettelt. Sein Führer lungerte, zusammen mit einem anderen Mann, am Eingang einer Schenke und winkte ihn heran. Aber Pierre wollte mit ihm nichts mehr zu tun haben und flüchtete, als er ihm folgte, in eine Kirche. Eine Gruppe von Handwerkern und Malern war gerade dabei, ein Grabmal in einer Kapelle zu vollenden. Verschleierte Frauen gingen zur

Beichte. Eine vornehm gekleidete Kurtisane warf einen freundlichen Blick auf Pierre.

»Laßt mich raten, aus welchem Land Ihr kommt«, sagte sie und lachte, als sie hörte, daß er aus der Provence komme.

»Ich bin in Nizza geboren, mein Vater ist Italiener, mir leider unbekannt, meine Mutter stammt aus den Tälern des Piemont. Und Ihr sucht Abenteuer in Rom, im *cauda mundi.*« Sie lachte auffordernd. »Junger Herr, Ihr gefallt mir. Besucht mich doch mal. Mein Name ist Rodiconda. Bei mir werdet Ihr reichhaltig bewirtet, es gibt Musik, nette Unterhaltung – gute Manieren sind Voraussetzung und, natürlich, klingende Münze.«

Sie nannte ihm ihre Adresse in der Via dell' Anima, wandte sich ab und durchquerte die Menge mit suchenden Blicken.

Die grelle Sonne blendete Pierre, als er ins Freie trat. Die Unruhe der Stadt, ihre unüberschaubere Fremdheit, ihre Verlockungen verwirrten ihn von Stunde zu Stunde mehr. Er suchte noch immer einen Ort, an dem er in Ruhe nachdenken konnte, und stolperte schließlich den steilen Tiberabhang hinunter, wo die Wäscherinnen im Schatten der Weiden laut und fröhlich ihre Arbeit verrichteten, obwohl der Fluß schon hier nach Abfall und Unrat stank.

Er setzte sich abseits, lehnte sich an einen Baumstamm und schloß die Augen. Ein dunkler Vorhang senkte sich herab, aber das spitze Gelächter der Frauen drang weiterhin an seine Ohren, und auch der Gestank stach noch in seine Nase. Er war aus dem Luberon geflohen. Er wollte in eine andere Welt springen, und niemand hielt ihn. Er stürzte ab. Er fiel in einem sich überschlagenden Schwindel in die Tiefe, wie in den Alpträumen, die ihn im Klostercarcer gequält hatten.

In ohnmächtiger Angst riß er die Augen auf.

Die Wäscherinnen winkten ihm, riefen ihm erneut etwas zu, gestikulierten und lachten laut. Er winkte zurück. Da hob eine die Schürze mitsamt ihrem Rock bis hoch über die Scham, und zwei kräftige Schenkel mündeten in ein dunkles Dreieck. Ihre Nachbarin drehte sich um und entblößte ihre nacktes fettes Hinterteil. Sie kreischten vor Lachen und winkten ihn herbei.

Pierre sprang auf und flüchtete.

Als er die Uferböschung erklomm, fragte er die Wäscherin, die gerade dabei war, zum Tiber hinunterzustapfen, nach dem Palast des Kardinal Farnese. Wies man ihn bei den Orsini ab, mußte er den jungen Mann suchen, der Berthon und Laura begleitet hatte. Freundlich wies die Wäscherin in die Richtung des Ponte Sisto, und tatsächlich stieß Pierre in seiner Nähe auf einen Palast, an dem noch gebaut wurde, in dessen fertiggestelltem Teil aber eine vornehme Familie zu wohnen schien. Er erkundigte sich bei einer vorbeieilenden Näherin, wer hier wohne. Sie rief ihm den Namen *Farnese* zu.

Eine Weile beobachtete Pierre die Menschen, die den Palast verließen und betraten. Die meisten waren Lieferanten, Handwerker und Diener, Laienbrüder und Diakone. Er war gerade dabei, einen der Diakone zu fragen, ob Kardinal Farnese hier residiere, als eine vornehme Dame, die ihr Gesicht hinter einem Schleier verbarg, das Haus verließ und in eine Kutsche stieg. Sofort mußte er an die Gräfin Orsini denken, und er folgte ihr, ohne nachzudenken.

Plötzlich wurde Pierre angestoßen, und dann ging alles sehr schnell. Mehrere Hände griffen nach ihm, er bekam einen dumpfen Schlag auf den Hinterkopf und schrie auf. Aber bevor er seinen Degen ziehen konnte, spürte er einen heftigen Schmerz im Rükken, einen zweiten Schlag auf den Kopf, und schon schwanden ihm die Sinne.

Als er wieder zu sich kam, befand er sich in einem Kloster. Wie sich herausstellte, lag er in der Certosa, bei den Kartäusern von Rom. Passanten hatten sich um den Überfallenen und Ausgeraubten gekümmert und ihn einem Bauern übergeben, der mit seinem leeren Karren die Stadt durch die Porta Nomentana verlassen wollte und den Bewußtlosen auflud. Als er am Kloster vorbeizog, legte er ihn kurzerhand an der Pforte ab, zog heftig die Glocke und verschwand.

Die Mönche holten ihn herein, behandelten seine Wunde mit Heilkräutern und verbanden sie. Dennoch drohte Pierre zu sterben. Tagelang kämpfte sein Körper mit dem Fieber, aber schließlich siegte er und entschloß sich dann, möglichst schnell zu gesunden.

Als Pierre genesen war, bat er, als Laienbruder im Kloster bleiben zu dürfen, weil er, wie er dem Prior erklärte, in Stille und Abgeschiedenheit Gott für seine Errettung danken wollte. Der Prior nickte, mild lächelnd.

Pierre schwieg ein Jahr.

Er half im Garten und hackte Holz. Nachts starrte er häufig in den Himmel, und an manchen Tagen beobachtete er stundenlang den Wechsel der Wolken hinter der großen Zeder. Nachdem ihm in den ersten Wochen die Erinnerungen an Beatrice' Tod und ihre Beerdigung gequält hatten, an Lauras Leiden und Berthons Schmerz, nachdem immer wieder die Scheiterhaufen auf der Place des Jacobins in den Himmel loderten und sein Vater Mama Catherine mit der Peitsche ins Gesicht schlug, wurden nach einer Weile die Bilder, Rufe und Gesichter schwächer, und er glitt in einen schwebenden Zustand, in dem sich sein Denken und Fühlen zu verrücken schien. Die Tage und Nächte glitten ineinander, und die Mitbrüder schauten eine Weile alle gleich aus.

Dann aber wuchs einem von ihnen die Warze des Abts aus der Klosterschule ins Gesicht, ein anderer sah dem *Barbe* aus Mérindol ähnlich, und schließlich hörte Pierre Schreie, von denen er nicht mehr wußte, ob sie wirklich waren oder nur eingebildet. Er unterschied nicht mehr seine nächtlichen Träume von seinen Traumreisen, die ihn tagsüber entführten. Er konnte sich ans Fenster stellen und sich hochschwingen zum Wipfel der Zeder und weiter hinein in den Himmel. Als er einem graubärtigen Mann begegnete, wußte er, daß nun Abraham vor ihm stand.

»Opfere mich!« flüsterte er.

»Nein«, rief der alte Mann, »du bist mein Sohn, an dem ich Wohlgefallen habe.«

»Aber ich will nicht am Kreuz sterben«, schrie er.

»Du bist auserwählt, meine Tochter als Braut heimzuführen, Ritter des Grals, und das Blut aufzufangen.«

»Wer bist du?« fragte er zitternd.

»Ich bin das Rätsel, das Geheimnis und die Blindheit.«

Schweißnaß kam Pierre wieder zu sich und tastete die Wände seiner Zelle ab, um zu überprüfen, wo er sei. Er schlug den Kopf gegen die Wand, immer wieder, bis ihm Blut die Stirn hinabtropfte und seine Hände rot färbte.

Während der Stunde, in der das Redeverbot aufgehoben war, plapperte er wirres Zeug, und die Fratres schauten ihn sorgenvoll an.

»Jetzt kommt die Zeit der Entscheidung«, sagte der Prior, »die Krise.«

Bald erschien sein Vater und schrie: »Wehret den Anfängen! Kreuziget ihn! Auf den Scheiterhaufen mit dem Ketzer!« Aber dann verwandelte er sich in einen sanftmütigen Mann in feuerroter Robe.

Und zu nächtlicher Stunde trat ein Graubart in Pierres Zelle und sprach mit rauher Stimme: »Warum hast du mich vergessen?«

»Ich kenne dich nicht«, antwortete er.

»Aber ich kenne dich, denn du bist der Sohn meines Sohnes. Ich will, daß du mich verehrst, denn du bist mein Ebenbild. Und ich sage dir: Glück ist nicht alles, Freundschaft ist mehr und Liebe.«

Über die Wand kroch ein hundertfüßiger Drachen. Pierre stand in der Mitte seiner Zelle, reckte seine Arme nach oben und wartete, daß die Erleuchtung ihn treffe. Aber dann begriff er doch, daß nur Blitze eines Gewitters ihr grelles Licht in die Zelle schickten. Er begriff auch, daß er jetzt zurückkehren mußte.

Noch am selben Tag bat er den Prior, seine Unterkunft wechseln zu dürfen. Er erhielt nun eine Zelle, deren vergittertes Fenster den Blick auf eine Gasse freiließ, die zu dem Platz vor der Kirche Santa Maria degli Angeli führte. Es war Frühling geworden, die Menschen drängten nach draußen, und Pierre konnte sich nicht vom Fenster lösen, um ihre Gesten und ihren Gesichter zu studieren wie eine Sprache, die er früher einmal beherrscht, inzwischen aber vergessen hatte. Er suchte sich zu erinnern, und bald fand er die Verkörperungen für Hochmut und Kriecherei, für Bescheidenheit und Siegesmut. Er glaubte den Dieb an seinen Bewegungen erkennen zu können und die Hure an ihren Lippen. Natürlich sprach die Kleidung eine deutliche Sprache, die Stoffe und Farben, graues Sackleinen oder roter Samt, die weißen und braunen Kutten, die purpurnen und schwarzen Gewänder, die Kappen, Barette und Hüte, die schlanken Degen an schlanken Beinen, die bunte Tracht der Schweizer mit ihren Hellebarden. Auf mancher Haut prangte Schmuck, und kunstvolle Spitze verdeckte nur unzureichend die Rundungen.

Ein junger Mann reizte ihn mit seinem weiblichen Gang. Sein Becken drehte sich mit jedem Schritt. Unter dem Barett wellten sich die Locken. Er trug das dunkle Wams mit einem langen Schoß, und ein Seidenumhang bedeckte den Rücken. Seine Schamkapsel war prall gefüllt, aber gleichzeitig schien er sie verstecken zu wollen, und seine Brust wölbte sich. Als er unter Pierres Fensters vorbeischritt und einen knappen Blick nach oben warf, begegneten sich ihre Augen. Pierre schrie auf. Er klammerte sich an das Gitter, er riß an ihm. Der Lärm in der Gasse war stark, aber der junge Mann mußte ihn gehört haben. Er zuckte zusammen, blieb stehen, starrte in die dunkle Zelle.

»Laura!« schrie Pierre.

Das Gesicht, das sich ihm zuwandte, zeigte entsetzte Freude. Die Lippen formten stumm ein Wort, sie öffneten sich, und unwillkürlich schienen sich ihm die Arme entgegenstrecken zu wollen. Aber dann bedeckte der junge Mann mit dem Arm sein Gesicht und rannte davon. Pierre sah ihm nach. Er sah ihr nach. Es war kein Mann, es war eine junge Frau gewesen. Daran gab es gar keine Zweifel. Er hatte Laura gesehen.

Pierre fiel auf die Knie und dankte Gott.

Der Allmächtige, der Allwissende, der Alliebende hatte ihm Laura gesandt.

Noch am selben Tag bat er den Prior, das Kloster verlassen zu dürfen. Ein Jahr lang habe er geschwiegen, der Herr habe ihm ein Zeichen gesandt, daß nun die Zeit der Buße vorbei sei.

Der Prior lächelte. »Das Zeichen trug weibliche Züge, mein Sohn?«

»Es war gekleidet wie ein Mann.«

»Und führe uns nicht in Versuchung!« Der Prior war ernst geworden. »Willst du beichten, mein Sohn?«

»Darf ich?«

Der Prior nickte, und als wäre plötzlich eine Schleuse geöffnet, brach aus Pierre eine Schwall an Worten, an Sätzen, an Bekenntnissen, Berichten, Erinnerungen, Hoffnungen und Gefühlen.

Als er endlich schwieg, hörte er, nach einem Räuspern, die sanfte Stimme des Priors: »Ego te absolvo.«

Am nächsten Morgen machte sich Pierre auf die Suche. Außer seiner weißen Mönchskutte besaß er kaum noch persönliche Habe. Seine Dukaten waren ihm bei dem Raubüberfall abgenommen worden. Aber da er am Ende seines Aufenthalts die Klosterbibliothek neu geordnet hatte, gab ihm der Prior für die ersten Tage seines neuen Lebens ein paar Münzen.

Als sich Pierre von seinen Mitbrüdern und dem Prior verabschiedete, fragte er während der Dispensstunde, ob vielleicht einer von ihnen die Contessa Margarita Orsini kenne. Er habe schon einmal in dem Palast der Orsini nachgefragt, sei aber abgewiesen worden.

Einige der Fratres schauten sich grinsend an, warfen dann einen prüfenden Blick auf den Prior und neigten undurchsichtig ihr Haupt.

Der Prior blickte Pierre forschend an. »Und führe uns nicht in Versuchung!«, sagte er erneut, reichte ihm die Hand zum Kuß und entließ den Verwirrten.

Diesem seltsamen Geheimnis mußte Pierre zuerst nachgehen. Ohne Umschweife begab er sich zum Palast der Farnese und bat, von seiner Eminenz empfangen zu werden. Sein Mönchshabit bewirkte, daß man ihn einließ und in der Empfangshalle noch einmal nach seinem Begehren fragte. Wieder bat er um eine Audienz bei dem Kardinal und erwähnte gleichzeitig die Contessa Margarita Orsini, außerdem den Dottore Berthone und seine Tochter Laura. Die Namen verfehlten ihre Wirkung nicht, wie Pierre mit großer Freude feststellen konnte.

»Wartet hier!«

Nach einer Weile erschien der Kammerherr des Kardinals. Seine Eminenz könne ihn jetzt nicht empfangen, aber ein Diener werde ihn zu einem Haus führen, in dem er mehr erfahre.

Kurze Zeit später stand Pierre vor der Gräfin Orsini. Sie erkannte ihn in seinem Mönchsgewand nicht und wollte ihm schon eine Münze in die Hand drücken, doch als er sich ihr zu erkennen gab, wußte sie sofort, wo und unter welchen Umständen sie sich getroffen hatten. Er berichtete kurz, was in den letzten Jahren geschehen war, und ihr Verhalten wurde verständnisvoll und herzlich.

»Wenn Ihr noch keine Unterkunft habt, so seid Ihr eingeladen, bei mir zu wohnen.«

Dankbar küßte Pierre ihre Hand. Aber dann brach es wieder aus ihm heraus? »Wo ist Laura? Und Vater Berthon?«

»Dein alter Lehrer hält sich nicht mehr in Rom auf. Schon vor Ostern ist er nach Norden aufgebrochen. Er wollte zu den Eidgenossen und womöglich auch nach Deutschland reisen. Ich riet ihm ab. Er ist zu alt für solch eine Unternehmung. Und außerdem sind die Straßen zu unsicher. Aber er ließ sich nicht beirren. Zumindest konnte ich ihn überreden, sich einem Zug von Kaufleuten anzuschließen.«

»Und Laura? Eure Tochter? Begleitet sie ihn etwa?«

Gräfin Orsini blickte ihn mit einem leichten Stirnrunzeln an und schüttelte den Kopf. Dann schien sie sich zu besinnen, nahm seine Hand und führte ihn auf die Bank am Fenster. Als sie sich niedergelassen hatten, hielt sie seine Hand noch immer.

»Meine Tochter«, begann sie zögernd, »nun, sie hält sich auf meinem Landgut in den Albaner Bergen auf.«

»Wann kann ich sie sehen?« Stürmisch preßte Pierre die Hand der Gräfin an seine Brust.

»Gemach, junger Mönch, gemach!«

Statt ihre Hand zurückzuziehen, näherte sie ihm ihr Gesicht, so daß er in den Bann ihres Duftes geriet.

»Sie steht vor einem wichtigen Tag in ihrem Leben … wir werden ein großes Fest feiern. Sogar der Heilige Vater wird zugegen sein. Aber noch weilt er in Frankreich, und bis er zurückkehrt, bleibt sie auf dem Lande. Ihr werdet sie sehen – an ihrem großen Tag. Geduldet Euch!«

Sie lächelte ihn an.

»Bis dahin dürft Ihr mit meiner Gesellschaft vorliebnehmen.«

## 1538

Es sollte ein großes Fest des Friedens werden. Papst Paul III. war es im Sommer des Jahres 1538 gelungen, die kriegführenden Parteien unter der zunehmenden Bedrohung der Türken an den Verhandlungstisch zu bringen. Unter seiner Ägide trafen sich in Nizza Karl V., der Kaiser des Heiligen Römischen Reichs, und François I., der König Frankreichs, und es gelang dem Papst, den im Frühjahr abgeschlossenen Waffenstillstand auf zehn Jahre zu verlängern.

Der Waffenstillstand bedeutete das Ende des Krieges, bedeutete aber noch nicht Frieden und Einigung über die strittigen Fragen. Noch immer ging es dem einen um den Besitz von Mailand und dem anderen um die Abwehr der Ungläubigen. Doch zumindest hatten die Kämpfe ein Ende gefunden, und insbesondere die Länder der Provence konnten aufatmen, denn man hatte befürchtet, erneut zum Hauptkampfplatz zu werden. Die Verwüstungen des Jahres 1536 waren noch nicht vergessen.

Ein Friedensfest fand also nicht statt, sondern nur eine Waffenstillstandsfeier. Immerhin näherten sich die beiden verfeindeten *Brüder* einander so an, daß sie sich bald darauf in Aigues-Mortes ihre gegenseitige Zuneigung durch kostbare Geschenke beweisen konnten.

Madeleine de Bouliers, Marquise de Cental, hatte von dem Aufenthalt des Königs in Nizza gehört und sich entschlossen, die Trauerphase um ihre Tochter zu beenden. Sie saß mit ihrem Mann in der Rosenlaube ihres Parks, und während er vor sich hinzudämmern schien, beobachtete sie ihn unauffällig. Grau war Louis immer schon gewesen, aber Beatrice' Tod hatte nun seinen Lebenswillen grundlegend geschwächt. Er erwähnte das Unglück nie, sprach auch selten über seine Tochter. Den gesamten Winter über hatte er gehustet, und häufige Fieberanfälle hatten ihn das Bett hüten lassen. Im Obersten Gerichtshof von Aix tauchte er nur selten auf, obwohl er noch immer Vierter Präsident war und auch keine Anstalten machte, von seinem Posten zurückzutreten.

»Oppède ist zu stark. Er ist jetzt schon faktisch der Erste Präsident. Wenn ich gehe, dann hat Chassanée keine Chancen mehr«, erklärte er Madeleine, und sie nickte. Insgeheim machte sie sich große Sorgen um ihn. Natürlich besuchte er sie in seinem Zustand nicht mehr nachts, und sie sah ein langes, einsames Alter auf sich zukommen.

»Ich werde nach Nizza reisen«, erklärte sie.

»Was willst du in Nizza?« fragte Louis, ohne den Kopf zu heben.

Madeleine zögerte einen Augenblick mit ihrer Antwort. »Ich werde der Königin von Navarra das Buch überreichen, das mein Bruder ihr zu schenken gedachte – *Das Buch vom liebentbrannten Herzen* von René, dem König von Anjou ...«

Da Louis schwieg, entkräftete sie mögliche Einwände von sich aus. »Es ist zwar eine weite Reise, aber es kann nicht schaden, wenn ich unsere Familie wieder in Erinnerung bringe, der Schwester des Königs, ja, dem König selbst.« Schnell fügte sie noch an: »Vielleicht begegne ich sogar dem Heiligen Vater.«

Die Augen noch immer geschlossen, unterbrach sie Louis: »Oppède ist auch dort. Er vertritt Chassanée.«

Madeleine machte eine abwehrende Geste. »Mit Jean Maynier will ich nichts zu tun haben. Er ist ...« Und sie drohte in Tränen auszubrechen.

Mit einer Gruppe von zwei Kammerfrauen und drei Dienern gelangte Madeleine nach Nizza. Erstaunt mußte sie feststellen, daß die Verhandlungspartner nicht im herzoglichen Schloß untergebracht waren, sondern sich an verschiedenen Orten verbarrikadiert hatten, der König in Villeneuve, hinter den mächtigen Mauern des Schlosses, und der Kaiser im Schutz seiner bulligen Galeeren. Sogar der Papst war nicht Gast des Herzogs, sondern logierte in einem bescheidenen Kloster am Rande der Stadt. Die Stimmung unter den vielen hin und her eilenden Diplomaten und Soldaten war gereizt, überall wurden harmlose Reisende aufgehalten, durchsucht und wenig freundlich ausgefragt. Natürlich war auch Unterkunft zu finden schwierig.

Als aber alle Probleme sich soweit hatten regeln lassen, mußte Madeleine feststellen, daß man sie in Villeneuve nicht vorließ. Die königliche Familie war überall von wichtigtuerischen Hofschranzen umgeben. Auch Madeleines Adelstitel und Name nützten nichts. Und als sie darauf bestand, wenigstens der Königin von

Navarra eine Botschaft zukommen zu lassen, wurde sie unsanft von der Zugbrücke gedrängt.

Aber aufgeben kam nicht in Frage. Madeleine versuchte es jeden Tag, jeden Tag vergeblich. Immerhin hörte sie, daß die Verhandlungen noch im Gange seien und daß Eleonore, die Gemahlin des Königs und Schwester des Kaisers, mit großem Gefolge in Nizza eingetroffen sei und das Ihrige dazu beitragen wolle, die Sache des brüderlichen Friedens voranzutreiben. Begleitet werde sie von der Dauphine, der Königin von Navarra und der Herzogin von Étampes, ihrer besten Freundin. Der Berichterstatter grinste und steckte anschließend eine fette Dukaten-Ausbeute ein. Madeleine mußte noch zulegen, um den weiteren Plan der hohen Damen zu erfahren. Sie logierten natürlich beim König, aber ein Besuch beim brüderlichen Kaiser war ebenfalls angekündigt.

Am Kai von Villeneuve war das Gedränge der Kardinäle, Edelleute und Bogenschützen derart groß, daß Madeleine unverrichteter Dinge abziehen mußte. Die gesamte golddurchwirkte Kleidung in auffälligem Rot hatte nichts genützt. Zumindest hatte sie der Unterhaltung zweier Kardinäle entnommen, daß Eleonores Besuch des Kaisers in Villefranche am nächsten Tag stattfinden sollte. Sie stand also rechtzeitig am Hafen und ergatterte einen guten Platz am Wasser. Überall waren Handwerker und Pioniere, die eine weitreichende hölzerne Landebrücke installierten.

»Die Galeeren können nicht anlegen, weil das Wasser nicht tief genug ist«, informierte sie ein Baron aus dem Hinterland und verbeugte sich galant. »Die hohen Herrschaften müssen eine Brücke benützen.«

»Über dieses wackelige Ding sollen sie gehen?« rief Madeleine erstaunt und gleichzeitig spöttisch aus.

»Aber Madame!«

»O Gott, das wird was werden!«

Der Kaiser kam mit seinem großen Gefolge vom Lande. Die königliche Galeere näherte sich von Meer. Die perlengeschmückten Damen warteten schon, die Landebrücke wurde herübergeschwenkt und Befehle in allen möglichen Sprachen gebrüllt. Der Kaiser winkte seiner Schwester zu. Die Habsburgerin hüpfte auf ihren viel zu kurzen Beinen als erste auf das Holzgestell, das noch immer nicht richtig befestigt war, die Herzogin von Étampes folgte ihr kichernd. Der Kaiser ließ alle Würde fahren und sprang vom Ufer aus auf die Landebrücke. Marguerite trat, wesentlich vorsichtiger, auf die Planken, und nun wollte das adlige Gefolge nicht zurückstehen.

Die Brücke ächzte, die babylonischen Befehle wurden noch lauter und hektischer, die Damen ließen unter Gelächter künstliche Schreckenslaute fahren. Kaiser und Königin, Bruder und Schwester, waren gerade dabei, sich in die Arme zu fallen, als das Landegestell gefährlich schwankte und, noch bevor starke Männerarme etwas unternehmen konnten, in sich zusammenbrach. Alle fielen laut kreischend ins Wasser – die schöne Anne, die kluge Marguerite, die liebe Eleonore und der große Karl, der *plus ultra*, über alle Weltmeere strebende Kaiser der Spanier, der Deutschen, Flamen und Italiener. Weil an der Ufermauer alle neugierig herbeidrängten, wurden auch manche Adligen aus der Kaisers Gefolge ins Wasser gestoßen.

Auch Madeleine erhielt einen Stoß, sie schwankte, warf noch schnell ihrem Diener das kostbare Buch zu, dann konnte sie sich nicht mehr halten. Mit dem Allerwertesten zuerst landete sie im Wasser, das zum Glück nicht kalt war. O Gott, meine Frisur, dachte sie noch, aber schon troffen die Haare, ihr Kleid sog sich voll und zog sie nach unten, so daß sie heftig strampeln mußte.

Immer mehr Männer sprangen ihnen nach, und sie sah, daß es die Retter waren. Herzöge sprangen neben Fischergesellen, Landsknechte neben Baronen. Das Gespritze wurde so toll, daß Madeleine Wasser schluckte. Sie schluckte ein zweites Mal Wasser, als sie Jean Maynier kopfüber hineintauchen sah. Zielstrebig schwamm er zu den Edeldamen, und als das Durcheinander sich ein wenig legte, als die meisten zu einer seichten Kiesstelle paddelten und schließlich ohne fremde Hilfe an Land krochen, sah sie Jean Maynier, wie er die Herzogin von Étampes, die Favoritin des Königs, zur nächsten flachen Stelle zog und sie dort an Land trug. Nun war auch der Kaiser gerettet, und fast alle der höchsten Herrschaften standen sich, triefend und tropfend, gegenüber. Irgendeiner begann zu prusten, und kurz darauf brach die gesamte Schar der Edelleute mitsamt dem Kaiser und seiner Schwester in Gelächter aus.

Madeleine hatte erreicht, was sie wollte. Sie blieb im Gefolge der nassen Schar, wurde in der vom Kaiser angemieteten Villa wie alle anderen mit trockener Kleidung versorgt. Wein und edle Pasteten, Honigmandeln und kandierte Früchte machten die Runde, und die Stimmung war laut und ausgelassen wie bei einem Kindergeburtstag. Es dauerte nicht lange, da konnte Madeleine der Königin von Navarra das Geschenk ihres Bruders überreichen, und weil sie dabei in Tränen ausbrach, mußte sie von seinem Tod berichten. Als Marguerite einen Blick auf das Buch warf, wurde sie von Rührung und Freude überwältigt.

»Meine Freundin«, stammelte sie und fiel Madeleine um den Hals.

»Er hat Euch ein Leben lang heimlich geliebt«, flüsterte Madeleine.

Abends erschienen der Heilige Vater und der König von Frankreich mit ihrem Gefolge, und das Gedränge wurde nun so dicht, daß Madeleine alle Chancen schwinden sah, auch mit dem König ein Wort zu wechseln. Doch sie hatte Glück. Marguerite näherte sich ihr wieder und zog sie zu ihrem Bruder, der sich noch immer ausschütten wollte vor Lachen über das Mißgeschick am Kai, das er leider versäumt hatte, weil er noch mit dem Heiligen Vater in Verhandlungen war.

Der Papst, der am Rande des großen Saals, eingerahmt von seinen Kardinälen, huldvoll Hof hielt, winkte freundlich herüber. Mit seinem langen eisgrauen Bart, dem gütigen Gesicht und den blitzend-klugen Augen sah er wie Gottvater persönlich aus

»Mein Retter!« hörte Madeleine eine goldene Frauenstimme rufen. Die Herzogin von Étampes führte Jean Maynier zum König.

»Mein Retter, der Baron von Oppède …«

»Euer Diener, Majestät!« Jean Maynier verbeugte sich tief.

»Ja, ich erinnere mich, das letzte Mal sahen wir uns in Avignon, unselige Kriegszeiten …« François' Blick glitt schon weiter. »Hattet Ihr nicht einen Sohn? Ist er auch so ein tapfrer Kämpfer und Lebensretter wie sein Vater?«

»Er ist auf Pilgerfahrt nach Rom, Majestät.«

»O, will er etwa in den Dienst des Papstes treten?«

»Er möchte, wie sein Vater, der Heiligen Römischen Kirche, vor allem aber seinem allerchristlichsten König dienen.«

»Und nun ist er in Rom und trifft weder den Heiligen Vater noch seinen christlichen König, das ist schade. Aber geht doch wenigstens Ihr zu seiner Heiligkeit und berichtet ihr von Eurem vielversprechenden Nachwuchs.«

Eine knappe Bewegung zeigte an, daß Jean Maynier entlassen war. Die Herzogin von Étampes warf einen wenig freundlichen Blick auf ihren königlichen Geliebten, schürzte trotzig ihre Lippen und zog Jean Maynier zur Seite. Madeleine sah sie in der Menge untertauchen.

Eine Weile stand sie verloren in der Nähe des Königs, der sie noch nicht wahrgenommen oder übersehen hatte, bis Marguerite sie am Ärmel zupfte und zu ihm führte.

»Ah, da ist ja auch meine schöne Provençalin«, rief er mit charmantem Lächeln und neigte sich ihr huldvoll zu. »Das Alter scheint Euch nichts anhaben zu können. Nicht wahr, Marguerite?«

Er betonte das *nicht wahr* derart, daß seine Schwester die Anspielung nicht überhören konnte. Leicht säuerlich lächelte sie.

Madeleine deutete einen Knicks an, der jetzt, wie sie vernommen hatte, immer häufiger am Hof erwartet wurde.

»Aber auch seiner Majestät scheint Jupiter nichts von seiner Kraft genommen zu haben«, entgegnete sie. »Der mächtige Herrscher vereinigt die Weisheit des Alters und die Frische der Jugend.«

François lachte geschmeichelt. »Sprecht Ihr vom König oder vom Herrscher des Olymp?«

»Kann sich nicht der Göttervater in verschiedenen Gestalten uns schwachen Frauen nähern? Denkt an Alkmenes Verwirrung! Ich spreche vom königlichen Herrscher …«

»Bravo!« François wandte sich voller Begeisterung seiner Schwester zu. »Warum lebt diese Perle der Provence nicht in meiner Umgebung? Wer so viel weiblichen Witz versprüht, ist meiner Zuneigung gewiß.« Als spräche er zu sich, fuhr er fort: »Aber ich bin selber schuld, ich hätte es längst wissen müssen, seit, ja, seit den Tagen von Marignano – *o wo sind sie geblieben* …« Er sang nun, näherte sich dann Madeleine und legte seinen Arm auf ihre Schultern: »Pocht Herkules schon unter Eurem Herzen?« Sein Lächeln rundete sich in liebevoller Anzüglichkeit.

Madeleine spürte die Berührung dieses erfolgsverwöhnten Körpers. Sein Gesicht war jetzt so nah, daß sein Atem über ihre Haut strich. Er war nicht mehr der siegreiche Jüngling von Marignano, aber auch nicht der lässige Herrscher von Marseille, er mußte, wie sie, sein Alter spüren, die Enttäuschungen, das Ableben der Kinder, er mußte ankämpfen gegen den Zerfall.

»Nein, mein Jupiter, mein Herz mußte bisher auf einen Herkules verzichten.«

»Aber Ihr durftet statt seiner eine Helena wiegen. Wie hieß sie noch? Beatrice. Richtig? Ich erinnere mich gut an sie. Wie bei der aufblühenden Lilie Frankreichs rundeten sich ihre Formen damals. Warum habt Ihr sie nicht mitgebracht? Warum ziert sie nicht unseren Hof? Ihr habt sie doch nicht etwa einem langweiligen alten Provinzbaron zum Weibe gegeben?«

Der König, sein Arm noch immer auf ihrer Schulter, führte sie in die von tausend Fackeln beleuchtete Nacht hinaus. Hier war es kühler, und die Menschen wichen ehrfurchtsvoll zurück.

Madeleine wagte nicht, sich seiner Umarmung zu entziehen. Sie schluckte und sagte: »Beatrice ist tot, wie mein Bruder Raymond, Euer Jugendfreund. Vor zwei Jahren, als das Heer des Kaisers … in der Provence …« Sie konnte nicht weitersprechen.

Der König warf einen kurzen Blick in die Runde, ob der Kaiser oder seine Leute zufällig in der Nähe seien, aber sie hatten sich mit Eleonore um den Papst gruppiert, und niemand schien ihr Gespräch zu belauschen. Nicht einmal Marguerite war ihnen gefolgt.

»Madame, Ihr habt unser tiefempfundenes Beileid. Euer Bruder war mir ein lieber Jugendgefährte und Eure Tochter eine knospende Blume. Euer Leid muß grenzenlos sein. Auch mir sind vor nicht langer Zeit zwei Kinder gestorben. Zuerst der Dauphin, vergiftet, und dann meine sanfte Madeleine, Eure Namensschwester, mein Liebling. Kaum war sie mit dem schottischen König verheiratet und ihm in den Norden gefolgt, siechte sie dahin. Aber wer kann schon das nasse und kalte Wetter dort oben vertragen. Wir sind Sonnenkinder und keine Nebelgeister. Keine siebzehn Jahre wurde sie alt.«

»Auch meine Beatrice wurde kaum älter!«

Der König nahm ein Tuch und tupfte ihr die Tränen ab. »Aber man muß nach vorne schauen. Der Tod ist unser täglicher Begleiter. Ich brauche nur an Pavia zu denken und die Kerkerzeit in Spanien. Der Tod hatte schon seine kalte Hand nach mir ausgestreckt, aber dann verschonte er mich und griff statt dessen nach meinen Kindern. Das ist tragisch.«

Der König war stehengeblieben und hob Madeleines Gesicht ein wenig, so daß sie ihm in die Augen schauen mußte. »Seid tapfer, liebe Madeleine, denkt daran, daß das Leben auch schöne Momente enthält, Augenblicke der Liebe.«

Um sie herum glühten die Fackeln in den nachtschwarzen Himmel. Stimmengemurmel, helles Lachen, die Musik von Lauten, Flöten und Gamben. Der König führte Madeleine bis zur Mole, und sie lauschten dem leisen Wellenschlag. Er hielt nun auch ihre Hand.

»Wo seid Ihr untergekommen, meine schöne Provençalin?« fragte er.

»In einer Herberge.«

»Eine Frau von Geist muß mit Steuereintreibern und Hinterwäldnern unter einem Dach schlafen! Ihr seid für die nächsten Tage mein Gast im Schloß von Villeneuve, und Ihr könnt auch mit mir bis nach Arles reisen. Schlagt mir diese Bitte nicht ab.«

Madeleine blickte zu Boden, und er hob wieder ihr Kinn mit den Fingerspitzen. Obwohl es an dieser Stelle dunkler als im großen Festsaal war, konnte sie doch das Gesicht des Königs deutlich vor sich sehen, und zum ersten Mal schaute sie ihm forschend in die Augen. Er war älter geworden, faltiger, spitzer die lange Nase, nicht mehr so leuchtend die Augen, aber noch immer trug er eine Hermelinkappe. Vor allem: Sein Mund verzog er, wie so häufig, zu einem geheimnisvoll-spöttischen Lächeln, ein Lächeln, das gar nicht zu ihrer Stimmung und zu seiner Bitte paßte. Zum ersten Mal spürte sie Zuneigung zu diesem Mann.

»Ich hatte so gerne meine Tochter an Eurem Hof oder am Hof Eurer Schwester aufwachsen lassen. Raymond sollte sie zu Euch bringen, damals, als das Heer in Avignon lag – aber dann wurde er ermordet, vielleicht sogar von ...«

Der König drückte ihr die Hand auf den Mund. »Pst«, machte er, »wir haben einen Waffenstillstand geschlossen.«

Sie spürte, wie er seinen Unterleib an sie drückte.

»Eure Tochter leistet jetzt meiner Tochter dort oben im Himmel Gesellschaft«, flüsterte er, »und auf Erden nehme ich gerne mit der Mutter vorlieb.«

## 1538

Donna Margarita, wie Gräfin Orsini alle im Haus nannten, war für Pierre eine Erlösung. Er fühlte sich wie einer freiwilligen Kerkerhaft entronnen und in Sicherheit nach einer verwirrenden Flucht. Sie stand vor ihm in ihrem grünen Atlaskleid mit den gelben Streifen und dem offenherzigen Ausschnitt, lächelnd, und eine verwirrende Macht ergriff ihn.

Ihre Vergangenheit, von der er nur Bruchstücke wußte, umgab sie zudem mit einem geheimnisvollen Schleier, den er nicht zu lüften wagte. Es war, als hätte eine alterslose Venus sich einen Irdischen erwählt, ihn in die Höhe ihres kleinen luxuriösen Palasts gezogen und ihn verzaubert.

Dennoch sah Pierre mit Bangen das große Fest heranrücken.

Viele Fragen waren nicht beantwortet. Was hatte der Papst mit Donna Margaritas und Lauras Fest zu tun? Würde auch wieder Alessandro Farnese zugegen sein, der junge Kardinal? Sollte Laura ins Kloster gehen? Sollte sie an diesem Tag ihr Gelübde ablegen und den Schleier nehmen?

Donna Margarita hatte Pierre in ihr Studiolo gebeten. Er schloß die Tür, kniete vor ihr nieder und küßte ihre Hand. In diesem Augenblick gab es für ihn keinen Zweifel mehr. Laura lebte deswegen auf dem Landgut ihrer Mutter, den Versuchungen des sündigen Roms entzogen, weil sie auf den Eintritt in ein Kloster vorbereitet werden sollte. Was damals in Lourmarin, in Aix und in Avignon geschehen war, hatte das Kostbarste in ihr zerstört. Es gab nur noch einen Ausweg: Braut Christi zu werden.

Donna Margarita legte zärtlich die Hände um Pierres Kopf. Sie ließ sich am Fenster des Studiolos nieder und zog ihn zu sich hoch, so daß er, betäubt vom weichen Duft, überwältigt von der cremefarbenen Haut, zum ersten Mal in ihre Arme sank. Ihre Lippen suchten seinen Mund, und er küßte die Göttin.

Aber dann bat sie ihn, ihr gegenüber Platz zu nehmen.

»Ich möchte dir etwas erzählen, Pierre. Vor dem großen Fest solltest du es wissen.«

Er schaute ihr neugierig in die Augen.

»Es geht um deine Herkunft.« Sie machte eine kurze Pause und lächelte geheimnisvoll.

Pierre starrte sie an. »Um meine Herkunft?« stammelte er. »Um meinen Vater?«

Sie lächelte noch immer undurchsichtig.

»Bin ich vielleicht gar nicht sein Sohn?«

Einen kurzen Moment durchfuhr ihn ein phantastischer, ein befreiender Gedanke.

»Es geht um deinen Großvater.«

Erstaunt und enttäuscht wandte er sich ab und schaute durch die Schlieren der in Blei gefaßten Fenster nach draußen.

»Er war nicht nur päpstlicher Legat in Venedig, sondern vorher auch Zeremonienmeister des Papstes Alexander aus dem Hause Borgia, genauer: der Stellvertreter des Zeremonienmeisters, zuständig für die Beziehung zur langjährigen Geliebten Giulia, der Schwester des heutigen Papstes, und zuständig auch für die Ausrichtung diverser Feste.«

Donna Margarita lächelte anzüglich. »Damals gab es in Rom noch mehr Kurtisanen als heute, und manche wurden reich und mächtig wie Herzoginnen. Viele waren gebildet. Und von der Keuschheit hielten die wenigsten der Kurialen etwas. Dein Großvater veranstaltete Feste, in denen nackte Huren über den Boden krochen, Haselnüsse aufpickten und die anwesenden Männer einen öffentlichen Wettstreit austragen mußten. Du kannst dir sicher denken, welchen. Er erfand aber auch eine neue Form der Versteigerung. Die Männer liebten junge, schöne, kluge Frauen, sie waren bereit, viel Geld für sie auszugeben. Dein Großvater wußte dies, und er ließ sich viel einfallen, die Vergnügungen in der Stadt zu verfeinern.«

Sie wedelte sich mit einem Fächer Luft zu, versteckte dann ihren Mund hinter ihm und schloß: »So war Rom – vor dem *Sacco*. Und weil dein Großvater sich außerdem unermüdlich darum kümmerte, daß Giulia bei guter Laune und Alexander wohlgesonnen blieb und seine Feste nicht ohne eine Besonderheit abliefen, belohnte ihn der Heilige Vater, zuerst mit Geld, Edelsteinen und kostbaren Ringen, dann mit der Gesandtschaft in Venedig, schließlich mit der Baronie im *Comtat* – die vakant war, weil sie niemand wollte.«

Pierre starrte wieder aus dem Fenster. Er fragte sich, warum ihm Donna Margarita diese alte Geschichte erzählte.

»Dies ist allerdings nur die offizielle Version der Vorgänge«, fuhr Margarita fort. »In Wahrheit spielte ein Mord eine Rolle, der Mord an einem Sohn des Papstes, und sowohl dein Großvater als auch schließlich dein alter Lehrer Berthon wurden daraufhin aus Rom verbannt.«

»Aber sie hatten doch mit dem Mord nichts zu tun!« Pierre protestierte, ohne nachzudenken.

»Die Wahrheit hat man nie erfahren. Es wurden damals so viele Intrigen gesponnen, vom Papst selbst und seinem Sohn Cesare, von den großen Familien, wie den Orsini, den Farnese ... In Rom geht es nicht um die Wahrheit, sondern um das Wohlleben, nicht um den Glauben, sondern um die Macht, auch nicht um Ehre, sondern um Geld. Ein schöner Körper ist hier immer mehr wert als ein kluger Geist. Und außerdem verbirgt man seine Gefühle hinter einer Maske und sagt selten, was man denkt.«

Sie stand auf und strich ihm zärtlich über den Kopf.

»Und noch etwas: Menschenleben sind in Rom nicht viel wert. Sie zu beseitigen kostet keine Mühe. Insbesondere nach verschwundenen Fremden fragt hier keiner. Daran solltest du denken bei allem, was du tust.«

Sie drückte ihm einen Kuß auf die Stirn.

»Ich muß jetzt noch einmal außer Haus. Wir sehen uns heute abend.«

Pierre war aufgesprungen und stellte sich ihr in den Weg.

»Warte«, rief er. »Mein Großvater und Berthon kannten sich? Davon hat mir weder Berthon noch mein Vater etwas erzählt. Und die Sache mit dem Mord? Ich verstehe nicht, was du mir sagen willst.«

Margarita lächelte und näherte sich ihm, bis ihr Kleid ihn berührte: »Ich will dir sagen, daß in Rom andere Sitten herrschen als im Luberon. Wer sich ihnen nicht anpaßt, landet schnell im Tiber.«

Pierre sah ihr nach, als sie in eine Kutsche stieg und davonfuhr.

Tausend Gedanken und Fragen schossen ihm durch den Kopf. Aber er stand wie vor einer grauen Mauer aus schweren Quadern. Langsam schob er sich durch den Eingang zurück ins Haus. Mißtrauisch schaute er den Diener an, der ihm lächelnd die Tür hielt. Er setzte sich in Margaritas Studiolo und versuchte zu lesen. Die Buchstaben tanzten vor seinen Augen.

Nach Einbruch der Dunkelheit war Margarita wieder zurück, und sie speisten nur zu zweit. Duftlampen brannten, Blumenschmuck auf den Gesimsen, und im Nebenzimmer spielte ein Musikant auf der Flöte.

Er stellte noch einmal seine Fragen. Sie lächelte ihn an und schwieg. Der Wein stieg ihm zu Kopf.

In dieser Nacht wurde er ihr Geliebter.

Das große Fest, auf das er nicht mehr lange warten mußte, fand nicht im Haus der Gräfin statt, sondern im Palast der Farnese. Pierre fuhr mit ihr in der Kutsche vor. Zum ersten Mal in seinem Leben saß er in einer Kutsche, zum ersten Mal hatte er sich aber auch verkleiden müssen – nach Margaritas Wünschen stellte er nun den griechischen Gott Apollo dar, trug, wie sie, eine Maske.

Überall waren Fackeln, hilfreiche Diener, leichtgeschürzte Nymphen, und im Hintergrund, von buntgekleideten Soldaten auf Abstand gehalten, Roms neugieriges Volk, Pilger und Diakone, Scriptoren und einfache Mönche.

Im Palast waren griechische Götter und Göttinnen zusammengeströmt, dazu Halbgötter und Helden und zwischen ihnen auch Philosophen, Staatsmänner und Feldherrn. Aristoteles und Alexander, stellte sich Pierre vor, Themistokles und Solon, umgeben von Jupiter und Merkur, Diana und Venus, Herkules und Galathea. Sie schwatzten und lachten, neckten sich hinter ihren Masken, die sie nur selten lüfteten, um dann schnell das Weite zu suchen und im Gedränge unterzutauchen. Es wurden Orangen gereicht und Feigen, kandierte Früchte und süße Kuchen, Wein floß in Strömen.

Donna Margarita ging als Juno. Pierre blieb an ihrer Seite, weil er fürchtete, sich ohne sie gänzlich im Gedränge zu verlieren. Er erwartete jederzeit das Signal für den Auftritt der nackten Huren, aber als schließlich die Zimbeln geschlagen wurden und alle in den großen Ballsaal strömten, schwebte, von einer Empore zwischen Säulen herabgelassen, keine nackte Venus herab, sondern ein tiefverschleiertes Wesen, das als *Dea Immaculata* ausgerufen wurde. Und bald verstand Pierre auch, worum es ging: Sie sollte von den Göttern ersteigert werden.

»Wo ist der Jupiter, der Europa entführt?« rief einer der zuschauenden Helden.

»Ich sehe keinen Stier!«

»Er wird ihm schon wachsen.«

»Du meist, die Hörner werden wachsen?«

Gelächter.

»Fünfzig Dukaten«, rief Merkur.

»Hundert«, überstimmte ihn Mars.

»Ich seh' auch keinen Schwan.«

»Noch nicht einmal eine Wolke.«

»Aber Danaës Goldregen!«

Wieder Gelächter.

Pierre wandte sich Margarita zu. »Mir ist nicht gut«, flüsterte er. »Ich brauche frische Luft.«

»Nun sei kein Spielverderber!« zischte sie.

»Zweihundert.« Diesmal rief Neptun. »Aber nur, wenn ich den Schleier vorher lüften darf. Ich kaufe doch keine Katze im Sack.«

»Nachts sind alle Katzen grau.«

Gelächter.

»Ich halte es nicht mehr aus, ich finde das widerlich.« Pierres Stimme war nun lauter, und eine Maske drehte ihre stechenden Augen ihm zu.

»Du mußt jetzt setzen«, forderte ihn Donna Margarita auf, »du bist Apollo, mindest zweihundertfünfzig. Es lohnt sich!«

»Ich besitze kaum einen Marchetto.«

»Ich werde dir die Dukaten leihen.«

»Nein!«

»Mach schon, dreihundert!«

Nun drehten sich immer mehr Masken zu ihnen um, und Pierre wäre am liebsten vor Scham im Boden versunken. Tatsächlich schob man die verschleierte Gestalt auf ihn zu, und sie hob einen Arm, als wollte sie ihn grüßen. Donna Margarita stieß ihn in die Seite.

»Dreihundert«, brachte er mühsam hervor.

»Dreihundert«, rief sein Nachbar nun in die Runde, »Apollo hat dreihundert gesetzt.«

Donna Margarita schob ihn nach vorne, in die Reihe der olympischen Götter.

»Jupiter hat bisher noch geschwiegen.«

Pierre lief der Schweiß die Stirn und den Nacken hinab.

»Dreihundertfünfzig«, rief Mars.

Wieder stieß ihn seine Juno in die Seite.

Er brachte keinen Laut hervor.

»Vierhundert«, rief Merkur.

Der Saal begann zu klatschen und sie anzufeuern.

»Das reinste Wesen auf Erden.«

»Garantierte Unschuld.«

»Bestes Fleisch.«

»Macht alte Lenden wieder stark.«

»Eng wie die Pforte des Paradieses.«

»Vierhundertfünfzig«, zischte ihm Margarita zu, »los, sei endlich ein Mann.«

»Vierhundertfünfzig«, rief sein Nachbar in die Runde. »Apollo hat vierhundertfünfzig gesetzt.«

Alle schauten nun Pierre an. Sie lachten, wandten sich dann Jupiter zu, der auf einen Schemel gestiegen war und sein Blitzbündel nach oben reckte.

»Fünfhundert« rief er. Gelächter folgte, Applaus und höhnische Stimmen. »Nein«, übertrumpfte er sich, »tausend! Tausend Dukaten für die verschleierte Maia.« Beifallheischend drehte er sich nach allen Seiten. »Sie hat sich in einer Höhle versteckt, aber Jupiter sieht alle schönen Wesen.« Er sprang von seinem Schemel und rannte auf die Verschleierte zu, ergriff sie. Pierre wurde fast umgestoßen, als die Zuschauer herandrängten, um Jupiter hochleben zu lassen.

Die Maske auf das Gesicht drückend, flüchtete er aus dem Saal. Er rannte zum Innenhof und versteckte sich hinter einer Reihe von Lorbeerbäumen. In seinem Kopf dröhnten der Applaus und das Gelächter. Gleichzeitig sah er das verschleierte Wesen herabschweben. »Tausend Dukaten«, hörte er noch vielstimmig aus dem Palastinnern, »bravo, Alessandro.«

Ein Diener hatte Pierre entdeckt und brachte ihm ein Glas Eiswasser. Zitternd und in kleinen Schlucken trank er es. Nun setzte Musik ein. Er hielt sich die Ohren zu, ließ sich dann aber ein Glas Wein bringen und gleich darauf ein zweites. Nach dem dritten fand er wieder Mut, Donna Margarita zu suchen.

Er entdeckte sie auf einem Balkon, wo sie sich frische Luft zufächerte und mit Jupiter plauderte.

»Wo warst du?« rief sie Pierre entgegen. »Ich habe dich schon vermißt. Willst du nicht den Hausherrn begrüßen?«

Jupiter nahm die Maske ab, und Pierre erkannte den jungen Kardinal Farnese.

»Ich freue mich, Euch in Rom willkommen zu heißen. Wie ich hörte, habt Ihr ein Zuhause bei der schönsten Frau der Stadt gefunden.«

Alessandro Farnese war inzwischen ein anziehender junger Mann geworden, dessen Gesicht ein tiefschwarzer Bart einrahmte. Seine Stimme war wohltönend dunkel, seine Augen blickten leicht belustigt, aber ohne Arglist.

Pierre verbeugte sich und errötete.

»Und wie gefallen Euch die römischen Feste?«

Pierre stotterte eine verlogene Antwort, und lachend zog sich der junge Kardinal in den angrenzenden fackelhellen Raum zurück.

Margarita griff nach Pierres Hand und drückte sie an ihre Brust. Sie beugte sich vor und küßte ihn auf den Mund.

»Ich fand es abscheulich«, sagte er.

»Aber es bringt viel Geld und dient einem gutem Zweck. Das Mädchen ist für eine Weile bestens aufgehoben, der Kardinal gewinnt an Ansehen, zumindest unter seinen Altersgenossen und der altrömischen Adelssippschaft.«

Plötzlich fiel es Pierre wie Schuppen von den Augen.

»Hattest du mir nicht versprochen, ich würde Laura heute wiedersehen?« unterbrach er sie.

»Du kleiner dummer Junge«, flüsterte sie zärtlich. »Hast du es noch immer nicht begriffen? Laura ist soeben der Aufstieg in die Papstfamilie gelungen!«

»Als Hure!«

»Als Kurtisane. Als *cortigiana onesta*. Das ist das beste, was einer schönen und klugen Frau geschehen kann. Sie wird sich *romanam curiam sequens* nennen dürfen, der römischen Kurie verbunden, das ist wie ein hoher Adelstitel und steht sonst nur spendablen Bankiers und erfolgreichen Feldherrn zu.«

»Ihr habt Eure eigene Tochter verkauft, Contessa Orsini!«

»Was für Worte! Es ist nur ein galantes Spiel. Jeder wußte, daß sie für Alessandro bestimmt war, und Alessandro weiß sogar, als einziger allerdings, daß sie keine Jungfrau mehr ist. Aber wir haben sie wieder hergerichtet, nachdem ihr sie in eurem provençalischen Hinterwald fast habt umbringen lassen. Alessandro hat sich schon auf der Überfahrt von Marseille in sie verliebt und sie zum ersten Mal zum Lachen gebracht. Als ihm dies gelang, wußte ich, daß sie nicht verloren ist. Und nun sprüht sie wieder vor Lebensfreude. Sogar der Papst mag sie. Im übrigen weiß hier niemand, daß sie meine Tochter ist. Orso Orsini der Jüngere, mein ehemaliger Gemahl, brachte kein Kind mehr zustande, und seine Familie haßt mich, weil ihr dümmster Sohn sich dazu hinreißen ließ, eine Kurtisane zu heiraten. Zum Glück wurde er während des *Sacco* umgebracht, vielleicht sogar von der eigenen Familie. Würden die Farnese mich nicht schützen, wäre auch ich längst tot. Ich habe Laura als verwaiste Nichte ausgegeben, die bei ihrem Großvater aufgewachsen ist. Nur Alessandro erzählte ich die Wahrheit, erzählte ihm sogar von ihrem gräflichen Vater. Das fachte seine Liebe noch an. Auf jeden Fall hat er ein gutes Herz und stammt aus einer der besten Familien Roms.«

Als Pierre schwieg, fügte sie noch an: »Man muß die Eisen schmieden, solange sie heiß sind.«

»Warum durfte ich sie nicht eher sehen?« fragte er mit trotziger Stimme.

»Ich wollte kein Risiko eingehen.«

»Was für ein Risiko?«

Lachend schüttelte Margarita den Kopf und fuhr ihm zärtlich durch die Haare.

Er reagierte unwirsch. »Dann will ich heute noch mit ihr sprechen.«

»Ich weiß nicht, ob Alessandro sich nicht schon mit ihr zurückgezogen hat.«

Pierre sprang auf. »Ich will jetzt mit ihr sprechen. Am besten hier auf dem Balkon. Allein. Und wenn du sie nicht holst, dann hole ich sie selbst, und es ist mir gleichgültig, was die ganze maskierte Götterversammlung denkt.«

Donna Margarita erhob sich. »Ich müßte dir böse sein, du dummer Junge, aber ich weiß ja, daß du sie wie eine Schwester liebst.« Sie zog Pierre zu sich heran und gab ihm einen Kuß.

»Versprichst du mir, daß du sie nicht bedrängst? Auch wenn du es nicht verstehst: Es ist ihr Glück. Und sie liebt Alessandro ebenfalls.«

Das Warten schien Pierre eine Ewigkeit zu dauern. Aber dann schlüpfte plötzlich eine der maskierten Nymphen durch die schweren Portieren der Balkontür. Er hatte die verschleierte *Immaculata* erwartet, keine Kurtisane. Weil er sich betrogen fühlte, winkte er sie verärgert weg, aber als sie leise »Du bist es wirklich!« sagte, erkannte er sofort ihre Stimme. Spontan wollte er sie trotz der entstellenden Maske umarmen, aber sie wich zurück.

»Ich wollte es nicht glauben«, flüsterte sie, »als *ma tante* mir eine Überraschung ankündigte.«

»*Ma tante*? Wer ist denn das?«

Es gelang ihm nicht, die Enttäuschung und Verärgerung in seiner Stimme zu unterdrücken. Er hatte seine kleine Laura so lange nicht gesehen, im Kloster hatte sich ein neues Bild von ihr gebildet, von einer Heiligen, einer Pietà, wie sie der große Michelangelo geschaffen hatte, und nun versteckte sie sich hinter einer Maske und nannte ihre Mutter geziert *ma tante*.

»Bist du schon lange in Rom?« fragte sie.

»Aber du hast mich doch im Kloster gesehen. Als junger Mann verkleidet. Im Kartäuserkloster. Erinnerst du dich nicht mehr?«

»Doch, ich hörte eine Stimme, aber ich konnte nicht glauben ...«

Und er erzählte ihr die Geschichte des Überfalls, erwähnte auch kurz, daß er lange im Kloster zugebracht habe, ohne allerdings auf die zurückliegenden Ereignisse in der Heimat einzugehen.

»Nun nimm doch endlich deine Maske ab, damit ich dir ins Gesicht schauen kann«, unterbrach er sich schließlich selbst.

Laura zögerte. »Alessandro wird böse sein, er hat es mir verboten ...«

Pierre trat auf sie zu, er ertrug dieses Zieren und Zögern nicht mehr. Sie wich erneut zurück. Er drängte sie an die Mauer, und mit einem schnellen Griff hatte er ihr die Maske vom Gesicht gezogen. Sie wehrte sich nicht, sondern schaute ihn mit großen Augen an. Er erschrak, weil sie ihm so verändert erschien. Sie hatte alle kindlichen Züge verloren, war auch nicht mehr abgemagert, ja, sie ähnelte nun ihrer Mutter, hatte dieselben vollen Wangen, den weichen Mund und die großen braunen Augen, über denen die Brauen zu einem eleganten Bogen ausrasiert waren. An den Schläfen ringelten sich Locken bis zu den Ohren, die goldene Schmetterlinge schmückten. Die Schultern bedeckte ein Seidenumhang, der bis auf den Boden fiel und über der Brust von einer Goldspange zusammengehalten war.

»Oh, du hast dich sehr verändert!« stotterte er.

Laura wollte wieder die Maske aufziehen, aber er hinderte sie daran, und nach kurzer Zeit gab sie ihren Widerstand auf.

Er trat einen Schritt zurück, wandte sich ab und beobachtete das Flackern der Fackeln, das geschäftige Hin- und Herrennen der Diener. Erst als sie ihre Hand neben seine auf die Balkonbrüstung legte, wandte er sich ihr wieder zu. Lange schauten sie sich wortlos an. Sein Blick glitt immer wieder über das Gesicht und den Umhang hinab, als suche er etwas, während sie in seinen Augen lesen wollte.

»Wie geht es dir?« fragte er schließlich.

Laura antwortete nicht, bevor er ihr nicht in die Augen schaute. »Ich habe alles vergessen, verstehst du, mein Leben hat erst wieder in Rom begonnen. Die beiden haben sich liebevoll um mich gekümmert, meine ... Mutter und auch Alessandro. Sie haben mir die Freude wiedergegeben ...«

»Und nun bist du seine Konkubine – aus Dankbarkeit.«

»Würde ich ihn nicht gern haben ...«

»Du liebst ihn nicht«, fiel er ihr ins Wort. »Er hat dich gekauft.« Pierre merkte selbst, wie erneut die Erregung in ihm stieg, wie seine Stimme lauter und heftiger wurde. Er klammerte sich an die steinerne Balustrade.

»Ich werde zu ihm ziehen, wenigstens für eine Weile. Heiraten darf er mich ja nicht, als Kardinal.«

»Dies ist dein neues Leben!«

»Es ist ein Leben ohne Angst vor Verfolgung, ein Leben mit Musik, mit Ausflügen in die Weinberge, mit Picknick im Schatten eines alten Olivenbaums, mit Petrarca, den Alessandro ebenso liebt wie ich, und immer wieder kommen kluge Männer zu Gast, mächtige Männer auch ...«

»... und vögeln dich!«

Ein Schatten legte sich über ihren Blick. »Ich werde nur einem gehören, und das ist Alessandro.« Ihre Stimme war bisher weich gewesen, als wolle sie ihn umschmeicheln, aber nun wurde sie bestimmt, ja fast schneidend. »Es klingt, als wärst du eifersüchtig, Pierre. Hast du nicht heimlich Beatrice de Cental geheiratet … und bist jetzt der Liebhaber meiner Mutter? Was tut überhaupt deine Beatrice? Wartet sie auf dich? Oder stillt sie vielleicht gerade dein Kind?«

»Sie ist tot!« Pierre schrie es ihr ins Gesicht.

Laura zuckte zurück und zog mit einer schnellen Bewegung die Maske über. »Das wußte ich nicht«, flüsterte sie, »entschuldige!«

Sie nahm seine Hand, und zum ersten Mal wieder fühlte er die alte Laura, das kleine, freche Mädchen – das zu ihm gekrochen kam, wenn ihm kalt war, wenn es Angst hatte.

Sie strich ihm über die Wange. »Bist du deswegen in Rom?«

»Sie hat sich vom Turm des Schlosses gestürzt. Auch …«

Laura legte ihm ihre Hand auf den Mund. »Sprich nicht weiter!« Sie umarmte ihn, aber er befreite sich und kämpfte sein Schluchzen nieder.

»Vermißt du Vater Berthon nicht?« fragte er.

Nun kämpfte Laura mit den Tränen und zog sich die Maske ab, um ihre Augen abzutupfen. »Er hat es nicht länger hier ausgehalten, obwohl ihm der Papst eine Stelle verschaffen wollte. Aber dann haben die beiden sich heftig gestritten, und bald darauf ist er nach Norden aufgebrochen. Er wird die Reise nicht überleben, in seinem Alter …«

»Doch, wir werden ihn wiedersehen.«

»Wir? Er wird nie nach Rom zurückkommen. Er ist ein Anhänger der neuen Lehren.«

Aus dem angrenzenden Zimmer näherten sich Stimmen. Schnell setzte sich Laura die Maske wieder auf, strich sich über die Haare und rückte die Spange zurecht. Auch Pierre zog seine Maske übers Gesicht. Aber dann neigte er seinen Kopf ihr noch einmal zu und flüsterte:

»Was bleibt zu tun, als fliehen, sich verstecken
in tiefsten Herzens tiefverborgnem Schrein,
mit Tränenströmen Schuld und Anspruch decken?«

»O Pierre!« Ihre Stimme erstarb, denn Jupiter trat auf den Balkon.

»Da bist du ja, meine Nymphe!«

»Mein Gebieter!« hauchte sie und deutete einen Kniefall an.

Jupiter zog sie an sich. »Deine Hände sind ganz kalt ... und du zitterst ... Husch husch, zurück ins Haus.« Seine Stimme, die anfangs leicht verärgert klang, wurde besorgt und versöhnlich.

Mit einer weitausgreifenden Bewegung trat Jupiter auf Pierre zu: »Apollo, mein Sohn, du hast nicht hoch genug gewettet. Auch wenn man gegen den Göttervater nichts ausrichten kann, so sollte man mehr Wagemut zeigen.« Mit einem überlegenen Lachen wandte er sich um. Bevor er den Balkon verließ, sagte er noch, halb über die Schulter: »Frauen lieben Kämpfer!«

## 1539

Nur manchmal, wenn Pierre noch in Margaritas Armen lag, wurde ihm bewußt, daß in ihm ein Uhrwerk leerer Vergnügungen tickte, daß seine Seele anderswo weilte, in den Wäldern des Luberon, in Raymonds Jagdhaus, oder in Lourmarin, beim Holzhacken, beim Studieren von Epikurs Texten. Margarita atmete ruhig. Ihr üppiger Körper strahlte Wärme aus. Sie war, seit er sie zum ersten Mal gesehen hatte, schwerer geworden, zeigte sich aber nie schwerfällig, weder beim Tanzen auf einem der vielen Feste noch beim Tanz unter dem Baldachin ihres Bettes. Sie bewegte sich geschmeidig und genau durch alle Stellungen. Schweigsam, aber mit präzise aufeinander abgestimmten Schritten tanzten sie langsam die Treppe der Erregung hoch bis zur gemeinsamen Erlösung.

Sie gab ihm noch einen Kuß, suchte eine bequeme Lage und sank dann in den Schlaf – während er wach lag, über diese fremde Venus in seinen Armen nachdachte.

Aber Margarita schwieg nicht immer. Sie sang mit einer samtigtiefen Stimme, und wenn ihre Gäste oder Gastgeber über die Türken, den Kaiser, über Neapel oder den göttlichen Buonarotti sprachen, steuerte sie eine Bemerkung bei, die klug klang und niemanden vor den Kopf stieß, oder sie schwieg, ohne daß es auffiel. Manchmal äußerte sie auch ihre Wünsche nach einem lockeren Spiel, und alle Männer beeilten sich, ihr zu Diensten zu sein. Wurde sie müde, hielt sie nichts mehr in Gesellschaft, und sie verabschiedete sich. Gern ging sie mit ihren Freunden in die Weinberge zum Picknick. Lange brauchte sie, um sich herzurichten, noch schöner zu machen, als sie schon war. Ihre Dienerinnen halfen ihr dabei, bereiteten das Wasser, reichten ihr die Tiegel und Flaschen, die Duftöle und Salben, kämmten sie und flochten die Haare, aber die eigentliche Pflege des nackten Körpers erledigte sie selbst.

Pierre schaute ihr manchmal dabei zu. Sie tat es mit einer großen Selbstverständlichkeit, hingegeben, summend oder stumm, und während er beobachtete, wie ihre schlanken Finger die Haut salbten, die Härchen auszupften, über die Falten strichen und die Fettpölsterchen kneteten, fragte er sich immer wieder, was für ein

Wesen diese Margarita eigentlich sei. Über sich, über ihre Vergangenheit sprach sie nie. Ihr Körper bewegte sich lustvoll durch Roms Paläste, ließ sich in einer Kutsche durch die Straßen tragen und lagerte sich auf feine Decken im Grünen; er lachte und tanzte, aber er blieb ein Körper, der mit Anmut und duftender Schönheit die Seele verbarg.

Und Rom? Blieb Pierre nicht auch Roms Seele verborgen, unverständlich, fremd? Es gab noch immer Tage, in denen Pierre nichts anderes tat, als durch die Straßen und Gassen zu reiten, ein elegant gekleideter Edelmann mit spitzem Degen, der sich nicht mehr hinterrücks überfallen ließ. Er hatte gelernt, das Elend, die Krankheit, den Gestank und das Verbrechen zu übersehen und an blinden Bettlern, räudigen Hunden und hungernden Kindern vorbeizureiten. Er ließ seinen Blick auf den Fassaden der Paläste und Kirchen ruhen. Aus schweren Quadern, Marmorblöcken und Säulen war Harmonie, Ruhe und Leichtigkeit entstanden, sie führten in die Höhe, in den lindblauen Himmel über der Stadt, die nun plötzlich ewig erschien.

Nachts träumte er dann wieder von den dunklen Bergrücken des Luberon, den grauen Eichenwäldern, den sich verrenkenden Platanen und dem blühenden Lavendel. Nur selten, wie ein Wesen aus der Unterwelt, tauchte schemenhaft Beatrice auf und winkte ihm oder Berthon, der über Epiktets *Handbüchlein* saß.

Pierre wachte auf und fand sich noch immer in Margaritas Armen. Er dachte daran, daß Laura jetzt bei dem jungen Kardinal lag, bei dem schwarzbärtigen Alessandro. Margarita legte ihren weichen Arm über seine Brust, strich ihm im Halbschlaf übers Gesicht, atmete tief ein und aus und strahlte noch immer eine besänftigende Wärme aus.

Bei einem der nächsten Ausritte mit Alessandro und Margerita schenkte ihm der Kardinal ein Exemplar von Castigliones *Hofmann*. Margerita lächelte und steckte sich eine Traube in den Mund. Alessandro, mit Schuhen aus Siena-Leder, Beinkleidern aus heller Seide, einem luftigen Wams mit Umhang und einem schwarzen Barett bekleidet, erklärte, dieses Buch sei zur Zeit in aller Munde, und alle seine Freunde und Feinde aus den großen römischen Familien gäben vor, es gelesen zu haben und zum Vorbild zu nehmen.

»Und selbstverständlich verschlingen es auch alle Kurtisanen von Rang, schon, um klug mitreden zu können. Jetzt wißt Ihr, Pierre, was bei Eurem nächsten Besuch bei der Rodiconda oder Isabella oder Ambrosina der Gesprächsstoff sein wird.«

Margerita lächelte und schob sich eine weitere Traube zwischen ihre vorgewölbten Lippen.

»Ich bin nur ein kleiner französischer Provinzbaron und kenne keine Ambrosina.«

»Auch keine Isabella? Sie lebte und wirkte einst in Frankreich.«

»Für mich gibt es nur zwei schöne Frauen in Rom: Margarita und Laura, beide sind sie von natürlichem Adel und nicht käuflich wie Eure Kurtisanen.«

Der Kardinal lachte spöttisch: »Bravo! Ihr braucht Castigliones Ratschläge gar nicht. Euch steht noch eine große Zukunft bevor: Wie ihr lautere Wahrheit und liebliche Schmeichelei verbindet – Ihr seid ein Naturtalent.« Er lachte wieder. »War nicht Euer Großvater Zeremonienmeister bei dem Borgia?«

»Es heißt so.«

»Na also, vielleicht werdet Ihr auch einmal Zeremonienmeister – bei einem Farnese.«

»Das ist ein Angebot«, warf Margarita ein. »Du solltest es nie vergessen, Pierre!«

»Seit dem Beginn meines Aufenthalts in Rom habe ich den Heiligen Vater nur einmal in San Pietro gesehen und ein andermal bei einer Prozession vor der Ponte Sant' Angelo – und von den Sitten beim apostolischen Stuhl habe ich keine Ahnung.«

»Nimm und lies«, rief Alessandro, indem er theatralisch auf den *Hofmann* wies, »kömmt Zeit, kömmt Rat!« Und erneut lachte er ironisch.

»Wo hast du eigentlich Laura gelassen?« fragte Margarita, als Pierre den Ledereinband mit dem Wappen der Farnese betrachtete und dann die ersten Seiten des kostbaren Buches durchblätterte.

»Sie ist heute unpäßlich.«

»Unpäßlich? Aber sie ist sehr selten krank.«

»Ich sagte *unpäßlich*, nicht *krank*.«

Pierre schaute auf. Alessandro naschte an den kandierten Früchten und leckte sich mit seinen fetten Lippen genußvoll die Finger, als Margarita ihn forschend ansah.

Während der nächsten Stunden schwieg Pierre und achtete kaum auf das Gespräch zwischen Margarita und dem Kardinal, die den neuesten Klatsch der römischen Gesellschaft austauschten. Ihm ging Alessandros Bemerkung nicht aus dem Kopf, Laura sei unpäßlich, aber nicht krank. Damit deutete er an, sie sei schwanger. Laura guter Hoffnung? Laura mit einem dicken Bauch? Laura in Wehen, stöhnend, jammernd, schreiend – und dann vielleicht verblutend?

Pierre konnte die Vorstellung einer schwangeren Laura nicht ertragen und versuchte sich einzureden, Alessandros Andeutung weise nur auf ein leichtes Fieber, auf Kopfschmerzen hin oder einfach nur auf die *Unpäßlichkeit* an bestimmten Tagen.

Ja, so mußte es sein.

Und er ritt, leidlich beruhigt, mit Margarita und dem Kardinal wieder in die Stadt zurück.

Abends schaute er ihr beim Baden zu und unterhielt sie mit zaghaftem Lautespiel.

»Wenn Laura Alessandro einen Sohn schenkt«, bemerkte Margarita plötzlich, während sie sinnend ihre Augen über die Decke wandern ließ, »haben wir es endgültig geschafft. Dann kann man sie nicht in die Wüste schicken, wenn das Alter naht.«

Sie warf einen wehmütigen Blick auf Pierre. Als er nicht reagierte, fügte sie noch an: »Der Heilige Vater hat einen ausgesprochenen Sinn für alle, die zu seiner Familie gehören. Er hat Silvia Ruffini, die Mutter seiner Kinder, wohl versorgt – das ist in Rom ein offenes Geheimnis. Er ist ihr im übrigen weitgehend treu geblieben. Was man von anderen Herren nicht sagen kann.«

»Aber auch nicht von allen Damen«, warf Pierre ein. »Wenn ich an Vater Berthons Erfahrungen denke ...« Er errötete über die Anspielung, die ihm entglitten war und die Margarita kränken mußte. Aber hatte sie Berthon nicht zum Hahnrei gemacht, dann auch noch verlassen und war schließlich sogar eine neue Ehe eingegangen – ohne Scheidung und Dispens?

Margarita warf ihm einen kurzen Blick zu und drückte einen Schwamm über ihrem Arm aus. »Ich begegnete der Ruffini einmal kurz in der *Cancelleria* – eine vornehme, noch immer schöne alte Dame.«

Sie ließ sich warmes Wasser nachgießen und ein Kissen unter den Nacken legen.

Pierre summte nur noch, hielt nun inne und hob den Kopf: »Und du bist sicher, daß Laura schwanger ist.«

»Kann sich eine Mutter etwas Schöneres wünschen?«

Pierre stellte die Laute zur Seite: »Das ist keine Antwort.«

»Du hast Alessandro doch selbst gehört.«

»Er sagte, sie sei *unpäßlich*. Das bedeutet nicht unbedingt *schwanger*. Vielleicht will er sie nicht aus dem Haus lassen, möchte sie von dir entfremden und verhindern, daß sie mich sieht.«

Margarita überlegte eine Weile, während sie ihre Hände über ihren Körper gleiten ließ. »Vielleicht hast du recht«, sagte sie.

Er stand auf und massierte Margarita den Nacken. »Wann hast du Laura zum letzten Mal gesehen?«

»Schon lange nicht mehr. Bisher glaubte ich immer, Laura lebe nur noch für ihren geliebten Kardinal und habe ihre Mutter vergessen.« Sie drehte sich zu Pierre um. »Aber warum soll sie nicht schwanger sein?«

Als er aufhörte, sie zu massieren, griff sie nach seiner Hand und legte sie sich an die Wange. Nach einer langen Pause flüsterte sie: »Alles lief gut während der letzten Zeit, für Laura und auch für mich. Es soll so bleiben.« Sie wandte ihr Gesicht ihm zu und schaute ihm in die Augen. »Du darfst mich nicht verlassen, Pierre!«

## 1539

Nach dem Studium des *Hofmanns* betrachtete Pierre sich selbst wie in einem Spiegel. Was er sah, erfreute ihn wenig. Er lebte als Liebhaber einer schönen, aber alternden Gräfin in den Tag hinein, er wurde von ihr ausgehalten und war zu nichts nutze. Daher beschloß er, dem Müßiggang des letzten Jahrs zu entsagen und sich selbst zu vervollkommnen. Er stand früh auf, ritt aus, nahm regelmäßig Fechtstunden, übte sich im Lanzenstechen und im Umgang mit den neuen Feuerwaffen, mit Handbüchsen und Arkebusen.

Auf diese Weise war er abgelenkt und mußte nicht mehr so häufig an Laura denken.

Abends schlüpfte er zu Margarita ins Bett, und sie genossen stumm die Vertrautheit ihrer Körper.

Er besuchte auch wieder Kollegien, frischte die Kenntnisse in Griechisch auf und studierte Epikur und Lukrez, las Ovid *Metamorphosen* und Homers *Odyssee* und schließlich Petrarca. Dabei stellte er fest, daß er die Sonette des Italieners nun viel klangvoller fand, daß er auch seine Gefühle in ihnen entdeckte und immer wieder Lauras Stimme hörte. Wie viele Verse kannte er schon auswendig, ohne sie je gelesen zu haben! Gelegentlich vergoß er sogar Tränen. Und dann nahm er sich verstohlen ein Blatt und dichtete selbst.

Kardinal Farnese erlaubte ihm großzügig, die Bibliothek der *Cancelleria* zu benutzen, in die er mit seiner *famiglia* umgezogen war. Hier studierte Pierre die Dekrete, Bullen, apostolischen Briefe und Urkunden der letzten Päpste. Insbesondere interessierte ihn die Zeit Alexanders VI. In einem Bericht ging es um den Mord an dem Herzog von Gandia, dem Sohn des Papstes, Gerüchte wurden erwähnt, aber keine Namen genannt. Pierre war enttäuscht. Einmal tauchte auf einer Geschenkliste des Papstes der Name Accurse Maynier auf, seinem Großvaters war ein Goldring geschenkt worden. Dann stieß Pierre auch auf die Belehnungsliste, auf der die Baronie von Oppède verzeichnet war. Neben ihr stand ebenfalls, wie zu erwarten war, der Name seines Großvaters.

Irgend etwas Ungewöhnliches fiel Pierre an dieser Liste auf, aber er konnte nicht feststellen, was. Die Schrift war sauber und leserlich, die Namen der anderen Belehnten kannte er nicht, die Unterschrift des Papstes zeigte Spuren von Flüchtigkeit. Und trotzdem ließ er lange seinen Blick auf der Liste ruhen.

Dann vertiefte er sich wieder in Ovids *Ars Amandi*, träumte vor sich hin und schrieb schließlich eine Elegie.

Als der Kardinal vorbeischaute, versteckte Pierre schnell sein Gedicht. Alessandro übersah seine nervösen Bewegungen mit einem ironischen Lächeln und empfahl ihm als Lektüre *Il Principe*.

»Machiavellis Vorbild war Cesare Borgia. Dein Großvater mußte den Papstsohn gekannt haben.«

Pierre zuckte mit den Achseln. »Das weiß ich nicht. Aber ich weiß, daß der französische König meinem Vater einen Prunkharnisch geschenkt hat, der früher mal Cesare Borgia gehört haben sollte. Er ist bis heute sehr stolz darauf.«

Die Ironie im Lächeln des Kardinals vertiefte sich. »Cesare hatte in Rom keinen besonders guten Ruf, wie du sicher weißt. An seinen Händen klebte zu viel Blut. Heute werden unsere Gegner geschickter aus dem Weg geräumt.«

Er ließ den Blick auf Pierre ruhen, als prüfe er seine Reaktion. Dann drückte er ihm mit seinen gepflegten weißen Händen die *Gespräche* des Pietro Aretino in die Hand.

»Keine Lektüre für Nonnen. Aber für junge Männer wie dich sicher sehr nützlich. Wie du weißt, gibt es nicht nur fromme Menschen in der Hauptstadt der Welt.« Er grinste und fügte noch an: »Sind wir nicht allzumal Sünder?«

Pierre wollte ihn noch nach Laura und ihrer *Unpäßlichkeit* fragen, aber Alessandro hatte die Bibliothek schon verlassen.

Pierre starrte auf die Tür, durch die er gegangen war, ließ dann seinen Blick über die Folianten gleiten und beobachtete schließlich den Bibliothekar, der in der Ecke des Raumes saß, beschäftigt tat, ihn aber ebenfalls zu beobachten schien. Er winkte ihn herbei.

»Seid Ihr Signorina Laura schon einmal begegnet?«

Der Bibliothekar schaute ihn unverwandt in die Augen und deutete ein Nicken an.

Pierre drückte ihm eine Goldmünze in die Hand.

»Kannst du ihr unbemerkt einen Zettel oder einen Brief zustekken?«

Der Bibliothekar hatte die Münze verschwinden lassen und verneinte die Frage nicht.

»Gut, ich rufe dich nachher noch einmal.«

Der Bibliothekar verbeugte sich leicht und zog sich wieder zurück.

Pierre schlug das Herz bis hoch in den Hals. In irgendeinem Zimmer dieses riesigen Palasts saß Laura, und sie, die viele Jahre ihrer Kindheit miteinander verbracht hatten, fanden keine Möglichkeit, sich zu sehen, miteinander zu plaudern! Aber er mußte vorsichtig sein!

Schön säuberlich schrieb er auf einen Zettel Petrarcas Verse:

*Was bleibt zu tun, als fliehen, sich verstecken*
*In tiefsten Herzens tiefverborgnem Schrein,*
*Mit Tränenströmen Schuld und Anspruch decken.*

Er schrieb kein weiteres Wort dazu, unterschrieb auch nicht. Den sorgfältig gefalteten Zettel drückte er dem Bibliothekar in die Hand, der ihn nickend in einer Tasche seiner Kutte verschwinden ließ.

In den nächsten Wochen dichtete er nun regelmäßig Sonette, meist im Stil des Italieners, und schickte sie an Laura, die ihm jedoch nie antwortete.

Eine zunehmende Unruhe ergriff ihn, und als er sich erneut in Homers *Odyssee* vertiefte, verstärkte sie sich noch. So sehr er auch seinen Körper in Übung hielt und seinen Geist beschäftigte, wußte er doch längst nicht mehr, wozu er sich in Rom aufhielt. Im Grunde trauerte er nur um Laura – weil er sie liebte. Und je länger er sie nicht sah, desto mehr vertiefte sich seine Liebe. Dies drückten seine Sonette aus, die er alle paar Tage dem Bibliothekar in die Hand drückte.

Aber noch immer erhielt er keine Antwort.

Nachts lag er bei Margarita. Ihr Liebesspiel begann ihn zu langweilen, so daß er es immer nachlässiger betrieb. Seine Gedanken schweiften ab, natürlich zu Laura, die inzwischen zu einer engelhaften, ätherischen Gestalt geworden war, dann aber wieder mit einem dicken Bauch vor ihm stand und ihm einen Abschiedsgruß zuwinkte.

Die Wärme, die von Margarita ausging, schien Pierre plötzlich zu ersticken. Er verließ ihr Bett und stellte sich ans Fenster. Die Nacht war erstaunlich ruhig, und über den Himmel zog die Milchstraße ihr Band. Am liebsten würde er davonschweben, auf dieser *via lactea* dahingleiten zum Luberon, nach Lourmarin, nach Ménerbes. Warum lebte er nicht auf seiner Burg? Während seiner Monate in Ménerbes war er abends müde, aber zufrieden ins Bett gesunken, und die Freude daran, alles wieder herzurichten, das Vertrauen der Menschen zu gewinnen, ja, sogar daran, seine Goldmünzen zu zählen, diese Freude war echt gewesen.

Welche Freuden waren zur Zeit echt?

Noch am nächsten Morgen hatte Pierre einen Entschluß gefaßt. Er wollte Rom verlassen und zurückkehren. Sich um Ménerbes kümmern. Vielleicht sogar helfen, das Schloß von Lourmarin wieder herzurichten. Und dann konnte er studieren. Er mußte ja nicht nach Paris gehen. Er konnte in Bologna oder Florenz studieren. Oder in Montpellier.

Laura war an den Enkel des Papstes verloren – sie würde ihm Kinder schenken und, wie ihre Mutter, das römische Wohlleben genießen. Ja, Pierre war Margarita dankbar, sie konnte ihn jedoch nicht auf die Dauer in dieser Stadt der schönen Fassaden halten. Er wurde bald zweiundzwanzig Jahre alt, und seine Lebensaufgabe bestand nicht darin, der Liebhaber und Beschützer einer alternden Gräfin Orsini zu sein.

Aber er brauchte Geld. Allerdings nicht wie bisher von Margarita. Auch von dem Kardinal wollte er sich nichts leihen. War er nicht der Seigneur von Ménerbes und konnte auf die Einnahmen der letzten Jahre zurückgreifen? Doch wie ließ sich dies bewerkstelligen? Er mußte sich in den Bankhäusern erkundigen. Und während er sich erkundigte, konnte er nach Bertrand Saumuc fragen.

Der Entschluß war gefaßt, und die ersten Schritte mußten in die Wege geleitet werden. Pierre gab Margarita einen flüchtigen Kuß und verließ ohne weitere Erklärungen das Haus. Sein Weg führte ihn zur Medici-Bank, dann zu den Chigis und der Niederlassung der Fugger im Rione di Ponte, schließlich auch noch ins Judenviertel in der Nähe der Isola Tibertina. Mit dem nächsten Kaufmannszug nach Lyon könne ein Bote in Ménerbes vorbeireiten, wurde ihm bedeutet, dem Verwalter einen Brief von seinem Seigneur bringen und die gewünschte Summe Geldes in Empfang nehmen. Mit dem Geld könne man in Lyon Waren kaufen, die sich dann wieder in Italien verkaufen ließen. Auf diese Weise könne der Seigneur de

Ménerbes unter Umständen noch einen Handelsgewinn einstreichen. Oder er empfange nach Stellung von Bürgschaften die Summe des gewünschten Geldes, unterschreibe einen Schuldschein, den dann sein Verwalter plus Zinsen und Kosten auszulösen habe.

Pierre erkundigte sich nach der Höhe des Zinssatzes und fragte zum Schluß nach Bertrand Saumuc. Bei dem Chigis meinte sich ein älterer Kontorist an einen jungen Mann zu erinnern, der aber bald die Bank verlassen habe und wahrscheinlich für die Deutschen arbeite. Und tatsächlich, in der Bank der Fugger bestätigte man ihm, ein Bertrand Saumuc habe das Vertrauen, das in ihn gesetzt worden sei, voll erfüllt und sei nach Lyon versetzt worden.

Für Pierre stand nun fest: Er würde sich Geld besorgen und wieder nach Frankreich aufbrechen. Nach Hause, in den Luberon, nach Ménerbes. Er konnte Mama Catherine berichten, daß ihr Sohn Bertrand in Lyon lebe. Gemeinsam würden sie ihn besuchen.

Und er würde endlich ein neues Leben beginnen.

Noch am selben Tag schrieb er Laura einen langen Brief, in dem er ihr für die Zukunft Glück wünschte, ihr seinen Entschluß mitteilte und ihr am Ende sagte, er habe sie geliebt, eigentlich immer schon, aber sie habe einen besseren Mann gefunden, und nun wolle er endlich die Konsequenzen ziehen und Rom verlassen. Ohne nachzudenken, unterschrieb er mit *Pierre*.

Als er abends nach Hause kam, fand er Margarita nicht vor. Sie sei in einer Kutsche abgeholt worden, hieß es. Verwirrt ging Pierre allein ins Bett. Erst spät in der Nacht schlüpfte sie zu ihm, wortlos, und als er sich umdrehte, strich sie ihm mit einer nachlässigen Zärtlichkeit über den Kopf. Sie roch nach einem unbekannten Duftwasser oder einem Übermaß an Moschusöl, sie stank regelrecht nach einem anderen Mann, nach schwülem Ficken mit einem verfetteten Prälaten, sie stank nach Wein, nach Puder und verlauster Perücke.

»Wo warst du?« fragte er, inzwischen hellwach.

»Wo warst *du*?« fragte sie zurück.

»Ich verlasse Rom«, murmelte er in das Kopfkissen, »ich reise nach Frankreich, nach Hause.«

Sie zog ihren Arm zurück und schwieg. »Warum?« fragte sie nach einer Weile.

Ich halte es hier nicht mehr aus, wollte er sagen, aber er besann sich: »Ich muß nach Ménerbes sehen. Ich sehne mich nach dem Luberon. Vielleicht werde ich studieren.«

»Wie dein Vater es wünschte – ein gehorsamer Sohn.«

»Ich kann nicht ewig dein Liebhaber bleiben!«

»Nein, das kannst du nicht«, sagte sie tonlos. »Ich bin vierzig geworden. Das schickt sich langsam nicht mehr.«

»Mit dir hat es nichts zu tun.«

»Mit wem dann?«

Er schwieg, und nach einer Weile hörte er sie leise weinen.

»Versteh' mich doch!« bat er.

»Ich verstehe dich zu gut.« Auch als er seinen Arm auf sie legte, schluchzte sie weiter.

»Es wird wahrscheinlich sowieso nächstes Jahr, bevor ich reisen kann.«

Sie setzte sich auf und zündete ein Öllicht an. Ihr Haar fiel noch immer in langen dichten Strähnen über die Schultern, ihre Brüste, voll und schwer, brauchten sich nicht unter Seidenstoffen zu verstecken. Und auch ohne Perlen und Goldschmuck sah sie wie eine alterslose Kalypso aus. Nur roch sie abstoßend.

»Weißt du«, begann sie, »daß Laura doch nicht schwanger ist? Ich hörte es von einem Kammermädchen aus Alessandros *famiglia*. Er sperrt sie in der *Cancelleria* ein, als wäre sie seine Gefangene, Gott weiß warum.«

Pierre starrte auf das dunkle Rot des Baldachins. Margaritas Nachricht traf ihn mitten ins Herz. Er merkte, wie sein Entschluß schon wieder schwankend wurde. Vielleicht sah er Laura doch wieder. Wenn sie nicht schwanger war, mußte nicht alles verloren sein. Er konnte sie aus Alessandros Fängen befreien und mit ihr in die Heimat fliehen. Er brauchte unbedingt sein Geld. Und hatte er es …

Und wenn sie ihn gar nicht liebte?

Sie war nicht schwanger. Der Kardinal würde sie über kurz oder lang verstoßen. Das wußte sie. Und sie wußte, es gab nur einen Menschen, der sie wirklich liebte. Zusammen würden sie in den Luberon zurückkehren, Lourmarin aufbauen und Kinder in die Welt setzen, nicht nur eins, sondern viele …

»An was denkst du?« fragte Margarita mit leiser Stimme.

Pierre sprang aus dem Bett und stellte sich ans Fenster. Unter sich, auf der Straße, sah er im Mondlicht ein paar eingemummte Gestalten vorbeihuschen und einen Degen aufblitzen. Dann bewegte sich nichts mehr, noch nicht einmal eine Katze war zu sehen.

»Früher wollte ich nachts häufig wegfliegen«, sagte er, »aber eigentlich wußte ich nie, wohin. Einfach nur weg.«

»Du denkst immer noch an sie, nicht wahr?«

Ja, er dachte an sie. Er dachte an seine kleine geliebte *Schwester*. Die nun doch nicht schwanger war. Die noch nicht verloren war. All die schönen Sonette, die er, wie einst Petrarca an seine Geliebte, geschrieben hatte, all diese entlehnten Worte und Reime waren nicht nur eine Antwort auf ihre Lieblingslektüre, sie sprachen aus seinem Herzen. Sie mußte dies wissen. Auch sie liebte ihn.

»Warum kommst du nicht zurück?« flüsterte Margarita.

Pierre blieb am Fenster.

Und dann, als wäre es eine Antwort, packte ihn das Fieber. Am nächsten Tag fühlte er sich unwohl, schwach und heiß, dann schien es ihm wieder besser zu gehen. Zwei Tage später erfaßte es ihn erneut, diesmal stieg es höher. Nach kurzer Besserung schlug es in einem rasenden Ansturm zum dritten Mal zu. Schweißüberströmt und schlotternd lag er im Bett. Die Krankheit, die im Sommer so viele Menschen in Rom sterben ließ, hatte ihn überfallen und niedergeworfen. Er nahm die Hand, die sich ihm entgegenstreckte bedeckte sie mit Küssen und flüsterte dann in die schemenhaften Gesichtszüge – waren es Margaritas? waren es Lauras? –: »Es ist das dritte Mal, das er ein Opfer fordert. Und diesmal meint er es ernst. Ich habe mich zu früh gefreut. Er hat lange geschwiegen, aber jetzt straft er mich. Warum, warum nur …«

Schwarze Vögel schwebten in sein Zimmer, Gebete schwirrten um seinen Kopf. Er wollte wieder zum Fenster stürzen, aber seine Beine versagten. Schwarzbärtige Göttermasken waren neben seinem Kopf und Teufelsfratzen, Wesen aus Schlangenhaut und Vogelbrut, fliegende Lurche und gehörnte Fledermausgesichter, aus Eiern geschlüpfte Quälschnäbel und spitze Zahnreihen, die sich lustvoll ins Afterfleisch schlugen.

»Wer seid ihr?« schrie er, dann schwanden ihm die Sinne.

## 1540

Fröhliches Gebrabbel und quiekendes Aufjuchzen weckten Madeleine. Draußen strahlte schon die Sonne, es schien wieder ein beglückender Frühlingstag zu werden, mit einem Blütenmeer an Bäumen und Sträuchern, mit Summen von Bienen und fröhlichen Gesichtern.

Ihr kleiner Nico, der jetzt einjährige François-Raymond-Nicolas, spielte mit einem Holzpferdchen und wartete geduldig, bis sie ihn aus seinem Bettchen zu sich nahm und ihm noch einmal die Brust reichte. Am Tag erhielt er Ziegenmilch, und abends, wenn sein Hunger sich lautstark meldete, einen Brei aus Milch, Honig und Mehl, mit ein wenig Wein versetzt, aber morgens gab es noch die Brust. Auf eine Amme hatte Madeleine verzichtet, auch wenn die Sabrans darüber lächelten. Sie hatte kaum Verpflichtungen, die sie vom Stillen abhalten könnten, und sie wollte die langersehnte Freude ihrer reifen Jahre auskosten, so lange es ging. Der kleine Nico dankte ihr es. Es war eine leichte Geburt gewesen, das Kind blieb gesund. Sehr schnell blickte er ihr mit wachen Augen ins Gesicht, und schon nach wenigen Monaten meldete er durch fröhliches Gebrabbel sein Glück.

Als er satt war, ließ Madeleine ihn von Catherine, dem Kindermädchen, säubern, und dann veranstalteten sie zu dritt die ersten Laufübungen, an denen Nico besonderen Gefallen fand. Catherine ließ ihn los, und er torkelte juchzend in ihre Arme. Dies wiederholten sie, bis er, müde geworden, sich fallen ließ und zu ihr krabbelte. Als sie ihn wieder auf die Beine stellte, lachte er, als wolle er sie an der Nase herumführen, und krabbelte zu Catherine zurück, die ihn sofort an sich drückte und gar nicht wieder hergeben wollte.

Madeleine, zufrieden damit, daß Nico so liebevoll aufgehoben war, ließ sich ein leichtes Morgenkleid geben, bedeckte ihren Kopf mit einem Seidentuch und schlüpfte in ihre Pantoffeln. Wie jeden Morgen ging sie zu einer stillen Andacht in die Kapelle und anschließend in die Gruft, wo sie für das Seelenheil ihrer Tochter betete und ihr Hoffnung machte, daß Pierre am Leben sei, an sie denke, sie immer, was auch geschehe, lieben werde.

»Es wird der Tag kommen, an dem ihr wieder vereint seid«, flüsterte Madeleine, »verzweifele nicht, du hast die Qualen des irdischen Lebens hinter dir – aber der Allmächtige ist gerecht und die Jungfrau Maria gnädig. Ach, wenn du doch den kleinen Nico sehen könntest!«

Sie brach in Tränen aus, stieg dann auf den Turm des Schlosses und schaute mit der Sonne nach Westen, über die Dächer des Dorfs hin und über die Weinberge, hinter denen Lourmarin liegen mußte, das Schloß ihrer Kindheit, das Grab ihres Bruders.

Unten, auf dem Platz vor dem Eingang zum Schloß, lagerte zwischen den Platanen ein kleiner Kaufmannstrupp. Ein junger Mann schaute hoch, sah sie, winkte ihr und begab sich dann zum Portal. Kurz darauf wurde er ihr gemeldet. Madeleine konnte es kaum glauben, und wieder brach sie in Tränen aus, in Tränen der Freude, weil der junge Mann ihr einen Brief von Pierre überreichte.

Er komme aus Rom und sei auf dem Weg nach Lyon, erläuterte er, er habe den Auftrag, die Antwort der gnädigen Marquise abzuwarten und dann nach Rom zu expedieren.

»Aber wie? Ihr zieht doch nach Lyon?«

»Von Lyon geht neuerdings regelmäßig Post nach Turin, und von dort bringen befreundete Kaufleute den Brief direkt nach Rom. Eure Antwort wird nicht lange unterwegs sein.«

Madeleine ließ dem jungen Kaufmann ein ordentliches Mahl vorsetzen, ja, sie bewirtete die gesamte Gruppe, und zog sich in ihr Studierzimmer zurück, um Pierres Brief zu lesen und eine Antwort zu schreiben.

In großen Buchstaben mit weiten Schwüngen schrieb er, daß die in Rom so häufigen Fieberschübe ihn fast ins Jenseits befördert hätten, aber inzwischen gewinne er seine Kraft wieder und denke oft an den Luberon und besonders natürlich an Beatrice. Madeleine mußte erneut einige Tränen abtupfen. Die Worte, die Pierre benutzte, erinnerten sie an die schmerzhaft-klangvollen Verse Petrarcas.

Dann las sie von seinem Jahr im Kloster, von Kardinal Farnese, der sich um Laura kümmere, die ihre schwere seelische Verwundung von damals inzwischen weitgehend ausgeheilt habe. Ihre Mutter, die Gräfin Orsini, sei eine warmherzige Person. Er selber sehne sich aber schon seit geraumer Zeit wieder nach der Heimat. Auch nach

Vater Berthon, den er nicht mehr gesehen habe, und nach Mama Catherine. Alles, was bei ihnen im Luberon geschehen sei, solle Madeleine bitte berichten, in allen Einzelheiten, und sobald er Geld aus Ménerbes erhalten habe, würde er zurückkehren.

Am Ende des Briefes fragte Pierre noch nach seinem Vater. »Auch wenn ich ihn aus meinem Leben verbannt habe, so taucht er doch gelegentlich in meinen Träumen auf, scheint mir etwas zuzurufen oder mir zu drohen. Erstaunlich ist, daß Rom meinen Großvater Accurse noch nicht ganz vergessen hat. Ich hörte, daß er den Boten spielen mußte zwischen Papst Alexander und Giulia, der *Braut Christi* und Schwester des jetzigen Papstes. Man kann lange darüber sinnieren, welch verschlungene Wege Gottes unerforschlicher Ratschluß uns Erdenkindern zumutet. Alles, was wir tun, ist längst von IHM vorhergedacht und vorherbestimmt. In den Sternen legt er es nieder. Und wir Menschen können uns nur in das Schicksal fügen. Warten, bis er uns ruft, bis er uns abruft oder auch aufruft, uns auf den Weg zu machen.«

Madeleine las Pierres Brief ein zweites und ein drittes Mal. Und noch immer sah sie Pierre nicht vor sich. Der Brief war nicht geheimnisvoll, er schien nicht verklausuliert, und doch hatte sie das Gefühl, daß ein fremder Mensch aus den Zeilen sprach. Sollte sich Pierre derart geändert haben?

Sie wischte mit einer heftigen Geste diesen Gedanken zur Seite und begann sofort, ihre Antwort zu schreiben. Als wäre ein langes Schweigegebot aufgehoben worden, brach es aus ihr heraus, und die Feder konnte gar nicht so schnell über das Papier fliegen, wie ihr Mitteilungsdrang es verlangte. Sie berichtete davon, daß sie wider Erwarten und nach langen Jahren wieder mit einem Kind gesegnet sei.

»François-Raymond-Nicolas heißt der Kleine mit den klugen Äuglein und der großen Nase, der Erbe unseres Namens. Wer hätte dieses gnadenreiche Wunder noch zu hoffen gewagt? Manchmal glaube ich selber nicht daran, und so geschieht es, daß ich auf den Kleinen schaue und denke, es ist Dein und Beatrice' Junge, aber wenn der Prinz an meiner Brust liegt, dann gehört er mir, nur mir. Er ist mein kostbarster Schatz, den keine Juwelen der Welt aufwiegen könnten. Um ihn, um sein Leben und seine Zukunft werde ich kämpfen bis in den Tod. Wenn Du, lieber Pierre, erst einmal einen Sohn in Deinen Armen hältst, wirst Du wissen, wovon ich spreche.

Als Kinderfrau hilft mir Catherine Saumuc, die Tochter Deiner Amme. Sie zog mit ihrer kranken Mutter von Ménerbes hierher, ich hoffe, mit Deiner Erlaubnis. Deine Amme hat der Allmächtige kurz darauf zu sich gerufen, er sei ihrer armen Seele gnädig. Während ihrer letzten Erdentage war sie nur noch der Schatten ihrer selbst und blind. Sie sprach viel von Dir und Bertrand und daß Euer Schicksal verwoben sei. Sie erinnerte uns immer wieder an ihren Mann, den Küfner, und an seinen Tod durch Jean de Roma. Ihre Worte klangen bitter und verzweifelt, ja zweifelnd.

Und dann geschah ein Wunder, das ihr den Glauben wiedergab: Als hätte er ihre erlöschende Stimme gehört, erschien plötzlich Bertrand. Im ersten Moment hielt sie ihn für Dich, Pierre, und als Bertrand sie dann berichtigte, tastete sie sein Gesicht ab, und ihr Herz brach vor Freude. Ja, so war es. Unser Erlöser gönnte ihr einen gnädigen Tod.

Seitdem Du nach Rom gegangen bist, ist es zum Glück zu keinem weiteren Krieg in unserer geliebten Provence gekommen; nicht einmal zu einem großen Ausbruch der Pest, die wir alle erwartet hatten. Und doch hat sich das Land noch nicht erholt. Die Menschen werden nicht mehr satt, weil die Ernten mager geblieben sind, die Preise steigen immer heftiger, und die Hungersnöte treiben die Menschen zu unbedachten Taten. Sie suchen nach Schuldigen, glauben Aufwieglern und falschen Propheten und vergessen ganz das Gebot der Barmherzigkeit, das Jesus verkündet hat. Früher waren Katholiken und Waldenser gute Nachbarn, aber inzwischen beschimpfen sie sich als *Ketzer* und als *Papisten*, wenn sie sich nicht Worte wie *hundsföttische Teufelsbrut* und *schweinische Götzendiener* an den Kopf werfen, Worte, die ich nur unter Erröten niederschreibe.

Leider bleibt es auch nicht bei Beschimpfungen. Man hackt sich die Weinstöcke und Obstbäume um, man verleumdet einander, bestiehlt sich und greift sogar zu den Waffen.

Zum Glück ist es nicht überall so. Auf unseren Ländereien versuchen Louis und ich jeden Streit friedlich zu schlichten, aber es gelingt nicht immer. Längst gehorchen manche Waldenser dem christlichen Gebot *Du sollst nicht töten* nicht mehr: Insbesondere in Cabrières d'Avignon versammeln sich junge Männer um einen gewissen Eustache Marron, die die Verfolgung ihrer Glaubensbrüder nicht hinnehmen wollen. Sie bewaffneten sich, sogar mit Arkebusen, und befreiten einen Gefangenen in Cavaillon, zerschlugen das Gefängnis von Apt. Leider sind die Folgen dieser Taten nicht ausgeblieben, und es ist zu befürchten, daß sie, wie meist, die Falschen, die Unschuldigen, treffen.

Ja, was wird werden? Das fragen wir uns hier in unserer friedlichen und fruchtbaren Provence immer wieder. In Deutschland und in den schweizerischen Kantonen hängen schon viele Fürsten und Städte dem neuen Glauben an und haben sich vom Papst gelöst. Auch unter manchen französischen Edelleuten rumort es, das berichtet Louis immer wieder aus Aix. Sie wollen sich nicht länger bevormunden lassen – aber ich glaube, ich sollte nicht weiter solch schwierige Fragen diskutieren. Früher, als ich noch jung war, hatte ich zu allem meine Meinung. Doch heute sehe ich, daß ich vieles nicht mehr verstehe.

Wir Frauen richten uns meist mehr nach dem Gefühl als nach dem Verstand. Mein Gefühl sagt mir, daß Gott nie und nimmer gewollt haben kann, daß die Menschen sich umbringen wegen abweichender Auslegung SEINES Wortes. SEIN Wille ist unerforschlich, wir sind Sünder allzumal, wir sind aber auch seine Ebenbilder. Nein, nein, Gott hat uns nicht geschaffen, damit wir uns töten, nur weil wir über die Zahl der Heiligen oder das Fegefeuer unterschiedlicher Meinung sind.

Aber Dich werden die Gedanken einer Edelfrau vom Lande nicht interessieren. Du verkehrst sicher mit hohen Prälaten, mit Kardinälen und darfst vielleicht sogar mit dem Heiligen Vater disputieren. Da interessiert Dich sicher mehr, wie es in Ménerbes aussieht. Ich kann Dich beruhigen. Der Verwalter, den Du eingesetzt hat, macht seine Sache gut. Er ist ein grundehrlicher Mann, hat sogar den Ort und das Schloß befestigen lassen. Da er kein Adliger ist, hat er sich erlaubt, Schafherden zu kaufen, und außerdem hat er Maulbeerbäume angepflanzt. Man sagt, daß der Zucht der Seidenraupe eine große Zukunft beschert ist. Auch ich habe angefangen, solche Bäume zu pflanzen. Die Zeiten ändern sich und wir in ihnen.

Lourmarin hinterläßt leider noch immer einen trüben Eindruck. Wir haben die nötigsten Reparaturen ausführen lassen, aber das Schloß wartet auf seine Erbin. Manchmal denke ich, sie weiß noch gar nichts von ihrem Glück. Aber Du mußt es ihr doch gesagt haben. Ich lege Dir einen Erbberechtigungsschein bei, den mir ein Notar in Aix ausgestellt hat. Gib ihn bitte Laura und frage sie, was sie in Zukunft mit dem Schloß und den Ländereien zu tun gedenkt.

Was kann ich über Louis mitteilen? Seine Gesundheit ist sehr angegriffen, und er fühlt sich dem Tode nahe. Trotzdem möchte er noch eine Aufgabe erledigen, und ich glaube, wenn sie ihm gelingt, dann hat er nicht umsonst gelebt. Dann werde ich ihn immer verehren.

Um Dir zu erklären, worum es geht, muß ich wieder auf die Verfolgung der Waldenser und Lutheraner zurückkommen. Am 18. November des letzten Jahres hat der Oberste Gerichtshof von Aix ein *Arrêt* gegen eine ganze Anzahl von waldensischen Familien, ja, gegen das Dorf Mérindol erlassen. Die Männer sollen verbrannt, die Frauen und Kinder auf die Galeeren verkauft oder verbannt, und alle Häuser sollen niedergerissen werden, bis auf den letzten Stein. Auch der König hat zugestimmt.

Ein Aufschrei der Empörung entfuhr allen gutmeinenden Menschen. Wie kann man kleine Kinder für den Glauben ihrer Väter büßen lassen? Warum muß man sich verhalten wie die Türken oder früher die gottlosen Hunnen und ein ganzes Dorf bestrafen?

Zum Glück finden sich hochgestellte Persönlichkeiten, die sich gegen die Durchführung des *Arrêt* wenden. Auch Louis kämpft mit den ihm verbliebenen Kräften wie ein Löwe gegen diese unmenschliche Entscheidung. Er hat an viele bedeutende Männer im Ausland geschrieben. Ja, er ist sogar bereit, zum König persönlich zu reisen und um Gnade zu bitten.

Leider kann ich nicht verschweigen, daß Dein Vater, lieber Pierre, derjenige war, der das *Arrêt* initiiert und durchgesetzt hat. Chassanée, der Präsident des Obersten Gerichtshofs, konnte ihm keinen Riegel mehr vorschieben. Er hat resigniert. Dein Vater, schon lange gut befreundet mit dem Erzbischof von Aix und dem päpstlichen Vize-Legaten von Avignon, zudem mit dem Generaladvokaten Guérin, möchte unbedingt ein Exempel statuieren, ja, ein Fanal setzen. Es ist ihm nicht gelungen, den Anfängen zu wehren, so betont er unentwegt, aber kapitulieren vor der *häretischen Flut* will er unter keinen Umständen. Er glaubt, auch der apostolische Stuhl in Rom verfolge seine Linie.

Der französische König wird als schwankend und unsicher angesehen, als ein Mann, der lieber Jagdschlösser baut, italienische Künstler nach Frankreich holt und sich in nicht enden wollenden Kriegen mit Karl V. aufreibt, als in Glaubensfragen klar Stellung zu beziehen. Wenn Du mich fragst, so glaube ich, daß der König zwar nicht immer gut beraten, im Grunde seines Herzens jedoch an religiösen Fragen nicht besonders interessiert ist. Hauptsache, seine Untertanen zahlen Steuern und finanzieren ihm seine Kriege und seine goldenen Salzfässer. Aber der Papst, so erzählt man sich in Aix, gilt als ein *Falke*. Der Papst sei erzürnt über die lasche Haltung des Königs. Er sehe die Herrschaft der katholischen Kirche in Gefahr. Er will die *Tauben* jagen.

Dies wirst Du in Rom besser beurteilen können. Wenn Du einem der hohen Kirchenfürsten begegnest, so setze Dich – darum flehen wir Dich an – für die armen Menschen von Mérindol ein. Ein ganzes Dorf soll für den Glauben von ein paar Männern büßen! Gott darf dies nicht zulassen!

Ich befürchte, Louis wird zerbrechen, wenn das *Arrêt* nicht bald vom König aufgehoben wird. Dein Vater spricht nicht mehr mit ihm – und ich will Dir eins sagen: Insgeheim befürchten wir, daß Dein Vater in nicht allzu ferner Zeit einmal Präsident des Obersten Gerichtshofs wird. Vielleicht wird es dann weitere *Arrêts* geben. Aber wohin wird dies führen? Die Menschen werden revoltieren, sie werden kämpfen gegen eine Politik, die mit Scheiterhaufen erzwingen will, was sie durch Worte und vorbildliche Taten nicht mehr erreichen kann. Die Menschen werden nicht hinnehmen, daß man sie zur Schlachtbank führt. Düstere Stunden drohen dem Luberon.

Sei daher froh, lieber Pierre, daß Du im schönen Rom Deine Tage verbringen darfst. Wie gerne hätte auch ich einmal Italien und Rom gesehen! Aber ich kann mich doch nicht mit meinem kleinen Jungen auf den Weg machen, als Frau!

Ich muß schließen. Du weißt nun Bescheid, wie es hier aussieht. Ich grüße Dich, auch im Namen meines tapfren Louis' und umarme Dich –

Deine Madeleine de Bouliers,
Baronesse de La Tour d'Aigues und Marquise de Cental.

P.S.: Ich werde Nico von Dir erzählen, seinem *Onkel*. Ach, Pierre, wenn ich dieses Goldkind nicht hätte, meinen kleinen Prinzen, wie einsam und düster wären meine Tage! Ihm darf nichts geschehen. Für sein Leben würde ich nicht nur kämpfen, ich würde mich sogar mit dem Teufel verbünden. Vielleicht ist dies auch nur zu denken eine Sünde. Aber eine Tochter habe ich schon verloren; meinen Sohn werde ich nicht verlieren!«

## 1541

Die Krankheit hielt Pierre lange in ihren Klauen.

Nach einer Weile verschwand das Fieber, aber er blieb schwach.

Dann stieg es erneut und wollte nicht wieder weichen. Er mußte monatelang das Bett hüten. Als er schließlich seinen Vater ins Zimmer treten sah, mit ernster Miene, glaubte er endgültig, dem Tod ins Auge zu blicken.

»Ja, Vater«, schrie er – dann wachte er auf. Neben seinem Kopf betete ein Priester, und am Bettrand saß Margarita und legte ein nasses Tuch auf seine Stirn. Er lächelte sie an und griff nach ihrer Hand.

Sein Vater war verschwunden.

Sie küßte ihn auf den Mund, und mit dem Kuß kam das Leben zurück. Durstig und schwach, versuchte er sich aufzurichten.

»Du bist über dem Berg«, sagte Margarita, »ich sehe es deinen Augen an.«

Pierre nickte.

»Du hast von deinem Vater geträumt?«

»Er verlangte ein Opfer von mir«, flüsterte er, dann ließ er sich wieder in die Kissen fallen. »Noch nicht einmal in Rom bin ich vor ihm sicher.«

»Du mußt ihn vergessen.«

»Ich dachte, ich hätte ihn vergessen.«

»Beginne ein neues Leben, hier, in Rom, an meiner Seite – dann wirst du ihn vergessen.«

Er schaute sie zweifelnd an und schickte den Priester aus dem Zimmer.

»Wie geht es Laura? Hat sie mich besucht?«

»Ich habe sie selbst nur einmal kurz gesehen. Alessandros Liebe muß groß sein – sie wirkte nicht unglücklich.«

Margarita hatte den Kopf abgewandt, stand dann auf und holte sich einen Fächer. Nachdem sie sich wieder zu ihm gesetzt hatte, fächelte sie sich Luft zu und beugte sich über ihn. »Du mußt sie vergessen, Pierre. Ich weiß, es ist schwer für dich. Aber Alessandro gibt sie nicht wieder her.«

Als Pierre endgültig gesund war, erhielt er den Brief aus der Heimat. Er war monatelang unterwegs gewesen. Während er ihn las, verdüsterte sich sein Gesicht immer mehr, und er berichtete Margarita von dem *Arrêt* und seinen Folgen.

»Wieder ein Grund, hier in Rom zu bleiben.«

»Aber ich kann doch meine Freunde und all die, die auf meinem Grund arbeiten, nicht alleine lassen!«

»Was willst du tun? Dich den aufständischen Waldensern anschließen und Gefangene befreien?«

»Natürlich nicht.«

»Deinen Vater überreden, seine Feinde zu lieben?«

Pierre schwieg.

»Vielleicht gar als kleiner Seigneur de Ménerbes zum König von Frankreich reiten und ihn um Gnade bitten?«

Margarita hatte unzweifelhaft recht, aber seine Hilflosigkeit quälte ihn.

Als Kardinal Farnese nach langer Zeit wieder einmal Gräfin Orsini einen Besuch abstattete, schöpfte Pierre neue Hoffnung. Nachdem die ersten Höflichkeitsfloskeln ausgetauscht waren, sprach ihn Pierre auf das *Arrêt* an, fragte, ob der Heilige Vater wirklich so unerbittlich gegen alle angeblichen Häretiker vorgehen wolle und ob er sich nicht persönlich an den französischen König wenden könne, um die Durchführung dieser gnadenlosen Maßnahme noch abzuwenden.

Der Kardinal zog die Augenbrauen hoch, lächelte und schüttelte den Kopf.

»Ein ganzes Dorf«, rief Pierre, »ohne Ansehen der Person!«

»Lieber Freund«, sagte der Kardinal milde. Trotz seiner jungen Jahre gab er sich staatsmännisch. »Ich stehe in dauerndem Kontakt mit Avignon und darf Euch beruhigen: Der König hat die Durchführung des *Arrêt* ausgesetzt. Er hat Gnade walten lassen, wie es sich für einen christlichen Herrscher ziemt. Und was meinen Großvater angeht, so habe ich selten einen barmherzigeren Menschen gesehen. Er kann kein Blut fließen sehen. Er bittet Gott täglich, den Menschen den rechten Glauben und die richtige Einsicht zu verleihen.«

»Das *Arrêt* ist ausgesetzt?«

Der Kardinal nickte.

Pierre fiel ein Stein vom Herzen. Er umarmte Margarita und kniete vor dem Kardinal, um ihm den Ring zu küssen.

»Alles wird gut, du wirst sehen«, sagte Margarita.

Der Kardinal bedeutete ihm, sich wieder zu erheben. »Ich bin hierher gekommen, um Euch eine Stelle als apostolischer Scriptor anzubieten. Dies ist eine Tätigkeit, die natürlich in keiner Weise Euren Begabungen und Fähigkeiten entspricht, aber sie wäre ein Anfang, eine Art Absichtserklärung. Vielleicht könnt Ihr Euch jetzt, da Ihr gesehen habt, wie großmütig der Heilige Vater ist, dazu durchringen, doch die kirchliche Laufbahn ins Auge zu fassen und in den Dienst der Kurie zu treten. Ich will Euch nichts versprechen, aber denkt an Euren Großvater. Er war ein weltläufiger, ein weltmännischer Mann. Warum solltet Ihr als Provençale nicht vielleicht sogar einmal Vize-Legat oder Legat in Avignon werden? Euer kleines Ménerbes bringt Euch nicht weit. Der Heilige Vater könnte Euch eine anständige Baronie zum Lehen geben. Die Mutter Kirche liebt ihre Kinder und sorgt für sie. Ihr seid unbeweibt und noch jung, die niederen und die höheren Weihen stehen Euch offen. Ihr lebt in Rom: Hier könnt Ihr schnell lernen, was Ihr an Kenntnissen braucht. Und Ihr habt Freunde. Freunde zu haben ist das Entscheidende. Denn keine Freunde zu haben führt zur Bedeutungslosigkeit – Feinde zu haben oft zum Tod.«

Der Kardinal ließ sich ein Glas Malvasier reichen und ein Stück Mandelbrot.

Pierre beobachtete die feinen, spitz zulaufenden Finger mit dem sauber gefeilten Halbmond der Fingernägel. In einem seltsamen Kontrast dazu standen die leicht verfettenen Handrücken. Alessandro war zwei Jahre jünger als er, aber er trug schon perfekt seine Kardinalswürde, und auch der volle dunkle Bart machte ihn älter. Die Unterlippe ragte leicht wulstig unter den Haaren hervor und gab dem Gesicht eine lässige Sinnlichkeit. Die großen Augen, die abwartend auf Pierre lagen, wirkten warmherzig, wenigstens auf den ersten Blick, mit einem leichten Zug des Leids. Aber was verbarg dieser Blick? Niemand in Rom spielte den Wohltäter und Förderer umsonst, zumindest nicht ohne einen Hintergedanken.

»Ich danke Euch für Eure offenen Worte und Eurer Angebot,

Eminenz«, sagte Pierre. »Ich bin zutiefst in Eurer Schuld, schon seit langem – auch für Laura, die ich wie eine Schwester liebe.«

Er beobachtete genau Alessandros Gesichtsausdruck und ebenso Margaritas Regungen. Der Kardinal zeigte keine Reaktion, während Margarita lächelte.

»Ich werde mir Euer großzügiges Angebot gründlich überlegen und Euch bald eine Antwort geben«, fuhr Pierre fort. »Verzeiht mir das Zögern, aber vor meiner Krankheit hatte ich mich entschlossen, wieder nach Frankreich zurückzukehren.«

Der Kardinal bewegte seinen Kopf nicht, aber seine Augen zuckten zur Seite, als wollte er Margarita anschauen. Sein Mund blieb reglos.

»Womöglich erübrigt sich diese Rückkehr jetzt«, sprach Pierre weiter. »Mir übersandte aber Lauras Tante, die Marquise de Cental, einen Erbschein für Laura, und ich bin der Meinung, wir sollten Laura reinen Wein einschenken und ihr sagen, daß Graf d'Agoult ihr wirklicher Vater ist, daß er leider nicht mehr unter uns weilt, sie aber in seinem Testament legitimiert und ihr seinen Namen, seinen Titel und das Schloß von Lourmarin vermacht hat. Es muß entschieden werden, was mit dem Schloß geschieht, denn es verfällt. Und vielleicht möchte Signorina Laura, die Contessa d'Agoult, persönlich in die Provence reisen, um die Entscheidung hinsichtlich ihres Besitzes zu fällen. Ich könnte sie begleiten.«

Alessandro wandte seinen Kopf langsam zu Margarita. »Was meinst du dazu, meine Liebe?« fragte er in bedächtigem Ton.

Margarita schien aus Gedanken aufzuschrecken. Einen Augenblick wirkte ihr Gesicht schutzlos, verzweifelt und alt. »Ich halte nichts davon, daß Laura wieder an den Ort der Schrecken zurückkehrt. Sie ist Römerin geworden und sollte es bleiben. Und was den Namen und das Schloß angeht: Ihr von ihr geliebter Vater ist Hugues Berthon, mein erster Mann, dies weißt du genau, Pierre!«

Ihre Stimme klang plötzlich aggressiv. Aber schnell riß sie sich wieder zusammen.

»Natürlich ist es schön, ein Schloß zu erben. Wir sollten sie fragen, was sie damit zu tun gedenkt. Ich bin dafür, es zu verkaufen, denn es ist ein Ort, der den Menschen nicht viel Glück gebracht hat, eine Ort ohne Zukunft außerdem. Laura konnte es Louis de

Bouliers verkaufen oder seiner Gemahlin, es gehörte ihrer Familie und würde dann wieder ihre Besitztümer abrunden. Von dem Erlös könnte sich Laura ein Haus in Rom kaufen, das würde sie unabhängig machen.«

Während der letzten Worte hatte sie ihr Gesicht Alessandro zugewandt, als wollte sie ihm etwas zu verstehen geben. »Außerdem hätte sie dann eine Mitgift, die zumindest für den ehrbaren mittleren Adel Roms ausreichte.«

Der Kardinal wich ihrem Blick nicht aus, verzog aber keine Miene. »Für den kleinen Adel, meine Liebe, den kleinen«, sagte er mit weicher Stimme.

Bald darauf sprach Pierre in der *Cancelleria* vor und bat, Signorina Laura eine wichtige Urkunde persönlich überreichen zu dürfen. Man ließ ihn lange warten und teilte ihm dann mit, Signorina Laura weile nicht im Haus. Wo sie sei, wisse man nicht.

Als Pierre wieder gehen wollte, erschien, wie zufällig, der Kardinal in voller Purpurrobe.

»Ah, lieber Freund«, rief er, »ich bin gerade auf dem Weg in den Vatikan. Politik, Ihr versteht, und anschließend trifft sich die Glaubenskongregation. Ignatius von Loyola wird sprechen, Ihr habt sicher schon von ihm und seiner kürzlich vom Heiligen Vater bestätigten *Societas Jesu* gehört. Der Orden hat gewaltigen Zulauf, auch in Rom. Ich glaube, dieser Spanier ist die richtige Antwort auf den Deutschen – diszipliniert, kompromißlos und kämpferisch.«

Pierre deutete ein Nicken an, obwohl der Name in Margaritas Freundeskreis noch nicht gefallen war.

Der Kardinal schaute ihn aber gar nicht an, sondern durchquerte zielstrebig den Innenhof.

»Als Offizier«, fuhr er fort, »durchlebte er unerschrocken das Feuer mancher Schlachten. Bei der Verteidigung von Pamplona wurden ihm beide Beine zerschmettert. Für einen richtigen Offizier ein schlimmes Unglück, schlimmer als der ehrenhafte Tod auf dem Schlachtfeld. Doch der dreieinige Gott erleuchtete ihn und wies ihm den Weg: Fortan widmete er als Streiter des wahren Glaubens sein Leben der Verteidigung der Mutter Kirche, mit einer flammenden Leidenschaft, die auch meinen Großvater zu überzeugen wußte.«

Inzwischen war er bei seiner Kutsche angelangt. »Ihr habt über mein Angebot nachgedacht?«

Der Kardinal ließ Pierre gar keine Zeit zu antworten und stieg ein.

»In drei Tagen, nach der Abendmesse, wird mein Großvater hier sein, wir treffen uns zu einem kleinen familiären Essen, anschließend eine nette Überraschung, und weil er Euch gerne kennenlernen möchte, bitte ich Euch wie auch Gräfin Orsini, mit uns zu speisen.«

Er winkte und gab den Befehl, abzufahren.

Die Kutsche ruckelte los.

Kurz steckte er noch seinen Kopf aus dem Fenster und rief Pierre zu: »Laura wird ebenfalls anwesend sein.«

## 1541

Obwohl Margarita nicht an das abendliche Mahl glauben wollte, kam es tatsächlich zustande. Im kleinen Speiseraum der *Cancelleria* thronte der Heilige Vater an der Spitze des Tischs, während Pierre und Margarita auf der einen, Laura und Alessandro auf der anderen Seite Platz genommen hatten. Die Speisen, die gereicht wurden, waren auffallend bescheiden, Taubenpastete, in Rotwein gesottene Hühnerschenkel, ein wenig frisches Gemüse und Obst, dazu Zuckergebäck, und obwohl sie ihnen erlesen garniert serviert wurden, nahm der Heilige Vater immer nur ein Häppchen, kaute langsam und vorsichtig und trank viel Wasser. Der Wein war, obwohl leicht, reich an Geschmacksschattierungen und gut verdaulich.

Da der Papst, während man aß, fast mürrisch schwieg, kam kein Gespräch auf. Pierre, der froh war, sich nicht mit fettem Fleisch und schweren Saucen vollstopfen zu müssen, beobachtete verstohlen die Anwesenden.

Alessandro, der Enkel, bekleidet in seiner Kardinalsrobe, wirkte ungewöhnlich nervös, versuchte aber seine Anspannung durch den Ausdruck von lässigem Stolz zu überspielen. Laura an seiner Seite war fast nonnenhaft gekleidet, mit einem hochgeschlossenen schwarzen Seidenkleid und einer Haube, die ihre Haarpracht verbarg. Margarita trug wieder ihr grünes weitbauschendes und tief ausgeschnittes Atlaskleid mit den gelben Streifen. Ihre turbanartige Kopfbedeckung ließ die Locken um die Stirn spielen. Die üppigen Rundungen ihres Busens waren durch Spitze bedeckt, außerdem lenkte den genießenden Blick ihr Marienmedaillon ab, das an einer mattschimmernden Perlenkette hing.

Der Heilige Vater konnte nicht umhin, immer wieder, während er vorsichtig kaute, seinen Blick gedankenverloren auf der Elfenbein-Maria ruhen zu lassen. Wenn ihn Margarita mit ihrem unverhohlenen Göttinnenlächeln anlächelte, deutete auch er ein Lächeln an und hellte sein tiefzerfurchtes Gesicht ein wenig auf.

Noch nie war Pierre dem Heiligen Vater so nahe gewesen, und um nicht respektlos zu erscheinen, wagte er ihn gar nicht anzuschauen. Und doch ließ sich nicht vermeiden, daß ihm jede Eigenheit – so wie die Warze im Augenwinkel – auffiel und natürlich der tief auf die Brust fallende, sorgfältig gekämmte eisgraue Bart. Die Lippen, soweit man sie erahnen konnte, waren schmal, aber entspannt. Die Nase, ein markanter Zinken, zierte eine fleischige und zudem gefurchte Spitze, die Pierre so unabweislich an die männliche Eichel denken ließ, daß er heimlich den Herrgott um Absolution für diesen unanständigen Gedanken bat.

Die Nasenspitze konnte er nicht umgehen, wenn er dem Heiligen Vater in die Augen blicken wollte – und wenn er mit ihm sprach, mußte er ihm in die Augen blicken, wenigstens kurz. Ja, er konnte diesen Augen nicht ausweichen, weil sich ihm, wie schon bei der ersten Begegnung in Marseille, der Eindruck aufdrängte, sie sähen wie Gottvater alles, sie durchschauten die geheimsten Regungen, auch die Gedanken über die päpstliche Nasenspitze.

Hörbar schlürfte der Papst den Wein und ließ sich dann die Fingerschale reichen. Er nahm noch einmal einen Schluck und betrachtete den dunkelroten Samtstoff, mit dem ein großes Bild auf einer Staffelei bedeckt war. Dieses Bild stand nicht zufällig in ihrem Raum, überlegte Pierre, vielleicht war es eine Neuerwerbung des Kardinals, vielleicht wollte er es seinem Großvater zeigen, der nicht nur Michelangelo Buonarotti zu einer Art apostolischen Hofkünstler gemacht hatte, sondern zur Zeit auch den begehrten Porträtisten Tiziano Vecellio beschäftigte.

Pierre schaute ebenfalls nach dem noch zugehängten Bild, und sein Blick traf sich mit dem des Papstes. Der Heilige Vater verzog seine Mundwinkel zu einem regelrecht spitzbübischen Lächeln: »Alessandro möchte uns eine Neuerwerbung zeigen – er ist, wie sein Großvater, ein Liebhaber alles Schönen.« Und er neigte sein Haupt kurz und huldvoll Laura zu, zog dann seine rote Samtmütze ab und kratzte sich am Kopf.

»Dieses verdammte Ungeziefer«, knurrte er und winkte einen Diener herbei.

Während der Diener den Papst von einem Floh befreite, bewunderte Pierre seine grauen Haare, die trotz des Alters noch fast seinen gesamten Kopf bedeckten und in cäsarischer Manier nach vorne gekämmt waren.

»Du liebst das Schöne, nicht wahr, mein Junge?« fragte der Papst und ließ seinen Blick erneut auf Margaritas Marienmedaillon ruhen. Sie beugte sich leicht nach vorne und atmete tief durch.

»Ja«, sagte Alessandro. »Gott hat das Schöne geschaffen, um uns einen Abglanz seiner Schöpferkraft zu zeigen.«

»Wie?« knurrte sein Großvater. »Lauter, Junge, du weißt doch, daß ich nicht mehr gut höre.«

»Ja«, brüllte Alessandro ihm ins Ohr, »Gott hat das Schöne geschaffen ...«

»Ich weiß, ich weiß.« Der Papst wehrte ihn ab. »Jetzt übertreib nicht, sonst werden unsere Gäste noch taub!« Er lächelte wieder Margarita zu, dann ließ er seinen Blick auf Pierre ruhen, der versucht hatte, in Augenkontakt zu gelangen mit der abwesend und niedergedrückt wirkenden Laura.

Laura starrte vor sich hin, nahm nur gelegentlich einen Bissen in den Mund. Sie wirkte fremd auf ihn, und Pierre mußte wieder an die Begegnung im Gefängnis von Aix denken. Damals sah sie aus, als habe man sie in den Irrsinn getrieben, heute, als sei sie verbannt auf eine Insel endloser Freudlosigkeit. Er fand seine alte vorlaute und freche Laura nicht wieder und verspürte plötzlich Angst.

Was tat Alessandro mit ihr? Sperrte er sie weg wie ein kostbares Schmuckstück, das er keinen begehrlichen Blicken aussetzen wollte? Ritt er sie jede Nacht, um ihr ein Kind einzupflanzen, und kam doch nicht zum Ziel? Unterwarf er sie unersättlichen oder abnormen Wünschen? War er gar unter dem Schutz seines schwarzen Bartes und der freundlichen Augen jemand, der sich daran ergötzte, Frauen heimlich zu quälen? Oder gelang es ihm nur nicht, die Eifersucht in Schach zu halten? Spürte er die Liebe des anderen, des *Bruders*, des Vertrauten?

Margarita mußte doch ebenfalls bemerken, wie schlecht es Laura ging. Ihre nervösen Gesten zeigten Pierre auch, daß sie sich Sorgen machte, daß sie aber gleichzeitig die Nähe zum Papst, die sie damals in Marseille besessen hatte, wieder herstellen wollte.

»Du weißt sicher, mein Sohn«, krächzte der Papst, räusperte sich dann gründlich und sprach mit klarerer Stimme weiter, »daß dein Großvater, Gott hab ihn selig, ein alter Bekannter von mir war?«

Pierre erschrak. Der Heilige Vater hatte ihn angesprochen.

»Er war stellvertretender Zeremonienmeister, hörte ich«, stotterte er.

Der Papst lachte. »Ein durchtriebener Schurke, der alte Accurse, und immer ein Auge für die Damen. Im Gegensatz zu diesem Deutschen, dem offiziellen Zeremonienmeister, wie hieß er nur, Burchardus oder so ähnlich. Der Name kratzt schon beim Aussprechen im Hals, ein freudloser Geselle, ich nannte ihn nur *Doktor Miesepeter.*«

Der Heilige Vater seufzte und nippte an seinem Glas. »Niemand braucht sich zu wundern, daß Luther, dieser Oberketzer, aus Deutschland kommt. Die Deutschen wissen das Leben nicht zu genießen. Ein kleiner Augustinermönch, der sich dazu verleiten läßt, eine arme Nonne zu heiraten. Wie geschmacklos! Hätte er eine habsburgische Prinzessin geschwängert, oder noch besser: Lucrezia Borgia, könnte man ihm seine ganzen fünfundneunzig Thesen nachsehen. Vorausgesetzt, er verbreitet sie in Latein und rundet sie auf hundert auf. Fünfundneunzig! Wer in so krummen Zahlen denkt ... Aber lassen wir die Theologie!«

Um seinen Mund bildete sich wieder ein verschmitztes Lächeln. »Die Theologie überlasse ich Alessandro und Eiferern wie dem Spanier Ignatius. Ich will ein Konzil. Ein Konzil, das unseren Standpunkt klarmacht und mit den Protestanten Ausgleich sucht. In manchen Punkten ihrer Kritik mögen sie recht haben. Wir können auf jeden Fall nicht so weitermachen und so tun, als wäre der apostolische Stuhl nicht umzustürzen. Man muß doch nur an die Jahre in Avignon und an das große Schisma denken. Wenn erst einmal die Welle der Ketzerei Italien erreicht, ist unsere allumfassende Kirche verloren, dann striegeln die Deutschen wieder ihre Pferde in der Sixtinischen Kapelle und lassen die Kardinäle auf Eseln reiten, schänden die Nonnen, erschlagen unsere Maler und kratzen die Fresken ab. Schon deswegen muß die Inquisition wieder verstärkt werden, auch in Italien.«

Er ließ sich nachgießen, drehte sich nach Alessandro um und zeigte dann auf das verborgene Gemälde: »Auch dieses *opus pictum* wird man ins Feuer werfen. Wann zeigst du es uns endlich?«

»Großpapa ...«

»Ich sehe lieber Ketzer brennen als die Bilder von Michelangelo oder Tiziano.«

Der Papst zog sich wieder seine Samtmütze ab, strich sich seinen Bart glatt und setzte sich in Pose. »So hat Tiziano mich porträtiert, mit meinen schönen grauen Haaren, den Heiligen Vater ohne Kopfbedeckung – ungewöhnlich, aber grandios. Ich sehe auf dem Bild viel besser aus als in Wirklichkeit …« Er zwinkerte Margarita zu. »Vanitas vanitatum, omnia vanitas.« Er lachte wieder meckernd und legte dann Laura seine knochigen Finger auf ihre Hand. »Entschuldige, mein Kind, entschuldige die Eitelkeiten eines alten Mannes, aber weißt du eigentlich, daß du mich an meine Nichte Laura erinnerst und vor allem an ihre Mutter, meine geliebte Schwester Giulia, die alle die *Braut Christi* nannten. Ach, Giulia, du warst das schönste Mädchen Roms und die Geliebte eines Papstes!«

Er zog seine Hand nicht zurück, auch als sein Enkel mißbilligend die Stirn runzelte. Dann wandte er sich an Pierre. »Jetzt fällt mir wieder ein, was ich dir erzählen wollte. Accurse, dein Großvater, war es, der zwischen Giulia und dem fetten Borgia vermittelte, der die Liebesbriefe hin- und herbrachte, der die heimlichen Treffen verabredete. Vielleicht war meine kleine Nichte Laura sogar seine Tochter – aber wen kümmert's? Nur die Deutschen. Was sagen sie ihm nach – im übrigen auch mir: Buhlerei und blutschänderisches Treiben. Aber das sind nichts als alberne, wenn auch perfide Verleumdungen. Muß man sich an seinen Kindern vergreifen, wenn einem die schönsten Frauen auf Gottes Erdenrund zur Verfügung stehen? Aber wer eine kleine häßliche Nonne heiratet und aus seinem Mief nicht herauskommt … Was versteht dieser rundschädelige Furzer schon von Heiratspolitik! Aber lassen wir das … Accurse erledigte seine Aufgaben zu unser aller Zufriedenheit, diskret und ohne an seine eigenen Interessen zu denken. Ungewöhnlich für einen Franzosen. Doktor *Halskratz* konnte man solche Uneigennützigkeit zutrauen, aber dem eleganten Accurse? Giulia wurde auf jeden Fall reich und ich Kardinal … Na, ich will euch nicht langweilen … *Kardinal Unterrock* nannten mich die Kurialen, das Volk war deutlicher: *Kardinal Fick-ihn*.«

»Großpapa!«

»Du hast ja recht, mein Junge. Ich wollte nur dem jungen Mann erzählen, daß sein Großvater seinen Teil dazu beigetragen hat, daß ich heute Stellvertreter Christi bin. Du siehst« – er wandte sich nun direkt an Pierre – »deine Familie hat etwas für meine Familie getan, ohne deinen Großvater könnten wir nicht so einen schönen Palast bauen wie den Palast an der Via Giulia. Es gäbe keinen Herzog von Parma, keinen Kardinal Farnese den Jüngeren, überhaupt sähe die Christenheit anders aus. Jetzt weißt du, was es heißt: Gottes Wege sind unerforschlich. Manchmal kann man einen kleinen Blick in dieses Labyrinth werfen und findet fünf Schicksale an einem Tisch versammelt, die der göttliche Wille zusammengeführt hat, um ihnen sein Walten zu demonstrieren.«

Und erneut lachte er meckernd. »Jetzt will ich endlich das Bild sehen, Alessandro!« rief er krächzend. »Runter mit dem Samt!«

»Heiliger Vater«, sagte Pierre, »Ihr habt Hugues Berthon vergessen, Gottes Walten ist noch wunderbarer.«

Margarita rückte unruhig auf dem Stuhl hin und her, Laura hob ihre Augen.

»Wen?«

»Hugues Berthon, Euren alten Freund aus Jugendzeiten.«

»Ja, richtig, die Jahre in Florenz. Aber was hat Berthon mit Euch zu tun?«

»Er ist doch Lauras Vater.«

Wieder das meckernde Lachen. Gleichzeitig ließ der Papst seine Augen kurz von einem zum anderen wandern, und Pierre hatte den Eindruck, er spiele nur den alten verschwätzten Mann und würde insgeheim und überall die Fäden ziehen.

»Ein philosophischer Freigeist, dieser Berthon, ein Epikuräer und gleichzeitig ein stoischer Dulder mit häretischen Ansichten. Ich konnte ihn nicht in Rom halten – dieser Trick mit der Liste, und alles für Accurse, den uneigennützigen Accurse ... Wolltest du mir etwas sagen, Junge?«

Pierre sprang auf und kniete vor dem Papst nieder. »Heiliger Vater, warum überall die Verfolgungen, warum die Inquisition? Selbst Euer alter Freund Berthon wäre beinahe verbrannt worden ... und Laura ... und jetzt sollte in meiner Heimat ein ganzes Dorf ausgelöscht werden, dem Erdboden gleichgemacht ...«

»Aber das ist doch erledigt!« unterbrach ihn der Kardinal ungeduldig.

»Was für ein Dorf?« grummelte der Papst mit gerunzelter Stirn.

»Die Inquisitoren sind unsere besten Juristen, die Formalia sind minutiös zum Schutz der Ketzer geregelt, und wer abschwört …«

»Sie werden auf das Streckbrett gelegt, die Knochen werden ihnen zerquetscht, die Füße werden in siedendes Öl getaucht, die Frauen schändet man, und zum Schluß verbrennt man sie bei lebendigem Leib. Ich habe es selbst gesehen, Heiliger Vater, wie …« Seine Stimme brach, und er berührte mit seiner Stirn das Gewand des Heiligen Vaters.

»Steh auf, mein Sohn!« befahl der Papst in barschem Ton. »Wir brauchen hier keine offizielle Reverenz. Mir bekommt das Essen nicht, wenn jemand solch unappetitliche Themen anschneidet.«

Margarita war aufgestanden und führte Pierre wieder an seinen Platz.

»Entschuldigt«, stammelte er.

»Jugendliche Menschenliebe.« Der Papst ließ sich einen Krug frischen Wassers reichen und trank mit gierigen Schlucken. »Heiß hier.« Er fuhr mit seinen Händen über die Knöpfe des Schulterumhangs und öffnete den untersten. Seine Augen blickten finster, seine Lippen waren zu einem schmalen Spalt zusammengepreßt. Ängstlich schaute Margarita ihn an, und als er ihren Blick sah, lokkerten sich seine Lippen, und er deutete ein Lächeln an. Er nahm sogar ihre Hand und strich über ihre Finger.

Pierre hatte sich inzwischen gefangen und warf einen kurzen Blick auf Laura, die zu seinem Erstaunen den Blick mit offenen, klaren Augen erwiderte. Dann senkte sie ihn wieder.

»Ich will dir etwas sagen, mein Sohn.« Der Papst räusperte sich umständlich und trank einen weiteren Schluck Wasser. Er ließ sich noch eine Schale mit parfümiertem Wasser reichen, tunkte seine Fingerspitzen hinein, nahm auch Margaritas Hände und benäßte sie.

»Reiner Nelkenduft«, kommentierte er, »ich liebe Nelken.«

»Auch ich liebe Nelken«, hauchte Margarita.

»Wenn du in Rom etwas werden willst, solltest du aufhören, dich für Ketzer stark zu machen.« Der Papst hatte sich wieder Pierre zugewandt. »Ich kann Eiferer nicht ausstehen, diese *Sola-scriptura*-Besserwisser, die am liebsten mit der Bibel ihre Gegner erschlagen würden, diese Buchstabenklauber, die so rein und ohne Fehl sind, daß sie nach jedem Stein greifen, um ihn auf die Sünder und Pharisäer zu werfen. Sie brüllen in plumper Selbstüberheblichkeit *sola fide, sola gratia*, stürzen alles um, verbrennen die Bilder der Muttergottes und merken nicht, daß sie nun nackt und hilflos vor einem zürnenden Gottvater stehen. Sie verstehen nicht, daß wir alle den Schutz der Mutter brauchen. Die Sünder sehen den Gekreuzigten, und es packt sie eine panische Angst. Sie können zwar jetzt die Heilige Schrift selber lesen, falls sie lesen können, aber verstehen sie noch immer nicht. Und sie sehnen sich nach einem neuen Priester, einem neuen *Papa*, der ihnen sagt, was sie zu glauben, zu tun und zu lassen haben. Am liebsten würde doch der Deutsche selbst Papst werden, und Calvinus wahrscheinlich auch. Genf ein neues Rom. Verstehst du mich, mein Sohn?«

Pierre schaute ihn mit großen Augen an.

»Die Menschen brauchen keine kahlen Wände, arme Kirchen und eifernde Prediger. Sie brauchen mehr als nur ein einziges Buch, sie brauchen Weihrauch und Prozessionen, bunte Gewänder und heilige Reliquien, schöne fremdklingende Worte und Wunder. Man muß ihnen viel vom Himmel herunter versprechen und ihnen gleichzeitig mit Fegefeuer und Vorhölle drohen. Sie sollen beichten und sich freikaufen können, und wenn sie eintreten in Gottes Haus, dann muß es hallen und schallen, duften und leuchten, und aus den Kapellen muß ihnen die Muttergottes mit dem Christuskind entgegenschweben. Die Realität ist unvollkommen, grausam, Gottes Wege sind unerforschlich, und der Tod lauert allerorten. Die Schöpfung rundet sich erst im Jenseits, erst im Himmel verstehen wir sie und Gottes Werk. Auf Erden ist nur eins vollkommen –«

Er unterbrach sich, nahm einen Schluck Wein und schaute jedem einzelnen in die Augen. »Die Kunst. Die Werke des Michelangelo. Tizianos Bilder. Die Statuen des Praxiteles. Die Gesänge Homers. Die Lieder des Horaz.«

»Und Petrarcas Sonette«, ergänzte Laura ihn.

Der Papst lachte. »Meinetwegen auch die Sonette Petrarcas an seine geliebte Laura ...«

»Die im *vallis clausa* geschrieben wurden, ganz in der Nähe meines Geburtsortes L'Isle-sur-la-Sorgue«, unterbrach ihn jetzt Margarita.

»Wir wollen Alighieris *Vita Nova* nicht vergessen und seine unsterbliche Beatrice, die Bringerin der Seligkeit.«

Pierre zuckte zusammen, als der Name *Beatrice* fiel, aber nur Laura schien seinen plötzlichen Schmerz wahrzunehmen.

»Wenn schon Alighieri, dann doch bitte seine *Divina Commedia*«, warf der Kardinal mit säuerlichem Gesicht ein.

»Was schließen wir aus dieser angeregten *disputatio*?« Der Papst ergriff wieder das Wort, und seine Augen leuchteten verschmitzt und belustigt. »Der Mensch lebt nicht von Gottvater und Sohn allein, sondern auch von Mutter und Tochter, von der dreifaltigen Weiblichkeit, in deren Schoß er Zuflucht und Schutz sucht, an deren Busen er sich ausruhen möchte und die er schmerzhaft-sehnsüchtig liebt. Vom Maria-Beatrice-Laura-Prinzip. *Quod erat demonstrandum*, Herr Luther! Niemand hat übrigens die alterslose Schönheit der Muttergottes besser getroffen als Michelangelo in seiner *Pietà*. Man möchte ausrufen, wenn man vor dem lebendigen Marmor kniet: Tod, wo ist dein Stachel!«

»Großpapa!«

»Was ist, Alessandro? Nun kommen wir in ein anregendes Gespräch, und du möchtest ihm schon wieder ein Ende setzen. Laß mich nur dem jungen Zweifler hier etwas erzählen. Gerade hat der göttliche Michelangelo *Das Jüngste Gericht* in der Sixtinischen Kapelle fertiggestellt. Wenn du das gesehen hast, verstehst du, warum ich gesagt habe, nur die Kunst ist vollkommen. Das Fresko packt dich und wirft dich nieder. Du siehst den Weltenrichter. Du möchtest zu den Erlösten gehören und nicht zu denen, die in die Hölle getrieben werden. Du brauchst Maria, die Muttergottes, und all die Engel, die dich hinanziehen, mögen sie nun Margarita, Silvia, Beatrice oder Laura heißen. Du wirst ein besserer Mensch. Verstehst du?«

Seine Stimme war milde geworden, seine Augen leuchteten klar, und um sein Mund spielte ein Lächeln.

»Hör zu, mein Sohn! Bald will uns Michelangelo sein großes Fresko eröffnen und es der Welt schenken. Du darfst dabei sein. Ich werde einen Boten schicken, der dir den Zeitpunkt sagt. Ich bin sicher, die Kunst wird dich bekehren.«

Noch bevor Pierre gegen das Wort *bekehren* protestieren konnte, fuhr der Papst fort: »Im übrigen schreibt dieser Michelangelo auch Sonette – vielleicht nicht so leidenschaftliche wie Petrarca ... Schreibst du auch Gedichte? Junge Männer schreiben doch häufig Gedichte ... und Verliebte sowieso ... selbst der Borgia hat meine Schwester mit Versen traktiert ...«

Pierre hatte, während der Papst sprach, kaum auf Kardinal Farnese geachtet. Aber nun ging ein Ruck durch ihn. Er wäre fast aufgesprungen, bezwang sich jedoch noch einmal, klammerte sich am Tisch fest und lief vor unterdrückter Wut rot an. Auch Laura war errötet, allerdings nur für kurze Zeit, denn nun wich alles Blut aus ihrem Gesicht, und es sah aus, als würde sie gleich in Ohnmacht fallen.

»Mal sehen, mit was Alessandro uns beglückt«, sagte der Papst. »Ich will jetzt endgültig Tizianos Bild sehen, weg mit dem Samt!« Er winkte mit herrischer Geste einen Diener herbei und wies auf die Staffelei.

Der Kardinal sprang auf. »Warte noch, ich muß etwas sagen!«

»Jetzt keine lange Reden mehr, ich habe genug gesprochen, den Samt runter!«

Der Kardinal warf seinen Stuhl um, riß ein Glas vom Tisch und stieß den Diener weg, der sich an der Staffelei zu schaffen machte.

»Es ist *mein* Bild«, schrie er. »*Ich* zeige es euch!«

»Kindskopf!« knurrte der Papst.

Schweiß war auf die Stirn des Kardinals getreten. Mit einer fahrigen Bewegung wischte er ihn weg. Dann enthüllte er langsam, von rechts nach links, das Bild. Zuerst sah man einen Amor, geflügelt wie ein Engelchen, dann tauchte ein Fuß auf, Kniee, ein weiterer Fuß und schließlich die ganze Figur: eine Frau, dahingegossen in einem Bett, nackt, mit schwellenden Brüsten und sich öffnenden Schenkeln. Ergeben schaute sie auf eine Wolke über ihrem Körper, aus der es Goldstücke regnete.

»Danaë!« rief der Kardinal stolz, noch immer rot im Gesicht.

Der Papst kniff die Augen zusammen, um das Gemälde genauer betrachten zu können. Margarita hielt die Hand vor den Mund, als wolle sie einen Ausruf des Erschreckens unterdrücken. Laura starrte vor sich auf den Tisch.

Es gab keinen Zweifel: Der Kardinal hatte, im Gewand einer mythologischen Szene, ein Porträt Lauras enthüllt.

»Tiziano kann nicht nur alte Männer malen, sondern auch schöne Frauen. Grandios!« Der Papst lachte anerkennend.

Sein Enkel grinste.

»Mein Kind, du wirst ewig leben«, sagte der Papst zu Laura, die nun ihr Gesicht verbarg, und zu Alessandro: »Wenn unser dominikanischer Oberzensor es sieht, kriegst du Schwierigkeiten.«

»Es ist für mein Privatgemach. Damit sie immer so vollkommen bleibt und mir nah.«

»Dieser allegorische Goldregen ist ausgesprochen sinnig. War das deine Idee, Alessandro?«

Der Kardinal nickte stolz.

»Wirklich, es hat sich gelohnt, daß ich gekommen bin. Selbst ich alter Mann könnte mich in die schöne Danaë verlieben.«

Der Papst drehte sich nun zu Margarita um. »Gräfin Orsini, was sagt Ihr zur Apotheose Eurer Tochter?«

»Heiliger Vater –«

»Und du, mein Kind, gefällst du dir? *O vanitas*!«

Laura hatte den Arm vom Gesicht genommen. Ihr Gesicht sah nicht mehr so bleich aus, die Augen waren wieder klar, und die Lippen wirkten fest und entschlossen. Plötzlich rezitierte sie:

»Was bleibt zu tun, als fliehen, sich verstecken
In tiefsten Herzens tiefverborgnem Schrein,
Mit Tränenströmen Schuld und Anspruch decken.«

Ein kurzer Blick war auf Pierre gefallen.

»Petrarca, Heiliger Vater«, ergänzte sie, zum Papst gewandt.

»Hat er schön gesagt, dieser Petrarca, aber von Tränenströmen wollen wir nichts sehen, nicht wahr, Alessandro?«

Ächzend stand er auf und begab sich noch näher an das Bild, hob die Hand, als wolle er den Körper streicheln. »Was wolltest du uns noch sagen, Alessandro?«

Der Kardinal warf sich in Positur. »Liebster Vater, Laura ist, wie Maria, *benedicta in mulieribus*, gebenedeit unter den Frauen – sie ... sie ...«

»Versündige dich nicht!«

»Sie ist schwanger!«

»Ist sie nicht!« Laura war aufgesprungen. »Ich bin nicht schwanger«, schrie sie, »und ich ertrage es nicht mehr, eingesperrt zu sein wie eine Sklavin.« Sie riß sich die Haube vom Kopf, die Spangen aus dem Haar und schüttelte es. Nach allen Seiten fiel es auf ihre Schultern, und sie war kaum noch wiederzuerkennen.

Der Kardinal rannte auf sie zu, und ehe Pierre noch reagieren konnte, schlug er ihr mit der flachen Hand ins Gesicht. Laura blieb stehen und funkelte ihn wütend an. Ein zweiter Schlag traf sie, aber sie wandte sich immer noch nicht ab.

»Alessandro, bitte«, krächzte der Papst, »benimm dich wie ein Farnese!«

»Die Hure«, brüllte der Kardinal, »hat einen Liebhaber. Ich habe tausend Dukaten für sie bezahlt und lasse mich nicht zum Gespött Roms machen.«

»Er lügt«, sagte Laura leise, aber bestimmt. »Ich habe nur einen Liebhaber, er ist ein Kardinal und schlägt mich.«

»Heiliger Vater ...!« versuchte sich ihre Mutter einzumischen.

»Du leugnest, Hure?« brüllte der Kardinal in unverminderter Lautstärke. »Ich werde euch die Beweise zeigen.«

Er rannte aus dem Zimmer.

Kopfschüttelnd setzte sich der Papst wieder an den Tisch und ließ sich Wein nachschenken. »Ich kriege Sodbrennen. Das kommt davon«, murmelte er mit ärgerlich verzogener Miene. »In meinem Alter verträgt man solche Auftritte nicht mehr.«

Laura streifte Pierre noch einmal mit einem Blick, ging dann ruhig zum Papst und warf sich vor ihm auf die Knie.

»Nicht schon wieder«, knurrte er.

»Heiliger Vater, ich schwöre, die Wahrheit gesagt zu haben. Ich habe keinen anderen Liebhaber als Euren Enkel. Ich flehe Euch an, mein Leben zu retten. Alessandro kann so jähzornig sein, er wird mich umbringen. Ich möchte dieses schreckliche Konkubinenleben aufgeben und ins Kloster der Konvertiten eintreten. Ich begebe mich unter Euren Schutz!«

Der Papst schaute eine Weile auf Lauras wirre Haare, dann fuhr er ihr mit seinen langen Fingern in die Locken und streichelte ihren Kopf. »Schade, ich hätte mich über einen Urenkel von dir gefreut, aber nun steh auf, meine Tochter, dir wird nichts geschehen.«

Laura erhob sich und setzte sich neben ihre Mutter. Stumme Tränen rannen ihr über die Wangen. Margarita drückte sie an sich.

»Trotzdem ist es ein schönes Bild«, sagte der Papst.

Pierre war aufgestanden und ließ seinen Blick wie gedankenverloren über den auf Leinwand gebannten Körper Lauras gleiten. Dann zog er den roten Samt wieder über das Gemälde. »Ich habe euch etwas zu sagen«, begann er, ohne sich von der Staffelei wegzubewegen. »Ich liebe Laura und habe ihr, ohne ihr Wissen, meine Gedichte geschickt. Wahrscheinlich hat der Kardinal sie gefunden und betrachtet sie als Beweise für ihre Untreue. Ich schwöre, Laura nicht getroffen und angerührt zu haben. Aber ich möchte mit ihr nach Frankreich zurückkehren.«

Er trat einen Schritt vor. »Laura, du bist nicht Berthons Tochter, sondern die Tochter von Onkel Raymond. Er ist tot, wahrscheinlich ermordet worden, und hat dir den Namen und das Schloß von Lourmarin vererbt. Ich möchte, daß wir zusammen dorthin zurückkehren und ein gemeinsames Leben beginnen.«

Noch während er sprach, kam Alessandro wieder hereingestürmt. Er hatte die Situation schnell erkannt. In der erhobenen Faust die Briefe, stürmte er auf Pierre zu. Er warf sie auf den Tisch und rannte zu einem Wandteppich.

»Wo ist mein Degen?« preßte er hervor. »Ich bringe ihn um. Und ihr zerschneide ich das Gesicht.«

»Alessandro, komm her!«

Die Stimme des Papstes war kaum lauter geworden, aber sie hatte eine schneidende Schärfe angenommen.

»Jetzt ist Schluß mit dem albernen Eifersuchtsdrama. Du bist ein Farnese! Komm her!«

Schwitzend vor unterdrückter Wut und sichtlich gegen Widerstand schob sich der Kardinal zu seinem Großvater.

»Hör zu, Alessandro! Ich sage es nur einmal.«

Das Gesicht des Papstes hatte sich verfinstert.

»Dieser junge Herr dort hat die Briefe geschrieben. Die beiden haben sich jedoch nie getroffen. Deine Eifersucht ist also unbegründet. Laura hat sich in meine Obhut begeben und will noch heute dem Konvertitenorden beitreten. Sie steht unter meinem besonderen Schutz, und mein ganzer Zorn wird jeden treffen, der sie anrührt, auch wenn er aus meinem eigenen Fleisch und Blut ist. Diesem jungen Mann, der mit ihr aufgewachsen ist, wirst du ebenfalls nichts tun. Ich schwöre dir, ich werde dich in den Torre di Nona werfen lassen, wenn einer der hier anwesenden Personen etwas zustößt.«

Der Kardinal wandte sich ab.

Der Papst stand auf und winkte seine Diener herbei.

»Schade um den schönen Abend«, knurrte er und hielt Margarita die Hand hin. »Du mußt noch einiges lernen, du Poet«, sagte er zu Pierre. »Gräfin Orsini, kommt mit und begleitet Eure Tochter.«

Er gab dem Offizier der Wache Anweisungen, mit zwei Mann die beiden Damen zum Konvertitenkloster zu begleiten und nicht aus den Augen zu lassen, bis die Jüngere dort Aufnahme gefunden habe. »Ihr könnt Euch auf mich berufen. Ich will, daß alles schnell geht. Und schafft die Truhe der jungen Frau zum Haus ihrer Mutter.«

Pierre wollte noch etwas sagen, aber er wurde zur Seite geschoben. Nun versuchte er, wenigstens ein Wort mit Laura zu wechseln, aber mehr als einen Blick erhaschte er nicht. Und dieser Blick grub sich ihm tief ein.

»Du verschwindest am besten ebenfalls aus diesem Haus.«

Pierre beugte sein Knie.

Der Papst schaute ihn erstaunlich milde an. »Glaub mir, dies ist Lauras Rettung, vor Gott und den Menschen.«

## 1542

Monate vergingen. Margarita hatte sich auf ihr Landgut in den Albaner Bergen zurückgezogen, und Pierre lebte mit einem kleinen Teil der *famiglia* allein in ihrem Stadthaus. Aus Ménerbes war sein Geld gekommen. Er machte sich klar, daß er nun niemanden mehr anzubetteln brauche und keine Frau ihn aushalten müsse. Aber der Gedanke befriedigte ihn nicht.

Täglich ritt er auf seinem treuen Bukephalus durch die Stadt und hinaus zu den Weingärten des Gianicolo. Die Stadt schien ihm grauer und widersprüchlicher denn je. Die alten und neuen Paläste, Klöster und Kirchen glichen in ihrer radikalen Geometrie und erzwungenen Harmonie abweisenden Trutzburgen, bedrängt von den schäbigen Kaschemmen und Handwerksbetrieben, den Holzverschlägen und Ziegenställen, in denen ganze Familien hausten. Hohlwangige Kindergesichter, aus denen Greisenaugen schauten, und aufgeblähte Bäuche. Daneben würfelten die Väter im Straßenkot. Dann wieder die Ruinen aus alter römischer Zeit, Triumphbögen und Säulen, das Colosseum ein Steinbruch, beschmierte Marmorblöcke, zwischen denen Hühner pickten und Schweine nach Abfall suchten. Prälatenkutschen hinterließen tiefen Radspuren im Dreck. Krumme Hexen mit verfaulenden Zähnen priesen ihre jungen Schützlinge an, die sich über den nächsten Bock legen oder an jede Hauswand pressen ließen. Pierre konnte sich der Bettler kaum erwehren, der lahmen Kinder und blinden Krüppel.

Lange stand er vor dem Kloster der Konvertiten. Aber das Tor blieb verschlossen. Er umrundete den Bau, doch aus keinem der vergitterten Fenster schaute ihm Laura entgegen. Ihr letzter Blick verfolgte ihn, aber nun hatte sie sich vor der Welt vergraben, und Pierre wußte nicht, wie er sich ihr nähern sollte. Selbst seine Fähigkeit, traurige Worte in schmachtende Verse zu setzen, war verschwunden. In seinem Innern floß kein Blut, wie damals bei Beatrice, in seinem Innern war alles taub. Wen er liebte, der schien, einem Fluch ausgesetzt, ins Unglück zu stürzen.

Pierre konnte noch nicht einmal mehr beten. Das *Pater noster* und das *Credo* zerfielen in seinem Mund wie modrige Pilze. In den Kirchen wurden während der nach Weihrauch stinkenden Messen düstere Opferkulte zelebriert. Alles, was der Papst gesagt hatte, klang überzeugend, nur fehlte in seinen Worten der Glaube. Durch seinen Stellvertreter auf Erden verkündete Gott sicher keine frohe Botschaft. Gott schwieg, er hatte die Menschheit verstoßen, und weil sie dies nicht begriff, hatte er sie endgültig verlassen.

Aber wie lebte man ohne den liebenden, den eifernden, den zornigen und den schweigenden Gott?

Nur schwer konnte Pierre einschlafen, und wenn ihn schließlich die Träume überwältigten, dann zog sein Vater auf, Arm in Arm mit Jean de Roma, und tausend Spieße vermochten sie nicht zu durchbohren, tausend Arkebusen nicht zu durchsieben. Berthon und Raymond, in ihrer Mitte Margarita, hoben die Knie und setzten, die Fußspitze zuerst, Schritt vor Schritt. Louis de Bouliers drehte sich wie ein Tanzbär um die eigene Achse, und dann schwebte Beatrice herab, vom Turm ihres eigenen Schlosses, eingehüllt in weiße Schleier, aber niemand setzte einen einzigen Dukaten. Die Götter lachten nur. Beatrice war nicht zu retten, und Pierre wachte schweißgebadet auf.

Gegen morgen wurden die Träume leichter. Die Felsnadeln des Luberon leuchteten. Mama Catherine trat in Holzpantinen in die Sonne, an jeder Brust ein Kind, und dann rannte Pierre mit Bertrand um die Wette, während am Friedhof von Oppède der Goldregen blühte. Er focht mit ihm, bis die Holzschwerter brachen, und beide lachten und kugelten durchs Gras.

Pierre wachte auf, wollte aber seine Kindheit nicht so schnell verlassen. Er schloß wieder die Augen, um nach Oppède zurückzukehren, in die mistraldurchfegte Burg, und es gelang ihm, die Zeit der qualmenden Kamine, der nassen, düsteren, verhusteten Winter einfach zu durchschreiten – sie löste sich in helle Augenblicke auf, in mohnübersäte Felder und blühende Kastanien, in die leuchtende Platanenrinde, in Sonnenstrahlen auf Eichenblättern und Hummeln, die Nektar suchten. Die Grillen zirpten schon lange im Gras, dann kam der Gesang der Nachtigallen hinzu. Mama Catherine zeigte ihm den unscheinbaren Vogel im Gebüsch, am Abend und auch am frühen Morgen, und wenn er schlecht geträumt hatte, lauschte er seinem Trillern und Flöten.

Als Pierre aufstand, hatte er einen Entschluß gefaßt. Er spürte, daß die Rückkehr in die Kindheit ihm Kraft gegeben habe. In ihm hallte etwas nach, was er noch nicht recht verstand. Er ließ sich sorgfältig ankleiden und betrachtete sich lange im Spiegel. Er versuchte zu lächeln, aber dann wandte er sich ab und machte sich auf den Weg.

Er ritt in den Rione di Ponte und erkundigte sich im Bankhaus der Fugger, ob er Bertrand Saumuc in Lyon eine Nachricht schikken könne.

»Was für ein Zufall, mein Herr«, rief der Faktor erstaunt. »Wir erwarten ihn hier in den nächsten Wochen. Gebt uns Eure Adresse, wir schicken einen Boten, wenn er in Rom eintrifft.«

Pierre wollte den Worten des Faktors nicht recht glauben, war aber bereit, eine Weile zu warten. Und tatsächlich dauerte es keine zwei Wochen, bis ihm ein Besucher gemeldet wurde. Ein unbekannter Mann trat ihm im Empfangszimmer entgegen. Er war bartlos und trug über einem roten Rock einen schwarzen Samtumhang. Ein weißes kragenloses Hemd bedeckte den oberen Teil der Brust, und unter dem schwarzen Barett fielen die Haare, sauber geschnitten, bis über die Ohren.

Der Mann war nicht unfreundlich, aber er lächelte auch nicht. Seine Augen waren forschend auf ihn gerichtet.

»Ich komme vom Bankhaus der Fugger«, sagte er.

Der Bote, dachte Pierre, es ist kaum zu glauben. Gott will dir beweisen, daß es ihn noch gibt. Er schickt dir einen Boten, gerade dann, wenn du ihn am wenigsten erwartest.

Der Mann hielt den Kopf schräg und betrachtete Pierre noch immer mit suchendem Blick.

»Bist du's wirklich, Pierre?«

Pierre trat einen Schritt vor. Er starrte dem Mann ins Gesicht.

»Bertrand?«

»Der bin ich.«

Er wollte es nicht glauben. Bertrand, sein Milchbruder, stand vor ihm. Nein, wiederzuerkennen war er nicht. Nie hätte er ihn auf offener Straße erkannt. Eine wundersame Fügung war eingetreten. Der Allmächtige, der Allwissende hatte ihm aufgetragen, gerade jetzt, zur Niederlassung der Fugger zu gehen. ER hatte in seinem

Schweigen gewollt, daß er, sein Sohn, auf seinen Bruder traf. ER war aus der tiefsten Nacht wieder ins Licht getreten.

Pierre und Bertrand legten die Arme aufeinander und betrachteten sich lange.

Sie verbrachten den Abend und die halbe Nacht zusammen. Bertrand erzählte von Mama Catherine und ihrem Sterben, Pierre, was er über den Tod des Küfners wußte. Aber ununterbrochen ging ihm durch den Kopf, daß er Bertrand nicht erkannt hatte und daß dieser selbstsichere Beauftragte des Bankhauses der reichen Fugger ihm fremd war und doch Achtung, ja Bewunderung abnötigte.

Sah so ein Bote Gottes aus, sein *Bruder*?

Bertrand, so erfuhr er, war zur Zeit hauptsächlich damit beschäftigt, Informationen einzuholen und Kurierdienste zu leisten. Er beherrschte nicht nur Französisch, Deutsch und Italienisch, sondern auch noch Spanisch und sogar Englisch. Und natürlich Latein. Er sprach von doppelter Buchführung und Versicherungskontrakten, von unterschiedlicher Zinshöhe und schlechten Schuldnern, vom Kupfermonopol und dem neu entdeckten Kontinent mit seinen unendlichen Gold- und Silberschätzen, er sprach vom Niedergang Venedigs und vom Aufstieg Spaniens, von den Informationsblättern des Hauses, zu denen er regelmäßig sein Scherflein beitrage.

»Wissen ist Macht. Das ist der Geist der neuen Zeit.«

Es klang noch nicht einmal überheblich, nur sachlich.

Bertrand roch an einer Nelke, die auf dem Tisch in einer Vase aus feinem Muranoglas stand, und wandte sich Pierre wieder zu, ohne eine Reaktion zu zeigen.

Pierre erzählte ihm von der Begegnung mit dem Papst und seinem Enkel, dem Kardinal Farnese.

»Der Heilige Vater will mir demnächst Michelangelos neues Fresko in der Sixtinischen Kapelle zeigen. Er persönlich.«

»Der Pontifex maximus des Nepotismus? Der Meister der Simonie? Weißt du eigentlich, wie die Familie Farnese ihren neuen Palastbau finanziert?«

Pierre zuckte mit den Schultern.

»Wenn Luther auch schäumt: Paul der Dritte ist ein gerissener Bursche. Weißt du, Pierre, ich glaube nicht mehr recht an den Papst und seine Kirche. Sie verprassen das Geld der Gläubigen, statt es zu vermehren. Sie stecken es den Huren zu. Aber Geld muß arbeiten!«

Als Pierre ihn befremdet anschaute, fuhr er fort: »Nach dem nächsten *Sacco* wird es keinen Papst und keine katholische Kirche mehr geben. Es sei denn, der Nachfolger Petri begreift, was die Menschen brauchen: Statt Huren Arbeitshäuser. Statt Verschwendung Bescheidenheit. Statt Klöster Manufakturen. Und an der Stelle eines Himmels voll Heiliger und einer Erde voll sündiger Kirchenknechte einen Gott, der stark genug ist, das Feuer des Glaubens neu zu entfachen.«

»Bist du ein Lutheraner?« fragte Pierre.

Bertrand schüttelte den Kopf. »Wenn ich etwas für richtig halte, dann die Lehren des Herrn Calvin, der sich in Genf niedergelassen hat. Das ist ein Mann, der all den katholischen Plunder wegfegen kann, diese Märchen vom Fegefeuer, diese unbiblischen Sakramente und die heidnische Anbetung einer angeblichen Jungfrau und Muttergottes. Der gegen die vielen Sünden der Menschen vorgeht, denen die sündigen Priester allzu schnell Ablaß gewähren. Er vertritt einen starken, einen fordernden, einen allmächtigen Gott, gegen den der Mensch ein Staubkorn ist. Gott hat schon vor unserer Geburt unseren Weg vorherbestimmt. Wir sind verdammt oder erlöst.«

»Ja, aber …«

»Die Frage ist, woran wir erkennen, ob wir zu den einen oder den anderen gehören.«

»Ja«, unterbrach ihn Pierre, »diese Frage beschäftigt mich auch. Aber wahrscheinlich begreifen wir es erst im Jenseits.«

Bertrand lachte auf. »Papistengeschwätz! Was Gott uns für ein Schicksal beschert, ob er uns zu den Guten zählt oder zu den Bösen, erkennen wir nicht erst nach dem Tod, sondern hier auf Erden. Daß wir gottgefällig sind, zeigt sich daran, daß wir nicht als arme Krüppel enden, als Huren und Sklaven, sondern als Fugger, Welser oder Chigi. Auch als Farnese. Ich verschwende meine Gedanken nicht mehr an das Jenseits und auch nicht an Sünden, an Beichte und Ablaßkäufe, ich renne nicht mehr in die Messe oder falle vor weinseligen Prälaten auf die Knie. Vielleicht braucht das Volk diesen Weihrauch- und Salbungs-Zirkus; aber für mich zählt meine Arbeit, das Geld, das mir am Ende des Jahres bleibt.«

Pierre wußte nicht, wie er auf diese hochfahrenden Worte reagieren sollte. Er selbst kam sich plötzlich klein und nichtig gegenüber seinem Milchbruder vor, der doch nichts anderes war als der Sohn eines Küfners und einer Amme …

»Bist du eigentlich verheiratet?« fragte er.

»Nein, Pierre, noch nicht. Ich muß erst reicher werden. Und du?«

»Nein. Das heißt, ja – ich war verheiratet. Aber ohne den Segen der katholischen Kirche … Ich werde wohl nie mehr heiraten. Verstehst du, ich liebte ein Mädchen, und jetzt liebe ich eine andere …«

»Die Welt ist voller Mädchen, und alle warten auf den Mann, dem sie ihre magere Mitgift andrehen können. Und wenn sie keine Mitgift haben, dann lassen sie sich für Geld ficken, von vorne, am liebsten aber von hinten, da brauchen sie keine Schwangerschaft zu befürchten, und wenn man sie mit Gewalt nimmt, haben sie es am liebsten.«

Pierre runzelte die Stirn und preßte seine Finger zusammen. »Woher weißt du das?«

»Liest du keinen Aretino? Oder Delicado? Kennst du nicht die Schriften des Dominikanermönchs Matteo Bandello, der sich so kundig über seine Lieblinge ausbreitet, daß er sicher bald Bischof wird?«

»Ich lese Castigliones *Hofmann*. Und Epikur. Und Homer.«

»Du bist vielleicht ein komischer Heiliger. Und was ist mit deiner kleinen Braut?«

»Nein, meine Braut ist sie nicht.«

»Mädchen, meine ich, Freundin, Geliebte …«

»Sie lebt im Kloster.«

»O Gott, eine Nonne! Reine Zeitverschwendung. Und was ist mit der sogenannten Gräfin, bei der du lebst.«

»Wieso *sogenannt*?«

»Man munkelt so einiges im Fuggerhaus.«

»Was munkelt man?«

»Bevor sie den Schwachkopf Orso Orsini heiratete und sich den Haß seiner gesamten Familie zuzog, war sie eine der erfolgreichsten Kurtisanen Roms, mit guten Beziehungen zum Hause Farnese.« In Bertrands Stimme schwang Hochachtung mit. »Ihr Reichtum soll beträchtlich sein.«

Pierre wandte sich ab. Diese alten schmutzigen Geschichten über Margarita interessierten ihn nicht. Manchmal waren Bertrands Worte schwer zu ertragen. Und doch sprach er ohne jede Arglist, und um seine Lippen spielte noch nicht einmal ein wissendes Lächeln.

Pierre brachte das Gespräch auf die kleine Catherine und ihre Herrin.

»Ein armes Ding«, sagte Bertrand über seine Schwester, »und Madeleine de Bouliers, die Baronesse de La Tour d'Aigues und Marquise de Cental? Ich sage dir: die hat noch immer Feuer in den Augen. Und ihr kleiner Nachkömmling François-Raymond-Nicolas? Ich prophezeie dir: Aus dem wird noch was.«

Zum Glück unterließ Bertrand es, Pierres Vater zu erwähnen, bevor er sich verabschiedete. Aber er sagte noch: »Falls du nicht weißt, was du tun oder wovon du leben sollst – komm zu uns. Das Bankhaus Fugger könnte vielleicht eine Aufgabe für dich finden. Wenn ich mich für dich einsetze. Aber für meinen adligen Milchbruder mache ich schon einmal einen Finger krumm.«

Pierre dankte Bertrand für sein Angebot.

Bertrand klopfte ihm auf die Schulter, umarmte ihn dann unerwartet herzlich und flüsterte ihm ins Ohr: »Ich habe mich wirklich gefreut, dich zu sehen. Unsere Mutter wird uns immer verbinden.«

Sie verabredeten sich, in Kontakt zu bleiben, solange sich Bertrand in Rom aufhalte.

Im Schein der Fackel, die den Eingang beleuchtete, rief ihm Bertrand noch mit unterdrückter Stimme zu: »Wir zeigen es dem Prälatengeschmeiß.« Und um seine Aussage zu verstärken, ballte er seine rechte Hand zu einer siegreichen Faust.

## 1542

Der Bote des Papstes erschien, als Pierre ihn schon nicht mehr erwartete.

Von zwei Schweizer Gardisten in die Sixtinische Kapelle geführt, fühlte er sich von der Fülle der Fresken geblendet und tappte langsam, den Blick nach oben gerichtet, durch den hallenden Raum. Als er den Papst erreichte, der mit einem zweiten alten Mann mehrere auf einem Holztisch ausgebreitete Bildentwürfe betrachtete, kniete er nieder und küßte ihm den Ring.

»Michelangelo, dies ist der junge Mann, den deine Fresken endgültig von allen ketzerischen Gedanken heilen sollen«, sagte der Papst. »Sie können es besser als meine Worte.«

Der Künstler knurrte und warf einen kurzen Blick auf Pierre, der sich verbeugte.

»Mein Sohn, vor dir steht der größte Künstler, den unser Jahrhundert gesehen hat, Michelangelo Buonarroti. Du kennst seine *Pietà*. Dort oben siehst du die Deckenfresken, vor uns das *Jüngste Gericht*, das er am Fest zu Christi Geburt enthüllt hat. Im Augenblick macht er die Entwürfe für zwei Fresken, die meine Kapelle ausschmücken sollen: Pauli Bekehrung und die Kreuzigung Petri.«

Ungeduldig zog Michelangelo den Papst wieder zu seinen Entwürfen und fuhr mit fahrigen Bewegungen über die Anordnung der Figuren, wobei er grimmig hervorstieß »so« und »da«, »geblendet vom Blitz«, »der Sturz«.

Pierre zog sich ein wenig zurück und betrachtete den Maler, der trotz seines Alters Kraft und Energie ausströmte. Haupthaar und Bart kräuselten sich um ein scharfgeschnittenes Gesicht und blitzschnelle Augen. Die Nase schien einmal gebrochen worden zu sein. Tief in seine Züge hatten sich quälerisches Suchen und eine unaufhörliche Unzufriedenheit eingebrannt. Seine Hände waren immer in Bewegung und sollten erläutern, was seine Worte nicht klarmachen konnten.

Pierre ließ seine Augen langsam über die Deckenfiguren und das Jüngste Gericht gleiten. Das Gespräch der beiden alten Männer schien immer leiser zu werden, während sein Blick suchend die Leiber, die Gesichter und brennend intensiven Augen abtastete. Die *Delphische Sibylle* zog ihn an, und er stellte sich an eine Stelle, von der aus er sie am besten betrachten konnte. Dann wurde ihm klar, weshalb sie ihn so anzog. Sie ähnelte Laura. Mit ihrem ängstlich sich abwendenden Blick und mit dem Arm, den sie schützend vor ihren Körper hielt, schien sie ein Porträt seiner Laura zu sein. Sie schaute zurück, aber ihr sinnlich geöffneter Mund barg noch etwas anderes.

Der Papst war inzwischen herangetreten und folgte Pierres Blikken.

»Eine der schönsten Frauen, die *Delphica*, nicht wahr?« sagte er, »und nicht zufällig. Als Vorbild diente Michelangelo meine Schwester Giulia. Sie wird ewig auf die alten Herren hier unten herabsehen und von der Ankunft des Erlösers künden.«

Er ließ ein kurzes meckerndes Lachen hören und wanderte zu dem Maler zurück.

Nachdenklich ging Pierre zur großen Wand des *Jüngsten Gerichts*. Wie in einer elliptischen Bahn schwebten und stürzten die Figuren um eine Mitte, in der ein zorniger Jesus, ein muskulöser nackter Mann, die Linke abwehrend angewinkelt, die Rechte wie zum Schlag erhoben, die Verdammung besiegelte. In der verwirrenden Vielfalt der Stürzenden suchte Pierre lange nach irgendeinem Halt. Er fand ihn schließlich in Charon, der die Verdammten mit seinem Ruder aus dem Nachen trieb. Teufel rissen und zerrten, boxten und prügelten die sich verzweifelt Wehrenden in die Tiefe. Nur eine Figur wehrte sich nicht mehr, eine Frauenfigur, sie hatte die Hände gefaltet, während sie niederstürzte, als schicke sie ein letztes Stoßgebet dorthin, wo es keiner mehr erhören würde. Körper und Gesicht waren durch ein Tuch bedeckt. Nur Augen und Nase schauten heraus, blieben aber im Dunkeln – und trotzdem sah Pierre Beatrice vom Schloßturm stürzen.

Dies war das Bild, das ihn so lange verfolgt hatte. Vor ihm hatte die Zerschmetterte in ihrem Blut gelegen, aber nun sah er sie herabfliegen, die Finger verklammert, im letzten Augenblick vor ihrem Aufschlag, und sein eigenes Entsetzen sah er nun ebenfalls vor sich, in dem massigen nackten Mann gleich neben ihr, an dem schon die

Teufelswesen zerrten. Mit einer Hand bedeckte er die Hälfte seines Gesichts, aber mit dem unbedeckten Auge starrte er seinem Schicksal entgegen und sah gleichzeitig das, was ihn zur Verdammnis bestimmte. Er sah seine Sünden, er bereute sie in diesem Moment vielleicht, aber zu spät, und er wußte, das Entsetzen würde nie enden, die brennenden Selbstvorwürfe, die Qualen, kein Vergessen, kein Vergeben und Verzeihen.

Er lebte, obwohl nicht Beatrice, sondern er den Tod verdient hätte. Er hätte sofort nach Lourmarin reiten müssen. Er hätte den drei Reitern nicht ausweichen dürfen. Schon vorher hatte er Laura und Berthon den Häschern in die Hände getrieben, dem Inquisitor und seinem Vater. Und hier in Rom schickte er alberne Gedichte an Laura, zog die Eifersucht und den Haß des Kardinals auf sie. Was blieb ihr, als sich in ein Kloster zu verkriechen, um nicht ebenfalls in den Höllenschlund hinabstürzen zu müssen.

Als Michelangelo sich von ihnen verabschiedete, sah Pierre nur ein zerfurchtes, wildes und unerbittliches Gesicht.

Der Papst wandte sich ihm zu.

»Verstehst du jetzt, warum ich etwas gegen Bilderschänder habe? Der Streit um die Anzahl der Sakramente oder die Auslegung der Bibelworte ist müßig und zeugt nur von der Unreife der Menschen. Viel wichtiger ist, daß wir uns ergreifen lassen von der Erkenntnis des Göttlichen, getroffen von dem Strahl, der Saulus einst vom Pferd warf und zum Paulus werden ließ. Etwas wird uns nie mehr loslassen, das spüren wir, und wir wissen: Das ist die Wahrheit. Der Weg. Das Leben. Und sein Ende. Hier« – er zeigte mit einer knappen Geste auf das große Fresko – »hier ist alles beisammen.«

Ja, der Heilige Vater hatte recht. Beatrice lag längst zerschmettert in der Gruft. Pierre konnte ihr nicht mehr helfen, er konnte nur noch für sie beten, damit sie wieder auferstand, wie die Seligen zur Linken des Bildes, und in den Himmel auffahren durfte. Dies war das Ende und die Wahrheit.

Aber es gab auch ein Leben und einen Weg. Nicht er blickte, erstarrt vor Entsetzen, in die Finsternis, sondern ein anderer.

Pierre riß sich los. Er war – wie auch Laura – noch zu retten.

Laura war vor Alessandro Farnese in das Kloster der Büßerinnen geflohen, um dort auf ihn zu warten, damit er sie befreie. Dies hatte ihr letzter Blick gesagt. Das Entsetzen über den Höllensturz sollte ihn nicht lähmen, sondern ihn aufschrecken. Jetzt wußte er, daß es keine Zeit zu verlieren gab: Er mußte Laura befreien. Er mußte sie retten. In den Augen der *Delphica* schaute sie zurück. Aber er wollte, daß sie nach vorne schaute.

Seine Liebe zu Laura war keine Zeitverschwendung, wie Bertrand meinte. Sie war auch kein Verrat an Beatrice und noch weniger an ihrer Mutter. Laura forderte einen Beweis für die Ernsthaftigkeit seines Gefühls. Und er mußte alles in die Waagschale werfen.

Er machte sich daran, Laura zu befreien. Auf der Straße besorgte er sich mit einem kräftigen Handgeld ein paar verwegene Gesellen, die in der Lage waren, eine Tür aufzustemmen und Riegel zu brechen. Diese Gesellen kannten andere, die ehemalige Freunde von Kurtisanen aus dem Konvertitenkloster waren. Nicht alle der Büßerinnen waren zufrieden mit ihrem eintönigen und lustlosen Leben, manche wollten wieder aus den Klostermauern heraus. Und ihnen mußte man die Freiheit versprechen und ein paar Dukaten, daß sie sich aus Rom absetzen konnten. Und dann gab es da noch Wäscherinnen und Handwerker, die gelegentlich im Kloster arbeiteten. Sie konnten für ein paar Dukaten Kontakte herstellen, Gewänder stehlen, andere Büßerinnen bestechen.

Schließlich war alles für die nächtliche Tat vorbereitet. Die Spießgesellen standen Schmiere, mußten lautlos das Portal öffnen und die Klosterwache unschädlich machen, aber ohne daß Blut floß. Die Tür zu dem Trakt der Neuzugänge war mit einem Schlüssel zu öffnen, ohne daß Lärm entstand.

Eine Wäscherin führte Pierre zu Lauras Zelle und schloß sie auf. Noch bevor sich Laura besann und aufschreien konnte, saß Pierre an ihrer Pritsche und hielt ihr den Mund zu. Sie kratzte ihn blutig, bis sie begriff, daß er es war. Sie wollte wieder schreien, als er seinen Griff lockerte, und er preßte ihr die Lippen zusammen. Schließlich schwand ihr Widerstand, sie sank zurück. Pierre zündete ein Öllicht an, griff nach ihren Händen und bedeckte sie mit Küssen.

»Ich will dich befreien«, flüsterte er. »Niemand wird es merken, und wir können aus Rom fliehen.«

Aber Laura schüttelte nur stumm den Kopf.

»Du kannst hier nicht bleiben. Dies ist die Hölle. Dein ewiger Kerker. Und ich liebe dich!«

Sie nahm ein kleines Holzkruzifix und hielt es vor sich. »Das Kloster ist keine Hölle, sondern ein Ort des Friedens. Und du, du liebst mich nicht. Ich weiß nicht, wen du liebst, meine Mutter oder die arme Beatrice. Auf sie hättest du deine Verse schreiben sollen. Vielleicht wäre dann … hätte ich dann … Wahrscheinlich liebst du dich nur selber.«

Lauras Stimme war klar und bestimmt, ihr Blick ruhte auf Pierre und schien von trauriger Sehnsucht verschleiert.

Er nahm ihre Hände und barg mit ihnen das Kruzifix.

»Willst du dein Leben lang hier eingesperrt bleiben?«

Sie schien ihn gar nicht wahrzunehmen.

»Ich bin's, Pierre, dein Pierre!«

Sie reagierte nicht.

»Laß uns deinen Vater suchen!«

»Welchen?« Laura unterdrückte ein Schluchzen.

»Vater Berthon, unseren Vater!«

Endlich schien sie ihn mit klaren Augen anzusehen. Sie hob ihre Hand, ließ sie dann wieder fallen. »Und was ist mit Onkel Raymond?«

Pierre seufzte vor Erleichterung. Er erzählte ihr die lange Geschichte des Sommers, in dem Raymond starb. Er erzählte ihr alles, was er von Berthon, Margarita und Raymond wußte.

»Du bist jetzt Gräfin d'Agoult. Laß uns in die Provence zurückkehren. Wenn du nicht meine Frau werden willst, dann sei wenigstens meine Schwester!«

Einen Augenblick schien Laura zu zögern, doch dann schüttelte sie den Kopf. »Zum ersten Mal seit diesem schrecklichen Überfall in Lourmarin schlafe ich ohne Angst. Muß mich nicht Alessandros eifersüchtiger Gier erwehren.«

Sie zögerte erneut und wandte ihren Blick ab.

»Alessandro ist kein schlechter Mensch, aber seitdem er die Gedichte in die Hand bekommen hat, fühlt er sich in seiner männlichen Ehre gekränkt. Ich habe seine Zärtlichkeiten noch nie ertragen können, aber zum Schluß wurden sie immer wilder – und ekelhafter.«

Sie fuhr sich mit einer unwillkürlichen Bewegung über die Brust, preßte, wie zum Schutz ihrer Narbe, die Hand auf ihren Busen.

»Hier im Kloster habe ich Ruhe gefunden, und die anderen Büßerinnen lieben mich. Wir beten gemeinsam, erzählen uns anschließend Geschichten aus unserem früheren Leben und können sogar darüber lachen. Erinnerst du dich noch? *Es bleibt die Flucht ins stille Reich des Friedens, Flucht vor Sehnsucht und Begehr.* Hier ist Frieden. Wenn ich jetzt jedoch ausbreche, wird Alessandro mich verfolgen und töten lassen, wo ich auch bin. Sein Arm reicht überall hin, er ist ein mächtiger Mann und kann sehr rachsüchtig sein.«

»Ich weiß, daß du nicht Frieden hinter dicken Mauern, sondern Freiheit suchst!«

Laura schaute ihn lange an.

»Geh jetzt, Pierre!« sagte sie nach einer Weile eindringlich. »Er wird uns beide töten lassen, selbst wenn wir Lourmarin lebend erreichen. Und er wird meine Mutter vernichten.«

»Ich kann nicht ohne dich leben«, flehte Pierre sie an.

»Du hast es bisher gekonnt und wirst es auch in Zukunft können. Es sind schon genügend Opfer gebracht worden.«

Sie hatte sich abgewandt und war zum Zellenfenster gegangen. Nun drehte sie sich wieder um, trat einen Schritt auf ihn zu und fiel ihm mit einer verzweifelten Geste in den Arm.

»Jetzt geh, bevor sie zur Morgenandacht läuten.«

## 1542

Madeleine saß mit ihrem Mann während der sich langsam verdunkelnden Spätsommerabende in der Rosenlaube des Parks und sprach über die weiter steigenden Preise, die Hungersnöte im Land und die Pest, die in der Provence und im Comtat wütete.

»Es ist sein Wille«, antwortete Louis gottergeben.

»Und ist es auch sein Wille, daß unser christlicher König schon wieder um Mailand einen Krieg führt, daß er sich mit den Türken verbündet, ja, sie in unserer Heimat einquartiert, Menschen, die Christen versklaven und Kinder pfählen, Jungfrauen die Klippen hinabstürzen ...«

»Hör auf«, unterbrach er sie.

»Ja, du hockst dich in die Rosenlaube, aber wie kann man die Augen und Ohren verschließen, wenn der König ...«

»Du kennst ihn besser als ich.«

Für einen Moment verschlug es Madeleine die Sprache. So deutlich hatte Louis noch nicht einmal damals auf gewisse Vorkommnisse in ihrem Leben angespielt, als ein mit Intarsien kunstvoll verzierter schwarzer Marmortisch bei ihnen abgeliefert wurde. Ein Geschenk des Königs. *Für Alkmene von ihrem Jupiter. F.* stand auf einem Briefchen mit einem dicken königlichen Siegel.

Aber trotz ihrer drei Begegnungen kannte sie den König natürlich nicht und verstand schon gar nicht, was ihn zu immer neuen Kriegen trieb und zu einer sich verstärkenden Verfolgung Andersdenkender. Vielleicht beeinflußten ihn die Hofschranzen, die ihn neuerdings umgaben, die Scharfmacher wie Kardinal de Tournon – wo er doch im Grunde ein toleranter Mensch war, der die Dichtung liebte, die Musik, der allem Schönen zugetan war.

»Wie kannst du so etwas sagen!« rief sie in künstlicher Erregung.

Louis zuckte mit den Schultern und schwieg.

Madeleine schaute ihn abwartend an. Aber er reagierte nicht. Daher stand sie auf und sah nach dem kleinen François-Raymond-Nicolas, der von Catherine Saumuc ins Bett gebracht wurde und seinen Eltern noch ein Küßchen geben sollte. Madeleine drückte ihn an sich und schickte ihn dann in die Rosenlaube zu seinem Vater, damit er auch ihm Gutenacht wünschen konnte.

Als das Kind im Bett war, setzte sie sich wieder zu Louis.

Er war nicht gesprächiger geworden. Natürlich wußte sie, warum er schwieg. Sie sah ihm auch nach, daß er von Tag zu Tag länger schwieg, und es war auch nicht nötig, daß sie gemeinsam die sinnlosen Kriege des Königs beklagten, es war noch nicht einmal nötig, daß sie über die Formen und Folgen seiner Krankheiten sprachen, aber nicht übergangen werden konnten die Fragen des Glaubens, die die Menschen von Jahr zu Jahr mehr beschäftigten und gleichzeitig entzweiten. Längst ging es nicht mehr um einzelne, auch nicht um die Waldenser, die sich für das reformierte Glaubensbekenntnis entschieden hatten und nun begannen, eine eigene Kirche mit eigenen Gottesdiensten und Predigern aufzubauen. Eine Welle des Protests hatte die Menschen erfaßt, sie waren nicht mehr bereit, die alten Ausreden, Redensarten und Litaneien einfach so hinzunehmen. Es gab eine Alternative, und man konnte sich für die eine oder andere entscheiden.

Madeleine wußte genau: Irgendwann einmal mußte jeder, und schon gar jeder aus den führenden Familien des Landes, diese Entscheidung für sich treffen. Aber Louis schwieg und wich jedem eindeutigen Bekenntnis aus.

Auch sie konnte sich nicht recht entscheiden. Gefühlsmäßig neigte sie den Reformierten zu, weil sie spürte, daß die Grundlagen der katholischen Kirche verfault waren, weil sie zu mehr Einfachheit im Glauben neigte, weil sie die Worte der Bibel ernstnehmen wollte, ohne auf die spitzfindigen Auslegungen der Priester hören zu müssen, und weil Barmherzigkeit und liebende Hingabe ihr Herz bewegten. Aber sie spürte auch, wie die Menschen sich plötzlich unbändig zu hassen begannen, obwohl sie doch an den gleichen Gott glaubten. Und diese Entwicklung bereitete ihr große Sorge. Wenn einmal Nachbarn übereinander herfielen, nur weil sie sich über die Zahl kirchlicher Sakramente stritten, dann war etwas falsch gelaufen, dann mußte man das Schlimmste befürchten.

Louis stimmte ihr im Grunde zu. Als Mann des Ausgleichs hatte er im Obersten Gerichtshof gegen die Scharfmacher und Verfolger gekämpft. Ja, es war auch ihm zu verdanken, daß der König gegen die Bürger von Mérindol – bis jetzt – Gnade hatte walten lassen. Aber er hatte nicht verhindern können, daß nun, im Jahre des

Herrn 1543, der Baron d'Oppède zum Ersten Präsidenten des Obersten Gerichtshofs von Aix ernannt worden war. Jean Mayniers Triumph war vollkommen, auch die Stellen des Zweiten und Dritten Präsidenten waren mit seinen Anhängern besetzt worden, und Louis war – offiziell aus Krankheitsgründen – vom Amt des Vierten Präsidenten zurückgetreten und hatte sich ganz nach La Tour d'Aigues zurückgezogen.

Als er nach Jean Mayniers Wahl in seinem Schloß erschien, sah er so aschgrau aus, fühlte er sich so schwach und dürr an, daß Madeleine glaubte, einen Sterbenden in die Arme zu schließen. Seine Haare waren ihm gänzlich ausgefallen, seine Haut zeigte ungesunde Verfärbungen, nässende Knoten, und schwere Tränensäcke beulten sich unter glanzlosen Augen. Er erholte sich im Lauf des Sommers ein wenig, hockte stundenlang wort- und bewegungslos in der Rosenlaube, aber auch sie konnte ihm nicht entlocken, welche Gedanken ihn bewegten. Vielleicht dachte er an Beatrice, vielleicht dachte er über François-Raymond-Nicolas nach, den späten Sohn und Erben, vielleicht hielt er stumme Zwiesprache mit dem allmächtigen Herrn über Leben und Tod.

Innerlich bereitete Madeleine sich schon auf ihre Witwenzeit vor. Und sie bat den Schöpfer um Kraft und Gesundheit, damit sie ihrem kleinen Sohn erhalten bleibe. Aber es ging ihr nicht nur darum, daß der kleine Nico gesund sein Erbe antreten könne, nein, ihr Prinz hatte vom Schicksal mehr zu erwarten. Gott wußte, daß er königlichen Geblüts war, und Gott mußte ihr helfen, ihn zu einem großen Mann Frankreichs werden zu lassen.

Was sie vor dem Herrn zu verheimlichen suchte, war ihr zweiter großer Wunsch. Beatrice durfte nicht umsonst gestorben sein. *Mein ist die Rache, spricht der Herr* – so stand es in der Bibel, ja, sie wußte es; und trotzdem glühte sie danach, daß der Schuldige bestraft wurde, daß einmal, einmal nur Sühne geschehe für das unglückliche Sterben ihrer Tochter und den Mord an ihrem Bruder – und zwar nicht erst eines fernen Tages im Jenseits.

Als der Fremde gemeldet wurde, saß Madeleine mit Louis, wie so häufig, in der Laube. Louis zeigte keine Bereitschaft, einen unbekannten alten Mann zu begrüßen. Aus Aix hatte er nichts Positives mehr zu erwarten, von Jean Mayniers Triumphen wollte er nichts hören, und Bettler waren ihm zuwider. Auch Madeleine konnte sich nicht vorstellen, wer da mit ihnen persönlich sprechen wollte. Aber sie sah keinen Grund, einen alten Mann abzuweisen.

Tatsächlich ähnelte der Alte einem Bettler, so grau und schmutzig sah er aus. Er trug eine staubige Filzkappe und eine Kutte aus billigstem Leinen, die in der Mitte durch eine Kordel zusammengehalten wurde. Aber er war kein Mönch. Sein Bart fiel ihm weit auf die Brust und bedeckte seine Wangen bis hoch zum Jochbein, so daß sein Gesicht kaum zu erkennen war. Eine Sekunde erfaßte sie der Unwille darüber, daß man diesen heruntergekommenen Alten zu ihnen gelassen hatte, dann jedoch rührte sie etwas Bekanntes an, eine Handbewegung, und sie wußte, wer da wie der Heilige Christophorus, auf einen Wanderstab gestützt, vor ihnen stand und lächelte.

Es war Hugues Berthon.

Madeleine ließ sofort einen Stuhl, Wein, Brot und Salz, Butter, Käse und Oliven, dazu Weintrauben holen, und Berthon ließ es sich schmecken. Er kam auf beschwerlichen Wegen, aber unbehelligt aus Genf, aus der Stadt Calvins, in die viele Ketzer und Verfolgte geflohen waren, unter anderem der bekannte Dichter Clément Marot. Wie Madeleine mit Beklemmung und zunehmendem Erstaunen erfuhr, hatte er fliehen müssen, weil er bei seiner einzigen fragwürdigen Leidenschaft, dem Trictrac-Spiel, erwischt worden war.

In Genf war es untersagt, in Öffentlichkeit zu spielen; wie überhaupt die meisten Vergnügungen, harmlose wie zu Übertreibungen führende, verboten waren. In Genf herrschte ein sittenstrenges Regiment, das keinen Widerspruch duldete und jede Abweichung bestrafte. Die katholische Laxheit im Umgang mit Gottes Geboten mußte den Menschen ausgetrieben werden: Sie waren nicht zum Vergnügen, zum Feiern und zu karnevalistischen Exzessen auf Erden. Ein moralisch unbeflecktes und fleißiges Leben zeigte, wie gottgefällig derjenige war, der es führte. Singen, Tanzen, Saufen, Buhlen – all dies verstieß gegen die Ernsthaftigkeit gottesfürchtiger Prinzipien und wurde nicht geduldet.

Und so war Berthon, nach seiner langen Wanderung durch die deutschen Lande bis hoch zu Martin Luther, in Genf angekommen, wo er manche Waldenser aus dem Luberon wiedertraf, zum Beispiel seinen alten Freund Georges Morel. In Genf hatte er seine Tage beschließen wollen, aber seine Leidenschaft für das Brettspiel hatte dazu geführt, daß er bei Nacht und Nebel, bevor die Häscher kamen, aufbrechen mußte.

Und so alt er war, er hatte den langen Marsch durch die Berge bis in seine Heimat gesund überstanden. Das einundsiebzigste Lebensjahr war erreicht, Mühe und Arbeit hatten seine Kräfte noch nicht verbraucht, und er wußte, daß Gott ihm noch eine schwere Aufgabe stellen wollte.

»Vielleicht erfahre ich bei Euch, wie sie lautet.«

Statt auf seine Rede einzugehen, sagte Louis, ohne irgendeine Regung zu zeigen: »Der Baron d'Oppède ist Erster Präsident des Obersten Gerichtshofs geworden. Und damit Stellvertreter des Gouverneurs.«

Und Madeleine fragte: »Habt Ihr schon vom *Arrêt de Mérindol* gehört?« Als Berthon nickte, fügte sie noch an: »Wie ein Damoklesschwert schwebt es über dem Ort und seinen Einwohnern.«

Berthon spuckte einen Olivenkern aus und wischte sich mit dem Handrücken über den Mund: »Glaubt Ihr, daß ich in Gefahr bin?«

»Es ist zu spät«, sagte Louis.

»Was ist zu spät, mein Liebster?« Madeleine sprach mit leichter Ungeduld.

Als Louis nicht antwortete, wandte sie sich wieder Berthon zu: »Man kann niemandem mehr trauen. Und leider gibt es inzwischen auch einige Waldenser, die vergessen haben, daß alle, die zum Schwert greifen, durch das Schwert umkommen werden.«

»Redet Ihr von Eustache Marron aus Cabrières d'Avignon?«

»Ihr seid gut informiert.«

»Man hört so einiges auf seinen Wegen.«

Das Gespräch erstarb. Louis hatte seine Augen geschlossen, Berthon aß noch immer, langsam und nicht ohne Genuß.

»Ihr müßt müde sein«, begann Madeleine von neuem. »Selbstverständlich seid Ihr unser Gast.«

»Ich danke Euch, aber ein alter Mann braucht nicht mehr viel Schlaf.«

Und wieder erstarb das Gespräch.

Am nächsten Morgen wurde Berthon der kleine François-Raymond-Nicolas vorgeführt. Als er erfuhr, wer das Kindermädchen war, traten ihm Tränen in die Augen, und er strich ihr über die Haare. Auch dem Jungen legte er seine Hand, wie segnend, auf den Kopf.

»Bist du der liebe Gott?« fragte der kleine Nico.

»Gott ist noch älter als ich, und er zeigt sich sehr selten.«

»Warum?«

»Er muß sich so viel über die Menschen grämen.«

»Wird er dann böse?«

»Manchmal schon.«

»Auch über den König von Frankreich?«

»Wie kommst du auf den König?«

»Mama sagt, daß ich einmal an seiner Seite reiten werde – weil ich ihm ähnlich bin.«

Berthon lächelte und schaute kurz auf.

Madeleine fühlte, wie ihr die Röte ins Gesicht schoß.

»Geh mit ihm in den Garten zum Spielen«, befahl sie Catherine, stand dann auf und stellte sich ans Fenster.

Louis hatte nicht reagiert.

»Manchmal ist Gott gnädig«, sagte Berthon.

Madeleine schwieg. Als Catherine mit Nico den Haupttrakt des Schlosses verließ, verfolgte sie die beiden mit ihren Blicken, bis sie im Park verschwunden waren.

»Die Mutter der kleinen Catherine ist vor einigen Jahren gestorben, hier, unter unserer Obhut«, sagte sie.

Sie hatte sich wieder herumgedreht. Vor ihr hockten zwei Männer und starrten ins Leere.

Sie starren den Tod an, dachte Madeleine und fröstelte. Auch Berthon, der gestern noch voller Kraft schien, wirkte nun alt, wenn nicht krank. Und ihr Louis …

»Wißt Ihr etwas von Laura? Und Pierre?« fragte Berthon mit leiser Stimme.

»Von Pierre erhielt ich einen Brief. Es ist das einzige Lebenszeichen aus Rom.«

Sie holte den Brief und gab ihn Berthon zu lesen. Er hielt ihn sich nahe vor die Augen.

»Ich schickte Laura den Erbschein meines Bruders.«

»Sie bleibt meine Tochter«, sagte Berthon unwillig und warf den Brief auf den Tisch.

»Im übrigen hat Raymond in seinem Testament noch ein anderes Mädchen als seine Tochter anerkannt und ihr ein nicht unerhebliches Vermächtnis hinterlassen.«

Berthon schien an diesen Nachrichten nicht interessiert zu sein, aber Madeleine fuhr trotzdem fort.

»Einer gewissen Claude aus Aix, einer ehemaligen Kurtisane, der Tochter der in der Stadt allseits bekannten Marie La Marseillaise, die mein Bruder in seiner Jugend wohl geliebt haben muß. Inzwischen wurde ihr Haus geschlossen, sie selbst wegen Hexerei angeklagt. Sie starb im Gefängnis. Auch Louis kannte sie, nicht wahr, mein Lieber?«

Louis reagierte nicht.

»Die Tochter wurde von dem vermögenden Kaufmann Sollier aus Aix geheiratet. Mit dem Geld meines Bruders hatte sie natürlich keine Schwierigkeiten, einen Mann zu finden. Aber dieser Sollier starb bald darauf. Und nun ist sie eine junge Witwe.« Plötzlich veränderte sich ihre Stimme, und Tränen traten Madeleine in die Augen. »Raymond, ach, mein Raymond …«

»Ich weiß nicht, ob wir Euch weiterhelfen können«. Louis überging ihr Schluchzen und wandte sich an Berthon. »Falls Ihr Euer Haus in Lourmarin wieder aufbauen wollt, können wir Euch einige Livres leihen. Ihr seid auch herzlich willkommen, erst einmal im Schloß zu wohnen. Hier seid Ihr auf jeden Fall vor einer möglichen Verfolgung sicher.«

Louis machte eine Pause, als müsse er wieder Kraft schöpfen, um weiterreden zu können.

»Jean Maynier beherrscht die Provence. Graf Grignan ist zwar der Gouverneur, und er ist ein integrer Mann, aber der Haß des Baron d'Oppède nimmt, wie sein Einfluß, von Jahr zu Jahr zu. Ich weiß nicht, warum. Vielleicht, weil ihm der König zu lasch ist. Sein Haß ist wie ein Pulverfaß, das ein Funken zum Explodieren bringen kann.«

Madeleine hatte sich inzwischen wieder gefangen. Umständlich zupfte sie sich die Ärmel ihres Kleides zurecht und strich sich mehrfach unbotmäßige Haare aus dem Gesicht.

»Er ist rachsüchtig«, sagte sie. »Jean Maynier kann nicht vergessen …«

»Vielleicht kann er auch die Enttäuschung über seinen Sohn nicht verwinden«, fiel ihr Louis mit leiser Stimme ins Wort.

»Was willst du damit sagen?« Madeleine fuhr ihn regelrecht an. »Hat er sich nicht an seinem Sohn versündigt? Ohne ihn wäre Beatrice am Leben, Pierre wäre glücklich mit ihr verheiratet. Und außerdem hat er Raymond auf dem Gewissen. Jean Maynier ist ein Ungeheuer …«

»Hättest du ihn nicht beinahe geheiratet?« Louis' Stimme war noch immer leise und ohne jede Spitze.

Madeleine schaute ihn nur an. Sie ließ ihren Blick lange auf ihm ruhen und verzog keine Miene. In ihr herrschte plötzlich eine taube Leere, und sie fühlte, wie eine tiefe Verachtung Louis gegenüber diese Leere füllte. Er war zu schwach gewesen, sich gegen Jean Maynier durchzusetzen, er war zu schwach gewesen, ihr mehr als nur ein Kind zu schenken, und nun siechte er dahin.

Abrupt wandte sie sich von ihm ab und versuchte, Berthon anzulächeln. Der Alte hatte sie genau beobachtet. Aber es war ihr gleichgültig, was er dachte. Auch über sein Gesicht huschte ein Lächeln, ein wissendes, ein trauriges Lächeln.

»Ihr solltet nach Rom gehen, mein lieber Berthon«, ergriff Louis nun wieder das Wort. »Geht zu Eurer Tochter, vielleicht braucht sie Euch. Manchmal kann Zuspätkommen den Tod bedeuten. Hier könnt Ihr nichts mehr tun.« Er hustete leise. »Ich werde Euch das Geld für eine Schiffspassage geben. Ich lasse Euch auch neu einkleiden. Reist noch, bevor die Winterstürme einsetzen!«

Madeleine sprang auf, rannte zum Fenster, rannte wieder zum Tisch zurück, und bevor sie den Raum fluchtartig verließ, rief sie: »Louis hat recht, reist so bald wie möglich nach Rom, Monsieur Berthon, zögert nicht, rettet Eure Tochter!«

## 1542

Als Pierre das Kloster der Büßerinnen verlassen hatte und durch die erste Morgendämmerung den Weg nach Hause suchte, quälte ihn nicht nur Trauer: Ihn begleitete auch ein Gefühl lange vermißter Leichtigkeit. Obwohl er endlich bis zu Laura vordringen konnte, war sein Versuch, sie zu befreien, fehlgeschlagen. Sie hatte ihm nicht folgen wollen. Und doch schien nicht alle Hoffnung verloren. Ihr Blick damals, die Umarmung jetzt – für ihn gab es nur eine Schlußfolgerung: Auch sie liebte ihn. Sein Gefühl hatte ihn nicht getrogen.

Und selbst wenn Laura recht hatte, wenn es besser war, die Erfüllung der Liebe als das gemeinsame Leben zu opfern, wenn es besser war, Unbeteiligte nicht in Gefahr zu bringen, so konnten sie in Zukunft doch leben und sterben im Gefühl einer gnadenvollen Gemeinsamkeit. Wenn Laura in Stille und Entsagung büßen wollte, dann wollte auch er büßen. Den Weg ins Kloster allerdings verwehrte er sich. Auf diese Weise ließ man sich nur einfach fallen. Es mußte andere Wege geben.

Pierre erreichte unbehelligt Margaritas Haus und ging erst gar nicht mehr ins Bett. Nach Sonnenaufgang legte er sein bestes Wams an, zog den dunkelblauen Umhang über die Schultern und begab sich zu der Niederlassung der Fugger im Rione di Ponte.

Als er das Haus betrat, berührten ihn noch einmal Zweifel, ob er nun wirklich den rechten Weg einschlage. Sollte er als Seigneur de Ménerbes wirklich wie ein Bürgerlicher in einem deutschen Bankhaus und Fernhandelsgeschäft arbeiten? Was sollte er dort tun? Er verstand nichts von Geldgeschäften und von Krämerei schon gar nichts. Sollte er um Zinsen schachern? Und Deutsch sprach er auch nicht. Er hatte Latein gelernt und Italienisch, beherrschte inzwischen auch das Griechische leidlich, aber vor dem Deutschen hatte er bisher einen Bogen gemacht. Und welche Orte und Länder auf Erden kannte er schon?

Entschieden schob er die Zweifel beiseite und begrüßte Bertrand mit einem freudigen Lächeln. Sein Bruder legte ihm gönnerhaft den Arm auf die Schultern. Der Faktor wurde geholt, und während er

Pierre durch das Haus führte, erläuterte er ihm die anstehenden römischen Geschäfte.

»Unsere große Zeit in Rom ist allerdings seit dem *Sacco* vorbei«, beendete der Faktor seine Ausführungen. »Zu sehr haben wir davon profitiert, daß wir die erbeuteten und erpreßten Gelder der Soldaten nach Deutschland transferieren mußten – oder durften.« Er zog die Augenbraue hoch, und um seinen Mund spielte ein Lächeln. »Der apostolische Stuhl hat dies nicht vergessen. Wobei ich anmerken möchte, daß wir damals nicht nur Gelder in Sicherheit brachten, sondern auch Menschenleben retteten.«

Pierre nickte.

»Wenn wir auch im Imperium der Fugger nur noch eine untergeordnete Rolle spielen, so gibt es dennoch genug zu tun.« Er warf einen Blick auf Bertrand. »Mit Lyon können wir uns nicht vergleichen, aber vielleicht lassen sich verlorene Anteile zurückgewinnen.«

»Seht Ihr, da kommt unser Freund Pierre Maynier gerade zum rechten Zeitpunkt.« Bertrand tippte mit dem Finger auf Pierre. »Er geht in der *Cancelleria* ein und aus und kann sicher unseren Kontakt zu Kardinal Farnese verbessern. Alessandro Farnese ist zur Zeit der wichtigste Mann nach dem Papst und wird womöglich selbst einmal Pontifex maximus. Da muß man einhaken.«

Er wandte sich nun an Pierre. »Und hast du nicht vor kurzem den Papst persönlich getroffen?«

Pierre nickte.

Der Faktor schaute skeptisch.

Schließlich kam man überein, Pierre solle seine Kontakte zur Kurie gewinnbringend ausbauen und ansonsten erst einmal sich die Grundlagen des Geldgeschäfts aneignen.

»Doppelte Buchführung, Scheckwesen, Vertragsgestaltung und so weiter«, erklärte der Faktor. »Seigneur d'Oppède muß natürlich noch einiges lernen.«

»Er ist mein Bruder«, antwortete Bertrand mit hochmütiger Miene, »und wird sich schnell einarbeiten. Seine Kontakte sind mehr wert als die Fähigkeit, Zahlenreihen ordentlich zu saldieren.«

»Es ist schon richtig so,« warf Pierre ein, »ich muß noch viel lernen.«

»Deine Bescheidenheit ehrt dich, bringt dich aber nicht weiter.«

Der Faktor ließ seinen Blick von einem zum anderen wandern. Als Bertrand nicht weitersprach, verbeugte er sich. Es entstand eine Pause.

»Nun, wir haben uns verstanden«, sagte Bertrand zu dem Faktor und wandte ihm dann ostentativ den Rücken zu.

»Erst einmal müssen wir deinen Einstand feiern«, rief er, »heute abend gehen wir zu Isabella *Spagnola*. Sie wird dir gefallen. Wein, Weib und Gesang, du weißt schon, laß die Glocken bimmeln. Eins muß man Rom lassen: Hier gibt es die schönsten Frauen auf Gottes gesegnetem Erdenrund.« Mit den Händen formte er zwei Pobacken.

Der Faktor entschuldigte sich.

»Zum Glück sind wir den Zahlenfuchser los«, flüsterte ihm Bertrand zu, als sie langsam die Treppe zur Eingangshalle hinabschritten. »Was macht deine Nonne?«

»Ich möchte nicht darüber sprechen«, sagte Pierre abweisend. »Ich weiß nicht, ob ich wirklich Lust habe, heute abend ... Die letzte Nacht war sehr kurz, und ich bin nicht recht in der Stimmung ...«

»Ja, gerade dann! Du wirkst auch so ernst. Liebeskummer, was?« Spöttisch verzog Bertrand die Mundwinkel. »Frauen sind nicht wert, daß man ihnen auch nur eine Träne nachheult. *Carpe diem*, sagte der alte Horaz. Aber du kennst ja die Verseschmieder besser als ich. *Mentula moechatur* – ja, da guckst du, auch ich habe meinen Catull gelesen, oder wars Properz? Egal! Die Herrn Lyriker wußten, was unsere besten Teile lieben: Das Schwänzchen hurt zu gern.«

Inzwischen waren die beiden auf die Straße getreten. Bertrand hörte nicht auf zu reden. »Isabella, die Spanierin, hat lange in Frankreich gearbeitet. Sie ist nicht mehr ganz taufrisch, dafür aber mit allen Wassern gewaschen, und dann hat sie noch ein oder zwei Küken zur Hand.«

Bertrand warf den Bettlern vor dem Haus mit großer Geste ein paar Marchetti zu, kaufte einer Bäuerin frisches Obst ab und reichte Pierre eine Handvoll Kirschen.

»Mensch, wir Söhne unserer Mutter, weißt du noch, wie wir in den Bäumen herumkletterten und uns den Magen vollschlugen. Kirschen esse ich für mein Leben gern. Ja, unsere alte Mutter – aber du als der junge Herr Baron hast immer die bessere Brust gekriegt, und wie hat's dein Vater unsrer Mutter gedankt? Na, Schwamm drüber, lassen wir uns nicht die Laune verderben!«

Er begrüßte einen Kaufmann aus Lyon und dann einen Vertreter der Chigi. Sie traten in die Kirche Santa Maria dell' Anima ein. Bertrand beugte elegant sein Knie und warf gleichzeitig einen Blick auf eine mächtig aufgeputzte Schönheit.

»Die Hauskirche der Deutschen hier hat der alte Burckhardt bauen lassen, der Zeremonienmeister von Alexander VI. Borgia, ein Freund unseres seligen römischen Faktors Zink, der die Kurie bestach und beherrschte wie kein zweiter. Aber du hast ja gehört, daß die Geschäfte heute schlechtgehen. Wenn es dir gelänge, einen dicken Fisch an Land zu ziehen ...«

Vor dem Hauptaltar kniete er nieder, ordnete den Faltenwurf seines Umhangs und rief: »Gloria Patri et Filio et Spiritui Sancto. Sicut erat in principio, et nunc, et semper, et in saecula saeculorum. Amen.«

Pierre beugte nur kurz sein Knie und hielt die Hände stumm gefaltet.

»Auf gehts!«, sagte Bertrand. Er nahm Pierre am Arm, winkte die Schöne herbei, ließ sich ihre Adresse geben und kraulte sie am Kinn. Dann zog er Pierre wieder ins Freie.

»Wenn's in den Kirchen nicht immer so stinken würde! Na, ich arbeite sowieso lieber in Lyon. Weißt du, Pierre, hier in Rom sitzen zu viele geile Prälaten und mästen sich an dem, was das einfache Volk und wir Bürger verdienen. Sie bauen einen Palast und eine Kirche nach der anderen, und draußen buckeln sich die Bauern. Und gute Schuldner sind sie auch nicht. Faule Kredite zuhauf. Dafür machen sie die Kurtisanen reich. Aber in einem schießt Rom wirklich den Vogel ab: Als *cauda mundi* ist es unschlagbar! Das weißt du ja besser als ich, du Schwerenöter. Wie geht es denn deiner Margarita? So hieß sie doch, nicht wahr?«

Pierre hob abwehrend die Hand.

»Schon wieder eine Frau, über die man nicht sprechen darf. Ich würde sie gerne mal kennenlernen.«

»Sie hält sich zur Zeit nicht in Rom auf«, erwiderte Pierre knapp.

»Na gut, beim nächsten Mal.«

Eine Weile hielt Bertrand den Mund und aß Kirschen. In hohem Bogen spuckte er die Kerne in die Gegend, besonders gern spuckte er sie Bettlern in die Hand. Traf er sie, warf er lachend einen Marchetto hinterher. Als eine Wäscherin ihren Weg kreuzte und sie sich im Gedränge kaum ausweichen konnten, gab er ihr mit *holla*! einen Klaps auf den Hintern. Sie rief ihm etwas in einem unverständlichen Dialekt zu, lachte aber. Er zwickte sie in die Brust und drückte ihr eine Silbermünze in den Ausschnitt. Sie quiekte auf, und er lachte schallend.

»Wohin gehen wir eigentlich?« fragte Pierre.

»Ich zeige dir das Haus von Isabella, wir müssen uns anmelden, die Dame ist gefragt.«

Er legte erneut seinen Arm auf Pierres Schultern. »Ich will dir was sagen, Pierre: Ich freue mich wirklich, dich wiedergetroffen zu haben. Weißt du, ich rede manchmal etwas locker daher, aber wenn du wüßtest, was ich durchgemacht habe, wie ich mich durchbeißen mußte, der Sohn eines Küfners und einer Ketzerin. Als dein Vater uns aus Oppède vertrieb, war ich sieben Jahre alt, und kurz darauf haben sie mich dem Kaufmann überlassen. Das war eine harte Schule, Prügel gab's jeden Tag, dafür selten Fleisch und wenig Schlaf. Und später hat mich der Kerl einfach verkauft. Als ich nicht wollte, setzte es wieder Prügel. Frauen gab's nur am Wegrand und Geld zuerst überhaupt keins. Immerhin hab ich's überlebt. Daher glaube ich an das, was Calvin sagt. Nicht die römischen Faulpelze und Blutsauger sind von Gott auserwählt, sondern wir, die wir uns durchgekämpft haben. Wir können unsere Dukaten zählen und dann sagen: Die haben wir uns erarbeitet. Die sind nicht vom Himmel gefallen, für sie mußten wir klug sein und schwitzen. Der alte Jacopo Fugger hat ganz allein ein Weltreich geschaffen, ohne einen einzigen Soldaten loszuschicken, ohne Blutvergießen und ohne eine verkrüppelte Prinzessin zu heiraten. Und natürlich auch ohne die Hilfe der himmlischen Heerscharen. Er war es, der den Kaiser gemacht hat. Ihn hat Gott auserwählt. Ich werde zwar kein zweiter Jacopo Fugger, aber wenn ich einmal sterbe, werde ich reicher sein als mein adliger Milchbruder und sein Vater zusammen. Verstehst du, was mich treibt?«

Inzwischen waren sie am Haus von Isabella angekommen, die im Fenster lag und mit einer Truppe Spanier verhandelte. Schon von weitem hatte Bertrand ihr zugewinkt. Er drängte die Spanier einfach zur Seite, und als einer von ihnen den Degen ziehen wollte, entschuldigte sich Pierre an seiner Stelle und versuchte, die Wogen zu glätten.

»Heute abend sind *wir* dran!« rief Bertrand auf spanisch. »Morgen überlasse ich sie euch.«

Als die Spanier merkten, daß er ihre Sprache beherrschte und ihnen dann auch noch weitere Namen und Adressen nannte, wurden sie zugänglicher. Wie ein geschickter Kuppler rief Bertrand: »Ambrosina de Pironibus, jung und knackig und duftend wie ihr Name, Rodiconda in der Via Giulia, Tullia d'Aragona aus eurem Land ...«

Inzwischen war Isabella im Eingangsportal erschienen, machte mit den Spaniern einen Termin für den kommenden Tag aus und bat dann Bertrand und Pierre herein.

Bertrand hatte eine Verabredung in der Medici-Bank, entschloß sich aber, sie nicht wahrzunehmen, und überredete auch Pierre, einen Augenblick länger zu bleiben. Isabella reichte ihnen ein Glas Wein, und ihre jungen Mädchen tischten Mandelbrote, Feigen und Datteln auf, dann servierten sie gepfefferte Eier und noch mehr Wein. Anschließend tanzten die Mädchen im durchsichtigen Schleier zu Flötenmusik, und Isabella sang sogar ein Lied von Petrarca.

Pierre merkte, wie ihm der Wein zu Kopf stieg, wie er aber gleichzeitig immer weniger ertragen konnte, was um ihn herum geschah. Vor allem Isabella selbst verwirrte ihn. Mit ihren schwarzen, bis auf die Hüfte reichenden Haaren, ihren schlangengleichen Bewegungen und ihren Kohleaugen umgarnte sie Bertrand und ihn. Sie kannte sich in der Literatur aus und beherrschte auch Französisch, sogar mit einem provençalischen Akzent. Die Mädchen mit ihren jungfräulichen Körpern waren fast nackt, Duftlampen brannten und verstärkten die verführerische Stimmung. Das eigentlich Verwirrende war aber etwas anderes: Pierre glaubte Isabella zu kennen. Wahrscheinlich war er ihr in Rom schon einmal begegnet. Da er schon lange in der Stadt lebte, lag dies durchaus im Bereich des

Möglichen. Oder es war die heimatliche Sprechweise, die Sehnsucht in ihm erregte.

Pierre trank noch einen Schluck und versuchte, zur Besinnung zu kommen. In der vergangenen Nacht hatte er Laura befreien wollen. Am Morgen war er in der Niederlassung der Fugger gewesen, um dort eine Beschäftigung zu finden. Und jetzt hockte er bei einer schwarzhaarigen Kurtisane …

Bertrand entkleidete sie schon.

Isabella schien aber mehr an ihm, seinem Begleiter, interessiert zu sein.

»Ich habe das *ius primae noctis*, ich zahle die Zeche,« rief Bertrand und schickte die beiden Mädchen mit ihren erst knospenden Brüsten zu Pierre.

»In meiner Jugend habe ich in Aix gearbeitet«, erzählte Isabella, während sie Pierre durch die Haare fuhr, »aber die französische Provinz hat mir nicht gereicht.«

»Recht so«, rief Bertrand, »man muß mit seinen Pfunden wuchern. Aber jetzt komm her! Der Kranich will fliegen!«

Er zog Isabella zur Tür.

»Dir überlasse ich die Küken. Zeig ihnen, wozu ein französischer Baron in der Lage ist, komm über sie mit dem *furor francese*!«

Er lachte laut, und auch Isabella kiekste.

Als Pierre mit den beiden Mädchen allein war und sie sich auf seine Schenkel setzten, merkte er, wie unsicher sie noch waren. Er schaute ihnen in die Augen. Ein heller Ring umschloß eine tiefbraune Iris. Der Lidstrich war verschmiert. Und als einer von ihnen der Schleier von der Schulter rutschte, entdeckte er um ihre kleinen Brüste blaue Flecken.

Er stand auf, drückte ihnen mehrere Goldmünzen in die Hand und verließ, ohne ein weiteres Wort zu sagen, das Haus.

Am nächsten Tag erschien Pierre wieder in der Niederlassung der Fugger. Auch Bertrand war anwesend, wirkte aber mißgelaunt und hatte es eilig, sein Treffen in der Medici-Bank nachzuholen. Der Faktor schickte Pierre in das Kontor, in dem ein spitznasiges, immerfort lächelndes Männchen begann, ihm die Grundlagen der doppelten Buchführung zu erklären.

In den nächsten Wochen kehrte er täglich ins Kontor zurück.

Bertrand hatte ihn noch einmal zu Isabella schleppen wollen, aber Pierre hatte dankend abgelehnt.

»Gott, sei nicht so ein verquälter Spielverderber!« rief er und zog dann alleine los.

Als er dann wieder nach Lyon zurückkehren mußte, umarmten sich die beiden Brüder.

»Wir werden uns wiedersehen«, rief Bertrand. »Wenn du deiner Margarita überdrüssig wirst und wenn die Nonne nicht zu erreichen ist, dann komm in die Heimat zurück. Wir werden schon etwas aus dir machen. Und deinem Vater, dem Herrn Präsidenten, werden wir es auch noch zeigen.«

Der Faktor stand dabei und lächelte säuerlich. Dann schickte er Pierre zu seinem spitznasigen Lehrmeister.

Und es blieb dabei: Auch als Pierre sein Zahlenhandwerk beherrschte, hatte er weiter als Buchhalter zu arbeiten. Er zählte die Münzen, rechnete ihren Wert um, er saldierte die Schuldscheine und stellte den Einnahmen die Ausgaben gegenüber. Er berechnete die Aktiva und Passiva. Und er war froh über diese Arbeit. Zahlen, Zahlenkolonnen, Subtraktion und Addition. Alles genau und säuberlich. Seine Augen glitten aufmerksam über die Zahlen, sein Kopf war leer, und seine Seele ruhte sich aus. Täglich kam er pünktlich, arbeitete zuverlässig und ging erst als einer der letzten. Der Faktor lobte ihn zuweilen spöttisch: »*Herr Baron*, Ihr seid ein wirklicher Gewinn.«

Aber Pierre kümmerte der Ton nicht.

Er war nur traurig darüber, daß Margarita ihr Landhaus nicht verlassen wollte. Jeden Tag ging er am Kloster der Konvertiten vorbei. Und dann betete er auch, Berthon noch einmal wiederzusehen. Abends schrieb er seinem Vater Briefe, die er aber regelmäßig in den Kamin warf. Die Gedichte, die ihm in die Feder flossen, zerriß er schnell.

Nach Monaten nahm er sich einen Tag frei. Er ließ sich seinen Bukephalus satteln und verließ durch die Porta San Sebastiano die Stadt. Die Via Appia war belebt. Bauernkarren schoben sich rumpelnd über das Pflaster, Frauen trugen mit Gemüse gefüllte Körbe auf dem Kopf, und an den Beinen zusammengebundene Hühner krakeelten. Schweine wurden in die Stadt getrieben, und Bettler hoben ihre Hände. Pierre warf ihnen ein paar Marchetti zu, beachtete sie dann aber nicht mehr.

Während er ruhig dahinritt, führte er sich mit Erstaunen vor Augen, was sich in den letzten Monaten getan hatte. Er, der Seigneur de Ménerbes, der Sohn des Präsidenten des Obersten Gerichtshofs der Provence und Enkel des päpstlichen Zeremonienmeisters und Gesandten, war weder ein Mann der langen Robe geworden noch ein apostolischer Scriptor, er arbeitete in einem Bankhaus als Buchhalter, wie ein einfacher Sohn des Volkes. Aber er war zufrieden damit. Seine Arbeit machte sogar Spaß. Er rechnete nicht nur blitzschnell und fehlerlos, er überblickte inzwischen auch sämtliche Finanzgeschäfte der Niederlassung und hatte die wichtigsten Zahlen im Kopf. Und wenn am Ende eines Abrechnungszeitraums der Saldo im Plus stand, war er zufrieden.

Die Sonne stand hoch über den Zypressen, die Menschen, die ihm begegneten, schwitzten unter der Last ihrer Körbe.

Gegen Mittag erreichte er Margaritas Landgut.

Sie wirkte niedergedrückt und sprach anfangs, als sie durch die Weinberge spazierten, nicht viel.

Er erzählte ihr von Bertrands Besuch und von seiner Arbeit.

Sie schien sich dafür nicht zu interessieren.

Pierre fühlte sich zunehmend befangener, und als er sie in die Arme nehmen wollte, wehrte sie ihn ab.

»Du liebst mich nicht mehr, nicht wahr?« fragte er.

»Ach, Pierre –«, sagte sie nur.

Er wußte nicht, wie sie es meinte.

Eine Weile schwieg er, fragte dann: »Bin ich schuld daran, daß Laura ins Kloster geflohen ist?«

Aus traurigen Augen blickte Margarita ihn an. Sie trug ein einfaches langes Kleid mit einer Schürze, die offenen Haare fielen lokker auf ihre Schultern, sie hatte sich nicht geschminkt, und ihre Gesichtsfalten hatten sich vertieft. Trotz ihres einfachen, ja bäuerlichen Aussehens strahlte sie eine müde Schönheit aus.

Er griff nach ihrer Hand, und sie ließ sie ihm. Nach einem kurzen, aber heftigen Hustenanfall mußte sie sich in den Schatten einer Pinie setzen.

»Daß Bertrand gerade jetzt nach Rom kam – es ist, als hätte mich

Gott gerufen. Verstehst du? Und dann auch noch Michelangelos *Jüngstes Gericht.* Ich war auf dem falschen Weg – jetzt, jetzt mache ich endlich etwas Sinnvolles.«

Margarita schaute ihn zweifelnd an. »Du versteckst dich, wie wir alle.«

Ihm fiel Vater Berthons Leitspruch ein.

»Vielleicht hast du recht«, sagte er.

Sie lehnte sich nun an ihn, er umarmte sie zärtlich. Ihr Blick verlor sich in der Ferne, und langsam füllten sich ihre Augen mit Tränen. Ohne daß sie ihren Mund verzog, löste sich eine Träne nach der anderen aus ihren Wimpern.

»Was hast du?« fragte er.

»Nichts. Ich muß mich nur langsam auf mein Alter vorbereiten.« Wieder mußte sie husten. »Es ist nichts mehr so, wie es früher war, die Hoffnungen sind zerstoben.«

»Wie meinst du das?«

Sie antwortete nicht, wischte sich die Tränen aus dem Gesicht.

»Ich weiß nicht, wie ich dir danken soll«, begann Pierre wieder, »ohne dich ...«

Sie legte ihm ihre nassen Finger auf den Mund.

»Auch ich danke dir, Pierre – du hast mich noch einmal spüren lassen, was es heißt, begehrt zu werden.«

»Ich bewundere dich, ich liebe dich noch immer.«

»Laß es gut sein, Pierre, du brauchst dich nicht zu verstellen. Selbst wenn du meinst, was du sagst – was heißt schon *lieben*? Ich habe noch nie begriffen, was *Liebe* wirklich bedeutet. Verrückt sein nach jemandem, begehren, vögeln bis zur Verzückung – all das kenne ich, aber das andere ...« Sie schüttelte den Kopf.

»Und deine Tochter, hast du sie nie geliebt? Und Berthon? Raymond?«

»Berthon war wie ein Vater zu mir, fürsorglich, manchmal auch streng ... Und Raymond? Durch ihn erlebte ich zuerst den Rausch, der mich alles vergessen ließ, sogar meine Tochter, und gleichzeitig eröffnete er mir den Zugang zu einer neuen Welt, und er nahm mich ernst.«

»Aber warum bist du damals nicht zu ihm gezogen? Warum bist du überhaupt nach Rom gegangen?«

»Ich weiß es nicht mehr genau. Vielleicht weil ich begriff, was eine junge kluge und schöne Frau erreichen kann.«

»Und hast du es erreicht?«

»Rom lag mir zu Füßen. Mit dem *Sacco* fing der Abstieg an. Und heute?« Sie strich sich die Haare aus der Stirn. »Laura hätte es schaffen können ... Wie Silvia Ruffini ... Wie eine Herzogin hätte sie leben können und vielleicht sogar einen zukünftigen Papst auf die Welt gebracht. Auch Alessandro, der jetzige Papst, mochte sie – du hast es ja selbst erlebt.«

Pierre stand auf. Unruhig ging er mehrere Schritte hin und her, dann half er Margarita auf die Beine. Sonnenstrahlen fielen durch die Zweige der Pinie auf ihr Gesicht, sie schloß geblendet die Augen, und für einen Augenblick strahlte sie den ewigen Glanz einer Marmorstatue aus. Als sie die Augen wieder öffnete, nahm sie Pierre bei der Hand, und sie spazierten stumm durch die Gärten, bis zu einer Allee hoher Zypressen.

Pierre schaute erstaunt auf.

»Ich ließ sie in Erinnerung an Lourmarin pflanzen«, sagte sie. »Es gab unbeschwerte Zeiten dort, manchmal sogar glückliche Augenblicke.«

Und vor Pierre tauchte das Schloß auf, Raymonds Schloß und dann die Ruine, Berthons Haus und der Schutthaufen. Er wandte sich ab und schaute über die Weinberge in den rötlichen Dunst der untergehenden Sonne. Aus dem benachbarten Obsthain drang ein vielstimmiges Vogelkonzert herüber.

Aber er konnte den Ansturm der Bilder nicht aufhalten. Die Jahre bei Vater Berthon. Die Jahre an Lauras Seite. Und zum Schluß auch noch die Nacht des Kometen. Ein Schrei löste sich. Ja, es war der Schrei der Schwangeren in dieser Nacht.

Vor Entsetzen starrte er ins Leere. Und um den Schrei nicht hören zu müssen, hielt er sich die Ohren zu. Aber es nützte nichts.

Margarita näherte sich ihm wieder und legte ihren Kopf an seine Brust. »Wir sollten uns nie mehr verletzen, Pierre«, flüsterte sie.

Er schüttelte den Kopf, dann legte er seine Hände auf ihren Kopf. Der Schrei war verschwunden. Nur das Singen der Vögel und Margaritas leiser Aten.

»Es war wie ein Ruf«, sagte er. »Es wird etwas geschehen.«

## 1542

Noch nie in seinem langen Leben hatte Hugues Berthon eine solche Schiffsreise erleben dürfen. Das Meer lag in sanfter Dünung unter ihnen, die Ruderer zogen die Riemen in geruhsamen Takt durch das Wasser, und ein leichter Herbstwind half ihnen, das Schiff gemächlich auf die italienische Küste zutreiben zu lassen. Tagsüber schien eine milde Herbstsonne auf die leise knarzenden Planken, und nachts leuchtete das Meer silbern vom Widerschein des Mondes. Berthon fand in dem Genueser Kapitän einen begeisterten Trictrac-Spieler, der sogar bereit war, die Spielschulden zu bezahlen, ohne daß seine gute Laune darunter litt. Ja, es war, als halte ein gnädiger Gott seine Hand über Berthon: Er gewann, obwohl der Kapitän nicht schlecht spielte, fast ununterbrochen, und lange bevor er Rom erreichte, war er so reich wie lange nicht in seinem Leben und hatte in dem Genueser einen echten Freund gefunden.

Während der Siesta an Deck fühlte Berthon sich sanft in die Zeitlosigkeit geschaukelt und dachte über Tod und Sterben nach. Warum drohte die christliche Religion nur immer wieder mit den Qualen von Fegefeuer und Hölle, statt, wie die Griechen, Träume von der Asphodelenwiese zu gewähren und vom Fluß des Vergessens in einer Schattenwelt? Natürlich, die Menschen gehorchten leichter, wenn man ihnen Strafen androhte, die noch schrecklicher waren als die ihnen bekannten, aber war nicht das Christentum eine Religion der Liebe und Barmherzigkeit? Als er Luther auf diese Frage angesprochen hatte, zugegeben, nach ein paar Humpen starken Biers, schaute dieser ihn zuerst nur unverständig an und donnerte dann eine Schimpfkanonade los, von der er kaum etwas verstand. Trotzdem, die Vorstellung der Griechen lag ihm mehr – jetzt einfach wegdämmern, im sanft schaukelnden Nachen des Charon, einschlafen, vergessen. Sieben Jahrzehnte waren genug, keine quälenden Krankheiten gegen Lebensende, keine Pest, kein Hunger – vor allem kein Kriegsgeschrei, keine Brandfackeln und messerschwingende Horden, keine glühenden Eisen, Schwerter und Scheiterhaufen.

Der Gedanke an die Inquisition, an das Gefängnis von Aix ließ Berthon hochschrecken. Zu vergessen war offensichtlich nicht leicht. Die Tage in dem stinkigen Rattenloch, mit Laura, deren Leid er nicht mildern konnte. Und doch waren sie gerettet worden.

Warum hatten die Bouliers-Centals jetzt so darauf gedrängt, daß er seine Tochter rette? Wußten sie mehr, als sie ihm berichtet hatten? Er hatte sich tatsächlich von ihrer Sorge anstecken lassen und war unverzüglich nach Marseille aufgebrochen, wo er ohne Schwierigkeiten das Genueser Schiff fand. Er war noch nicht einmal nach Lourmarin gereist, zu seinem alten Haus, dessen Ruinen wahrscheinlich längst die Brombeeren überwucherten. Er hatte auch Mérindol gemieden, wo er sich eigentlich über die Bedrohungen durch das *Arrêt* informieren wollte.

Berthon seufzte. Er hielt die Augen geschlossen und lauschte nur dem Plätschern der Ruder, dem leisen Rauschen des durch die Wellen pflügenden Schiffs, dem Singsang der Ruderknechte. Ab und zu wurde ein Befehl gerufen, oder schreiende Möwen kreuzten ihre Bahn und folgten dann eine Weile dem Schiff. Aber am angenehmsten war doch das Daliegen, beschienen von der wärmenden Herbstsonne. Ihn schmerzten noch nicht einmal die Knochen, die ihm während seiner langen Wanderschaft der letzten Jahre oft genug unmißverständlich mitgeteilt hatten, daß er ein alter Mann war.

Hätte er nicht damals in Rom bleiben können? Epikurs *lathe biosas* hatte ihm als Lebensmaxime immer am meisten eingeleuchtet, aber Seelenruhe in zurückgezogenem Dasein war ihm nur kurze Zeit vergönnt gewesen. Wie Ahasver, der ewige Jude, war er während der vergangenen Jahre durch die deutschen Lande, durch Flandern, das Elsaß und die Schweizer Kantone gezogen. Wie ein waldensischer Bettler, wie ein in Frankreich verfolgter Glaubensbruder war er von den reformierten Christengemeinden weitergereicht worden und hatte mit ihnen über die Zahl der Sakramente und die Auslegung der Bibel diskutiert. Manche erinnerten sich noch an Morel und Masson, die *Barbes*, und wußten, daß Masson, kaum hatte er den Machtbereich des französischen Herrschers betreten, verschwunden war, wahrscheinlich als Ketzer zu Tode gefoltert.

Berthon seufzte noch einmal tief. Etwas Schlimmeres konnte einem Menschen nicht geschehen. Nein, er wollte es sich nicht vorstellen, sich nicht ausmalen. Die *peinliche Befragung*. Die gnadenlosen Methoden eines Jean de Roma. Er erinnerte sich an ein Streitgespräch mit Pierre, es ging um Epiktets stoische Haltung, seine Unberührtheit gegenüber dem widrigen Schicksal. *Meine Ankläger können mich zwar töten, aber schaden können sie mir nicht.* Wie hatte Pierre sich aufgeregt! Natürlich, als junger Mann hätte Berthon eine solche Erkenntnis auch nicht ohne Widerspruch hingenommen.

Als er zum ersten Mal nach Rom zog, bedroht von Wegelagerern, schlief er nie ohne sein Schwert in Griffnähe. Der junge Doktor der Philosophie Hugo Berthonus hatte in Florenz einen Freund fürs Leben gefunden, den vier Jahre älteren Alessandro Farnese, und folgte ihm nun nach Rom, nachdem dieser Kardinal geworden war und ihm die Stelle eines apostolischen Scriptors versprochen hatte. In Rom traf er Giulia wieder, Alessandros Schwester, die inzwischen die Geliebte des Borgia-Papstes geworden war.

Es gab wirklich genügend Gründe, an das geheimnisvolle Wirken eines Schicksalsplans zu glauben. Gott flocht die Fäden. Aber manchmal schien es so, als mache er sich nur einen Spaß daraus, mit dem Leben der Menschen zu spielen. Er ließ die von ihm angebetete Giulia den Grafen Orso Orsini heiraten und eine Laura auf die Welt bringen. Und gut zwei Jahrzehnte später ließ er die von ihm angebetete Marguerite, seine Ehefrau, einer Tochter das Leben schenken, deren Vater erneut ein Graf war. Er nannte die Tochter in wehmütiger Erinnerung Laura.

Aber damit nicht genug. Die Mutter heiratete, obwohl ihm angetraut, ebenfalls einen Orso Orsini, den Neffen des ersten – wenn das kein grausames Spiel war, ein sündiges zudem! Und Gott strafte dafür nicht die verführerische Eva, sondern ihren törichten Adam, den Orsini-Adam, die Landsknechte erschlugen ihn lachend wie einen räudigen Hund, um sich anschließend an Evas Körper ungestört schadlos halten zu können. Er, der betrogene Ehemann, entging dem Gemetzel, er konnte durch die Hilfe freundlicher Geldsäcke aus Rom fliehen.

Nun kehrte Berthon nach Rom zurück. Aber diesmal war es das letzte Mal, daran gab es keinen Zweifel. Mußte er wirklich seine Tochter retten? So unruhig er noch in der Provence gewesen war, so gelassen dachte er jetzt an angebliche Gefahren. Kardinal Alessandro Farnese würde seine Hand über das Mädchen halten, und über den Kardinal hielt der päpstliche Großvater seine Hand. Sein alter Freund, der Tunichtgut Alessandro, endete als Heiliger Vater und Stellvertreter Christi! Wahrhaft, Gottes Wege waren unerforschlich.

Als damals der Herzog von Gandia, der Sohn des Borgia-Papstes, ermordet wurde, wahrscheinlich von Cesare, seinem eigenen Bruder, wurden viele Intrigenfäden zu Schlingen geknüpft. Alessandro konnte seinen Kopf aus einer dieser Schlingen ziehen, und dies zurecht, denn er hatte nichts mit dem Mord zu tun. Weniger Glück hatte Accurse, der päpstliche Oberkuppler: Er wurde zuerst als Vize-Legat nach Venedig und dann nach Avignon geschickt. Und er, der unbedeutende Sekretär Berthon, mußte am Ende ebenfalls in die Verbannung nach Avignon gehen, obwohl er noch weniger als nichts mit dem Mord zu tun hatte. Allerdings hatte er sich herausgenommen, das Mißgeschick seines Freundes Accurse ein wenig zu lindern.

Konnte man dies alles Gottes unerforschlichem Walten zuschreiben? Es sah eher danach aus, als sei Gott ein schrecklich schlechter Würfelspieler, der immer wieder sein Spiel lustlos abbrach, wenn er begriff, wie hoffnungslos er sich verworfen hatte.

Berthon suchte den Kapitän auf und lud ihn zu einer neuen Runde Trictrac ein.

»Ich werde Euch an den Seeräuber Barbarossa verkaufen, wenn Ihr verliert. Ihr werdet Eure Tage als Sklave beenden.«

Berthon lachte und gewann das Spiel. Er sah, wie der Kapitän nun doch noch seine gute Laune zu verlieren drohte.

»Ich will kein Geld, mein Freund«, sagte er. »Versprecht mir nur, daß ich mit meiner Familie eine Schiffsreise von Rom nach Marseille frei habe.«

Der Genueser schlug ihm lachend auf die Schulter.

»Das verspreche ich dir gerne, du Gauner. Auf dieser Reise willst du mich dann gänzlich ausziehen. Aber irgendwann wendet sich das Glück. Gott ist gerecht. Wo wir gerade von Gott sprechen: Wenn du so gute Beziehungen zu seinem Stellvertreter hast, wie du angibst, dann empfiehl ihm und seinem gesamten apostolischen

Anhang meine wunderbaren Purpurstoffe. Sie sind zwar nur aus Lyon und nicht aus Florenz, aber trotzdem erste Klasse.«

In Rom angekommen, reihte sich Berthon unter die Pilger ein und besorgte sich eine Unterkunft in der Herberge des Borgo Vaticano. Weil er einen wertvollen Umhang trug und eine Samtkappe, weil sein Bart geschnitten war und seine Schuhe aus weichem Leder, weil er Italienisch sprach, Französisch und Deutsch, wurde er wie ein Edelmann behandelt. Man hielt ihn für einen Gesandten in geheimer Mission. Und da er einen prall gefüllten Beutel mit sich trug, auch noch für reich.

Berthon lächelte und machte sich einen Tag nach seiner Ankunft auf, mit seinem alten Pilgerstab über die Engelsbrücke zu ziehen und durch die Via Giulia zum Haus seiner Frau zu wandern. Die Menschen bedrängten ihn, bettelten ihn an, wollten ihm Devotionalien verkaufen, boten sich ihm als Führer an, ja, er wurde sogar von einer Kupplerin angesprochen. In seinem Alter! Lachend schickte er sie weg, und sie warf ihm unflätige Verwünschungen nach.

Er änderte jedoch seine Pläne. Es schien ihm plötzlich sinnvoll, sich erst einmal im Palast der Familie Farnese zu erkundigen. Er hörte, daß der junge Kardinal Alessandro zur Zeit in der *Cancelleria* wohne. Als er dort vorsprach, wurde er abgewiesen, obwohl ihn ein älterer Diener wiedererkannte. Er bat erneut darum, vorgelassen zu werden und wies darauf hin, er sei ein alter Bekannter des Heiligen Vaters persönlich.

Lange mußte er warten, bis er schließlich vor den jungen Kardinal geführt wurde. Dieser begrüßte ihn unerwartet frostig. Dann ließ er sich über die Undankbarkeit der Frauen aus. Er habe Laura eine Zukunft bieten wollen, aber sie habe ihn schnöde verlassen, sei eine Hure geworden.

»Eine konvertierte Hure!« Er lachte höhnisch. »Im Kloster werdet Ihr sie finden – falls sie noch dort ist.«

»Und steht Contessa Orsini nicht mehr unter Eurem Schutz?« fragte Berthon.

»Contessa Orsini?« Der junge Mann lachte noch höhnischer. »Sie hat doch ihren jungen Liebhaber – obwohl ich nicht mehr sicher bin, daß sich da nicht etwas abgenutzt hat. Meinen Schutz braucht sie auf jeden Fall nicht. Und hat sie auch nicht mehr.«

Berthon wurde unruhig. Die Nachrichten waren nicht erfreulich. Er entlockte dem Kardinal alles, was er wissen wollte, und bat ihn, er möge seinem Großvater ausrichten, sein Jugendfreund sei wieder in Rom, und wenn der Heilige Vater neben all seinen Pflichten noch die Zeit fände, ihm Audienz zu gewähren, wäre er überglücklich.

Im Haus der Gräfin Orsini hörte Berthon, die Contessa halte sich schon lange in ihrem Landhaus auf, und der junge Messer Pietro arbeite im Rione di Ponte, im Bankhaus der Fugger. Verwundert schüttelte Berthon den Kopf.

»Und Signorina Laura?«

Der Diener senkte seinen Blick. »Sie lebt im Kloster.«

Berthon wurde schwindlig, er mußte sich setzen. Der Diener holte ihm ein Glas Wasser. In kleinen Schlucken trank er.

Er begriff, daß die Bouliers-Centals, wissentlich oder unwissentlich, recht gehabt hatten, ihn nach Rom zu schicken. Während seiner jahrelangen Wanderschaft durch Deutschland und die Schweiz hatte er tagtäglich über Fragen des Glaubens diskutiert – mit welchem Ergebnis? Gleichzeitig hatte er seine Liebsten alleine gelassen – mit welchen Folgen! Laura im Klosterkerker, Pierre unter Geldsäcken und Margarita in Rom nicht mehr ihres Lebens sicher.

Er stand auf, bedankte sich und eilte wieder durch die Stadt zum Viertel der großen Handelshäuser und Banken. Vor dem Haus der Fugger marschierte er auf und ab. Er faltete seine Finger, preßte sie dann zusammen, bis seine Knöchel weiß hervortraten, immer wieder. Was um ihn herum geschah, nahm er trotz des Lärms nicht wahr.

»Laura, dir darf nichts geschehen,« flüsterte er vor sich hin. »Du darfst dich auch nicht lebend begraben.«

Bei Sonnenuntergang trat Pierre aus dem Haus. Als er Berthon bemerkte, stieß er einen lauten Schrei aus. Er stürzte auf ihn zu, und Berthon öffnete seine Arme. Aber Pierre blieb plötzlich vor ihm stehen und bedeckte sein Gesicht mit den Händen, als überwältige ihn das Unerwartete. Dann konnte er aber nicht an sich halten, und er umarmte Berthon so heftig, daß er fast umgefallen wäre.

Bis spät in die Nacht hinein erzählte ihm Pierre von den Vorkommnissen der letzten Jahre. Manchmal erging er sich in Selbstvorwürfen, dann begann er wieder zu schwärmen. Sachlich ging er auf seine Arbeit als Buchhalter ein. Er lachte über sich, den Geldzähler und Kolonnenschreiber.

»Das hätte Epikur nicht gedacht.«

Auch Berthon mußte lachen.

Und natürlich sprachen sie über Laura. Berthons Blick verfinsterte sich, als Pierre von ihrer Versteigerung berichtete, von der Zeit der Gefangenschaft in der *Cancelleria*.

»Es war ein schwerer Fehler, wegzugehen und sie bei ihrer Mutter zu lassen«, bemerkte er mit zitternder Stimme. Er stand auf, ging mit unruhigen Schritten im Zimmer auf und ab, blieb nach einer Weile vor Pierre stehen: »Und was ist mit Margarita? Warum fühlt sie sich in der Stadt bedroht? Oder warum lebt sie in ihrem Landhaus?«

Pierre zuckte mit den Achseln.

»Wenn jetzt nicht nur die Orsini, sondern auch noch die Farnese sie hassen, dann wird sie, befürchte ich, nicht alt werden.« Berthon merkte selbst die Härte in seinem Ton.

»Vater Berthon, verzeih mir!« flüsterte Pierre.

»Wofür?«

»Daß Margarita und ich ...«

»Es ist ihr Beruf, Männer zu verführen, – und ihr Wesen. Gott wollte es so.«

Am nächsten Tag verließen sie die Stadt und ritten zu den Albaner Bergen. Sie wurden von einer tapfer mit den Tränen kämpfenden Margarita begrüßt, dann durften sie sich vom Staub des Reise befreien und in einem Zuber ein Bad nehmen.

Berthon versuchte, sich im warmen Wasser zu entspannen.

Pierre lag neben ihm, die Augen geschlossen. Einmal sagte er: »Vater Berthon, du hast mir bisher kaum von deiner Reise berichtet? Von dem neuen Glauben in Deutschland und der Schweiz, von Luther und Calvin.«

»Hier ist nicht der richtige Ort, darüber zu sprechen«, antwortete Berthon. »Auch nicht die richtige Zeit.« Er erhob sich und goß sich einen Kübel mit kaltem Wasser über die Schultern. Als er Pierres fragenden Blick auf sich gerichtet sah, fügte er an: »Es ist eine lange

Geschichte. Ich muß mir erst selbst darüber klar werden. Für ein Gespräch bleibt uns noch genügend Zeit. Der protestantische Glauben wird nicht mehr verschwinden.«

Abends gab es eine bescheidene Mahlzeit, aber den besten Wein. Margarita hatte sich ihr grünes Atlaskleid mit den gelben Streifen übergezogen. An ihren Ohren hing der goldene Schmetterlingsschmuck. Sie war stark geschminkt und trug ihre lichter gewordenen Haare mit ersten grauen Strähnen zu einem Kranz zusammengebunden. Ihren Ausschnitt schmückte sie mit mehreren Perlenketten, der Busen wirkte zusammengefallen und faltig. Über und über mußte sie sich mit Duftwässern bespritzt haben. Schwere Gerüche umgaben sie wie unsichtbare Schleier.

Berthon fühlte sich abgestoßen. Er sah, wie Pierre sie anstarrte, und es war ihm nicht klar, ob ihr letzter Liebhaber ähnliches fühlte wie er.

Margarita lächelte müde.

Sie sprachen während der Mahlzeit kaum.

Aber dann lockerte der Wein ihnen doch die Zungen.

»Warum versteckst du dich auf dem Land?« fragte Berthon.

»Die Luft hier ist gesünder. Die Menschen sind freundlicher. Und es ziemt den Frauen, sich zurückzuziehen, wenn sie älter werden.«

Pierre wollte etwas einwerfen, aber sie schüttelte lächelnd den Kopf und legte ihm ihre Hand auf den Arm. Er nahm sie und führte sie an seine Lippen. Sie entzog sie ihm, und er warf einen schuldbewußten Blick auf Berthon.

Margarita trank einen großen Schluck Wein und brach in einen heftigen Husten aus. Als sie, endlich wieder frei atmend, sich den Mund abtupfte, flüsterte sie: »Entschuldigt, ich habe mich verschluckt. Ich sollte nicht so viel trinken.«

Aber dann brach es doch aus Berthon heraus.

»Was hast du mit unserer Tochter Laura angestellt?«

Sie sah erstaunt auf. »Ich versuchte, sie glücklich zu machen.«

»Indem du sie im Kindesalter verließest, indem du sie als Kurtisane versteigertest – und jetzt hockt sie im Kloster und weint sich die Augen aus. Das nennst du *glücklich machen*.«

Margarita räusperte sich und preßte dabei kurz ihre Hand auf ihre Brust.

»Wenn eine Frau keine Mutter sein kann oder will«, fuhr Berthon mit zunehmender Schärfe in seiner Stimme fort, »dann muß sie dies selbst vor sich und dem Allmächtigen verantworten. Wenn sie ihr Glück bei fremden Männern und in der Ferne sucht, ebenfalls. Aber wenn sie ihre geschändete Tochter in diesen Sumpf hineinzieht, wenn sie sie verkauft, und sei es an den Papst persönlich, dann wird der Allmächtige keine Entschuldigungen mehr gelten lassen.«

»Vater Berthon ...« Pierres Stimme zitterte.

Margarita räusperte sich erneut.

»Ich will hier nicht den Ankläger spielen, dies steht mir nicht zu, aber Laura ist meine Tochter, sie ist das einzige, was mir geblieben ist, und ich will nicht, daß sie in einem katholischen Kloster ... eingeht ... erstickt ... einfach verlischt!«

Berthon sah Pierres Augen auf sich gerichtet, und nun hob auch Margarita ihren Kopf und blickte ihn an.

Mit fester Stimme antwortete sie: »Laura ist nicht deine Tochter, das weißt du. Trotzdem hast du sie wie ein Vater geliebt, dafür danke ich dir. Sie ist aber nicht dein Eigentum. Ich weiß, daß ich in meinem Leben viele Sünden begangen habe, und ich werde dafür büßen müssen. Aber ich habe vor sieben Jahren die lange Reise nach Avignon auf mich genommen, um sie aus den Fängen der Inquisition und eines fanatischen Menschenhassers zu befreien. In Rom begegnete sie einem Leben, von dem die meisten Menschen nur träumen können. Vielleicht wurde ich zu ehrgeizig: Ich wollte sie zur Mutter eines Papstes machen. Dies ist nicht gelungen, und nun sucht sie in Stille nach einem neuen Leben, nach einem neuen Weg. Dieser Weg wird eines Tages wieder aus dem Kloster herausführen ...«

»Glaubst du das wirklich?« rief Pierre. Er war aufgesprungen. »Dann hilf uns doch!«

Sie hatte sich unterbrechen lassen und wandte sich Pierre zu: »Weißt du, wann die Zeit reif ist?«

Pierre schüttelte den Kopf.

»Nur sie selber weiß das.«

Margarita schloß für kurze Zeit die Augen und atmete schwer. »In Würde ...«, begann sie einen Satz. Sie unterbrach sich und suchte Berthons Blick. Ihre dunkelbraunen Augen verschleierten sich. »Hugues, wirst du jemals deinen Haß auf mich überwinden?«

## 1542 bis 1544

Nachts starrte Berthon lange auf das Kruzifix, das er immer bei sich trug und das er nun vor sich hingelegt hatte. Für kurze Augenblicke tauchte er in die Vergangenheit, er suchte die Jahre in Avignon und sah das kleine Mädchen vor sich, das nur selten von seiner Seite weichen wollte. Immer wieder setzte es sich auf seinen Schoß, und er erzählte ihm Geschichten von Findelkindern und armen Waisen, die von Prinzen erwählt und zu klugen und schönen Prinzessinnen wurden. Ihre Mutter hatte nichts dagegen, daß sie seine Nähe suchte, und langsam wuchs sie zu einer jungen Frau heran, die er liebte und die auch ihn liebte.

Er hielt es nicht lange aus in der Tiefe der Zeit. Noch einmal sah er das heitere Meer vor sich, das Schimmern des Mondes. Er war einer Täuschung verfallen. Er bat den Heiland um Vergebung, um Stärke, um die Fähigkeit zu verzeihen.

Später geriet er in schwere Träume. Morgens hatte er sie bis auf ein einziges Bild wieder vergessen, nur spürte er noch, daß sie ihn wie ein schwerer Sturm umhergeworfen hatten. Ein Bild jedoch stand ihm in aller Klarheit vor Augen. Er sah Christus vor sich – aber nicht am Kreuz, sondern an einen Schiffsbaum gefesselt, der eigentlich der Pfahl eines Scheiterhaufens war, und Christus rief ihm zu: *Ich bin der Weg, die Wahrheit und der Tod! Du jedoch bist mit Blindheit geschlagen!* Dann schlugen Flammen wie Sturmwellen hoch, und er verschwand.

Berthons Herz klopfte, als er aufstand. Draußen dämmerte es grau und neblig über den Weinbergen. Der Traum war eine Botschaft, daran gab es keine Zweifel. Und eine Anklage. Christus hatte sie ihm gesandt. Nachdenklich starrte er auf die grauen Schwaden, die sich nur langsam auflösen wollten. Aber vielleicht sollte der Traum in ihm nur Verwirrung stiften, war eine Ausgeburt der Hölle.

Er ging hinaus in den Garten und wanderte durch die Weinberge. Die Sonne stand als milchiger Ball über dem Horizont. Er suchte nach einer Antwort, fand aber keine. Ein alter Mann, der jahrelang durch Europa gezogen und nun in die Stadt seiner hoffnungsfrohen

Anfänge zurückgekehrt war, dieser Mann konnte seine Gedanken nicht mehr ordnen, er konnte sich nicht mehr beherrschen, er verfiel Stimmungen, Zweifeln und quälenden Ängsten.

Als er am späten Vormittag auf Margarita traf, entschuldigte er sich für seine Vorwürfe.

Margarita nickte nur.

Pierre war hinzugetreten und schaute ihn fragend an.

Margarita ließ nicht ab, ihn anzuschauen. Berthon versuchte, ihrem Blick standzuhalten.

»Ich möchte noch heute nach Rom zurückkehren«, sagte er, »und dich bitten, eine Weile in deinem Haus wohnen zu dürfen.«

Margarita nickte.

»Ich komme mit dir«, sagte Pierre.

Nach einem schweigsamen Imbiß machten sie sich gemeinsam auf den Weg.

Als sie, kurz vor der Aurelianischen Mauer, langsam über die Via Appia ritten, vorbei an den alten halbverfallenen Mausoleen, sprang plötzlich ein Mönch aus einem der dunklen Eingänge und begann, seine Arme heftig schwenkend, vor ihnen über die Steine der Straße zu tanzen. Dabei rief er etwas Unverständliches, lachte schrill und drehte sich mit wehender Kutte um die eigene Achse. Die vorbeiziehenden Menschen warfen einen kurzen Blick auf ihn und wichen zur Seite, ein Esel scheute.

Berthon hielt sein Pferd an. Pierre ritt weiter.

Als Pierre sich dem Mönch näherte, sprang er direkt vor Bukephalus, der nervös zur Seite tänzelte. Der Mönch richtete sich auf, sein Arm schoß vor, auf Pierre zu: »Du! Gesteh!«

Als Pierre das Pferd erschrocken zur Seite drehte, brach er in kreischendes Gelächter aus und sprang nun vor Berthon. Dessen Stute war durch nichts zu erschüttern und blieb abwartend stehen. Der Mönch hielt seine in weiten Ärmeln steckenden Arme wie ein X vor sein Gesicht, dann hüpfte er hoch und schleuderte sie, erneut unter kreischendem Gelächter, zur Seite. Ein blutüberströmtes Antlitz starrte Berthon entgegen.

Dann schrie der Mönch mit höhnischer Fistelstimme: *»Quo vadis, Domine? Quo vadis?«* In kleinen Rinnsalen floß Blut von der Stirn in die Augen, deren Weiß sich immer wieder rötlich färbte, und weiter über die Wangen bis zum Kinn. Er wiederholte seine Worte mehrfach, und mit jedem *Quo vadis*? schnitt er sich mit einem kleinen Messer ein Kreuz in die Haut.

Pierre wollte weiterreiten, aber Berthon erstarrte. Als Pierre merkte, daß er ihm nicht folgte, sprang er ab, bat einen Bauern, die Zügel zu halten, und kam zurück. Als er dem Mönch ins Gesicht sehen konnte, schrie er erschrocken auf.

Er schrie aber nicht nur über die blutige Selbstverstümmelung, sondern weil er wie Berthon den Mönch erkannt hatte.

»Jean de Roma!« rief Berthon, »wir kennen dich, du Mörder!«

Erbleichend flüsterte Pierre: »Es ist der Inquisitor.«

Der Mönch hielt mit aufgerissenen, starren, blutigen Augen seine Arme seitlich ausgestreckt und brüllte: »Kreuziget mich! Kreuziget mich!«

Wie vom Schlag getroffen, fiel er um.

Zwei Bauern, vor deren Wagen er gefallen waren, zerrten ihn zur Seite. Pierre schaute nach ihm. Berthon stieg vom Pferd und folgte ihm ebenfalls. Bewußtlos und aus mehreren Schnittwunden blutend lag der Mönch nun im Schatten einer Pinie.

»Der Schlitzer tanzt hier immer herum und erschreckt die Leute«, sagte der eine Bauer. Der andere faßte sich an den Kopf und, während sie weiterzogen, äffte er ihn quäkend nach: »*Quo vadis, Domine? Quo vadis?*«

Berthon und Pierre starrten noch lange auf den verzerrten Körper. Dann zogen sie schweigend weiter. Auch in Margaritas Haus angekommen, sprachen sie nicht über den Vorfall.

Pierre ging ins Kontor, während Berthon sich an das Schreibpult in Margaritas Studiolo setzte. Er nahm sich ein Blatt vor. Wieder sah er dem Mönch in die blutigen Augen, er sah ihn, den Inquisitor, mit Jean Maynier vor sich und aus ihm George Morels Namen herauspressen.

Und Gottes Botschaft war so deutlich, wie sie einst Petrus auf seiner Flucht empfunden hatte. Die Rückkehr in die Heimat stand für ihn nun endgültig fest.

Und doch zögerte Berthon, sofort aufzubrechen.

Er mußte einen Bericht schreiben. Einen Bericht über seine Reise nach Deutschland, über den Glaubenskampf, den er während der vergangenen Jahrzehnte seines Lebens ausgefochten hatte und der noch immer nicht entschieden war. Er wollte Zeugnis ablegen, für Pierre und Laura, auch für Alessandro, seinen alten Freund. Er wollte Luther und Calvin den Bericht schicken und ihn in die Heimat mitnehmen, um ihn dort den Reformierten im Luberon zu überreichen. Und er wollte ihn drucken lassen, um der Nachwelt ein Bild zu hinterlassen vom traurigen Zustand seiner Zeit.

Er wollte ihn verfassen hier in der ewigen Stadt, im Zentrum des katholischen Reichs, weit weg von allen reformatorischen Gedanken.

Als er Pierre davon erzählte, umarmte ihn sein Sohn.

»Wir werden noch eine Weile hier ausharren müssen«, sagte Berthon.

Pierre nickte. »Du wirst es nicht glauben, aber wenn ich Münzen zähle, Schuldscheine aufliste und die Konten führe, fühle ich mich befreit von allem, was mich bedrückt. Glück und Unglück gleichen sich aus, verstehst du? Außerdem begleite ich jetzt schon den Faktor bei seinen Vertragsverhandlungen und darf die Korrespondenz mit Lyon führen. Bertrand fragt immer, wann ich nach Frankreich zurückkehre. Er hätte genügend Arbeit für mich. Aber ich will nicht ohne Laura zurückkehren.«

»Ich auch nicht«, flüsterte Berthon.

Beide schwiegen sie eine Weile, dann ging Pierre zum Fenster und schaute hinaus. »Denkst du noch oft an den Mönch?« fragte er.

»Täglich.«

»Ich hätte ihn erschlagen sollen.«

»Du mußt dich nicht ohne Not versündigen. Gott hat ihn schon geschlagen.«

»Wenn ich ihn vor mir sehe, steht hinter ihm ein anderer. Bertrand schrieb, daß er bald Erster Präsident des Obersten Gerichtshofs sein wird und noch immer mit glühender Leidenschaft daran arbeitet, sein *Arrêt* durchzusetzen.«

Die Zeit schien den Atem anzuhalten. Zwei Jahre verstrichen.

Berthon schrieb an seinem Bericht, Pierre arbeitete in der Niederlassung der Fugger, und dann kehrte auch Margarita nach Rom zurück.

»Sollen die Orsini mich töten«, sagte sie. »Oder Alessandro. Es wäre eine Erlösung.« Dunkle Ringe umgaben ihre Augen.

Abends, als sie zusammen speisten, trank sie so viel, daß ihre Zunge nur noch lallen konnte, die Gedanken haltlos umhertorkelten. Ihr Atem ging schwer. Ihre Augen füllten sich mit Tränen.

Pierre versuchte, sie in den Arm zu nehmen, aber Margarita wehrte ihn ab.

»L-liebst du sie noch?« fragte sie ihn.

»Warum fragst du. Du weißt es genau.«

»Weiß ich das, w-weiß ich das?«

Berthon beobachtete die beiden genau.

»Ich werde meinen Bericht bald beendet haben«, sagte er.

Einige Wochen später war es soweit.

»Ich habe den Schlußstrich gezogen«, sagte Berthon.

»Ich schrieb schon Bertrand nach Lyon. Und unser Faktor weiß ebenfalls Bescheid. Ich kann jederzeit gehen. Wann darf ich deinen Bericht lesen?« fragte Pierre.

Margarita schwieg und trank.

»Später, später. Es eilt nicht. Ich muß ihn selbst noch einmal durchgehen.«

Pierre wirkte enttäuscht.

»Und wenn Laura im Kloster bleiben will?« fragte Margarita.

»Ja, was dann?« fügte Pierre mit ängstlicher Stimme an.

»Sie wird das tun, was Gott bestimmt hat. Meine Lebensreise neigt sich dem Ende zu«, sagte Berthon, »das spüre ich.« Er wandte sich Margarita zu. »Das möchte ich auch Laura mitteilen. Ich bitte dich, mich zu begleiten, denn du bist ihre Mutter, und dir gelingt es noch am ehesten, eine Erlaubnis für ein Gespräch zu erlangen.«

Margarita schaute ihn lange an. In ihren Augen sah er wieder das Geheimnis, das er nie hatte enziffern können.

»Ohne mich werdet ihr nicht gehen«, sagte Pierre.

»Nein, bestimmt nicht«, sagte Margarita.

Es gelang ihnen, bis zur Äbtissin vorzudringen und eine Erlaubnis zum Gespräch mit Laura zu erhalten.

Noch am selben Abend saßen sie in einer kleinen, halbdunklen Zelle. Es war ihnen sogar gelungen, den Beichtvater der Konvertiten, den man ihnen zuerst zugesellt hatte, wieder hinauszuschicken.

Laura war ihrem Vater um den Hals gefallen, und es dauerte lange, bis sie sich gefaßt hatte und zusammenhängend sprechen konnte. Pierre ließ seine Augen nicht von ihr, schwieg aber. Aus Margaritas Gesicht wich, trotz aller sorgfältigen Pflege, jegliches Leben, und plötzlich, so schien es Berthon, saß eine Frau neben ihm, die wußte, daß es keinen Weg mehr zurück gab.

»Ich werde bald sterben«, sagte er zu Laura, »und wollte dich noch einmal sehen.«

»Aber wo warst du so lange?« unterbrach sie ihn. »Und warum wirst du sterben? Ohne dich kann ich nicht leben.«

»O doch, das kannst du, du wirst es für dein restliches Leben können müssen.«

Durch Pierres Körper ging ein Zucken, als wollte er aufspringen und ihr sein Herz zu Füßen legen, aber er beherrschte sich und klammerte sich an seinen Hocker.

Margarita hatte sich ein Tüchlein aus ihrer Ärmelmanschette geholt und wischte sich über die Augen.

»Nimm mich mit!«

Laura warf sich vor Berthon auf den Boden, versteckte ihr Gesicht in seinem Schoß, und als er sie hochhob, wiederholte sie nur mit leiser Stimme: »Nimm mich mit! Du bist doch mein Vater.«

## 1544 bis 1545

Im November zogen düstere Wolken über die Ewige Stadt und brachten schwere Regenfälle. In die Häuser kroch klamme Kälte, der Tiber schwoll an und schwemmte all den Unrat fort, der sich im Lauf der sommerlichen Trockenheit angesammelt hatte.

Der Dezember brachte Wochen mild-strahlender Wintersonne. Pierre stand auf der Dachterrasse des Hauses, in dem er nun schon über fünf Jahre wohnte. Gedämpft drang der Lärm der Straßen zu ihm hoch. Von hier oben blickte er über die Dächer der Stadt auf ihre Hügel, auf ihre Kuppeln und Obelisken, hinüber zur Engelsburg und zum Borgo Vaticano. Im Westen schwang sich der Monte Gianicolo mit den Weingärten leicht in die Höhe. Die Katen von Trastevere schlossen sich an. Überquerte man wieder den Tiber, so konnte man den sanften Rundungen der Monte Capitolino und Palatino folgen. Teile des Colosseum ließen sich erspähen und hinter ihm die mächtigen Gebäude des Lateranpalasts.

Pierre ließ seinen Blick weiter wandern, hoch zum durchsichtigen Blau des Himmels, und dort wurde er gewahr, was seine Augen wie ein Wunder anzog und festhielt, bis ihm schwindlig wurde. Über den Winterhimmel zog eine unübersehbare Schar von Vögeln, kleinen dunklen Punkten, die sich in mal dichteren, mal lichteren Schwärmen nach Süden schwangen, unaufhörlich, in einem langen Band, und lauschte er genau, konnte er auch ihr Geschrei hören, ihre Begeisterung, ihr schrilles Rufen. Das Band zog von Nord nach Süd, von der Porta del Popolo zur Porta San Sebastiano, eine endlose Flucht aus der Kälte, eine Suche nach Wärme und Nahrung. Es schien, als zögen alle Vögel der Welt über die Heilige Stadt, gerade jetzt, während er auf der Dachterrasse stand, an diesem klaren Wintertag, in dem alles so einfach erschien. Er spürte keinen Hunger und keinen Durst, er fühlte sich gesund, selbstverdiente Dukaten klimperten in seinem Säckchen, keine fremden Armeen belagerten die Stadt, keine Feuersbrünste drohten. Die Vögel zogen immer noch wie auf einer unsichtbaren Straße über den Himmel, weg nur, weg, weiter und immer weiter.

Als Berthon zu ihm trat, wies Pierre ihn auf den nicht enden wollenden Zug hin.

»Gott schickt uns dieses letzte Zeichen«, sagte sein alter Lehrer.

»Wann brechen wir auf?«

»Sobald das Frühjahr naht und der Genueser nach Marseille segelt. Dann fliegen auch die Vögel zurück.«

Aber der Winter zog sich hin, wurde grau, naß und kalt. Margarita hustete schon lange und blieb Tage, ja Wochen im Bett. Berthon las in seinem Bericht und versuchte vergeblich, eine Audienz beim Papst zu erreichen.

Nach einem langen Gespräch, das Margarita mit der Äbtissin geführt hatte, schien Laura jederzeit das Konvertitenkloster verlassen zu dürfen. Dennoch lebte sie weiterhin in ihrer Zelle. Pierre fragte sich, ob sie wirklich bereit sei, ihnen in die Heimat zu folgen.

Für ihn stand jedoch die Entscheidung fest: Er kehrte mit Berthon in den Luberon zurück, nach Ménerbes, das ihm gehörte und um das er sich jahrelang nicht gekümmert hatte. Vielleicht blieb er dort sogar und führte das tätige Leben eines kleinen Landadligen. Er brauchte nur an die erfüllten Tage zu denken, die so lange zurücklagen und die sich im Erinnerungsschein vergoldeten.

Vielleicht zog er aber auch weiter zu Bertrand, nach Lyon, um wie bisher für die Fugger zu arbeiten.

Und was war mit seinem Vater? Konnte er so tun, als gäbe es ihn nicht? Sein Vater war inzwischen Erster Präsident des Obersten Gerichtshofs geworden und damit der zweitmächtigste Mann in der Provence. Und es sah nicht so aus, als hätte er seine Absicht aufgegeben, die unmenschliche Drohung des *Arrêt de Mérindol* in die Tat umzusetzen.

Kehrte Pierre zurück, gab es für ihn eine Aufgabe, der er sich nicht entziehen durfte. Er mußte versuchen, seinen Vater davon abzubringen, der Drohung auch Taten folgen zu lassen. Vielleicht war er als einziger dazu in der Lage. Wie er dies allerdings erreichen konnte, wußte er nicht. Sollte er vor ihm auf die Knie fallen und zu Kreuze kriechen? Oder sollte er gar den Kampf mit dem Vater suchen, aufnehmen und durchstehen?

Das wie im Wind auf und ab schwingende Band der Vögel hatte noch immer nicht nachgelassen, obwohl die Sonne sich nun langsam dem dunstigen Horizont näherte.

»Wird Laura mit uns ziehen?« fragte er Berthon.

»Ja, ich glaube es, und es macht mir Sorgen.«

»Ich werde sie beschützen.«

»Du?«

Der ungläubige Ton bestürzte ihn. 'Gerade du?' wollte Berthon sagen. 'Gerade du, der du so vielen Menschen Unglück gebracht hast?'

»Ich liebe sie noch immer«, sagte Pierre. »Wie eine Schwester«, fügte er schnell hinzu, als er Berthons Blick sich verdunkeln sah. »*Caritas*, nicht *agape* – versteh mich doch!«

Berthon wandte sich ab und schwieg.

Seitdem Berthon seinen Bericht beendet hatte und sie auf das Ende des Winters warteten, um endlich aufbrechen zu können, verhielt er sich tief niedergeschlagen, häufig unansprechbar und in sich gekehrt, ja, sogar abweisend. Manchmal sprachen sie noch über die alten Philosophen, aber schon bei den Gesprächen über den Glauben wurde Berthon schnell einsilbig. Er gab ihm seinen Bericht noch immer nicht zu lesen. Und er erzählte auch nichts von seiner lange Reise. Pierre verstand ihn nicht mehr. War er gar wieder in den Schoß der allumfassenden römischen Kirche zurückgekehrt?

Saßen sie bei der Abendmahlzeit zusammen, herrschte eine bedrückende Stille, die nur durch Margaritas Husten unterbrochen wurde. Berthon warf gelegentlich einen Blick auf sie, aber sie wich ihm aus. Auch Pierre schaute sie nur selten an, und wenn, dann sprach eine kaum verschleierte Trauer aus diesem Blick.

Als er sie einmal in den Arm nehmen wollte, wehrte sie sich, barg dann aber ihren Kopf an seiner Brust. Weil sie einen Hustenanfall zu unterdrücken versuchte, durchlief ein Zucken ihren Körper. Er drückte sie fester an sich und strich ihr über das glanzlos und grau gewordene Haar.

Als Berthon hinzutrat, erschrak er, ließ Margarita aber dennoch nicht los. Berthon wandte sich nicht ab, die Falten um seinen Mund, um seine Augen schienen sich zu vertiefen.

»Ich glaube, nur der Tod kann uns erlösen«, sagte er, klar und deutlich, und verließ den Raum.

Margarita wollte ihren Kopf heben, aber Pierre drückte ihn fest an sich.

»Er kann mir nicht verzeihen« flüsterte sie.

Seit Tagen lag Margarita im Bett, von heftigem Husten und Fieber geplagt. Sie hatte sich niedergelegt, bevor das Fieber zuerst unmerklich, dann immer stärker ihren Körper zu durchglühen begann. Aber es war nicht nur der Husten, der sie nicht mehr aufstehen ließ.

Als Pierre sie rufen wollte, um ihr den Zug der Vögel zu zeigen, versuchte sie tatsächlich noch einmal, sich zu erheben. Doch sie knickte sofort ein, und Pierre mußte sie festhalten, damit sie nicht auf die kalten Fliesen glitt. Er deckte sie wieder zu, holte ein Glas Wasser und hielt ihre Hand.

»Es wird nicht mehr lange dauern«, flüsterte sie.

Er erschrak.

»Ja, bald wirst du wieder gesund sein.«

Sie reagierte nicht.

»Willst du nicht mit uns kommen, in deine alte Heimat?«

Margarita lächelte schwach. »Meinst du das ernst?«

»In Ménerbes ist genug Platz für uns alle. Und ich kann endlich zurückgeben, was ich von dir …«

»Es ist lieb von dir«, hauchte sie, »aber ich mache mir viel mehr Sorgen um Laura.«

»Soll ich sie herrufen lassen?«

Margarita versuchte sich aufzurichten. »Auf keinen Fall. Ich will nicht, daß …« Sie sank in die Kissen zurück. »Am liebsten wäre mir, ich könnte einfach so verschwinden. Für eine ehemalige Kurtisane gibt es keinen Platz auf der Erde, wo sie in Ruhe und Anstand alt werden darf, und zu Hugues werde ich nicht mehr zurückgehen.«

Das Sprechen fiel ihr immer schwerer, ihr Atem rasselte, sie spuckte Blut.

»Ihr müßt euch vor Kardinal Farnese in Acht nehmen. Er wird versuchen, Laura zu entführen oder sie umzubringen. Er ist für die Verwaltung des *Comtat* zuständig und hat viele Freunde in Avignon. Es gibt genügend *Bravi*, die dich für ein paar Dukaten ermorden könnten. Oder er verleumdet Laura als Hexe und Hugues als Ketzer. So wie er sie gerettet hat, kann er sie auch vernichten. Sie braucht Schutz und Liebe und die Gnade des Herrn.«

Sie schloß die Augen und schien erschöpft zu ruhen.

Berthon trat ins Zimmer.

»Sie fliegen noch immer. Als seien die Pforten der Unterwelt geöffnet, und all die eingesperrten Seelen flüchten.«

Pierre legte seinen Finger auf den Mund. »Sollen wir einen Priester rufen?«

»Margarita!« rief Berthon mit lauter Stimme. »Margarita!«

Sie rührte sich nicht.

»Laß uns so nicht auseinandergehen! Wenigstens *ein* versöhnliches Wort!« Er kniete vor dem Bett nieder und zog ihre Hand an seine Stirn.

»Ich rufe einen Priester«, sagte Pierre, blieb aber starr neben ihm stehen.

Über Margaritas Gesicht legte sich eine tiefe Ruhe.

»Wir müssen Laura Bescheid geben und die *famiglia* zusammenrufen«, flüsterte Berthon, der sich aufrichtete und bekreuzigte. »Sie ist von uns gegangen.«

Pierre drückte seine Lippen auf Margaritas Augen.

»Mea culpa, mea culpa, mea maxima culpa,« hörte er Berthon flüstern.

Contessa Orsinis Tod erregte in Rom mehr Aufsehen als erwartet. Sie sei an Kummer gestorben, sagten die einen, an Gift, flüsterten die anderen, und verwickelt in den Mord sei die Familie des Papstes. Den Großteil ihres Vermögens habe sie dem Konvertitenkloster vermacht und damit ihre Nichte, die in Wahrheit ihre Tochter gewesen sei, freigekauft. Bei Tizian habe sie ein, nein, mehrere Gemälde in Auftrag gegeben.

Wilde Gerüchte kursierten. Sie sei einmal neben Silvia Ruffini die Geliebte des Papstes gewesen und Laura somit seine Tochter. Schon die Namensgleichheit mit der anderen Laura …

Die Phantasie des Volkes, aber auch der Papstgegner am Apostolischen Stuhl und unter dem römischen Adel kannte keine Grenzen. Die Kurtisane des Papstenkels und Kardinals Alessandro Farnese sei in Wahrheit seine Tante, ein verwerflicher Inzest, der den Häretikern aus dem Norden weiter Auftrieb geben werde, und außerdem habe die Witwe des Orso Orsini in Bigamie gelebt. Woher dieses Gerücht auftauchte, wußte niemand, wahrscheinlich aus der Familie Orsini, die einen Großteil ihres Vermögens für sich reklamierte. Der alte Mann in ihrem Haus sei ein Lutheraner oder ein Spion Karls V., der junge Mann, von dem sie sich noch in ihren alten Tagen habe bespringen lassen, ein Erbschleicher.

Schmierereien tauchten an Margaritas Haus auf, zweimal versuchten Unbekannte, die Eingangstüre anzustecken. Dann stand eines Morgens in deutlichen Buchstaben am Portal: »Hure! Die Rache wird schrecklich sein.«

Endlich griff der Papst ein.

Jegliche Ansprüche auf ihr Vermögen erklärte er für unberechtigt, einen Prozeß verbot er, die Gerüchte und Verdächtigungen für Eingebungen des Teufels, und dann ordnete er eine Totenmesse in Santa Maria ad Martyres an und eine Bestattung in aller Stille.

Aber noch vor der Messe erschien er in Margaritas Haus und betete an ihrem Totenbett, segnete sie und schickte schließlich die ihn begleitenden Kardinäle und Wachen hinaus, weil er mit den Angehörigen allein sein wolle.

Pierre konnte es nicht glauben. Nach den Wirren, den angstvollen Nächten, der Trauer der letzten Tage traf er den Papst plötzlich und unerwartet wieder. Das Oberhaupt der Kirche, der Stellvertreter Christi, mit seinem langen eisgrauen Bart, seiner purpurroten Kappe, saß ihm leicht vornübergebeugt gegenüber. Er hatte ein Glas Wein verlangt und Brot gegen sein Sodbrennen.

»Sie war eine Frau, die jeder lieben mußte, der sie kannte: schön, klug und voller Trauer. Ihre Sünde war, daß sie das Leben liebte und sich nicht bescheiden wollte. Aber der Allmächtige hat ihr längst verziehen.«

Der Papst schaute Berthon an und nickte leicht, als wollte er seine Worte unterstreichen.

»Hugues, du jedoch hast ihr noch nicht verziehen ...?«

Berthon nickte, aber es war unklar, ob er den Worten des Papstes ein *doch* entgegensetzen oder sie bestätigen wollte.

»Und nun wollt ihr alle drei Rom verlassen und in eure Heimat zurückkehren.«

Er ließ seine wachen Augen von einem zum anderen wandern.

»Ich empfing dich bisher nicht, Hugues, weil du bei meinen Gegnern als Lutheraner verschrien bist und als Spion der Schweizer Reformierten. Ich hätte mir eine Blöße gegeben, und die konnte ich mir nicht erlauben, aber jetzt erzwingt der Tod unserer lieben

Contessa Orsini eine gewisse Form der Pietät, die es mir ermöglicht, meinem alten Freund ein letztes Mal in die Augen zu blicken und dem jungen Paar adieu zu sagen. Ich weiß, daß ihr freiwillig geht, aber ihr müßtet Rom sowieso verlassen, denn ich könnte euch hier nicht dulden. Mein Enkel Alessandro, die Orsini und die albernen Gerüchte, ihr versteht – es lohnt nicht, Kräfte auf Nebenschauplätzen zu vergeuden.«

Pierre warf einen Blick auf Laura, die ernst und gefaßt neben ihrem Vater saß. Ihre Haare waren streng gescheitelt, sie trug ein hochgeschlossenes weißes Trauerkleid ohne jeglichen Schmuck. Und doch erschien sie Pierre schöner denn je. Es war, als habe sie von ihrer Mutter in der Totenstunde das Gleichmaß der Züge geerbt und eine weibliche Reife, die ihr bisher noch gefehlt hatte. Pierre entdeckte aber auch Raymonds Lippen, sogar seinen wehmütigen Schalk in ihren Augen.

Sie wirkte gefaßt, schien den Tod ihrer Mutter erahnt zu haben. Aus dem Kloster brachte sie nichts mit. Sie betete viel. Bisher hatten sie noch kein persönliches Wort miteinander gesprochen.

Und Berthons Schweigen war noch undurchdringlicher geworden.

Der Papst neigte seinen Kopf und suchte den Blick seines alten Freundes: »Manchmal denke ich an die Tage von Florenz zurück, Hugues, an Giulia, ich sehe mich sogar noch aus der Engelsburg fliehen, sehe mich in Silvias Armen, vier Kinder hat sie mir geboren und mir geholfen, das Geschlecht der Farnese groß zu machen. Die familiären Bande zum Kaiser und auch zum französischen König sind geknüpft, und ich denke, Alessandro kann mir einmal auf dem Stuhl Petri nachfolgen, wenn er seine dummen Eifersuchtsanfälle zu beherrschen weiß.«

Die Andeutung eines augenzwinkernden Lächelns huschte über sein Gesicht.

Laura senkte den Kopf, Berthon blieb ernst.

»Weißt du noch, Hugues, wie wir damals über Epikur stritten? *Lebe im Verborgenen!* Wem gibt heute das Leben recht, dir oder mir?«

Berthon räusperte sich. »Willst du wirklich hören, was ich denke?«

»Endlich, er spricht. Ich befürchtete schon, daß dir die Trauer die

Sprache verschlagen hat. Natürlich will ich es hören. Es erfrischt, auch mal wieder mit einem offenen und ehrlichen Menschen zu streiten.«

»Du hast alles erreicht, Alessandro, was ein Mann erreichen kann: Macht, Reichtum, eine große einflußreiche Familie. Du beherrschst die Christenheit. Du wirst in die Geschichte eingehen. Aber wenn du einmal vor deinen Schöpfer trittst, nackt wie wir alle, dann wird er dich nach deinem Glauben fragen, und du wirst ihm etwas vorlügen. Er wird nach der Wahrheit fragen, und du wirst ihn verständnislos anschauen. Er wird nach dir selbst fragen, nach dem Geschöpf, das einmal Alessandro Farnese hieß, und du wirst sagen: Ich mußte es verraten, um dir zu dienen. Aber Gott wird dich nicht segnen, sondern auslachen.«

Der Papst schwieg lange, ohne ein Zeichen der Verärgerung zu zeigen.

»In den beiden ersten Punkten magst du recht haben, Hugues, im letzten nicht. Ich glaubte schon immer mehr an die Macht, an die Kunst und an eine starke Familie als an Barmherzigkeit, Liebe und Großmut. Ich habe die Liturgie, die Meßbücher und die Texte der Kirchenväter gehaßt, wäre lieber ein großer Feldherr geworden und hätte Silvia geheiratet. Nun habe ich auch ohne Heirat Söhne, kann als Oberhaupt des Kirchenstaates Kriege führen, aber auch Frieden stiften und stehe als Pontifex maximus über Kaiser und Königen. Jeder weltliche Herrscher muß vor mir niederknien. Eins ist sicher: Man wird mich nicht mehr vergessen, in meinen Taten werde ich wie in meinen Kindern und Enkeln weiterleben.«

Er trank einen Schluck Wein. »Mich hat immer eine Aufgabe erfüllt, eine Sendung, wenn du so willst. Früher schauten die alten römischen Familien wie die Orsini und Colonna verächtlich auf mich herab, heute ist ihnen ihr Hochmut vergangen. Die Dynastie, die ich gegründet habe, wird sie an Macht und Reichtum übertreffen und außerdem überleben. Hinzu kommt, daß die größten Künstler für mich arbeiten, und noch in Jahrhunderten wird man meinen Namen mit ihrem zusammen nennen. Man wird mich dafür rühmen, daß ein so häretisches Fresko wie das *Jüngste Gericht* von Michelangelo in der Sistina hängt, im Ort des Konklaves, im Zentrum der katholischen Macht. Es gibt Kardinäle, Carafa zum Beispiel, die dagegen Sturm laufen. Aber für mich steckt in ihm eine Wahrheit, die mich, bildlich gesprochen, wie einst Saulus blendet und dann zum sehenden Paulus werden läßt, und ich weiß, daß die kommenden Jahrhunderte mir und nicht dem eifernden Frömmler Carafa recht geben.«

Der Papst nahm einen weiteren Schluck Wein.

»Und jetzt will ich Euch sagen, warum ich den reformierten Irrglauben bekämpfe. Er macht die Menschen nicht glücklicher, und außerdem gebiert er Ungeheuer, die die Bilder von den Wänden kratzen und die Statuen zerschlagen, die an unseren heiligsten Orten ihre Pferde füttern und über den Altären sich erleichtern. Wir brauchen keine zweite christliche Religion. Wir brauchen kein zweites Schisma. Ich werde die Front begradigen und einen Gegenangriff führen. Ich werde zuerst ein großes Konzil einberufen und die römische Kirche erneuern. Und dann wird Ignatius von Loyola mit seiner *Societas Jesu* mein geistliches Schwert führen. Und das weltliche der Kaiser.«

Er leerte sein Glas und schaute Berthon mit seinen listigen Augen erwartungsvoll an.

Berthon hatte seinen Kopf abgestützt und sein Gesicht verdeckt. Nun nahm er seine Hände von der Stirn. Sein Mienenspiel zeigte keinerlei Regung. »Die katholische Kirche«, antwortete er, »braucht eine Erneuerung an Haupt und Gliedern. Statt diese Erneuerung einzuleiten, beschäftigst du dich mit Kunst und läßt prunkvolle Kirchen bauen. Glaubst du denn wenigstens an das, was du durch Folter und Scheiterhaufen erzwingen willst?«

»Ach, glauben ... ich bin weder ein Schwärmer noch ein Fanatiker noch ein moralischer Eiferer. Ich bin der oberste Herrscher eines Landes und einer weltumspannenden Religion. Glaubensfragen überlasse ich den Theologen.«

Berthon schüttelte den Kopf. »Du nennst dich Stellvertreter Christi, aber seine Botschaft ist dir gleichgültig!«

Der Papst ließ sich nicht aus der Ruhe bringen. »Was mich bewegt, können religiöse Eiferer nicht verstehen. Ich wiederum kann Gift und Galle spuckende Fanatiker wie den deutschen Augustinermönch nicht verstehen. Mein Glauben ist pragmatisch und richtet sich nicht nach starren Dogmen. Ich glaube, es ist besser, ein paar Menschen sterben auf dem Scheiterhaufen, als daß Heere gegeneinander antreten, um die richtige Religion kämpfen und dabei ganze Landstriche verwüsten. Und noch schlimmer wäre, wenn die Menschen übereinander herfallen und sich abschlachten, weil die einen an sieben und die anderen an zwei und die dritten an drei Sakramente glauben, weil die einen durch die Priester, die anderen durch die Bibel und die dritten durch sich selbst die Wahrheit erfahren wollen. Verstehst du? Die Menschen sollen sich nicht totschlagen wegen ihres Glaubens. Und damit sie sich nicht totschlagen, müssen sie sich unter einem Dach, unter einer großen Kuppel zusammenfinden. Dies wird die Kuppel von San Pietro sein und Michelangelo ihr Baumeister.«

»Du bist selbstherrlich« sagte Berthon mit schwacher Stimme.

»Ich habe als Stellvertreter Christi eine Aufgabe: Meine Macht einzusetzen, um Frieden zu schaffen. Darum bemühe ich mich. Die *Pax romana* hat manche Völker unterdrückt, aber ihnen gleichzeitig Jahrhunderte des Friedens, des Rechts und des Wohlergehens beschert. Die *Pax catholica* wird ähnliches erreichen.«

# TEIL V

## 1545

Der Frieden in der Provence dauerte nur bis zur Osterwoche des Jahres 1545. Die Befürworter des *Arrêts de Mérindol*, unter ihnen an erster Stelle der Präsident des Obersten Gerichtshofs, Jean Maynier d'Oppède, hatten solange gegen den Gnadenakt des Königs angekämpft, bis er widerrufen wurde.

Man hatte dem König berichten lassen, die Waldenser planten einen Aufstand, es komme zu dauernden Übergriffen auf die anständige katholische Bevölkerung, und die Häresie im Luberon nehme immer offenere und unverschämtere Formen an. Zwischen dem Kardinal de Tournon, dem engsten Vertrauten des Königs und *Falken* am Hof, und Kardinal Alessandro Farnese in Rom gingen Briefe hin und her. Der Römer zeigte großes Interesse am Fortgang dieser Angelegenheit. Auch der Großinquisitor in der päpstlichen Grafschaft, Piero Gelido, meldete sich beim apostolischen Stuhl. Insbesondere das befestigte Cabrières d'Avignon, Wohnort des Eustache Marron und Hochburg der aufständischen Ketzer im *Comtat*, erregte seinen Unwillen.

Der Gouverneur der Provence, Graf de Grignan, hielt sich zu einer offiziellen Mission in Deutschland auf. Vor seiner Abreise wurde Baron d'Oppède zu seinem offiziellen Stellvertreter und zum obersten Befehlshaber der königlichen Truppen ernannt. Sein Auftrag lautete, eine kleine Heeresformation zu bilden und, zusammen mit einer Truppe aus dem *Comtat*, das *Arrêt* durchzusetzen, gegen alle Unbotmäßigen vorzugehen und das Waldensergeschwür im Luberon endgültig auszurotten.

Aus dem Piemont zogen gerade zweitausend bewaffnete Soldaten unter der Führung des Capitaine Paulin durch die Provence. Sie wurden angeheuert, dazu entlassene Söldner, Polizeitruppen, Abenteurer. Verbrechergesindel strömte herbei und wurde bereitwillig unter Sold gestellt. Außerdem liehen sich Jean Maynier und sein Capitaine Paulin in Marseille drei Kanonen samt Munition und Artilleristen.

Man feierte Ostern. Die Provence stand im strahlenden Licht eines Frühlingstags, die Kirchen waren brechend voll. Aber unter den Menschen herrschte keine Freude über das Wunder der Auferstehung. Die Preise waren noch immer hoch, es gab zu viele hungrige Mäuler im Land, und die Angst vor der Ausbreitung der Pest ging um. Man suchte nach Schuldigen. Außerdem hatte sich herumgesprochen, daß der König ein Heer zusammengezogen und unter den Befehl des Barons d'Oppède gestellt habe.

Die Menschen schauten sich mißtrauisch an, besonders die *Armen Christi* vermieden öffentliche Gottesdienste. Man erinnerte sich wieder an das unselige, halb vergessene *Arrêt*. Aber es sollte ja nur gegen Mérindol gehen, gegen ein paar dort ansässige Familien, die sich am besten in die Wälder verzögen, denn Unterschlupf zu gewähren war bei Todesstrafe verboten. Vielleicht würde das Heer auch noch gegen Cabrières d'Avignon ziehen, von wo aus Eustache Marron zu sehr die päpstlichen Autoritäten provoziert hatte. Ihm sollte sicher eine Lektion erteilt werden. Aber man wußte, daß der König ein nachsichtiger Herrscher war. Er würde dem Baron d'Oppède nicht erlauben, seinem Haß auf unschuldige Untertanen seiner Majestät freien Lauf zu lassen.

Am Sonntag nach Ostern, am zwölften April, landete ein genuesisches Schiff in Marseille, und Hugues Berthon mit seiner Tochter Laura sowie Pierre Maynier gingen an Land. Sogar Bukephalus war dabei, trotz seines Alters noch gesund und ein zuverlässiges Reittier. Berthon kaufte für sich und Laura zwei weitere Pferde, für das Gepäck drei Maultiere.

Eine seltsame Unruhe unter den Menschen im Hafengebiet ließ sie aufhorchen und nach Neuigkeiten fragen. Pierre und Laura waren fast ein Jahrzehnt nicht in ihrer Heimat gewesen und sogen begierig den Singsang der provençalischen Volkssprache auf. Berthon hatte sich von dem Genueser Kapitän den Namen eines zuverlässigen Kaufmanns geben lassen. Sie suchten ihn auf. Sehr schnell ergab sich für sie ein Bild, das die Freude an der Wiederbegegnung mit der Heimat düster einfärbte.

Was war zu tun?

Sollte man in Marseille bleiben, bis die Lage sich klärte? Dies schien das Vernünftigste zu sein, und doch wollte keiner der drei in quälender Ungewißheit abwarten.

So brach man gemeinsam nach Norden auf, Richtung Aix. Aber

noch vor der Stadt erfaßten Berthon Befürchtungen wegen der Kontrolle an den Stadttoren, und man beschloß, die Stadt zu umgehen und direkt nach Norden zu reiten. Es wurde dunkel. Man lagerte auf einer kleinen, nicht einsehbaren Lichtung im Wald von Rognes und wollte die Nacht hier verbringen.

»Morgen früh lassen wir uns vor Cadenet über die Durance setzen«, sagte Berthon. »Der Fährmann kann uns sicher etwas über die Lage berichten. Dann können wir entscheiden, ob wir nach Lourmarin und dann nach Ménerbes oder zuerst zu den Centals nach La Tour d'Aigues reiten.«

Pierre nickte, und als Laura sah, daß er zustimmte, stieg sie vom Pferd und ließ sich erschöpft auf den Boden fallen. Pierre sammelte Holz und machte ein kleines Feuer, während Berthon das Gepäck vom Rücken der Maultiere nahm und Decken auf den Boden legte. Stumm verzehrten sie ihren Reiseproviant.

»Kinder«, sagte Berthon nach einer Weile, »ich habe ein ungutes Gefühl. Vielleicht kommen wir zu spät.«

»Was auch immer geschehen wird, ich bin froh, wieder in der Heimat zu sein«, sagte Pierre. »Nach Rom mit seinen stinkenden Gassen und dem Gedränge auf den Plätzen sehne ich mich danach, durch die Wälder des Luberon zu streifen und im Schatten der Pinien zu dösen.«

Keiner antwortete. Laura schaute gedankenverloren in das Dunkel, in dem das Licht des vor sich hinflackernden Feuers versikkerte, und Berthon legte sich auf den Rücken, bedeckte sich umständlich mit einer Decke, sagte dann noch »Ja, im Schatten der Pinien« und schloß die Augen. Nach einer Weile begann er zu schnarchen. Auch Laura schloß die Augen.

Pierre dagegen war hellwach. Ihn bedrängten so viele Gefühle, Gedanken und Fragen, aber weder Berthon noch Laura schienen gewillt, sich auf ein wirkliches Gespräch mit ihm einzulassen. Auf dem Schiff hatte Berthon mit dem Kapitän Trictrac gespielt, er besiegte ihn zumeist, erließ ihm aber, bis auf eine kleine Summe, die Spielschulden. Abends trank er mehr Wein, als Pierre von ihm gewöhnt war, und legte sich dann in seine winzige Koje. Laura saß tagsüber an der Reling und schaute zum Horizont. Manchmal summte sie leise vor sich hin oder blätterte in einem zerlesenen Exemplar von Petrarcas *Canzoniere*.

Pierre konnte es nachts nicht in dem stickigen, stinkenden Bauch des Schiffes aushalten. Regelmäßig kroch er auf Deck, legte sich auf die Planken und beobachtete die Sterne, folgte mit den Augen dem Lauf der Milchstraße und lauschte dem leisen Klatschen der Wellen und dem Wind in den knatternden Segeln. Er übernahm auch schon einmal eine Nachtwache im Ausguck, hoch oben im Großmast, und hier erlebte er ein abgehobenes Schweben, ein Segeln, ein Schwingen zwischen dem verschlingenden Element des Wassers und dem flimmernden Himmel mit seinen Myriaden von Sternen. Hatten sich dorthin die Seelen der Verstorbenen geflüchtet und blieben als leuchtende Pünktchen im Universum, das schwarz sie umrandete?

Pierre stand auf und trat aus dem Schein des Feuers heraus. Er strich Bukephalus über Kopf und Hals und suchte auch hier, in seiner Heimat, den Anblick des Sternenhimmels.

»Pierre«, hörte er Laura leise rufen, »geh nicht weg!«

Er drehte sich um. Das Feuer glühte vor sich hin und warf einen rötlichen Schimmer auf die Sträucher, aber auch auf Lauras Gesicht. Sie schaute ihn an, sehnsüchtig, hilflos, vielleicht auch ängstlich. Er setzte sich neben sie, und sie lehnte sich an ihn, griff nach seiner Hand und drückte sie.

»Was bleibt zu tun, als fliehen, sich verstecken«, zitierte er Petrarca, mit leiser Stimme, damit Berthon nicht aufwache. Ein wehmütiges Lächeln spielte um seinen Mund.

Laura legte den Kopf zurück. Auch sie lächelte wehmütig. »Es bleibt die Flucht ins stille Reich des Friedens, Flucht vor Sehnsucht und Begehr.«

Pierre merkte, wie sein Herz schneller schlug. Er drückte sie an sich und küßte sie auf Stirn und Augen.

Sie hielt die Augen geschlossen.

Er flüsterte ihr ins Ohr, daß er sie liebe.

Sie wiegte den Kopf hin und her und lehnte sich an ihn.

Lange verharrten sie so.

»Ach, Pierre«, sagte sie dann, ebenfalls flüsternd, »Pierre …«

Und sie gab ihm einen Kuß auf den Mund.

Nach einer Weile legte Laura sich auf den Nadelboden, schloß die Augen und atmete bald ruhig und gleichmäßig. Auch Pierre wollte Kraft im Schlaf schöpfen. Aber es gelang ihm nicht, sich von seinen Gedanken zu lösen. Das Feuer knisterte und knackte, es raschelte im Laub, das Dunkel des Waldes schien zu atmen. Die Kälte kroch langsam unter die Decke, und ferne Schreie, langgezogenes Heulen schnitt durch die Nacht.

Neben ihm lag Laura. Ihr schlafendes Antlitz strahlte eine glückliche Ruhe aus, und er wußte, daß es richtig gewesen war, in die Provence zurückzukehren. Ein Aufflackern der Flammen ließ ihn zum Feuer hinüber schauen. Berthon war wieder aufgewacht, saß leicht vornübergebeugt an einen Baum gelehnt und warf langsam ein Blatt Papier nach dem anderen in die Flammen.

»Vater Berthon, was machst du da?« flüsterte er entsetzt.

Berthon reagierte nicht, er beobachtete das Einrollen des beschriebenen Papiers, das Einschwärzen und Hochlodern. Bevor die Flammen in sich zusammenfielen, nährte er sie durch ein neues Blatt.

»Das darfst du nicht!« beschwor ihn Pierre.

Berthon hob nur kurz den Blick.

Pierre war nun herangerutscht, aber er wagte nicht, seinem alten Lehrer die restlichen Blätter aus der Hand zu reißen.

»Wecke Laura nicht auf!« brummte Berthon.

»Warum verbrennst du deinen Bericht, noch bevor ihn auch nur ein einziger gelesen hat?« flüsterte Pierre.

»Wozu sollen die Beobachtungen und Gedanken eines alten Mannes nütze sein? Alessandro wollte ich den Bericht nicht mehr geben, die Reformierten und *Armen Christi* im Luberon wird er nur verwirren ...«

»Und was ist mit mir? Mit Laura?« unterbrach ihn Pierre.

»Ihr müßt eure eigenen Erfahrungen machen, euren eigenen Glauben finden. Und außerdem: Wenn der Bericht in falsche Hände gerät, könnte er falsch ausgelegt werden.«

»Vater Berthon, ich kenne dich nicht mehr.«

»Ich bin alt und müde geworden.«

»Du weichst aus.«

Berthon hob seine Schultern, eine Geste, die Hilflosigkeit und Bedauern ausdruckte, und warf die letzten Blätter ins Feuer. Mit leiser Stimme, aber ohne jegliche Regung sagte er: »Auf meiner langen beschwerlichen Wanderung habe ich meinen Glauben verloren.«

»Aber wie kann man seinen Glauben verlieren? Er ist doch das Innerste ...« Pierre suchte Berthons Blick: »Was hast du in Deutschland erlebt?«

Sein Lehrer schaute ihn aus müden Augen an. »Nichts Außergewöhnliches, nur kleinliche Rechthaberei, Intoleranz und Machtgier. Aber auch Angst und Wut. Die einen sind nicht besser als die anderen. Der ganze Streit ist sinnlos.«

»Und Luther?«

»Ach, Luther! Wenn du ihm nicht zustimmst, beschimpft er dich als Papist, Kirchenknecht, Stiefellecker, Arschkriecher. Er ist ein ohne Zweifel bedeutender Mann, an dem, was er sagt und fordert, ist vieles richtig, als Papst würde er das Christentum von Grund auf umwälzen und erneuern können, mit seiner Kraft, mit seinem Charisma. Und trotzdem ... Er befreit den Menschen, aber der Mensch kann mit der neugewonnenen Freiheit nicht umgehen, und so muß er ihn gleich wieder fesseln. Grausame Geschichten habe ich von den Bauernaufständen gehört. Was ist der Mensch doch für ein blutrünstiges Tier! Bald wird es wieder einen Krieg um den neuen Glauben geben, der Kaiser rüstet gegen die lutherischen Fürsten. Natürlich unterstützt der Papst den Kaiser. Aber was nützt es den Menschen, wenn sie sterben müssen für eine neue Lehre! Ein Glauben, der Blutopfer fordert, ist eine Ausgeburt des Bösen.«

»Und warum hast du das dem Papst nicht gesagt? Er war doch dein Freund und denkt in diesem Punkt ganz ähnlich wie du.«

»Ich weiß es nicht. Ich habe lange darüber nachgedacht, warum ich mit Alessandro nicht mehr reden und ihm auch die Papiere nicht geben wollte. Wenn ich ihn mit Luther vergleiche – ich mag ihn viel lieber als diesen dickschädeligen Deutschen. Nicht nur, weil er mein Freund war. Luther überschüttet dich mit Schimpfkanonaden, dann hebt er seinen Humpen, stößt mit dir an und säuft sein Bier, er furzt und rülpst und am nächsten Morgen stellt er sich wieder auf die Kanzel und donnert auf die Gemeinde herab. Alessandro dagegen stärkt als römischer Herrscher die Macht der Kirche und baut gleichzeitig den Einfluß seiner Familie aus. Er läßt den Spanier aus Loyola unbedingten Gehorsam von den Gläubigen fordern und organisiert gleichzeitig ein Reformkonzil. Dabei behandelt er Menschen, aber auch Glaubenssätze wie Figuren auf einem Schachbrett. Da opfert er einen Bauern, um einen Läufer zu schlagen. Er zieht den Turm zurück, um mit der Dame den Gegner schachmatt zu setzen. Gottvater und sein Sohn interessieren ihn hauptsächlich als Fresken in seiner Sixtinischen Kapelle. Als Abbilder mächtiger, übermächtiger Menschen. Nicht als Vorbilder für Nächstenliebe, Glaubensstärke und Güte.«

»Ja, ich weiß. Aber Luther und der Papst sind doch nur Menschen. Fehlbar und sündig. Es gibt jedoch die Heilige Schrift. Und den Glauben in uns. Und die Schöpfung, die wohlgeordnet und harmonisch ist. Den nächtlichen Himmel in seiner Ruhe und Sicherheit.«

»Und das Böse in seiner unerschütterlichen Macht«, sagte Berthon. Dann schwieg er eine Weile.

»Am schlimmsten war es in Genf. Wer vor Freude und Lebenslust lacht, ist schon verdächtig. Wer gar in der Öffentlichkeit Trictrac spielt, muß sehen, daß er das Land verläßt. Warte nur, bald brennen auch dort die Scheiterhaufen.« Er seufzte. »Wenn so die Früchte der Reformation aussehen! Wird Gott sich je der Menschen erbarmen?«

Pierre fand in dieser Nacht keinen Schlaf mehr. Das Feuer verglühte langsam, und die Kälte der Aprilnacht kroch ihm in die Glieder. Laura schlief unruhig. Immer wieder strampelte sie sich bloß, und er deckte sie wieder zu. Dann kuschelte sie sich an ihn, wie zu Kinderzeiten, und er strich ihr über die Haare. Aber sie war längst kein Kind mehr. Sie war die Frau, die er liebte, die von früh an für ihn bestimmt, wie umgekehrt er für sie auserwählt war. Die *Flucht vor Sehnsucht und Begehr*? Pierre mußte lächeln.

Sie war der Engel, der ihn begleitete auf seiner sehnsüchtigen Suche, auf seinem Weg zurück und hinaus, der ihm beistehen sollte in seinem Kampf.

## 1545

Bei Tagesanbruch weckte Berthon Laura und Pierre. Er war sofort hellwach und sprang auf. Sie klopften den Staub und die Piniennadeln von der Kaufmannskleidung, die sie in Marseille erworben hatten, um möglichst unauffällig durch das Land ziehen zu können. Lauras Haarfülle versteckte Berthon sorgfältig unter einem Barett und ermahnte sie, sich nicht durch ihre hohe Stimme zu verraten.

Bei Cadenet setzten sie wie beabsichtigt über die Durance. Der Fährmann warnte sie vor den Wegen nach Cavaillon. »Am besten zieht ihr nach Osten. Es wimmelt hier von Bewaffneten.«

Wieder berieten sie, was zu tun sei.

Der Morgen wirkte friedlich. Auf den Feldern wurde gearbeitet, in der Ferne graste eine Schafherde. Soldaten waren keine zu entdecken, nirgendwo Rauch.

Pierre schaute noch einmal nach allen Seiten und atmete tief durch. Das Licht, der Geruch, die aufbrechenden Farben, ja, auch das Vögelkonzert – er war wieder in seiner Heimat. In der Ferne erhob sich die Bergkette des Luberon. Es dauerte nicht mehr lange, dann ließ er Bukephalus galoppieren, dann schrie er gegen den Wind an, dann würde er vor Freude singen. Und Laura an seiner Seite.

Er konnte wirklich kaum glauben, was ihnen von vielen Seiten bestätigt worden war: Daß eine ganze Armee gegen ein paar angebliche Ketzer vorrückte. Eine Armee, die auch noch von seinem eigenen Vater geführt wurde.

Er war so lange in der Fremde gewesen, daß er wie durch einen Frühlingstraum wandelte. Und nur wie im Traum konnte er sich eine neuerliche Begegnung mit seinem Vater vorstellen. In Rom hatte ihn das Gefühl getrieben, ihm endlich wieder entgegentreten zu müssen. Aber wie? Erst hier, auf heimatlichem Boden, wurde ihm erneut richtig klar, daß sein Vater Beatrice und vielleicht auch Raymond auf dem Gewissen hatte. Daß er Mama Catherine und Laura unendliche Schmerzen zugefügt hatte. Sollte er vor diesem Vater zu Kreuze kriechen? Sollte er sagen: Ja, Vater, ich habe gesündigt, ich habe dir nicht gehorcht, aber nun bin ich wieder da und unterwerfe mich dir, gehe nach Paris in die Vorlesungen der Rechtsgelehrten. Sollte er sich in den Staub werfen vor einem Mann, an dessen Händen Blut klebte und der nun zudem noch an der Spitze eines waffenstarrenden Haufens harmlose Waldenser verfolgte?

Pierre ließ seinen Blick umherschweifen. Auch Berthon und Laura schauten nach allen Seiten.

Nichts Ungewöhnliches war zu entdecken. Schafe. Vögel. Blüten.

Aber der Fährmann hatte sie sicher nicht umsonst gewarnt.

Eine Entscheidung mußte fallen.

Also entschieden sie sich, zuerst die Bouliers-Centals in La Tour d'Aigues aufzusuchen.

Sie ließen Cadenet östlich liegen und passierten das Wäldchen von Gardis.

Und dann ging alles sehr schnell.

Zuerst hörten sie einen Schrei, der wie ein Befehl klang, dann Männergebrüll, und aus dem Wäldchen stürmte eine Reitertruppe mit gezücktem Schwert auf sie zu. An Flucht war mit den Maultieren nicht zu denken. Pierre zog seinen Degen, Lauras Pferd stieg hoch und warf sie ab. Schon waren sie umzingelt von Männern, deren Kleidung in einem abenteuerlichen Durcheinander von Lumpen und Seidenstoffen bestand. Manche trugen Brustpanzer und Helme, andere waren mit Arkebusen und Musketen ausgerüstet. Zwei der Angreifer richteten ihre Spieße auf sie.

Pierre war vom Pferd gesprungen, um Laura auf die Beine zu helfen. Ein nach rauchigem Aas stinkender Mann ließ sich auf ihn fallen und riß ihn zu Boden. Berthon wurde mit einer Lanze vom Pferd gestoßen. Ein Faustschlag ließ Pierres Lippe aufspringen. Laura schrie laut auf.

Die Männer überwältigten Pierre. Ihr Anführer gab den Befehl, sie zu fesseln.

»Der Alte rührt sich nicht mehr«, hörte Pierre einen Mann sagen. »Ich glaube, den habe ich zu unsanft gepiekst.«

»Dummkopf«, beschimpfte ihn der Anführer.

Noch einmal schrie Laura auf.

Erstaunte Augen richteten sich auf sie. Einer riß ihr das Barett vom Kopf, ein anderer griff ihr nach der Brust.

»Eine Frau!«

Wie eine aufheulende Meute stürzten sich die Männer auf sie.

Ein Schuß krachte. Der Anführer hatte mit seiner Muskete in die Luft geschossen und ritt mit seinem Pferd mitten in den Haufen. Er gab einem der Männer, der seinen Schwanz schon herausgeholt hatte, einen Tritt und brüllte: »Das hat Zeit!«

Pierre erhielt einen Schlag auf den Kopf und wurde ohnmächtig.

Als er wieder zu sich kam, hatte man Laura wie einen Sack auf das Pferd gebunden, und ihn wollte man zu Fuß hinter sich herzerren.

»Was machen wir mit dem Alten?«

»Laßt ihn liegen! Den holen sich die Wölfe.«

Pierre sah noch, wie Laura ihre Augen in höchstem Entsetzen verdrehte. Von einem Knebel behindert, stieß sie unverständliche Laute aus. Einer der Soldaten griff ihr zwischen die Beine, die anderen grölten vor Lachen.

»Ich bin Pierre Maynier, der Sohn des Barons von Oppède«, rief er. »Mein Vater wird euch hängen, wenn er erfährt ...«

Einen Augenblick herrschte Stille.

Der Anführer kam herangeritten, zog sein Schwert und hielt es Pierre an die Kehle. »Wer willst du sein?«

»Pierre Maynier d'Oppède, Seigneur de Ménerbes, der Sohn des Präsidenten ...«

»Soll ich ihm das Gesicht einschlagen?« Ein Dunkelbärtiger holte mit der Faust aus.

»Halt! Laß ihn! Ich will keinen unnötigen Ärger.«

Noch vor Sonnenuntergang stand Pierre seinem Vater gegenüber. Jean Maynier warf einen langen Blick auf ihn, schüttelte den Kopf. »Nicht zu fassen«, murmelte er und befahl dann, Pierre die Fesseln abzunehmen und ihn in sein Zelt zu führen.

Auch Laura wurde der Knebel aus dem Mund genommen, aber ihre Hände blieben gefesselt, und die Augen der Soldaten wanderten in unverhohlener Gier über das eingerissene Wams.

Kaum konnte Pierre seine Arme wieder bewegen, riß er dem nächsten Soldaten das Schwert aus der Scheide und stürzte sich in dem sofort entstehenden Durcheinander auf seinen Vater. Dieser wich jedoch aus, die Spitze der Waffe verletzte einen seiner Soldaten. Schon hatte Jean Maynier sein Schwert gezogen und parierte den nächsten

Schlag. Der ganze Trupp der Soldaten, die sie umgaben, wollte sich auf Pierre stürzen, aber Jean Maynier schrie sie an, zur Seite zu gehen.

»Mit meinem Sohn werde ich alleine fertig.«

»Laß uns frei!« rief Pierre in höchster Aufregung. »Du hast nicht das Recht, uns gefangenzunehmen. Einen Unschuldigen haben deine Soldaten schon getötet. Ich werde bis zum König gehen, um euch zur Rechenschaft zu ziehen.«

Er schlug nach einem Mann, der ihm zu nahe kam, mußte aber gleichzeitig vor einer Attacke seines Vaters ausweichen. Fast fiel er zu Boden und ließ, wie er es in Rom geübt hatte, sein Schwert herumwirbeln, um jeden weiteren Angriff abzublocken. Er merkte, daß auch sein Vater wieder in Übung war, wenn auch sein Alter die Bewegungen verlangsamte und sein halblahmes Bein ihn daran hinderte, mit einem schnellen Ausfallschritt den Gegner direkt zu attackieren.

»Noch gibt es Gerechtigkeit im Königreich!« keuchte er.

»Ich will dir ja gar nichts tun«, rief ihm sein Vater zu.

Lauernd standen sich die beiden gegenüber.

Einen Augenblick zögerte Pierre und ließ seine Waffe sinken. Sein Vater stand leicht vornübergebeugt im Lederhemd. Am Arm hatte er ihn leicht getroffen, Blut lief zum Handgelenk und tropfte auf den Boden.

»Aber wenn du mich angreifst ...«

»Deine Mörderbande hat Berthon umgebracht ...«

»Die Soldaten hatten den Auftrag, verdächtige Elemente dingfest zu machen ...«

»Soldaten? Verbrecher!«

»Soldaten in königlichem Sold, mit dem Auftrag, die Häretiker von Mérindol und Cabrières zu bestrafen.«

Pierre merkte eine blitzschnelle Schattenbewegung und hörte Laura einen Warnschrei ausstoßen. Er duckte sich zur Seite weg. Zwei Soldaten hatten sich von hinten auf ihn werfen wollen und flogen nun in den Staub. Pierre sprang wieder auf, schnellte mit dem gestreckten Schwert auf seinen Vater zu, der auswich, aber dabei ins Stolpern geriet. Pierre stieß ihn zu Boden und hielt ihm sofort die Spitze der Klinge an den Hals.

»Keine Bewegung«, schrie er.

Sein Vater stöhnte auf. Mit einer Handbewegung hielt er seine Leute zurück. Für kurze Zeit schloß er, wie vom Schmerz überwältigt, seine Augen, öffnete sie dann wieder.

»Töte mich!«

Pierre reagierte nicht.

»Warum tötest du mich nicht?« Nach wütendem Hohn klang seine Stimme: »Dann kannst du wenigstens sicher sein, selbst zu sterben, und deine kleine Hure wird den Soldaten viel Freude bereiten.«

Pierres Mund war so trocken, daß er kaum sprechen konnte. Und plötzlich stand das Bild von Beatrice' Totenmesse ihm vor Augen, sein Vater sprach ihm sein Beileid aus, sein Vater, der Schuldige. Ein Zucken durchfuhr Pierre, er hätte damals nach einem Dolch greifen können, er hatte es nicht getan, aber jetzt könnte er sich rächen, gleichgültig, was geschah, er könnte ihm den Hals durchbohren. Damit wäre Gerechtigkeit geschehen.

Aber er wußte, daß er es nicht tun würde.

Vielleicht hätte er seinen Vater im Kampf töten können …

Jetzt war es zu spät.

Er sah den höhnischen Gesichtsausdruck, sein Vater hatte längst begriffen, was in ihm vorging.

»Nimm das Schwert weg!«

Pierre nahm es weg.

Sein Vater erhob sich stöhnend und klopfte den Staub von der Kleidung.

»*Ich* hätte dich getötet«, sagte er kalt.

»Du hättest mich nicht getötet«, antwortete Pierre. »Hier!« Er nestelte das Medaillon seiner Mutter aus seinem Wams. »Erinnerst du dich? Ich bin ihr Sohn. Sie ist für mich gestorben …«

Sein Vater wandte sich ab.

Aber das Abwenden war nur eine Finte. Als Pierre seinen Kopf kurz nach Laura drehen wollte, schlug er ihm blitzschnell die Waffe aus der Hand und rammte ihm die Faust ins Gesicht.

Ein höllischer Schmerz, glutrotes Wirbeln in den Augen. Pierre hörte nur noch das Brüllen der Soldaten, dann schwanden ihm die Sinne.

Ein Schwall Wasser. Und noch einer. Dann Schläge mit der flachen Hand.

Langsam kam Pierre wieder zu sich.

Über ihm ein knollennasiges Gesicht mit entstellenden Narben und blutunterlaufenen Augen. Ein übel stinkender Atem hauchte ihn an.

»Er kommt zu sich, Herr Baron!«

»Ist gut, du kannst gehen.«

Die Knollennase verschwand.

Pierre befand sich in einem von Kerzen beleuchteten Zelt.

Sein Vater saß auf einem Klappstuhl und studierte eine Karte. In der Ecke stand eine prächtige Rüstung, der Harnisch des Cesare Borgia. Im Eingang hatten sich zwei Soldaten mit Hellebarden postiert. Sonst schien niemand mehr im Zelt zu sein.

Pierres Gesicht brannte, und die Augen fühlten sich geschwollen an. Als er sich erheben wollte, bemerkte er, daß er an die Pritsche gefesselt war.

»Nimm mir die Fesseln ab«, flüsterte er, »du hast kein Recht ...« Und er stöhnte laut vor Schmerzen auf.

Sein Vater legte die Karte zur Seite und betrachtete ihn lange.

»Du hast in Rom das Fechten nicht verlernt, mußte ich feststellen. Du bist also doch der Sohn eines Kriegers.« Und er klopfte mit dem Finger auf den Brustpanzer der Rüstung.

Pierre versuchte, seine Fesseln abzustreifen, aber es gelang ihm nicht.

»Dein Großvater, der päpstliche Legat, würde sich wundern. Aber ich bin stolz auf dich.«

Pierre stöhnte erneut. Jetzt mußte er sich auch noch verhöhnen lassen.

»Was willst du von mir?« krächzte er.

»Du hättest mich, den Stellvertretenden Gouverneur der Provence, beinahe getötet; dies ist ein Verbrechen. Trotzdem freue ich mich, dich wiederzusehen. Nur muß ich dich in Gewahrsam halten, sonst könntest du wieder auf dumme Gedanken kommen. Die Jahre in Rom scheinen dich nicht gerade friedlich gemacht zu haben.«

»Sie haben mich klug gemacht ...«

»Und hoffentlich fromm.«

»Ich habe erfahren, welch verlottertem Geschlecht ich entstamme.«

Er merkte, wie sein Vater aufhorchte.

»Du hast in Rom etwas über deinen Großvater erfahren?«

Sein Vater reichte ihm einen Becher mit Wasser und ließ ihn trinken.

»Dein Vater Accurse war der stellvertretende Zeremonienmeister des Papstes Alexander des Sechsten Borgia ...«

»Das weiß ich!«

»... und als solcher für die Orgien zuständig, die in Rom an der Tagesordnung waren ...«

»Typisch lutherische Verleumdungen!«

»Er vermittelte ihm Giulia Farnese, die Schwester des jetzigen Papstes, organisierte ihre Treffen. Das war dein Vater, der schmierige Zuhälter eines geilen Papstes.«

Sein Vater hatte sich abgewandt und schwieg. Seinen kalten Hohn schien er nun verloren zu haben. Nach einer Weise sagte er, noch immer, ohne Pierre anzuschauen: »Ich kenne nichts Verabscheuenswerteres, als seine eigene Familie zu verunglimpfen. Du beschmutzt dich selber.«

Dann winkte er ab, als ob er unangenehme Gedanken vertreiben wollte, und wandte sich ihm wieder zu.

»Hast du auch erfahren, warum dein Großvater dies tun mußte? Weißt du, warum er später Gesandter in Venedig wurde und dann ins *Comtat* kam und seine Baronie erhielt? Wir sind alle Sünder, große und kleine, und wer seine Sünden beichtet und bereut, dem kann unsere großmütige Mutter Kirche verzeihen. Wer aber selbstherrlich nichts mehr über sich duldet, wer die römisch-katholische Kirche zerstören will, wer die Heiligen, sogar die Muttergottes leugnet, dem kann niemand verzeihen, der gehört ausgelöscht.«

Sein Vater hatte sich in Wut geredet. Unruhig humpelte er auf und ab.

»Es ist auf jeden Fall günstig, daß die kleine Ketzerin in unserer Hand ist. Die Anklage von damals können wir jederzeit wieder aufgreifen. Wir werden die junge Dame einer Befragung unterziehen. Ein paar Daumenschrauben reichen sicher schon oder ein glühendes Eisen zwischen ihre Brüste – sie wird gestehen und den Weg auf den Scheiterhaufen antreten. Zur Zeit verkürzen wir bei Ketzern die Verfahren. Für die Waldenser brechen schlechte Zeiten an.«

Die Hände auf dem Rücken, humpelte er noch immer durch das Zelt, straffte seinen Körper vor dem Harnisch, als wolle er ihm rapportieren und sprach mit zunehmend triumphierender Stimme.

»Ich weiß noch nicht, was ich mit dir unternehme«, sagte er, machte eine Pause, als müsse er nachdenken und fuhr fort: »Erst einmal wirst du mich auf meinem Feldzug begleiten. Danach werden wir weitersehen.« Er ließ wieder seinen Blick auf Pierre ruhen. »Eigentlich hatte ich Großes mit dir vor. Aber nun werde ich dich töten müssen. Und da wird dir auch deine Mutter nicht mehr helfen können.«

Es klang viel zu höhnisch, als daß es ernst gemeint sein konnte. Sein Vater drohte ihm, wollte ihn einschüchtern, aber seine Augen sprachen eine andere Sprache.

Pierre versuchte sich aufzurichten. Es gelang ihm nicht, und ächzend ließ er sich wieder zurückfallen.

»Ich flehe dich an«, sagte er, so ruhig und klar er konnte, »laß Laura frei. Sie mußte damals schon genug leiden. Sie hat niemandem etwas getan. Deine Soldaten haben ihren Vater getötet. Ich beschwöre dich erneut bei meiner Mutter, bei deiner eigenen Mutter, auch bei deinem Vater und bei unserem gemeinsamen Gott: Laß sie laufen. Sie ist keine Ketzerin, sie ist in Rom im Kloster gewesen, sie steht unter dem Schutz von Kardinal Farnese und dem Papst persönlich …«

»Aha, ich sehe, du hast deine langen Jahre in Rom nutzvoll verbracht. Du bist zwar kein Kanonikus geworden, hast aber offensichtlich mächtige Freunde, mit denen du mir jetzt drohen willst. Der Stellvertreter Christi persönlich – vielleicht rufst du auch noch die Jungfrau Maria als Zeugin herbei.«

»Ich flehe dich an!«

»Hör auf zu betteln! Ich kann dieses hündische Winseln nicht ertragen. Ein Oppède hat seinen Stolz! Ihr werdet mich begleiten, und wenn ich meinen Auftrag ausgeführt habe, wird sich für euch eine gerechte Strafe finden.«

## 1545

Immer wieder das Krächzen der Raben, ineinanderschneidende Rufe, dunkle Schatten und weite helle Flächen. Manchmal schien Berthon, er müsse aufwachen, sich erheben und vor seinen Herrn treten. Und der Papst schwebte über ihm, ging dann unter in einem Lärm, der direkt aus der Hölle heraufdringen mußte. Aber noch immer konnte er sich nicht bewegen. Blutüberströmte Gesichter. Rufe und Stimmen. Auf seinen Lippen wurde es kalt, und nun wußte er, daß er geträumt hatte. Wasser wurde auf seine Lippen getröpfelt. Er öffnete seine Augen einen Spalt und sah ein lächelndes Gesicht, das Gesicht einer jungen Frau, die Augen vor Freude aufgerissen, »er kommt zu sich« – dann war wieder alles vorbei.

Nur noch ein raumloses Segeln, ein Wirbeln und Stürzen, tiefer hinab und tiefer. Er hätte schreien mögen. So ist das Sterben, dachte er, aber er dachte auch: Wenn ich denke, muß ich leben.

Berthon versuchte, die Lippen zu bewegen und die Augen zu öffnen.

Langsam kam er zu sich.

»Catherine«, flüsterte er.

»Er will etwas sagen«, hörte er eine Mädchenstimme. »Madame, er lebt!«

Catherine? Catherine, die er in seinem Haus versteckt hatte? Die längst tot war. Die ihn verlassen hatte wie die andere auch, Marguerite, das Mädchen, das unter seinen Augen, unter seinen Händen großgeworden war, bis es sein Herz so ausfüllte, daß er sich nie mehr von ihr trennen mochte. Und die Mutter gab es ihm gerne zum Weib. Eine Sünde, die sofort bestraft wurde durch ein totes Kind. Durch eine Frau, die sich von ihm abwandte. *Lebe im Verborgenen!* Versteck dich vor der Welt!

Aber es gab doch dieses zweite Kind, dem er sein Leben widmen wollte – vergeblich.

»Wo bin ich?« flüsterte er.

Ein Frauengesicht beugte sich über ihn und lächelte.

Er versuchte das Lächeln zu erwidern.

»Monsieur Berthon, könnt Ihr mich hören?«

Er versuchte zu nicken.

»Wasser!«

In der Ferne schienen sich die Schmerzen zu einem erneuten Angriff zu sammeln. Aber er lebte. Die Soldaten hatten ihn niedergestochen, doch nicht getötet. Ein Stich in die Brust, schwarzflatternde Vögel um ihn, dann warme Hände. Man hatte ihn gefunden und gepflegt. Aber wer? Nachts schleppte man ihn in ein Schloß. Die Wunde wurde mit einem Sud ausgewaschen, mit Kräutern belegt und verbunden. Nur schwaches Licht drang von kleinen Lämpchen.

Berthon hörte Stimmen, während er aufwachte und wegtauchte. Er wanderte wieder über die staubigen, steinigen oder auch verschlammten Wege, bis er den schimpfenden Dickschädel traf. Luther. Er ließ ihn reden. Der Reformator wußte längst, daß die Fürsten ihm das Heft aus den Händen genommen hatten. War wirklich ein neuer Glauben gefunden worden? Ein neuer Weg zu Gott?

Zumindest eine neue Ordnung. Und worum ging es den Fürsten? Um die Freiheit eines Christenmenschen? *Cuius regio eius religio.* Das war die neue Formel, auf die sie sich einigen wollten. Ihnen ging es um den Kampf gegen den Kaiser, um ihre eigene Unabhängigkeit und Macht – und um den Kirchenbesitz. Um die Verteilung der Einnahmen. Um Geld ging es! Dies war der Götze, das goldene Kalb! Ohne Geld keine Macht und keine Mätressen, keine Söldner und Kriege, keine Schlösser und Kunstwerke. Als er dies begriffen hatte, wandte er sich ab, wanderte er wieder zurück.

*Lebe im Verborgenen*, stirb im Verborgenen.

Würde er nun endlich erlöst sein?

Hatten die Soldaten auch Laura und Pierre niedergestochen? Oder vor den fanatischen Baron geschleppt?

Er fragte, und keiner wußte es.

Er dämmerte weg und hoffte zu sterben.

Aber am nächsten Tag ging es ihm besser. Berthon begriff, was mit ihm geschehen war. Man hatte ihn nach Ansouis und später nach La Tour d'Aigues geschafft, zu Madeleine de Cental. Hier pflegten ihn die Frauen; einen Chirurgus oder auch nur einen Bader oder Feldscher gab es zur Zeit nicht. Seine Verwundung hatte ihn viel Blut verlieren lassen. Fieber war hinzugekommen und hatte ihn weggetrieben in eine Welt zwischen Traum und Wahn. Dann wachte er auf, wußte nicht, ob aus dem Schlaf oder einer fernen Wirklichkeit.

Ja, er hatte sich selbst im Zimmer liegen sehen, tot, in einem strahlenden Licht.

Doch dann kehrte er ins Leben zurück, in diesen schmerzenden Körper.

Ein Wunder? Wollte Christus ihn wiederauferstehen lassen? *Quo vadis, Domine?* Sollte er ihm nachfolgen, ins Martyrium, auf den Scheiterhaufen?

Wenn er doch wüßte, ob Laura noch lebte! Wenn er doch wüßte, wo sie war! Er würde sein Leben hingeben für ihre Rettung!

Tage später ging es Berthon schon wesentlich besser. Ja, für einen alten Mann wie ihn heilte die Wunde erstaunlich schnell.

Der Raum war gefüllt mit lärmenden Menschen, es roch nach Angst und Schweiß. War das nicht sein Freund Georges Morel, der auf ihn einsprach? Seine Stimme ging unter, alle sprachen durcheinander. Er schloß die Augen.

Aber seine Ohren konnte er nicht schließen. Langsam schälte sich eine dunkle Stimme aus dem Chor der Berichtenden, der Rufenden, Betenden und Flehenden.

Es wurde immer stiller. Jeder erzählte, was er gehört und gesehen hatte.

Berthon lag mit geschlossenen Augen dabei. Auch er sollte trotz seiner Verwundung erfahren, was während der blutigen Woche geschehen war, in der die Truppen des Barons d'Oppède das Vernichtungsurteil ausführten, einen Ort nach dem anderen eroberten, plünderten, anzündeten. Cabrières d'Aigues, La Motte, Peypin, Saint Martin, Villelaure, La Roques d'Antheron.

Selbst dort, wo die Truppen sich einquartiert hatten, wie in Pertuis, wo sie aufgenommen und ernährt worden waren, nahmen sie sich, was sie wollten, schlachteten die Lämmer und Hühner, räumten die Truhen aus und die Speicher, schlugen dem protestierenden Hausherrn die Zähne aus und schleppten die Mädchen in die angrenzenden Scheunen und Felder, wo sie ihre tierische Gier befriedigten.

Die ersten Dörfer wollten noch glauben, daß es dem Baron und seiner königlichen Streitmacht nur darum gehe, an einigen Waldensern ein Exempel zu statuieren.

»Wir hätten ihnen doch alles Geld gegeben!« rief einer.

Sie bangten und beteten, hofften auf Hilfe des dreieinigen Gottes und des Erlösers, der für die Sünder am Kreuz gestorben war, auf die Hilfe der unbefleckten Jungfrau und aller Heiligen.

Die Soldaten stürmten brüllend, schießend, um sich stoßend und schlagend, in die Dörfer. Auf Widerstand stießen sie nicht. Sie traten die Türen ein, stürmten in die Häuser und stachen in einem Machtrausch alles nieder, was im Wege stand.

Schmerzensgeheul, Angstschreie, dumpfe Schläge füllten die Luft und steigerten den Rausch.

Wenige überlebten das wahllose Morden und konnten flüchten. Hatten sich in Sicherheit gebracht. Während sie sprachen, hörte man leises Schluchzen.

Schon wurden den Frauen und Mädchen, auch den Alten, die Kleider vom Körper gerissen, und wo man ihrer habhaft wurde, stieß man ihnen zuerst das Geschlechtsteil in den Leib, danach ein Messer. Andere Soldaten suchten nach Vieh, nach Schätzen, nach Wein und Schinken, nach Stoffen und Schmuck, suchten nach weiteren Frauen. Gleichgültig war der Glaube. Zwischen Katholiken und Waldensern wurde kein Unterschied gemacht.

Inzwischen waren die ersten Brandfackeln geworfen, leckten die Flammen an Betten und Vorhängen, fraßen sich ins Holz, brachen aus Dachstühlen. Männer wurden an die Tür genagelt, Kinder ins Feuer geworfen, Hunde aufgehängt. Glieder wurden abgeschlagen, Nasen und Ohren abgeschnitten, Köpfe auf Spieße gesteckt. Am leichtesten starb, wer sich wehrte. Wer um Gnade winselte, wurde zerhackt.

Die Waldenser von Lourmarin und Mérindol waren inzwischen gewarnt. Sie nahmen Frauen und Kinder, trieben das Vieh zusammen, packten die bewegliche Habe auf Maultiere und Pferde, auf ihre eigenen Rücken, und schleppten in höchster Eile alles in die Berge des Luberon. Manche wähnten sich hinter den befestigten Mauern von La Coste und Ménerbes sicher. Andere zogen bis nach Cabrières d'Avignon, wo Eustache Marron sich verbarrikadiert hatte. Manche Männer holten Waffen aus den Verstecken, Schwerter, sogar Arkebusen, oder griffen sich Äxte, Sensen, Mistgabeln. Sie versuchten, sich dem Heer des blutigen Barons entgegenzustellen, es aus dem Hinterhalt anzugreifen, merkten aber schnell, daß es sinnlos war.

Lourmarin wurde geplündert und brannte.

Mérindol wurde geplündert und brannte.

Kein Stein sollte mehr auf dem anderen bleiben. Aber für gründliche Arbeit blieb keine Zeit. Ein paar Alte fielen den Soldaten noch in die Hände. Wo waren die Lebensmittel versteckt? Das Geld? Einer Frau röstete man den Kopf, weil sie nicht reden wollte. Lang dauerte es, bis ihr Schmerzensgeschrei erstarb.

Trotzdem floß in Lourmarin und Mérindol weniger Blut als in den Orten zuvor. Die letzten, die geblieben waren, Hilfsbedürftige, Kranke, Katholiken, die sich sicher gewähnt hatten, verrieten, was sie wußten, und waren schnell erledigt.

Die Soldaten hörten nicht mehr auf ihren Capitaine Paulin und auch nicht auf den Oberbefehlshaber Baron d'Oppède. Es war ihnen gleichgültig, wie das *Arrêt de Mérindol* lautete, welche Aufgabe die Strafexpedition hatte. Sie waren geheuert zu kämpfen, und wenn es keinen Widerstand gab, um so besser. Ihre Gier auf Beute und Frauen riß sie mit, jeden Tag ein neuer Rausch, der in lodernden Flammen endete.

Die Bewohner der umgebenden Dörfer, der anständigen, katholischen, folgten neugierig, aber vorsichtig den Soldaten und nahmen schließlich mit, was noch nicht zerstört war. Bald wurden sie mutiger. Sie informierten Soldaten, wo Verstecke zu finden seien, und lieferten ihnen Hilfesuchende aus.

Grölend wurden die Gefangenen gemartert.

Aber man mußte weiter. Noch am nächsten Tag sollte man sich mit den Truppen des *Comtats* vereinigen und gegen das befestigte Cabrières d'Avignon ziehen. Eustache Marron war noch auf freiem Fuß, die widerspenstigsten Häretiker hatten sich hinter dicken Mauern verschanzt, nun gab es Arbeit und nicht nur Lohn. Als das Heer vor dem Dorf stand, empfingen sie tatsächlich Kugeln und Pfeile und unflätige Worte: Stiefellecker, Papstpantoffel, Teufelsärsche, Papistengeschmeiß, sodomitische Schweine.

Zum ersten Mal konnten die verkaterten Soldaten nicht drauflos stürmen, Blut fließen lassen, die Brandfackeln werfen.

Die Artillerie wurde in Stellung gebracht. Sie brauchte fast einen Tag, bevor sie eine Bresche in die Mauer geschossen hatte. Morgens, bald nach Sonnenaufgang, war es soweit. Baron d'Oppède gab den Befehl zum Sturm. Aber die Soldaten waren schon losgerannt. Jeder wollte der erste beim Plündern sein. Und das schlimmste Schlachten begann.

Berthon öffnete die Augen. Keiner beachtete ihn mehr. Sie starrten auf einen der wenigen, der aus Cabrières d'Avignon hatte fliehen können und der nun mit leiser, zitternder Stimme berichtete.

»Sie machten alles nieder, was sich regte, Männer starben, mit der Waffe in der Hand, Frauen wurden durchbohrt, Kinder enthauptet, aufgespießt, ins Feuer geworfen. Ein Teil unserer Frauen flüchtete sich in die Kirche und kniete betend nieder. Die Tore wurden geschlossen und vor ihnen ein Scheiterhaufen angezündet. Der Baron, *Gottes Bluthund*, so nannten ihn alle, warf selbst die Fackel. Nach kurzer Zeit loderten die Flammen in den Himmel, fraßen die Türen weg, erfaßten das Holzwerk und bald darauf den Dachstuhl. Die Todesschreie der Menschen gingen unter im Brausen und Knistern der Flammen und im begeisterten Gebrüll der Soldaten. Als das Dach einstürzte, herrschte für einen kurzen Moment Stille, als wäre Gott mit der Faust dazwischengefahren. Vielleicht waren die Hilflosen schon erstickt. Aber es war wohl der Teufel, denn die Stille hielt nicht vor, verstärkt grölten die Soldaten und suchten weitere Opfer.

Am Abend waren alle Männer tot, bis auf zwölf, unter ihnen Eustache Marron. Ihnen soll in Avignon der Prozeß gemacht werden, hörte ich, man will sie öffentlich als Ketzer verbrennen. Sonst lebten nur noch ein paar Frauen, die zu Dienste sein mußten, bis ihre Seelen den gequälten Körper verließen.

Als man sich aus den qualmenden Ruinen zurückzog, entdeckten drei Soldaten eine hochschwangere Frau, die sich in einem Gebüsch versteckt hatte. Sie zerrten sie vor die Bresche, sie rissen ihr die Kleider vom Leib ...«

Der Mann konnte nicht mehr weitersprechen. Die Zuhörer bedeckten ihre Augen, bekreuzigten sich.

»Sie schnitten der Frau bei lebendigem Leib das Kind heraus.«

Dem Mann versagte die Stimme. Dann sprach er weiter: »Der Baron war dabei, jetzt plötzlich wollte er einschreiten, aber vergeblich.«

Nach einer Weile stummen Entsetzens fragte eine junge Frau: »Sind wir *hier* wenigstens sicher?«

»Die Truppe zog weiter nach Mur, das gebrandschatzt wurde. Immer mehr Flüchtlinge fielen den Soldaten in die Hände, wurden in Ketten gelegt, damit sie auf die Galeeren verkauft werden konnten. In der Höhle von Bérigoule, in der Nähe von Mur, wurden etwa fünfundzwanzig Frauen und Kinder entdeckt. Man schoß in die Höhle und machte schließlich vor dem Eingang ein Feuer, bis sie alle tot waren, erstickt oder verbrannt. Dies hat mir ein Mann aus Gordes erzählt, ich habe es nicht selbst gesehen. Und dann mußte auch noch La Coste daran glauben, obwohl der Ort sich ergab. Wer zu jung, alt oder schwach war, wurde niedergemacht, die anderen hob man für die Galeeren auf.«

»Und jetzt kommen sie zu uns!« Wieder ein ängstlicher Aufschrei.

Die Augen richteten sich auf Louis de Bouliers, der aschfahl und zitternd unter den Menschen stand, und auf Madeleine, die ihren Nico an der Hand hielt.

»Sollen auch wir fliehen?«

»Aber wohin?«

»Wir hocken hier wie in einer Falle.«

»Jeder wird uns ausliefern.«

»Die Soldaten sind längst wieder durch die Schlucht des Aiguebrun gezogen und suchen sich weitere Dörfer.«

»Das Morden hört nicht auf. Wir werden alle sterben müssen.«

Ein junges Mädchen fiel plötzlich, wild um sich schlagend, zu Boden. Schaum stand vor ihrem Mund. Ihr Körper bog sich, die Augen waren aufgerissen, und die Glieder zuckten. Eine unsichtbare Macht schien nach ihr zu greifen. Mit voller Wucht schlug ihr Kopf auf den Boden, noch einmal durchlief den Körper ein Zucken und Zittern, dann blieb sie regungslos liegen.

Ihre Mutter warf sich jammernd über sie.

»Warum hat Gott uns nur verlassen!« flüsterte ein alter Mann.

## 1545

Schon bald merkte Madeleine, daß die Menschen nicht mehr aufzuhalten waren. Wer sich zu ihr hinter die wehrhaften Mauern des Schlosses geflüchtet hatte, drängte hinaus. Die Bauern trieben ihr Vieh aus dem großen Portal und zogen nach Süden und nach Osten. Je mehr das Schloß verließen, desto mehr folgten ihnen nach. Es war ein Fluchttrieb, der die Menschen blind und kopflos machte.

Sie blickte Louis in seine glanzlosen Augen und drückte Nico an sich. Dann begab sie sich zu Berthon, der sich inzwischen mühsam erhob und von Georges Morel verabschiedete.

»Wir werden uns nie wiedersehen, mein Bruder, Gott mit dir!«

Die beiden alten Männer umarmten sich.

»Auch diese Prüfung wird vorübergehen, selbst die längste Nacht hat ein Ende«, sagte Morel. »Den wahren Glauben zu unterdrükken ist noch keinem Herrscher gelungen. Da mögen seine Schergen wüten, wie sie wollen. Ich wünsche uns Kraft zu widerstehen.«

Sie umarmten sich ein zweites Mal, dann verbeugte sich Morel vor Madeleine.

»Wir danken Euch, Madame, für alles, was Ihr und Euer Gatte für unsere Gemeinschaft getan habt. Ich bete für Euer Seelenheil, für das Eures Sohnes, eines Tages …«

Ein junger Mann trat ein und forderte Morel mit einer unmißverständlichen Geste auf, sich zu beeilen.

Morel wandte sich noch einmal zu Berthon: »Willst du bleiben, Hugues, und den Bluthund abwarten?«

»Ich habe nichts mehr zu verlieren«, antwortete Berthon mit gesenktem Kopf.

Morel zog kurz ein Messer aus seinem Gürtel. »Seine Soldaten werden mich nicht lebend ergreifen!«

Als Morel das Zimmer verlassen hatte, stand Berthon allein vor Madeleine. Er tastete vorsichtig seine Wunde ab, richtete sich dann auf und seufzte.

»Ich glaube nicht, daß er das Schloß anzünden wird«, sagte Madeleine. »Er weiß genau, das würde nicht ohne Folgen bleiben. Er müßte sich vor unserem König rechtfertigen.«

Berthon schüttelte den Kopf. »Oppède ist längst nicht mehr Herr der Lage. Und der König? Wie lange wird der noch leben?«

Als auch die ersten Bediensteten aus dem Schloß flüchteten, beschlossen Madeleine und Louis, mit denjenigen, die ihnen die Treue hielten, nach Aix in ihr Stadthaus zu ziehen. Geld, Silber, wertvolle Bücher und Stoffe wurden schnell zusammengerafft und auf Pferde und Maultiere verladen. Louis, der sich kaum noch auf den Beinen halten konnte, mußte in der Kutsche transportiert werden. Nico und Catherine saßen neben ihm.

Berthon überlegte lange, was er tun sollte. Madeleine bedrängte ihn, bei ihr zu bleiben, wenigstens solange, bis die Wunde ausgeheilt sei und der Vernichtungsfeldzug ein Ende gefunden habe. »Außerdem: Wer jetzt allein durch die Gegend streift, gilt als Waldenser und landet entweder auf dem Scheiterhaufen oder auf den Galeeren, wenn er nicht gleich getötet wird.«

»Mein Leben ist ohne Laura nichts mehr wert«, antwortete er.

»Als Toter kannst du ihr nicht helfen.«

Er überlegte lange. Schließlich beugte er sich der Vernunft.

Noch bevor sie die Fähre von Pertuis erreichten, nahmen Louis' Kräfte bedrohlich ab. Er konnte nichts mehr essen, sein Gesicht war verzerrt von den quälenden Brustschmerzen. Als sie sahen, daß Hunderte von Menschen sich vor der Fähre drängelten, beschlossen sie, erst einmal abzuwarten. Eine Wache wurde aufgestellt, mehrere Männer zur Fähre hinuntergeschickt, damit man wenigstens am nächsten Morgen die Durance, die vom Hochwasser des Frühlings heftig angeschwollen war, überqueren konnte.

Als es dunkel wurde und nur noch der Schein der Feuer die Gesichter beleuchtete, wußte Madeleine, daß Louis den nächsten Morgen nicht mehr erleben würde.

Auch er wußte es.

Berthon wollte ein Gebet sprechen, aber seine Lippen bewegten sich nur stumm.

»De profundis clamavi ad te, Domine!« flüsterte Louis. »O Herr, erhör mein Rufen, neige dein Ohr in Gnaden meinem lauten Flehen!«

»Amen«, sagte Madeleine. »Verlaß uns nicht!«

Sie wachte an seiner Seite, während er sich zusammenkrümmte und vor Schmerzen wand. Doch nach Mitternacht wurde er still.

»Ich möchte noch einmal meinen Sohn sehen«, flüsterte er.

Nico, von Catherine geführt, kam schlaftrunken herbei. Louis hob den Kopf und küßte ihn auf die Stirn.

»Wenn ich jetzt von euch gehe, dann hat deine Mutter nur noch dich.« Er hielt kurz inne, Nico stand regungslos vor ihm. »Du mußt sie beschützen. Dazu mußt du klug und stark sein. Aber hab auch Mitleid mit den schwachen Menschen. Und vergiß nicht, daß dein Vater dich immer geliebt hat. Ich segne dich, mein Sohn.«

Louis fiel wieder zurück und schloß die Augen. Nico starrte ihn an und warf dann einen kurzen Blick auf seine Mutter, deren Lippen lautlos ein Fürbittegebet sprachen. Als aus Catherines Augen die Tränen stürzten, wischte er sich verstohlen über die Lider. Dann legten sich die beiden wieder ans Feuer, und Catherine drückte den Jungen fest an sich.

Auch Berthon zog sich nun zurück.

Noch einmal kam Louis zu sich. Madeleine hielt seine Hand. Mit letzter Kraft flüsterte er: »Leb wohl, meine Liebste. Du weißt nicht, wieviel du mir bedeutet hast. Auch wenn ich es nicht so ausdrücken konnte, wie es nötig gewesen wäre. Ich hätte dich gerne glücklicher gemacht, aber ich war dazu nicht in der Lage.« Die Stimme versagte ihm, er rang nach Luft, war kaum noch zu verstehen: »Vielleicht hättest du doch Jean Maynier heiraten sollen, das hätte uns allen hier im Luberon viel Leid und Schmerz erspart. Und manch einer würde noch leben.«

Madeleine legte ihm die Finger auf die Lippen. »Erwähne ihn nicht. Er ist es nicht wert. Gott wird ihn strafen.«

Louis seufzte. »Ich werde jetzt Beatrice wiedersehen«, hauchte er, lächelnd, »leb wohl, meine Liebe, ich ... ich ... du ...«

Seine Hände waren gefaltet. Er atmete nicht mehr. Seine Augen wurden starr. Sie gab ihm noch einen Kuß und schloß sie mit einer sanften Bewegung. Auf seinen Lippen blieb das leichte Lächeln erhalten.

Während der ganzen Nacht blieb Madeleine neben ihm sitzen. Sie konnte nicht weinen. Sie sagte ihm alles, was sie während ihres gemeinsamen Lebens verschwiegen hatte, sie gestand ihm auch die

Sünde, der Nico sein Leben verdankte. Er schwieg, wie er so häufig geschwiegen hatte. Aber noch immer stand das feine Lächeln auf seinem erstarrenden Gesicht.

Am nächsten Morgen hatte sie sich zu einem schwerwiegenden Entschluß durchgerungen. Die Bediensteten sollten sich, geführt von Berthon, mit Catherine und Nico, mit den Pferden und der gesamten Habe nach Aix begeben und in ihrem Stadthaus warten. Madeleine selbst wollte mit dem toten Louis nach La Tour d'Aigues zurückkehren, um ihn dort in der Familiengruft, neben Beatrice, beizusetzen. Nur sein langjähriger Kammerherr und ihre treueste Kammerfrau sollten sie begleiten.

»Ich habe keine Angst vor Jean Maynier«, sagte sie zu Berthon. »Er wird nie und nimmer wagen, sich an mir zu vergreifen, und den Toten wird er nicht anrühren. Und wenn der Allmächtige dennoch bestimmt haben sollte, daß ich jetzt sterben muß, dann werde ich mich ihm fügen. Für diesen Fall habe ich Vorkehrungen getroffen. Jean Maynier wird seines Lebens nicht mehr froh.«

Sie ließ aus Pertuis einen Priester kommen und eine Totenmesse lesen. Ein Schreiner zimmerte währenddessen einen groben Sarg. Als sich alle Bediensteten von ihrem Herrn verabschiedet hatten, als auch der kleine Nico noch einmal seinem Vater ins Gesicht geschaut und seine Mutter an sich gedrückt hatte, stieg Madeleine aufs Pferd. Louis' Sarg band man zwischen zwei Maultiere. Ein weiteres Tier trug Proviant.

Nico und Catherine wurden schon auf der Fähre mit der Gruppe der Frauen über die Durance gezogen. Madeleine winkte noch einmal ihrem Sohn und wandte sich dann ab.

Berthon trat zu ihr. »Ich werde Euch begleiten.«

»Kommt nicht in Frage! Ihr seid verwundet, und Oppède wird sich freuen, an Euch ein weiteres Exempel zu statuieren.« Als Madeleine sein entschlossenes Gesicht sah, ergänzte sie: »Ihr gefährdet mein Vorhaben. Ich will nicht, daß ...«

Sie begriff, daß alle ihre Einwendungen ohne Wirkung blieben. Berthon hatte abgeschlossen. Wie sie kannte er keine Angst mehr. Seine Augen sprachen eine deutliche Sprache.

»Ich möchte meine Tochter retten«, sagte er ruhig, ja regelrecht kalt.

Die kleine Gruppe mit dem Toten zog unbehelligt durch Pertuis nach Norden. Es dauerte nicht lange, da sahen sie schwarze Rauchschwaden in den Himmel ziehen. Kein Zweifel, in La Tour d'Aigues brannte es.

Stumm ritten sie weiter, Madeleine neben dem Sarg. Die Kammerfrau bekreuzigte sich immer wieder und betete flüsternd.

Noch vor dem Ort wurden sie von Soldaten aufgehalten und eingekesselt.

»Ich bin die Herrin von La Tour d'Aigues. In diesem Sarg liegt Louis de Bouliers, mein verstorbener Mann. Führt mich zu Baron d'Oppède«, herrschte sie die Soldaten an.

Als ein junger Bursche nach der Kammerfrau greifen wollte, um sie vom Pferd zu ziehen, schlug Madeleine mit der Reitpeitsche nach ihm. »Es wird dich deinen Kopf kosten, wenn du etwas anrührst«, schrie sie. »Holt mir den Baron!«

Immer mehr Soldaten und Troßgesindel kamen herbeigelaufen, viele betrunken.

»Da ist was zu holen«, grölte einer und hob sein Schwert.

Als auch ihm Madeleine mit ihrer Peitsche eins überzog, glotzte er blöd, wollte sich dann mit einem Wutschrei auf sie stürzen, stolperte aber erst einmal über die Mäntel, die er erbeutet und sich umgelegt hatte, und fiel in den Dreck. Als er sich aufraffte und erneut das Schwert hob, wurde er zurückgerissen. In diesem Augenblick ritt Jean Maynier in vollem Galopp in die Menge und hielt direkt vor Madeleine.

»Die Herrin von La Tour d'Aigues steht unter meinem besonderen Schutz«, herrschte er die Männer an.

Murrend zogen sie sich zurück.

Jean Maynier sprang vom Pferd, bekreuzigte sich vor dem Sarg und schaute Madeleine fragend an. »Mein alter Freund und Kollege Louis?«

Als sie nickte, bekreuzigte er sich ein zweites Mal und drückte sein tiefempfundenes Beileid aus. Er betonte, was für ein großer Mann Louis gewesen sei und erwähnte schließlich, wie nebenbei, daß man die eine und andere Brandschatzung im Dorf nicht habe verhindern können.

»Plünderer, auch aus der Umgebung, der Abschaum des Volkes ...«

»Wovon redest du?« fuhr ihm Madeleine über den Mund.

»Das *Arrêt* ist ausgeführt, unsere Strafexpedition gegen die Ketzer beendet. Capitaine Paulin zieht in Kürze mit seinen Männern nach Marseille, um sich nach Flandern einzuschiffen, ich werde die restlichen Soldaten entlassen und dann nach Aix zurückkehren. Ein erster Bericht an den König ist schon unterwegs.«

»Du wirst die Horde doch hoffentlich nicht hier entlassen!«

Jean Maynier überging ihren Einwurf. »Ich bin für den militärischen Teil der Aktion zuständig gewesen, Generaladvokat Guérin für die Konfiskationen des Ketzerbesitzes, der Großinquisitor des *Comtat*, Pietro Gelido, für die Vernehmungen und *Befragungen*. Und was die gelegentlichen Übergriffe angeht, sind Schadensersatzansprüche an den Gerichtshof von Aix zu richten, das sage ich dir als der Herrin von La Tour d'Aigues. Noch sind allerdings alle Aufgaben nicht abgewickelt. Gefangene müssen noch Galeeren zugeführt werden, geflohene Ketzer eingefangen, letzte Strafmaßnahmen ...«

Madeleine konnte den geschäftsmäßig-heuchelnden Ton, hinter dem sich Jean Maynier verschanzte, nicht mehr ertragen.

»Hör auf, du blutgieriges Monstrum«, schrie sie, »du hast unsere Dörfer anstecken lassen, um dich an uns zu rächen, du bist die Heimsuchung des Luberon, du bist der Antichrist persönlich ...«

Madeleine schrie ihm ihren ganzen Haß ins Gesicht, bis ihre Stimme versagte. Dann brach sie weinend zusammen. Berthon, der die ganze Zeit regungslos zugehört hatte, kümmerte sich um sie.

Jean Maynier hatte sich auf sein Pferd geschwungen, ohne auf ihren Ausbruch zu reagieren. Er wollte wegreiten, hielt das Pferd aber wieder an und ließ es sich um die eigene Achse drehen. Als sie aufschaute, als sie ihm unter Tränen, aber voll brennender Wut ins Gesicht blickte, hatte sie einen anderen Jean Maynier vor sich. Keinen verlogenen Heuchler mehr, sondern einen kalten Mörder.

»Zieht nur zu Eurem Schloß und setzt den Toten bei. Ihr seid eine mutige Frau, das wußte ich schon immer.« Der Hohn war unüberhörbar und schneidend. »Und achtet besonders auf diesen alten Mann dort.« Er zeigte auf Berthon. »Auch er könnte in Verdacht geraten, ein Ketzer zu sein ...«

Berthon richtete sich auf und trat furchtlos einen Schritt auf ihn zu. »Das Verfahren wegen Ketzerei ist niedergeschlagen worden, Baron d'Oppède, das wißt Ihr genau, denn Ihr habt die Urkunde selbst unterzeichnet.«

Jean Maynier lachte laut auf. »Das ist lange her. Inzwischen hat sich viel getan.«

»Richtig. Ich habe eine Pilgerreise nach Rom angetreten, wo ich Ablaß erhielt für all meine Sünden.«

Jean Maynier lachte noch lauter. »Für wie dumm hältst du mich eigentlich, Doktor Berthon? Du warst als Spion der Lutheraner in Rom. Es gibt Korrespondenzen mit der Kurie. Ich könnte dich sofort in Ketten legen lassen.«

Berthon blieb gefaßt. »Wohin habt Ihr meine Tochter verschleppt?«

Jean Maynier beruhigte das nervöse Pferd.

»Die Hure?«

»Ein Mann wie Ihr kann meine Tochter nicht beleidigen. Sie steht, wie auch Euer Sohn, unter dem besonderen Schutz des Heiligen Vaters und des Kardinal Farnese, des apostolischen Legaten von Avignon. Dies dürfte Euch als gehorsamen Christen interessieren. Außerdem seid Ihr als Präsident des Obersten Gerichtshofs und als stellvertretender Gouverneur dem Recht verpflichtet und dem König Rechenschaft schuldig. Ich nehme an, daß Ihr dies ebensogut wißt wie ich, Baron d'Oppède. Außerdem spreche ich Euch als Vater an, der weiß, was es bedeutet, sein einziges Kind bedroht zu sehen. Ich bitte Euch also, mich zu meiner Tochter zu führen.«

Jean Maynier konnte erneut nur mit Mühe sein Pferd zurückhalten, hochzusteigen und auszubrechen.

»Der Ketzer belehrt mich, er droht mir sogar! Weißt du, daß ich dich jederzeit auf den Scheiterhaufen bringen kann – und deine Tochter dazu? Noch herrscht Kriegsrecht, und ich habe alle Vollmachten ...« Jean Maynier war dabei, seine Beherrschung zu verlieren.

»Ich bin ein alter Mann und habe mit dem Leben abgeschlossen. Ihr könnt mich nicht mehr einschüchtern.«

»Und hat deine Tochter auch mit dem Leben abgeschlossen?«

Berthon verstummte.

Jean Maynier winkte einen der Hauptleute herbei und flüsterte ihm einen Befehl zu. Dann galoppierte er in einer Staubwolke davon.

Das Schloß war unversehrt, nicht einmal geplündert worden. Madeleine brachte mit den beiden Männern den Sarg in die Gruft. Ohne sich um einen Priester zu kümmern, legten sie den Toten in den letzten freien Sarkophag. Sie sprachen ein Gebet. Dann bat Madeleine Berthon und den Kammerdiener, sie allein zu lassen.

Nach einer letzten Zwiesprache mit dem Verstorbenen bestieg sie den Turm. Berthon folgte ihr, aber sie schickte ihn zurück. Er zögerte, ihr Folge zu leisten.

»Ich will allein sein«, herrschte Madeleine ihn an.

»Denkt an Euren Sohn«, sagte er mit sanfter Stimme.

»Ich denke nur noch an ihn.«

Als sie oben auf der Plattform stand, konnte sie kaum etwas sehen. Ihre Augen waren mit Tränen gefüllt. Alles war verschwommen, das hingeduckte Dorf, die Zelte im Park, in denen Jean Maynier und seine Offiziere sich niedergelassen hatten, die wimmelnden Soldaten und die Rauchfahnen aus den noch vor sich hinkokelnden Häusern. Aber nah, wie lebendig in ihrem schönsten Kleid, das sie für das Fest in Marseille ausgesucht hatten, stand Beatrice neben ihr. Hier oben waren sie immer dem Himmel nah gewesen, der Sehnsucht – und dem Tod.

Wie einfach wäre es, ihr zu folgen und sich ebenfalls hinabzustürzen. Aber konnte sie ihren Nico allein lassen, den kleinen Prinzen aus königlichem Blut? Nein, Berthon hatte recht. Und sie wollte auch Jean Maynier nicht ungestraft davonkommen lassen.

In der Nähe der ausgebrannten Dächer hockten Krähen, und über ihnen, hoch über Dorf und Schloß, kreisten Geier.

Beatrice schien sie mit leiser, singender Stimme zu rufen.

Warum ließ sie sich nicht hinabziehen?

Louis schaute sie mit seinen grauen Augen an.

Nico, der Kleine, saß stumm auf der Fähre und winkte ihr zu.

Und dann tauchte im Hintergrund der Teufel auf. Er lachte sie aus. Er verhöhnte sie. Die Rache ist mein, rief er ihr zu.

Nein!

Madeleine überließ ihm weder Rache noch Triumph.

Nein, nie würde sie springen.

Sie würde den Teufel vernichten.

Louis war tot. Beatrice war tot. Keine Macht der Welt und auch keine Macht des Himmels erweckten sie zu neuem Leben. Der Tod war endgültig. Und in erbarmungslosem Schweigen hatten Gott Vater und sein Sohn und auch die gnadenreiche Maria zugelassen, daß unschuldige Menschen gemartert wurden und ohne den Beistand der Kirche starben, daß das Böse unter purpurrotem Deckmantel triumphierte.

Sollte auch sie schweigen und auf die Gerechtigkeit im Jenseits warten?

Als Madeleine nach unten schaute, fiel ihr Blick auf einen Mann, der vor seinem Zelt stand und zu ihr hoch starrte. Es war Jean Maynier. Einen Augenblick wurde sie unsicher, weil er seine Hand wie zum Abschiedsgruß erhoben hatte und seine Geste hilflos, ja traurig wirkte.

»Nein«, flüsterte sie, »mein ist die Rache.«

## 1545

Mit einem Triumphschrei fuhr er auf: Ich habe sie alle!

Langsam sank er auf die harte Pritsche zurück.

Ja, er hatte sie alle.

Noch einmal überschwemmten ihn wilde Rachegefühle, die all die Szenen zurückbrachten, die er hatte erleben müssen, die er befohlen, geleitet, angestachelt hatte. Im Blutrausch waren die Soldaten nicht mehr zurückzuhalten, sie hörten auf keinen Befehl. Als hätte ihnen der Teufel einen Befehl zugeflüstert, verwandelten sie sich in Wesen, die in einem wahnsinnigen Opferkult alles unterworfene Leben durchbohren, zerschneiden, zerstückeln und verbrennen mußten.

Schlimmer als die Soldaten aus dem Piemont waren die eigens angeheuerten Söldner, und am schlimmsten zeigten sich die Verbrecherbanden, die er zu normalen Zeiten an den nächsten Galgen geknüpft hätte, die sich jetzt aber als Arm der Gerechtigkeit fühlen durften und die immer die ersten beim Plündern und Brandschatzen waren, die letzten aber, wenn wirklich ein Kampf drohte.

Zum Glück wurde er dieses Gesindel jetzt los. Es würde sich mit seiner Beute in alle Winde zerstreuen und bald wieder die Straßen unsicher machen.

Jean Maynier atmete tief durch und starrte auf seinen Prunkharnisch, der in der Ecke des Zelts stand und den er sich bis zur Eroberung von Cabrières d'Avignon täglich hatte anlegen lassen. Die Rüstung des Cesare Borgia, das Geschenk des Königs, durch das er damals, nach der Schlacht von Marignano, zum Ritter geschlagen worden war. Ohne diese Rüstung hätte er wahrscheinlich nie in Pavia gekämpft, und ohne die Schlacht von Pavia wäre sein Leben anders verlaufen. Sie hatte ihn hart gemacht, hart gegen sich selbst, aber auch hart gegen andere.

Die letzte Woche war eine Erfüllung gewesen – und eine Prüfung.

Worauf er Jahre hingearbeitet hatte, hatte er nun endlich in die Tat umsetzen können: das Ketzerunwesen im Luberon auszurotten. Nie mehr würde diese Hydra ihren frechen, unbotmäßigen Kopf erheben!

Jede Nacht träumte er von seinem Sieg – und wachte doch schweißnaß und zitternd auf. Die Schreie gellten in seinem Kopf, die aufgerissenen Augen verfolgten ihn, die Blutspritzer ließen sich nicht mehr abwaschen. Und selbst am Tag drängte sich ihm das Bild der Schwangeren auf, die er nicht hatte retten können. Seine Befehle waren verpufft, und sogar als er einen der Mörder niederschoß, erreichte er nichts. Man drohte ihm sogar, ihm, dem Oberbefehlshaber, und schlitzte dann der Frau den Bauch auf. Er konnte keinen zur Rechenschaft ziehen, sonst hätten sie gemeutert und sich gegen ihn und die anderen Offiziere gewandt. Capitaine Paulin wußte das und ließ die Soldaten gewähren.

Ächzend erhob Jean Maynier sich, humpelte zur Waschschüssel und goß sich das Wasser über den schweißnassen Kopf. Langsam trocknete er sich ab und zog sich sein Lederwams an. Über dem Park lag noch der Brandgeruch. Die Wachen grüßten ihn. Fast aufdringlich laut sangen die Vögel. Der Turm des Schlosses ragte herrisch in den Himmel.

Auch er hätte hier residieren können. Was immer er in seinem Leben erreicht hatte, dies hatte er nicht erreicht. Raymond war tot, Louis war tot, nur Madeleine lebte noch. Während er in einem lumpigen Zelt seine Nächte verbrachte, wohnte sie in diesem Schloß, das in seiner Größe und Prachtentfaltung alle anderen Schlösser des Luberon übertraf. Das unversehrt diese Strafexpedition überstanden hatte, obwohl es den Waldensern Schutz gewährt hatte. Dafür sollte Madeleine ihm dankbar sein. Nur weil er schon, bevor sie La Tour d'Aigues erreichten, die Strafexpedition für beendet erklärt hatte, war es ihm gelungen, eine weitere Brandschatzung zu verhindern. Die Soldaten murrten, das Gesindel protestierte laut und ließ sich nicht davon abhalten, wenigstens einige Häuser zu plündern und dann anzustecken. Erst als Jean Maynier ihnen drohte, ihnen keinen Sold auszuzahlen, ließen sie ab.

Die schwierigste Aufgabe war, sie jetzt loszuwerden. Hier in La Tour d'Aigues wollte er sie nach Hause schicken. Oder wieder auf die Straße. In ihr Verbrecherleben zurückstoßen. Bis nach Aix konnte er sie nicht ziehen lassen. Dies hätte zu Übergriffen geführt, zu viel Unruhe hervorgerufen, jeder hätte mit seinen Schandtaten geprahlt, und das war ungut.

Für sich und den Generaladvokaten mit den konfiszierten Geldern und Gegenständen brauchte er aber eine schlagkräftige Wachmannschaft, eine Art Gardetruppe, sonst fielen die Wegelagerer, kaum waren sie außer Sold gestellt, über sie her. Und was unternahm er, wenn sie zuguterletzt doch noch Dorf und Schloß plündern wollten? Madeleine, die Herrin, wußte nicht, in welcher Gefahr sie schwebte, wenn er abzog. Sie hatte noch nicht einmal ihre Stallknechte als Schutz. Ja, ihr einziger Schutz war er, das *Monstrum*. Aber besser ein Monstrum zum Schutz als einer Menge blutgieriger Soldaten ausgeliefert zu sein. Am besten nahm er sie mit nach Aix, wo ihr Söhnchen sicher schon wartete.

Madeleine würde ihm noch dankbar sein. Als Frau unterlag sie natürlich zuerst einmal den Gefühlen der Trauer. Sie weinte um ihren Louis und heulte ihren waldensischen Schützlingen nach, weil die Pacht ausfiel und ihre Äcker und Weinberge nicht mehr bearbeitet wurden. Ja, von ihrem Reichtum hatte die Familie Bouliers-Cental ein wenig verloren. Aber wenn Madeleine, die Großnichte des großen Marschalls Trivulzio, genug um ihren tapfren Louis getrauert hatte, wenn die Schuldscheine sich häuften und die Gläubiger unüberhörbar an die Tür pochten, dann käme wieder seine Zeit. Er würde Madeleine daran erinnern, daß er sie und ihren Besitz gerettet habe. Und vielleicht, vielleicht ...

Jean Maynier starrte noch immer auf den mächtigen Schloßturm, auf die Zinnen und Gesimse, die Kreuzfenster und Verzierungen. Ja, seine heruntergekommene Trutzburg auf den Felsen von Oppède konnte sich mit dieser Prachtentfaltung nicht vergleichen. Und dann gab es ja auch noch das Schloß von Lourmarin! Es war zwar in einem erbarmungswürdigen Zustand, ein Dohlennest, eine Rattenhöhle, doch ein paar fleißige Maurer und Zimmerleute könnten es schnell wieder instandsetzen. Es wäre das richtige Schloß für seinen Sohn.

Aber an ihn wollte er lieber nicht denken. An diesen halsstarrigen jungen Mann, der ihm bisher so viele Sorgen bereitet hatte. Statt in Paris die Rechte zu studieren, hatte er sich fast zehn Jahre in Rom herumgetrieben, ohne ihm je eine Nachricht zukommen zu lassen. Hätte er dort wenigstens eine Laufbahn am apostolischen Stuhl ergriffen. Wie sein Großvater, von dem er ungeheuerliche Geschichten berichtet hatte. Lügen dies alles, Lügen. Aber dafür waren die

Römer bekannt. Sie frönten der Völlerei und Unzucht und logen, bis die Balken brachen, naive Jünglinge wie Pierre hielten alles für wahr, was sie sagten, und Männer wie er konnten sich dann für sie und den rechten Glauben schlagen.

Jean Maynier humpelte durch das Lager der Soldaten, die sich teils im Park und auf den angrenzenden Feldern, teils auf dem Vorplatz des Schlosses niedergelassen hatten. Es stank nach Wein und Erbrochenem, auch nach Fäkalien. Die meisten schliefen noch, schliefen ihren Rausch aus. Zwischen manchen hockten, verdreckt, nur noch mit Fetzen bekleidet und dem Irrsinn nahe, die mißbrauchten Frauen, auch die Troßhuren mit ihren Kindern. Kleine Diebe stahlen sich durch die Schlafenden und verschwanden, als sie ihn sahen. Eine blutverschmierte Frau bettelte ihn an. Zuerst verstand er nicht, was sie wollte, dann begriff er, daß sie ihn anflehte, sie zu töten. Jean Maynier wandte sich ab. In La Coste, aber auch in anderen Orten hatte es einige Frauen gegeben, die sich die Mauern hinabgestürzt oder ein Messer ins Herz gestoßen hatten, nur damit sie den Soldaten nicht in die Hände fielen. Aber Frauen galten schon immer als das Beutegut der Eroberer, das war Kriegsgesetz und unabänderlich.

Jean Maynier zog weiter zu der Scheune, in der sie die Gefangenen untergebracht hatten, die für einen Goldtaler pro Person auf die Galeeren verkauft werden sollten. Der Gestank, der ihm entgegenschlug, war grausam. Gestöhn und Gewimmere empfingen ihn. Sie jammerten nach Wasser. Die meisten Wachen schliefen, die anderen würfelten. Er befahl ihnen, die Gefangenen mit Wasser zu versorgen. Nur Gesunde brachten Geld, die Kranken und Schwachen verursachten nur Ärger.

Dabei kam Jean Maynier eine blendende Idee, wie er die Soldaten bei der Entlassung noch einmal versöhnen wollte. Er gewährte ihnen zum Abschied, als Ersatz für den Brand des Dorfes, ein Feuerchen, eine Art Siegesfeier: Ein paar der für die Galeeren nicht mehr brauchbaren Ketzer würden öffentlich verbrannt. Zuerst die Auszahlung des noch ausstehenden Solds, dann eine Messe, am besten durch den Erzbischof von Aix, und als leuchtendes Zeichen des Sieges die Ketzerfackeln, schließlich der Abmarsch nach Marseille für die einen, die ehrenvolle Entlassung für die anderen.

Ja, genau so wollte er es machen.

Jean Maynier ließ sofort einen Boten zum Erzbischof nach Aix losreiten und weckte dann Capitaine Paulin, um ihn von seinem Vorhaben in Kenntnis zu setzen. Paulin knurrte, er sei mit allem einverstanden, wenn er ihn jetzt nur schlafen lasse. Der Großinquisitor Gelido war schon wach und las in einem Meßbuch. »Un' idea eccellente! Bravo, capitano!« rief er aus, seine Arme schwenkend.

Generaladvokat Guérin hockte vor einem Tisch, auf dem sich Münzen stapelten und die kostbarsten Beutestücke ausgebreitet waren, und sah erschrocken auf, als Jean Maynier eintrat.

»Ich erstelle eine Liste der *res confiscata*«, stotterte er und erhob sich. Auf dem Zeltboden stapelten sich kostbare Stoffe, und von ihnen teilweise verdeckt, schien eine nackte Frau zu schlafen.

»Ein ausgezeichnete Idee«, rief Guérin aus, als Jean Maynier ihm seinen Plan vortrug. »Ihr seid nicht nur ein unerschrockener Stratege, sondern auch ein glänzender Taktiker und ein geborener Menschenkenner.«

Jean Maynier winkte ab.

Die Nackte rekelte sich und streckte dann ein Bein über die blutbefleckte Seide, mit der sie sich bedeckt hatte.

»Laßt uns nur bald nach Aix abziehen. Ich habe im übrigen schon einige zuverlässige Leute ausgesucht, die mir bei dem Transport des Kriegsguts zur Hand gehen.«

Guérin warf den mit Hermelin gefütterten Umhang um die Schulter und drängte Jean Maynier zum Zeltausgang. Mißtrauisch blieb dieser stehen, ließ sich dann aber doch hinauskomplimentieren. Guérin verbeugte sich noch einmal tief und verschwand im Zelt.

Jean Maynier beendete seinen Rundgang und kehrte in den Park zurück, um nach Pierre zu sehen, den man, gefesselt und noch zusätzlich bewacht, in einem Verschlag untergebracht hatte. Er lag auf dem Boden, schlief aber nicht, als Jean Maynier die knarrende Tür öffnete.

»So habe ich mir die Rückkehr des verlorenen Sohnes nicht vorgestellt!« Jean Maynier versuchte zu scherzen, aber Pierre reagierte nicht.

»Na gut, wenn der Herr Sohn zu keiner Konversation aufgelegt ist, dann werde ich seinen Schützling aufsuchen.«

»Ich habe mir auch nicht vorgestellt«, rief ihm Pierre nach, als er den Verschlag verlassen wollte, »daß der Sohn des großen Accurse, der tapfere Kämpfer von Pavia und Mann der Ehre einen Schwertkampf durch einen Trick beendet – ich wußte bisher noch nicht, daß ich einem Geschlecht von Lumpen entstamme.«

Jean Maynier wandte sich noch einmal Pierre zu. »Du kannst mich nicht beleidigen, dazu mußt du erst ein Mann werden. Und wer von Ehre spricht, sollte selbst wenigstens *eine* ehrenvolle Tat vorzuweisen haben.«

Er ließ Pierre keine Möglichkeit einer Antwort mehr.

Laura, die in eine nur wenig größere Hütte gesperrt war, traf er betend an. Sie warf ihm einen haßerfüllten Blick zu, senkte dann erneut ihre Lider und beachtete ihn nicht weiter. Zuerst wollte er sie allein lassen, aber dann ärgerte ihn doch ihr trotziges Verhalten. Er stellte sich direkt neben sie und wartete. Als sie noch immer nicht reagierte, riß er ihren Kopf an den Haaren hoch, so daß sie ihn ansehen mußte. Sie schloß die Augen. Langsam zog er seinen Dolch aus dem Gürtel und setzte ihn genau zwischen ihre kräftigen Brüste. Nun riß sie entsetzt ihre Augen auf und starrte ihn an. Aber noch immer schwieg sie.

»Erinnerst du dich?« fragte Jean Maynier und drückte die Spitze des Dolchs durch den Stoff ihres Überkleids.

Sie nickte.

Nun hatte er sie da, wo er sie haben wollte. Todesangst stand in ihren Augen. Aber auch eine tödliche Verachtung.

Er steckte den Dolch wieder ein. Er hatte plötzlich alle Lust an der kleinen Quälerei verloren. Zu sehr erinnerten ihn diesen Augen an andere Augen, an Augen, die er nicht mehr vergessen konnte.

Als Jean Maynier wieder in seinem Zelt war, um eine Frühstückssuppe in sich hineinzuschlürfen und mit einem Krug Rotwein die Laune, die sich so plötzlich verdüstert hatte, aufzuhellen, wurde ihm Berthon gemeldet. Er ließ ihn eintreten, schlappte aber seine Suppe weiter.

»Ich bitte Euch«, begann Berthon mit leiser, aber fester Stimme, »meine Tochter Laura freizulassen und mich an ihrer Stelle festzusetzen.«

Jean Maynier hob erstaunt den Kopf. »Eine seltsame Bitte. Du *bist* festgesetzt. Oder glaubst du etwa, ich würde dich so einfach aus dem Schloß abziehen lassen? Ihr steht beide unter dem Verdacht der Häresie. Vielleicht nehme ich euch mit nach Aix, vielleicht wandert ihr auch gleich auf den Scheiterhaufen.«

»Ihr könnt mir keine Angst mehr einjagen«, sagte Berthon kalt.

»Gut, dann ist die Audienz beendet.«

Jean Maynier schlürfte wieder seine Suppe. Der Rotwein begann zu wirken.

Berthon rührte sich nicht.

»Bevor du gehst«, begann Jean Maynier erneut, »sag mir noch eins: Weißt du etwas davon, daß mein Vater als Zeremonienmeister von Papst Alexander ... die Verbindung mit Giulia Farnese ... in die Wege geleitet hat?«

Statt zu antworten, zog Berthon einen Goldring vom Finger und warf ihn auf den Tisch.

»Willst du mich bestechen? Mich, der für Recht und Gesetz in der Provence steht?«

Berthon zeigte keine Regung von Unsicherheit. Er trat einen Schritt vor und wies auf den Ring. »Ich darf Euch bitten zu lesen.«

Jean Maynier nahm den Ring und entdeckte die eingravierten Worte: *In unauslöschlicher Dankbarkeit und Freundschaft Accurse.*

Dies war tatsächlich unglaublich. Accurse, der Name seines Vaters! Was spielte sich hier ab? Wie kam der Alte an einen Ring seines Vaters? Was hatten die beiden miteinander zu tun?

»Ich lese den Namen meines Vaters«, sagte er vorsichtig.

»Es gab eine Zeit, da waren Alessandro Farnese, der heutige Papst, Euer Vater Accurse und ich eng befreundet.«

Jean Maynier lachte laut auf, schob dann den Teller beiseite und nahm einen großen Schluck Wein. Nun war er wirklich neugierig geworden. Eigentlich konnte dies nur eine Finte sein, ein Trick, aber dann erinnerte er sich dunkel daran, daß sein Vater einmal erzählt hatte, nur durch den gerissenen Einsatz eines Freundes sei ihm die Baronie verliehen worden.

Forschend schaute er Berthon in die Augen. Schließlich bot er ihm einen Hocker und einen Becher Wein an.

Berthon nahm den Wein, blieb aber stehen. In knappen Worten

berichtete er von der Zeit, als er Apostolischer Scriptor und Accurse stellvertretender Zeremonienmeister in Rom war.

»Nach der Ermordung des Papstsohnes Juan wurde Euer Vater zuerst als Vize-Legat nach Venedig geschickt, vielleicht weil man in ihm einen nicht leicht bestechbaren Zeugen vermutete. Als bei der Suche nach Sündenböcken das Durcheinander der Verdächtigungen und Beschuldigungen zunahm, geriet er plötzlich in eine gefährliche Lage. Der wahrscheinliche Brudermörder Cesare Borgia plante einen Anschlag auf ihn. Ich konnte den Papst davon in Kenntnis setzen, und er verhinderte ihn schließlich. Aber Euer Vater war als Vize-Legat nicht mehr zu halten, er mußte nach Avignon gehen. Dort war er zwar kaltgestellt, dafür aber in Sicherheit. An die Baronie kam er, weil ich als Scriptor seinen Namen heimlich auf eine Belehnungsliste setzte, die der Papst dann, ohne sie weiter zu lesen, unterschrieb. Im übrigen flog meine Eigenmächtigkeit bald auf. Ich mußte ebenfalls Rom verlassen und folgte Eurem Vater in die Verbannung nach Avignon.«

Jean Maynier kratzte sich am Kopf und schüttete erneut einen großen Schluck Wein hinunter. »Eine phantastische Geschichte, reichlich phantastisch.«

»Aber leider wahr. Euer Vater war ein guter Mensch, allerdings viel zu ehrgeizig. Er hat seinen Sturz nie überwinden können.«

In Jean Maynier kämpften Mißtrauen und Unglauben gegen das Aufkommen von Trauer, ja sogar von schlechtem Gewissen. Sollte er Berthon tatsächlich unrecht getan haben? Selbst wenn er ein Waldenser wäre und Pierre ihm entfremdet hätte, so verdankte ihm seine Familie den sozialen Stand, ja sogar ihre Existenz – falls die Geschichte, die Berthon erzählt hatte, der Wahrheit entsprach. Nein, Jean Maynier konnte und wollte es nicht glauben.

»Beweise! Ein Ring allein macht noch keinen Beweis. Du kannst ihn auch gestohlen haben. Und außerdem sagt er nichts Konkretes über das Geschehen, das ein halbes Jahrhundert zurückliegt.«

Er war aufgesprungen und stand direkt vor Berthon. Aufgeregt schrie er ihm ins Gesicht: »Ich will Beweise sehen.«

»Hättet Ihr mein Haus nicht abgebrannt, hätte ich Euch Briefe Eures Vaters zeigen können.« Berthon blieb ruhig.

»Zeugen!«

»Es gibt einen Zeugen.«

»Da bin ich gespannt.«

Berthon trat einen Schritt zurück. »Ihr werdet nicht wagen, ihn zu befragen.«

Jean Maynier lachte höhnisch. Aber gleichzeitig fiel ihm ein, wen allein Berthon meinen konnte: den jetzigen Papst, seinen angeblichen Freund aus alten Zeiten.

»Schwöre, daß du die Wahrheit sagst.«

»Ich schwöre bei Gott dem Allmächtigen, bei dem Leben meiner Tochter und Eures Sohnes.«

»Wenn du lügst, wirst du einen grausamen Tod sterben.«

»Ich lüge nicht.«

Jean Maynier nahm den Ring und betrachtete ihn noch einmal genau. *In unauslöschlicher Dankbarkeit und Freundschaft* stand da. Mußte er dem Alten jetzt plötzlich dankbar sein? War es wirklich möglich, daß dieser Ketzer seinem Vater das Leben gerettet, die Baronie verschafft und dafür selbst seine Laufbahn geopfert hatte?

Jean Maynier fühlte sich plötzlich wie waffenlos. In seinem Kopf drehte es sich. Aber dann riß er sich wieder zusammen. Seine Zweifel waren noch nicht ausgeräumt!

»Und warum hast du nicht längst etwas gesagt?«

Berthon schwieg.

»Aus Stolz?«

Berthon schwieg noch immer.

Wieder kam Jean Maynier ein Verdacht. »Vielleicht hat dein *Freund* Alessandro Farnese, der heutige Papst, meinen Vater gerettet, und du hast ihm den Ring abgeschwätzt.«

»Fragt ihn!«

»Ihr könntet unter einer Decke stecken.«

»Ihr verleumdet den Heiligen Vater.«

Jean Maynier schreckte zurück. »Ich verleumde niemand.«

Er schaute Berthon in die Augen und sah, wie furchtlos und entschlossen noch immer der alte Mann seinen Blick erwiderte. Und nun drängte sich ihm verstärkt der Gedanke auf, Berthon könne tatsächlich mit dem Papst in einem freundschaftlichen Verhältnis stehen. Und wäre dies so, könnte er ihm gefährlich werden. Sehr gefährlich sogar.

Für einen Augenblick überschwemmte Jean Maynier eine panikartige Angst. Nicht etwa die Angst vor einem stärkeren Gegner, der ihm in einem offenen Kampf gegenübertrat, sondern davor, daß die Kurie in Rom seinen Einsatz für den rechten Glauben nicht anerkannte. Daß man ihm lediglich mit einem herablassenden, verächtlichen Lächeln dankte.

Er wandte sich ab.

»Ihr habt mich überzeugt«, sagte er und spürte selbst das Zittern in seiner Stimme. »Geht jetzt, ich werde Euch rufen lassen.«

## 1545

Noch vor der Mittagsstunde ließ Jean Maynier Laura frei. Sie versuchte, zu Pierre vorzudringen, wurde aber von den Wachen abgewiesen, die sie schließlich, weil sie schrie, kratzte und biß, wieder fesselten und zu Jean Maynier schleppten.

»Man hat mit euch Berthons nur Ärger«, sagte er milde. »Du darfst zu deinem Vater, der im Schloß auf dich wartet. Was willst du mehr?«

»Ich will zu Pierre!« schrie sie haßerfüllt. »Ohne Pierre gehe ich nicht.«

»Dummes Mädchen«, antwortete Jean Maynier, so ruhig er konnte, und schüttelte den Kopf. »Du wirst deinen Pierre bald wiedersehen.«

Sie sah ihn mißtrauisch an.

»Schafft sie raus!« befahl er den Wachen, »schafft sie ins Schloß zu ihrem Vater und laßt sie vorher nicht frei.«

Inzwischen war es im Dorf sehr unruhig geworden. Überall herrschte Aufbruchsstimmung. Gereizte Vorwürfe wurden gewechselt und Anklagen, Schreien und Streit zwischen den Soldaten um Beute und Frauen, ja, es wurde sogar gelegentlich gefochten. Capitaine Paulin erschien und erklärte, er lasse für seine zweitausend Mann das Aufbruchssignal blasen. In drei Stunden werde man abmarschieren. Noch heute wolle er beginnen, über die Durance zu setzen, und übermorgen in Marseille sein.

»Die Schiffe warten schon.«

»Wir hatten doch beschlossen, mit dem Erzbischof von Aix eine gemeinsame Dankesmesse abzuhalten«, wandte Jean Maynier ein.

»Ihr könnt Eure Messe abhalten, ich habe meine Arbeit getan.« Paulin schnarrte ihn abweisend an.

Jean Maynier war unzufrieden, konnte aber nichts tun, denn er selbst hatte die Strafexpedition für beendet erklärt. Mürrisch verabschiedete er den Capitaine und seine Soldaten und sah sich anschließend im Lager um.

Die Stimmung war noch gereizter geworden. Manche der Söldner hatten sich Paulin angeschlossen. Das Abenteurergesindel hockte in Gruppen zusammen und palaverte wütend, verstummte aber, sobald Jean Maynier sich näherte. Die Ordnungstruppen aus Aix sahen ihn erwartungsvoll an und forderten den ausstehenden Sold. Jean Maynier verwies sie an Guérin, der sich den ganzen Tag noch nicht hatte blicken lassen. Als er lautes Kreischen hörte, konnte er gerade noch verhindern, daß eine Frau vergewaltigt und ein Haus angesteckt wurde. Ihr Mann lag schon in seinem Blut, und ein Kind war an der Hauswand zerschmettert worden. Als er die Übeltäter verhaften wollte und nach der Wache rief, sah er plötzlich die Spitzen von mehreren Spießen auf sich gerichtet.

Wütend, aber gleichzeitig besorgt, zog er sich unverrichteter Dinge wieder in den Schloßpark zurück und beratschlagte mit den restlichen Offizieren das weitere Vorgehen. Man brauchte zuverlässige Männer. Aber auf wen war jetzt noch Verlaß?

In der Nacht schlief Jean Maynier kaum. Immer wieder drangen weibliche Schreie durch die Dunkelheit, und an zwei Stellen des Ortes schossen Flammen in den Himmel. Das Schloß lag vor ihm wie ein schwarzdrohendes Untier, das sich jeden Augenblick auf ihn stürzen und ihn zermalmen konnte. In keinem der Fenster sah man Licht. Er vergewisserte sich, daß Pierre noch an seine Pritsche gefesselt war, versuchte, mit ihm zu reden, gab es aber auf, als sein Sohn verstockt jede Antwort verweigerte.

Am nächsten Morgen erschien ein Bote vom Erzbischof. Die Messe werde in Saint-Sauveur abgehalten, er solle die Söldner entlassen und sich mit den Ordnungskräften und dem Konfiskationsgut nach Aix begeben. Der Erzbischof gratuliere ihm im Namen der Kurie zum Erfolg seiner Mission. Trotzdem herrsche Unruhe in der Stadt, die Nachrichten aus dem Luberon hätten empfindsame Gemüter aufgeschreckt.

Als Jean Maynier wütend zu Guérin lief, hörte er, daß die den Feldzug begleitenden Kommissare des Obersten Gerichtshofs schon in der letzten Nacht nach Aix abgeritten seien. »Und auch ich werde mich heute morgen auf den Weg machen. Ich bin meinem König die genaue Abrechnung der Konfiskationen schuldig und kann nicht wagen, von gewissen Elementen Eures Heers ausgeplündert zu werden.«

»Was heißt hier *Euer Heer*?«

Jean Maynier hätte den schmierigen Generaladvokaten am liebsten mit einem Faustschlag niedergestreckt.

»Ich befehle Euch, so lange hierzubleiben, bis wir beide gemeinsam nach Aix reiten können. Das wird morgen sein.«

Guérin verzog sich hinter den Tisch, der schon leergeräumt war. »Ihr habt mir nichts zu befehlen. Unsere Mission ist beendet.«

»Wer ist Stellvertretender Gouverneur der Provence und Oberbefehlshaber des Heers?«

»Über Euch steht der König, und ich habe seinen Auftrag auszuführen.«

Jean Maynier brach in unflätiges Toben aus, aber es nützte nichts, und so drohte er Guérin, ihn vor Gericht zu bringen. Der Advokat blickte ihn gelassen an und hob nur die Schultern.

Beim Hinausstürmen riß Jean Maynier fast das Zelt ein.

Auf dem Vorplatz des Schlosses ließ er die restlichen Söldner zusammentrommeln und erklärte ihnen, am nächsten Morgen erhielten sie ihren letzten Sold, dann könnten sich wieder zu ihren Familien nach Hause begeben und ihre Felder bestellen.

Murren und höhnisches Gelächter war die Antwort.

»Und was ist mit den Scheiterhaufen?« wurde gerufen.

»Der Herr Erzbischof kann nicht kommen. Ohne Messe möchte ich keine ...«

Seine Worte gingen im Gebrüll unter.

Wieder in seinem Zelt angekommen, konnte er seine ohnmächtige Wut kaum noch im Zaum halten. Er ballte die Faust und schlug sich selber an den Kopf.

Warum marschierte er nicht gleich ab? Verteilte das Geld und ritt los? Fing Guérin noch vor der Durance ab? Dieser falsche Hund sollte nicht vor ihm in Aix ankommen und verlogene Greuelmärchen unter die Leute streuen.

Aber dann dachte er an Madeleine, und ein Gefühl der Hoffnung überkam ihn, ja mehr noch, ein Gefühl der Verlassenheit, das in Sehnsucht umschlug.

Jean Maynier befahl den Wachen, sein Zelt abzubrechen und ihm mit allen Waffen und Unterlagen, insbesondere dem Sold, ins Schloß zu folgen, wo sie sicherer seien vor dem gesetzlosen Gesindel, das hier herumlungere. Auch sein Sohn solle ins Schloß gebracht werden.

Er marschierte, so schnell sein schmerzendes Bein es erlaubte, voran, ließ sich bei Madeleine melden und trug ihr höflich seinen Wunsch vor. Mit erstaunlicher Freundlichkeit und lächelnd forderte sie ihn mit all seinen Männern auf, ihr Gast zu sein. Die Wachen könnten sich im Torhaus einrichten, die Offiziere im Gästetrakt, und er dürfe im Haupthaus übernachten.

»Was ist mit Pierre?« Madeleine fragte ohne jeglichen Unterton.

Ja, Jean Maynier hatte sich selbst in eine Falle begeben. Er mußte Pierre freilassen.

Von seinen Fesseln befreit, würdigte sein Sohn ihn keines Blikkes. Er fragte einen Wachsoldaten etwas und verschwand dann.

Jean Maynier überwachte das Verpacken der Unterlagen und auch des Harnischs, schloß die Soldkiste eigenhändig ab und zog schließlich ins Schloß. Er ließ die Kiste in den ersten Stock des Haupthauses bringen, traf sich mit den restlichen Offizieren zu einer kurzen Lagebesprechung und inspizierte die Unterkunft der Wachsoldaten. Die Stimmung war alles andere als fröhlich. Vom Schloßvorplatz hörte man grölendes Singen und gelegentlich auch Waffenklirren.

Dann senkte sich die Nacht herab. An einigen Stellen sah man Lagerfeuer flackern. Es wurde ungewohnt still.

Er begab sich in das ihm überlassene Schlafzimmer und legte sich, seit langem wieder zum ersten Mal, in ein bequemes, weiches Bett mit Kissen, Stoffdecken und einem Balchachin aus dunkelrotem Samt.

Es dauerte lange, bis Jean Maynier in unruhige Traumphasen hinüberglitt. Aber dann wachte er wieder auf und wartete auf das Anbrechen des Tages. Als er ein Kratzen und leises Klopfen hörte, griff er nach seinem Degen und sprang auf. Etwas knarrte, aber die Tür bewegte sich nicht. Trotzdem fiel jetzt sogar ein Lichtschein in den Raum. Er fuhr herum. Aus einer Geheimtür, eine Öllampe in der Hand, mit offenen, herabwallenden Haaren, in einem hellen langen Gewand, trat Madeleine auf ihn zu. Er überlegte, ob er träume, ob er einer Geistererscheinung erliege, ob Madeleine wie ein Racheengel ihm seinen vorzeitigen Tod verkunden wolle.

Aber sie sagte nur: »Ich kann nicht schlafen, Jean, und ich dachte, auch du wirst es nicht können. Vielleicht ist jetzt die Gelegenheit, daß wir miteinander reden und alle Mißverständnisse ausräumen.«

In seiner rechten Hand den Degen, in der linken den Dolch, stand er neben dem Bett, kampfbereit wie ein bedrohtes Raubtier. Er vermutete einen Überfall, einen Mordversuch durch die Geheimtüren, bestochene Verbrecher sollten ihn töten, und Madeleine wollte sich an seinem Ende weiden.

»Warum schleichst du dich wie eine Mörderin in mein Zimmer?«

Er ließ seine Augen über die Wände wandern, sah aber nichts sich bewegen. Auch hatte Madeleine die Tür hinter sich geschlossen. Er konnte jetzt leicht den Spieß umdrehen und sie in seine Gewalt bringen.

»Ich verstehe, daß du mir nicht traust. Aber sollte ich mit meiner Kammerfrau erscheinen?«

»Warum die Geheimtür?«

»Sonst hätte ich an ihr und dem Kammerdiener vorbeigehen müssen. Sie halten Wache, weil sie befürchten, du könntest mir etwas tun.«

Er lachte kurz auf. Aber ihre Worte erschienen ihm einleuchtend. Tatsächlich rührte sich nichts mehr, keine Geheimtür knarrte, nirgendwo hörte er Flüstern, Schritte oder verstecktes Waffenklirren. Seine Anspannung löste sich. Aber noch immer hielt er die Waffen in der Händen.

Vor ihm stand sie, im weichen Licht des Lämpchens, abwartend, ja, mit einem leisen Lächeln auf den Lippen. Dies war kein Racheengel, sondern eine göttinnenhafte Versuchung.

Was wollte sie in seinem Zimmer?

Sollte sich wirklich etwas geändert haben?

Hatte er es nicht erahnt und erhofft – daß sie all ihren Streit vergaßen? Raymonds Tod lag fast ein Jahrzehnt zurück. Beatrice war genauso lang bei den Engeln. Mußte sie ihm nicht dankbar sein, daß er ihr Schloß vor der Brandschatzung gerettet, die Gefangenen freigelassen, sogar Milde gegenüber den Häretikern gezeigt hatte. Kein Scheiterhaufen mehr vor ihrem Schloß. Louis war tot, gestorben an Schwäche oder Krankheit.Er war eine Weile angemessen zu betrauern, doch Madeleine war gesund, mehr noch, schön und stattlich, trotz ihrer fünfundvierzig Jahre. *Die schöne Madeleine*, ja, so nannten alle sie in ihrer Jugend, zu Recht, denn sie war die Schönste weit und breit. Aber Schönheit schützte vor Fehlern nicht, sie hatte sich mit Louis, ihrem Cousin, vermählen lassen und war nun Witwe statt Gemahlin des stellvertretenden Gouverneurs der Provence und Ersten Präsidenten des Obersten Gerichtshofs.

Trotzdem, das Leben ging weiter. Sie konnte nicht ewig trauern, zumal sie einen kleinen Jungen zu versorgen hatte, ihre reichen Güter mußten verwaltet werden, der Erbe brauchte einen männlichen Vormund, einen Beschützer. Warum nicht ihn, den alten Freund der Familie, den Kollegen des Vaters, ihn, der als einziger übriggeblieben war vom *Triumvirat* aus dem Luberon?

Gewiß, sie trug ihm einiges nach, sie mußte jetzt auch die Zerstörung ihrer Dörfer hinnehmen, eine gewisse Einschränkung ihres Reichtums, doch mit der Zeit würden die Häuser wieder aufgebaut, die Schafe brachten Lämmer auf die Welt, die Obstbäume blühten, Wein und Oliven könnten geerntet werden, das Leben ging seinen gewohnten Gang. Einen friedlicheren Gang womöglich, ohne die häretischen Störenfriede, die hier immer fremd geblieben waren, die *Vollkommenen*, die selten vollkommen, die *Armen*, die selten arm waren. Er würde ihr auf jeden Fall helfen, den Schaden zu beheben, er würde sie schützen, und als Mann könnte er ihr endlich das geben, was der schwächliche Louis nie hatte geben können.

Madeleine war stehengeblieben und hatte ihn betrachtet.

»Ich möchte mich setzen«, sagte sie.

Er schaute sich nach einem Stuhl oder Schemel um, aber sie begab sich zum Bett und setzte sich auf seinen Rand.

»Wenn du dich so sicherer fühlst, kannst du gerne deine Waffen in der Hand behalten.« Es klang nur ein klein wenig spöttisch.

»Du mußt verstehen ...«

Sie lachte leise. »Ich verstehe dich sehr gut, Jean, viel besser, als du denkst.«

Wieder dieser einschmeichelnde Ton. Ein Ton, dem er nicht traute, der ihm aber auch in die Glieder fuhr. Er legte seinen Degen zur Seite, steckte den Dolch wieder in den Gürtel.

Madeleine seufzte.

Auch er seufzte. Holte sich dann einen Hocker aus der Zimmerecke, schaute sich dabei noch einmal um.

Schließlich ließ er sich vor ihr nieder.

Sie schaute ihn an und lächelte.

Die *schöne Madeleine*. Diana am Weiher. Er hatte sich Hoffnung machen können und war zurückgewiesen worden. Sein Leben lang hatte er an sie gedacht, ja, sogar ihre Tochter hatte er heiraten wollen – dies war vernünftig gewesen, aber gleichzeitig verrückt. Und nun saß sie vor ihm, auf einem Bett in ihrem eigenen Schloß. Verkehrte Welt! Er verzog sich vor seinen eigenen Soldaten hinter die Mauern eines fremden Schlosses, und während die Nacht voranschritt, trat die schöne Madeleine wie im Traum zu ihm.

»Ich weiß nicht, was werden soll«, sagte sie leise und sanft. »Warum mußte uns der Allmächtige auf so verschiedene Wege schicken?«

Es war nur eine kleine Bewegung, das leichte Heben der Schultern, und ihr Umhang rutschte zur Seite. Sie schob ihn zurück, mit Fingern, die ihn entzückten. Was ihn plötzlich überfiel, war eine endlose Sehnsucht, eine traurige Liebe und gleichzeitig eine wilde Gier. Es durchzuckte seinen Körper, eine Anspannung, wie bei der Jagd, wenn er den Spieß in den Keiler stoßen mußte, oder im Kampf, wenn die Schwerter gekreuzt wurden. Und nun schoß ihm das Blut zwischen die Lenden – so überwältigend, daß er aufsprang, sie in den Arm nahm, an sich riß und nach hinten drückte, hinein in die weichen Kissen. Mit seinen Händen suchte er ihre Brüste und mit seinen Lippen ihren Mund.

Sie küßte ihn wieder, aber dann rollte sie sich so geschickt zur Seite, daß er verdutzt neben ihr lag und wieder zu Bewußtsein kam.

»Aber Jean!« rief sie. »Was tust du?«

Es klang nicht überrascht.

Er wußte einen Augenblick nicht, wie er sich verhalten wollte. Der erste plötzlich Sturm war verpufft. Er hätte vor ihr auf die Knie fallen, er hätte sich aber auch auf sie stürzen können, gewaltsam, in alter Kriegersitte.

»Sollten wir nicht …«

In diesem Moment hatte er ihren Kopf gegriffen und preßte erneut seine Lippen auf ihre. In diesem Moment drang aber auch ein gellender Schrei in das Zimmer, der Schrei einer Frau, ganz aus der Nähe. Zuerst glaubte Jean Maynier, Madeleine habe geschrien, aber als er begriff, daß sie es nicht gewesen sein konnte, sprang er auf, griff seinen Degen und schaute sich im Zimmer um. Langsam schob er sich zur Tür, öffnete sie einen Spalt, lauschte nach draußen. Nichts war zu hören. Er trat ein paar Schritte auf den Gang. Noch immer war nichts zu hören. Je weiter er sich von der halb geöffneten Tür wegbewegte, desto mehr verdichtete sich die Dunkelheit, bis er wie blind umhertappte. Er tastete sich wieder zurück und schob den Riegel vor.

Madeleine saß noch auf dem Bett. Durch die Geheimtür war niemand eingedrungen. Da saß sie, hatte die Hände gefaltet und betete.

»Maria, gratia plena ...« hörte er.

Er riß sie hoch und zerrte sie die Wände entlang.

»Wo sind die anderen Geheimtüren?«

Etwas ging in diesem Schloß vor, das spürte er, und etwas verschwor sich gegen ihn, das spürte er ebenfalls.

»Es gibt nur eine«, preßte sie heraus.

»Was war das für ein Schrei?«

Ihre Augen waren aufgerissen vor Angst.

»Die Tür läßt sich verriegeln«, sagte sie, schob eine verdeckte Holzplatte zur Seite und zog an einem Griff. »Jetzt kann niemand mehr in dieses Zimmer.«

Er legte ihr seine Hand auf den Mund, um auf irgendwelche ungewohnten Geräusche hören zu können. Aber es war ebenso still wie vorher.

Langsam führte er sie wieder zum Bett.

Das Lichtchen beleuchtete ein Gesicht, das in ängstlicher Schönheit erstarrt war.

Jetzt gab es nichts mehr, was seine Gier, seine jahrzehntelang aufgestaute Lust auf diesen Körper halten konnte. Er riß die Schulterschnalle auf, ihr Umhang glitt von den Schultern, und sie stand nackt vor ihm. Sie tastete nach ihrer Kleidung und zog sie aufs Bett, setzte sich neben sie, rutschte mit angstvoll geweiteten Augen zurück, aber öffnete gleichzeitig ihre Schenkel. Er folgte ihr. Damit er ihr nicht in die Augen schauen mußte, wollte er sie auf den Bauch drehen. Sie wehrte sich zuerst, umklammerte ihn mit ihren Beinen, griff wieder nach ihrem Umhang und versuchte, ihn auf sich zu ziehen. Aber er stieß sie zurück und warf mit einem machtvollen Griff ihren Körper herum. Nun nahm er nichts mehr wahr, wurde nach vorne gepeitscht. Aber noch bevor er den ersten Stoß durchführen konnte, hörte er ihre laute Stimme: »Herr, rette mich, ich gehe zugrunde; gebiete, Gott, und schaffe Stille!«

Er wollte nicht hinhören, er hätte am liebsten nach seinem Dolch gegriffen und ihr die Klinge an die Kehle gesetzt, nur damit sie schwieg.

»Mein Flehen steige auf, o Herr, zu Dir, wie Weihrauch vor Dein Angesicht ...«

Er stieß zu.

Sie bäumte sich auf, ihr Rücken spannte sich wie ein Bogen, sie warf den Kopf zurück – und er wußte nicht, ob sie geschrien hatte, ob er geschrien hatte, ob von draußen wieder ein Schrei zu hören gewesen war ... Als hätte ihn ein gegnerischer Lanze durchbohrt, schwand seine Kraft, und was sich gerade zum siegreichen Stoß hochgereckt hatte, fiel in sich zusammen.

»Herr, rette mich, ich gehe zugrunde.«

Er trat zurück und sah sie in ihrer Nacktheit liegen, Beine und Arme halb angewinkelt, das Gesicht in den Kissen versteckt, auf dem Boden das Bündel ihres Umhangs.

Er stieß es wütend zur Seite, schrie sofort auf vor Schmerz. Er hatte gegen etwas Spitzes getreten, bückte sich und griff nach dem Stoff. Einen Augenblick nur stutzte er, aber dann war ihm klar, was er da fühlte. Er zog ein langes, scharfes Messer aus einem eingenähten Lederhalfter.

Seine Gedanken verlangsamten sich, als wollten sie ihn ersticken.

Madeleine hatte einen Dolch bei sich getragen.

Sie war zu ihm gekommen, weil sie ihn ermorden wollte.

Sie hatte sich ihm hingegeben, um ihm im Rausch der Vereinigung die Klinge in den Hals zu stoßen.

Und wäre ihr dies nicht gelungen, hätte sie gewartet, bis er anschließend, eingeschläfert von ihrer Zärtlichkeit, die Augen geschlossen hätte – um ihm dann die Kehle durchzuschneiden.

Ihr Körper zuckte nun vor Schluchzen.

Er hielt das Messer noch in der Hand, als wolle er seinen Augen nicht trauen. Und voll ungläubigem Staunen merkte er, daß mit seiner Kraft auch die Wut verschwunden war. Mit einem Stoß hätte er sie jetzt töten müssen.

Aber er war nicht wütend, er spürte auch keine Rachsucht, er war nur leer.

Er drehte sie wieder herum, um ihr ins Gesicht schauen zu können.

»Warum wolltest du das tun?«

»Das fragst du noch?« Madeleine riß ihre mit Tränen gefüllten Augen auf, schloß sie dann wieder. »Warum tötest du mich nicht endlich?« flüsterte sie. »Bitte quäle mich nicht.«

Nein, er würde sie nicht töten. Sie war rachsüchtig, unerbittlich, gnadenlos, eine Frau mit dem Haß der Nemesis.

Er warf das Messer zur Seite, und nun kehrte seine Kraft wieder. Er konnte ihr auch weiterhin ins Gesicht sehen. Er kniete sich auf den Bettrand. Sie öffnete ihre Augen. Ihre großen hellen Taubenaugen. Sie öffnete ihre Lippen, wie zu einem Schrei, aber sie schrie nicht, die Reihe ihrer Zähne schimmerten, und zwischen ihnen lag bewegungslos eine Zunge, abwartend wie ein Raubtier, am Ausgang einer schwarzen Höhle.

Ganz langsam, als müßte jeder Schritt eine Ewigkeit dauern, stumm wie zwei Pantomimen, vereinigten sie sich, und sie blieben vereinigt, wie zu Stein erstarrt, bis ein dritter Schrei sie aufzucken ließ.

Und nun ging alles sehr schnell.

Draußen auf dem Hof und vor den Mauern und auch im Haus erklang Männergeschrei, Waffenklirren, Rufe und dumpfe Schläge. Dann auch Schüsse, aufwiehernde Pferde, Gebrüll von Verwundeten. Und immer lauter wurde die Hektik eines Kampfes. Schließlich zuckte rötliches Licht vor dem Fenster auf, und Flammen schlugen empor.

Jean Maymer hatte blitzschnell seine Kleidung gerichtet, nach den Waffen gegriffen, Madeleine hochgezerrt und ihr den Umhang zugeworfen.

»Die Bande will das Schloß stürmen. Wo können wir hier raus?«

Madeleine schien noch nicht wieder bei Sinnen zu sein.

Er öffnete vorsichtig die Tür. Qualm drückte ihm entgegen. Hustend kam er zurück und schloß die Tür wieder hinter sich.

»Der Geheimgang!«

Er rüttelte an der Tür. Suchte dann nach dem versteckten Riegel. Es gelang ihm, die Türe zu öffnen.

»Du mußt uns jetzt führen!«

Langsam schien Madeleine zu begreifen, was vor sich ging.

Sie liefen eine schmale Wendeltreppe hinab, rannten dann, so schnell es das Lichtchen erlaubte, einen langen Gang entlang. Das Prasseln der Flammen kam immer näher, dann entfernte es sich wieder. Dafür hörte man nun Männerstimmen. Bevor sich Jean Maynier versah, hatte Madeleine irgendein Teil in einem Stein bewegt, und eine neue Tür tat sich auf. Nun ging es immer tiefer hinab. Nur noch in weiter Ferne hörten sie, was draußen geschah.

»Wir werden hier unten ersticken«, rief er.

Dann waren sie in der Gruft. Madeleine sank vor den Sarkophagen auf die Knie und bewegte stumm ihre Lippen.

Es schien ihm eine Ewigkeit zu dauern.

Sie stand wieder auf und führte ihn über eine Wendeltreppe nach oben. Ein rauchiger Luftzug zeigte, daß sie sich einem Fenster oder einer Tür näherten. Plötzlich stand er vor einer schmalen Schießscharte und schaute auf den Hof und auf das geöffnete Portal. Unten wurde vereinzelt gekämpft. Gleichzeitig Beute auf Pferde geladen. Das Hauptgebäude brannte. Auch jenseits der Mauern standen mehrere Häuser in Flammen.

»Sind wir hier sicher?« fragte Jean Maynier.

Madeleine schüttelte den Kopf und zog ihn weiter zu einem Gang, der an einer Mauer bis zu einem Felsspalt entlangführte. Schließlich mußten sie auf allen vieren durch einen stickigen, glitschigen Geheimgang kriechen. Als die Luft besser wurde, hörte er Pferdewiehern und Zurufe, Brüllen, Flüche.

»Hier ist das Ende«, flüsterte sie und preßte ihren Rücken an die nasse Felswand. Er legte sich auf den Bauch und versuchte nach draußen zu schauen. Eine nächtliche Landschaft glühte im rötlichen Widerschein der Flammen.

## 1545

Pierre saß mit Laura und Berthon zusammen, als er den ersten Schrei der Frau hörte.

Keiner von ihnen hatte schlafen können. Vor Angst und Unruhe sprachen sie kaum. Überall waren Soldaten im Schloß. Es gab keine Möglichkeit, es unbemerkt zu verlassen und zu fliehen. Sie wußten nicht, was Pierres Vater mit ihnen vorhatte – ob er sie ermorden lassen wollte oder gar plante, Laura auf den Scheiterhaufen zu schicken.

Berthon schüttelte den Kopf. »Nein, er wird sich an niemandem vergreifen.«

Pierre sah ihn fragend an. Woher nahm er diese Sicherheit? Oder täuschte er sie nur vor, weil er Laura nicht beunruhigen wollte? Seitdem er ihn wiedergetroffen hatte, wirkte Berthon, von wenigen Ausnahmen abgesehen, unerschütterlich. Ging er davon aus, daß ihm seine *Ankläger* tatsächlich nicht mehr schaden konnten? Die Lanze hatte ihn getroffen, aber nur leicht verletzt, und er genas trotz seines Alters sehr schnell. Wußte er nicht, daß ihm jeden Augenblick der Tod drohen konnte? Er verhielt sich ruhig, als sei ihm das Himmelreich versprochen. Warum sein Vater zuerst Laura, dann ihn freigelassen hatte, war Pierre ebenfalls nicht klar. Berthon hatte mit seinem Vater gesprochen, aber was genau vorgefallen war, verriet er nicht.

Als Pierre Laura nach den Tagen der Haft endlich wiedersah, fiel sie ihm sofort in die Arme. Er preßte sie an sich. Er konnte nicht mehr sprechen, so überwältigten ihn seine Gefühle.

Während sie dann in der Nacht beisammen saßen, sang Laura leise Petrarcas Sonette. Pierre konnte sie nur stumm anschauen. Berthon hockte auf einem Stuhl, die Augen geschlossen, obwohl er nicht schlief. Manchmal bewegte er die Lippen, als bete er.

Und dann der Schrei.

Pierre sprang sofort auf. Er griff nach einem Schwert und der Handbüchse, die er sich aus Louis' Waffenkammer geholt hatte, und lauschte an der Tür. Vorsichtig schlich er die Gänge entlang. Alles war dunkel, niemand rührte sich. Er blickte in den Schloßhof hinunter. Wachen und Offiziere schienen zu schlafen.

Einen Augenblick wurde Pierre unsicher, ob er den Schrei wirklich gehört hatte. Aber dann traf er auf den Kammerdiener, der vor Angst schlotterte. Ihn hatte der Schrei aus dem Schlaf gerissen, seine Augen waren noch trüb und verquollen. Gemeinsam suchten sie nach Madeleines Kammerfrau, die ebenfalls im Haupthaus nächtigen mußte. Doch war sie nirgendwo zu finden. Als sie beide noch einmal kurz in den Hof schauten, meinten sie die Bewegung von Schatten zu sehen, sogar einmal Stimmen zu hören, Flüstern, vorsichtige Schritte.

Schließlich schlichen sie zu Berthon und Laura zurück. Pierre schlug vor, auch Madeleine zu holen oder sich gemeinsam zu ihr zu begeben, aber der Kammerdiener erklärte, er habe die strikte Anweisung erhalten, sie nicht zu stören und auch Jean Maynier in Ruhe schlafen zu lassen. Also verriegelten sie erst einmal die Tür hinter sich und beratschlagten, was zu tun sei.

Pierre fühlte sich wie in einem Gefängnis aus labyrinthischen Gängen, dunklen Ecken und undurchsichtigen Schatten und schlug vor, wenn irgend möglich, das Schloß noch in der Nacht zu verlassen.

»Die Wachen werden Euch abfangen«, wandte der Kammerdiener ein.

»Vielleicht finde ich den Geheimgang, den mir Beatrice damals gezeigt hat.«

Seine Stimme war leise geworden. Trotzdem warf ihm Laura einen traurigen Blick zu.

»Er führt … führt …«

Pierre wußte, er hätte Beatrice' Namen nicht nennen sollen. Nun nahm er Laura wieder in den Arm und küßte sie auf die Schläfe.

»Ich werde dich nie wieder alleine lassen«, flüsterte er ihr zu.

Sie drückte seine Hand.

»Die Soldaten im Dorf sind die schlimmsten«, erklärte der Kammerdiener. »Wer ihnen in die Hände fällt …«

Auch Berthon war dafür, abzuwarten.

Der zweite Schrei schreckte sie noch mehr auf.

»Es muß Marthe sein«, flüsterte der Kammerdiener, »vielleicht … die Wachen …«

Sie holten weitere Waffen. Auch Laura und Berthon sollten eine Handbüchse nehmen. Sie steckten außerdem Dolche an ihre Gürtel und zogen ein Lederwams über.

Dann brach der Sturm los. Das Torhof war geöffnet worden, und es strömten Soldaten von außen herein. Fackeln wurden angezündet. Offiziere stolperten aus dem Gästetrakt auf den Hof und wurden, bevor sie sich wehren konnten, niedergestochen. Schon schlugen die ersten Soldaten gegen die Tür des Hauptgebäudes. Auch am Tor wurde jetzt gekämpft, und das Geschrei wurde immer lauter.

»Da ist ja Marthe!«

Der Kammerdiener hatte sie am Torhaus entdeckt, auf dem Boden liegend, halbnackt, ihre Glieder verrenkt.

Erste Flammen leckten in den Himmel.

»Wir müssen weg,« rief Pierre. »Die Türe unten wird nicht mehr lange halten.«

Sie rannten die Treppe hinunter, aber Pierre fand den Geheimgang nicht.

»Es gibt noch einen verborgenen Mauerausgang«, erklärte der Kammerdiener. »Von der Küche kommt man direkt dorthin, vielleicht ...«

Und schon rannten sie zum Küchentrakt. An dem verschlossenen Ausgang in der Mauer angekommen, lauschten sie, ob draußen Stimmen zu hören seien. Aber man hörte nur, wie die Eingangstür einbrach und die Horden ins Haus strömten. Vorsichtig schob Pierre den Riegel zurück. Ein Busch verdeckte den Ausblick. Als er die Zweige zur Seite bog, schimmerte ihm der Wassergraben entgegen.

»Er ist nicht sehr tief hier«, flüsterte der Kammerdiener. »Ich gehe voran.«

Unentdeckt gelangten sie ans Ufer und schlichen in den Schatten einer Pappelreihe.

Hinter den Kreuzfenstern des Hauptgebäudes sah man Fackeln aufleuchten, und aus dem Gästetrakt und den Ställen schlugen schon die Flammen in den Himmel und beleuchteten gespenstisch den hochragenden Turm. Der Lärm, der herüberdrang, wurde durch die Schloßmauern gedämpft, aber dann klirrten Glasfenster, und auch aus dem Hauptgebäude quoll Rauch.

Plötzlich sahen sie, ganz in der Nähe, zwei Schatten. Ohne nachzudenken, richtete Pierre seine Büchse auf sie und schoß. Die Schatten duckten sich weg und waren verschwunden. Aber plötzlich Rufe und Fackeln, Krachen von Schüssen. Eine Kugel schlug in den Stamm einer Pappel. Sie warfen sich auf den Boden. Doch die Fackeln vermehrten sich und näherten sich ihnen.

»Rennt ihr dorthin ins Wäldchen«, flüsterte Pierre. »Ich halte sie eine Weile auf.«

Als niemand reagierte, flüsterte er drängender »Los, los!« und zeigte noch einmal in die Richtung, in die sie laufen sollten.

Der Kammerdiener sprang auf und stolperte in die Dunkelheit, Berthon erhob sich und zog Laura hinter sich her.

Pierre richtete die Arkebuse auf den Mann unter der Fackel, die schon ganz in seiner Nähe flackerte, und zielte sorgfältig. Als der Mann stehenblieb, um sich zu orientieren, drückte Pierre ab. Mit einem Schrei brach der Mann zusammen, die Fackel flog auf den Boden, auch die anderen Fackeln wurden nun nach unten gehalten, und die sich nähernden Soldaten duckten sich in den Schatten von Büschen und Bäumen. Pierre hörte, wie sie sich zuriefen, ihn einzukesseln. Wieder erklang ein Schuß, der aber weit oben durch die Zweige pfiff.

Pierre kroch ein paar Schritte zurück. Als er losrennen wollte, um ebenfalls zu dem Wäldchen zu gelangen, spürte er eine Hand. Er riß den Dolch aus dem Gürtel und wollte zustoßen, doch im letzten Augenblick erkannte er Laura.

»Was machst du hier?«

»Ich lasse dich nicht allein.«

»Wir müssen weg.«

Er nahm sie bei der Hand und rannte auf das Wäldchen zu. Sie kamen jedoch nicht weit, weil sich mehrere Männer ihnen entgegenstellten. Also liefen sie zurück, hetzten an der Pappelallee vorbei und dann den Weg neben dem Wassergraben entlang. Hinter ihnen hallten Schreie und Schüsse. Pierre warf die schwere Arkebuse weg und stürzte sich in den nächsten Baumschatten. Ein Obsthain. Es war hier so dunkel, daß sie mehrmals gegen einen Baumstamm stießen und über Äste stolperten. Schließlich konnten sie sich nur noch vortasten.

»Wo ist mein Vater?« hörte er Laura atemlos flüstern.

Er mußte sie weiterzerren.

Als sie auf einen Weg stießen, hatten sie ihre Verfolger weit hinter sich gelassen. Der Himmel blutrot über der hochgereckten schwarzen Faust des Turms.

»Weiter! Wir sind noch nicht in Sicherheit!«

Laura war erstarrt von dem Anblick des brennenden Schlosses.

»Mein Vater«, stammelte sie.

Er drückte sie kurz an sich, als müsse er ihr wieder Leben einhauchen.

Keuchend rannten sie weiter.

Als die Sonne aufging, schleppten sie sich mit letzter Kraft hinter ein Gebüsch und fielen in einen kurzen traumlosen Schlaf.

Saint Martin de la Brasque und La Motte d'Aigues, das sie vorsichtig durchquerten, waren nur noch Ruinen und menschenleer. Schwarzverkohlte Balken ragten aus Steinhaufen und Geröllhalden mit Überresten menschlicher Kleidung. Es stank rauchig und nach Verwesung. In Cabrières d'Aigues stießen sie auf die ersten verlumpten Menschen, die sich sofort versteckten, als sie ihnen entgegenkamen. Pierre suchte nach Eßbarem, fand aber nichts. Überall waren nur verwilderte Hunde, die sich kaum vertreiben ließen. Manche wollten sogar über sie herfallen, so daß er sie mit dem Schwert vertreiben mußte.

Cucuron, der nächste Ort, war zum Glück unzerstört. Müde zogen sie die Dorfstraße entlang und suchten nach Menschen, die ihnen etwas zu essen geben könnten. Aber alle wandten sich ab oder starrten sie feindlich an. Am Ende des Orts erbarmte sich endlich die Frau des Notars. Sie mußten schwören, keine Waldenser zu sein. Waldenser durften, so hörten sie, bei Todesstrafe und Einzug aller Güter, weder mit Lebensmitteln versorgt noch sonst irgendwie beherbergt werden. Im Gegenteil, man solle sie möglichst sofort festsetzen und den Behörden melden.

»Aber die Strafexpedition gegen die Waldenser ist ja nun vorbei.«

Die Frau, die ihnen Käse und Oliven mit einem Schälchen Ziegenmilch vorsetzte, bekreuzigte sich.

»Sie haben auch die frommsten Katholiken massakriert. Der Herr wird den Baron d'Oppède bis ins siebte Glied bestrafen.«

Pierre nickte stumm und Laura schaute die Frau mit großen Augen an.

»Die Überlebenden treiben sich noch überall in den Bergen herum, unschuldige Kinder und Frauen. Die Wölfe fallen über sie her – wo wollt Ihr hin?«

Die Frau schnitt noch ein Stück Brot ab und legte es ihnen auf ein Holzbrettchen.

»Trinkt, junge Frau, beste Ziegenmilch, ganz frisch gemolken, mit ihr habe ich zwei unserer Kleinen aufgezogen.«

»Wir kommen von einer Pilgerfahrt aus Rom«, sagte Pierre mit vollem Mund, »und wollen nach Lyon.«

Die Frau schaute ihn zweifelnd an. »Und warum reist Ihr durch das Gebirge, statt durch das Rhônetal nach Norden zu ziehen? Hat Euch niemand gesagt, daß hier Krieg war?«

»Wir wollen Freunde in Ménerbes besuchen.«

Der Notar, der hinzugekommen war, fragte mißtrauisch: »Und wen?«

Pierre nannte den Namen seines Verwalters.

Der Notar nickte, sein Mißtrauen schien sich zu legen.

»Und Ihr wart in der Heiligen Stadt ...« Die Frau dehnte ihren Satz, die Neugier stand ihr im Gesicht geschrieben.

»Der Herr hat uns noch keine Kinder geschenkt«, sagte Laura, »da dachten wir ...«

»Und?«

Die Frau goß Milch nach, holte sogar ein Stück Schinken aus der Kammer und schaute ihr neugierig lächelnd in die Augen.

»Ich glaube, Gott hat uns erhört.«

Die Frau war begeistert. Sie begann, von ihren sechs Kindern zu erzählen, von denen ihnen immerhin drei geblieben seien. Als sie sah, daß Pierre und Laura die Augen zufielen, drängte sie die beiden, in ihrer Schlafkammer sich auszuruhen.

Pierre dankte, er wollte eigentlich noch ein Stückchen weitermarschieren.

Laura nahm jedoch mit Freude an.

Der Boden der Kammer war mit Kräutern bestreut. Es roch nach Rosmarin, Thymian und Lavendel. Das Bild einer betenden Maria hing neben einem Kruzifix. Das Bett wirkte frisch und sauber.

An diesem Tag – es war Ende April des Jahres 1545, der Frühling strahlte mit dem leuchtenden Gelb des Ginsters – wurden Pierre und Laura Mann und Frau.

»Weißt du, daß ich den großen Bruder immer schon geliebt habe?« fragte Laura, als sie beide am Nachmittag gemeinsam aufwachten.

»Nein«, antwortete Pierre lächelnd und strich ihr eine Haarsträhne aus dem Gesicht, »meine kleine freche Schwester, das ist mir neu.«

Sie mußten noch eine Nacht bleiben und zogen dann weiter über Vaugines, wo sie erneut mißtrauisch beäugt wurden, in die Bergwälder. Das Tal, durch das sie nach Norden marschierten, kam Pierre bekannt vor, und als sie an einen kleinen Weiher gelangten, fiel ihm ein, daß er hier, vor langer, langer Zeit, schon einmal mit seinem Vater gewesen war. Sein Vater hatte mit trauriger Stimme von Tantalus erzählt.

Pierre setzte sich auf einen Baumstamm, um ein wenig zu rasten. Er dachte an seinen Vater. Er führte sich vor Augen, daß er sogar auf Leben und Tod mit ihm gefochten hatte. Aber dieser Kampf schien ihm jetzt, an diesem schattigen Plätzchen, an diesem Ort fern jeden Unglücks, traumhaft unwirklich und fern. Noch vor zwei Tagen hatte er einen Mann erschießen müssen, waren sie mit knapper Not dem Tod entronnen, und nun lehnte Laura ihren Kopf an seine Schulter, als seien sie ein altes Paar, das unter den Zweigen einer Kastanie auf ein langes erfülltes Leben zurückschaut.

Laura weinte plötzlich. »Ich bin so glücklich mit dir«, sagte sie, »jede Stunde, die wir gemeinsam haben, jeden Tag, den Gott uns schenkt. Jeder Atemzug zählt.«

Pierre nahm sie in den Arm.

»Glaubst du, daß mein Vater noch lebt?« schluchzte sie.

Ja, sie waren geflohen und hatte sich in Sicherheit bringen können. Aber was war mit den anderen? Mit Berthon und dem Kammerdiener, aber auch mit Madame de Cental? Und seinem Vater? Er hatte den Überfall, die Plünderung, den Brand wohl kaum befohlen. Die Soldaten wollten sich nicht auflösen, ohne noch einmal Beute zu machen. Er hatte Gier und Mordlust in ihnen geweckt. Nun richtete sie sich sogar gegen ihn selbst.

Wäre es nicht ein Glück für sie alle, wenn Gottes Gerechtigkeit seinen Vater in Aufruhr, Brand und Sturm umkommen ließ? Wenn endlich diese Geißel des Luberon ihr gerechtes Schicksal ereilte?

Pierre ließ seinen Blick verloren auf der glatten Oberfläche des Wassers ruhen. Nein. Trotz allem fühlte er anders. Er hätte gern seinem Vater den Tod gewünscht. Aber er tat es nicht.

Um sich aus der Verwirrung zu befreien, wandte er sich wieder Laura zu. Er wollte sie trösten, aber sie sagte nur: »Warum gehen wir nicht zurück und suchen ihn? Sonst werde ich ihn nie wiedersehen.«

»Du wirst deinen Vater wiedersehen«, antwortete Pierre. Und er wunderte sich, wie sicher und überzeugend seine Stimme klang. »Alles wird gut, glaub mir.«

Er spürte einen starken Drang, sich in das kalte Wasser des Weihers zu stürzen, zögerte er, weil er Laura nicht allein am Ufer lassen wollte. Dann riß er sich doch die Kleider vom Leib und sprang hinein. Die Kälte nahm ihm die Luft, aber nach kurzer Zeit hatte er sich an ihren eisernen Griff gewöhnt.

Laura sah ihm zu, das Kinn auf die Hände gestützt. Als er tropfend und prustend wieder zu ihr trat, durchfuhr ihn ein Gefühl der Stärke und des Glücks. Um sie herum ein Vogelkonzert, ein leiser Wind in den Blättern. Und er nahm jetzt erst wahr, wie die große Kastanie am Ufer verschwenderisch blühend ihre Kerzen in den Himmel streckte.

Er streifte Laura das Kleid, das die Notarsfrau ihr geschenkt hatte, vom Körper und zog auch sie ins Wasser. Die Kälte vertrieb ihr alle trüben Gedanken, und nachdem sie sich wieder abgetrocknet hatten, liebten sie sich im frischen Grün der kleinen Lichtung.

Die Nacht verbrachten sie in einer halbverfallenen Jagdhütte.

Sie hatten ihren Proviant schon verbraucht, spürten den nagenden Hunger nicht.

»Ist dir eigentlich bewußt, daß du eine Gräfin d'Agoult bist?« fragte er, als sie eng umschlungen dem Schlaf entgegendämmerten.

»Mein Vater ...«, schluchzte Laura auf und weinte dann leise.

Er drückte sie an sich.

»In deinen Armen«, flüsterte sie, nachdem die Tränen versiegt waren, »habe ich zum ersten Mal die Narbe auf meiner Brust vergessen.«

»Hat sie dich so lange gequält?«

»Ich will nicht mehr daran denken.«

Er küßte sie auf ihre Augen. »Glücklicher kann ich nicht sein als jetzt.«

Am nächsten Morgen marschierten sie trotz ihres Hungers mit

neuen Kräften weiter. In Sivergues hielt man die Tore verschlossen. In Buoux warf man ihnen ein paar trockene Brotkanten zu.

Als sie über das Plateau des Claparèdes zogen, stießen sie auf die ersten Skelette und auf halbverhungerte Gestalten, die sie mit irren Augen anbettelten. Kinder, mit riesigen Köpfen, aufgeschwemmten Bäuchen und spindeldürren Beinen, streckten ihnen die Arme entgegen. Aber sie hatten selber nichts.

In Bonnieux gab man ihnen wieder etwas zu essen und erzählte von dem Aufmarsch des Heers. Schlimmer als die Türken hätten die Soldaten gehaust, und selbst ihr katholisches Bonnieux sei in Mitleidenschaft gezogen. Geplündert hätten sie, Mädchen geschändet, Vieh geschlachtet und, nicht zuletzt, ihr sauer verdientes Geld gestohlen.

»Aber in La Coste steht kein Stein mehr auf dem anderen. Die Frauen haben ihre Kinder die Felsen hinabgeworfen und sich dann selbst entleibt. Tagelang war der Himmel schwarz vor Krähen, und die Geier zogen von weither herbei.«

Schließlich erreichten die beiden Ménerbes. Der Verwalter erkannte Pierre sofort und fiel, Dankgebete ausstoßend, auf die Knie.

»Die Heimsuchung ist an uns vorbeigezogen, Gott hatte ein Erbarmen. Auch an Oppède, obwohl dort« – seine Stimme wurde leiser – »viele Waldenser leben. Aber was man von La Coste, Mur und Cabrières d'Avignon hört ...«

Noch am Abend ließ Pierre alle Dorfbewohner und die umliegenden Bauern mitsamt ihren Familien im Schloß zusammenkommen und eine Dankesmesse lesen.

Am Ende wurden er und Laura vom Priester getraut.

Ein kleines stilles Fest schloß sich an.

Das junge Paar verbrachte ein paar Tage in Ménerbes. Pierre saß mit dem Verwalter zusammen, ließ sich von den Ernten der letzten Jahre berichten, von den Pächtern, von der Entwicklung im Dorf und natürlich von dem Feldzug seines Vaters. Laura sorgte dafür, daß den Waldensern in den Wäldern trotz des Verbots Lebensmittel gebracht wurde, sie ließ das Schloß reinigen, ließ für sich und Pierre Kleidung nähen und herrichten. Und ohne Pierre etwas davon zu sagen, schrieb sie einen langen Brief an Kardinal Alessandro Farnese, in dem sie ihm für alles dankte, was er ihr Gutes getan habe, und sich dafür entschuldigte, daß sie ihn hätte verlassen müssen. Sie teilte auch ihm ihre Heirat mit.

»Darf ich um den Segen des Heiligen Vaters bitten?« fragte sie. »Er ist großmütig und milde und weiß, was in jungen Seelen vorgeht. Auch Ihr seid großmütig, das habe ich selbst erfahren. Ihr werdet mir verzeihen.«

Sie berichtete von der Brandschatzung, mit der die Horden des Barons d'Oppède das Land überzogen hätten, von ihren Bluttaten, die unterschiedslos Waldenser und Katholiken, Alte und Junge, Schuldige und Unschuldige getroffen hätten.

»Und ich muß befürchten, daß auch mein Vater umgekommen ist. Daß ich ihm nie mehr begegnen werde, kann ich noch gar nicht fassen. Aber heißt es nicht in der Bibel: Ich heiße euch hoffen?«

Sie wollte den Brief abschließen, doch in einem langen Postscriptum kam sie wieder auf die Greuel des Feldzugs zu sprechen, die auch in der päpstlichen Grafschaft eine unauslöschliche Blutspur hinterlassen habe.

»Ihr seid«, schrieb sie abschließend, »für die Verwaltung des *Comtat* zuständig. Kommt her und schaut, was geschehen ist. Ihr werdet Tränen vergießen.«

Nach ein paar Wochen machten sich Pierre und Laura auf den Weg nach Aix. Weil noch immer halbverhungerte Waldenser durch die Wälder irrten und gleichzeitig die entlassenen Söldner die Straßen unsicher machten, ließen sie sich von fünf bewaffneten Männern begleiten. In Lourmarin machten sie halt. In das ausgebrannte Dorf waren einige Katholiken zurückgekehrt und versuchten, ihre Häuser wieder notdürftig aufzubauen. Sie schauten mißtrauisch und verhielten sich abweisend.

Die Stelle, an der Berthons altes Haus gestanden hatte, war von Brombeeren überwuchert.

Und so ritten die beiden zum Schloß. Sie konnten die Tränen nicht zurückhalten, als sie in dem Schutt des verfallenden Gebäudes die Überreste eines Buches fanden: *De arte venandi cum avibus* entzifferte Pierre. Aber als er die Blätter in die Hand nehmen wollte, zerfielen sie.

An Raymonds Grab, über das sich Lilien ausgebreitet hatten, brachten sie frische Blumen. Dabei entdeckten sie neben dem großen Kreuz, das Madeleine hatte aufstellen lassen, eine halbverborgene Steinplatte, auf der, ungelenk eingemeißelt, *Du lebst weiter* stand und darunter einfach *Meinem Vater Raymond*.

Pierre schaute Laura an. In ihr kämpften heftig widerstreitende Gefühle.

»Du hattest zwei Väter«, sagte er besänftigend, »und wirst zwei Leben haben.«

Sie schlug die Augen nieder, kniete sich und legte die Blumen auf die Steinplatte.

Pierres Blick fiel auf das Muttermal am Hals. Er wanderte weiter über den sanft geschwungenen Hals, über die leicht widerspenstigen Haare zu den weichen Wimpern und zur Stupsnase. Ein paar Sommersprossen sprenkelten ihre Wangen, die eine Wange mehr als die andere. Ihre Lippen waren schmal und doch sinnlich.

So genau hatte er sie noch nie betrachtet, und ihm war mehr denn je bewußt, daß er sie liebte. Sie brauchte keine bewundernswerte, verführerische oder sogar überwältigende Schönheit zu sein. Ihre Lippen und ihre Sommersprossen, ihre Widersprüche, ihre Klugheit, aber auch ihre Stärke zogen ihn von Tag zu Tag mehr an.

Beatrice war groß, schlank und durchscheinend gewesen. Sie war engelhaft schwach und zerbrach. Vielleicht hatte sie gespürt, daß sein Begehren noch auf ein anderes Wesen gerichtet war. Laura mußte das schrecklichste Schicksal durchleben, das einem jungen Mädchen widerfahren konnte. Und doch schien die Vergangenheit, bis auf die eine Narbe, wie ausgelöscht.

Sie erhob sich wieder, nahm ihn in den Arm und küßte ihn. »Du hast recht«, sagte sie. »Und erst im zweiten Leben werde ich mein Glück finden.«

## 1545

Die Provence stand noch unter dem Schock des Vorgefallenen. In Aix schwirrten die Gerüchte. In der *Weißen Lilie* wurde heftig über die Durchführung des *Arrêt* diskutiert. Vor dem Obersten Gerichtshof liefen Klagen über Klagen ein, insbesondere von geschädigten Katholiken, die Angehörige verloren hatten, deren Besitz zerstört war und deren waldensische Schuldner nun nicht mehr lebten. Sogar in den wenigen übriggebliebenen Badehäusern und Bordellen von Aix betrieb man die Vergnügungen des Badens, Singens, Tafelns und Vögelns nur mit geteilter Aufmerksamkeit. Es gab kaum jemanden, der das Vorgehen während der Strafexpedition verteidigte. Natürlich, gegen Ketzer mußte man unnachgiebig vorgehen, aber brauchte man dazu eine Armee von dreitausend Mann, die eine ganze Landschaft verheerte? Von sechshundert Galeerensträflingen sprach man, von dreitausend Toten, nicht gerechnet die Verhungernden und die am Wegrand Erschlagenen. Vielleicht waren es auch sechstausend oder siebentausend. Gegen wie viele Familien hatte sich das *Arrêt* gerichtet? Gegen neunzehn oder zwanzig?

Und damit stellte sich natürlich die Frage: Wie hatte es dazu kommen können? Wer war der Verantwortliche?

Wer der Verantwortliche war, wußte jeder, der offen oder hinter vorgehaltener Hand auf dem Markt und in den Gassen darüber sprach. Man empörte sich besonders, weil jetzt die Preise noch mehr stiegen und aus dem Land kaum noch das Lebensnotwendige in die Stadt floß. Auch im Gerichtshof und am Abend in der *Weißen Lilie* schälte sich unter den Männern der langen Robe und den angesehenen Bürgern der Stadt in heftigen Diskussionen immer wieder der Hinweis auf eine Person heraus: auf den Stellvertreter des Gouverneurs und Ersten Präsidenten. Seine Gegner sprachen sogar von einem persönlichen Rachefeldzug. Andere von Bereicherung. Dritte von einer Schande für das Königreich.

Und dann mehrten sich die Stimmen, die sich zwar *expressis verbis* von der Ketzerei distanzierten, die aber auch Kritik an der katholischen Kirche übten, insbesondere an Rom mit seinem langen Sündenregister. Wer wolle sich schon auf die Dauer von nepotischen Päpsten und selbstherrlichen, geldgierigen Kardinälen bevormunden lassen? Schließlich gebe es Gottes Wort. Und wer lesen könne, solle nachlesen. Ein wenig Rückbesinnung auf die frohe Botschaft der Schrift würde der römischen Kurie nicht schlecht anstehen. In diesem Punkt hätten der Deutsche und die anderen Reformatoren nicht unrecht. Natürlich solle man die Kirche im Dorf lassen. Die Einheit der Christenheit sei wichtig. Und überhaupt ... Die nächste Messe wolle man selbstverständlich besuchen.

Ein paar Heiligenwitze wurden erzählt, der Wein floß wieder stärker, die Mädchen rutschten auf den Schoß.

Aber dann ließ sich doch die Frage nicht abweisen: Wie würde der König reagieren? Würde er einfach mit einem bedauernden Achselzucken zur Tafelordnung übergehen, sich mit seinen Baumeistern besprechen und charmante Lieder trällern? Oder nahm ihn gar der Krieg gegen den Kaiser und jetzt auch noch gegen den englischen König Henry so sehr gefangen, daß er sich um die Geschehnisse im eigenen Land nicht kümmern konnte?

Und außerdem breite sich die Pest aus. Nicht nur in Carpentras, wo sie ja schon seit Jahren ihr düsteres Haupt erhebe, sondern auch in Marseille und Arles. Sogar in Lyon, berichtete ein Kaufmann. Und in Aix, flüsterte der Apotheker.

Auf jeden Fall wollte man die Messe besuchen.

In der Kathedrale Saint-Sauveur predigte der Erzbischof persönlich. Er forderte Buße und hob die tapferen Taten des Ersten Präsidenten des Obersten Gerichtshofs hervor, der unnachsichtig gegen die gefährlichen Lutheraner und Ketzer vorgegangen sei und zum Schluß sogar sein eigenes Leben in Gefahr gebracht habe, weil er unnötiges Blutvergießen habe vermeiden wollen. Er sei ein wahrer Christ.

»Auch wenn die einen oder anderen Übergriffe sich nicht haben vermeiden lassen, so war er es doch, der die nötige Härte mit christlicher Nachsicht verband.«

Ein unzufriedenes Murren ging durch das Kirchenschiff.

Dann wurde gebetet.

»*Pater noster, qui es in caelis, sanctificetur nomen tuum.* Vater unser, der Du bist im Himmel, geheiligt werde Dein Name.«

Madeleine drückte den kleinen Nico an sich und schaute über die Bankreihen. Nicht weit von ihr entfernt saß Laura, Berthons Tochter. Raymonds Tochter. Also ihre Nichte. Auch sie hielt den Kopf nicht zum Gebet gesenkt, sondern starrte zum Altar, als wollte sie von dem Gekreuzigten eine Antwort erhalten über das Schicksal ihres Vaters. Berthon hatte mit Pierre, Laura und dem Kammerdiener aus dem Schloß fliehen können. Nach kurzer Zeit verlor er aber seine Tochter aus den Augen, und statt sich vor den entfesselten Horden des Barons in Sicherheit zu bringen, war er, als Laura nicht mehr auftauchte, zurückgegangen, mitten hinein in das Wüten und Plündern. Und seitdem fehlte jede Spur von ihm. Laura war nach Wochen mit Pierre in Aix aufgetaucht. Beide waren sie dem Inferno entronnen.

Inzwischen hatten sie sich trauen lassen.

»*Fiat voluntas tua, sicut in caelo et in terra.* Dein Wille geschehe, wie im Himmel, also auch auf Erden.«

Neben Laura saß, den Kopf gesenkt, eine andere junge Frau, die Madeleine erst vor kurzem kennengelernt hatte. Manche Leute in Aix nannten sie Claude *La Comtesse*, sie war die Tochter einer stadtbekannten, inzwischen toten Kurtisane und ihres Bruders. Durch sein Vermächtnis hatte sie sich von ihrem sündigen Beruf lossagen können und bald darauf einen Kaufmann geheiratet. Lange hatte sie allerdings im Stand der Ehe nicht leben dürfen, denn der Kaufmann starb sehr schnell und hinterließ noch nicht einmal Kinder, nur eine junge wohlhabende Witwe.

»*Et dimitte nobis debita nostra, sicut et nos dimittimus debitoribus nostris.* Und vergib uns unsere Schuld, wie auch wir vergeben unsern Schuldigern.«

Eine junge schöne Witwe. Pierre hatte sie eingeladen, und erst nachdem Madeleine Nachforschungen unter den Bediensteten angestellt hatte, erfuhr sie, daß *La Comtesse* nachgesagt wurde, Pierres ehemalige Geliebte gewesen zu sein.

»*Et ne nos inducas in tentationem*«, rief der Erzbischof.

»*Sed libera nos a malo*«, antwortete die Gemeinde und Madeleine mit ihr. Ja, führe uns nicht Versuchung, sondern erlöse uns von dem Übel. Sie hätte aufschreien können. Alle hockten sie in der Kirche, die Guten wie die Bösen einig beisammen, und beteten, die Mörder und die Überlebenden, die Nutznießer und die Heuchler, die Romgläubigen und die Zweifler. Der Erzbischof sprach sein Vaterunser und sein Bittgebet, als sei alles in Ordnung. Dabei war durch die Welt ein Riß gegangen, und wenn erst bekannt wurde, was im Luberon wirklich geschehen war, würde der Riß nie mehr zu kitten sein. Da mochte der Erzbischof die selige Gottesmutter und so viele Heilige anrufen, wie er wollte. Sie retteten die Einheit des Glaubens nicht mehr. Und dazu beigetragen hatte der beste Christ im ganzen Reich des allerchristlichsten Königs.

Madeleine blickte hinüber zu der anderen Seite der Bankreihen.

»*Salutem nobis tribue benignus et pacem.* Verleihe uns gnädig Heil und Frieden«, betete inbrünstig heuchelnd der Erzbischof.

Dort saß Jean Maynier, der Gepriesene, der Mörder, mit dem sie hatte fliehen müssen, *Holofernes triumphans*, mit stolz erhobenem Haupt.

Sie schloß die Augen, weil sie den Anblick nicht ertragen konnte.

»*Ut, destructis adversatibus et erroribus universis, Ecclesia tua secura tibi serviat libertate.* Auf daß Deine Kirche nach Überwindung aller Hindernisse und Irrtümer in ungestörter Freiheit Dir diene.«

Gemeinsam waren sie geflohen. Nach einer Nacht, in der sie alles gewagt und alles verloren hatte. In der sie nach Art der Frauen ihren Körper als Waffe einsetzen wollte, aber schließlich durch seinen Körper besiegt wurde. Und er rächte sich noch nicht einmal und tötete sie. Doch würde sie seinen Blick nicht vergessen. In diesem Blick besiegte er sie ein zweites Mal. Und in der Gemeinsamkeit, der Vertrautheit der Flucht aus ihrem brennenden Schloß besiegte er sie ein drittes Mal.

Erstaunlich gut fand er sich in der Nacht zurecht, fand sofort einen Offizier, der dafür sorgte, daß sie am frühen Morgen als erste über die Durance setzen konnten. Er requirierte zwei Pferde, und schon mittags erreichten sie ungehindert Aix. Er begleitete sie bis zu ihrem Haus, in dem man sie mit Rufen der Erleichterung begrüßte. Nico stürzte in ihre Arme, sprang an ihr hoch, preßte sein tränennasses Gesicht an sie und wollte sie nicht wieder loslassen.

Ihre Dörfer waren zerstört, die Einwohner getötet, ihr Schloß ein Raub der Flammen. Aber ihr Sohn war gesund, und sie selbst ... Gott hatte sich ihrer erbarmt und sie am Leben gelassen. War das nicht mehr, als sie erwarten konnte?

»*Per eundem Dominum nostrum Jesum Christum, Filium tuum: Qui tecum vivit et regnat in unitate Spiritus Sancti Deus: per omnia saecula saeculorum. Amen.* Durch Ihn, unseren Herrn, Jesus Christus, Deinen Sohn, der mit dir lebt und herrscht in der Einheit des Heiligen Geistes, Gott von Ewigkeit zu Ewigkeit. Amen.«

Jean Maynier stand noch in der Eingangshalle, seine Augen unverwandt auf sie und Nico gerichtet, auf die Mutter, der ein anhänglicher Sohn geblieben war, und auf den Sohn, der unter der fürsorglichen Liebe einer Mutter aufwachsen durfte, der sogar noch einen Vater hatte, einen fernen, aber mächtigen Vater.

»*Benedicamus Domino.* Lasset uns den Herrn preisen.«

»*Deo gratias*«, flüsterte Madeleine mit der Gemeinde. Sie wußte nun, wer ihr helfen würde, den siegreichen Holofernes in den Staub zu treten. Und noch immer sah sie ihn im Eingang ihres Hauses stehen, wie zu einem Standbild erstarrt, ausdruckslos beherrscht sein Gesicht, aber müde, ein Sieger, der wußte, daß er nur einen Pyrrhussieg erfochten hatte.

In aller Form verabschiedete sie ihn.

Er verneigte sich, wollte etwas sagen, unterließ es aber dann.

Am nächsten Tag war Jean Maynier noch einmal erschienen, um sich nach ihrem Befinden zu erkundigen. Nico rannte ihm entgegen, blieb jedoch plötzlich stehen, wie von einem Eishauch getroffen. Als ihn Jean Maynier begrüßen wollte, wich er scheu zurück.

Sie bat ihn in den Empfangssaal. Nach ein paar Floskeln saß er ihr stumm gegenüber. Sie begriff, daß er ihr etwas sagen wollte, aber nicht in der Lage war, es auch auszudrücken.

Sie sprach von den Gefahren der Pest, die Aix so lange verschont habe.

Er stimmte ihr zu, verabschiedete sich wieder und ging.

Als er zum dritten Mal sich anmelden ließ, überlegte Madeleine lange, ob sie ihn überhaupt empfangen sollte. Täglich trafen neue Nachrichten von den Zerstörungen und den unglaublichen Brutalitäten ein, mit denen die Soldateska das Land heimgesucht hatte, und es wurde ihr klar, daß es sich hauptsächlich um *ihr* Land handelte. Die Dörfer nördlich von La Tour d'Aigues, die alle ausradiert waren, gehörten zu ihrer Seigneurie, Lourmarin hatte ihrem Bruder gehört – und keins der Dörfer war im *Arrêt* erwähnt worden!

Natürlich kamen noch Mérindol und Cabrières d'Avignon hinzu, La Coste, La Roque d'Antheron, aber am meisten geschädigt war eindeutig ihre Familie.

Und Madeleine spürte es. Die Einnahmen stockten, die Ausgaben wuchsen ins Horrende. Sie hatte ihren treuen Kammerdiener mitsamt dem Verwalter nach La Tour d'Aigues geschickt, um den Zustand ihres Schlosses zu erkunden. Der Bericht klang niederschmetternd. Wären die Einnahmen aus Centallo nicht, wüßte sie nicht, wie sie nur das Allernötigste bezahlen sollte.

Immer deutlicher wurde auch ausgesprochen, daß sich einige Personen bereichert hätten, und nicht nur die plündernden Soldaten. Diplomatischer Verkehr wurde aus Avignon gemeldet, Kardinal Farnese habe einen Bericht von Pietro Gelido, dem Großinquisitor im *Comtat*, angefordert. Erste Nachrichten aus dem Ausland trafen ein. Die deutschen protestantischen Fürsten seien schockiert und glaubten den französischen Diplomaten kein Wort mehr. Der Kaiser wirke nicht unzufrieden. Der apostolische Stuhl halte sich noch bedeckt. Und der französische König?

Die einen meinten, er sei hocherfreut gewesen nach den ersten Nachrichten, die anderen ergänzten: Er habe aber bald mit der Stirn gerunzelt. Offiziell ließ er nichts verlautbaren.

Madeleine hatte Jean Maynier dann doch empfangen. Als sie ihn sah, in einem neuen schwarzen Wams mit spanischem Kragen, ganz nach der neuen Mode gekleidet, mußte sie mit aufsteigender Übelkeit kämpfen. Sie selbst trug ihr rotes Kleid mit den weitgepufften Schultern und schwarzen Samtärmeln, das weiße Spitzenhemd hochgeschlossen mit einem schmalen Stehkragen. An die strenge spanische Mode wollte sie sich nicht gewöhnen. Über die gefältelten Kragen ließ sich noch reden, über das Bedecken des Ausschnitts schon weniger. Aber das Zusammenpressen und Wegdrücken des Busens bis hin zu schmerzhaften Quetschungen und Atemnot fand sie abartig und bezeichnend für eine Kultur düsterer Fanatiker. Madeleine liebte dagegen noch immer die altmodische italienische Art, den Gürtel hoch zu tragen, das Kleid unter der Brust abzubinden. Auf diese Art und Weise kamen die weichen weiblichen Formen schön zur Geltung.

Sie bat Jean Maynier, sich zu setzen, hätte ihn aber am liebsten hinausgeworfen. Auch die Gedanken zur Mode lenkten sie nicht davon ab, Haß und Ekel gegenüber diesem aufgeputzten Mörder und Frauenschänder zu empfinden. Haß und Ekel empfand sie auch sich selbst gegenüber, in ihrer Rolle als Judith – nicht weil sie gescheitert war, sondern weil sie sich diesem Mann hatte hingeben wollen. Er mußte es begriffen haben, ihren Trick längst geahnt – doppelt demütigend dies alles.

Ihr Haß war grenzenlos, aber er prallte an ihm ab.

Gott, was wollte dieser Mann eigentlich von ihr?

Er sprach, drechselte höfliche Worte und Schmeicheleien, sie konnte nicht hinhören, sonst hätte sie sich auf der Stelle übergeben müssen.

Und dann fiel das ominöse Wort.

Es war unglaublich! Dieser Mann hatte nichts begriffen!

Selbst ihr kleiner Spaniel bellte und sprang dann auf den Boden, blaffte Jean Maynier an und rannte zur Tür.

Er deutete tatsächlich an, er und sie … könnten … zu gegebener Zeit …

Der Mann war irr! Hatte er vergessen, daß sie ihm einen Dolch ins Herz hatte stoßen wollen? Daß sie sich hatte rächen wollen für den Tod ihres Bruders und ihrer Tochter …

Sie fand keine Worte. Aber sie sah, wie ihr ungläubiger, entsetzter, verächtlicher, haßerfüllter Blick in ihn eindrang, ihn durchbohrte.

Wortlos erhob er sich, verbeugte sich knapp und verließ den Raum.

## 1545

Als Pierre zum ersten Mal wieder Claude in die Augen blicken durfte, fühlte er das Blut in sein Gesicht schießen. Claude dagegen trat ihm erstaunlich unbefangen entgegen. Sie blieb kurz vor ihm stehen, prüfte seinen Blick und umarmte ihn.

Als sie sich wieder von ihm löste, suchte er in ihren braunen Augen nach den gelben Pünktchen. Ja, da waren sie wieder, die Tüpfelchen, die er so geliebt hatte, und er küßte Claude auf die Lider.

Laura hatte ihn allein gehen lassen. Sie wollte, daß er sie, Raymonds andere Tochter, zuerst alleine treffe.

»Prüfe dich!« sagte sie mit einem ironischen Lächeln.

Er prüfte sich. Was regte sich in ihm, während er Claudes weichen Körper an sich drückte, ihre Augen küßte und an die Wochen dachte, in denen sie alle Formen der körperlichen Liebe durchgespielt hatten? Ja, er erinnerte sich gut, der Kirchturm hatte häufig gebimmelt – nein, mehr noch, ein Glockengetöse hatte gedröhnt. Und trotzdem erinnerte er sich an ihre Liebesstunden nur wie an nächtliche Träume. Claude stammte aus einem anderen Leben. Nach der langen Abwesenheit war sie wieder auferstanden wie eine Spielgefährtin aus Kindertagen, nicht mehr als junge Kurtisane, die ihn lockte.

Er erkundigte sich nach ihrer Mutter, und sie erzählte ihm, ihre Mutter habe kaum noch Kunden gehabt, der Magistrat habe schließlich sogar die Schließung des Hauses angeordnet und ihr zuguterletzt noch einen Prozeß wegen Hexerei angehängt.

»Den hat sie nicht überlebt. Es war ein elendes Ende.« Claude stockte. Mit Trauer in den Augen schaute sie aus dem Fenster. »Ich habe dann den Kaufmann Sollier geheiratet. Leider blieb er nicht lange am Leben.«

Sie setzten sich einander gegenüber auf die Sitzbänke in der Fensternische. Claude lächelte ihn an.

»Es tut mir leid«, sagte er.

»Es braucht dir nicht leid zu tun. Es liegt so lange zurück.« Ihr Lächeln wurde wehmütig.

»Der Tod deines Mannes, meine ich«, ergänzte er.

»Ach so!« Sie lachte und winkte ab. »Sollier – nun, aus Liebe haben wir nicht geheiratet.« Noch einmal lachte sie laut auf. »Nein, wirklich nicht. Wir Frauen werden für Männer erst durch eine ordentliche Mitgift interessant und liebenswert, und Männer gewinnen natürlich auch an Wert, wenn ihre Geldbörse prall gefüllt ist.«

»Ich weiß nicht«, antworte Pierre, »weder Laura noch ich schauen auf Geld und Titel …«

»Da spricht der Troubadour, der Gralsritter, Tristan – nein, Tristan nicht, diese Leidenschaft ging tragisch aus …«

»Lebst du allein?« fragte er, ohne auf ihren spöttischen Ton einzugehen.

»Ich bin Witwe, wie du weißt, und noch nicht wieder bereit, mich einem Mann unterzuordnen.« Der Spott in ihrer Stimme war verschwunden, sie sprach nun geschäftsmäßig und entschieden. Pierre verfolgte die kleinen Äderchen, die sich die Stirn entlang zogen. Ein paar Locken ringelten sich über ihr Ohr, und mit einer unwillkürlichen Bewegung schob Claude sie zurück.

»Unterzuordnen?« Nun gab *er* seiner Frage eine ironische Färbung.

»Der Schöpfer hat uns als Mann und Frau geschaffen, nicht als Herr und Magd.«

Als er sie erwartungsvoll anschaute, fuhr sie fort: »Mein verstorbener Mann hat mir ein nicht unbeträchtliches Vermögen hinterlassen. Und auch mein Vater – das weißt du sicher. Ich besitze mehrere Häuser und verleihe auch Geld.«

»Für Zinsen?«

Sie lächelte, schwieg, und er kam sich einfältig vor.

Dann fragte sie ihn nach den Jahren in Rom.

Er erzählte von seinem Klosteraufenthalt, von Margarita und Laura, von den Treffen mit dem Papst, aber auch von seiner Tätigkeit als Buchhalter.

Claude lachte und fand dann wieder zu ihrem Spott zurück. »Ich wundere mich über den Herrn Baron. In der Heiligen Stadt tanzt er um das Goldene Kalb. Und findet, wie ich höre, die große Liebe seines Lebens: meine Schwester. *Nun aber bleibt Glaube, Hoffnung,*

*Liebe, diese drei; aber die Liebe ist die größte unter ihnen.* Paulus an die Korinther.« In ihren Spott hatte sich Wehmut gemischt, und wieder versuchte sie, die Löckchen hinter das Ohr zu verbannen.

Er nickte, beugte sich vor und nahm ihre Hände. »Wir werden gemeinsam glücklich sein.«

»Nicht *wir*, *ihr* werdet glücklich sein.«

»Aber das meinte ich doch, Claude.«

Sie gab seinen Händen einen leichten Klaps. »Und führe mich nicht in Versuchung. Scherz beiseite. Wo wollt Ihr denn glücklich sein? In Ménerbes? In Lourmarin? Oder möchtest du weiter den Buchhalter spielen? Ich könnte jemanden gebrauchen, der mir die Bücher führt.«

Pierre griff erneut nach ihren Händen und hielt sie nun fest. »Ich beginne erst langsam wieder, darüber nachzudenken. Manchmal sehne ich mich danach, in Ménerbes als kleiner Landedelmann zu leben. Dort belasten mich am wenigsten die Erinnerungen. In Lourmarin muß ich wahrscheinlich immer an Onkel Raymond denken. In Lyon, in der Niederlassung der Fugger, könnte ich wieder zu arbeiten beginnen, das hat mir Bertrand Saumuc, mein Milchbruder, versprochen. Laura und ich wären weit weg – von dem dunklen Schatten, den mein Vater wirft.«

Abrupt stand Claude auf, als wolle sie das Zimmer verlassen. Sie ging aber nur zum Tisch, goß sich aus einer Karaffe Wasser in ein Glas, nippte daran und ordnete dann die Blumen, die auf den Kaminsimsen standen.

»Dein Vater ist noch immer Präsident des Obersten Gerichtshofs.« Er konnte sie kaum verstehen, weil sie abgewandt und leise sprach. »Er ist ein Mörder, und keiner wagt es, ihn zur Rechenschaft zu ziehen.« Ihre Stimme wurde noch leiser.

Pierre stand auf und ging zu ihr. Bevor er sie erreicht hatte, drehte sie sich um und suchte seinen Blick.

Beschwörend sagte sie: »Wir können hier nicht in Frieden leben, bevor er nicht seine gerechte Strafe gefunden hat.«

»Ja, ja.«

Sie schlang die Arme um seinen Hals.

»Was machst du, Claude?«

Ihr Gesicht war so nah, daß er ihren Atem spürte.

»Du darfst jetzt nicht ausweichen und dich zurückziehen. Bevor du nach Lyon gehst, hast du noch eine Aufgabe zu erledigen.«

Er wußte nicht, was er antworten sollte.

»Hast du Angst vor ihm?« fragte sie.

Er nahm ihre Arme und schob sie zurück.

»Erwartest du, daß ich meinen Vater ermorde? Wir haben schon einmal bis aufs Blut miteinander gefochten, und ich habe ihn nicht töten können. Wir müssen heraus aus diesem Teufelskreis von Verfolgung und Rache.«

»Du hast Angst vor ihm!«

Claude hatte sich wieder gesetzt. Plötzlicher Haß stand in ihren Augen, und ihre Stimme schwankte zwischen Verachtung und Wut.

»Alle, die zum Schwert greifen, werden durch das Schwert umkommen,« hörte sich Pierre sagen.

Claude lachte auf. »Versteckst du dich hinter einem Bibelspruch? Oder bist du zum Waldenser geworden? Hat dich Rom zum Lutheraner gemacht?«

Pierre schüttelte den Kopf. »Willst du wirklich, daß ich meinen Vater töte?«

»Wie viele Menschen hat dein Vater umgebracht? Verdient er nicht längst den Tod?«

»Ja, vielleicht ...«

»Nein, nicht nur vielleicht!«

»Du magst recht haben – aber soll ich mich zu seinem Richter aufwerfen?«

»Du sollst nicht Richter sein, sondern Rächer. Hast du Beatrice schon vergessen? Und deinen *Onkel*, der so viel für dich getan hat? Ich weiß längst, wie er umgekommen ist. Hast du vergessen, daß dein Vater sogar dich fast getötet hätte? Wie einen gemeinen Verbrecher hat er dich in Ketten mitgeschleppt.«

Pierre atmete schwer. Er senkte seinen Kopf und versuchte nachzudenken. Die Erinnerungen an die letzten Wochen drängten sich ihm wieder auf; aber er spürte gleichzeitig, daß er die Vergangenheit hinter sich lassen, etwas Neues aufbauen mußte.

Claude hatte sich von ihm abgewandt. Er betrachtete das Muttermal am Hals, die kleinen runden Ohren, die Löckchen. Auch sie atmete heftig, und plötzlich schlug sie die Hände vor ihr Gesicht und begann zu schluchzen.

»Verzeih!« stieß sie hervor. »Ich wollte nicht … ich weiß nicht, was ich wollte … Aber manchmal erfaßt mich solche Angst vor der Zukunft … Ich möchte nicht so sterben wie meine Mutter. Ich möchte auch nicht gefoltert und verbrannt werden. Und dein Vater …«

Tröstend legte er seine Arme um sie.

»Verstehst du, ich gehöre zu der neuen Glaubensgemeinschaft«, flüsterte sie und wandte sich ihm wieder zu.

Pierre erschrak. »Du bist eine Waldenserin?«

»Es gibt keine Waldenser mehr. Die *Armen Christi* wurden ausgelöscht. Die Überlebenden haben sich den Reformatoren angeschlossen.« Fragend schaute Claude ihm in die Augen. »Und du? Ich hielt dich immer für einen von uns. Als ich von deiner Trauung durch Georges Morel hörte, dachte ich: Er ist tollkühn und todesmutig. Als ich von deiner Reise nach Rom hörte, dachte ich: Jetzt kriecht er zu Kreuze.« Sie schaute ihn noch immer fragend an. »Was ist mit dir, Pierre? Woran glaubst du?«

»Ich weiß es nicht. Ich weiß es wirklich nicht. Berthon …«

»Er gehört zu uns!«

»Nein, nein, er ist verzweifelt, er weiß nicht mehr, was er glauben soll … und ich …«

»Jeder muß sich entscheiden. Auch du. Ich auf jeden Fall habe mich entschieden.«

Die Tränen waren versiegt, sie richtete ihren Körper auf und fuhr fort: »Ich brauche niemanden, der mir sagt, was ich glauben soll. Daher glaube ich mehr an die Heilige Schrift als an den Papst, mehr an die göttliche Gnade als an die Vermittlung der Priester und Heiligen. Ich suche einen Gott, der mit mir spricht, einen persönlichen Gott und nicht den Gott einer verdorbenen Kirche.«

Pierre war überrascht von Claudes klarer und einfacher Aussage.

»Und wenn man sucht und sucht und ihn dennoch nicht findet?«

»Vielleicht ist man längst von seinem Geist erfüllt und begreift es nur nicht.«

»Immer dann, wenn man ihn braucht, schweigt er.«

»Schweigt er wirklich immer? Oder läßt er sich nur nicht drängen?«

Pierre wurde unsicher. »Und du gehst nicht mehr in die Messe?« fragte er.

»Doch, denn ich möchte nicht in die Fänge deines Vaters und der Inquisitoren geraten. Noch ist es zu gefährlich, sich offen zu seinem neuen Glauben zu bekennen. Aber es wird nicht mehr lange dauern, dann werden wir uns in unseren eigenen Gotteshäusern versammeln. Dein Vater wird genau das Gegenteil von dem erreichen, was er erreichen wollte.«

Pierre schwieg. Er sah sie an, suchte die gelben Tüpfelchen. Ihre Blicke trafen sich, und stumm umarmten sie sich noch einmal.

»Pierre ..?« flüsterte sie.

»Ja?«

»Wir müssen stark sein. Wir dürfen uns nicht unterkriegen lassen.«

Pierre dachte schon nicht mehr an seinen Vater. Er verlor sich in den flimmernden Sternen, die ein heller Ring umschloß. Er verlor sich in einer Zeit, in der alles selbstverständlich schien, in der er zu Claude ging und Beatrice liebte. Er sank weiter zurück, sah sich Holz hacken und mit Laura balgen, mit Berthon Epikur lesen und über Epiktet streiten. *Meine Ankläger können mir nicht schaden …* Warum konnte Berthon einen solchen Satz hinnehmen, ihn sogar verteidigen, obwohl ein Leben lang Ankläger und Widersacher ihm geschadet hatten? Woher nahm er die Kraft, im hohen Alter jahrelang durch Deutschland zu ziehen, obwohl er begriff, daß alle seine Hoffnungen schwinden mußten? Berthon war ein Märtyrer! Berthon war verschwunden, und keiner suchte ihn, sie alle hockten noch wie versteinert in Aix …

Wieder im Haus der Centals, beim Abendessen mit Madeleine, Laura, Nico und Catherine, hörte Pierre die anderen reden, ohne auf ihre Worte zu achten. Er aß mechanisch, trank seinen Wein und ließ sich Wasser nachgießen. Die Frauen sprachen über ein neues Rezept, das Catherine vom Marktplatz mitgebracht hatte, Nico träumte vor sich hin. Jeder versuchte, sich auf seine Art abzulenken … Auch Pierre wollte die Schreie nicht mehr hören. Er wollte nicht mehr an seinen Vater denken. Er wollte sich auch nicht für eine neue Religion entscheiden. *Quo vadis?* hatte der von Gott geschlagene Inquisitor gebrüllt. Ja, in welches Martyrium hatte sich Berthon begeben?

Pierre starrte auf seinen Teller. Weil ihm alles verschwamm, hob er schließlich seinen Kopf und ließ seinen Blick über Laura und Madeleine zu Nico und Catherine wandern, dann zurück zu Laura. Sie lächelte ihn an. Er wußte, daß auch sie an Berthon dachte. Sie hielt ihn für tot, wie alle. Doch niemand hatte bisher von seinem Sterben berichtet, niemand die Leiche gefunden. Es galt, wenigstens seine letzte Botschaft zu finden.

Laura lächelte ihn liebevoll an. Er wußte, daß ihre Liebe nie zur Ruhe kommen würde ohne Klarheit über das Schicksal ihres Vaters.

»Wir können nach La Tour d'Aigues reiten«, sagte er unvermittelt.

»Aber ist das nicht noch zu gefährlich?« fragte Madeleine.

»Ich werde zwei zuverlässige Soldaten anheuern.«

»Ich komme mit«, rief Laura

Er verstand, daß er sie nicht daran hindern konnte.

»Aber du reitest in Männerkleidern«, bestimmte er.

»Und ich? Soll ich ebenfalls mitkommen?«, fragte Madeleine zögernd.

»Nein«, sagte Pierre.

Sie dachte kurz nach. »Du hast recht. Ich bleibe hier und werde einen Brief an den König schreiben und um Gerechtigkeit und Wiedergutmachung bitten. Für meinen Sohn, für seine Zukunft.«

Pierre nickte.

»Es wird Zeit, daß wir etwas unternehmen«.

## 1545

Unbehelligt erreichten Pierre und Laura La Tour d'Aigues. An den gröbsten Schäden im Dorf wurde gearbeitet, aber die vom Brand geschwärzten Mauern und Türme des Schlosses ragten wie ein Menetekel in den Himmel. Die aufrührerischen Soldaten hatten ganze Arbeit geleistet. Was sie nicht wegschleppen konnten, mußten die Flammen vernichten. Nur bis zur Gruft waren sie nicht vorgedrungen. Die Sarkophage standen unversehrt in ihrem kalten Schweigen. Während Laura an die frische Luft floh, um nicht ohnmächtig zu werden, verharrte Pierre, die Hände gefaltet, lange Zeit vor ihnen. Aber seine Lippen bewegten sich nicht, und sein Kopf blieb leer.

Später fragten sie unter den Dorfbewohnern nach Berthon.

Die Soldaten hatten nach der Brandschatzung des Schlosses das Dorf systematisch geplündert, sich über die Frauen hergemacht und sich dann in alle Winde zerstreut. Die letzten, die nicht aufhören wollten, immer noch mehr an sich zu raffen, seien von den Männern des Dorfs erschlagen worden.

Und der alte Mann? Hatten sie nicht einen alten Mann gesehen?

Kopfschütteln.

Oder einen Unbekannten begraben?

Begraben? Wer nicht zur Dorfgemeinschaft gehöre, sei den Hunden zum Fraß vorgeworfen worden.

»Begraben haben wir nur unsere eigenen Männer.«

»Gott strafe den Bluthund aus Oppède und seine Soldateska!«

»Wer ersetzt uns den Schaden? Ein neuer Hungerwinter steht uns bevor!«

»Wir waren gute Katholiken.«

»Wir wollen Wiedergutmachung!«

»Und Vergeltung!«

Sie bedrängten Pierre, als sei er der Verantwortliche.

»Ja, fordert Wiedergutmachung«, rief er ihnen zu, »wendet euch an den Gerichtshof von Aix …«

Höhnisches Gebrüll ließ Pierres Stimme untergehen.

»Und an den König selbst. Ihr alle. Auch die Nachbardörfer.

Beschreibt ihm genau, was geschehen ist. Die Wahrheit muß an den Tag!«

»Ja, die Wahrheit!«

Die Menschen brüllten noch immer in ihrer Verzweiflung und Wut.

»Die Wahrheit!«

»Wir wollen Rache!«

»Schlagt den Baron endlich tot. Er ist die Geißel der Provence.«

Laura klammerte sich an Pierre, der versuchte, wieder zu Worte zu kommen.

»Der alte Mann! Er ist sein Vater!« schrie er und zeigte auf Laura in ihren Männerkleidern. »Er wandte sich gegen die Soldaten.«

»Hier haben viele ihren Vater verloren!«

Pierre wußte nicht weiter. Er sah die schmutzigen, zerrissenen Hände. Die Fetzen, mit denen manche nur noch notdürftig ihre Blöße bedecken konnten. Die nackten Füße der Kinder. Und immer die tiefliegenden, schwarzen Augen der Frauen.

»Ihr müßt ihn doch gefunden haben«, schrie Laura voller Verzweiflung.

Die Menschen schauten sie verwundert an und steckten dann die Köpfe zusammen.

»Ich flehe euch an! Er ist mein Vater!«

Sie wandten sich ab. Bis auf eine alte Frau und ein Kind. Ein kleiner Junge schob sich zu ihnen heran.

»Das ist der Sohn des Schäfers«, sagte die Alte. »Auch seinen Vater haben sie erschlagen. Den Hund an einen Baum genagelt und die Schafe geschlachtet.«

»Wie heißt du?« fragte Pierre.

»Guillaume«, antwortete er und winkte ihnen, ihm zu folgen.

Er führte sie zu den Pappeln am Wassergraben. »Hier habe ich den alten Mann gefunden.«

»Aber wo ist er nun? Und lebt er noch?«

Der Junge zuckte mit den Achseln.

Pierre und Laura suchten gründlich am Wassergraben und durchkämmten das Unterholz. Ihre Begleiter halfen ihnen, auch die alte Frau, später weitere Bewohner aus dem Dorf. Sie fanden aber keine Leiche.

»Vielleicht haben sie ihn ins Feuer geworfen. Dann findet Ihr nichts mehr.«

Laura mußte schlucken und sich abwenden.

»Aber dann könnte Guillaume ihn doch nicht gesehen haben.«

»Wo ist der Junge überhaupt?«

»Es hat keinen Zweck.«

»Vielleicht ist er noch zu verwirrt.«

»Hat er keine Mutter?« fragte Pierre.

Keiner wollte ihm antworten.

»Seine Mutter! Ist sie gestorben?«

»Sie ist mit den Soldaten gezogen«, sagte die alte Frau.

»Oder sie haben sie mitgeschleppt.«

»Freiwillig ist sie gegangen, die Hure.«

Als es dunkel war, beendeten sie die Suche. Im Schloßhof schlugen sie ihre Zelte auf und bereiteten sich eine kleine Mahlzeit. Schweigend aßen sie.

»Wir sollten die Suche aufgeben«, sagte Pierre, bevor er sich mit Laura zur Ruhe begeben wollte.

Ihre Begleiter stimmten ihm zu.

»Die lassen doch keine Zeugen am Leben«, meinte der eine.

»Ins Feuer mit ihm und Schluß«, der andere.

»Aber dann hätten sie ja die ganze Bevölkerung verbrennen müssen«, wandte Laura ein.

»Hätten sie wahrscheinlich auch am liebsten«, knurrte der eine.

»Zuviel Arbeit«, widersprach der andere.

»Denk an Cabrières d'Avignon, Frauen und Kinder verbrannt, oder an die Höhle – Tiere sind das, sag ich, Tiere.«

»Und außerdem hat der Junge ihn gesehen«, fügte Laura noch an.

»Der hat sich davongestohlen. Wollte sich wahrscheinlich wichtig machen.«

»Morgen durchkämmen wir noch einmal das gesamte Gelände und suchen auch noch in den Trümmern des Schlosses«, entschied Pierre. »Wenn wir dann nichts finden, reiten wir zurück.«

Als das Feuer niedergebrannt war und sie sich ins Zelt zurückziehen wollten, tauchte der Junge plötzlich wieder auf.

»In der Schutzhütte meines Vaters ist er jetzt, am Ausgang des Dorfes.«

»Bist du sicher?« fragte Pierre.

Der Kleine nickte und wollte ihnen den Weg zeigen.

Sofort folgten sie ihm. Der Halbmond war inzwischen aufgegangen und beleuchtete das Gelände ausreichend. Es war ein warmer Maiabend, und der Gesang der Nachtigallen hallte durch die Nacht.

Vor der Schäferhütte angekommen, riefen sie nach Berthon.

Doch niemand antwortete ihnen.

Pierre schob die aus den Angeln gefallene Tür zur Seite und wagte sich als erster hinein.

Da war tatsächlich Berthon.

Er bewegte sich.

Pierre ließ sich eine Fackel geben und stürzte zu ihm.

Ja, er mußte noch leben, obwohl überall an seiner Kleidung Blut klebte.

»Vater Berthon!« rief Pierre. »Kannst du mich hören?«

Als Laura ihren Vater sah, schrie sie auf.

Ein blutdurchtränkter Stoffstreifen lag über seinen Augen.

Pierre träufelte Berthon vorsichtig Wasser auf die Lippen, sprach beruhigend auf ihn ein. Dann winkte er seinen Begleitern, und vorsichtig trugen sie Berthon ins Freie.

Während der nächsten Tage gelang es ihnen, Berthon wieder soweit ins Leben zurückzubringen, daß er sprechen konnte. Er fieberte stark und war sterbensschwach. Der Bruder des Kammerdieners aus La Tour d'Aigues hatte ihnen sein Schlafzimmer zur Verfügung gestellt, so daß Berthon in einem Bett liegen konnte. Ein Arzt war aus Pertuis geholt worden. Er kam mit einem Bader, schaute sich Berthon an und winkte ab. Der Bader legte einen frischen Verband um seine Augen. Pierre nahm Laura in den Arm und führte sie nach draußen.

Nachdem der Arzt sich mit seinem Gehilfen wieder verabschiedet hatte, wich Laura nicht mehr vom Bett ihres Vaters. Sie schlief nicht mehr und verlor von Tag zu Tag an Kraft.

Berthons Fieber ließ nicht nach. Aber dann begann er doch noch zu sprechen.

»Was ist geschehen?« fragte Laura flehentlich.

»Nicht viel«, flüsterte er. »Ich habe dich gesucht und bin ihnen in die Arme gelaufen.« Er stockte. »Zuerst dachte ich, sie bringen mich gleich um, aber dann fesselten sie mich nur.« Er stockte ein zweites Mal. »Am frühen Morgen blendeten sie mich.«

Laura schrie auf und wurde ohnmächtig.

Pierre kümmerte sich um sie und wandte sich dann wieder seinem alten Lehrer zu. »Hast du Schmerzen?«

»Nicht mehr. Ich werde bald sterben.« Berthon war kaum noch zu verstehen.

»Wir bringen dich nach Aix. Dort gibt es bessere Ärzte. Wir holen den Doctor Nostradamus.«

Berthon deutete ein Kopfschütteln an. »Es ist ganz hell geworden.«

Dann verstummte er.

Als Pierre glaubte, er sei tot, begann er wieder zu sprechen. »Verlaß den Luberon, Pierre, und nimm Laura mit! Hier werdet ihr nicht glücklich.«

»Wohin sollen wir gehen? Nach Lyon, zu Bertrand und den Deutschen? Oder nach Paris? Soll ich dort die Rechte studieren, wie mein Vater es immer gewünscht hat? Und wer kümmert sich dann um Lourmarin? Es ist verwüstet und müßte aufgebaut werden. Sollen wir nicht lieber in Ménerbes bleiben, meiner Heimat?

»Du mußt deinen Weg selber finden.«

»Aber ich sehe ihn nirgendwo.«

»Doch, du kennst ihn, auch wenn du ihn noch nicht siehst. Wenn du nicht abläßt, dich selbst zu erforschen, wird er sich dir auftun. Suche dir eine Tätigkeit, eine Arbeit ... Du mußt nur daran glauben, an dich glauben und an Laura glauben. Vielleicht hilft Gott euch dann.«

»Welcher Gott? Es gibt keinen Gott! Es gibt nur ein Ungeheuer, das die Menschen quält.«

»Trotzdem brauchst du die Kraft des Glaubens.«

Berthon hielt inne, weil nun endgültig seine Kräfte schwanden. »Wo ist Laura?« fragte er.

»Sie ist ohnmächtig geworden.«

Pierre nahm Berthons Kopf, hob ihn leicht an. »Du mußt durchhalten, warte, bis sie aufwacht.«

»Sie soll nicht sehen, wie ihr Vater stirbt.« Plötzlich schien Berthon wieder Kraft zu gewinnen. Er setzte sich auf. Es sah so aus, als wollte er sich den Verband von den Augen nehmen.

»Es wird heller und heller«, sagte er.

»Du hast immer Epikur zitiert: *Lebe im Verborgenen ...*«

»Vielleicht ist sein Rat falsch. Sieh mich an. Man kann sich nicht verstecken.«

»Aber was soll ich tun?«

Berthon sank wieder zurück. »Der Krieg deines Vaters war nur ein Beginn«, flüsterte er. »Es werden andere Kriege folgen ... Wenn du die Liebe festhältst ...«

Das Sprechen fiel ihm zunehmend schwerer.

»Es ist besser, zu suchen, als einem falschen Wissen hinterherzulaufen ... Ein verborgener Gott bietet mehr Wahrheit als ein Götze. Wir können nichts wissen, wir können nur versuchen, uns selbst zu erkennen ... sehend werden ... es wird immer heller, ein Wunder ... ach Gott, und alles so leicht ... Dein Glauben, Pierre, dein Glauben lebt in deiner Sehnsucht, deiner Suche, sie gibt dir Kraft, und sie weist dir den Weg ...«

Sein Flüstern erstarb.

Noch bevor Laura wieder zu sich kam, war Berthon gestorben.

Pierre schickte einen der Begleiter mit einem Brief an Madame de Cental nach Aix. Den Leichnam brachten er und Laura nach Lourmarin, wo sie ihn neben Raymond bestatten wollten. Sie bereiteten die Beisetzung vor und ließen einen Priester holen. Madeleine traf ein, an ihrer Seite Nico mit Catherine.

Auch Claude war mitgekommen. Sie ließ ihren Blick über das Schloß gleiten und senkte ihr Haupt.

Pierre bedeckte seine Augen, um den Schmerz ertragen zu können.

Als die kurze Zeremonie beendet und der Sarg mit Erde bedeckt war, kniete sich Laura nieder und zog die kleine Steinplatte mit der Aufschrift genau zwischen die beiden Gräber.

»Du lebst weiter«, flüsterte sie.

## 1547

Madeleine, verwitwete Baronesse de Bouliers, Marquise de Cental und Herrin von La Tour d'Aigues, konnte die Schicksalsschläge des blindwütigen Jahres 1545 nicht verwinden. Es gab Tage, da geisterte sie, unter aufgelösten Haaren und in Trauerweiß gekleidet, durch die Gänge ihres Stadthauses und erschreckte die Bediensteten. Sie ließ sogar ihren schmerzlich geliebten Sohn François-Raymond-Nicolas vor Angst zittern. Er flüchtete sich an Catherines Brust, und die beiden verkrochen sich auf den Fenstersitz der Bibliothek, wo sie Suetons *Leben der Cäsaren* oder den *Alexanderroman* lasen.

An anderen Tagen schien alle Düsterkeit vergessen. Madeleine stand frühmorgens auf und ritt mit dem Verwalter nach La Tour d'Aigues, um den Fortgang des Wiederaufbaus ihres Schlosses zu inspizieren.

Sie hatte sich hoch verschulden und die Ländereien von Centallo sogar verpfänden müssen, um ihr Schloß noch größer und prachtvoller zu gestalten. Dies war sie Louis' Andenken und François-Raymond-Nicolas' Zukunft schuldig, und außerdem wollte sie Jean Maynier, der noch immer Erster Präsident des Obersten Gerichtshofs war, zeigen, daß man eine Großnichte des Marschalls Trivulzio nicht so leicht in die Knie zwang, auch nicht durch materiellen Schaden.

Längst hatte sie mehrere Briefe an den König geschrieben, um wenigstens einen Teil ihrer materiellen Schäden ersetzt zu bekommen. Sie unterstützte auch die Forderungen ihrer Untertanen aus den Dörfern, die dem Erdboden gleichgemacht worden waren, ohne daß man sie im *Arrêt de Mérindol* erwähnt hatte. Aber bisher hatte sie nicht viel erreicht. Die Prozesse wurden verschleppt und verschlangen enorme Bestechungsgelder, die Eingaben und Briefe blieben unbeantwortet. Nur Nicos stille Augen gaben ihr noch die Kraft, nicht endgültig aufzugeben, aber es war eine Kraft am Rande des Abgrunds.

Verlor Madeleine das Gleichgewicht, quälten sie Ängste, und fast niemand konnte ihr helfen. Priester ließ sie nicht vor, auch nicht den Erzbischof, der sich bei ihr anmeldete, vielleicht weil er sie, von Jean Maynier geschickt, aushorchen wollte. Die katholische Kirche mochte in Trient ihr langgeplantes und immer wieder verhindertes

Reformkonzil abhalten, der erzkatholische Kaiser Karl mochte als Verbündeter und eiserne Hand des Papstes die protestantischen Fürsten im fernen Deutschland besiegen, der französische König mochte viele Freidenker und reformatorisch Gesinnte auf den Scheiterhaufen schicken – Madeleine selbst ließ sich weder beschwichtigen noch einschüchtern. Sie gab nichts mehr auf eine Kirche, die ihren Einfluß nur mit Blut und Feuer zu halten wußte.

Trotzdem quälten sie Ängste. Sie fürchtete weniger um ihr Leben als um das ihres Sohnes. Sie fürchtete den nächtlichen Besuch ihrer einzigen Tochter Beatrice, ihres Bruders Raymond – die anklagend aus dem schwarzen Rauch des brennenden Schlosses auftauchten, und niemand, auch nicht Louis' Geist, vermochte ihr beizustehen. Im Gegenteil, die schlimmste Tortur folgte meist noch: Jean Maynier griff in seiner Borgia-Rüstung nach ihr, entkleidete sie, drückte sie über den schwarzen Marmortisch und drang mit einem glühenden Eisenspieß in sie ein, bis er sie gänzlich gepfählt hatte und sie schreiend und schweißnaß aufwachte. Nach solchen Nächten glaubte Madeleine, sterben zu müssen, und war nicht mehr in der Lage, sich zu erheben.

Die einzige Person, die ihr dann helfen konnte, war Claude, Raymonds zweite Tochter. Die Bewohner von Lourmarin, auch die Pächter und Bediensteten des Schlosses nannten sie nur *Comtesse d'Agoult* oder einfach *La Comtesse* oder *unser Engel*. Ihre Halbschwester Laura hatte sie, bevor sie mit Pierre nach Lyon zog, zur Verwalterin von Lourmarin gemacht und ihr erlaubt, den Titel ihres Vaters zu tragen. Claude hatte einen Großteil ihres Vermögens in den Wiederaufbau von Schloß und Dorf gesteckt und wurde nun, obwohl noch jung, wie eine Heilige verehrt.

Ihr Ruf war weit über die Grenzen der Provence hinausgedrungen, sogar bis nach Rom, wo sich Kardinal Alessandro Farnese ausführlich über sie hatte informieren lassen. Überall hörte man diese Gerüchte. Eine ehemalige Kurtisane, die nun ein tätiges Leben in Reue und Buße führte, die Geschichte eines solchen Lebens gefiel ihm, und der Kardinal plante, bei Tizian ein Bild in Auftrag zu geben. Wieweit diese Gerüchte auf Wahrheit beruhten, wußte Madeleine nicht, aber sie wunderte sich über das Interesse, das der Enkel des Papstes und der mächtigste Mann im *Comtat* einer kleinen Provençalin mit zweifelhafter Vergangenheit entgegenbrachte.

Claude verwaltete im übrigen Ménerbes gleich mit, und dies alles derartig erfolgreich, daß nicht einmal die langanhaltende Pest, die hohen Steuern und die noch immer steigenden Preise die Früchte ihrer Arbeit schmälern konnten.

Wenn Claude sie in ihren schwarzen Stunden aufsuchte, wurden resolut alle Fenster aufgerissen. Madeleine mußte etwas essen, und dann ging es aufs Pferd und hinaus in die Natur, manchmal bis hin zum Berg der Heiligen Siegerin. Claudes gute Laune wirkte zudem ansteckend. Sie scherzte auch mit Nico, und wenn Madeleine ihren Sohn lachen sah, was selten geschah, wurde ihr gleich wohler ums Herz. Dann entwarfen sie beide eine neue Eingabe an den König, ein neues Bittschreiben um Wiedergutmachung – und schließlich drang Claude darauf, daß Madeleine selbst zum Herrscher Frankreichs reisen sollte.

Madeleine hatte sich diese Möglichkeit, dieses letzte Mittel, das ihr noch zur Verfügung stand, um ihr Recht zu erlangen, bislang offengehalten. Zu sehr schreckten sie die weite Reise, die Gefahren, auch die Möglichkeit des Scheiterns. Aber dann begegnete ihnen auf der Place des Jacobins Jean Maynier: Er grüßte sie mit einer tiefen Verbeugung, aber sein Blick drückte Hohn und Verachtung aus. Auch Claude hatte diesen Blick wahrgenommen.

Beide ritten sie nach La Tour d'Aigues. Der Wiederaufbau des Schlosses war so weit gediehen, daß Madeleine bald wieder einziehen konnte. Sie fühlte sich sogar so stark, daß sie Claude nach Lourmarin begleitete, um Raymonds und auch Berthons Grab zu besuchen.

Im Schloß angekommen, fand Claude einen Brief von Pierre aus Lyon vor, den sie ihrer Freundin und Tante sofort vorlas. Pierre teilte ihr mit, er lebe mit Laura inzwischen im Haus seines Milchbruders Bertrand, arbeite aber noch nicht in der Niederlassung der Fugger, sondern im Kontor des *Syndicat Lyonnais*.

»Ich führe in erster Linie den Schriftverkehr mit den italienischen Bankhäusern und muß all das machen, was gerade so anfällt. Außerdem bemühe ich mich, möglichst viele einflußreiche Personen kennenzulernen.

Demnächst reite ich allerdings mit Bertrand nach Augsburg. Anton Fugger, der *Regierende* in Augsburg, will sich den Provençalen erst einmal anschauen, bevor er ihn in die Geschäftspolitik seiner Niederlassung Einblick gewährt. Daher bin ich fleißig dabei, mein Deutsch zu verbessern.

Ich erhalte bei meiner Arbeit im übrigen auch so manchen Einblick in die große Politik. Das *Syndicat* leiht dem König für seine Kriegszüge gegen Kaiser Karl und auch gegen den englischen König Henry immer wieder große Geldbeträge. Darüber hinaus werden den protestantischen Fürsten in Deutschland, den *evangelischen Brüdern*, wie der König sie huldvoll nennt, sechshunderttausend Taler geschickt, damit auch sie ihren Krieg gegen den Kaiser führen können. Sogar die Türken werden wieder hofiert, so erzählt man sich hier. *Die Feinde meines Feindes sind meine Freunde*, dies scheint die Maxime des allerchristlichsten Königs zu sein.

Aber sie hindert ihn nicht daran, unter dem sich noch verstärkenden Einfluß von Kardinal de Tournon, die evangelischen Glaubensbrüder in Frankreich verstärkt auf den Scheiterhaufen zu schicken. Die Nachricht vom grausamen Tod unseres großen Humanisten Étienne Dolet ist sicher auch zu euch gedrungen. In Meaux wurden sechzig *Ketzer*, die nichts anderes getan hatten, als ihren Gottesdienst zu feiern und Choräle zu singen, denunziert. Sie wurden durch die Straßen geschleift, einen Teil von ihnen folterte man. Und schließlich schnitt man ihnen die Zunge heraus und verbrannte sie auf der Place du Marché in Paris. Mérindol ist überall.

Es ist Dir sicher klar, warum ich Dir dies alles berichte, liebe Claude. Man muß heutzutage auf der Hut sein und verliert leicht den Glauben – an den König der Franzosen und an seine allein seligmachende katholische Religion. In Lyon, unter den Bankiers, sieht man dies natürlich gelassen. Geld fragt nach Zinsen, nicht nach Glauben, hat mir Bertrand erklärt. Sechzehn Prozent muß der französische Herrscher bezahlen. Hauptsache, er wird einmal seine Schuld begleichen. Und nicht erst im Himmel. Man munkelt hier so einiges über seine Krankheiten und wünscht ihm mit besorgtem Blick ein langes Leben.

Wenn Laura nicht an den noch nicht überwundenen Tod ihres Vaters denken muß, ist sie bester Laune. Sie trällert durchs Haus, hinterläßt beträchtliche Unordnung und zieht sich gern zurück, um Petrarca und Epikur zu lesen und darüber hinaus selbst zu dichten. Sie hat mit anderen Dichterinnen Freundschaft geschlossen und ist unter den Damen (und Herren) der Gesellschaft allseits beliebt. Wenn ich gar zu häufig unterwegs bin, langweilt sie sich und sehnt sich nach dem Luberon. Gäste aus der Provence würde sie gerne bewirten. Noch immer läßt sie es sich nicht nehmen, mit der Köchin auf den Markt zu gehen und selbst einzukaufen.

Warum *noch immer*, wirst du Dich fragen. Errätst du es nicht? Ja, Du hast richtig geraten: Sie ist guter Hoffnung.«

Claude ließ den Brief sinken und blickte verloren aus dem Fenster.

»Du liebst ihn immer noch?« fragte Madeleine leise.

Claude nickte unmerklich. »Er war der erste, und den ersten vergißt man nicht.«

Madeleine spürte, wie ihre Wangen sich röteten. Aber zum Glück schaute Claude noch immer aus dem Fenster.

»Vorausgesetzt, er …« Madeleine mochte den Einwand nicht aussprechen.

»Natürlich, nicht wenn er dich mit Gewalt nimmt … Ich bewundere Laura, ihr hat man nie etwas angemerkt. Während ich nicht vergessen kann, was ich in meiner Jugend tun mußte. Nach den Nächten mit Pierre nur noch mit Widerwillen … ich fühlte mich schmutzig, sündig … Die Mitgift war für mich ein Segen. Als der Kaufmann Sollier, der mich damals häufig besuchte, Wind von meinem Reichtum bekam, zeigte er plötzlich Interesse, mich zu heiraten. Ihn schien sogar meine Vergangenheit nicht zu stören, dafür rührte er mich nach der Hochzeit kaum noch an, zu selten für ein Kind … und jetzt … Die Jahre fliehen …«

Madeleine wollte sie tröstend in den Arm nehmen, aber Claude stand abrupt auf, warf noch einen kurzen Blick auf Pierres Brief und ließ ihn dann ins Kaminfeuer segeln.

»Ihn zu behalten wäre zu gefährlich für Pierre und für mich«, erklärte sie. »Die Inquisitoren haben überall ihre Spione, sogar die Bediensteten schnüffeln herum.« Und noch bevor Madeleine eine Bemerkung anfügen konnte, fuhr sie mit entschiedener Stimme fort: »Es ist höchste Zeit, daß du zum König reist. Bevor es zu spät ist. Oder hast du deinen Schwur schon vergessen?«

Claudes Bestimmtheit steckte Madeleine an.

»Nein«, sagte sie, »wie könnte ich vergessen, solange er noch lebt.«

## 1547

Die Vorbereitungen für die Reise wurden schnell getroffen. Claude wollte bis Lyon mitreisen, um dort ihrer Schwester nach der Geburt eine Weile den Haushalt zu führen. Madeleine heuerte mehrere Gascogner an, um sich vor Wegelagerern zu schützen, und beschloß schließlich nach reiflicher Überlegung, daß auch Nico und Catherine sie begleiten sollten.

Trotz des kalten Vorfrühlings machten sie sich auf den Weg. Der Mistral kam von den Bergen herabgestürzt und schnitt ihnen wie mit Eismessern ins Gesicht. Aber unerschrocken ließen sie sich von Avignon die Rhône hochziehen bis Lyon, wo sie bei Pierre und Laura Quartier fanden.

Pierre bot Madeleine an, sie zum König zu begleiten und ihre Klage gegen seinen Vater zu unterstützen.

»Wenn der Sohn gegen seinen eigenen Vater aussagt, wird dies den König vielleicht beeindrucken«, erklärte er.

Madeleine zögerte kurz, weil sie auf diese Weise die Verantwortung hätte teilen können, schüttelte dann aber den Kopf. Etwas in ihr sagte: Versuche es auf andere Art!

Dann machte sie sich wieder mit der Gascogner-Truppe auf den Weg. Es regnete viel. Wo es möglich war, benutzten sie die Wasserstraßen – zuerst die Saône, dann die Seine –, aber zwischendurch mußte man sich über Schlammwege quälen. Zum Glück blieb Nico gesund, und auch sie selbst verließen die Kräfte nicht.

Der König war in Rochefort gewesen. Als Madeleine dort ankam, hörte sie, er sei nach Rambouillet weitergereist. In Rambouillet traf sie endlich auf den Hofstaat.

Es mußten viele Bestechungstaler bezahlt werden, bis sie überhaupt im Schloß ihr Anliegen vortragen durfte. Seine Majestät sei krank, hieß es, und empfange prinzipiell niemanden, sie solle gleich wieder abreisen. Auch sonst sei niemand zu sprechen, weder die Königin noch die Herzogin von Étampes. Der Dauphin sei nicht zugegen. Und Kardinal de Tournon habe die Staatsgeschäfte zu führen und anderes im Sinn, als … »Wie war doch Euer Name?«

Madeleine packte eine kalte Wut. Sie schleuderte dem Höfling einen vernichtenden Blick zu und zog sich schweigend zurück.

Am nächsten Tag ließ sie sich das Jagdkleid anlegen, einen Bogen geben und entschloß sich, allein durch die Wälder um das Schloß zu reiten. Zum Glück hatte der Regen der letzten Wochen nachgelassen. Es war zwar kalt, klarte aber auf. Gegen Mittag sah sie mehrere Reiter und in ihrer Mitte eine Sänfte. Langsam trabte sie ihnen entgegen. Eine zittrige Hand hielt einen Falken. Barsch wurde sie angehalten.

»Majestät«, rief sie mit einer Stimme, in die sie alle Verführungskraft legte, die ihr jetzt noch zur Verfügung stand, »Eure Madeleine ruft Euch.«

Die Jagdbegleiter des Königs wollten sie abdrängen, aber der König ließ die Sänftenträger halten, übergab den Vogel seinem Falkner und streckte seinen Kopf ein Stückchen vor. Sein Gesicht war fahl, von tiefen Furchen durchzogen, die geschwollenen, halb geschlossenen Augen öffneten sich mühsam, nur die magere Nase ragte wie grober Zinken in die Luft.

»Madeleine, meine liebste Tochter Madeleine? Höre ich schon die Stimmen der längst Verstorbenen?«

Madeleine war vom Pferd gesprungen und kniete nun neben der Sänfte.

»Ich bin die Namensschwester Eurer Tochter, Majestät, die Provençalin, erinnert Ihr Euch nicht? Die Tage von Marignano! Ihr als der strahlende Held, der Sieger über die Helvetier, der neue Cäsar, wurdet im Schloß meines Bruders und Eures Jugendfreundes Raymond d'Agoult mit allen Ehren empfangen.« Sie sprach nun immer schneller und drängender. »Ihr müßt Euch erinnern, Marseille, Nizza, Nizza, es sind ja noch keine zehn Jahre her.«

Der Jagdmeister riß sie mit einem Gehilfen zur Seite.

»Laßt sie«, befahl der König.

Madeleine lächelte ihn strahlend an.

»Natürlich, wie konnte ich Euch vergessen.« Auch er zog seinen Mund nun breit. »Ich bin krank, die Schmerzen, versteht Ihr, der Eiter läuft aus meinem Körper, er fließt ab, das ist gut, sagen die Herren Doctores, und der Chirurgus will schneiden. Aber es ist zu spät. Mein *Bruder* Henry ist tot, er war eitel, hinterlistig und konnte von den Frauen nicht lassen, aber trotzdem mochte ich ihn. Mein jüngster Sohn Charles ist tot, er war mir der liebste meiner Söhne, ein Teufelskerl, aber Eiswasser, versteht ihr, immer Eiswasser. Die Söhne trinken Eiswasser, bekommen Fieber und sterben ... Nur mein zweiter Sohn Henri ist mir geblieben, langsam im Geist, stur in seinen Entschlüssen und stumm wie ein Fisch. Da macht das Leben keinen Spaß mehr.«

Der König winkte sie mit seinem nackten Grinsen heran. Ein grauenhafter Gestank schlug ihr entgegen, aber sie beherrschte sich und näherte sich ihm. Er zwickte sie mit knöchernen Fingern in die Wange und grinste wieder.

»Wir beide, nicht wahr, ich erinnere mich, wir beide ...«

»Ja, Majestät, wir beide – in Lourmarin, in Marseille und in Nizza.«

»Gott, war ich ein Hengst.«

»Ihr wart der erste in meinem Leben – und der letzte.«

»Der erste und der letzte?« Ungläubig schüttelte er seinen Kopf. »Ja, und was wollt Ihr von mir, Madame?«

Noch am Abend wurde Madeleine zur Audienz vorgelassen. Sie hatte Nico mitgebracht, aber im Vorraum gelassen. Der König lag, in Decken eingehüllt, in der Nähe eines lodernden Kamins, die Hitze war fast unerträglich und der Gestank nicht minder. Überall standen Bedienstete, die Ärzte drängten sich herbei und wurden wieder weggeschickt.

Sogar Kardinal de Tournon tauchte kurz auf, warf einen Blick voll bösartiger Verachtung auf Madeleine und mahnte wichtige Staatsentscheidungen an.

»Ihr werdet auch durch Euer Einschleichen den guten Ruf des Barons d'Oppède nicht beschmutzen können«, zischte er ihr zu. »Er hat seine Aufgabe zur Zufriedenheit Seiner Majestät erledigt. Eure angeblichen Forderungen sind an den Gerichtshof von Aix zu richten, das dürftet Ihr wissen.«

»Was ist, Tournon?« rief der König. »Sprecht lauter, ich hasse Heimlichkeiten.«

»Ich versuchte der Marquise de Cental deutlich zu machen, daß Ihre Beschwerden und Ansprüche ungerechtfertigt sind und Eure Majestät nur molestieren.«

»Worum geht es überhaupt?«

»Um die Expedition gegen die waldensischen Ketzer im Luberon, die Baron d'Oppède, der Euch einst in Pavia das Leben rettete, zu unserer aller Zufriedenheit durchführte. Auch Kardinal Farnese hat sich lobend über ihn geäußert. Der Heilige Vater möchte ihm sogar Roms höchsten Orden verleihen.«

»Ich kann den Namen Oppède nicht mehr hören! Da geht man gegen die Ketzer vor, und alle Welt ist entsetzt. Der Ruf Frankreichs, hört man von seinen Gesandten, sei gefährdet, der kunstsinnige und feingeistige König habe zugelassen, daß ein wahnsinniger Fanatiker eine ganze Landschaft verwüste, Ketzer wie strenggläubige Katholiken töte …« Der König konnte vor Erregung nicht mehr sprechen und stöhnte laut vor Schmerzen.

»Seht Ihr!« zischte Kardinal de Tournon Madeleine zu.

Aber dann ging es dem König schon wieder besser, und er verlangte nach Wasser und seiner Laute.

Madeleine wußte nicht, was sie tun sollte. Sie fiel vor dem König auf die Knie und bat ihn um Verzeihung.

»Ich muß bald sterben«, sagte er mit leiser Stimme, die Augen halb geschlossen. »Ich will in Frieden dahingehen. Ein Leben lang habe ich mich mit Karl um Mailand geschlagen, und was ist das Resultat? Verlorene Schlachten, Verluste, und der Habsburger sitzt in Mailand fester denn je. Ich wollte für den rechten Glauben kämpfen, aber selbst meine Schwester hängt den neuen Ideen an, und alle Welt kritisiert mich wegen der paar Scheiterhaufen. Majestätsbeleidiger sind das!«

Er wollte sich noch einmal aufregen, bremste sich aber noch rechtzeitig. Seine knöchernen Finger umklammerten die Laute. »Ich will mit gutem Gewissen vor den höchsten Richter treten – aber im Luberon mußte den frechen Ketzern ein Denkzettel erteilt werden.«

Es entstand ein Getuschel an der Tür, und ein Bote näherte sich dem Kardinal.

»Der Dauphin, Euer Sohn, ist soeben eingetroffen«, gab der Kardinal sofort weiter. »Wir sollten die Audienz beenden.«

François hob die Augenbrauen und verzog unwillig die Mundwinkel. Sein Blick ruhte wieder auf Madeleine, die ihn wie damals in Marignano anlächelte. Er seufzte, kratzte sich an seiner Nase und strich seine Finger über die Saiten der Laute.

»Wo sind all meine Liebschaften geblieben?« sang er falsch und krächzend.

Der Kardinal machte eine ungeduldige Geste und verursachte einen Wutanfall beim König.

»Alle raus!« schrie François. »Ich will endlich mit der Marquise in Ruhe plaudern.«

»Eure Gesundheit«, wagte Kardinal de Tournon noch einzuwerfen, aber dann sah er, wie sich das Gesicht des Königs verfärbte, und er zog sich unter Verbeugungen mit allen anderen zurück.

»Endlich allein«, seufzte François und zupfte wieder an den Saiten.

»Wo-ho-ho sind sie geblie-hie-hieben«, sang er und versuchte, Madeleine schmachtend anzusehen. Seine Nase ragte spitz aus seinem Gesicht, und die Furchen schienen sich noch vertiefen zu wollen.

»Ich sehe einen schwarzen Marmortisch vor mir, könnt Ihr mir dies erklären?« unterbrach er sein Singen.

»Ihr liebtet mich einst auf ihm.«

»Hoho«, rief er, »auf einem Tisch? Was war ich ein Hirsch!« Dann flüsterte er wieder: »Aber immer diskret, nicht so wie der Blaubart Henry mit seinen sechs Frauen ... Auf schwarzem Marmor! Nicht schlecht. Das zeugt von Geschmack.«

»In Lourmarin, nach dem Sieg von Marignano, tauchtet Ihr wie ein Gott aus dem Dunkel auf, wie Mars oder sogar Jupiter. Ich war noch Jungfrau ...«

»Schönen Frauen konnte ich nie widerstehen, schönen Jungfrauen schon gar nicht ... Bei ihnen spürt man die Erregung, und dieser kleine Widerstand, den man überwinden muß ... Man versäuft nicht in einem großen Faß, sondern muß sich vorsichtig durchschieben und die zarte Seele wie eine Blüte öffnen ...« Zufrieden über seine Formulierung lächelte er.

»Es war im Schloß meines Bruders Raymond, mit dem Ihr aufgewachsen seid ...«

»Ja, ich weiß, der schüchterne Raymond ... Ach, alle tot, Bonnivet und Fleuranges, nur Montmorency, den ich vom Hof verbannt habe, weil er sich einfach zu viel herausnahm, lebt noch ...«

»Auch Raymond ist tot, Baron d'Oppède hat ihn auf dem Gewissen.«

Es entstand eine Pause.

»Wieso? Waren sie nicht Freunde?«

François griff wieder in die Saiten und erzeugte ein paar schräge Töne.

»Raymond war Euch stets ein loyaler Untertan und Freund, ein guter Katholik zudem, mir war er der liebste Bruder, der einzige, und Eure Schwester verehrte er …«

»Marguerite?«

»Ja, die Königin von Navarra.«

»Auch sie hat mich wegen der angeblichen Greueltaten heftig gescholten … Ich wollte sie nicht mehr sehen, sie gehört zu den Protestanten … Ach, Marguerite, was waren wir für glückliche Kinder!«

»Wie ich und Raymond, den der Baron d'Oppède heimtückisch und feige ermordet hat …«

»Der Oppède feige? Das kann ich nicht glauben. Wie ein Löwe stürzte er sich in Pavia auf die Spanier und kämpfte noch, als fast alle schon am Boden lagen. Ihr müßt verstehen, Madeleine, daß ich meinem Lebensretter nicht am Zeug flicken kann, selbst wenn er hier und da über sein Ziel hinausgeschossen sein sollte. Außerdem …« Der König fiel in nachdenkliches Schweigen. »Außerdem hat sich die Herzogin von Étampes ihn zum Schützling auserkoren. Obwohl sie freigeistigen Neigungen nicht unverdächtig ist. Aber verstehe die Frauen, wer will! *Er hat mich gerettet!* betont sie immer. Dabei hat er sie nur aus dem seichten Wasser gezogen.«

Madeleine merkte, daß sie nicht weiterkam. Sie wußte sich nicht anders zu helfen, als ohne Umwege direkt zur Sache zu kommen.

»Wie würdet Ihr den Mann nennen, der mit einem schwerbewaffneten Heer wehrlose Frauen und Kinder niedermachte, Alte und Gebrechliche, der nicht nur die neunzehn Ketzer aus Mérindol und den aufständischen Eustache Marron verfolgte, sondern auch brave Katholiken, die dem Schutz des Königs vertrauten?«

François hatte die Augen halb geschlossen und ließ seine Fingerspitzen wieder über die Saiten gleiten. Aber er unterbrach Madeleine nicht, und so fuhr sie fort, von den Frauen und Kindern zu berichten, die geschändet, aufgespießt, zerhackt und verbrannt worden waren.

Als sie eine Pause machen mußte, weil die Tränen sie überwältigten, befahl der König mit schwacher Stimme: »Schluß jetzt!«

»Entschuldigt, Majestät.«

»Baron d'Oppède handelte im Namen des Königs.«

Sie gab darauf keine Antwort.

»Unternähmen Wir jetzt etwas, sähe es ja aus, als hätten Wir einen Fehler begangen.«

Madeleine überlegte, ob sie jetzt noch Nico hereinholen sollte.

»Er hat seinem König das Leben gerettet. So etwas vergißt ein Herrscher Frankreichs nicht.«

Madeleine brach wieder in Tränen aus.

»Gut, meine Provençalin, Ihr seid doch alt genug zu wissen, daß das Leben oft ungerecht ist. Der Oppède ist ein Fanatiker, aber besser ein Mann, dessen Wille stark ist, als ein schwankender Weichling ... Gab es da nicht einen Sohn?«

»Auch er hat sich von seinem Vater abgewandt«, erwiderte Madeleine. »Jean Maynier hätte ihn beinahe getötet. Der Vater den Sohn!«

»Der Vater den Sohn? Das könnte ich nicht.«

Plötzlich sah sie Tränen unter den dicken Augenlidern des Königs hervorquellen. »Ich liebe meine Kinder, und sie sterben fast alle. Auch meine Söhne.«

Es gab keinen Zweifel: Der König weinte.

»Warum mußte Charles sterben? Ich liebte ihn so sehr. Jeder liebte ihn, außer Henri, aber der liebt sowieso nur seine Diane. Charles war leichtherzig, scherzte immer, und mit seinem Charme konnte er die Sprödeste um den Finger wickeln! Hatte keine Angst, vor keinem Feind und keiner Krankheit. *Ein Sohn Frankreichs stirbt nicht an der Pest*, hat er gerufen und im Bett eines Pesttoten geschlafen. Gerannt, gerungen, gefochten und geritten wie ein Gott. Und dann das Eiswasser! Ihr Frauen könnt nicht verstehen, wie ein Vater seinen Sohn liebt. In Charles lebte ich noch einmal, versteht Ihr, in ihm sah ich meine Jugend, die schönen Zeiten von Marignano. Ich wußte, warum ich gelebt habe. Und jetzt ist mir nur noch Henri geblieben, der verschlossene Henri, ja, er war lange in spanischen Kerkern, das hat ihn stumm gemacht, aber Charles, mein Charles ...«

Madeleine schlich zur Tür, öffnete sie einen Spalt und winkte Nico herbei. Als Kardinal de Tournon sich dazwischendrängen wollte, hielt sie ihn auf.

»Was erlaubt Ihr Euch?« fuhr er sie an.

»Er ist der Sohn des Königs!« entgegnete sie mit aller Autorität, die ihr zur Verfügung stand. »Und Seine Majestät möchte ihn sehen, allein!«

Den Moment kurzer Verwirrung nützte sie, die Tür wieder zu schließen.

»Was habt Ihr von meinem Sohn gesagt?« fragte François, als sie wieder zu ihm trat.

Madeleine schob Nico möglichst nah an ihn heran. Tapfer versuchte der Junge, den Ekel über den Gestank niederzukämpfen. Sie selbst kniete nieder.

»Ihr habt einen Sohn verloren, Majestät, und einen Sohn gewonnen. Vor Euch steht Euer jüngster Sohn, ein spätes Kind der Liebe: François-Raymond-Nicolas.«

Ungläubig blinzelte der König den Jungen an. Er hob seinen Oberkörper ein wenig und zwickte mit seinen knochigen Fingern Nico freundschaftlich in die Wange. Dann wandte er sich wieder ihr zu.

»Und du bist sicher?«

»Es kann nur einen Vater geben!«

François ließ seinen Blick erneut über den Jungen gleiten. »Er hat meine Nase, das stimmt.«

»Baron d'Oppède hat den Besitz dieses Jungen, Eures Kindes, niedergebrannt, er hat seine Pächter und Bauern ermordet und zugelassen, daß alle Dörfer geplündert wurden, er hat ...«

François winkte ab. »Ich habe verstanden.«

Der König lag erschöpft unter seinen Decken. Madeleine spürte plötzlich wieder die Hitze des Kamins. Nico schaute sie fragend an.

»Du wirst den Prozeß bekommen, den du wünschst«, krächzte der König. »Rufe den Kardinal herein und laß den Dauphin kommen.«

Madeleine eilte zur Tür und richtete seinen Wunsch aus.

Als die beiden Männer an François' Seite standen, erklärte der König: »Die Marquise de Cental hat Uns davon überzeugt, daß bei der Verfolgung der Ketzer im Luberon großes Unrecht geschah – von Baron d'Oppède und den anderen Verantwortlichen, womöglich auch vom Obersten Gerichtshof der Provence. Wir wünschen daher, daß nach Unserem Ableben Henri, der zukünftige König

Frankreichs, sich dieser Sache annehme. Verhandelt werden soll zu Paris, nicht in Aix. Wir wollen nicht, daß Unser Name durch ein ungesühntes Verbrechen befleckt werde.«

Der Kardinal versuchte, Einspruch zu erheben, aber eine energische Handbewegung ließ ihn stumm bleiben.

»Ich werde mich der Sache annehmen, mein Vater, das verspreche ich Euch«, sagte der Dauphin mit einer knappen Verbeugung.

»Dann entlaßt die Marquise de Cental und ihren Sohn, gebt ihr eine Begleitung mit, damit ihnen auf dem Weg nach Hause nichts zustößt.«

Vom Sprechen sichtbar erschöpft, sank der König zusammen. Seine Stimme wurde nun fast unhörbar leise: »Ich habe mich gefreut, Euch gesehen zu haben, Euch und Euren ... unsren ... den Jungen. Gott schütze Euch. Und sorgt dafür, daß er nie Eiswasser trinkt. Eiswasser ist nicht gut für junge Männer ...«

Aus den geschlossenen Augen des Königs rannen wieder Tränen.

## 1547 bis 1551

Jean Maynier triumphierte, als ihm zugetragen wurde, Kardinal Alessandro Farnese beabsichtige ihm in Vertretung des apostolischen Stuhls für seine Verdienste um den einzig rechtmäßigen Glauben den Titel eines *Conte Palatino* zu verleihen. Nun würde endlich das Funkeln der Herablassung in den Augen derer erlöschen, die – meist ohne eigenen Verdienst – einen hohen Adelstitel trugen. Die Familie d'Agoult zum Beispiel oder auch *Graf* de Grignan, der Gouverneur der Provence. Jean Maynier, Baron d'Oppède, würde nicht nur als unerschrockener Streiter des rechtmäßigen Glaubens, sondern auch als *Conte Palatino* der Nachwelt im Gedächtnis bleiben.

Aber vorerst geschah nichts.

Vom Großinquisitor Pietro Gelido aus Avignon hörte er nur, die Titelverleihung sei anhängig, Kardinal Farnese habe sich erneut wohlwollend geäußert.

Im Gerichtshof ging alles seinen gewohnten Gang. Die vielen ungerechtfertigten Eingaben und Schadensersatzforderungen nach der Exekution des *Arrêt* wurden sofort abgewiesen oder nach gebührender Zeit niedergeschlagen. Madame de Cental, so erfuhr Jean Maynier, habe sich sogar an den königlichen Hof gewandt. Aber François sei krank und werde sich kaum persönlich um eine so unbedeutende Sache kümmern. Und sein Kanzler, der Kardinal de Tournon, sei bekanntlich ein unversöhnlicher Streiter des Herrn.

Jean Maynier fühlte sich sicher, auch wenn er seit geraumer Zeit schlecht schlief und in der *Weißen Lilie* zunehmend allein am Tisch saß oder nur in Begleitung des weiblichen Geschlechts, das allerdings auch nicht mehr die Qualität von Isabella *Spagnola* oder Marie *La Marseillaise* aufwies. Er vermutete, Generaladvokat Guérin intrigiere gegen ihn, weil seine Ernennung zum Vierten Präsidenten des Obersten Gerichtshofs bisher nicht von ihm unterstützt worden war. Aber seitdem Guérin feige aus La Tour d'Aigues davongeschlichen war, wußte er, was er von dem verschlagenen Glatzkopf zu halten hatte.

Dann verschied François I., der König der Franzosen. Jean Maynier trauerte wie das ganze Land um den verstorbenen Herrscher, der zweiunddreißig Jahre an seiner Spitze gestanden hatte, dessen Regierungszeit mit dem glanzvollen Sieg von Marignano begonnen hatte und mit Niederlagen, steigenden Preisen und hohen Steuerlasten endete.

Nachfolger wurde sein Sohn Henri, der Zweite seines Namens.

Im Mai des Jahres 1547, nur wenige Wochen nach François' Ableben, stand plötzlich ein Polizeioffizier mit Eskorte vor Jean Mayniers Stadthaus in Aix. Bleich und übermüdet empfing er ihn. Ihm wurde mitgeteilt, er sei verhaftet und werde ins Gefängnis von Vincennes bei Paris gebracht, wo er auf seinen Prozeß zu warten habe.

Jean Maynier protestierte nur schwach, denn er wußte, der Offizier führte nur einen Befehl aus. Er bat ihn, ihm einen Augenblick für ein Gebet zu lassen, und begab sich in seine Privatkapelle.

So ist die Welt, dachte er. Und Gottes Wille. Selbst der Gerechteste unter den Gerechten wird geprüft und muß leiden. Meine Unschuld wird sich schnell herausstellen, und bald werde ich wieder zu Hause sein.

Dann gab er dem Verwalter die nötigen Instruktionen, steckte eine ausreichende Menge Bestechungsgelder ein und bestieg sein Pferd, um dem Offizier zu folgen.

Zwei Jahre verbrachte Jean Maynier im Gefängnis von Vincennes, ohne daß der Prozeß gegen ihn in Gang kam. Er erhielt allerdings Vorzugsbehandlung: ausreichend Nahrung, Kleidung und ein Mindestmaß an Reinlichkeit. Seine Zelle war so eingerichtet, daß man überleben konnte. Allerdings schmerzte ihn sein Bein, die *Narbe des Königs*, wie er sie nannte, und es gab Tage, da konnte er kaum noch gehen.

Dann wurde er nach Melun verlegt. Und langsam kam der Prozeß ins Rollen. Ihm wurde ein Verteidiger zugeteilt, Maître Pierre Robert, klein und dicklich, kein schlechter Mann, wenn auch nicht brillant. Er hörte, daß vor dem Obersten Gerichtshof von Paris gegen den Obersten Gerichtshof der Provence verhandelt werden sollte – ein noch nie dagewesenes Verfahren und eine skandalöse

Rechtsbeugung, wie er fand. Im Mittelpunkt des Prozesses aber stand er, der Verantwortliche, und im Falle eines Schuldspruchs würde zweifelsohne die Todesstrafe als angemessen betrachtet.

Maître Robert wagte ihn nicht anzusehen.

Aufbrausend fuhr ihn Jean Maynier an: »Bin ich etwa der einzige, der hier seinen Kopf hinhalten soll?«

»Nein, mitangeklagt sind noch der Anführer der königlichen Truppen, Baron de la Garde, genannt Capitaine Paulin, dann der Großinquisitor des *Comtat*, Pietro Gelido, und nicht zuletzt Generaladvokat Guérin.«

»Und wann wird der Prozeß eröffnet? Ich will endlich mein Plädoyer gegen die Verleumder schleudern und die mir zustehende Gerechtigkeit erhalten. Ihr werdet sehen, ich werde noch im Triumphzug nach Aix ziehen.«

Maître Robert schüttelte zweifelnd den Kopf. »Gegen den Inquisitor wird in Abwesenheit verhandelt. Er hat sich rechtzeitig nach Rom abgesetzt. Ein indirektes Schuldbekenntnis.«

Jean Maynier sprang auf, mußte sich aber sofort wieder setzen, weil ein heftiger Schmerz ihn durchzuckte. »Dieses feuchte Loch tut meinem Bein überhaupt nicht gut«, stöhnte er. Dann wurde seine Stimme dumpf. »Ich rettete dem König in Pavia das Leben, und dies ist nun der Dank.«

»König François weilt nicht mehr unter uns, das wißt Ihr.«

»Und wer hat diese Farce angezettelt?«

»Die Marquise de Cental in Vertretung ihres unmündigen Kindes und Erben François-Raymond-Nicolas de Bouliers.«

»Hat sie es also doch geschafft, die Hexe.« Jean Maynier spürte, wie eine alte Wut ihn erfaßte. »*Sie* müßte vor Gericht gestellt werden, wegen Häresie und Hexerei, wegen eines Mordversuchs an mir«, schrie er seinen Verteidiger an.

Maître Robert hob abwehrend die Hände. Aber Jean Maynier beruhigte sich nicht: »Ich war es doch, der ihr Schloß in La Tour d'Aigues schonen wollte, ich brachte sie vor dem plündernden Pöbel in Sicherheit, rettete ihr das Leben, und sie will mich hängen sehen!«

»Madame de Cental soll den König noch kurz vor seinem Ableben aufgesucht haben, erzählt man sich in Paris.«

»Da seht Ihr es, sie hat sogar den König verhext – ich verlange eine Anklage gegen sie ... Wer ist eigentlich der Ankläger?«

»Jacques Aubéry, Seigneur de Moncreau, ein junger Advokat ...«

Jean Maynier machte eine verächtliche Geste, als wolle er den Namen wegwischen.

»... ein aufstrebender, sehr fähiger junger Mann, bekannt für seine minutiösen Nachforschungen.«

Es dauerte dreizehn Monate, bis Jacques Aubéry seine Untersuchungen und Zeugenvernehmungen abgeschlossen hatte und der Prozeßbeginn für den September 1551 anberaumt werden konnte.

Das Plädoyer des Anklägers erstreckte sich über sieben volle Tage, und was er zitierte an Zeugenaussagen, trieb manchem Prozeßbeobachter die Tränen in die Augen. Selbst Monsieur Coctel, der Vorsitzende Richter, und seine Beisitzer wandten sich immer wieder entsetzt ab. Maître Robert starrte vor sich hin. Capitaine Paulin, unruhig auf der Anklagebank hin und her rutschend, brüllte gelegentlich »Lügen, nichts als Lügen!« und wurde verwarnt. Generaladvokat Guérin hielt sein Gesicht hinter seinen Händen verborgen, und wenn er für kurze Zeit ungeschützt den Ankläger anstarrte, so zeigte sein Gesicht einen Ausdruck angstverzerrten Hohns.

Nur Jean Maynier blieb beherrscht. Seine Miene war kalt und ungerührt. Er machte sich Notizen und wartete auf seine große Stunde.

»Gott schaffe mir Recht und führe meine Sache wider das unheilige Volk.« Mit diesen Worten aus dem dreiundvierzigsten Psalm eröffnete er sein persönliches Plädoyer. Er donnerte seine Worte in den Saal, riß die Arme hoch und focht gegen die häretische Pest der Ketzer und Hexen, gegen Aufrührer und Majestätsbeleidiger und verteidigte den Glauben des Königs.

Alles sei mit rechten Dingen zugegangen, Übergriffe habe er sofort geahndet, und die Anklägerin habe er sogar unter Einsatz seines eigenen Lebens in Sicherheit gebracht.

Nach mehreren Stunden, in denen er versucht hatte, alle Anklagepunkte und Zeugenaussagen als unhaltbar und unwahr darzustellen, schloß er sein Plädoyer mit den Worten: »Hier stehe ich, ein braver Katholik und Diener des Königs, ich kann nicht anders, als mich gegen Unrecht und Verleumdung mit aller Macht zur Wehr zu setzen, Gott helfe mir, Amen!«

Er hatte diese Worte mit Bedacht gewählt. Sie erschienen ihm wirkungsvoll und, für die Wissenden, von höhnischer Siegeszuversicht geprägt. Da sollte kein Zweifler sprechen, kein von der Blässe möglicher Schuld Angekränkelter. Da sprach ein Mann Gottes, ein Streiter vom Schlage der Propheten, und er verfocht eine gerechte Sache.

Maître Robert zuckte zusammen, als er Jean Mayniers Schlußworte hörte. Monsieur Coctel und seine Beisitzer hoben ihren Kopf und blickten ihn voller Erstaunen, ja regelrecht unwillig an. Um Jacques Aubérys Mund spielte ein feines Lächeln.

Der Prozeß mit all seinen Plädoyers dauerte sechs Wochen. Als die Urteile verkündet werden sollten, waren die Tage dunkel, Regen peitschte über die Dächer von Paris, es donnerte und blitzte. Abergläubische Geister sahen darin ein Vorzeichen. Die Richter und Advokaten verfielen selbstredend nicht solchem Aberglauben, aber auch sie dachten insgeheim, daß Blitz und Donner ihrem Urteilsspruch durchaus entspreche.

Maître Robert war an diesem Morgen bleicher als gewöhnlich. Er hatte seinen Bart stutzen lassen und sich eine neue Robe angelegt.

Jean Maynier hatte sich die Erlaubnis erfochten, in seiner Richterrobe zu erscheinen. Monsieur Coctel hatte ihm nach langem Zögern dieses Privileg zugestanden.

Die Angeklagten und ihre Anwälte wurden zu ihren Plätzen geführt. Der Tag, an dem die *Grand' Chambre* ein Urteil fällte, erweckte unter allen Juristen von Paris Aufmerksamkeit, und man versuchte, einen Platz im großen Saal zu ergattern. Auch der Hof hatte seine Abordnung geschickt, nicht zuletzt der Erzbischof von Paris und natürlich die Kurie von Rom. Mehrere Kardinäle nahmen Platz.

Jean Maynier schaute genauer hin. Da saß doch tatsächlich Kardinal de Tournon, unter François langjähriger Kanzler, aber vom neuen König sofort aus dem Amt entfernt. War dies ein gutes oder ein schlechtes Vorzeichen?

Draußen tobte in unverminderter Stärke das Gewitter und schickte wahre Himmelsfluten gegen die Fenster. Maître Robert studierte noch einmal die Akten, obwohl die Entscheidung gefallen war und nur verkündet werden mußte.

»Ich bin sicher, die Gerechtigkeit wird siegen«, sagte Jean Maynier zu ihm, und sein Verteidiger antwortete, ohne aufzublicken, mit einem zerstreuten »Ja, ja«.

»Ihr strahlt nicht gerade Zuversicht aus.«

»Ich habe alles getan, was ich konnte«, antwortete er und blickt ihn aus trüben Augen flüchtig an.

Unzufrieden versuchte Jean Maynier sich mit Capitaine Paulin zu verständigen, der ebenfalls in seiner Kapitänskleidung erschienen war. Guérin schaute mit triumphierendem Hohn in die Menge. Aber mit diesem Feigling wollte Jean Maynier nichts zu tun haben. Er vergaß ihm nicht seine Flucht mit all den Konfiskationen. Niemand brauchte es zu wundern, wenn er die Unterlagen gefälscht und den einen oder anderen Goldtaler in die eigene Tasche gesteckt hätte. Aber leider ging es in diesem Prozeß nicht um solche Verbrechen, sondern um die schwere Arbeit der militärischen Führung.

In der Eingangstür entstand ein Gedränge, und ein weiterer Purpurträger erschien. Ein noch relativ junger Kardinal mit schönem Bart und leicht vorstehenden Augen, umgeben von laut gestikulierenden Sekretären. Sie sprachen Italienisch! Es konnte nur Kardinal Farnese sein! Der Neffe des ehemaligen Papstes! Er hatte, wie auch der Heilige Vater persönlich, mehrere Bitten um Jean Mayniers Entlassung aus dem Gefängnis an den Gerichtshof und den König gerichtet, – allerdings ohne etwas zu erreichen. Maître Robert sah darin, ohne daß er es direkt aussprach, eine Vorverurteilung, aber Jean Maynier sah keinen Anlaß, diese Schlußfolgerung zu ziehen. Er glaubte eher, die Krone wie der Gerichtshof wollten Unabhängigkeit und strikte Neutralität demonstrieren.

Jean Maynier beobachtete die Delegation der Kurie. Seine lange zur Schau getragene Gelassenheit wich einer sich verstärkenden Spannung. Schweiß trat ihm auf die Stirn. Sein Mund wurde trokken. Er rückte seine Kopfbedeckung zurecht.

Kardinal Farnese nahm Platz, und einer seiner römischen Lakaien zeigte ungeniert auf Jean Maynier und die anderen Angeklagten. Mit hochmütigem Gesicht schien der Kardinal ihn studieren zu wollen.

Jean Maynier wurde es heiß und kalt. Für diesen Kardinal und den Pontifex maximus in Rom, für den Glauben und die Macht dieser Männer hielt er hier seinen Kopf hin – und was tat der hohe apostolische Würdenträger? Er schaute auf ihn herab, statt ihn demonstrativ zu begrüßen, ihn, seinen Vasallen, dem Schutz zu gewähren er verpflichtet war. Statt ihm in aller Öffentlichkeit zu danken. Dabei hatte er keinen Grund zum Hochmut, denn er selbst als der verantwortliche Kardinal für Avignon saß wie der Gerichtshof zu Aix mit auf der Anklagebank – zumindest indirekt. Aber er hatte doch sicher nicht den weiten Weg nach Paris auf sich genommen, um hier einen Schuldspruch zu vernehmen? Nein, er mußte sicher sein, einen Freispruch zu hören, den Triumph der Rechtgläubigen erleben zu dürfen. Oder wollte er durch sein Erscheinen nur Druck auf den Gerichtshof ausüben?

In Jean Mayniers Kopf rasten und kämpften die Gedanken. *Irrtum, Unschuld, Freispruch* hämmerte es auf der einen Seite, *Tortur, Scheiterhaufen, Tod* auf der anderen. Was ihn am meisten entsetzte, war die Möglichkeit, die ihm jetzt erst richtig bewußt wurde, die Möglichkeit, daß man Kirche und Gerichtshof freisprach, ihn persönlich als ausführende Person aber zum Schuldigen stempelte. Auf Grund grausamer Übergriffe. Angeblicher Übergriffe! Kein Feldzug kam ohne Plünderungen aus. Das lag in der Natur der Sache. Und in der Natur des Menschen. Außerdem brauchte er nur an den Feldzug gegen den Kaiser zu denken, an die Politik der verbrannten Erde – waren das etwa keine Übergriffe gegen Unschuldige gewesen? Und vom König persönlich angeordnet.

Trotzdem! Ja, es mochte sogar geschehen, daß auch Paulin freikam, nachdem er sich als bloßen Befehlsempfänger des Stellvertretenden Gouverneurs exkulpiert hatte, daß Guérin mit seinen sauberen Abrechnungen nichts nachgewiesen werden konnte, daß man aber an ihm, nur an ihm, ein Exempel statuieren wollte. Madeleine hatte den König verhext, der König hatte seinem Sohn einen strikten Befehl gegeben, und sein Sohn, der jetzige König, wollte, schon um die protestantischen Fürsten zu beruhigen, ein Bauernopfer bringen.

Aber er, Jean Maynier, war kein Bauer. Dann schon eher ein Turm. Ein Turm des Glaubens. Oder ein Ritter auf seinem Pferd. Man opferte ein Pferd, um mit dem Läuferkardinal und seiner Kirche wieder ins reine zu kommen, um der ganzen Welt zu zeigen: Selbst bei der Verfolgung der Ketzerpestilenz setzt man das Wort des Königs ohne Ansehen der Person durch. Und im *Arrêt* hatte tatsächlich nichts gestanden von den Dörfern, die den Bouliers-Centals gehörten. Womöglich war er das eine und andere Mal ein Stückchen zu weit gegangen. Aber wie hätte er denn die wildgewordene Soldateska zurückhalten sollen? Die reagierten doch wie angestochene Keiler. Die hielt nichts mehr auf, wenn sie Seidenstoffe sahen, Münzen klimpern hörten und Blut rochen.

Wieder entstand in der Tür ein Gedränge, und Jean Maynier entfuhr ein lauter Entsetzensruf. Sein Sohn Pierre zwängte sich in den Saal, drehte sich um und reichte einer halbverschleierten Dame die Hand: Madeleine! Die Marquise de Cental, die Klägerin, mit Jacquelot, ihrem Advokaten. Er wieselte dienstfertig um sie herum. Und dann erschien auch Jacques Aubéry, der Generalankläger des Königs, der Mann, der sieben lange Tage geredet hatte und keine der vielen angeblich grausamen Taten, die nicht zu vermeiden gewesen waren, ausgelassen hatte, nur um die Richter zu überzeugen, daß er, der Baron d'Oppède, der Mann der Waage und des Schwerts, verurteilt werden mußte.

Jean Maynier verlor zum ersten Mal seit seiner Verhaftung die Fassung. Sein Herz raste. Er wischte sich immer wieder den Schweiß von der Stirn. Sein lahmes Bein schmerzte. Vier Jahre hatte er im Kerker ausgehalten, hatte täglich gebetet und sich seine Verteidigungsrede ausgemalt, hatte in der Bibel gelesen und sich das Büchlein *Trost der Philosophie* des von den Goten in Pavia, ausgerechnet in Pavia eingekerkerten Boëthius besorgt. Vier Jahre hatte er seine Vergangenheit an seinem geistigen Auge vorbeiziehen lassen, die sorglosen Jagdszenen seiner Jugend, den Turnierkampf mit dem König und schließlich die tragische Schlacht. Ihm standen seine Siege im Gerichtshof vor Augen, seine unwiderlegbaren Plädoyers, seine Kämpfe gegen die Ketzer. Und natürlich erinnerte er sich an die entscheidende Begegnung mit Madeleine, der *schönen Madeleine*, an dem Weiher im Vallon du Châtaignier.

Daß er den Keiler nicht hatte töten können, war der Beginn eines Eroberungskampfs, der verloren ging. Madeleine verschwand im Nebel. Anne schaute sehnsüchtig aus dem Fenster und betete.

Seine kleine Anne, die Mutter seines einzigen Sohnes. Nur er war ihm geblieben, sein Sohn, sein Feind. Er stand mit der Anklägerin und Kardinal Farnese zusammen. Kein Blick zu ihm herüber. Eine verschworene Gemeinschaft.

Oder? Der Kardinal war rot angelaufen und schaute nicht gerade in Milde auf Pierre. Pierre schien jeden Augenblick den Degen zücken zu wollen. Madeleine war wieder in Rot gekleidet. Zwischen all den Männern in ihren langen Roben bewegte sie sich sicher und natürlich – als sei sie die Königin.

Kardinal Farnese lächelte Pierre plötzlich an und reichte Madeleine gönnerhaft die Ringhand, ließ sich dann mit den blasierten Sekretären nieder.

Pierre drehte sich zu ihm, seinem Vater, um und ging einen Schritt auf ihn zu. Jean Maynier stand auf. Ohne daß er es beabsichtigte, schob sich sein Körper ein Stück auf seinen Sohn zu, als wolle er ihn begrüßen, ihm die Hand schütteln, ja, ihn väterlich umarmen. Pierre schaute ihm forschend, durchdringend in die Augen. Jean Maynier bewegte sich noch einen Schritt vor. Weiter konnte, weiter durfte er nicht gehen. Pierre zögerte. Nun umspielte ein unsicheres Lächeln seinen Mund.

Die Frau, der die Soldaten den Bauch aufgeschlitzt hatten. Der Tod seiner kleinen Anne. Das Ungeborene, das in die Blutlache fiel. Der Schrei der Schwangeren, der ihn verfolgte bis in die hintersten Winkel seines Kerkers. Er hatte seine kleine Anne geopfert. Das Opfer war umsonst gewesen. Sie – oder die Heilige Jungfrau und Muttergottes – hatte sich dafür gerächt. Sein Sohn hatte ihm die Schwertspitze an den Hals gesetzt. Aber statt wie ein Mann zuzustoßen, wollte er ihn quälen. Wollte er ihn langsam zu Tode hetzen. Und nun hatte er sein Ziel erreicht. Er durfte zusehen und zuhören, wie der Oberste Gerichtshof zu Paris seinen Vater zum Tode verurteilte. Zum Tod durch das Schwert. Oder würden sie in der Hinrichtung auch noch seine Ehre vernichten wollen? Würden sie ihm die Knochen brechen, ihn aufhängen und vierteilen? Würden sie vielleicht noch seinen Kopf aufspießen und in Aix ausstellen?

Pierre deutete eine Verbeugung an und hob leicht seine Hand, wie zum Gruß. Jean Maynier hob ebenfalls die Hand und lächelte. Ja, er konnte nicht anders und lächelte seinen Sohn an. Pierre war sein Sohn, und er würde es bleiben, gleichgültig, was noch geschah. Sie waren auseinander gegangen und hatten sich bekämpft, und dennoch hatte er nur das Beste für seinen Sohn gewollt.

Abrupt drehte Jean Maynier sich um und setzte sich. Auch Pierre nahm nun neben Madeleine Platz, die sich mit Kardinal Farnese unterhielt und es vermied, in seine Richtung zu blicken.

Monsieur Coctel, der Vorsitzende Richter der *Grand' Chambre*, erschien, mit ihm seine Beisitzer und alle hohen Richter des Gerichts. Jean Maynier nahm kaum noch wahr, was geschah, weil er gegen eine heftige Übelkeit ankämpfen mußte und befürchtete, das Bewußtsein zu verlieren. Es sollte der Augenblick seines Triumphs werden, aber es war der Augenblick seiner Schwäche. Er stand auf und setzte sich wieder, Namen wurden verlesen, Rede und Gegenrede, Formeln heruntergebetet. Draußen grummelte noch immer der Donner, das Unwetter hatte sich abgeschwächt. Im Saal war es stickig. Madeleine fächelte sich Luft zu, Pierre starrte ins Leere.

Der Vorsitzende Richter begann nun mit der Urteilsverkündung. Maître Robert beugte sich zu Jean Maynier herüber, fragte etwas wie »Geht es Euch gut?« und »Seid Ihr bereit?« und schob dann noch flüsternd nach: »Ich bin zuversichtlich« und »Die Gerechtigkeit wird siegen«.

»Mir ist schlecht, ich bekomme keine Luft mehr«, keuchte Jean Maynier.

Zuerst ging es um das Verfahren gegen Avignon, die Grafschaft des Papstes, und die Revision der Urteile, die der Gerichtshof der Provence gefällt hatte. Die *Grand' Chambre* hatte keine Unregelmäßigkeiten und Rechtsbeugungen feststellen können. Nur die Tatsache, daß Pietro Gelido, der Großinquisitor des *Comtat*, sich der Befragung durch das Gericht entzogen habe, sei zu bemängeln. Zu einem Urteil über ihn habe man daher nicht gelangen können, obwohl einige Verdachtsmomente wegen Kompetenzüberschreitung vorlägen.

Monsieur Coctel, der Vorsitzende Richter, mußte sich unterbrechen, weil ein Aufatmen durch den Saal gegangen war, dem ein tumultuöses Durcheinanderreden folgte.

Maître Robert reichte Jean Maynier die Hand.

»Wir werden siegen«, flüsterte er. »Die Pariser Richter haben es nicht gewagt, ihren Kollegen in Aix am Zeug zu flicken.«

Es war noch immer keine Ruhe eingetreten. Jean Maynier sah den Kardinal Farnese leuchten vor Zufriedenheit. Seine Sekretäre lärmten, als wären sie auf dem Jahrmarkt, Pierre starrte unter sich, Madeleine hielt die Hände gefaltet und die Augen geschlossen.

Aber die Siegeszuversicht seines Verteidigers steckte Jean Maynier nicht an. »Eine Krähe hackt der anderen kein Auge aus, sagt man. Das war zu erwarten. Und mit dem Papst will sich niemand anlegen. Aber man wird einen Schuldigen suchen, man braucht einen Sündenbock.«

»Ich bin trotzdem zuversichtlich. Gleich ist es ausgestanden.«

Langsam nahm die Unruhe im Saal ab. Mehrfach versuchte Monsieur Coctel, mit der Urteilsverkündung fortzufahren, aber die Italiener hörten mit ihrem Gestikulieren und lauten Zwischenrufen nicht auf.

Jean Maynier kämpfte noch immer mit der Übelkeit und dem ausbleibenden Atem. Er spürte einen zunehmenden Druck in der Brust. Zu lange hatte er im Gefängnis zugebracht, er war zwar nicht krank geworden, aber schwach, und dies rächte sich jetzt.

Monsieur Coctel konnte endlich wieder sprechen. Er verkündete, daß Baron de la Garde, genannt Capitaine Paulin, unter Befehlsnotstand gestanden habe und daher freigesprochen werde.

Erneuter Tumult. Der runde Kopf von Maître Robert glänzte. »Ich sag's ja, ich sag's ja!« rief er ungehemmt und klopfte dann Jean Maynier auf den Rücken. »Es wird ein totaler Sieg. Aubéry hat sich zu früh gefreut!«

Pierre hatte nun ebenfalls seine Hände gefaltet und stützte mit ihnen seine Stirn. Madeleine, in ihrem leuchtend roten Kleid, hatte längst den Schleier um ihren Kopf gezogen. Kardinal Farnese lachte laut und scherzte mit seinen Adlati. Die Richter allerdings schauten grimmig drein. Monsieur Coctel wollte für Ruhe sorgen, aber der Jahrmarktslärm ließ sich kaum eindämmen. Die *Grand' Chambre*, die sich zur allerhöchsten Rechtsinstanz des gallischen Reichs aufgeworfen hatte, die sechs Wochen lang unermüdlich die Plädoyers der Ankläger und Verteidiger gehört hatte, machte sich vor der ganzen Welt der Gerichtsbarkeit zum Gespött.

Der Druck auf Jean Mayniers Brust nahm zu. Für kurze Zeit schien er nicht bei Bewußtsein gewesen zu sein, denn plötzlich hörte er wieder Coctels Stimme.

»Guillaume Guérin, Generaladvokat beim Obersten Gerichtshof der Provence, wird wegen Urkundenfälschung, Unterschlagung und Untreue …«

Der Vorsitzende Richter unterbrach sich, sah zuerst den Feigling Guérin, dann aber ihn an, mit einem verächtlichen Herunterziehen seiner Mundwinkel. Und nun wußte Jean Maynier, daß er verloren hatte. Sie brauchten einen Sündenbock, daran gab es keinen Zweifel mehr. Guérin, dem geldgierigen Guérin, warf man vor, sicher zu recht, er habe sich bereichert, und ihm würde man nun die Verantwortung für die außer Rand und Band geratene Soldatenhorde anhängen. Coctels Blick sagte alles. Der Vorsitzende der *Grand' Chambre* war voreingenommen, Jean Maynier hatte es viel zu spät begriffen.

»… zum Tode durch den Strang verurteilt.«

Guérin schrie und sprang auf. Er fuchtelte mit der Faust und wurde wieder auf seinen Sitz gedrückt.

»Sein Kopf soll zudem abgetrennt und nach Aix geschickt werden. Dortselbst hat er vor dem Gebäude des Obersten Gerichtshofs, für jeden sichtbar, aufgespießt und ausgestellt zu werden – als abschreckendes Beispiel für jeden, der es wagen sollte, sich am Eigentum des Königs unrechtmäßig zu vergreifen.«

Es war im Saal still geworden. Maître Robert blickte Jean Maynier mit aufgerissenen Augen an, unfähig, auch nur ein Wort zu sagen. Kardinal Farnese grinste höhnisch. Madeleine hatte ihre Hände vom Gesicht genommen, und wie auch Pierre richtete sie ihren Blick auf ihn, den Angeklagten, den letzten, den sein Urteil erwartete. Es war klar, was sie wollten: Sie wollten sich weiden an seiner Niederlage, an seiner Verurteilung, an der Ehrabschneidung … Tod durch den Galgen … vielleicht hatten sie sich noch eine Besonderheit ausgedacht … Herausreißen der Zunge oder gar Blendung …

Coctels Blick richtete sich nun auf ihn.

Er hatte sich zu erheben.

»Herr, schaffe mir Recht«, flüsterte Jean Maynier, »hier stehe ich,

ich kann nicht anders, mein Gott, mein Vater, warum hast du mich verlassen!«

»Jean Maynier, Baron d'Oppède, Erster Präsident des Obersten Gerichtshofs der Provence und zur Tatzeit Stellvertretender Gouverneur der Provence und Generalleutnant ihrer Truppen, wird hiermit ...«

Coctels Stimme schien immer leiser zu werden. Jemand berührte ihn am Arm, dann drehte sich plötzlich alles. Er sah noch zwei Augen, zwei aufgerissene Augen, blutunterlaufene Augen, dann schwand ihm das Bewußtsein.

## 1555

Madeleine wohnte mit ihrem Sohn François-Raymond-Nicolas im wiederaufgebauten Schloß von La Tour d'Aigues. Zehn Jahre waren nun seit der blutigen Woche der Verfolgung vergangen, die Wunden waren vernarbt, schmerzten aber noch, und vergessen war nichts. In vielen kleinen Schadensersatzprozessen vor dem Gerichtshof in Aix war es ihr gelungen, für die Verluste an Menschen und materiellen Gütern einen gewissen Ersatz zu erhalten. Außerdem warf Centallo weiterhin reiche Ernte ab. Der Anbau der Maulbeerbäume zur Seidenraupenzucht, den sie verstärkt hatte, war eine kluge und ertragreiche Entscheidung gewesen. *La Comtesse* Claude hatte ihr zinslose Darlehen gegeben, und Pierre hatte ihr mit Hilfe von Bertrand in Lyon günstige Kredite besorgt, so daß sie den Wiederaufbau des Schlosses nicht wegen Geldmangels unterbrechen mußte.

Überhaupt war sie Pierre viel schuldig. Sie brauchte nur an die anstrengende Reise zur Urteilsverkündung nach Paris zu denken. Damals hatte sie begriffen, was für ein Verlust es war, ihn nur als jungen Freund, nicht als Schwiegersohn betrachten zu dürfen. Und auch er hatte wohl, ohne daß er darüber sprach, Beatrice noch nicht vergessen.

So besuchte er sie häufig im Luberon, wenn es seine Geschäfte erlaubten, und hielt sich dann lange in der Gruft auf. Natürlich schaute er während seiner Besuche auch in Ménerbes nach dem rechten und stieg in Lourmarin bei Claude ab. In allen Angelegenheiten der Wirtschaft und Verwaltung ihrer Güter und Besitzungen half er ihr. Er war nun ein Mann im besten Alter, noch immer ohne jedes graue Haar, schlank, aber kräftig. Man sah ihm an, daß er regelmäßig focht, ausritt und außerdem häufig Schlagball spielte. Sogar auf seinen langen und anstrengenden Reisen versuchte er, in Übung zu bleiben. Als Kaufmann und Bankier sei er ständigen Gefahren ausgesetzt, so erklärte er, und um ihnen gewachsen zu sein, müsse er wachsam und schnell sein.

Inzwischen arbeitete er in der Lyoner Niederlassung der Fugger. Mehrmals im Jahr reiste er nach Augsburg in die Zentrale, zu Anton Fugger, dem Patron, der offensichtlich Vertrauen zu ihm gefaßt hatte, und von dort nach Antwerpen zu den alljährlichen Messen. Längere Zeit hatte Pierre auch Nachrichten für die *Neuen Zeitungen aus der Fuggerei* gesammelt und die Kontakte zu Geschäftsfreunden und Rivalen insbesondere in Lyon, aber auch in Paris und Bordeaux gepflegt.

Ein Meisterstück hatte er vor anderthalb Jahren gemeinsam mit seinem Milchbruder Bertrand Saumuc in Spanien vollbracht: Ihnen war es gelungen, Gelder außer Landes zu schaffen, die die Fugger auf der iberischen Halbinsel und in den amerikanischen Kolonien verdient hatten und die nur sehr schwer über die Grenzen gebracht werden konnten. Insgesamt zweihunderttausend Golddukaten hatten sie in Getreidesäcken versteckt und diese Säcke – Frechheit siegte – auf den Schiffen des Kaisersohnes Philipp nach Norden transportiert. Pierre erzählte immer wieder in allen Einzelheiten von diesem Unternehmen, und Madeleine amüsierte sich ganz ungemein über die bravouröse Gerissenheit der beiden Männer.

Nun erwartete sie Pierre erneut. Er wollte Claude und sie diesmal mit Bertrand besuchen. Es sollte ein Abschiedsbesuch werden, denn Anton Fugger hatte ihn nach Augsburg in das Zentralkontor, die *Goldene Schreibstube*, berufen. Leider blieb auch diesmal Laura bei ihren drei Kindern in Lyon, weil sie als Schwangere sich nicht den Strapazen einer letztlich doch gefährlichen Reise aussetzen und außerdem ihre Kinder nicht allein lassen wollte. Madeleine fand dies bedauerlich, aber auch verständlich. Hugues, Lauras ältester Sohn, war nun schon acht Jahre alt, Raymond und Beatrice sieben und drei. Noch nie hatte Madeleine die Kinder gesehen, die ja immerhin auch mit ihr verwandt waren.

Als Pierre, Bertrand und Claude durch das Tor von La Tour d'Aigues ritten, rief Madeleine nach Nico und Catherine und eilte den lange Erwarteten entgegen. Tränen der Freude wurden vergossen. Es gab ein umfangreiches Wiedersehensmahl, das eine Musikgruppe mit Flöte, Laute und auf dem Spinett begleitete. Ein Mann mit einer hellen Stimme sang zudem leise Petrarca-Sonette.

»Es ist so schade, daß Laura nicht bei uns sein kann«, sagte Madeleine.

Pierre nickte nachdenklich.

»Dichtet sie noch?«

»Je mehr es bei uns drunter und drüber geht, desto leidenschaftlicher werden ihre Verse.«

»Findet sie denn bei ihren drei Kindern Zeit und Ruhe?«

»Sie nimmt sie sich.«

»Und was sagst du dazu?«

»Laura benötigt Stunden, in denen sie in eine andere Welt eintauchen und träumen kann.«

»Auch Beatrice war so empfindsam – erinnerst du dich noch?«

Pierre nickte und schaute zur Seite.

»Ich glaube, selbst Nico dichtet«, flüsterte ihm Madeleine ins Ohr, mit einem Seitenblick auf ihren Sohn. »Tagelang hockt er mit Catherine in der Bibliothek, statt zu fechten und auf die Jagd zu gehen. Er ist viel zu weich für diese Welt.«

»Laß ihn seinen Weg gehen«, sagte Pierre leise und schaute ihr eindringlich in die Augen.

»Das sagst du so leicht«, antwortete sie. »Aber du hast ja selbst drei Kinder. Wer weiß, welche Überraschungen du noch erlebst.«

Pierre hob die Schultern. »Du hast recht, das weiß ich nicht.«

Neben ihm scherzte Bertrand lauthals mit Claude, und seine Schwester Catherine, inzwischen zu einer längst heiratsfähigen jungen Frau herangereift, warf eifersüchtige Blicke auf die beiden und wandte sich dann wieder in übertrieben mütterlicher Fürsorge Nico zu, der mit seinen sechzehn Jahren ein gutaussehender junger Mann von erstaunlicher Körpergröße war. Seine Augen, zurückgenommen und traurig, standen in einem auffallenden Gegensatz zu der ausgeprägten Nase.

»Wenn ihr demnächst auch noch nach Augsburg zieht, in das kalte Deutschland …«

Als Bertrand das Wort *Augsburg* hörte, wandte er seine Aufmerksamkeit Madeleine zu. »Pierres Aufstieg bei den Fuggers ist unglaublich, er hat sogar das Vertrauen des alten Diktators gewonnen. Frag mich nicht, wie.«

»Und du sprichst jetzt auch Deutsch?« fragte Madeleine.

Pierre nickte. »Laura hat die Sprache natürlich schneller gelernt, und sogar schon unsere Kinder …«

Claude hatte sich bei Bertrand eingehängt und fiel Pierre ins Wort. »Jetzt mußt du aber sagen, wie«, drängte sie Bertrand.

»Er ist ein Teufelskerl, ein Draufgänger, wenn es nötig ist, diplomatisch dabei, horcht andere aus, ohne daß sie es merken, und außerdem ein Kaufmann ohne Furcht und Tadel.« Er lachte. »Ein zäher Kämpfer, bei Verhandlungen gibt er nicht auf.«

Bertrand schaute Pierre an, und in seinen Augen funkelte es für einen Augenblick spöttisch und böse. »Ein echter Oppède eben!« Er lachte und klopfte Pierre auf die Schulter.

Pierre blieb ernst. Er lächelte noch nicht einmal.

»Ich werde im übrigen auch meinen Vater besuchen«, erklärte er. »Ja, der alte Oppède ist nicht umzubringen.«

Bertrand beachtete den Stimmungswechsel nicht. Mit spöttischer Bewunderung in der Stimme rief er: »Vier Jahre Einkerkerung, dann der Prozeß mit Freispruch ohne Wenn und Aber, Rückkehr nach Aix, Wiedereinsetzung in sein Amt als Präsident des Obersten Gerichtshofs und jetzt auch noch *Conte Palatino* und *Cavaliere di San Giovanni in Laterano*. Irgendwann wird der Mann noch heiliggesprochen: der heilige Jean de Luberon.«

Madeleine konnte seine Worte nicht witzig finden. Auch Pierre ganz offensichtlich nicht. Nico, dem sie noch nie von den schrecklichen Ereignissen vor seiner Geburt erzählt hatte und der zum Glück nie von sich aus auf die blutige Woche zu sprechen kam, beobachtete aufmerksam die beiden Männer. Natürlich mußte ihm klar sein, daß seine Mutter dem Baron d'Oppède nicht besonders gewogen war, ja, vielleicht ahnte er auch, daß sie ihn bis in den Tod haßte, aber Madeleine wollte ihn nicht mit der alten Blutsfehde belasten. Irgendwann würde ihre Stunde kommen.

Madeleine traute der Gerechtigkeit des Allmächtigen nicht mehr. Gab es einen liebenden, gerechten Gott, so hätte er nie und nimmer das Unmaß an Ungerechtigkeit zulassen dürfen, das sich inzwischen angesammelt hatte. Jean Maynier hatte in Paris triumphiert, obwohl er bei der Urteilsverkündung in Ohnmacht gefallen war und aus dem Saal getragen werden mußte. Auf diese Weise blieb ihr wenigstens der Anblick seines Triumphs erspart. Aber sie mußte mitansehen, wie ihm in Saint-Sauveur, von Kardinal Farnese persönlich, am Ende einer pompösen Messe der *Cavaliere*-Titel verliehen wurde.

Wie um sich selbst zu bestrafen, hatte Madeleine die Messe besucht. An ihrem Ende schritt der neuernannte *Ritter vom*

*Lateran*, der palatinische Graf und Baron d'Oppède durch das Kirchenschiff, zwischen allen Gläubigen hindurch, nein, er schritt nicht, er humpelte. Trotz aller Prunkgewänder humpelte da ein Mann, der zwar nicht gebrochen war, den aber die Furien verfolgten. Dies sah Madeleine mit der Klarsicht einer Frau. Und niemand jubelte ihm zu, im Gegenteil, man wich wie vor dem Satan zurück.

Madeleine allein blieb stehen, direkt am Mittelgang, durch den der Höllenbaron humpeln mußte. Für einen Augenblick trafen sich ihre Blicke, und sie wußte nicht, ob seine Augen sie kalt und verächtlich anfunkelten, ob sie nicht womöglich bedauernd und verloren schauten – sie fühlte nur, wie eine fremde Macht sie ergriff, wie sie vorsprang, wie sie sich mit einem Schrei auf ihn stürzte, mit ihren Fäusten auf ihn einschlug. Er wich nicht zurück, er hob nur den Arm, um sein Gesicht zu schützen, dieses steinerne Gesicht mit den eingefallenen Wangen und tiefliegenden Augen.

Mehrere Arme ergriffen sie und zerrten sie zurück. Aber ihr gelang dennoch, die Faust noch einmal zu heben, und trotz aller Würdenträger, trotz des Kardinal Farnese, des Erzbischofs von Aix und all der gewichtigen Prälaten schrie es aus ihr: »Das vergossene Blut wird noch über dich kommen, du Ungeheuer, das Blut all der Unschuldigen und Gequälten, es wird auch das Blut meiner einzigen Tochter und meines einzigen Bruders über dich kommen – so wahr es einen gerechten Gott gibt.«

»Schafft die Hexe weg«, hörte sie Jean Maynier mit schwacher Stimme knurren. Er ließ den schützenden Arm wieder sinken, und sie blickte in den Abgrund seiner verschatteten Augen.

Madeleine besuchte keine Heilige Messe mehr, sie zog wieder nach La Tour d'Aigues, in ihr prächtiges Schloß, das eines Königssohns würdig war. Sie betete jeden Tag mehrere Stunden, und trotzdem konnte sie den Gedanken an die Rache nicht tilgen. Ja, ihr Ausbruch in Saint-Sauveur schien das alte Feuer wieder angefacht zu haben.

»Willst du wirklich zu ihm gehen?« fragte sie Pierre.

»Er ist mein Vater.«

Bertrand wandte sich nun wieder von Claude ab und Pierre zu. »Vielleicht planst du, dich erneut mit ihm zu duellieren.« An Madeleine gewandt, erläuterte er: »Er hat mir von seinem Kampf erzählt, auch davon, daß ihn sein Vater unerwartet freiließ. Wahrscheinlich will er hören, warum.«

Madeleine wußte nicht, was sie von Bertrand und seinen Äußerungen halten sollte. Wollte er Pierre verletzen? Der spöttische Ton in seiner Stimme, mit dem er zuvor von Jean Maynier gesprochen hatte, war aber inzwischen brüderlicher Wärme gewichen.

Pierre nickte. »Auch das.« Er trank einen Schluck Wein und strich sich kurz mit seinen Fingerspitzen über die Vertiefung zwischen seinen Augenbrauen, wie um seine Stirn zu glätten.

»Als ich aus Rom zurückkam«, sagte er und schaute nacheinander die am Tisch Sitzenden an, »glaubte ich, mich meinem Vater stellen zu müssen. Es ist dann so viel Schreckliches geschehen ... Ich dachte, ich müßte ihn hassen, aber ich kann es nicht ... schon im Gerichtssaal von Paris habe ich das begriffen ... und als ich in den blauen Augen meines Sohns Raymond seine Augen wiedererkannte und in Raymonds Wutanfällen seine Wutanfälle ...« Und beschwörend rief er: »Ich möchte ihn wenigstens verstehen!«

Madeleine sah, wie für einen Moment ein Gefühl vergeblicher Trauer Bertrand und Claude überschattete. Catherines Augen hatten sich mit Tränen gefüllt. Aber auch Nico schien nicht nur an Louis, seinen offiziellen Vater, zu denken, sondern an den anderen, – obwohl sie ihm nie vom König erzählt hatte, wenigstens nicht direkt. Er starrte sie fragend an, als wüßte er dennoch von ihm, als hätte sie ihm etwas Entscheidendes verheimlicht – und das hatte sie ja auch ... Es war längst Zeit, ihn aufzuklären, ihn, der zwar die Nase und die Körpergröße des Königs hatte, aber nicht sein Draufgängertum, der mehr Louis als seinem wirklichen Vater ähnelte. Madeleine mußte endlich versuchen, ihn an den Hof zu schicken, aber sie fürchtete ihn zu verlieren. Nicht nur, daß er ihr fremd würde, sie fürchtete, der verschlossene König Henri und seine entschlossene Katharina, die Italienerin, könnten ihn aus dem Weg räumen lassen, als *Bâtard*, als nicht legitimen Halbbruder ... nie würde sie diesen Verlust überleben ... Aber Nico war kein Kind mehr. Und er brauchte einen Vater.

»Willst du dich mit deinem Vater versöhnen?« fragte Madeleine. Erstaunt blickte Pierre sie an. »Er ... er ... ist zwar jetzt ein Ritter von päpstlichen Gnaden«, fuhr sie fort, »aber keiner will etwas mit ihm zu tun haben. Selbst die strengen Katholiken, die immer das *Arrêt* für richtig befanden, sind von ihm abgerückt. An ihm klebt zu deutlich der Geruch des Blutes. Nirgendwohin wird er eingeladen, keiner empfängt ihn, außer bei dienstlichen Anlässen. Sogar in der *Weißen Lilie* sitzt er allein.«

»Ja, das habe ich ebenfalls gehört«, warf Claude ein. »Es will auch niemand mit ihm Geschäfte machen. Nur noch die Juden sind dazu bereit, dabei haßt er sie, und die Kirche, die Abgesandten des Kardinal Farnese.«

Bei der Erwähnung des Kardinals schaute Pierre fragend Claude an. »Lebt der Farnese nicht in Rom?«

Sie nickte.

»Woher weißt du das alles?«

Bertrand lachte laut und drückte Claude an sich. »Hast du noch immer nicht begriffen, daß sie eine geschickte Geschäftsfrau ist, unsere *Comtesse*, daß der alte Anton Fugger sich wahrscheinlich die Finger nach ihr lecken würde, käme sie als Begleiterin des jungen Baron Oppède nach Augsburg.«

Claude gab ihm einen zarten Klaps auf den Mund.

Pierre schaute peinlich berührt nach unten.

Madeleine war froh, daß sich die Aufmerksamkeit wieder von ihr abgewandt hatte. Sie stand auf. Die drei Musikanten spielten noch immer. Sie spielten nun eine leise, eine traurige Melodie. Ja, Petrarcas Kummer um seine Geliebte … und Dantes Visionen … er hatte den Tod seiner Beatrice vorausgesehen, Engel trugen sie in den Himmel, und später geleitete sie den Dichter durch das Paradies … unbedingt mußte sie Pierre die *Divina Commedia* schenken …

Sie stürzte aus dem Zimmer. Vor dem kalten langen Flur zögerte sie einen Augenblick, dann eilte sie ihn entlang und stieg die breite Treppe zu dem neugebauten Turm hoch, entriegelte eine Geheimtür und schlüpfte in einen schmalen Gang, der durch die Kuppel in die Laterne führte. Hier oben weinte sie um ihre Tochter und ihre nichtgeborenen Enkel, hier oben sprach sie mit ihr und sang schließlich Dantes göttliche Verse. Der Mistral riß ihr die Worte vom Mund und nahm sie mit, trug sie davon, weit weg, bis hin ins Paradies.

## 1555

Noch spät in der Nacht saß Pierre an einem Schreibpult und versuchte, die wirren Gedanken und die drängenden Gefühle einzufangen. Er war es inzwischen gewöhnt, nachts nur kurz zu schlafen, denn er mußte häufig Berichte für die Fugger-Zentrale verfassen, Kauf- und Darlehensverträge ausarbeiten. War er nicht gar zu müde, schrieb er auch noch persönliche Beobachtungen und Erlebnisse nieder. Morgens trieb es ihn beim ersten Licht wieder auf die Beine und auf den Rücken seines Pferds. Gelegentlich dachte er an Bukephalus, der ihm so lange treu gedient hatte, aber schließlich doch an Altersschwäche gestorben war. Ein friedlicher Tod auf der Weide. Aus ihm, dem Reiter, war kein Alexander geworden, und daher verzichtete er von nun an darauf, seinen Pferden einen besonderen Namen zu geben. Sie waren Reittiere, Diener, keine Freunde mehr.

Ein eigenartiges Heulen umgab ihn. Die Kerzen flackerten, und er schaute auf von dem Blatt, das noch unbeschrieben vor ihm lag. Sie waren bei auffrischendem Wind von Lourmarin weggeritten, aber der Tag war dann doch mild geblieben, der Himmel spannte sich in einem tiefen Herbstblau über die bunter werdende Landschaft. Der Luberon im Hintergrund lag wie ein schlafendes Untier da. Die Weinernte war abgeschlossen. Der Ahorn färbte sich leuchtendrot. Aber die Rosen blühten noch, als wollten sie sich dem nahenden Winter nicht beugen.

Nun schien der leichte Wind des Nachmittags sich zu einem Mistral auszuweiten. Er fing sich in den Fensterreihen des Schlosses, den Dachgauben und verzierten Schornsteinen, den Seitentürmchen mit ihren steinernen Akanthusblüten und in der wuchtigen Kuppel, über die sich die Laterne erhob, er drang ein in das riesige Schloß, in dem ein ganzer Hofstaat Platz gefunden hätte, er wehte durch die Treppenhäuser, wirbelte um die Ecken und drehte sich die Gänge entlang. Ja, wie ein Totenfest hörte der Wind sich an, ein Totentanz.

Claude und Madeleine hatten über den Gräbern von Vater Berthon und Raymond ein Grabmal bauen lassen, und sie planten, zwei Marmorstatuen erstellen zu lassen, am liebsten von einem italienischen Bildhauer. Ja, sie dachten sogar daran, gemeinsam mit Nico nach Rom zu pilgern, Michelangelo Buonarroti aufzusuchen und ihn zu bitten … Natürlich wußten sie, daß dies ein Wunschtraum bleiben mußte, aber trotzdem … Claude hatte Laura von diesem Plan geschrieben, und Laura war begeistert.

Pierre kaute auf seiner Gänsefeder und brachte kein Wort auf das Papier. Das Feuer im Kamin glühte vor sich hin und flammte auf, wenn wieder ein Windzug durch den Raum fuhr.

In diesem riesigen Schloß wohnten Madeleine und ihr Nico alleine. Vielleicht wollte sie ihn an königliche Pracht gewöhnen, den *natürlichen* Sohn des verstorbenen Königs, hielt ihn aber zugleich unter ihren Fittichen und an Catherines Rockzipfel. Treffender wohl: an ihrem Unterrockzipfel. Schließlich war Nico schon ein junger Mann in vollem Saft. Auch ihn hatte es in diesem Alter zu Claude getrieben … während Beatrice wartete … ihn ansah mit Augen, die ihn nicht losließen, bis heute nicht … niemand ließ sie los, auch ihre Mutter nicht, die den großen Zentralbau mit der Kuppel um den alten Turm hatte bauen lassen, wie eine Engelsburg für ihre Tochter.

Pierre wanderte im Zimmer auf und ab. Noch immer heulte der Wind um die Gemäuer und sang verlockend in den Kaminen. Er schien nicht nur ihn wachzuhalten. Aus dem Nachbarzimmer, in dem Bertrand untergebracht war, hörte er eine unverkennbare Antwort. Sein Milchbruder schlief nicht und war auch nicht allein. Heftiges Atmen, Aufstöhnen, Flüstern und Kichern. Pierre lauschte.

Claude! Claude und Bertrand! Natürlich! Sie hatte ihm den ganzen Abend schon zugelacht, und er war unübersehbar angetan von ihr. Vielleicht war es gut so, für beide, sie brauchten nicht zu zögern – die Zeit tickte gegen sie. Und sie paßten auch zusammen, schon von ihrem Glauben her, von ihrer Veranlagung …

Die Kerzen am Pult brannten. Die Tinte in der Gänsefeder war eingetrocknet. An Schlaf war nicht zu denken. Pierre hielt es nicht länger in seinem Zimmer aus. Leise öffnete er die Tür und wanderte, eine Kerze in der Hand, den Gang entlang. Noch einmal stöhnte Claude auf … Schnell bog er um eine Ecke.

Endlich nur noch das leise Singen und ferne Weinen des Windes.

Pierre stieg mehrere Treppen hinauf und wieder hinab, stieß auf endlose Gänge, an verschlossene Türen und offene Portale. Zum

Glück fand er eine Fackel, die nicht wie die Kerze auszugehen drohte. Aber je länger er umherwanderte, desto mehr schien er sich in den labyrinthischen Gängen zu verlieren. Manches kam ihm bekannt vor, anderes völlig neu.

Wohin wollte er eigentlich? Suchte er die Gruft, in der Beatrice lag, oder die Treppe hoch zur Laterne über der Kuppel, dem Himmel nah. Dem Himmel nah ... dies war Beatrice' Platz. Nicht die Gruft, nicht die ewige Düsternis, der Verfall ...

Er fand die Treppe nicht, die zur Kuppel führte. Vielleicht ein Geheimgang, eine versteckte Tür ... Hier im Turm heulte der Mistral wieder lauter ... Das Licht der Fackel flackerte und warf riesige Schatten auf die Wände. Geister schienen über die dunklen Enden der Gänge zu huschen, helle, wehende Gewänder, verschleierte Gesichter ... Aber nein, er sah keine Geister, da war sie, da war Beatrice, seine ferne Geliebte, der Traum, die Augen ...

»Beatrice!« rief er.

Ein Angstschrei.

Er rannte zum Ende des Ganges, um den das wehende Gewand verschwunden war.

Pierre leuchtete mit der Fackel nach allen Seiten. Niemand war mehr da. Er lauschte. Unten, irgendwo unten Schritte, nackte Füße auf kalten Fliesen. Pierre hetzte die Treppe hinunter. Dann plötzlich mehrere schmale Gänge, alte Gemäuer schoben sich vor, ein Loch, daneben ging es weiter abwärts. Hier mußte der neue Bau um den alten herumgebaut worden sein. Schmale Gewölbe. Ein verstecktes Keuchen. Und wieder ein Schrei.

Als er sie erreichte, riß sie sich den Schleier vom Gesicht.

Pierre erschrak zuerst, seufzte dann aber erleichtert auf.

Es war nicht Beatrice, es war ihre Mutter.

»Warum verfolgst du mich?«

»Ich dachte, du wärst ...«

Madeleine starrte ihn mit irren Augen an. »Ich wäre ...?«

»Ich konnte nicht schlafen. Einen Augenblick dachte ich ...« Langsam kam er in die Wirklichkeit zurück.

Natürlich stand vor ihm nicht das ätherische Wesen, das er damals geliebt hatte, sondern eine Frau mit ergrauten Haaren, deren frühere Schönheit aber noch immer zu erahnen war. Sie starrte ihn mit einem derart wilden Blick an, daß er nicht mehr wußte, wie er sich verhalten sollte.

»Du suchst sie, du hast sie nicht vergessen!«

»Nein.«

»Und sie sucht dich!«

»Manchmal träume ich noch von ihr.«

Madeleine wich nun nicht mehr vor ihm zurück, sondern trat auf ihn zu. Bevor er ihr noch ausweichen konnte, drückte sie sich an ihn.

»Spürst du sie?« flüsterte sie.

Er legte seine Arme um sie.

Sie schluchzte auf. »Du mußte sie rächen, Pierre, du mußt ihn vernichten!«

Dann stieß sie ihn von sich.

Wieder der Blick aus fremden Augen.

»Geh zurück in dein Zimmer, Pierre! Laß uns allein. Ich muß sie verabschieden, wie jede Nacht.«

Er sah Madeleine nach, wie sie eine Treppe hinabschwebte. Bevor sie in einem schwarzen Loch verschwand, drehte sie sich noch einmal um und hob beide Arme, als wollte sie fliegen.

»Du darfst sie nie vergessen!«

## 1555

Am nächsten Tag stand Pierre früh auf und ließ sein Pferd noch vor Sonnenaufgang satteln. Die Begegnung der letzten Nacht verblaßte langsam wie ein schlechter Traum. In der ersten Dämmerung verließ er galoppierend La Tour d'Aigues. Noch am Vormittag erreichte er das Aixer Stadttor Nostre Dame und das Stadthaus seines Vaters. Ihm wurde beschieden, der Herr Präsident befinde sich im Gerichtshof und sei nicht vor dem Abend zurückzuerwarten.

Pierre ließ sich durch die Stadt treiben. Sie hatte sich seit seinem letzten Aufenthalt verändert. Die Menschen schienen ihm mißtrauischer und unzufriedener geworden zu sein. Und überall waren Bettler, mehr als früher. Sie hockten im Kot und hielten ihm, ohne hochzuschauen, die Hand hin oder eine Schale. Die bettelnden Kinder hingen sich an ihn, bis er mehrere Münzen unter sie streute. Aber kaum hatte er dies getan, strömten sie erst richtig herbei. Erst vor dem *Maison Communale* wurden sie von den Marktfrauen vertrieben, die sich nicht scheuten, auf sie einzuprügeln.

In der *Weißen Lilie* wollte sich Pierre zu einer Gruppe Zecher setzen, aber selbst als er eine Runde Wein bezahlte, blieben sie einsilbig. So begab er sich zum alten Wirt an die Theke und fragte nach dem Badehaus und der Nachfolgerin von Marie La Marseillaise. Das Badehaus existiere nicht mehr, eine Nachfolgerin gebe es nicht, aber wenn er Huren suche, brauche er nur ins Viertel der Wollkämmer zu gehen.

Pierre kannte den Wirt noch von früher, aber der Wirt schien ihn nicht mehr zu erkennen. Wahrscheinlich sah er schlecht.

»Kommt der Präsident Baron d'Oppède noch manchmal hierhier?« fragte Pierre.

Der Wirt schaute nach dem Zechertisch und reagierte nicht.

Pierre wiederholte seine Frage.

»Ich bin nicht taub«, wurde er angeblafft. »Was habt Ihr mit dem Oppède zu schaffen?« Die Stimme war kaum freundlicher geworden.

»Ich bin sein Sohn.«

Der Alte kniff die Augen zusammen, warf wieder einen kurzen Blick zum Zechertisch und beugte sich zu ihm vor.

»Sein Sohn ist tot«, zischte er ihm zu. »Was wollt Ihr von ihm?«

»Mein Name ist Pierre Maynier. Ihr müßt mich noch von früher kennen ...«

»Ich erinnere mich an keinen Pierre Maynier, außerdem hat der Baron selbst gesagt, daß sein Sohn nicht mehr lebt. Am besten verschwindet Ihr von hier. Sonst lochen Euch die Konsuln noch ein. Spione und Ketzer landen hier schnell im Kerker oder gleich am Galgen. Und Attentäter werden gerädert. Selbst der Versuch eines Attentats zieht verschärfte Folter nach sich und anschließend den Strick.«

Der alte Wirt hielt kurz inne, wie um die Wirkung seiner Worte abzuschätzen. Dann fuhr er fort: »Der Einfluß des Herrn Präsidenten ist vielleicht nicht mehr ganz so groß wie vor dem Prozeß, aber nach dem Mordversuch bezahlt er eine persönliche Wache, das sind alte Söldner der blutigen Woche, und die sind schnell mit dem Dolch zur Hand.«

»Ihr sagtet *Mordversuch*?« Pierre schob ihm einen Dukaten hin.

»Die Ketzer wahrscheinlich, die Waldenser, Ihr wißt schon, aus Rache oder ...« Er unterbrach sich und sah Pierre erwartungsvoll an.

Pierre schob ihm eine zweite Münze hin.

»Man munkelt so einiges ... es gab ja diesen Prozeß in Paris ... nicht alle Adelsfamilien in der Provence sind gut auf den Baron zu sprechen ... mehr kann ich nicht sagen.«

Als Pierre am Abend erneut bat, bei seinem Vater vorgelassen zu werden, stürzten mehrere bewaffnete Männer aus einer Seitenkammer neben dem Eingang, entrissen ihm seinen Degen und fesselten ihm die Arme auf den Rücken.

»Ich bin Pierre Maynier, der Sohn des Präsidenten, laßt mich sofort los, ihr Dreckskerle«, schrie er.

Als Antwort trat ihn jemand in die Seite, und ein anderer stopfte ihm einen Knebel in den Mund. Dann wurde er die Treppe hochgezerrt und in den Empfangssaal seines Vaters gestoßen. Das erste, was ihm auffiel, war der glänzende Prunkharnisch in der Ecke. Er wirkte wie ein böses Insekt, von dem nur noch sein schillernder Panzer übriggeblieben war.

»Laßt ihn frei«, hörte er einen Mann sagen, der im Halbschatten neben dem Kamin stand, auf einen Krückstock gestützt, in einem langen Hausrock aus Seide, auf dem Kopf eine Pelzkappe. Während

Pierre die Hände losgebunden und der Knebel aus dem Mund genommen wurde, mußte er genauer hinschauen, bevor er seinen Vater wiedererkannte. Ein gebückter, alter Mann kam ihm einen Schritt entgegen, schaute ihn prüfend an und winkte dann die Wachen hinaus. Die Gesichtshaut war fahl, der Bartwuchs so stark, daß er unrasiert wirkte. Eine Furche stieß auf die Nasenwurzel, tiefe Falten zogen sich über die Stirn und über die Wangen, an den Mundwinkeln entlang. Die Augen lagen in blauschattierten Höhlen.

»Mein Sohn, nehme ich an«, sagte er mit brüchiger Stimme.

»Ja, dein Sohn, der im Haus seines Vaters wie ein Verbrecher behandelt wird«, antwortete Pierre und verbeugte sich knapp.

»Wir haben unsere Gründe.«

Mit einer Handbewegung wies sein Vater auf einen Armstuhl und humpelte mit seinem Stock zum Sessel, den er mit Mühen an den Kamin zog. Ächzend ließ er sich nieder. Auch Pierre nahm Platz.

»Und was führt dich zu mir?« sagte sein Vater nach einer Weile.

»Ich werde demnächst mit meiner Familie von Lyon nach Augsburg ziehen und dachte …«

»Zu den protestantischen Ketzern, das war zu erwarten.«

»Ich arbeite im Haus des Fernhandelskaufmanns und Bankiers Fürst Anton Fugger, und der ist streng katholisch.«

»Fürsten handeln nicht, weder mit Geld noch mit Waren. Ist dieser Fugger nicht ein übler Wucherer, der den Feind des französischen Königs unterstützt?«

»Die Fugger pflegen Beziehungen zu allen Herrscherhäusern Europas. Sie haben den französischen König gegen die Engländer unterstützt.«

»Ja, aber damals, in Pavia, bezahlten sie die Landsknechte des Kaisers und die spanischen Arkebusenschützen. Ohne ihre Gelder wäre Frankreich nicht besiegt worden. Du bist also zum Feind übergelaufen, und wahrscheinlich betest du auch noch seinen Gott an.«

Darauf konnte und wollte Pierre nicht antworten. Seinen Vater schien dies nicht zu stören, denn er schwieg nun ebenfalls.

»Als was gehst du ins kalte und ketzerische Deutschland? Hast du noch die Rechte studiert?« fragte er nach einer Weile.

»Ich werde persönlicher Sekretär des Patrons, seine rechte Hand sozusagen.«

»Die die Dreckarbeit macht, ich verstehe. Hat nicht der Kaiser in Augsburg einen Reichstag abhalten lassen?«

»Ja, vor einigen Wochen wurde die Urkunde zum Religionsfrieden unterzeichnet. In Zukunft wird es in Deutschland keinen Streit mehr um den rechten Glauben geben – so hoffen wir alle.«

»Wer ist *wir*?«

»Nun, alle vernünftigen Menschen, die an den christlichen Gott, seinen Sohn und die Heilige Schrift glauben.«

»Und nicht an die Heilige Römische Kirche? An die Muttergottes? An alle Heiligen? An sieben Sakramente?«

»In meinen Augen wiegt Gottes Wort schwerer als das Wort der Kirche oder des Papstes. Aber ich bin der Meinung, daß jeder nach seinem persönlichen Glauben glücklich werden sollte.«

»Euer Wort sei ja, ja, nein, nein. Alles, was dazwischen ist, ist vom Übel.«

Pierre atmete tief durch. Der schnarrende Oberrichterton seines Vaters verärgerte ihn. Er fragte sich, warum er eigentlich die Reise nach Aix auf sich genommen habe. Aber auch eine beklemmende Trauer überfiel ihn. Hatte er nicht gehofft, vier Jahre nach Ende des Prozesses, der seinen Vater von allen Vorwürfen freigesprochen hatte, einen alterssanften Mann anzutreffen, einen Vater, mit dem er Frieden schließen konnte? Nie würde er zwar vergessen, was in der blutigen Woche geschehen war, aber er wußte, daß das, was er als Todsünde und Verbrechen ansah, sein Vater als gottgefällige Tat empfand. Und letztlich mußte der Allmächtige darüber entscheiden.

Pierre räusperte sich, äußerte aber nichts. Er wußte nicht, wann er jemals wieder in die Provence kommen würde … Sein Vater lebte nicht ewig. Vielleicht wollte er ihm auch nur eine Chance geben – ein wenig Einsicht und Reue zu zeigen. Ein einziger richtiger Satz genügte.

Sein Vater sah ihn forschend an, seine müden Augen schienen nun sogar aufzublitzen.

»Du hast dich also entschlossen, dein Leben als fremdländischer Priester des Goldenen Kalbs zu verbringen – gerade du, der Sohn eines Kämpfers für den rechten Glauben …«

»… und der Enkel eines päpstlichen Zuhälters!«

Pierre war diese Bemerkung herausgeruscht. Aber er bedauerte sie nicht, weil sein Vater nicht aufhören wollte, ihn zu attackieren, weil er ihm endlich zeigen mußte, daß ein solches Gespräch in kürzester Zeit zum Abbruch führen mußte.

»Wer sein eigenes Blut beleidigt, ist nicht wert, daß es in seinen Adern fließt.«

»Und was ist mit dem, der das Blut, das er vergossen hat, nie mehr abwaschen kann? Der seinen alten Freund und Kameraden mit einer Übermacht an Soldaten ermordet hat? Der seinen eigenen Namen und den seiner ganzen Familie besudelt hat mit dem Blut von unschuldigen Frauen und Kindern?«

Sein Vater wandte sich ab. Müde wischte er mit einer Hand über sein Gesicht. Er schien tatsächlich getroffen, auch erschöpft und zu keinem weiteren Wortgefecht mehr in der Lage.

»Weißt du eigentlich«, fuhr Pierre erregt fort, »daß dein Name in ganz Europa nur mit Entsetzen und Abscheu genannt wird, der *blutige Baron* wirst du genannt, *der Cavaliere vom waldensischen Kindermord* – und wenn man hier in Aix nach dir fragt, stößt man auf ablehnendes Schweigen.«

»Einer mußte der Bluthund sein. Mich hat Gott dazu auserwählt. Er wird wissen, was er tut.« Jean Mayniers Stimme klang nicht auftrumpfend, sondern schwach, seine Hände zitterten. »Das weltliche Gericht hat mich freigesprochen, das göttliche wird mich ebenfalls freisprechen …

»Nein, du wirst in ewiger Verdammnis enden. Auch wenn deine römischen Freunde dich ehren …« Pierre war seinem Vater ins Wort gefallen, er schrie in höchster Erregung. Durch sein Schreien hindurch hörte er den Eiferer in sich, und er unterbrach sich abrupt.

Als hätte er nichts vernommen, sprach sein Vater weiter: »Was Raymond angeht, den Feigling, der seinen Freund und seinen König im Stich gelassen hat, als es darum ging, die Ehre Frankreichs zu verteidigen, die Ehre seiner Ritter …«

»Du brauchst nicht pathetisch zu werden!« Pierres Stimme war wieder ruhig und kalt.

»Raymond wollte mir sein Schloß nicht öffnen, er stellte sich mir entgegen, beleidigte mich sogar. Er suchte den Kampf, wollte mich im Schwertkampf besiegen – und verlor. Ich tötete ihn nicht, ich verletzte ihn nur. Den Rest erledigten meine Soldaten.«

Sein Vater hatte sich ihm wieder zugewandt. Seine Hände zitterten immer stärker, auch der Kopf zitterte nun. Die Lippen bewegten sich. Er schloß die Augen.

Für einen Moment glaubte Pierre, sein Vater würde in diesem Augenblick sterben. Er sprang auf und wollte ihn halten.

Vor ihm rutschte ein hilfloses Bündel zu Boden.

Er rief ihn an, aber sein Vater antwortete nicht. Seine Glieder zuckten, dann beruhigte sich der Körper.

Er ist tot, dachte Pierre.

Er beugte sich hinunter und spürte noch einen leisen Atem.

Wenn er jetzt stirbt, dachte er, werden sie dich für seinen Mörder halten und umbringen. Wenn du nach Hilfe schreist, werden sie dich nicht mehr gehen lassen.

Er rüttelte an dem Körper, rief ihn erneut an, schlug leicht auf seine Wangen. Dann hob er ihn hoch und schleppte ihm zum Fenster. Er öffnete es und ließ frische Luft ein. Und tatsächlich schien sein Vater wieder zu sich zu kommen. Pierre trug ihn zurück und setzte ihn in seinen Sessel. Der Körper war unglaublich leicht. Unter dem Seidenmantel waren nur noch Haut und Knochen zu spüren. Der einstmals starke Kämpfer, der Held von Pavia, war abgemagert, ein hilfloses Wrack.

Jean Maynier öffnete langsam wieder die Augen. »Was war mit mir?« stammelte er.

Pierre blickte ihn lange an, den alten, zitternden Mann, der kein Gegner mehr war.

»Ich wollte mich von dir verabschieden, bevor ich nach Augsburg ziehe, mit Laura, meiner Frau, Berthons Tochter, du erinnerst dich an sie, du hast sie für ewig gezeichnet.«

Sein Vater nickte schweigend.

»Wir haben drei Kinder, zwei Jungen und ein Mädchen, und ein viertes ist unterwegs.«

Sein Vater senkte den Kopf.

»Ich bin noch einmal zu dir gekommen, weil du mein Vater bist und es immer bleiben wirst und weil unser zweiter Junge dir ähnelt ... und weil ...«

Pierre merkte, daß er seine Gefühle nicht mehr kontrollieren konnte; wie das Geschehene, all das, was sich unauslöschlich in ihn eingebrannt hatte, in diesem Augenblick bedeutungslos wurde; wie er seinen Vater sogar trotz allem liebte. Und er spürte, daß auch sein Vater es nie verwunden hatte, daß sein einziger Sohn sich andere Väter gesucht hatte, geflohen und schließlich zu einem Fremden geworden war.

Pierre holte das kleine Medaillon heraus, das er seit seiner Kindheit wie ein Amulett bei sich trug. Er hielt es seinem Vater hin. »Das Bild meiner Mutter, du hast es mir einmal geschenkt.«

Sein Vater nahm es, warf einen kurzen Blick darauf, gab es ihm wieder zurück und wandte sich ab.

»Was soll ich meinen Kindern erzählen, wenn sie nach ihrer Großmutter fragen?«

»Sie war ein Engel, dessen Opfer ein grausamer Gott verlangte.«

Sein Vater schien in sich hineinzuhorchen, sein Kopf sank nieder. Dann riß er sich wieder zusammen.

»Ich bin müde«, erklärte er leise, »meine Arbeit fällt mir schwer, ich werde gelegentlich ohnmächtig. Nachts rede ich mit mir, auch mit ihr. In meinen Träumen höre ich Schreie, den Schrei einer schwangeren Frau, sehe sie am Fenster, am Kreuz ...«

Sein Vater hatte sich erhoben, und wieder begannen seine Hände zu zittern. Er griff nach dem Stock und schlurfte humpelnd zur Tür.

Bevor er den Raum verließ, sprang Pierre auf und stellte sich ihm in den Weg.

»Warum hast du mich damals, bevor das Schloß von La Tour d'Aigues brannte, so plötzlich freigelassen? Du hättest mich töten können.«

»Glaubst du, ich lösche meine Familie aus? Meinen einzigen Sohn? Meine ungeborenen Enkel? All die, in denen ich fortleben werde?«

Pierre schaute ihn verwirrt an. »Aber warum hast du mich dann nicht Beatrice heiraten lassen? Die Tochter der Frau, die du einst geliebt hast? Wir wären alle glücklich geworden – auch du.«

»Glaubst du wirklich? Alle?«

Pierre nickte. In diesem Augenblick war er sicher, daß das Glück damals greifbar nahe vor ihnen gelegen hatte. Aber er verstand weniger denn je, warum Gott sie auf einen falschen Weg führen mußte.

»Glück ist nicht alles«, sagte sein Vater mit leiser Stimme.

Ohne sich noch einmal umzudrehen, verließ Pierre den Raum.

## 1555

Trotz ihres schweren Bauchs eilte Laura durch das Haus. Sie stolperte über Spielzeug, gab der Köchin noch eine Anweisung für den Speisezettel der nächsten Tage, nahm Beatrice, ihre Jüngste, tröstend auf den Arm und übergab sie dann wieder dem Kindermädchen.

»Später, später –«, rief sie, als ihr Claude begegnete und sich mit ihr zu einem Plausch niedersetzen wollte, »wenn unsere Männer nach Hause kommen.«

Im Erkerfenster des dritten Stocks kam sie endlich zur Ruhe. Sie seufzte, strich sich über den vorwölbenden Bauch, fühlte nach den Füßchen, die da gegen die Bauchdecke traten, und nahm sich lächelnd ihr Schreibzeug. Auch wenn es in ihrem Haus etwas hektisch und unordentlich zuging, wenn die Kinder alles auf den Kopf stellten, ihre Anweisungen nicht zufriedenstellend befolgt wurden und sie daher ein Kammermädchen ohrfeigen oder einen Knecht davonjagen mußte, ließ sie sich nicht nehmen, täglich einmal alles hinter sich zu lassen und sich an den Ort zurückzuziehen, der für sie ganz allein und ihre Dichtung reserviert war.

Regen peitschte gegen das Fenster. Die Hausfront gegenüber glänzte naß, unten auf der Straße rumpelte eine hochbeladenes Pferdefuhrwerk durch den Dreck. Der Herbst war hereingebrochen und zog mit schweren Wolken über die Stadt. Aber in dem kleinen Raum, zu dem noch nicht einmal ihre Kinder Zutritt hatten, loderte knisternd der Kamin, so daß es gemütlich warm war. Laura lehnte sich an das Kissen, schloß die Augen und fühlte, wie die Unruhe von ihr abfiel und ein wehmütiges Glücksgefühl sie durchströmte. Zum vierten Mal war sie nun schwanger, und wieder ohne Übelkeiten, Schlafsucht und Wasser in den Beinen. Ihre Kinder tobten zwar häufig und stellten immer wieder das Haus auf den Kopf, aber sie waren gesund, hellwach und jedes für sich eine eigene kleine Persönlichkeit.

Sie lebte mit ihrem Mann, ihrer ebenfalls schwangeren Halbschwester und ihrem Schwager in einem großen schönen Haus in der Rue Saint-Jean, im besten Viertel von Lyon, unweit der

Fugger-Niederlassung, und auch wenn die Zeiten unruhig waren, die Religionsstreitigkeiten zunahmen, die Stadt sich bis zur Zahlungsunfähigkeit verschuldet hatte und daher hohe Steuern ihren Bürgern auferlegte, so konnten sie sich doch eine zahlreiche *famiglia* leisten.

Das Haus, von Bertrand und Claude gekauft, war zudem schuldenfrei. Auf ihrer Hochzeit hatten sich alle, die in der Stadt Rang und Namen hatten, versammelt und Bertrand, den *Faktor* der Fugger'schen Niederlassung, beglückwünscht. Und reihum bedauerte man, daß Pierre die Stadt verlassen müsse, um im fernen Augsburg seinem reichen Finanzfürsten zur Hand zu gehen.

»Und am schmerzhaftesten wird uns der Verlust unserer Donna Laura treffen«, riefen die Damen mit Augenaufschlag und Bedauern in der Stimme, »unserer lorbeerbekränzten Dichterin.«

Laura lächelte.

Es wurde viel geschmeichelt unter den bedeutenden Bürgerfamilien der Stadt und dem Adel, der natürlich auch überall dabeisein wollte, viel gelogen auch und geheuchelt, Neid und Eifersucht hinter höflichen Masken versteckt. Aber es berührte Laura nicht. Wer wie sie in die Hände von Unmenschen gefallen war und auch das römische Ränkespiel kannte, der konnte nur über den Klatsch lachen, der hier am Zusammenfluß von Rhône und Saône ausgetauscht wurde. Natürlich tuschelten die Frauen über Claudes Vergangenheit und nannten sie mit spitzer Zunge *La Contessa cortigiana*, stocherten die Männer in Bertrands geheimnisvoller Abstammung oder gratulierten Pierre zu dem hohen Ehrentitel, der seinem Vater von der Kurie für seine Verdienste um den rechten Glauben verliehen worden war.

Pierre behielt trotzdem seine geschäftsmäßig freundliche Miene und revanchierte sich, indem er auf die bedenklich angestiegene Verschuldung der Stadt zu sprechen kam. Für sechzehn Prozent Zinsen sei das Bankhaus der Fugger bereit, sich an der gemeinsamen Rettungsaktion zu beteiligen.

»Was die Sicherheiten anbetrifft, so nennt Euch unser Faktor Bertrand Saumuc die Konditionen. Ich bin sicher, daß ich, wenn ich demnächst mit meiner Familie nach Augsburg ziehe, in der *Goldenen Schreibstube* einen erfolgreichen Abschluß vermelden kann.«

Sie war stolz auf Pierre, wenn er die Herren vom Magistrat auf diese Weise in die Schranken wies. Und sie bewunderte ihn, wenn er bei einem Diner, das Claude und sie herrichteten, ganz nebenbei eine neue Geschäftsverbindung anknüpfte oder einen Emissär des Königs aushorchte.

Dabei gab es noch immer Momente, in denen Pierre nachdenklich neben ihr im Bett lag und knurrte, wenn sie sich ihre Füße an ihm wärmen wollte.

Insbesondere nach seinem letzten Besuch bei seinem Vater war er wenig gesprächig. Er wirkte niedergeschlagen und von Zweifeln gequält. Skeptischer denn je betrachtete er Raymond, seinen zweiten Sohn. Sie mochte ihn gar nicht ausfragen über das, was er erlebt hatte. Sie wollte so wenig wie möglich an all das, was sie mit seinem Vater verband, erinnert werden. Es war schon schlimm genug, daß sie beim Stillen auf die verblaßten Spuren des glühenden Feuerhakens blicken mußte.

Für alle Zeiten hatte Jean Maynier sie damals gezeichnet: schwarzverbrannt zu Beginn, später lange Zeit blutrot und nun rosa verworfen, mit seltsamen Hautschlieren mitten zwischen ihren kräftigen Brüsten. Pierre wandte sich immer ab, er löschte die Kerzen oder drehte sie auf den Bauch, und wenn er nicht umhin konnte, die Narbe anzusehen, verdunkelte sich sein Blick.

Sie fürchtete diese Momente. Pierre hatte sich noch immer nicht vollständig von seiner Vergangenheit gelöst. Er sprach zwar nicht über sie, aber an dem düsteren oder abwesenden Blick erkannte sie, wenn es ihn wieder hinabzog, wenn er innerlich mit seinem Vater kämpfte – oder wenn er an dieses ätherische Wesen dachte, nach der er seine erste Tochter hatte benennen müssen. Ihr schrecklicher Tod war nicht aus seinem Gedächtnis zu löschen und auch nicht die Tatsache, daß er sich an ihm schuldig fühlte. Und wenn er erst einmal an das Ende seiner damaligen Geliebten dachte, ließ sich der Gedanke an ihren Vater Raymond nicht abweisen. Sie wußte natürlich auch, daß Pierre sich für den Verursacher ihrer eigenen Lebensnarbe hielt. Sie erahnte seine stummen Selbstvorwürfe – und waren nicht die unaufhörlichen Reisen, die ehrgeizige Arbeit für die Fugger sein Versuch, Gottes Gnade zu erwirken?

Dachte Laura an die Vergangenheit, so war Beatrice die einzige, bei der sie noch gelegentlich Gefühle der Eifersucht plagten. Führte sie sich die Zeit vor Augen, in der ihre Mutter und Pierre sich gegenseitig trösteten, so fühlte sie nur wehmütige Trauer – darüber, daß sie eigentlich nie eine Mutter gehabt hatte, daß sich ihre Mutter alles vom Leben nehmen wollte und dann doch einsam starb.

Manchmal zog sie heimlich das grüne Atlaskleid an. Es stand ihr gut, wenn es auch nicht mehr der Mode entsprach, die man heute bevorzugte.

Ein einziges Mal hatte sie sich in diesem Kleid Pierre gezeigt. Nie wieder würde sie es tun. Er brach in Tränen aus und rührte sie wochenlang nicht an.

Auf ihre Schwester Claude war sie seltsamerweise überhaupt nicht eifersüchtig, obwohl Claude nicht umhin konnte, gelegentlich Pierre zu umturteln und auf ihre gemeinsame Vergangenheit anzuspielen, dabei sogar von Kranichen und Schildkröten sprach, von bimmelnden Kirchtürmen und musizierenden Füßen.

»Aber wie können denn Füße musizieren?« fragte Hugues, ihr Sohn, sie neugierig.

Pierre war das Gespräch sichtbar peinlich, Bertrand reagierte ungehalten, sie selbst amüsierte sich nur, und Claude antwortete mit unschuldigem Augenaufschlag: »Das verstehst du noch nicht, mein Schatz.«

Laura ließ lächelnd ihren Blick auf den Fensterscheiben ruhen, die in ständiger Bewegung zu sein schienen. Schlierenförmig floß der Regen an ihnen hinab. Manchmal peitschte ein Windstoß einen Schwall Wasser gegen sie. Stimmen drangen von der inzwischen fast dunklen Gasse hoch und auch aus dem Haus. Raymond stritt sich mal wieder mit Hugues und wurde von den Mädchen gescholten, und Claude versuchte, ein Wiegenlied zu singen.

Es war erstaunlich, daß ihre nicht mehr ganz junge Halbschwester, die eine so erlebnisreiche Vergangenheit hinter sich hatte, als werdende Mutter ganz schnell ihre Selbstsicherheit verlor.

»Ich habe Angst«, hatte sie Laura kürzlich gebeichtet. »Es ist die erste Geburt, und ich bin schon über dreißig.«

Alle Versuche, ihr die Angst auszureden, schlugen fehl.

»Ich muß gleich wieder weinen.« Claude klammerte sich an sie. »So viele Frauen sterben bei der Geburt, oder das Kind ist tot ...«

»Schau mich an, drei gesunde Kinder!«

»Und wenn Bertrand plötzlich nicht mehr nach Hause kommt ...«

»Aber Claude, es hat sich doch alles zum Guten gewendet!«

»Ja, bei dir! Aber ich bin die Tochter einer Kurtisane, sie haben meine Mutter als Hexe verfolgt und umgebracht ... und wenn sie mich abholen, mir die Instrumente zeigen ... und dann und dann ...«

»Wir sind hier nicht in der Provence«, betonte sie, »Lyon ist eine tolerante Stadt ...«

»Sind nicht erst vor zwei Jahren fünf reformierte Priester auf der Place Grenette verbrannt worden?« Claudes Stimme war schrill geworden. »Was wird aus meinem Kind?«

Es dauerte lange, bis Laura ihre Schwester beruhigen konnte.

Von unten drangen nun Gelächter und die laute Stimme Bertrands herauf. Die Männer waren offensichtlich heimgekommen und wurden von den Kindern bedrängt. Laura hörte Beatrice' Juchzen, Raymonds Stimme, der etwas berichten wollte. Dann wurde nach ihr gerufen.

Aber sie hatte heute noch keine Zeile gedichtet und wollte wenigstens noch einmal die Verse von gestern überprüfen. Sie hatte bisher nur ihren Gedanken nachgehangen, aber ohne daß sie danach gesucht hatte, war ihr jetzt der Titel für eine Sammlung von Sonetten eingefallen: *Tränen und Gelächter*. Ein Oxymoron, hätte Papa Berthon gesagt. Auch Pierre würde anmerken: Ein Oxymoron mit Assonanz. Recht hatten sie, aber Laura war gleichgültig, welche Figuren und Bilder sich in ihren Versen fanden, wenn sie nur Gefühl und Leidenschaft ausdrücken konnten.

Die Stimmen wurden immer lauter, die Jungen trappelten die Treppe hoch.

»Tränen und Gelächter«, flüsterte Laura und stand seufzend auf.

Kaum hatte sie das Zimmer verlassen, stürmten die Jungen ihr entgegen, Raymond vorweg, er stieß Hugues grob zur Seite, und die kleine Beatrice, auf Papas Schultern, streckte ihr die Ärmchen entgegen. Sie nahm das Kind, gab Pierre einen Kuß, ermahnte Raymond, sich zu benehmen, und forderte Hugues auf, ihr seine Deutschlektion zu zeigen. Raymond puffte Hugues noch einmal und rannte dann weg. Sie wollte ihm etwas nachrufen, unterließ es aber.

Pierre neckte Beatrice, und die Kleine juchzte vor Freude.

Während Pierre mit Bertrand und Claude ins Eßzimmer ging, schaute Laura sich noch Hugues' Arbeiten an und lobte ihn. Dann herzte sie die kleine Beatrice und brachte sie gemeinsam mit dem Kindermädchen ins Bett.

Sie war froh, daß wenigstens Hugues schon vernünftig war und selten Ermahnungen und nie Schläge brauchte. Und Beatrice strahlte alle Welt an. Alle Welt strahlte zurück. Die Mädchen rissen sich um sie, die Köchin steckte ihr immer etwas zu, und der Vater war ganz besonders verliebt in sie. Ein blonder Engel eben mit großen blauen Augen. Nur Raymond verhielt sich verstockt. Er lächelte so selten, daß er sich nicht zu wundern brauchte, daß auch ihn niemand anlächelte. Und wenn ihn aus heiterem Himmel seine Wutanfälle überfielen, dann half noch nicht einmal der Stock. Pierre konnte diese Anfälle nicht ertragen. Einmal schlug er seinen Sohn blutig. Seitdem zog er sich zurück und reagierte nicht mehr auf die Anfälle seines Sohnes.

Laura versuchte es mit gutem Zureden, mit Vernunft, mit Fragen, aber Raymond bockte nur. Am schlimmsten war, daß er so unabweisbar Pierres Vater ähnelte. Schon jetzt hatte er seine Figur – und die Augen! Die Augen kannte sie zu gut, und sie konnte manchmal nicht ertragen, welche Augen da umherlichterten. Zum Glück schaute Raymond häufig zur Seite oder auf den Boden. Aber wenn er wutentbrannt über seinen älteren Bruder herfiel, mußten die Erwachsenen eingreifen, denn Hugues war viel zu gutmütig, um sich zu wehren. Und mußte man nicht befürchten, er könnte auch über Beatrice herfallen?

Laura gab Beatrice nach dem Gebet noch einen letzten Kuß und überließ dem Kindermädchen, sie in den Schlaf zu singen. Dann ging sie zu den Jungen, um mit ihnen zu beten. Hugues sprach die Gebete mit, Raymond schwieg. Schließlich umarmte sie ihren Ältesten und erlaubte ihm, sie auf den Bauch zu fassen, um die Bewegungen des Kindes zu fühlen. Hugues strahlte sie in einem stillen Glück an und lachte dann vor Freude, als auf sein vorsichtiges Klopfen hin das Kind zu antworten schien. Er gab ihr noch einen Kuß, und sie ging zu Raymonds Bett.

Der Junge hatte seinen Kopf unter die Decke gezogen. Als sie ihm dennoch über die Haare streicheln wollte, trat er doch tatsächlich nach ihr. Zum Glück traf er sie nicht. Ein heftiger Ärger durchfuhr sie, und sie hätte ihn am liebsten heftig an den Ohren gezogen oder am nächsten Tag ohne Essen gelassen. Aber sie beschloß, Raymond mit Mißachtung zu strafen. Er war ein verqueres Kind, leider, aber Gott hatte es so geschaffen.

Wortlos stand sie auf, gab Hugues einen letzten Kuß und verließ den Raum.

Nach dem Abendessen saßen die vier Erwachsenen noch zusammen. Bertrand wirkte angespannt und mißgelaunt, Pierre inzwischen müde und abwesend. Je näher die Abreise nach Augsburg rückte, desto schwerer schien er sich von seiner Heimat trennen zu können. Und Heimat bedeutete für ihn nicht Lyon, sondern der Luberon, Lourmarin, Ménerbes – und natürlich sein noch immer lebender Vater.

Laura setzte sich zu Claude und erzählte eine lustige Geschichte von Beatrice und der Köchin. Claude tastete vorsichtig ihren Bauch ab, kam dann aber auf die Hofgesellschaft zu sprechen und den Klatsch über die Königin Katharina. Laura hörte nur mit halbem Ohr hin, weil Pierre gerade Bertrand berichtete, er habe von Madame de Cental einen Brief erhalten.

»Es wird immer schlimmer mit ihr«, bemerkte er und schüttelte traurig den Kopf.

»Katharina hat ein Jahrzehnt lang keine Kinder gekriegt«, sagte Claude mit erregter Stimme, »und muß noch immer unter der Mätresse des Königs leiden – da wundert es nicht, daß sie eine Giftmischerin sein soll.«

Laura lachte auf. »Aber Claude!«

»Ja ja, mich wundert das nicht.«

»Ich habe sie bei der Hochzeit gesehen, damals in Marseille.« Laura lächelte noch. »Pierre, erinnerst du dich?«

Sie hatte sich zu ihrem Mann umgedreht, aber als er nicht reagierte, wandte sie sich wieder Claude zu.

»Sie wirkte sehr aufgeweckt.«

»Aber eine Giftmischerin!«

Plötzlich öffnete sich die Tür, und Raymond stand vor ihnen.

Alle schauten ihm entgegen. Laura konnte sich gerade noch

beherrschen, ihn unwirsch anzufahren und hinauszuschicken.

»Was gibt es, mein Liebling?«

»Du hast mir noch nicht gute Nacht gesagt!«

»Doch, ich habe es versucht, du hast dich aber unter der Decke versteckt.«

»Du warst ja bei Hugues!«

»Dann kam ich zu dir.«

»Immer gehst du zuerst zu Hugues.«

Er stand an der Tür, eine Hand am Griff, in einem langen Hemd, die Haare wirr. Sie wollte aufspringen und ihn in die Arme nehmen. Sie wußte, daß sie ungeduldig mit ihm war, oftmals barsch. Jetzt stand er in der Tür wie ein verlassenes Kind, das trotzig Hilfe suchte.

Sie winkte ihn heran. Als er sich nicht rührte, warf sie einen kurzen Blick auf Pierre, der mit gequälter Miene seinem Sohn entgegenschaute.

»Warum kommst du nicht zu uns, damit wir dir einen Gute-Nacht-Kuß geben können?«

»Du sollst zu mir kommen!«

Als sie sich nicht rührte, schrie er plötzlich: »Du sollst zu mir kommen.«

»Raymond!« antwortete sie scharf.

Aufheulend rannte er hinaus und warf die Tür zu.

Pierre saß wie erstarrt in seinem Sessel.

Kopfschüttelnd wandte Laura sich wieder Claude zu, die ihr mitleidig über den Arm strich.

»Was soll ich tun?« fragte sie. »Soll ich ihm jetzt nachlaufen? Soll ich ihn bestrafen?«

Claude wußte keinen Rat, und Pierre reagierte nicht.

Bertrand lachte: »Ganz der Alte!«

Aber niemand ging auf seine Bemerkung ein.

Pierres Augen wirkten leer. Er stand auf und verließ den Raum.

Laura seufzte. »Es ist wie ein Fluch.«

## 1558

Eines Morgens erschien der Barbier nicht mehr.

Jean Maynier klopfte verärgert mit seinem Krückstock auf den Boden. Er humpelte durch sein Schlafzimmer und schickte einen Diener los – aber vergeblich. Der Barbier war nicht aufzutreiben. Unmöglich konnte Jean Maynier mit seinen grauschwarzen Stoppeln zum Gerichtshof gehen. Jetzt läßt ihn sogar schon der Barbier sitzen, würden sie denken und insgeheim grinsen. Nein, nicht insgeheim. Offen würden sie ihren Hohn zeigen. Die feinen Herrn Katholiken, der Zweite und Dritte und Vierte Präsident, die Advokaten und Räte, die sich übertrieben tief verbeugten und, kaum hatte er sich abgewandt, über ihn tuschelten. Auch der Erzbischof schickte ihm nur noch schriftliche Mitteilungen und hatte sich bei der letzten Beichte vertreten lassen.

Nicht einmal die wenigen Kurtisanen, die es in Aix noch gab, kamen zu ihm ins Haus. Er mußte sich schmutzige Huren aus dem Wollkämmerviertel holen lassen, blutjunge Mädchen mit engen Öffnungen, die ihn mit ihren Händen umschmeichelten und ihm schließlich durch Katzengejaule vortäuschten, seine Männlichkeit habe noch Feuer in ihrem Schoß entfacht.

Je knochiger sein Körper jedoch wurde, je mehr ihn seine Kraft verließ, desto wilder wuchsen seine Barthaare. Und nun versetzte ihn der Barbier und ließ ihn aussehen wie ein abgeerntetes Feld. Verschwand einfach, ohne ihm wenigstens Ersatz zu schicken. Er gehörte ausgepeitscht. Am liebsten würde er persönlich den Ochsenziemer schwingen. Ihm die Inquisition auf den Hals hetzen, ihn der *Befragung* unterziehen, Daumenschrauben, Streckbank, siedendes Öl!

Er hatte ihm noch nie getraut. Jedesmal, wenn der Barbier das Messer an seinen Hals setzte, zitterte er, weil der Kerl bestochen sein konnte, von einem der vielen Ketzer in diesem Land und ihren hochwohlgeborenen Freunden oder sogar von ihr, der weißen Witwe, die ihn ins Gefängnis gebracht hatte, die selbst nach dem Freispruch nicht aufgeben wollte und ihn im heiligen Raum der Kirche verfluchte, ohne daß sie dafür bestraft wurde.

Jean Maynier befahl dem Verwalter, den Barbier aus dem letzten in Aix noch verbliebenen Badehaus zu holen. Er wußte, daß morgens dort ein alter Ketzer die Frauen schabte, den Alten das Kinn, den Jungen die Beine und zwischen den Beinen stutzte er den Urwald. Vor Jahren hatte ihn Jean de Roma schon in den Händen gehabt, aber dann hatte er rechtzeitig abgeschworen und war unter einen königlichen Gnadenerlaß gefallen.

Daß er auf einen alten Ketzer zurückgreifen mußte, war beschämend. Aber unmöglich konnte er mit Stoppelhaaren den Vorsitz der Kammer übernehmen und Recht sprechen. Sein Äußeres mußte untadelig sein, den anderen zum Trotz, den Verrätern und Feiglingen, den Pharisäern, die ihn das *Arrêt* hatten durchführen lassen, um sich dann selbst die Hände in Unschuld zu waschen, und die jetzt seinen Rücktritt erwarteten. Ein Jean Maynier d'Oppède wich aber nicht vor kleingeistigen juristischen Lakaien zurück. Wer in der Schlacht von Pavia dem König der Franzosen das Leben gerettet und das Blutbad des spanischen Arkebusenangriffs überlebt hatte, wer seine Heimat von den marodierenden Horden des Kaisers befreit und in eiserner Pflichterfüllung dem rechten Glauben Geltung verschafft hatte, der widerstand auch dem Angriff der Hinterhältigen und Heuchler.

Der Barbier erschien.

Ängstlich schaute er sich um und machte sich dann wortlos an seine Arbeit. Jean Maynier hatte Antoine, einen seiner grimmigsten Wächter, an seine Seite postiert. Es war ein heißer Frühsommertag, er ließ sich Wasser reichen und schließlich auch ein Glas Rotwein. Der Wein war einer der wenigen Genüsse, die ihm geblieben waren, ja, je mehr das Alter an seiner Kraft zehrte, desto geschmeidiger rann ihm der Wein die Kehle hinunter. Und trank er genug, vergoldeten sich sogar die Stunden.

Der Barbier umfaßte mit weichen Fingern sein Kinn und strich sein Messer leise schabend über die Wangen, dann über Hals und Kehle.

Ein Ketzer mit weichen, falschen Fingern! Er wollte ihm zeigen, wie gut er sein Handwerk verstand, um im geeigneten Moment das Messer durch seine Kehle fahren zu lassen, so schnell, daß der bullige Antoine nicht mehr reagieren konnte. In seinem eigenen Stuhl, in seinem eigenen Haus verblutete er – und das Gericht würde aufatmen und ihm heuchlerische Lobgesänge nachschicken. Sie wären ihn los, einen der wenigen Aufrechten, die den katholischen Glauben noch ohne einschränkende Bücklinge verteidigten.

Aber aus Rom kamen ermutigende Zeichen. In Ignatius von Loyola hatte sich der neue Geist der Selbstbehauptung gezeigt, und der neue Papst, Paul IV. aus dem Hause Carafa, war ebenfalls ein Aufrechter. Schon als Kardinal hatte er das Banner des reinen Glaubens hochgehalten. Nun ging er, so hatte ihm der Inquisitor, sein einziger Freund in Aix, erzählt, gegen das Unwesen der Kurtisanen und Juden vor, hatte in Rom den Talmud öffentlich verbrennen lassen und verschärfte die Inquisition auch in Italien. Und während das Feuer brannte, riefen die Ankläger mit den Worten des Propheten Jeremia den Juden zu: *Vergib ihnen ihre Missetat nicht und tilge ihre Sünde nicht aus vor dir! Handle an ihnen nach deinem Zorn!* Ja, das waren Worte, wie sie Ketzern und Juden entgegengeschleudert werden mußten, und auch den Heuchlern, den Feiglingen und Verrätern. Und er, dem sie Übles nachsagten, würde mit Jeremia hinzufügen: *Aber du, Herr, kennst alle ihre Anschläge gegen mich, daß sie mich töten wollen! So gib sie dem Schwerte preis, daß ihre Frauen Witwen seien, und strafe ihre Kinder mit Hunger!*

Als Jean Maynier die Augen wieder aufschlug, beugten sich die Gesichter Antoines und des Barbiers aufgeregt über ihn, und er hörte Antoine sagen: »In letzter Zeit hat er diese Ohnmachtsanfälle häufiger. Meist dauern sie nicht lange.«

»Wahrscheinlich müßte er zur Ader gelassen werden«, bemerkte der Barbier.

»Er kommt wieder zu sich!«

Der Barbier hielt sein Messer noch in der Hand. »War Euch nicht gut, Herr?« fragte er heuchlerisch.

Jean Maynier preßte einen Laut des Unwillens hervor und ließ sich von Antoine aufhelfen. Der Barbier wischte ihm Reste der Seife aus dem Gesicht.

»Ich war fast fertig, Herr. Nun könnt Ihr Euch wieder sehen lassen.« Er kämmte noch die restlichen Strähnen seines Haupthaars. »Bin Euch stets zu Diensten. Wenn Ihr mich morgen früh braucht, werde ich zur Stelle sein.«

»Ich brauche dich«, knurrte Jean Maynier und nahm einen kräftigen Schluck Rotwein.

»Vielleicht die Hitze, mein Herr, sie beginnt dieses Jahr schon sehr früh.«

Er winkte den Barbier aus dem Zimmer. »Morgen früh zur achten Stunde, und pünktlich!«

»Euch immer zu Diensten!« Der Barbier verbeugte sich tief und verschwand unter weiteren Bücklingen durch die Tür.

Mit leichter Verspätung erschien Jean Maynier im Gericht. Er führte eine Vernehmung und sprach später noch ein Todesurteil durch den Strang aus. Abends ging er früh ins Bett, nachdem ihm die Hitze des Tages zunehmend zugesetzt hatte.

Noch vor Mitternacht wachte er schweißgebadet auf, fühlte sich elend und fiebrig. Aber dann schlief er doch wieder ein. Als es dämmerte, riß ihn ein krampfartiger Schmerz in den Eingeweiden aus dem Schlaf. Er hatte von der Schwangeren geträumt, sah das Messer blitzen, und ihr Schrei klang noch in seinen Ohren nach.

Oder war es sein eigener Schrei gewesen?

Sein Kammerherr trat besorgt ein, hinter ihm Antoine.

»Ihr habt *Anne* gerufen, Herr, und *nein*. Fühlt Ihr Euch nicht wohl?«

»Ruf den Medicus«, keuchte er.

Noch bevor der Arzt erschien, mußte er sich erbrechen, und dann schien ein flammendes Feuer seinen ganzen Körper zu erfassen.

Er sah, leicht verschleiert, die vor Entsetzen aufgerissenen Augen seines Kammerdieners.

Der Medicus erschien mit wissender Miene, wollte, ohne daß er ihn angesehen hatte, einen Aderlaß anordnen und murmelte etwas von Galenus, der auf alle Fragen eine Antwort habe. Aber dann mußte Jean Maynier sich wieder vor Schmerzen zusammenkrümmen, und gleichzeitig fraßen die Flammen an seiner Haut. Er brüllte schließlich, brüllte vor Qualen, bis eine kurze Linderung eintrat und er in die Kissen zurücksank.

»Holt einen Priester«, hörte er den Medicus zu Antoine sagen.

»Antoine, bleib hier«, rief er mit letzter Kraft. »Sie wollen mich umbringen. Ich brauche keinen Priester.«

Der Medicus beugte sich über ihn und schnüffelte.

»Wo ist sein Nachtstuhl?« fragte er den Kammerdiener. »Ich muß seinen Urin beschauen.«

»Es hat nicht ... er war nicht ...«

»Wie dumm, wie dumm.«

Er schnüffelte wieder. »Es riecht, es riecht ... Galenus sagt ...«

»Aber er schwitzt Blut«, unterbrach ihn der Kammerdiener. »Überall, am Hals am meisten, und im Gesicht, aus der Nase läuft Blut, sogar aus den Augen. Schaut doch, aus den Augen läuft Blut.«

»Als sähe ich das nicht selbst, dummer Mann. Auch dazu äußert sich Galenus. Daher forderte ich einen Priester ... Aber wenn niemand bereit ist zu gehen, dann muß ich mich selbst darum kümmern.« Er packte sein Besteck und wandte sich zur Tür. »Ich werde einen *collegam* zum *consilio* bitten und einen Bader mitbringen, außerdem einen Priester die Krankensalbung machen lassen, nur die Krankensalbung.«

Schon war er draußen.

Jean Maynier wollte ihm noch etwas nachrufen, aber seine Stimme versagte.

Alles tauchte in Schwärze, bis ein neues Brennen ihn wieder in eine rötliche Helligkeit zurückholte. Doch sah er kaum etwas, nur Schemen. Und schnell breitete sich das Brennen über die ganze Haut aus. Gleichzeitig riß ihn ein Krampf zusammen. Jemand hielt einen Becher Wasser an seine Lippen und tupfte mit einem Lappen über sein Gesicht.

»Ich sehe kaum etwas«, preßte er hervor, »was ist mit meinen Augen?«

»Herr«, hörte er den Kammerdiener sagen, »Eure Augen ...«

»Einen Spiegel, ich will mich sehen!«

Jemand legte ein Tuch über seine Augen, und als er es wieder wegnahm, sah er etwas besser. Antoine hielt einen Spiegel über ihn, und er entdeckte ein Gesicht, dem aus jeder Pore feine Bluttröpfchen traten. Aus der Nase rann Blut, und die Augen, soweit er überhaupt noch etwas erkennen konnte, die Augen waren keine Augen mehr, sondern Blutpfropfen, und nun drehten sich rote Schlieren, als wäre er in ein Faß schweren Rotweins getaucht.

Wie Feuer brannte sein Körper. Und in seinen Eingeweiden schienen Messer zu wühlen ...

Schwärze umgab ihn.

Als er wieder zu sich kam, sah er nichts mehr.

»Ein Priester, ich will beichten«, preßte er mit letzter Kraft hervor.

»Es ist kein Priester gekommen, auch der Medicus nicht mehr«, hörte er den Kammerdiener.

»Wo ist mein Sohn? Ich will meinen Sohn sehen!«

»Aber Euer Sohn, Ihr wißt doch, Euer Sohn …«

»Ich will ihn sehen!«

Er wollte schreien, er wollte in die Welt hinaus brüllen, den Schmerz loswerden, seinen Sohn rufen, ihn herbeirufen aus der Ferne, in dieser letzten Stunde, aber mehr als gurgelnde, stöhnende Geräusche brachte er nicht hervor.

Durst und unerträgliches Feuer. Und es stach ihn in seinen Kopf, den Leib zerriß es.

Aber er blieb bei Bewußtsein, kein Schwärze hüllte ihn ein, keine Ohnmacht erlöste ihn, kein Tod.

Tagelang schwitzte er sein Blut aus. Die Augen lösten sich auf. Unmenschliche Laute gab er von sich.

Antoine war geflohen. Und mit ihm die anderen Wächter und die meisten Bediensteten. Nur der Kammerdiener blieb an seiner Seite.

Kein Arzt, kein Priester hatte sich mehr sehen lassen.

In der dritten Nacht mußte sich der Kammerdiener entkräftet hinlegen.

Jean Maynier erlebte noch einmal einen Augenblick blendender Helle, einen Augenblick unerträglichen Schmerzes. Er krümmte sich und stöhnte, ein Schwall letzten Blutes floß aus seinem Mund.

Niemand war bei ihm, niemand hörte ihn.

Die Qual hatte eine Ende.

Jean Maynier war tot.

## 1558

Auf der Rückreise von Antwerpen nach Augsburg erfuhr Pierre vom Tod seines Vaters. Kaufleute aus Marseille erwähnten *das Ende des Bluthunds*, ohne zu wissen, daß sie seinem Sohn gegenüberstanden.

Als Pierre allein war, murmelte er ein kurzes Gebet. Es drängte ihn, unverzüglich in die Provence zu eilen, aber sein Bericht an den alten Fugger erlaubte keinen Aufschub, und einem Stellvertreter wollte er ihn nicht anvertrauen. Er forderte den Pferden und seinen Begleitpersonen alles ab, um schneller in Augsburg zu sein.

Eigentlich hatte er geplant, den Rest des Jahres bei seiner Familie zu bleiben. Mit großer Vorfreude hatte er in Antwerpen Geschenke für seine Kinder gekauft und für Laura ein perlengeschmücktes Ohrgehänge, das den Schmetterlingsschmuck ihrer Mutter ablösen sollte. Aber jetzt waren seine Pläne hinfällig. Er würde baldmöglichst nach Aix aufbrechen müssen.

Erschöpft, aber glücklich über die gesunde Heimkehr, ritt er durch das Stadttor und begab sich zuerst zu dem Fuggerhaus, um dem *Regierer* seinen Bericht abzustatten.

Er fand den alten Fugger nicht in der *Goldenen Schreibstube*, sondern, schweratmend, im Garten. Seine Augen waren halb geschlossen, und vor ihm stand ein Teller mit Kirschen.

»Nehmt Euch welche, ich habe keinen Appetit.«

»Seid Ihr nicht an den Neuigkeiten aus Antwerpen interessiert?«

»Katastrophen? Ihr wirkt so abgehetzt.«

Pierre ging nicht auf die Bemerkung des Alten ein, berichtete ihm hingegen in knapper Form von seinen Erkenntnissen und Verträgen in Antwerpen sowie von der Stimmung an der Börse.

»Also keine Katastrophen, aber auch keine guten Nachrichten«, resümierte der Alte resignierend und schien dann wieder einzuschlafen.

Pierre räusperte sich. »Ich möchte Euch um etwas bitten.«

»Gewährt. Aber vorher müssen wir mein Testament ergänzen und die zukünftigen Linien unserer Geschäftspolitik festlegen. Mir schmeckt nichts mehr. Wer weiß, wie lange ich noch lebe. Was gibt es denn?« Wieder schien er in Schlaf zu sinken.

»Mein Vater ist gestorben. Darf ich in die Provence reisen? Ich könnte auf dem Weg in Lyon vorbeischauen ...«

»Ja, ja«, murmelte der Alte. Seine Augen blieben geschlossen. Er atmete röchelnd und schien tatsächlich eingeschlafen zu sein.

Sein Kammerdiener schaute vorbei und flüsterte Pierre ins Ohr, die Ärzte seien besorgt.

»Und was soll ich jetzt tun? Ich war noch nicht zu Hause bei meiner Familie.«

»Wartet, er wird bald wieder aufwachen. Der Schlaf tut ihm gut, sagen die Ärzte.«

Pierre ging unruhig auf und ab. Er wollte Laura in den Arm schließen und seine Kinder begrüßen. Er brauchte ein paar Tage Ruhe. Sein Vater ... Wie hatte Gott ihn dahingehen lassen? Wer hatte ihn auf seinem letzten Weg begleitet? Wo lag er begraben?

Erschrocken fuhr Anton Fugger auf und starrte Pierre an. »Was erzähltet Ihr gerade? Mir träumte von meinem alten Onkel Jakob. Er lag auf dem Sterbebett.«

Noch immer war der Schrecken nicht aus seinem Blick gewichen.

»Setzt Euch!« befahl der Alte. »Ihr habt noch viel Zeit vor Euch, ich jedoch nicht. Mein Onkel Jakob! Es muß das Jahr gewesen sein, in dem der Kaiser die Franzosen bei Pavia schlug, ich erinnere mich genau, es war auch ein Sieg der Fugger. Nach dem Tod des Onkels mußte ich das lebenslustige Rom verlassen, die Stadt der schönen Kurtisanen.«

Trauer umspielte nun seine Lippen, und der erschrockene Blick war verschwunden. Er lehnte sich wieder zurück.

»Mein Tod scheint sich tatsächlich anzukündigen«, flüsterte er. »O Gott, gib mir Stärke für meine letzte Reise!« Nachdenklich ließ er seine Augen auf Pierre ruhen. »Sagtet Ihr nicht gerade, Euer Vater sei gestorben? Ihr müßt verstehen, das Gedächtnis eines alten Mannes ...«

Pierre nickte. »Ja, er ist gestorben.«

»Und Ihr wart nicht an seiner Seite?«

»Wie sollte ich?«

»Das ist richtig. Immer im Dienst der Fugger, eine Haltung, die belohnt wird. Aber Euer Erbe? Habt Ihr nicht eine Baronie geerbt? Ich lasse Euch reisen.«

Der Alte hielt inne, weil ihm der Atem wegblieb. Röchelnd und rasselnd, mit vortretenden Augen hockte er in seinem hohen Lehnstuhl, und Pierre sprang auf.

»Soll ich einen Eurer Ärzte rufen?«

»Laß sie draußen. Sie zapfen mir doch nur wieder Blut ab, und danach fühle ich mich noch schwächer. Es geht schon besser.«

Tatsächlich atmete der Alte nun gleichmäßiger. Er nahm seine Kappe ab, strich sich über den kahlen Kopf und lockerte den Kragen.

»Morgens möchte ich gar nicht mehr aufstehen«, krächzte er nach einer Weile leise, »dann sind die Zweifel am stärksten. Im ganzen Leben kaum Ruhe gehabt, immer nur gekämpft, taktiert, verhandelt, Geld verliehen und Sicherheiten ausgehandelt – und der Erfolg? Wir sind reich, ja, reich an faulen Krediten und von den Habsburgern verachtet, von den Spaniern betrogen, vom Volk gehaßt. Aber sie mögen mich hassen. Viel wichtiger ist mir: Liebt mich wenigstens Gott?«

Anton Fuggers Stimme war so leise geworden, daß er kaum noch zu verstehen war. Pierre neigte ihm seinen Kopf zu. Plötzlich griff der Alte mit seinen skelettdürren Fingern nach ihm, zog ihn noch näher an sich heran. Sein heißer, fiebriger Atem strich über sein Gesicht.

»Der Tod eines Vaters ist für einen Sohn immer schrecklich. Sie haben denselben Ahnherrn und eine gemeinsame Aufgabe, vergeßt das nicht … Ihr solltet baldmöglichst sein Grab aufsuchen. Ihr dürft nicht nur reisen, Ihr müßt reisen. Meinen Letzten Willen können wir nach Eurer Rückkehr aufsetzen. Solange halte ich noch durch. Und vergeßt nicht, ausreichend Messen lesen zu lassen, das seid Ihr ihm schuldig, – oder seid Ihr etwa ein Lutheraner?«

»Ich bin ein Christ«, antwortete Pierre mit fester Stimme.

»Dann geht!«

Zu Hause jubelten die Kinder vor Glück, als sie ihre Geschenke auspackten, und Laura strahlte unter Tränen, als Pierre ihr die Perlen an ihre kleinen runden Ohren hängte und dann das Muttermal an ihrem Hals küßte. Er erzählte noch nichts vom Tod des Vaters, aber sie sah ihm an, daß er etwas verbarg. Er zog sie in den Garten hinaus, unter die alte Kastanie.

Die Dämmerung senkte sich herab, die Konturen des Hauses verschwammen. Er ließ seinen Blick zum Himmel gleiten. Der Abendstern, die Venus, flimmerte ihm zu, und plötzlich durchströmte ihn ein Glücksgefühl. Er drückte Laura an sich.

»Ich könnte ohne euch nicht leben.«

»Was ist geschehen?«

»Mein Vater ist gestorben. Ich hörte es von Kaufleuten aus Marseille.«

Laura hielt kurz inne. Dann sagte sie: »Du wirst bald wieder aufbrechen müssen.«

Er seufzte und schaute hoch in das dunkle Grün der Kastanie. Laura zeigte keine Gefühle. Hatte sie vergessen, was sein Vater ihr angetan hatte?

»Der letzte Kampf ist der schwerste – und der entscheidende. Zum Glück verliert jeder Fluch einmal seine Wirksamkeit.« Ihre Stimme blieb ohne Regung. »Endlich bist du frei.«

Nach der ersten Nacht in Lauras Armen fühlte sich Pierre nicht mehr gedrängt, sofort in die Provence zu eilen. Er besprach mit Anton Fugger noch die großen Linien zukünftiger Geschäftspolitik und entwarf die Ergänzungen des Testaments. Am späten Nachmittag ging er mit seinen Kindern zum Lech, sie plantschten im Wasser und schwammen.

Aber dann, nach einigen Wochen, verabschiedete er sich von seiner Familie, um seine schwerste Reise anzutreten.

»Erzähl meinen Vätern von unseren Kindern«, sagte Laura, »und denke daran: Sie brauchen einen Vater! Und ich brauche einen Mann. Begib dich nicht in Gefahr!«

Pierre umarmte sie, drückte alle seine Kinder an sich. Laura stand lächelnd neben seinem Pferd und hielt ihre Hände gefaltet vor ihren Bauch.

»Bist du wieder …?« fragte er mit einem Blick auf ihren Leib, als er sie ein letztes Mal an sich drückte.

»Ich bin mir nicht sicher. Aber du warst nach deiner Rückkehr so leidenschaftlich …«

»Ich werde noch vor dem Weihnachtsfest wieder zu Hause sein«, rief er, als er sich aufs Pferd schwang.

Laura winkte ihm nach, ihr jüngstes Mädchen auf dem Arm.

Auch Hugues und Beatrice winkten, nur nicht Raymond. Mit finsterem Gesicht hatte der Junge ihm die Hand gegeben, und jetzt wandte er sich ab.

Im Oktober erreichte Pierre die Stadt Lyon. Bertrand klopfte ihm freundschaftlich auf die Schulter und wollte alle Neuigkeiten aus Augsburg wissen, wollte vor allem hören, wie sich Anton Fuggers Söhne mit ihren Cousins verstanden. Claude erschien mit einem Jungen an der Hand und einem kleinen Mädchen auf dem Arm: den beiden Kindern, mit denen Gott sie noch gesegnet hatte.

Am Abend saßen sie zusammen, und Pierre erzählte von den Kindern, von Laura, von seiner letzten Reise nach Antwerpen und auch von dem kranken *Regierer*.

»Weißt du eigentlich, daß dein Vater an einem heimtückischen Gift starb?« fragte Claude unvermittelt.

Die Nachricht traf ihn wie ein Schlag. Aber als er Claude ins Gesicht und den leisen Triumph sah, der aus ihren Augen blitzte, begriff er, daß er sich gar nicht zu wundern brauchte. Vielleicht hatte er es längst geahnt, aber nicht wahrhaben wollen. Vielleicht hatte er es ihm sogar gewünscht. Es gab eine Gerechtigkeit, ohne die jeder Glaube einmal zerbrach.

»Er schaut dich an, als hättest du etwas damit zu tun«, rief Bertrand lachend, an Claude gewandt. Aber sein Lachen brach unvermittelt ab. Er nahm einen großen Schluck Wein, hielt das Glas in die Höhe und zerschmetterte es dann im Kamin.

»Er hat den Tod wahrhaft verdient«, sagte er, »der Baron von Oppède, der beste Katholik in seines Königs Reich.«

»Ja, ohne Zweifel«, sagte Pierre mit leiser Stimme.

Am nächsten Morgen machte er sich auf den Weg. Er mußte versprechen, auf der Rückreise wieder in Lyon Station zu machen und länger zu bleiben.

Er reiste die Rhône auf einem Lastkahn hinab bis Avignon und ritt von dort nach Oppède. Die Burg seines Vaters, jetzt seine eigene Burg, war verlassen und zerfiel. Das Wappen der Oppède, die gebrochenen Dachbalken, war kaum noch zu erkennen. Die Innenräume hatte man geplündert, und alles starrte vor Unrat. Durch die Kellerräume huschten Ratten, und in den Wänden hausten Krähen und Dohlen. Im Dorf fand er niemanden, der ihm Auskunft geben wollte, und als er seinen Namen nannte, verschlossen sich die Gesichter noch mehr. Angst sprach aus ihnen, Mißtrauen und Haß.

Über dem Ort lag ein Fluch, dies hatten die Einwohner immer gespürt und auch ausgesprochen, und der Fluch trug einen Namen: seinen eigenen.

Pierre ritt weiter nach Ménerbes. Sein grau gewordener Verwalter fiel unter Tränen vor ihm auf die Knie. Er hatte inzwischen einen kleinen Schatz angesammelt. Nach der blutigen Strafexpedition seines Vaters konnte, wer Saatgetreide, Wein, Oliven und Obst, zudem noch Vieh anzubieten hatte, einen guten Preis aushandeln. Die Opfer, die die Pest in den Jahren darauf kostete, verbesserten die Situation für all die, die überlebten. Gleichzeitig zeigte sich, daß die Waldensergemeinden zwar ausgerottet waren, die Zahl der Reformierten aber zunahm, und zwar in ganz Frankreich.

»Es wird nicht mehr lange dauern,« so erklärte der Verwalter, »dann können die Franzosen das Joch der römischen Kirche endgültig abschütteln.«

Als Pierre ihm das Medaillon mit dem Bild seiner Mutter Anne zeigte, hielt er es für ein Bildnis seiner Tochter oder für ein Jugendbildnis seiner Frau. Als er hörte, Anne sei die Herrin von Ménerbes gewesen, Pierres Mutter, kratzte er sich am Kopf und blickte ihn verständnislos an.

Pierre überhäufte ihn mit Geschenken, gab ihm weitreichende Vollmachten und ritt schon am nächsten Tag nach Lourmarin, das von Claude wieder hergerichtet, aber zur Zeit nicht bewohnt war. Nur Raymonds Grab war gepflegt und reich mit Chrysanthemen bedeckt. Pierre ließ seinen Blick auf Berthons und Raymonds eingemeißelten Namen ruhen. *Du lebst weiter* stand dort noch immer in verwitterten Buchstaben. Aber lebten sie wirklich weiter – außer in den Namen seiner Söhne? Lebte ihr Geist als Botschaft an die Nachwelt? Waren sie nicht zurückgetreten in ein Dunkel, aus dem sie niemand mehr erlösen konnte?

Voll dumpfer Schuldgefühle ritt Pierre ins Dorf. Berthons altes Grundstück war kaum zu finden. Den Garten hatten sich die Nachbarn angeeignet, ebenfalls den Hof, und auf dem Schutthaufen des

Hauses wucherten weiterhin Brombeeren und inzwischen auch Feigenbäume, die die Kinder des Dorfes aberntеten.

Die Sonne stand knapp über dem Horizont, zerlegt durch einen schwertscharfen Streifen, und tauchte das Dorf in ein schwefliges Licht – wie zur Stunde vor dem Feuerregen, der Sodom und Gomorrha vernichtet hatte. Erinnerungsfetzen zuckten Pierre durch den Kopf: das brennende Schloß von La Tour d'Aigues, die menschlichen Fackeln auf der Place des Jacobins, aber auch der Komet, der die Nacht über dem Luberon gezeichnet hatte. Und er hörte wieder das Schreien der Frau, in ihrer schweren Geburt.

Die Sonne blutete aus und versank.

Pierre gab seinem Pferd die Sporen, um endlich nach La Tour d'Aigues zu kommen.

Er ritt durch das Tor und reichte einem Stallburschen die Zügel. Madame empfange ihn sofort, hörte er. Es dauerte nicht lange, da trat ihm eine grauhaarige Frau entgegen, ganz in Weiß gekleidet, noch immer schön, wenn auch faltig und vom Alter gebeugt.

»Ich wußte, daß du eines Tages kommen würdest, Pierre«, rief Madeleine. Ihr kleiner Spaniel sprang bellend an ihm hoch. »Immer wenn eine Wolke die Sonne in zwei Teile schneidet, weiß ich, daß etwas Besonderes geschieht. Als dein Vater starb, zerfiel sie und blendete trotzdem, und es erschollen Posaunen. Setz dich, Pierre, setz dich, ich lasse dir den besten roten Wein servieren, den das Schloß zu bieten hat, den Wein, der deinem Vater schmeckte, den er bis zu seinem Tod trank, den blutroten Wein vor dem blutigen Tod.«

Pierre setzte sich und stand wieder auf.

Madeleine wanderte um ihn herum und stellte sich dann an den Kamin. »Ich weiß, du bist ihretwegen gekommen. Jeden Tag suche ich Beatrice auf, in der Gruft und auf dem Turm, oben, dem Himmel nahe. Wir sprechen miteinander, wir sprechen über dich, über eure Kinder.«

Als Madeleine einen Moment innehielt, fragte Pierre nach Nico.

»Er ist in Paris! Ich konnte ihn nicht halten. Er ist der letzte Sohn des verstorbenen Königs François, seinem Halbbruder Henri drang die Lanze durchs Auge in den Kopf. Stell dir vor, dein Vater hätte den großen François damals, nach Marignano, im Hof von Lourmarin, so tödlich getroffen. Jetzt herrscht die verfluchte Giftmischerin aus Florenz. Mein Nico ist älter als dieser schwächliche, blutjunge König, er wird einmal ein großer Mann, ein Marschall, ein würdiger Nachfolger des großen Trivulzio. Er ist der Sohn des Königs.«

»Und Catherine?«

»Im Kloster. Die Sündige.«

»Die Sündige?«

»Er muß eine Herzogin heiraten, vielleicht die Tochter oder Enkelin von Marguerite, der Königsschwester ...«

»Wer?«

»Raymond-François-Nicolas, mein Sohn.«

»Und wieso nennst du Catherine die *Sündige*.«

»Sie brachte ein Kind zur Welt, sein Kind, so sagte sie ...«

»Ja, aber ...«

»Dann verließ sie uns. Nico muß eine Herzogin heiraten, nicht die Tochter eines Küfners.«

»Du sagtest doch, sie sei im Kloster. Und das Kind?«

»Ich weiß es nicht.«

Theatralisch hielt Madeleine die Hände nach oben geöffnet und hob die Schultern. Der Spaniel bellte wieder. Ein weißgekleideter Diener brachte Pierre ein weiteres Glas Rotwein.

»Du mußt mich entschuldigen, es kommt ihre Stunde, ich muß mit ihr sprechen und von dir erzählen. Sie wird dich heute nacht besuchen, halte es dunkel, dann tritt sie ans Bett und schlüpft unter die Decke und wird dich beglücken, es kommt ihre Stunde, es kommt ihre Stunde ...«

Als Madeleine den Raum verlassen hatte, überlegte Pierre, ob er nicht auch von hier sofort weiterreiten sollte. Aber inzwischen war die Nacht hereingebrochen, und ein zweiter Diener brachte ihm auf einem silbernen Tablett ein reichhaltiges Abendessen.

Pierre aß kaum etwas, trank wenig und ließ sich schließlich von einem dritten Diener in sein Zimmer führen. Eine bleierne Müdigkeit überwältigte ihn. Angekleidet ließ er sich auf das Bett fallen. Er lauschte. In der Ferne hörte er Heulen und Rufen und Singen, wahrscheinlich von Madeleine. Trotzdem fiel er in einen flachen Schlaf.

Es stand eine junge Frau neben dem Bett und kroch dann zu ihm unter die Decke wie in die Höhle, die ihnen einstmals Schutz gewährt hatte. Es war Beatrice, mit grauen Haaren nun, sie umfaßte seine Hüfte und schob sich über ihn und küßte ihn und war bald verschwunden.

Als Pierre aufwachte, wußte er, daß er geträumt hatte.

Sein Kopf schmerzte heftig. Er ließ sofort sein Pferd satteln, aber bevor er davonreiten konnte, stand Madeleine vor ihm.

»Willst du mich schon verlassen?« Sie wirkte noch grauer als am Abend zuvor. Aber auch schöner. Sie hatte sich Schminke aufgelegt, und ihre grellroten Lippen sprangen ihm entgegen.

»Ich muß in Aix noch viel erledigen. Du mußt mich entschuldigen, adieu, Madeleine …«

»Adieu, mein Sohn! Aber ich kann es nicht entschuldigen.«

Sie winkte ihm nach, und er hetzte sein Pferd durch das Tor.

In Aix ließ Pierre sich den Erbschein ausstellen. Man nannte ihn nur *Monsieur de Ménerbes* und vermied, den Namen seines Vaters zu erwähnen. Er verkaufte anschließend sofort das Stadthaus seines Vaters an die erzbischöfliche Kammer, mit all seinen Möbeln, auch mit dem Prunkharnisch, den er eingestaubt in einer Ecke gefunden hatte.

Sobald die Formalitäten erledigt waren und ihm der Schuldschein überreicht worden war, erkundigte Pierre sich nach dem Grab seines Vaters. Keiner konnte ihm eine klare Auskunft geben. Wahrscheinlich habe man ihn nach Oppède überführen lassen, aber Unterlagen darüber fänden sich erstaunlicherweise nirgendwo in Aix, vielleicht in Avignon.

Pierre blickte in kalte, ungeduldige Augen. Er wandte sich wortlos ab und machte sich wieder auf den Weg nach Norden. Es war nun Anfang November, während der grauen Tage hatte es unaufhörlich geregnet. Aber als er losritt, riß der Himmel auf. Die Luft war mild, und bald überstrahlte die Sonne die herbstlichen Farben.

Das Haus seines Vaters hatte ihn unberührt gelassen. Es war ein pompöses Gebäude, das er zu billig verkauft hatte. Sein Vater war aus ihm verschwunden, er hauste nicht mehr als Geist in Aix, er hatte in dieser Stadt noch nicht einmal eine letzte Ruhestätte gefunden. Den Namen *Oppède* nahm niemand mehr in den Mund.

Während Pierre auf dem Rücken seines Pferdes dahintrottete, sah er plötzlich wieder den achtlos in die Ecke geworfenen Harnisch vor sich, glanzlos, verstaubt, zum Teil zerbrochen, und er versuchte sich vorzustellen, wie sein Vater als stolzer Ritter dem König die Stirn geboten hatte. Aber er sah ihn nur gegen Raymond kämpfen, er sah ihn die Peitsche gegen Mama Catherine schwingen. Und dann die Schwärze des Klosters, die in das lichte Dunkel des Walds überging.

Gab es nicht doch einen Ort, an dem er seinem Vater ein letztes Mal begegnen konnte?

Es war ihm klar, wo er suchen mußte.

Pierre ritt in das Vallon du Châtaignier, zu dem kleinen Weiher, an dessen Rand der Kastanienbaum mit seinen überhängenden Zweigen stand. Als er sich dem Weiher näherte, hörte er schon von weitem fröhliches Gelächter, Rufen und Geplätscher. Er stieg vom Pferd, band es an den nächsten Baum und schaute, hinter einem Busch verborgen, wer hierhergefunden hatte. Eine kleine Gruppe von Beeren- und Pilzsammlerinnen schien eine Arbeitspause einzulegen. Um sie spielten ihre Kinder. Die Mutigen waren sogar ins Wasser gesprungen. Sie spritzten und lachten und rannten wieder ans Ufer.

Zwei kleine Kinder, die sich bisher hinter den Stämmen versteckt hatten, verfolgten sich lachend, machten Bocksprünge und kugelten durch das Gras der Lichtung.

Die Sehnsucht, die Pierre plötzlich überfiel, trieb ihm Tränen in die Augen. Die Sehnsucht nach der Kindheit. Nach den wilden Spielen mit Bertrand und den anderen Jungen – ihr Laufen, Fechten und Ringen, ihr Versteckspiel, Bogenschießen, all das sah er wieder vor sich.

Die beiden Kinder lachten selbstvergessen und purzelten übereinander. Vielleicht drohte die Pest, vielleicht auch eine Hungersnot, ein Krieg um den rechten Glauben – aber die Kinder spielten fröhlich. Jetzt stürzte eins, war über einen abgefallenen Ast gestolpert und schlug sich das Knie auf. Es zog sich hoch, schaute prüfend auf die aufgeschürfte Haut und wollte in Tränen ausbrechen. Aber sein Spielkamerad kümmerte sich nicht um die Verletzung, sondern versteckte sich hinter einem Baumstamm, kam lachend hervorgestürzt, sprang wie ein Fohlen über den Ast, und schon war das verletzte Kind wieder dabei, es humpelte noch ein paarmal, aber dann lachte es, und weiter ging das Toben.

Als Pierre umkehren wollte, um sich leise davonzustehlen, stand plötzlich ein kleines Mädchen hinter ihm und schaute ihn neugierig an.

»Wer bist du?« fragte sie. »Bist du der Waldgeist?«

Pierre schüttelte den Kopf und strich ihr sanft über das Haar. Sie wirkte zutraulich und führte ihn unaufgefordert zu den anderen, die sofort verstummten, als sie ihn sahen.

Pierre wußte nicht, was er sagen sollte, und auch die Frauen fragten nur nach seinem Herkommen, und als er ihnen sagte, er sei der Seigneur de Ménerbes, wichen sie ehrfürchtig zurück, verbeugten sich und verstummten.

»Mein Vater hat hier häufig gejagt, vielleicht ist *er* der Waldgeist«, sagte Pierre lächelnd.

Die Kinder blieben ernst.

»Auch ich war als kleiner Junge hier und habe Kastanien gesammelt«, erzählte er, »und heute habe ich vier Kinder, bald sogar fünf. Aber sie leben weit weg jenseits der Berge.«

Langsam wurden die Kinder zutraulicher. Das Mädchen, das ihn entdeckt hatte, schenkte ihm mehrere Kastanien.

»Für die Kinder, die auf ihren Papa warten«, sagte sie.

Es waren dunkelbraune, weich und warm in der Hand liegende Kastanien mit einem rauhen Fleck in der Mitte. Gerührt nahm er sie, drückte den Müttern mehrere Goldmünzen in die Hand, hob das Mädchen hoch und gab ihm einen Kuß auf die Wange. Und das Mädchen küßte ihn zurück.

Im leichten Trab ritt Pierre weiter nach Norden. An Buoux vorbei, dann hoch auf das Plateau des Claparèdes. Er durchquerte Bonnieux, ohne haltzumachen. Auch Ménerbes ließ er links liegen. Nur zur Burg von Oppede begab er sich wieder, suchte nach Spuren von früher. Aber er fand nichts. Überall nur Gerümpel und Staub. Und doch, als er die Suche schon aufgeben wollte, stieß er im Staub auf einen Holzlöffel. Einen Holzlöffel, wie er ihn als Kind besessen hatte. Mit dem ihn Mama Catherine gefüttert hatte. Einen Löffel, der nur ihm gehören konnte, ihm ganz allein.

Von dem kleinen Friedhof hinter der Kirche aus ließ Pierre ein letztes Mal seinen Blick über die Bäume wandern, die sich den Berghang hochzogen, und über die grauen Felsen, die wie erstarrte Zeugen der Vergangenheit in den Himmel ragten.

Wo war sein Vater?

Mußte er, unbestattet, die Wälder durchstreifen, der Erlösung nachjagen, die ihm nie mehr zuteil würde?

Pierre faltete die Hände und senkte seinen Kopf. Sein Blick fiel auf ein grobes Kreuz, in das ungelenk ein Name geritzt war: *Jean Maynier, Baron d'Oppède.*

So hatten sie ihn doch auf seinem eigenen Grund verscharren lassen. Und er, sein Sohn, stand auf ihm, auf seinen Überresten.

## Das Geheimnis

Wer die Provence liebt, kennt den langgezogenen Bergrücken des Luberon, er kennt seine pittoresken Dörfer mit den aufragenden Burg- und Schloßruinen. Er vergißt nicht den stahlblauen Himmel, wenn der Mistral eisig weht, er riecht noch den Duft von Thymian und Lavendel, von Rosmarin und Pinienharz, und er sieht hellgelb den blühenden Ginster leuchten. Zypressen und Wacholder ragen an den Wegen auf, und im Schatten einer Schirmpinie läßt sich träumen.

Es ist eine Landschaft, die trotz ihrer touristischen Aufbereitung nicht ganz ihr Geheimnis verloren hat, ihre verborgene Seite, die derjenige erlebt, der sie durchwandert, der in der Abenddämmerung auf dem alten Friedhof von Oppède steht, am Rande der Burgruine, und auf die grauen Felsen schaut, die wie verlassene Stelen sich aus dem Dunkel der Vegetation erheben, Totensteine einer verflossenen Zeit, verwitterte Erinnerungen ...

Dem Geheimnis des Luberon bin ich vor Jahrzehnten begegnet, und es hat mich immer wieder angezogen. Anfang der achtziger Jahre durfte ich ein Jahr am Fuße der Montagne Sainte-Victoire leben, in der Nähe von Aix-en-Provence, und bei meinen Streifzügen durch die Landschaft und die Geschichte der Provence fand ich Zeugnisse eines großen Verbrechens, das im Jahre 1545 begangen wurde an den Waldensern, den Anhängern des Petrus Waldus, die sich die *Armen Christi* nannten und die ihre Gegner als Ketzer denunzierten und schließlich blutig verfolgten.

Wer diesem Verbrechen nachgeht, stößt auf einen Mann, der maßgeblich daran beteiligt war: Jean Maynier, Baron d'Oppède, Erster Präsident des *parlement* von Aix, des Obersten Gerichtshofs der Provence.

Viel erfuhr ich nicht von dem Schicksal dieses Mannes, seines Sohnes und der von ihm vergeblich geliebten Frau, aber was ich erfuhr, hat mich sofort fasziniert. Es gibt mehrere Versionen ihrer Lebensgeschichte. Sie scheinen sich zu widersprechen und passen doch zusammen wie die unterschiedlichen Versionen alter Mythen. Ich wußte, ich war auf eine Geschichte gestoßen, die ich erzählen mußte, und machte mich sofort daran, ihre Grundzüge und einige Szenen zu entwerfen. Es dauerte dann aber noch fünfzehn Jahre und weitere Entwürfe, bis die Geschichte sich so entfaltet hatte, daß ich endgültig den Roman schreiben konnte.

Vielleicht halfen auch die Erzählungen am nächtlichen Kamin …

In den vergangenen Jahrhunderten haben die Nachfahren der verfolgten Waldenser, die Nachfahren der Überlebenden, die Erinnerungen an die Ereignisse der »blutigen Woche« zu vergessen versucht – aber es gelang ihnen nicht. Und dies war gut so. Immer wieder drängte sich das Geschehen ihnen auf.

Zu später Stunde, in der alten Mühle von Oppède, begann plötzlich eine alte Frau zu erzählen, und da war von verschmähter Liebe die Rede, von Neid und Eifersucht, von dem unglücklichen Ende eines jungen Mädchens und von Glaubensstreitigkeiten, die in rachsüchtige Verfolgung umschlugen. Als würde der dramatische Kosmos des William Shakespeare vor mir ausgebreitet, hörte ich von der Liebe zwischen verfeindeten Familien, von dem Versuch eines Sohnes, sich vom Glauben seines Vaters zu lösen, und von dessen unerbittlichem Fanatismus. Und ich hörte die Geschichte einer starken, mutigen Frau, die in nie nachlassender Beharrlichkeit versuchte, der Gerechtigkeit endlich doch zum Sieg zu verhelfen.

Als ich den Roman entwarf, merkte ich schnell, daß ich die Ereignisse und Figuren, soweit sie in die Geschichtsbücher eingegangen sind, nicht zu verändern brauchte. Die Schlachten von Marignano und Pavia haben stattgefunden, es gab König François und den Kaiser Karl mit ihren lebenslangen Kriegen, es gab den Einfall des Charles de Bourbon in die Provence und, zwölf Jahre später, den zweiten Einfall der kaiserlichen Heere, der durch eine grausame Politik der verbrannten Erde abgewehrt wurde. Es gab auch Papst Paul III. Farnese und seinen Enkel Alessandro, das Hochzeitsfest von Marseille und den Waffenstillstand von Nizza mitsamt seiner nassen Begleiterscheinung. Sogar der Lehrer Hugues Berthon aus Lourmarin ist historisch belegt, ebenso der Inquisitor Jean de Roma und die Ketzerverbrennungen auf der Place des Jacobins in

Aix, und natürlich war es der Baron d'Oppède, der das *Arrêt de Mérindol* durchsetzte und dann die Soldateska höchstpersönlich anführte, der sich vor dem *parlement* von Paris für ihre Verbrechen rechtfertigen mußte, freigesprochen wurde und im Jahre 1558 qualvoll starb – wahrscheinlich an Gift.

Man weiß zwar, daß Jean Maynier, der Baron d'Oppède, einen Sohn hatte, der sich von seinem Vater abwandte, zum Protestanten wurde und dann nach Deutschland ging, aber Einzelheiten sind unbekannt. Die Familie Cental (je nach ihren Besitzungen und ihrer Herkunft hatten ihre Mitglieder unterschiedliche Namen) besaß fruchtbare Böden im Süden des Luberon und im Piemont, sie hatte waldensische Familien aus den Alpentälern auf ihre Ländereien geholt und neigte vielleicht selbst den evangelischen Glaubensvorstellungen zu. Eine ihrer Frauen wurde von Jean Maynier vergeblich geliebt und später gehaßt, eine Tochter soll sich vom Schloßturm gestürzt haben, weil ihre Liebe zu dem Sohn des Barons für zwei Verwandte tödliche Folgen hatte, ja, sie soll sogar vom Vater begehrt worden sein: Was Legende, was historische Wahrheit ist, läßt sich heute nicht mehr entscheiden. Aber man weiß, daß Madame de Cental nach dem Massaker an den Waldensern den Kampf gegen den Baron d'Oppède aufnahm, vor dem König Wiedergutmachung forderte und einen Prozeß gegen den Ersten Präsidenten des *parlement* der Provence anstrengte. Seinen Ausgang brauchte ich nicht zu erfinden.

Über die Familie der Cental weiß man insgesamt nicht genug, als daß sich ein plastisches Bild, eine in sich stimmige Geschichte ergäbe. Daher verfuhr ich mit Madeleine (deren Vorbild Mérite de Trivulce hieß) freier und verknüpfte das, was mir bekannt war, mit dem, was ich dramaturgisch und romantechnisch für notwendig hielt. Die meisten anderen Figuren haben weitgehend erfundene Lebensgeschichten. Die in dem Roman erwähnten Orte und ihre Schlösser bzw. Ruinen – Oppède, Ménerbes, Lourmarin, La Tour d'Aigues – faszinieren uns noch heute; von ihrem Augenschein und den vorhandenen Bildern aus früheren Zeiten habe ich mich leiten lassen (müssen); von ihrem Aussehen vor den Zerstörungen und Umbauten aus den Jahren nach 1545 besitze ich keine oder kaum Unterlagen.

Über das Leben der (insbesondere römischen) Kurtisanen berichtet eine hervorragende Studie, die nicht nur ihren Alltag anschaulich schildert, sondern auch zeigt, daß die erfolgreichen von ihnen zu den emanzipierten Frauen der damaligen Zeit gehörten. Die Werke der Renaissancemaler zeigen viel von dem Aussehen und der Kleidung, auch von dem Leben der Menschen aus den höchsten Gesellschaftsschichten. Die großen Feste wurden in allen Einzelheiten festgehalten. Über das Massaker des Jahres 1545 gibt es ein »Protokoll«, und der Hauptankläger des Prozesses gegen Jean Maynier hat minutiös Zeugenaussagen zusammengetragen, so daß man sich von den Vorgängen der »blutigen Woche« ein relativ genaues Bild machen kann.

# Quellen und Gewährsleute

Um das Milieu und den historischen Hintergrund einigermaßen genau zu schildern, bedurfte es intensiver Studien. Die Informationen über Essen und Trinken, Kleidung und Wohnen, Reisen und Handeln, Denken und Glauben suchte ich mir aus vielen Nachschlagewerken, kulturgeschichtlichen Darstellungen und (Auto-)Biographien zusammen. Einigen Werken verdanke ich allerdings viel. Da ist René Guerdans Biographie von Franz I. zu nennen, die gleichzeitig eine hervorragende Einführung in das Frankreich dieser Zeit ist. Monica Kurzel-Runtscheiners Monographie »Die Töchter der Venus. Die Kurtisanen Roms im 16. Jahrhundert« wurde schon erwähnt. Hervorheben möchte ich auch die Untersuchungen Gabriel Audisios, der an der Universität von Aix lehrt und sich ganz besonders dem Schicksal der Waldenser gewidmet hat. Von ihm gibt es nicht nur eine Geschichte der Waldenser, die inzwischen auf Deutsch erschienen ist, sondern auch die unverzichtbare Darstellung »Les vaudois du Luberon. Une minorité en Provence (1460–1560)«. Außerdem hat er die historischen Darstellungen des Massakers von 1545 herausgegeben (»Procès-verbal d'un massacre« und die »Histoire de l'exécution de Cabrières et de Mérindol et d'autres lieux de Provence« von Jacques Aubéry, dem Ankläger des Prozesses gegen Jean Maynier). In das Frankreich der frühen Neuzeit führen Jean Meyers »Frankreich im Zeitalter des Absolutismus. 1515–1789« und Ilja Miecks »Die Entstehung des modernen Frankreich. 1450 bis 1610« ein.

Hilfreich waren Kunstbände und allgemein Bilddarstellungen. Mein (sicher subjektives) Porträt Alessandro Farneses, des späteren Papst Paul III., ist ohne Tizians Bilder nicht denkbar (und auch nicht ohne Roberto Zapperis Büchlein »Die vier Frauen des Papstes«).

Bei der Darstellung der Glaubensstreitigkeiten, der religiösen Themen überhaupt, beschränkte ich mich weitgehend auf Fragestellungen und Probleme, die auch heute noch religiös interessierte oder von religiös-philosophischen Fragen berührbare Menschen beschäftigten. Zu bedenken ist, daß die katholische Kirche vor dem Konzil von Trient sich wesentlich freier in der Gestaltung von

Liturgie und geistlichem Leben verhielt als in den späteren Jahrhunderten und heute.

Ich hoffe, daß sich nicht allzu viele historische Ungenauigkeiten in den Roman eingeschlichen haben. Bei meinen Recherchen stieß ich immer wieder auf Widersprüche. Letztlich sind aber Anachronismen, die sich nicht vermeiden lassen, irrelevant, denn im Vordergrund stehen die Menschen und ihre Schicksale, und ob diese ergreifen, hängt nicht von historischen Details ab.

Insgesamt erstaunte mich immer wieder, wie »modern« die ausgehende Renaissance auf uns Heutige wirkt: in ihrem Individualismus, der leicht in mörderische Feindseligkeit umschlagen konnte, in ihrem freiheitsbetonten Hedonismus, aber auch in der Geldgier und der Lust an schönen Dingen und nicht zuletzt in ihrer erstaunlichen Kreativität. In ihr können wir uns beispielhaft erkennen bei unserem anhaltenden Versuch, die *conditio humana* durch das Erzählen von Geschichte und Geschichten zu begreifen.

Donna W. Cross

Die Päpstin

*Roman*

*Aus dem Amerikanischen*
*von Wolfgang Neuhaus*

*566 Seiten*
*Band 1400*
*ISBN 3-7466-1400-7*

Johanna, ein junges Mädchen mit überragenden Geistesgaben, wächst im Frankenreich des 9. Jahrhundert, heran. Als Tochter eines strenggläubigen Vaters und einer heidnischen Mutter gelingt ihr, was allen Mädchen im Mittelalter verwehrt blieb: Sie erhält eine fundierte heilkundliche und philosophische Ausbildung. Doch Johanna weiß, daß ihr als Frau die letzten Tore der Weisheit verschlossen bleiben, ja daß sie kaum überleben wird. Als Mönch verkleidet, tritt sie zunächst ins Kloster Fulda ein und macht sich Jahre später auf den Weg nach Rom. Dort gelangt sie als Leibarzt des Papstes innerhalb kurzer Zeit zu großer Berühmtheit. Und schließlich ist sie es selbst, die die Geschicke der katholischen Kirche leitet: Als Papst Johannes Anglicus besteigt sie den päpstlichen Thron.

Donna Woolfolk Cross entwirft mit großer erzählerischer Kraft die faszinierende Geschichte einer der außergewöhnlichsten Frauengestalten der abendländischen Geschichte: das Leben der Johanna von Ingelheim, deren Existenz bis ins 17. Jahrhundert allgemein bekannt war und erst dann aus den Manuskripten des Vatikans entfernt wurde.

»Donna W. Cross erzählt Johannas Geschichte als spannendes und historisch glaubwürdiges Beispiel einer unglaublichen Emanzipationsgeschichte.«
*Brigitte*

AtV

Aufbau Taschenbuch Verlag

Hanjo Lehmann

Die Truhen
des Arcimboldo

Nach den Tagebüchern
des Heinrich Wilhelm Lehmann

*Roman*

*699 Seiten*
*Band 1542*
*ISBN 3-7466-1542-9*

In den untersten, allergeheimsten Kellergewöben des Vatikans wird im Jahre 1848 der junge Schlosser Luigi Calandrelli verschüttet. Als er die Mauern seines Verlieses abklopft, stößt er auf eine mysteriöse Truhe mit siebenhundert Jahre alten Pergamenten - sorgsam verborgene Dokumente gegen Intoleranz und Fundamentalismus, die den Machtanspruch der römischen Kirche untergraben.

Zwanzig Jahre später vertraut er einem befreundeten preußischen Eisenbahningenieur seine Aufzeichnungen über die damaligen Ereignisse an. Von nun an gerät dieser in ein Netz von Intrigen, Machtkämpfen und lebensbedrohlichen Situationen, denn der Vatikan fürchtet im Jahr des Konzils, auf dem die Unfehlbarkeit des Papstes verkündet werden soll, nichts so sehr wie die Veröffentlichung dieser aufrührerischen Dokumente.

Ein packender historischer Roman, vorzüglich recherchiert, der in die Kultur- und Kirchengeschichte des 19. Jahrhunderts führt und zugleich eine ganz eigene Welt der Sinnlichkeit offenbart, erzählen Luigis Briefe doch auch vom genußvollen Zelebrieren sexueller Lust.

AtV
Aufbau Taschenbuch Verlag